O DESPERTAR DE AVALON

Anna Elliott

O despertar de Avalon

Tradução
Fal Azevedo

PRUMO
leia

Título original: *Sunrise of Avalon*
Copyright © 2010 by Anna Grube

Todos os direitos reservados. Nenhuma parte desta obra pode ser reproduzida ou transmitida por qualquer forma ou meio eletrônico ou mecânico, inclusive fotocópia, gravação ou sistema de armazenagem e recuperação de informação, sem a permissão escrita do editor.

Direção editorial
Jiro Takahashi

Editora
Luciana Paixão

Editor assistente
Thiago Mlaker

Assistência editorial
Diego de Kerchove

Preparação de texto
Rebecca Vilas-Bôas Cavalcanti

Revisão
Rosamaria Gaspar Affonso

Criação
Thiago Sousa

Assistente de criação
Marcos Gubiotti

Imagem de capa: Peter Lilja/Getty Images

CIP-Brasil. Catalogação-na-fonte
Sindicato Nacional dos Editores de Livros, RJ

E43c   Elliot, Anna
          Despertar de Avalon / Anna Elliot ; tradução Fal Azevedo. - São Paulo : Prumo, 2010.

          Tradução de: Sunrise of Avalon
          ISBN 978-85-7927-116-8

          1. Ficção americana. I. Azevedo, Fal, 1971-. II. Título.

10-6274.   CDD: 813
                                                                                             CDU: 821.111(73)-3

Direitos de edição para o Brasil: Editora Prumo Ltda.
Rua Júlio Diniz, 56 – 5º andar – São Paulo/SP – CEP: 04547-090
Tel.: (11) 3729-0244 - Fax: (11) 3045-4100
E-mail: contato@editoraprumo.com.br
Site: www.editoraprumo.com.br

Para minha mãe

Você pode possuir riquezas além da imaginação,
Baús de joias e cofres de ouro sem fim.
Mais rico que eu você não será, não:
Eu tive uma mãe que lia para mim.

— Strickland Gillilan

Personagens

Mortos antes do começo da história

Artur, Rei dos Reis da Inglaterra, pai de Modred e irmão de Morgana. Morto na batalha de Camlann.
Constantino, herdeiro de Artur como Rei dos Reis da Inglaterra, primeiro marido de Isolda.
Guinevere, esposa de Artur. Traiu Artur para se tornar Rainha de Modred*. Mãe de Isolda.
Modred, filho traidor de Artur e pai de Isolda. Morto ao lutar contra Artur na batalha de Camlann.
Morgana, mãe de Modred, que muitos julgavam feiticeira.
Merlim (Merlin) ou Middrin, principal sacerdote druida e cantador de versos da corte de Artur.

Governantes da Inglaterra

Cynlas, Rei de Rhos.
Dywel, Rei de Logres.
Isolda, filha de Modred e Guinevere, Rainha das Rainhas de Constantino, Lady de Cammelerd.
Madoc, Rei de Gwynedd e Rei dos Reis da Inglaterra.
Marcos, Rei da Cornualha, e agora um traidor aliado a Octa, saxão Rei de Kent.

*Ou Mordred. (N.T.)

Governantes Saxões

Cerdic, Rei de Wessex.
Octa, Rei de Kent.

Outras Personagens

Fidach, líder de um grupo criminoso de mercenários.
Eurig, Piye e Daka, três dos comparsas de Fidach, amigos de Tristão.
Goram, Rei da Irlanda.
Hereric, saxão amigo de Tristão.
Kian, ex-bandido e amigo de Tristão, agora membro do grupo guerreiro do Rei Madoc.
Nest, prima e ex-castelã do Rei Marcos.
Marcia, criada pessoal de Nest.
Madre Berthildis, abadessa da Abadia de São José.
Taliesin, irmão do Rei Dywel de Logres e cantador de versos.
Tristão, mercenário saxão e fora da lei, filho do Rei Marcos da Bretanha de Isolda.

A Grã-Bretanha de Isolda

Introdução

Um barco navega em mares suaves;
Uma donzela de pé em sua proa,
Sempre jovem, sempre bela,
Suas tranças negras capturadas pelo vento.
Ela chama pela mágica em seu coração,
Que lhe escorre pelos dedos,
Como areia, como o tempo.
O mar se embranquece; a lua aprisiona a luz.
Tudo está em paz, finalmente.
As feridas do Rei estão curadas.
Artur dorme.

Ynys Afallach, o *Reino de Avalon*.

É estranho como agora, neste crepúsculo de meus dias, as canções que os harpistas cantavam sobre mim tocam sem parar em minha mente. Um círculo que se repete, de novo e de novo. Como o tempo. Como serpentes da eternidade, engolindo a própria cauda para sempre. Eu fui, uma vez, a donzela de tranças negras. Morgana, meia-irmã de Artur, o Rei. Morgana, a maga, cujas artes mágicas atraíram o Grande Rei para uma armadilha, como uma teia dourada. Morgana, a feiticeira, cujo rancor por seu irmão e rei envenenou a terra e destruiu as esperanças da Bretanha de expulsar as hordas saxãs algum dia.

Os contos jamais falam do Rei Marcos da Cornualha, que traiu seu senhor, Modred, meu filho. Marcos, cuja traição custou a meu filho a vitória em Camlann. Custou-lhe a vida.

E agora, Marcos, sempre pronto para içar as velas e navegar na direção dos ventos do poder, tirou a minha vida, como tirou a vida do meu filho. Aprisionou-me em uma guarnição militar assolada pela peste, para que eu morra juntamente com todos os outros, cujas faces enegrecidas apodrecem com as pústulas. Mas os bardos nunca falam de Marcos. A queda da Bretanha, causada pela mágica de uma mulher, pelo rancor de uma mulher, é uma história bem mais interessante para contar.

Sempre que ouço as histórias, sinto-me como se tivesse entrado em um lago límpido como cristal. É como se, enquanto a água batia em ondas contra a minha cintura, eu me aproximasse mais e mais do reflexo flutuante que me encarava com meus próprios olhos. Sempre, e mesmo agora.

Quem pode dizer como tais histórias começam? Encontrar as origens desses contos é como desfiar um tecido no tear. Uma vez que elas começam, espalham-se como ondas em um lago; como folhas secas que caem e voam para longe, antes da tempestade.

E agora, novas histórias serão tecidas e contadas. A batalha em Camlann terminou. Artur está morto; se foi, derrubado por Modred, seu filho traidor. Nosso filho. De Artur e meu.

E os bardos transformarão tudo em música; a canção de um rei que foi, e que virá a ser. Que dorme nas brumas da Ilha Sagrada, e que voltará na hora de maior necessidade para a Bretanha. Contudo, se tais contos serão uma eterna chama a brilhar no escuro, ou apenas mentiras para consolar as crianças, eu não poderia dizer.

A Visão já me mostrou muito, no meu tempo. O que pode ser, o que foi, o que é e o que será. Mas agora eu vejo apenas escuridão. Talvez a Deusa tenha me virado as costas e me esquecido. Ou, talvez, com Artur morto, não haja mais nada que eu possa Ver.

Então, continuo deitada em meu leito, queimando com a febre da peste que assola esta terra. Um castigo pelos meus pecados, eu poderia imaginar, se isso não me fizesse soar como alguma seguidora do Cristo, sombria, careca e vestida de preto.

Uma garota se senta ao meu lado, lava o meu rosto e escova o meu cabelo, tentando me convencer a engolir um caldo simples de ervas. Eu ensinei a ela o ofício da cura, e ela o aprendeu bem.

Ela também poderia ser a donzela de cabelos negros das baladas. Sempre jovem, sempre bela. Um rosto suave, de um oval delicado. Pele clara e pura como um lírio. Olhos cinzentos, grandes, com cílios grossos.

Isolda, filha da esposa de Artur, Guinevere, e de Modred, meu filho.

Eu temi por ela no passado; temo por ela agora. Porque eu Vi amor para ela. Amor, entre a crescente escuridão que se espalha por esta terra.

Talvez, algum dia, os harpistas cantem canções e contem histórias sobre ela.

Isolda, a bela. Isolda das mãos que curam.

Mas como essas histórias irão terminar — se com felicidade, ou com lágrimas — isso eu também não posso dizer.

Não posso Ver.

Livro I

Capítulo 1

Isolda olhou fixamente para seu próprio rosto pálido; a testa larga, o queixo pequeno, os olhos cinzentos emoldurados por cílios grossos. Cabelos negros como um corvo. O rosto era dela. Inquestionavelmente dela. Era quase como se ela estivesse olhando num espelho. Mas, em vez disso, ela estava em pé, separada de si mesma, enxergando pelos olhos de outra pessoa.

E ela sentiu... pena. Pena e medo, misturados. Ela sentiu pena da jovem mulher diante dela. Pena, porque seu mundo estava para acabar. A pena se espalhou e lhe subiu à boca do estômago, enquanto ela abria a boca e falava em uma voz que era, ao mesmo tempo, estranha e dela própria.

— Eu sinto muito, Lady Isolda. *Ele foi ferido. Ferido mortalmente. Ele não...*

⁓

E então, a visão se partiu, estilhaçou-se, deixando-a ali parada ao lado de uma janela aberta, na enfermaria da abadia de Santo Euquério, suando frio, a respiração rápida e instável, o eco das palavras em sincronia com o ritmo de seu pulso. *Sinto muito,* Lady Isolda. *Ele foi ferido. Mortalmente.*

Nenhum nome havia sido mencionado naquele momento breve de visão. Mas o martelar de seu coração lhe dizia um nome. *Tristão.* De quem quer que fossem aqueles olhos que ela vira rapidamente, eles estavam lhe enviando notícias de Tristão. Ela sabia disso, com uma certeza que lhe chegava aos ossos, como uma rajada do vento do inverno.

Isolda forçou-se a respirar novamente, uma vez, depois outra, dizendo firmemente a si mesma que a Visão nem sempre mostra a verdade. Que, de vez em quando, aqueles breves flashes do futuro que ela via representavam apenas o que *poderia ser*, e não o que *seria*. Que o que ela vira não precisava significar que, mais cedo ou mais tarde, algum homem ainda desconhecido — o homem cuja piedade e medo ela acabara de sentir — viria contar a ela que Tristão estava morto.

O nó que havia em sua garganta permaneceu, contudo, e aquela imagem foi apagada em sua mente pela lembrança de outra — uma cena que ela vislumbrara nas águas da clarividência quase três meses antes. Dois homens, atracados em uma luta feroz e mortal, e o barulho do atrito das lâminas enquanto eles atacavam um ao outro com as espadas. Um, mais velho, com longos cabelos negros e um rosto rude, de uma beleza forte. O outro, jovem, com impressionantes olhos azuis, sob sobrancelhas castanhas curvadas. A face de ambos estava sombria e concentrada, a respiração acelerada, e os golpes eram brutais, enquanto eles se moviam em círculos, em uma dança que terminaria, certamente, na morte de um dos dois.

Dois homens. Tristão e Marcos da Cornualha. Marcos e Tristão. Pai e filho.

A lembrança daquela visão, junto com o flash que acabara de acontecer, fazia com que o quarto parecesse girar ao redor dela — fazia com que o enjoo que sempre a acometia naquela hora do dia parecesse aumentar como uma grande onda.

Isolda forçou-se a se afastar da janela e voltar para o quarto atrás de si. O dia estava nascendo, fazendo com que feixes de luz empoeirados brilhassem e dançassem no ar sobre o chão coberto de palha, espalhando uma luminosidade róseo-amarelada pelas fileiras de homens feridos que estavam deitados, ali, sob os cuidados dela. Ela fechou os olhos apenas por um momento, conjurando uma lembrança de dois meses antes.

Ela estava trocando as bandagens em um ferimento de espada no flanco de Tristão. Antes de ele deixar a abadia, para libertar Fidach.

Antes de ela deixá-lo partir.

O ferimento estava cicatrizando bem — e ela já tratara de alguns bem piores do que o de Tristão —, mas mesmo assim não conseguia conter as lágrimas que subitamente lhe transbordavam dos olhos. Ela tentara desviar o olhar, não querendo que ele visse, mas ele havia segurado seu queixo para ver-lhe o rosto.

— Isa? Você está chorando. O que é que há de errado?

Isolda sacudiu a cabeça.

— Eu sinto muito. Não tive a intenção. É que... — Ela inspirou de forma trêmula. — Eu estava pensando que este ferimento poderia tê-lo matado. Quase o matou. E eu...

Tristão ergueu-a e inclinou-se para encostar a testa à dela.

— Eu não vou morrer.

— Você não pode prometer isso. Ninguém pode. — Ela deu um sorriso fraco, torto. — Principalmente você. Não que eu queira que você mude. Mesmo que você seja corajoso demais e cuidadoso de menos; e determinado a sempre proteger os outros, mesmo se colocando em risco. Eu o amo demais, e você...

Ela se interrompeu, e ele a puxou para si e beijou-lhe os cantos da boca, o queixo, o pescoço.

Muito tempo depois, ele sussurrou contra os cabelos dela:

— Eu juro que voltaria até mesmo dos mortos por você.

⁓

Eu voltaria até mesmo dos mortos. Agora, na enfermaria iluminada pelo alvorecer, Isolda tentava colocar aquela lembrança no lugar da anterior em sua mente.

Tristão havia partido para libertar Fidach, amigo e companheiro de armas, da prisão de Octa, em Kent. Octa da Faca Sangrenta — aquele que gargalhava enquanto matava. Tristão poderia estar em perigo. Mas dizer aquilo era como dizer que os homens deitados em esteiras de palha ao redor dela, na abadia de Santo Euquério, *poderiam* estar sentindo dor.

E os que sentiam dor precisavam dela, agora.

Isolda começou a andar pelas fileiras de soldados feridos, desenrolando as bandagens de um para verificar se havia sinais de infecção, inclinando-se para pousar a mão na testa de outro, murmurando palavras para que ele parasse de se virar e resmungar enquanto sonhava. Havia ferimentos graves — os membros quebrados, os cortes de espada, as flechadas —, mas havia os menores, também, para cuidar. No auge da estação, qualquer guerreiro confinado em um acampamento do exército estava coberto das picadas vermelhas e irritantes dos insetos, que tinham de ser lavadas com água de sabugueiro e tratadas com unguento de sempre-vivas, se os homens quisessem ter um pouco de repouso. Ou, então, eles chegavam a ela com o rosto vermelho, a pele queimada e ressecada depois de tanto tempo ao sol, e precisavam de uma pomada feita com margaridas brancas e bananas.

Naquela manhã, o alvorecer ainda era uma linha tênue, de um cor-de-rosa dourado, no horizonte; mesmo assim era um alívio ver a escuridão de outra noite desaparecer com o raiar do dia. A morte parecia, de alguma forma, invadir a enfermaria mais frequentemente nas horas mais escuras da noite. Enquanto Isolda andava silenciosamente em meio aos homens sob seus cuidados, era mais fácil ignorar o medo que a consumia como uma ferida aberta. Os homens na enfermaria haviam sobrevivido — todos eles — por mais uma noite.

Eram os homens do Grande Rei, a maioria deles, e tinham prestado juramento a Madoc de Gwynedd; embora alguns usassem os escudos do Rei Cynlas de Rhos, e de Huel de Rhegged, também. Os pequenos reis e senhores que formavam o conselho do Grande Rei podiam brigar e competir pelo poder entre si; mas, com a probabilidade de impedir as invasões dos saxões de uma vez por todas, eles estavam lutando unidos — pelo menos por enquanto.

Enquanto Isolda observava as fileiras de homens feridos, pôde ouvir dois ou três dos soldados que estavam mais perto dela conversando em voz baixa. As feições deles estavam encobertas pelas sombras, pouco mais que borrões pálidos à meia-luz, mas as palavras eram claras.

— Mais um ou dois dias, e vou poder me levantar e sair daqui. Ferido ou não, eu não quero perder a diversão quando mandarmos Marcos e aquele exército podre cheio de traidores de volta para o mar — e seus aliados saxões desgraçados também.

Isolda sentiu seus músculos se tensionarem, mas apenas — ou quase — por causa da lembrança de sua visão de Marcos e Tristão. Marcos havia tomado o trono do Grande Rei, forçando-a a casar-se consigo, quase um ano antes; um casamento planejado com a intenção de impedir Isolda de expor sua traição e obter o controle das terras dela.

Mas ela havia fugido. E havia denunciado a traição de Marcos. E agora, ela havia parado de se encolher ou se sobressaltar à simples menção do nome de Marcos da Cornualha. Aquela liberdade a confortava agora, ainda que apenas um pouco.

Mesmo assim, apenas um tolo não temeria Marcos; se não por ele próprio, pela ferocidade com que seu exército lutava e atacava as forças britânicas. Eles eram como lobos. Metade dos homens que ali estavam sob os cuidados dela na enfermaria da abadia provavelmente tinha de agradecer aos guerreiros da Cornualha pelos ferimentos.

A conversa perto dela continuava.

— Não tenho muita certeza sobre lutar ao lado dos homens de Cerdic. — Quem falava era um dos soldados da infantaria do Rei Huel, um homem alto e magro, com um bigode caído e um braço quebrado. — Eles são saxões, no final das contas. Quem pode garantir que eles não vão trocar de lado e nos atacar, enquanto acreditamos que estão protegendo a nossa retaguarda?

— Cerdic, assinando um tratado de paz com Octa de Kent? Nem em um milhão de anos. — Este era um dos homens de Gwynedd, falando em tom de galhofa. — Não quando Cerdic acabou de chutar o traseiro de Octa, daqui até as fronteiras de Kent. E ele acabou de perder um filho e uma fortaleza importante para Octa, para completar. Além disso, eu faria uma aliança com o senhor das trevas em pessoa se ele me oferecesse uma chance de derrotar Octa e Marcos.

Cerdic de Wessex havia atingido Octa de Kent com um golpe avassalador, mas isso só servira para fazer com que o exército de Octa atacasse e tomasse uma fortaleza costeira vital das mãos de Cynric, filho e herdeiro do Rei Cerdic. Agora, os exércitos da Bretanha haviam marchado para o sul, na direção de Wessex, para se juntar às forças de Cerdic e enfrentar Octa e Marcos, pelo que parecia ser a última vez. O resultado da guerra, para ambos os lados, se equilibrava na ponta de uma faca, como o céu lá fora, que passava pela transição entre o alvorecer e a noite escura. Mas, pela primeira vez desde que Artur e o pai de Isolda haviam caído em Camlann, ela ouvia um fio de esperança na voz dos homens ao seu redor.

Quase como se tivesse ouvido os pensamentos dela, o guerreiro de Gwynedd disse, abaixando o tom da voz:

— Dizem que *ele* foi visto. Cavalgando com seus companheiros, à noite, antes da batalha.

Ele se referia a Artur, é claro. O maior rei que a Bretanha jamais tivera ou teria, era o que diziam os contos dos harpistas.

Isolda pensava, em momentos como este, sobre o homem — não o herói das canções dos bardos, mas o homem de carne e osso que havia lutado uma guerra sangrenta de nove anos com seu próprio filho, o pai de Isolda. E quanto a Morgana, sua avó...

Isolda jamais a ouvira mencionar o nome do meio-irmão, nunca a ouvira falar sobre como Modred, filho dela e de Artur, havia sido concebido.

Poucos ainda estavam vivos, agora, dos que realmente haviam conhecido Artur; muitos morreram com ele em Camlann. E ela imaginava que aqueles que sobreviveram a Camlann podiam ser perdoados por lembrar apenas do Artur dos contos dos harpistas. Homens precisavam de heróis em quem acreditar em tempos como aqueles.

Ela continuou a andar em meio às fileiras de homens feridos, prosseguindo com a inspeção da manhã. A última batalha trouxera tantos soldados dos campos de guerra ali para a abadia, que mal havia espaço para caminhar por entre as esteiras duras nas quais os bravos soldados jaziam. Isolda havia trabalhado quase sem descanso durante os dois últimos dias, retirando pontas de flechas de braços e ombros, colocando ossos quebrados no lugar, limpando e costurando cortes de espada. Seus olhos ardiam um pouco com o cansaço, e os músculos de seu pescoço e de seus ombros doíam. Mas, se o trabalho não era capaz de afastar seus pensamentos de Tristão, pelo menos ela não passava mal com a mesma frequência de antes. E estava quase conseguindo esquecer, também, de que Madoc de Gwynedd, o Grande Rei da Bretanha, era esperado na abadia no dia seguinte, ou no mais tardar em dois dias.

E de que muito em breve ela teria de responder ao pedido de casamento que ele havia feito a ela, quase três meses antes.

Era de partir o coração a gratidão dos soldados por qualquer ajuda que ela pudesse lhes dar, pelo menor toque de sua mão. Eles lhe pediam que parasse um pouco enquanto ela fazia as inspeções, implorando-lhe que tocasse uma perna ou um braço enfaixados para dar sorte, esfregando os dedos na barra de seu vestido para obter proteção contra pesadelos e feridas infeccionadas. A adoração incondicional daqueles homens lhe parecia estranha, mesmo assim, depois de anos cuidando de soldados feridos e sabendo que eles se sentiam meio agradecidos, meio enraivecidos por ela ser a filha de Modred, o filho traidor de Artur, que era, de certo modo, a causa dos ferimentos deles. E mais do que um pouco amedrontados pelos poderes que a neta da feiticeira Morgana poderia ter; porque Morgana, segundo se dizia, havia sido capaz de derreter um homem, como a neve sob o sol, com um simples olhar.

Tudo aquilo mudara depois da batalha de dois meses antes, porque Isolda fora pelo menos parcialmente responsável pela recente derrota de Octa, e por causa da aliança com Cerdic de Wessex, que havia dado novas esperanças às forças da Bretanha.

Agora, de pé no centro da sala longa, coberta de madeira, Isolda podia ouvir o barulho suave que os soldados feridos faziam ao se moverem, inquietos, em suas camas de palha, e aqui e ali se ouvia uma tosse abafada ou um gemido baixo, um suspiro, ou uma prece murmurada. Ela já havia estado em muitas salas como aquela, para ter esperanças de salvar a todos. Ela daria de beber a eles e os alimentaria com caldo enquanto pudessem engolir, e refrescaria o rosto desses homens com água fria enquanto respirassem. Mas era verão, e as febres que sempre assolavam as enfermarias haviam chegado; mesmo à luz pálida do amanhecer, ela podia ver o avermelhado na face de pelo menos meia dúzia de homens. Um dos mais saudáveis — um soldado jovem, com a clavícula quebrada — estava começando a gemer mais alto que os outros, os olhos fechados com força.

Isolda aproximou-se dele, desejando pela enésima vez que pudesse ter acesso à sua própria sala de trabalho, seus próprios remédios e estoques de ervas. Tudo aquilo, entretanto, ainda estava em Dinas Emrys, nas montanhas de Gwynedd, a uma semana de viagem, atravessando as terras atormentadas pela guerra.

Já fazia semanas, agora, que ela estava trabalhando o melhor que conseguia com os poucos suprimentos que encontrava nos depósitos da enfermaria da abadia e com as raízes e ervas que podiam ser extraídas das matas e montanhas das redondezas, e que ela preparava para uso o mais rápido possível. Agora, tinha muito mais pacientes sentindo dor do que os preciosos estoques de papoula e de anestésicos eficientes que trouxera de Dinas Emrys quase quatro meses antes poderiam atender.

Mesmo assim, ela podia oferecer ao jovem soldado um copo de água fresca, pelo menos, e talvez uma infusão de salgueiro para a dor; podia assegurar que o nome dele ainda não se juntasse aos daqueles que queimavam de febre e, como a guerra, como aquele novo dia, equilibravam-se na ponta de uma espada, num equilíbrio precário entre a vida e a morte.

Isolda abriu caminho em direção ao soldado por entre as outras esteiras e observou enquanto a porta da enfermaria se abria e uma das freiras da abadia entrava na sala. Irmã Olwen tinha quarenta ou quarenta e cinco anos e havia trabalhado incansavelmente como enfermeira na abadia de Santo Euquério por mais de vinte anos. Era uma mulher grande, de constituição pesada, quase tão alta quanto um homem, e tinha um rosto igualmente quadrado, de ossos fortes, com olhos azul-claros penetrantes, um nariz adunco — e uma boca surpreendentemente grande e generosa. Mas sua boca, agora, era apenas uma linha fina no rosto, e ela se recusou deliberadamente a olhar para Isolda quando entrou na sala.

Irmã Olwen podia ter pouca experiência com ferimentos de batalha — ou mesmo com qualquer coisa diferente de dores de estômago ou olhos cansados, e das tosses de inverno ou frieiras de que suas companheiras de hábito sofriam todos os anos. Contudo, ainda se ressentia amargamente da invasão de Isolda em seu pequeno domínio — ainda que a moça tentasse de todas as formas suavizar qualquer possível ofensa que sua presença pudesse representar à autoridade da freira.

Irmã Olwen, com o hábito negro de freira farfalhando ao seu redor como as asas de um corvo, estava indo em direção a um dos homens que conseguira, durante a noite, cair em um sono profundo e exausto. Ela trazia uma tigela de um mingau ralo de cevada em uma das mãos, e, enquanto Isolda observava, inclinou-se, pronta para sacudir o soldado pelo ombro e acordá-lo.

Rapidamente, Isolda afastou-se do rapaz que gemia e atravessou a sala até onde estava Irmã Olwen, impedindo-a de acordar o soldado com um toque no braço.

— Eu acho que essa não é uma boa ideia agora, Irmã.

— Vários homens haviam se virado para vê-la enquanto ela passava, e agora observavam a conversa entre ela e Irmã Olwen, mas Isolda manteve a voz baixa, preocupada com os outros que ainda estavam conseguindo dormir por uma hora ou duas e descansar um pouco. — Ele...

Irmã Olwen, entretanto, interrompeu-a antes que Isolda pudesse terminar, afastando o braço.

— Ele não comeu nada desde ontem; precisa de alimento. E eu acho que a senhora pode confiar em mim para alimentar um homem ferido com um pouco de mingau. — Ela fungou, e sua boca se transformou numa linha fina. — Não é preciso ter as habilidades superiores de uma curandeira para fazer isso.

Isolda sacudiu a cabeça.

— Não, a senhora não entendeu. Eu só quis dizer que...

Antes que Isolda pudesse se mover para impedi-la novamente, contudo, Irmã Olwen já tinha se inclinado e agarrado o ombro do rapaz adormecido com dedos firmes.

O soldado mal passara três dias longe do combate; e, além disso, certamente tivera anos de treinamento de guerra em outros campos de batalha. Ele era um homem robusto, de peito largo, com um bigode negro, e os músculos de seus ombros eram poderosos, como de costume com guerreiros que lutavam com espadas. Ele havia perdido um braço, resultado de um golpe de machado de um saxão, mas tinha outro, ainda inteiro e sadio. Com o toque repentino de Irmã Olwen, seus olhos se abriram rapidamente e ele reagiu, acertando um murro no estômago da freira que fez com que ela caísse sentada ao lado dele no chão coberto de palha, a tigela de mingau virada e pingando em seu colo.

Por um momento, a enfermaria ficou em silêncio absoluto. Então, um homem — um menino, na verdade, porque não podia ter mais de dezesseis ou dezessete anos — em uma das esteiras vizinhas começou a rir. E, como se aquele som tivesse quebrado um encanto na sala, vários outros homens também começaram a rir, e a se engasgar com as gargalhadas.

Isolda estendeu a mão, com a intenção de ajudar Irmã Olwen a se levantar, mas, antes que ela pudesse tocar no braço da mulher, a freira já se erguera. Ela hesitou um pouco e seu rosto parecia levemente pálido, mas se mantinha rigidamente ereta, mesmo com uma das mãos apertando o estômago com força.

— A senhora está... — Isolda começou a dizer.

— Eu estou perfeitamente bem. Obrigada. — A voz de Irmã Olwen soava como se ela estivesse sem fôlego, mas ela falava com uma dignidade determinada, quase aristocrática. E, antes que Isolda pudesse dizer mais alguma coisa, havia se virado e saído da sala com o hábito molhado de mingau.

Isolda viu a porta se fechar atrás da freira com um baque surdo, e se virou para onde o homem que Irmã Olwen havia acordado continuava meio sentado, piscando atordoadamente e olhando com um ar de confusão de Isolda para os homens que ainda gargalhavam nas esteiras à sua volta.

— É bom saber que temos alguém para nos proteger, se algum dia formos atacados por um bando de freiras furiosas — disse um deles, ainda engasgado de tanto rir.

E então, de repente, como um susto, Isolda teve um daqueles momentos quando quase podia ver a sombra de sua avó Morgana a seu lado. Normalmente era na enfermaria que Morgana costumava aparecer como uma visão para ela. Sua avó deslizava silenciosamente em meio às fileiras de soldados feridos, com os olhos escuros pensativos enquanto ela examinava cada caso, e com uma expressão grave nas linhas delicadas de seu rosto envelhecido, mas ainda belo. Às vezes, ela oferecia um conselho, como tinha feito anos antes, quando Isolda era pequena e ainda estava aprendendo as artes da cura, com a instrução diária da avó.

Agora, a cabeça de Morgana estava jogada para trás, enquanto ela gargalhava junto com os soldados feridos, com uma expressão divertida nos olhos escuros.

Isolda sacudiu a cabeça silenciosamente para a imagem risonha da avó. *Que maldade.*

A sombra de Morgana deu outra risada. *A freira não se machucou. Olhe nos meus olhos e me diga que não foi engraçado vê-la* sentada no chão, toda suja de mingau, com uma cara de surpresa, como se tivesse acabado de ver um bando de porcos voando.

O homem que Irmã Olwen havia acordado ainda parecia tonto, e Isolda se ajoelhou, ajudando-o a deitar-se de novo na esteira, tocando-o gentilmente para não machucar o que sobrara de seu braço esquerdo.

— O que foi... — ele engoliu em seco, umedeceu os lábios e começou de novo. — O que foi que aconteceu?

Isolda mordeu o lábio, mas perdeu a batalha para não rir. A figura de sua avó assentiu com a cabeça. *Não, eu não achei que você fosse conseguir.*

— Eu acho — disse Isolda, puxando o cobertor de lã de volta sobre o peito do soldado moreno — que é bom que você viva, meu amigo. Não tenho certeza de que você gostaria de arriscar ir parar lá do outro lado neste momento.

Era um rapaz jovem, mais ou menos da idade de Isolda: em torno dos vinte anos, talvez um ou dois anos mais velho, de cabelos negros, grossos e encaracolados, e olhos escuros sob sobrancelhas fartas e negras. O rosto dele estava marcado pela palidez da doença, sua boca se apertava com a dor, e ele tinha um hematoma sério no rosto, mas era um homem bonito, apesar de tudo isso.

Ele havia sido levado para a enfermaria, misericordiosamente inconsciente, já com o braço decepado. Isolda havia cauterizado, lavado e enfaixado o ferimento; e dado a ele uma dose generosa do que restava de seu xarope de papoula, para evitar que acordasse em meio à dor pelo máximo de tempo possível.

Aquilo havia acontecido três dias antes — e ela havia falado a verdade quando lhe dissera que a vida dele estava salva. Ou pelo menos estaria, se ele concordasse em comer e beber alguma coisa. Mas, desde o momento em que ele acordara, olhara cegamente ao seu redor e, em um flash de recordação, se sentara subitamente na esteira para olhar para o ferimento enfaixado. Isolda não o ouvira dizer uma palavra. Nem mesmo dar um gemido.

Os companheiros dele haviam contado a Isolda que seu nome era Cadell, mas, embora ela tivesse falado com ele várias vezes, dizendo-lhe onde estava e o que podia esperar de um ferimento como aquele, ele havia permanecido deitado, sem olhar para ela, nem reconhecer sua presença com uma palavra ou um olhar. Ele também nem olhava, nem falava com nenhum dos companheiros, simplesmente ficava deitado, dia e noite, olhando fixamente para o teto com olhos cansados e furiosos.

Agora, Cadell olhou para ela por um momento, o rosto sem expressão, os olhos escuros ainda confusos. Mas então, lentamente, os cantos de sua boca se ergueram e ele começou a gargalhar, e seu corpo tremia. Depois, abruptamente, como se o riso tivesse derrubado um muro entre ele e tudo o que estava tentando não se deixar sentir, parou de gargalhar e olhou para Isolda, com os olhos escuros subitamente desesperados e o rosto rígido.

— Eu tenho uma esposa esperando por mim em casa. — A voz dele era pouco mais do que um sussurro, e Isolda viu os músculos em seu pescoço subindo e descendo. Ele piscou furiosamente, lutando contra as lágrimas que ela podia ver marejando-lhe os olhos, e fez um movimento com a cabeça na direção do braço que faltava, enquanto os dedos de sua mão saudável puxavam fios de palha da esteira onde ele estava deitado. — O que ela vai dizer quando me vir voltando para ela desse jeito?

Isolda já suspeitava que ele tivesse uma esposa ou namorada esperando por ele, por causa do nó artesanal bordado no colarinho e na barra de seu manto. Ela os via tão frequentemente: os amuletos e talismãs para proteção que as mulheres em todos os cantos daquela terra costuravam e bordavam nos mantos, túnicas e botas que seus homens usavam ao partir para a guerra. Um pequeno galho de árvore, amarrado com um laço de fita vermelho. Um ramo de ervas costurado no cano de uma bota. Um nó bordado na bainha da espada; o padrão intrincado com o propósito de confundir o Mal e manter o dono longe do perigo. Todos aqueles objetos eram apelos para que os homens que os portavam passassem pela batalha ilesos; tudo em nome da proteção, e a única coisa que as mulheres que ficavam esperando em casa podiam fazer.

Isolda já ouvira aquela pergunta de tantos homens, durante os últimos oito anos, que havia perdido a conta. O que a esposa ou namorada deixada para trás diria quando o homem que ela havia mandado para a guerra voltasse, mas não exatamente intacto?

Isolda deu a ele a resposta que sempre dava — a mesma resposta que sua avó sempre havia dado. Morgana, que, apesar de toda a sua crueldade e do temperamento forte, tinha um lado compassivo inesperado, que atravessava sua personalidade como uma fonte de água que rompe o granito.

Ela afastou o cabelo da testa de Cadell suavemente, e, como sempre, concentrou cada pensamento seu na esperança de que suas palavras fossem verdadeiras.

— Ela vai dizer que está muito feliz de tê-lo de volta em casa.

Estava amanhecendo. Tristão chutou um pouco de terra por sobre o que restava da fogueira da noite anterior, acendida em um buraco raso que, depois de coberto, iria esconder os traços da presença deles por ali. Embora aquilo fosse, essencialmente, uma perda de tempo. Ele poderia muito bem ter acendido uma fogueira, subido em uma das árvores em volta e gritado para que um dos guardas de Octa viesse apanhá-lo. O resultado final provavelmente seria o mesmo.

O resto dos homens estava reunido em um semicírculo em volta da agora invisível fogueira, devorando pedaços de pão duro e carne seca. As esteiras em que eles dormiam estavam enroladas e empilhadas em um canto. Não que algum deles tivesse dormido.

Eurig foi o primeiro a quebrar o silêncio. Seu rosto redondo e risonho e sua careca brilhavam palidamente na luz cinzenta da manhã, e ele limpou a boca antes de falar.

— Olhem. Eu não estou, nem por um segundo, sugerindo que não devemos ir buscar Fidach, porque todos nós sabemos para onde estamos indo. Morrendo ou vivendo, eu não deixaria nem um cão raivoso nas mãos de Octa de Kent, muito menos um homem que me protegeu em batalha. Mas o que estou dizendo — ou pedindo, pelo menos — é que nós simplesmente não cavemos nossas próprias sepulturas aqui mesmo, para que Octa nos enterre antes de começarmos a executar o plano.

A confiança de um pelotão em guerra é o espelho da confiança de seu líder. Tristão se lembrava de ter ouvido um comandante, morto havia muito tempo, dizer essa pequena pérola de sabedoria vez ou outra. Um comandante *morto* havia muito tempo. Certo.

Estavam indo para Caer Peris, a fortaleza recentemente conquistada por Octa de Kent na costa saxônica, para libertar um homem que era, inquestionavelmente, um dos prisioneiros mais valiosos do rei Saxão.

Octa de Kent era chamado de Octa da Faca Sangrenta por um motivo, e não era por causa de sua habilidade em caçar coelhos. Mesmo assim, Tristão resistiu à vontade de esfregar a testa que latejava, e se virou para Eurig, mostrando os dentes em algo que parecia ser um sorriso.

— Você não está reclamando, está? Só porque a folga que teve durante os últimos três dias vai acabar?

Na verdade, todos eles haviam passado os últimos três dias marchando através de pântanos, respirando o fedor da lama e das folhas podres, e esperando até anoitecer para remover as sanguessugas que se acumulavam na pele durante o dia.

Eurig riu, e Tristão continuou, agora falando sério.

— Eu não estou dizendo que vai ser fácil. Mas vou ficar com o trabalho mais perigoso. O resto de vocês vai fazer o que concordamos: cuidar dos guardas, resgatar Fidach e dar o fora rápido.

— Oh, que bom. — Levantando-se do lugar que ocupava perto da fogueira apagada, Cath virou seu corpo enorme em direção às arvores em volta, e uma das mãos coçava o queixo por entre a barba negra cerrada. — Fiquem todos sabendo que me prontifiquei a participar de um desastre, matando uns porcos, enquanto você é o voluntário para a parte perigosa.

Tristão coçou a parte de trás do pescoço e levantou uma sobrancelha para o homenzarrão.

— Você está se oferecendo para tomar o meu lugar, engraçadinho?

Cath sorriu, e seus dentes brancos se destacavam no rosto coberto de sujeira. Depois de quase dois meses vivendo nas piores condições, todos eles estavam cobertos de terra suficiente para fazer um jardim.

— Não, não — Cath levantou as mãos. — Eu já me meti em encrenca suficiente quando lhe disse uma vez para me chamar se houvesse qualquer coisa que eu pudesse fazer por você. Eu não esperava que você fosse tomar as coisas tão ao pé da letra.

Antes que Tristão pudesse responder, um barulho repentino na vegetação fez com que se sobressaltasse, e a faca estava em sua mão antes que sua mente registrasse *pássaro*. Mais um maldito pássaro. Colocou a faca de volta na bainha, com as batidas do coração voltando lentamente ao normal. Pelo menos os nervos de todos estavam tão à flor da pele quanto os seus. Eurig estava de pé, e Piye e Daka praticamente haviam levitado, de tão rápido que se moveram.

Eurig soltou uma praga.

— Sim, voltando ao assunto. — Ele se virou para Tristão. — Você assumir a parte mais perigosa do trabalho, quero dizer. — Ele fez outra pausa, parecendo procurar as palavras, e então disse:

— Não tenho certeza de que isso está certo. Quero dizer, uma coisa é arriscar o meu pescoço. Eu não tenho nem família, nem ninguém para lamentar por mim se eu tiver azar e perder o jogo. Mas você tem... Quero dizer, eu pensei...

Eurig devia ser o único mercenário em seis reinos que era capaz de enrubescer. Mesmo na luz da alvorada, mesmo com uma camada sólida de sujeira em seu rosto, Tristão podia ver o avermelhado subindo pelo pescoço de Eurig.

Tristão fechou os olhos e se permitiu desejar com fervor que algum deus misericordioso colasse a língua de Eurig no céu da boca antes que ele pudesse terminar. Mas Daka — tinha de ser Daka — interveio. Se Eurig e Daka eram difíceis de distinguir nas sombras, Daka e Piye eram quase invisíveis, com seus cabelos negros trançados e a pele escura como carvão.

— Ele quer dizer que você poderia encontrar modos mais agradáveis de passar as noites do que dormindo sozinho na lama.

Tristão abriu os olhos. Perfeito. Ele tinha realmente conseguido — mais ou menos — uma hora inteira sem pensar mais de uma dúzia de vezes em Isolda. E agora Eurig e Daka tinham falado dela, pela primeira vez desde que haviam deixado a abadia.

Um soldado distraído é um soldado morto. Esse era outro daqueles pequenos ditados de sabedoria que ele ouvira, aqui e ali. Lembranças que ele tentara bloquear voltaram com a força de um golpe físico, e ele não pôde impedir que a imagem aparecesse diante dele. Isolda, com seus grandes olhos cinzentos fixos nos dele, enquanto ela se ajoelhava ao lado de sua cama e dizia: *Case comigo.*

Tudo — Deus, a única coisa — que ele jamais quisera em sua vida, de repente ao alcance de sua mão. E que, apenas por um momento, ele tinha acreditado — ou pelo menos fingido acreditar — que poderia ter. Ele acreditara que o passado podia ficar no passado, esquecido.

Ele abrira sua boca idiota e dissera: *Eu adoraria.*

E a coisa realmente estúpida era que, se tivesse a mesma chance, a mesma escolha para fazer ali e agora, sabia que não seria capaz de impedir a si mesmo de dizer a mesma coisa novamente.

Não sabia como estava a expressão em seu rosto, mas Daka se mexeu de um jeito desconfortável e disse:

— Eu não quis desrespeitar a sua senhora, você entende, não é?

Tristão expirou pesadamente.

— Note que não fiz picadinho de você e nem espalhei seus pedaços ensanguentados embaixo daqueles pinheiros — ele continuou antes que Daka pudesse falar de novo, desviando o olhar para incluir os outros três. — E, quanto ao fato de eu assumir o maior risco, sou o único que pode falar com Octa — e seus guardas — no idioma deles. Qualquer outro de vocês entra naquele acampamento, e as flores estarão crescendo sobre suas tumbas antes que Octa possa cuspir na terra que cobrir seus ossos.

Cath coçou a barba novamente, o rosto largo sério agora, qualquer vestígio de gargalhada esquecido.

— Tem certeza de que consegue entrar lá? Tristão acabou de encher o buraco da fogueira, chutou algumas folhas por sobre as marcas da terra recentemente revirada e apanhou o cinturão da espada que estava ao alcance de sua mão, perto do local onde passara a noite.

— Octa tem um pelotão externo a postos, ao redor dos muros do acampamento. Nós sabemos disso — acabamos de passar três semanas observando-os, descobrindo onde patrulham, quem são, e quando a troca da guarda acontece. E os muros externos — a antiga muralha romana de pedra — foram danificados durante o sítio. Eles não têm homens suficientes para guardar todos os pontos fracos. E nós sabemos que os guardas de plantão são descuidados, além disso. Eles presumem que ninguém vai conseguir passar pela guarda externa. Então, perdem a concentração. Daka e Piye podem distrair o pelotão externo, e você, Eurig, e eu poderemos entrar sem sermos vistos.

Cath assentiu lentamente.

— É verdade — ou poderia ser, pelo menos. Mas...

Tristão interrompeu-o, entretanto, antes que pudesse terminar, afivelando o cinturão da espada e voltando-se para Eurig, Daka e Piye.

— Estão prontos? — Eurig e os outros dois levantaram a cabeça, assentindo.

— Prontos.

Tristão se virou, vasculhando as árvores ao redor com os olhos, mas tudo estava quieto, os galhos ainda envoltos na friagem da névoa matinal.

— Então, vamos.

Morgana ainda estava ao seu lado, enquanto Isolda andava por entre as fileiras de soldados.

Já que está aqui, devo supor que talvez você pudesse me contar onde esta guerra vai acabar?

A imagem de Morgana sorriu.

Mal-humorada hoje?

Isolda tinha desistido de tentar decidir se aquelas visões eram reais ou apenas um produto de sua imaginação. De qualquer modo, era um conforto estranho poder ver sua avó, não doente e sofrendo, como havia morrido, mas digna e forte e com a mesma beleza sobrenatural que tivera em vida.

Não, mal-humorada não, mas no mínimo assustada. Os homens podem falar sobre Artur...

Mas a menção de Artur foi um erro. Rápido como um golpe de espada, Morgana desapareceu. Como em vida, uma porta sempre se fechara bem na frente de seus olhos quando o nome de Artur era mencionado.

Isolda olhou para baixo. Estava parada perto de outro dos soldados feridos, um homem de sangue irlandês, a julgar pelos cabelos furiosamente ruivos. Era um dos homens mais velhos que haviam sido trazidos para a enfermaria; tinha quarenta ou quarenta e cinco anos, Isolda imaginou. A pele dele era clara, mas mostrava as marcas do tempo, coberta por sardas leves; tinha um rosto forte, de queixo quadrado e sobrancelhas grossas, e um nariz que já tinha sido quebrado — e muito mal consertado.

Ele tinha, também, uma perna quebrada que ainda não fora colocada no lugar, já que gritava ou grunhia para ela, sem dizer uma palavra, a cada vez que se aproximava.

— Pode abrir os olhos — Isolda disse a ele, então. — Eu sei que não está dormindo de verdade.

Ele continuou deitado, rígido, por mais um momento; então, suas pálpebras tremeram, seus olhos se abriram e ele olhou para ela com raiva, sob cílios tão vermelhos quanto seus cabelos.

— Achei que talvez você entendesse a dica e me deixasse em paz. — Isolda não respondeu, e ele olhou feio para ela de novo. — Está vendo isto? — Fez um gesto indicando o próprio rosto. — Quebrei o nariz, e coloquei-o no lugar eu mesmo. Não precisei de uma mulher intrometida me cutucando.

Isolda não se deu ao trabalho de dizer a ele que, se ela tivesse colocado o nariz quebrado dele no lugar no ano anterior, ele estaria reto agora, e não torto, com um inchaço horroroso e permanente na base. Ela também já tinha visto mais homens feridos do que era capaz de contar que usavam a raiva e palavras grosseiras para controlar o medo que tentavam desesperadamente esconder.

Ela fechou os olhos, concentrando os pensamentos no homem ferido, liberando pequenas correntes de consciência que se espalharam suavemente pelos músculos e tendões do corpo dele, localizando a dor. Sentiu-se agradecida, por um momento, por poder controlar melhor agora as sensações dos ferimentos e dores ao seu redor do que meses antes. Ocupada ou não, se ela permanecesse constantemente consciente de toda a dor e sofrimento naquela sala, ficaria dez vezes mais doente, apenas naquela manhã.

A perna quebrada causava uma dor excruciante. E, sob a dor, ela podia sentir uma massa crescente de lembranças, encharcadas de sangue, na mente do homem. De lama e batalhas e ver os companheiros golpeados enquanto ele jazia impotente, incapaz de se levantar para ajudá-los.

Ela disse:

— Tudo bem. Você venceu. Curandeiras são inúteis. Eu devo simplesmente parar de perder o meu tempo aqui, então, e passar os dias bordando lãs coloridas?

Ela podia ver que o homem ruivo lutava para manter a expressão furiosa, mas ao mesmo tempo um sorriso teimava em levantar os cantos de sua boca fechada. Ele trazia, na túnica enlameada, o escudo do rei Cynlas de Rhos, um urso bordado em fundo escarlate. Isolda tinha visto muitos homens de Cynlas na enfermaria nas últimas semanas, desde que Cynlas havia respondido o pedido de Madoc de juntar-se a ele em armas.

Então, Isolda juntou as saias de seu vestido e ajoelhou-se ao lado do homem ruivo, de forma que pudesse olhar nos olhos dele.

— Existe algum nome pelo qual eu possa chamá-lo? — ela perguntou.

O soldado desviou os olhos, virando a cabeça para olhar fixamente para a parede no lado oposto da sala, mas depois de um longo momento ele grunhiu, com a voz estrangulada:

— O nome é Cadfan.

Isolda assentiu.

— Tudo bem, então, Cadfan. Está vendo aqueles homens ali? — Ela fez um gesto em direção ao grupo próximo a Cadell. Três deles, pelo menos, estavam entre aqueles perigosamente entre a vida e a morte. Mesmo assim continuavam sorrindo, o tempo todo.

Isolda voltou-se novamente para Cadfan e continuou, mantendo a voz baixa.

— Irmã Olwen — mesmo sem ter a intenção — acabou de fazer todos eles rirem mais uma vez. Mas isso é o máximo que ela, ou eu, ou qualquer outra pessoa pode fazer por eles neste momento além de esperar para ver se vão viver ou morrer.

Tocou o ombro de Cadfan suavemente, forçando-o a se virar e olhar para ela.

— Então, você vai deitar ai quietinho, e me deixar colocar esta perna quebrada no lugar. Porque, diferentemente da metade dos outros homens nesta sala, por você eu posso fazer alguma coisa.

Por um longo momento, Cadfan olhou para ela; o queixo forte estava tensionado, a boca apertada em uma linha estreita, e havia uma expressão de ironia no rosto. Isolda pensou, entretanto, que o medo que se escondia em seus olhos parecia, talvez, um pouco menos agudo; mesmo assim, estranhamente, estava mais perto da superfície, menos camuflado.

Finalmente ele afastou os olhos dos dela, virou a cabeça para o lado e assentiu.

— Como se eu pudesse ir a qualquer outro lugar, não é?

Aquilo era o mais perto que Isolda iria chegar de um acordo. Ela expirou pesadamente e começou a se levantar, parando ao ver a mulher que, aparentemente sem que ela ouvisse, tinha se aproximado dela enquanto Isolda falava com Cadfan.

Madre Berthildis, da abadia de Santo Euquério, era uma mulher velha e quase incrivelmente feia. Era ainda mais baixa do que Isolda, o corpo rechonchudo levemente corcunda, e sua cabeça parecia sempre jogada para a frente e para longe dos ombros redondos. Seu rosto era cheio de linhas, como um pergaminho antigo, e tinha olhos muito pequenos, negros e agudos — parecia-se levemente com um sapo, para dizer a verdade.

Mas essa havia sido a primeira impressão de Isolda sobre ela, quase três meses antes — quando havia se sentado no aposento privado da abadessa, com o objetivo de conseguir a permissão de Madre Berthildis para drogar o guarda de Cerdic de Wessex, rei e patrono da abadia, que estava em visita. Desde então, Isolda conseguia encontrar um tipo de beleza estranha no rosto enrugado e amarelo da velha senhora.

Agora, Isolda perguntou, depois de responder ao cumprimento de Madre Berthildis.

— Irmã Olwen está...

— Ela está muito bem. — O rosto da abadessa continuou sério, mas Isolda viu um leve brilho de humor nos cantos de seus olhos escuros. — Talvez ela tenha aprendido uma lição salutar de humildade. Sempre podemos ter essa esperança.

— As linhas de humor se aprofundaram. — Com muita humildade, obviamente. E agora — ela continuou bruscamente —, eu vim ver se posso lhe ser útil.

A abadessa podia ser velha e corcunda, os dedos endurecidos e manchados pela idade, mas Isolda já aprendera havia muito tempo, também, que ela possuía a força de uma mulher com a metade de sua idade. Ela assentiu.

— Obrigada. Vou ficar feliz em poder contar com um par de mãos a mais.

Os olhinhos escuros de Madre Berthildis examinaram Cadfan rapidamente, e ela assentiu.

— Ah. Uma perna quebrada, estou vendo. Muito bem. O que posso fazer?

Cadfan havia se virado novamente, os braços cruzados sobre o peito, e o rosto — pelo menos o que Isolda podia ver dele — rígido como uma pedra. Ela olhou de volta para Madre Berthildis.

— A fratura tem pelo menos dois dias. Está vendo como os músculos estão enrijecidos? Eles estão...

Cadfan virou a cabeça e berrou:

— Eu tenho ouvidos, não tenho? Da última vez que verifiquei, eles estavam funcionando. Não há necessidade de falar de mim como se eu não estivesse aqui.

O ferimento era na parte inferior da perna, uma fratura total do osso, logo abaixo do joelho. Simples o bastante para colocar no lugar, e Isolda estava quase certa de que ele não iria sequer mancar quando estivesse curado.

Mas ela também sabia, depois de conversar com os outros homens, que Cadfan havia andado com a perna quebrada durante um dia inteiro, carregando um companheiro ferido mais gravemente nas costas, depois que o pelotão deles tinha caído numa emboscada de uma patrulha de homens de Octa. Por isso ela disse gentilmente, ignorando o tom dele:

— É claro. Você está vendo como os músculos da sua perna estão enrijecidos, então? — Fez um gesto em direção aos músculos rigidamente tensionados da panturrilha dele, visíveis sob a barra rasgada das ceroulas que havia cortado quando ele chegara.

Cadfan olhou para o local que ela havia apontado, franziu o rosto, ficou ainda mais pálido e desviou os olhos novamente com dentes cerrados. Isolda viu o brilho do suor em sua testa.

Tocou no ombro dele e disse, ainda mais gentilmente:

— Seus músculos estão afastando os ossos ainda mais. Então vamos precisar relaxá-los antes que eu possa colocar o osso no lugar. — Ela olhou para cima, para incluir Madre Berthildis na conversa, antes de continuar. — Normalmente eu usaria xarope de papoula, mas estamos com um estoque baixo agora. Prefiro guardar um pouco para depois que eu tiver alinhado o osso, para aliviar a dor o suficiente para que ele — ela se voltou para Cadfan — para que você possa descansar. Mas vou deixar que você escolha.

O queixo de Cadfan permaneceu tenso, mas ele assentiu com a cabeça em um gesto silencioso, e disse:

— Acho que posso aguentar a dor por enquanto. Você pode guardar sua poção para mais tarde.

Ela não podia ajudar Tristão, nem podia saber ao certo que perigos ele estava enfrentando, ou se retornaria, independentemente do tempo que ela esperara por ele ali. E nem podia derrotar os exércitos de Octa ou Marcos, e colocar um fim naquela guerra interminável. Podia, entretanto, consertar a perna de Cadfan. Aquilo teria de ser suficiente por um dia, por enquanto.

Isolda assentou e ficou parada por um instante, olhando fixamente para a perna quebrada, visualizando o que precisava ser feito. Então olhou para cima, voltando-se para Madre Berthildis.

— A senhora poderia pedir a alguém para trazer uma gamela de madeira — talvez uma daquelas nos estábulos? E água quente suficiente para enchê-la?

⌒

Octa da Faca Sangrenta, Rei de Kent, era um homem grande, de constituição poderosa, apesar da idade. Seus cabelos desgrenhados e sua barba estavam ficando grisalhos, e seus olhos pálidos e gélidos eram quase desprovidos de expressão, em um rosto largo e cheio de cicatrizes de batalha. Normalmente Tristão não confiaria nele nem para uma coisa simples — pois Octa provavelmente cuspiria em um copo de cerveja antes de oferecê-lo —, muito menos barganharia com ele a vida de seus homens.

Ele supunha que podia contar como uma vitória o fato de que havia usado a eloquência para passar pela guarda pessoal de Octa, e que o próprio Octa não havia apanhado a faca de cabo de ouro na mesa à sua frente — ainda.

Estavam sentados no grande salão de Octa. As paredes, forradas de madeira, tinham muitos escudos pintados e grandes machados e espadas de guerra, e o ar estava pesado com a fumaça que vinha da lareira central. Os outros guerreiros de Octa encontravam-se esparramados na palha que cobria o chão da parte inferior do salão, a maioria bêbada demais para prestar atenção a eles. Dois deles brigavam, os peitos arfando enquanto chutavam e esmurravam um ao outro, rolando pelo chão. Os dois combatentes estavam cercados por um grupo de espectadores, alguns gritando incentivos, outros provocações.

De muitas formas, aquele era um típico salão de rei; não havia nada que o distinguisse de uma dúzia de outros, a não ser, talvez, a riqueza dos anéis e pulseiras de ouro nas mãos e braços dos soldados, mostrando que haviam prestado juramento a um senhor particularmente poderoso. A única nota incongruente era uma velha mulher, encolhida sobre uma pilha de peles e travesseiros bordados, no canto mais próximo do salão.

Ela estava envolta em mantos e usava um capuz escuro; seu rosto velho, com nariz em forma de gancho, parecia flutuar nas sombras.

Tristão não imaginava Octa como um homem que tolerasse a presença de qualquer mulher em seu salão, exceto, talvez, a das moças escravas que serviam ao rei e seus homens. E aquela velha não era uma escrava. Mesmo encolhida no canto escuro da sala como estava, Tristão ainda podia ver os colares pesados de ouro que trazia no pescoço enrugado e o broche de cristal reluzente que prendia seu manto. Ela havia levantado o olhar apenas uma vez, quando Tristão chegara, e por um momento fixara os olhos nele de forma tão intensa que ele teve a impressão de que ela sabia exatamente quem ele era e por que estava ali. Mas ela havia voltado imediatamente ao trabalho, fiando a lã, e desde então não havia dirigido um olhar sequer a ele, nem a Octa.

— Então. — Octa tinha uma voz áspera e irritante, e falava quase sem inflexão, continuando a olhar fixamente para Tristão com olhos pálidos, frios. — Você veio até aqui na esperança de que eu vá libertar um prisioneiro que capturei. Um mercenário, líder de um bando de fora da lei, chamado Fidach.

— Não.

Octa ergueu as sobrancelhas com a resposta de Tristão, mas o rapaz manteve o rosto tão impassivo quanto o do rei. Ele já havia encontrado alguns homens como Octa antes, o suficiente para saber que o rei Saxão iria farejar qualquer vestígio de medo contido, tão certamente como um lobo podia rastrear um carneiro ensanguentado em meio a um rebanho.

Emoção, na batalha, significava derrota. Portanto, ele se forçava a não sentir nada. Nada de apreensão. Nada de medo.

Nada de passado ou futuro, também. Só aquele salão mal iluminado e cheio de fumaça, e o homem que o encarava do outro lado de uma mesa de madeira marcada a faca.

Octa examinava Tristão, apertando os olhos.

— Não? — ele repetiu.

— Não. — Tristão confirmou calmamente. — Fidach já está livre.

Octa estava muito acostumado a esconder suas reações, mas Tristão viu uma leve tensão nos cantos de sua boca e um breve cintilar de surpresa nos olhos pálidos do rei. E, porque Tristão havia visto as marcas nas costas e nos braços de Fidach, quando ele e Eurig carregaram o companheiro para fora da cela da prisão de Octa e para bem longe dos corpos sem vida dos quatro guardas, ele se permitiu um instante de satisfação mórbida.

De certo modo, Octa merecia crédito — ou mereceria, se Tristão estivesse disposto a conceder crédito a ele — por não discutir, não fazer ameaças e não acusar Tristão de mentir, nem confrontar sua afirmação. Uma ruga branca e profunda, causada pela raiva, apareceu em cada canto da boca estreita do rei, mas ele disse apenas:

— Por que você está aqui, então?

Tristão deu de ombros.

— Chame de princípios. Eu prefiro pagar pelo que levo, em vez de roubar. E também prefiro que você não mande seus homens com ordens para capturar Fidach de novo.

Octa olhou fixamente para Tristão por um longo momento. A força de seu olhar era como um soco no estômago, mas Tristão não se moveu. Um dos dois homens que estavam lutando conseguiu atirar seu oponente ao chão; o barulho ressoou pelo salão, junto com os gritos dos espectadores.

Então, de repente, Octa jogou a cabeça para trás e deu uma gargalhada irônica.

— Ou você é muito corajoso ou é muito burro, meu amigo. Exatamente o que acha que pode me oferecer pela vida do seu amigo fora da lei?

Tristão deixou que o silêncio baixasse entre eles para responder.

— Informação.

As sobrancelhas grossas de Octa se ergueram, mas Tristão continuou antes que ele pudesse falar.

— Não tenho dúvidas de que você já tem informantes... Onde mesmo? No acampamento de Madoc de Gwynedd?

Octa não respondeu, mas Tristão viu o espaço entre os olhos do outro homem se estreitando, e soube, com outra onda rápida de satisfação, que estava certo.

Ele sabia, também, que os recursos de Octa estavam no limite. Octa havia, meses antes, ganho um aliado, o Rei Owain de Powys — e Owain morrera. De peste, segundo as notícias — em que nem um bebê recém-nascido ou algum idiota teriam acreditado. Octa havia colocado o sobrinho de Owain, um garoto de seis anos de idade, no trono como Rei de Powys. E aproveitava para recolher os tributos e impostos, como senhor das terras.

Contudo, manter aquele controle exigia homens — guerreiros designados para Powys, que Octa não podia se dar o luxo de dispensar naquele momento.

Falando alto, Tristão continuou:

— Madoc pode ser Grande Rei, mas os homens em seu conselho lutam uns contra os outros como cães sobre uma carcaça de cervo. Os outros reis da Bretanha têm seus exércitos espalhados ao longo de toda a costa, prontos para atacar as fortalezas que os seus homens defendem. Seria vantajoso para você saber se um desses outros reis está planejando atacar sozinho. — Tristão fez uma pausa. Octa não havia se mexido, mas seu olhar pálido e vazio estava fixo no rosto de Tristão com intensidade.

O rapaz continuou.

— E também há Cerdic de Wessex. Ele se aliou à Bretanha — ao menos por hora. Mas duvido que ele confie neles mais do que confiaria em você. As forças dele controlam a Ilha de Wight. — Tristão colocou a taça de bronze com cerveja, que Octa havia lhe oferecido, na mesa diante de si. — Que fica exatamente do lado oposto desta fortaleza — e que você tomou do filho de Cerdic. — Estendeu a mão por cima da mesa e moveu a taça de Octa, de forma que ficasse oposta à sua. As sobrancelhas de Octa se ergueram novamente, mas ele não respondeu, e depois de um momento Tristão continuou: — As suas forças de um lado, as terras controladas por Cerdic do outro, e apenas um trecho estreito de água no meio, que uma criança de dez anos poderia atravessar num barquinho. — Você gostaria de saber, não gostaria, se Cerdic está movendo suas tropas para dentro da ilha, preparando-se para um ataque para retomar esse pedaço de terra?

Tristão parou de falar por um momento. Havia planejado a missão em sua cabeça em uma sequência de passos. E o primeiro era enganar Octa.

As feições duras do rei haviam relaxado e agora sua expressão era de curiosidade desconfiada. Ele esfregou a cicatriz que lhe deformava o queixo, e perguntou, com uma indiferença estudada que não se sustentou nem mesmo até terminar de falar.

— E você pode me trazer notícias sobre os planos de todos esses reis?

Ah, ele havia caído na armadilha como um patinho.

Tristão se permitiu um pequeno sorriso interior.

Aquelas poucas, e curtas, semanas com Isolda podiam ter feito seu estômago se contrair com o desejo de poder mudar quem era — o desejo do que ele não poderia mais ser, nem se o próprio Artur voltasse dos mortos e o tocasse com sua espada mágica.

Mas, se aquele caminho já estava fechado a ele para sempre, agora Tristão poderia ao menos ser um tremendo especialista em lidar com a escória humana, como Octa de Kent.

Tristão olhou nos olhos do rei e respondeu sem titubear:
— Sim. Sim, eu posso.

⁓

Isolda se endireitou, enxugando as mãos em um pedaço de pano limpo que Madre Berthildis lhe oferecera. Cadfan vomitara na palha ao lado de sua esteira quando ela precisara erguer sua perna quebrada, e Isolda havia desejado desesperadamente, mais uma vez, ter estoques maiores de papoula — ou pelo menos mandrágora ou cicuta, que poderia matar se usada em uma quantidade muito grande, mas que, quando bem dosada, também podia oferecer o consolo do sono. Mas a submersão na água quente que enchia a gamela de madeira havia funcionado e relaxado os músculos de Cadfan. Ela havia acabado de examinar a perna quebrada gentilmente e verificado que já era possível começar seu trabalho.

O rosto de Cadfan estava acinzentado e ele suava, deitado com os olhos bem fechados, e Isolda tocou levemente o dorso de um de seus punhos cerrados.

— Você está indo muito bem. Tente manter os olhos abertos, se puder. Se fechar os olhos, estará sozinho com a dor.

Isolda pensou que era um sinal de como a perna ferida estava doendo o fato de que Cadfan não deu uma de suas costumeiras respostas atravessadas, mas apenas abriu os olhos e dirigiu-lhe um olhar raivoso. Isolda apertou-lhe a mão.

— Muito bem. Eu vou começar, agora. Tente pensar na dor como se ela estivesse de um lado de um muro alto de pedra, e você, do outro. Às vezes, isso também ajuda.

Madre Berthildis, com seu hábito negro arrastando pelo chão, segurava o torso de Cadfan — mas Isolda praticamente não precisava da ajuda dela. Cadfan ficou absolutamente imóvel, enquanto ela começava a colocar os ossos partidos de volta ao alinhamento normal. Ele gemia ocasionalmente, mas Isolda tinha bastante prática em ignorar os gemidos dos homens enquanto trabalhava e conseguiu permanecer indiferente aos de Cadfan, também.

O que estava ficando cada vez mais difícil de ignorar era o medo que crescia dentro dela, pegajoso como uma teia de aranha, e o eco daquela visão que parecia estar à espreita, como algo escondido nas sombras, esperando o momento de atacar. A lembrança da visão fazia com que a náusea matinal que Isolda sentia costumeiramente ficasse ainda pior, e as mãos da moça tremiam, quando deviam estar absolutamente firmes.

Isolda quase sempre contava uma história enquanto tratava dos homens sob seus cuidados. Ela podia lembrar-se de sua avó Morgana contando-lhe um dos velhos contos sobre o fogo, em uma voz suave e quase intocada pela idade, enquanto elas trabalhavam juntas, costurando um ferimento ou colocando um osso quebrado no lugar. O ritmo e o movimento da história ajudavam tanto a ela quanto ao paciente, quando ambos precisavam de algo diferente em que pensar além da dor.

Por esse motivo, normalmente ela contava uma das histórias de heróis guerreiros, um conto sobre o Rei Bran ou sobre Beli Mawr. Aqueles eram sempre os contos mais populares entre os soldados feridos. Às vezes, contudo, quando ela queria dar a um homem uma desculpa para chorar, contava uma história de amor — o conto de Aengus Og e da donzelacisne, talvez —, e então mantinha o olhar cuidadosamente desviado enquanto ele enxugava as lágrimas.

Mas, desta vez, antes de apanhar as bandagens saturadas em unguento de raiz de malva que iriam firmar a tala, Isolda respirou fundo.

Havia histórias, também, de druidas que podiam projetar as próprias almas para longe de seus corpos, de espíritos que voavam como pássaros, muito acima da Terra, para ver o que os olhos humanos não conseguiam. E talvez naquela manhã a Visão tivesse deixado a consciência de Isolda viajar, brevemente, para outro corpo, permitindo que ela visse através dos olhos de um homem que um dia, talvez, no futuro, viesse contar a ela que Tristão havia sido morto.

Agora, Isolda tentava alcançar além dos muros da abadia, para enviar seus próprios pensamentos, sua própria consciência por um fio mais delicado que a seda, como fazia quando tentava localizar a dor de um homem ferido.

Procurando por...

Ela pensou ter sentido alguma coisa. Um puxão muito de leve, talvez, no fio que parecia amarrar seu coração. Uma fisgada, uma centelha de luz como o farfalhar de asas em sua mente. Tristão? Ela não fazia ideia. Já tinha desistido de questionar, ou mesmo de entender, as leis que governavam a Visão havia muito tempo.

Mas Isolda abriu os olhos e começou a falar, tentando imaginar cada palavra como um elo em uma corrente dourada, um fio em uma grande teia de ouro.

— Era uma vez, em um tempo que já se foi, mas que voltará a ser em breve, um menino e uma menina. Seus pais eram guerreiros e irmãos em armas, e eles se conheciam desde que começaram a andar.

Isolda terminou de enrolar a primeira camada de bandagens na perna de Cadfan, prendendo a ponta com um alfinete de bronze, e apanhou uma das talas de madeira que Madre Berthildis havia trazido, antes de continuar.

— Um dia, quando ela era uma meninazinha de oito anos e ele um garoto de dez, ele a ensinou a rastrear as matas; levou-a para a floresta e mostrou a ela como ler os sinais que significavam que um cervo, ou uma lebre, ou um porco-do-mato havia passado por ali. No dia seguinte, ele estava ocupado treinando luta com espadas com os outros homens. Então, a menina resolveu ir sozinha para a floresta. Ela sinceramente não queria ser desobediente ou criar problemas. Ela só tinha... bem, oito anos. — Isolda terminou de colocar a primeira tala no lugar e começou a trabalhar na segunda.

— Ela achou que estaria de volta muito antes de alguém perceber que ela havia saído.

Isolda levantou a cabeça e viu os olhos escuros e bondosos de Madre Berthildis fixos nela, e sorriu levemente.

— Ela não estava de volta, é claro. A menina se perdera na floresta, e, quando a noite começou a cair, ainda não havia encontrado o caminho de volta para casa. Então, ela se sentou debaixo de uma árvore, tremendo, porque, embora fosse primavera, as noites ainda eram frias. E a menina tentou não se lembrar de todas as histórias a respeito de espíritos maus e demônios da noite que já tinha ouvido — mas é claro que se lembrava. Estava sentada ali, no escuro, encolhida com as costas contra o tronco da árvore e mais aterrorizada do que já estivera em toda a vida, quando olhou para cima e viu...

Isolda parou, olhando sem enxergar para a tala de madeira que segurava nas mãos.

— Viu o menino, de pé, na frente dela. Nunca ficara tão feliz em vê-lo em toda a sua vida. Ela detestava chorar; e, como não queria que ele pensasse que era uma covarde, conseguiu conter as lágrimas. Mas quando seus dentes pararam de bater, ela disse: Não pensei que você fosse me encontrar, aqui tão longe.

Isolda se interrompeu. Ela odiava chorar. Sempre odiara. Mas, ultimamente, parecia desabar em lágrimas por qualquer motivo ou sem motivo algum, e antes de prosseguir precisou piscar algumas vezes para diminuir o ardor em seus olhos.

— O menino era, normalmente, muito... — Ela parou por um momento, procurando uma palavra. — Sério. Ele raramente sorria de verdade. Mas sorriu naquele momento, puxou uma das tranças dela, desarrumou seus cabelos e disse: Então você é uma cabeça de vento, não é?

Isolda já tinha quase acabado de colocar as talas no lugar. Deu o último nó nas bandagens, e Cadfan soltou uma risadinha sarcástica.

— Este é o fim? Ouvi falar que você conta uma das histórias de guerra de Macsen Wledig para os outros homens. E eu ganho uma história sobre duas crianças melequentas? Qual é o sentido disso?

Pelo menos ela não estava mais à beira das lágrimas.

— É para dar a você mais um motivo para reclamar, apesar de eu ter tratado e consertado sua perna.

Madre Berthildis havia desaparecido em algum momento enquanto Isolda estava amarrando as bandagens, e agora reaparecera, trazendo uma tigela com um mingau espesso. Isolda conteve um suspiro. Ela provavelmente fizera mal em responder a Cadfan daquele jeito; podia ver que ele estava pronto para abrir a boca e recusar o alimento, só para desafiá-la.

Antes que ele pudesse falar, ela interferiu, pegando a tigela das mãos da freira.

— Obrigada, Madre. Eu tenho certeza de que ele não quer comer. E eu estou faminta — completou, apesar do enjoo no estômago. Isolda pensou ter visto um leve tremor divertido nos cantos da boca generosa da abadessa, mas esta apenas inclinou a cabeça e afastou-se, parando para fazer o sinal da cruz sobre a testa de alguns dos outros homens.

Isolda tinha conseguido engolir algumas colheradas do mingau quando Cadfan, com as sobrancelhas ruivas franzidas, arrancou a tigela de suas mãos.

— Me dê isso aqui. Um de nós dois pode andar até a cozinha para buscar comida, e eu tenho certeza de que não sou eu. — Ele pegou a colher de madeira e começou a devorar o mingau com gestos rápidos e furiosos. — Como se eu não tivesse enfrentado problemas suficientes.

Isolda não mexeu um músculo. Cada homem ferido que chegava a ela contava novas histórias sobre as muitas batalhas que havia enfrentado, histórias que ficavam cravadas nos flancos deles como espinhos venenosos. Às vezes, eles contavam essas histórias imediatamente, até mesmo ansiosamente, e o espinho era retirado, neutralizando o veneno, ainda que uma cicatriz permanecesse. E, às vezes, como no caso de Cadfan, eles se agarravam a cada palavra até que o ferimento envenenado infeccionasse.

Muito devagar, e com muito cuidado, Isolda se sentou ao lado de Cadfan e perguntou:

— O que você quer dizer?

Cadfan engoliu mais uma colherada de mingau. Isolda pensou que ele não fosse responder. Mas então, finalmente, ele levantou a cabeça e olhou nos olhos dela, com um súbito clarão de raiva faiscando em seus olhos azuis.

— Um homem espera arriscar sua vida em batalha. Não haveria sentido se fosse de outro modo. Matar ou morrer. Levantar-se e enfrentar seu destino, se for sua hora de morrer. Mas o que ele não espera... — um músculo tremeu no queixo de Cadfan — ...o que ele não espera é ver a sua vida e a vida dos seus companheiros desperdiçadas, como se fossem lixo.

Isolda pensou ter visto os olhos dele marejarem, mas ele provavelmente andaria outro dia inteiro com a perna quebrada antes de admitir as lágrimas. Em vez disso, ele subiu o tom de voz, como se a raiva estivesse à beira de um precipício, à qual ele se agarrava para escapar da dor.

— Eu fiz um juramento ao meu senhor, Cynlas. — Ele tocou o escudo em sua túnica. — Tenho sido fiel a ele há trinta anos. Bebi da cerveja dele, derramei meu sangue por ele e fiz um juramento de morte, de segui-lo aonde quer que ele nos leve. Mas, quando se trata de obedecer a ordens de um homem que não passa de um covarde consumado ou de um completo idiota, não importa se ele é o Grande Rei...

Isolda levantou a cabeça rapidamente.

— O que foi que você disse?

Madoc de Gwynedd não buscara o título de Grande Rei; ele havia sido escolhido pelo Conselho Real, quando Marcos traíra a Bretanha e o trono, no ano anterior. Era um homem jovem, de trinta e um ou trinta e dois anos no máximo, e seu rosto ainda trazia as cicatrizes de uma antiga luta com Marcos. Embora ele não tivesse buscado sentar-se no trono do Grande Rei, havia se encaixado bem na posição. Poucos homens teriam sido capazes de manter firme a desgastada e complicada rede de alianças que unia os nobres e pequenos reis da Bretanha. Mas Madoc de Gwynedd, com sua impaciência de guerreiro, sua impetuosidade de soldado, havia conseguido; ele tinha liderado os exércitos unidos da Bretanha nas campanhas mais bem-sucedidas desde que Artur caíra em Camlann.

E ele era amado por seus homens, não somente obedecido. Isolda tinha visto aquela admiração no rosto dos feridos sob seus cuidados. Aqueles que haviam prestado juramento a Madoc, e outros ainda, teriam sacrificado sua vida pelo Grande Rei sem hesitar.

A surpresa havia feito Isolda interromper Cadfan antes que ela pudesse se controlar. Mas Cadfan não ficou zangado com a pergunta dela. Foi como se uma comporta interna houvesse se aberto, e ele praticamente cuspiu as palavras seguintes. — Eu disse que, Grande Rei ou não, ou ele é um covarde, ou um tolo. E eu diria a mesma coisa na frente dele, se ele fosse homem o suficiente para vir até aqui e se arriscar a sujar suas lindas roupas.

Cadfan fez uma pausa; seus olhos se fixaram na parede oposta e sua expressão se tornou distante.

— Passamos quase duas semanas marchando, para chegar até aqui e responder ao chamado de Madoc. Até aí, tudo bem. Todos nós estamos acostumados à vida na estrada. E parecia que tínhamos uma chance de vencer agora, de uma vez por todas — e mandar Octa e seus cães saxões nojentos, e aliados traidores, de volta para o mar, que é o lugar deles. Então, nós chegamos. Levantamos acampamento onde Madoc tinha as suas próprias tropas posicionadas. Sabíamos que Octa também pedira reforços. Ele está protegido na fortaleza em Caer Peris que tomou de Cerdic — o lugar é muito bem defendido, e seria preciso mais homens do que nós temos para arrancá-lo de lá. Então, esperamos para ver que tipo de plano de batalha Madoc havia preparado — porque tínhamos ouvido falar que ele tem uma mente imbatível quando se trata de estratégias de batalha.

Cadfan parou novamente e deu uma risada curta e irônica.

— E você quer saber quais foram as brilhantes ordens que o nosso Grande Rei nos deu? Ele nos disse: "Vão lá fora e encontrem o inimigo". — Cadfan riu com desdém. — Só isso. "Vão lá fora e encontrem o inimigo." Como se fôssemos sair pelos campos vasculhando os arbustos e gritando "Eiiiiiii, saxões, onde vocês estão?" — Cadfan deu outra risada sarcástica. — Então, Madoc nos disse: "Quando vocês encontrarem o inimigo, mandem um mensageiro com as notícias, e eu e meus homens iremos ajudar".

Cadfan fez outra pausa, os olhos ainda queimando com a raiva, enquanto ele recordava os dias passados. Então, disse:

— Bem, vou encurtar a história. Encontramos o inimigo, finalmente. Aesc, um dos senhores de Octa, e seus guerreiros. Mandamos um mensageiro de volta para avisar Madoc. E ele veio? — Cadfan deu outro arremedo de gargalhada. — Acho que talvez ele tenha se lembrado, de repente, de que tinha outra coisa para fazer naquele dia.

Cadfan interrompeu-se, e, por um momento apenas, Isolda viu uma dor crua e intensa em seus olhos, antes de ele continuar, o queixo retesado e o olhar furioso mais uma vez.

— Foi uma carnificina. Nós éramos mais de cinquenta, e apenas uns poucos sobreviveram. E isso só aconteceu porque meu senhor Cynlas deu a ordem para batermos em retirada, coisa que eu jamais o havia visto fazer nenhuma vez em trinta anos lutando ao lado dele.

Isolda havia ouvido os boatos, é claro, os sussurros e cochichos entre os homens feridos, mas ela não havia escutado a história inteira, daquele jeito. E se lembrou de quatro meses antes, quando Marcia, uma das empregadas que morreram sob seus cuidados, lhe avisara que, da mesma forma que houvera traição no Conselho do Rei no passado, haveria traição novamente, e logo.

Ela perguntou, depois de um momento:

— Tem certeza de que o mensageiro que vocês enviaram de volta chegou ao destino? De que Madoc sabia que vocês precisavam de reforços e se recusou a ir ajudá-los mesmo assim?

Cadfan parecia quase ter se esquecido de que Isolda estava ali. Olhou para ela com surpresa e então disse, irritado:

— Não, não tenho certeza. Mas...

Ele parou de falar quando um grande cão de caça branco e castanho se aproximou e apontou um nariz preto e molhado, com interesse, para a tigela de mingau. Isolda agarrou o cão pelo pescoço e puxou-o para longe.

— Não, Cabal. — Ele ganiu, ela coçou-lhe as orelhas e acariciou-lhe o pelo. — Você vai ter que começar a rolar, em vez de andar, se continuar comendo desse jeito.

Cabal podia ter sido treinado como cão de guerra, mas estava provando ser valioso na enfermaria também. Desde o começo, havia conquistado os homens feridos, e mesmo aqueles muito doentes com a febre ou os que sentiam muita dor se levantavam para coçar seu pelo malhado ou dividir as porções de mingau, pão e queijo com o animal.

Agora, as feições contraídas de Cadfan haviam relaxado pelo que parecia ser a primeira vez desde que Isolda o vira chegar, carregado, pelos portões da abadia.

— Oh, deixe o cachorro comer. Não sobrou muito; e, de qualquer modo, esse é o *meu* desjejum. Pode dar para ele, se ele quiser.

Cadfan colocou a tigela quase vazia no chão, e Cabal latiu alegremente, começando a lamber o leite e a aveia e empurrando a tigela pelo chão de pedra com o nariz.

— É justo — disse Isolda. De qualquer modo, mesmo bem treinado como Cabal era, ela não se atreveria a tentar tirar comida de um cachorro — qualquer cachorro. Em vez disso, vasculhou sua bolsinha e retirou um dos últimos frascos de papoula que restavam. — Aqui, tome isto. — Ela colocou uma dose na colherinha que carregava exatamente com aquele propósito e deu-a para Cadfan. — Deve ajudar você a dormir.

Talvez o fato de ter contado sua história o tivesse ajudado de alguma forma, porque Cadfan aceitou o remédio sem protestar, colocando a colher na boca e devolvendo-a vazia para

Isolda. E seus lábios tremeram, num quase sorriso, quando Cabal voltou com a tigela vazia, sem vestígio algum do mingau entre os dentes, e apresentou-a a Cadfan.

— Cachorro inteligente.

Isolda sorriu e colocou a mão na cabeça de Cabal.

— Ele é, sim.

Cadfan pegou a tigela que Cabal trouxera de volta e coçou o pescoço do cachorrão. Então, olhou para Isolda.

— Ouvi falar que vai haver uma reunião do Conselho do Rei nos próximos dias. E que você vai estar presente? — Isolda assentiu, e ele continuou, sua voz tremendo com uma nova intensidade, sua expressão se tornando, mais uma vez, furiosa. — Bem, pergunte a ele. Pergunte ao nosso Grande Rei se o mensageiro que enviamos de volta chegou. Pergunte com o que é que ele está brincando com essas ordens idiotas, porque posso apostar que ele quer vencer esta guerra tanto quanto cada um de nós aqui.

Isolda tomou a tigela vazia de mingau das mãos de Cadfan, lembrando-se rapidamente do rosto escuro e barbudo de Madoc de Gwynedd, terrivelmente desfigurado pelo fogo, oito meses antes. Ela ainda podia ouvir a voz dele, também, rouca e hesitante, e subitamente quase tímida, como se fosse tão difícil para ele pronunciar aquelas palavras quanto pisar em um campo de batalha sem sua espada. *Seria bom ter alguém para quem voltar, depois que a batalha terminar. E eu ficaria... muito feliz,* Lady *Isolda, se esse alguém pudesse ser a senhora.*

Isolda olhou firmemente nos olhos de Cadfan, contudo, e assentiu novamente.

— Sim — ela disse. — Perguntarei, se tiver uma chance.

Cadfan olhou de volta para ela intensamente, os olhos estreitados como se estivesse tentando julgar se ela havia falado a verdade. O que ele viu pareceu satisfazê-lo, porque assentiu com um movimento brusco de cabeça. Isolda podia ver que os olhos dele estavam se fechando, e colocou a mão levemente sobre a dele.

Depois de todas aquelas longas semanas de prática, ela conseguia controlar melhor a sua conexão com a dor dos homens feridos. Isso significava que agora podia enviar aquelas pequenas correntes de consciência novamente, espalhando-as a cada parte do corpo de Cadfan e permanecendo ali, simples e silenciosamente consciente da dor que ele sentia.

Com ou sem a papoula, a consciência da perna quebrada ainda era dolorosa o suficiente para fazer com que um suor frio cobrisse a pele de Isolda. Ela sentia, também, os fragmentos de lembranças afiados como lâminas que torturavam a mente de Cadfan sob a superfície de seu olhar raivoso; o sangue e a fúria da batalha...

Ouvindo seus irmãos de armas gritando, e... Deus, aquele era Teyrn, arrastando-se pela lama com as vísceras saltando de seu corpo, chorando como uma criança. Não posso chegar até ele... Não posso chegar até nenhum deles... A perna não deixa... Desgraçados... Merecem morrer... Continue pensando assim... Continue fingindo que você não se importa que eles estejam sendo cortados em pedaços enquanto você está vivo, porque...

Como sempre, Isolda foi tomada pelo gosto amargo do fracasso e da frustração, porque não era capaz de afastar a dor — ela simplesmente sabia que a dor estava lá. E nunca tentava falar com os homens daquele jeito — porque sabia que ouvi-la ali, dentro de sua própria mente, iria assustá--los ainda mais.

Cadfan, entretanto, soltou um longo suspiro e relaxou em sua esteira. Estranhamente, era sempre a mesma coisa. Isolda se lembrava de sua avó lhe dizendo que contava histórias para os homens sob seus cuidados porque os contos pertenciam ao Além, onde as sombras se alimentavam da carne, o passado respirava, e o tempo era uma curva infinita.

Enquanto a história durava, o ferido não precisava lutar contra a dor, não precisava ser heroico ou corajoso. A história pedia apenas que o homem doente ou ferido ouvisse, nada mais, para que pudesse descansar brevemente no Além, para lá do véu. Isolda pensava às vezes que devia haver algum tipo parecido de cura quando ela simplesmente ouvia as histórias deles, a dor deles; mesmo que eles jamais soubessem, conscientemente, que ela lhes ouvira.

Isolda continuou sentada com a mão sobre a de Cadfan, observando seu peito subir e descer enquanto sua respiração ficava mais lenta e profunda. Então, abruptamente, a cabeça dele se ergueu e ele olhou para a tigela vazia que Isolda ainda segurava, depois para a própria Isolda.

— Você fez aquilo de propósito, não fez? — ele perguntou. — Disse que queria o mingau para que eu o comesse?

Isolda sorriu, mesmo sem querer. Apesar disso, as poucas colheradas que ela havia se forçado a engolir haviam se misturado à consciência dolorosa das lembranças e do sofrimento de Cadfan; aquilo lhe revirava o estômago e ela não poderia, naquele momento, ter dito uma palavra mesmo que tentasse. Então, ela simplesmente sorriu mais uma vez, e — rapidamente — virou-se para sair.

— Você está me oferecendo, então, informações sobre os movimentos e planos das forças britânicas em troca da vida do seu amigo. — Octa ainda estava olhando fixamente para ele, com os olhos estreitados. — Ou melhor, em troca de eu não buscar vingança pela perda da minha propriedade.

Tristão não disse nada, e, depois de um momento, Octa sorriu, mostrando uma fileira de dentes apodrecidos.

— Muito bem, meu amigo. É uma barganha. — Então, o sorriso desapareceu e ele disse, abruptamente — O que você sabe sobre Lady Isolda de Cammelerd?

Tristão já havia estado com a espada do inimigo encostada em sua garganta e conseguira dar uma demonstração convincente de calmo desinteresse. O que era bom, caso contrário as palavras de Octa o teriam feito saltar do assento. De qualquer modo, ele não se mexeu, não piscou, não reagiu, nem sequer respirou.

— Por que você quer saber?

Octa apanhou a faca incrustada de pedras preciosas na mesa entre eles e a virou de um lado e de outro, acariciando a ponta da lâmina com o polegar.

— Há dois meses, quando eu estava perto de uma negociação de paz com Cerdic de Wessex, uma mulher entrou no meu acampamento. Ela dizia ser a ex-amante de Cerdic, abandonada quando estava em estado avançado de gravidez. Por vingança, ela veio a mim, oferecendo-me a chance de derrotar Cerdic e seus exércitos de uma vez por todas.

Tristão ignorou o arrepio que lhe desceu pelo pescoço. Ele fazia uma boa ideia de onde aquilo iria terminar. *Espere pelo pior, e você não se surpreenderá quando ele saltar e lhe apunhalar no estômago.*

Mas, de todo jeito, seria um erro revelar, por palavra ou gesto, que ele já ouvira aquela história antes, e da própria Isolda. Ela realmente havia ido até Octa, o enganado, fingido a gravidez, convencendo-o a atacar Cerdic, e aquilo fora um golpe quase fatal para Octa e seu exército.

E ela sempre tinha sido assim, desde que ele podia se lembrar. Ele podia vê-la aos oito anos de idade, já terrivelmente corajosa, inacreditavelmente forte.

Octa tinha parado de falar, e Tristão forçou-se a concentrar a atenção de volta no presente. Ele olhou nos olhos de Octa, e viu algo por detrás dos olhos pálidos, quase mortos, do rei;

algo parecido com a fúria insana que havia visto em um porco selvagem ou um cachorro louco. Então, com um movimento súbito e selvagem, Octa levantou a faca e cravou-a com força na mesa, onde ela permaneceu fincada, o cabo tremendo, a lâmina enterrada profundamente na madeira.

— Ela mentiu. Ela não era mais amante de Cerdic do que eu. E... — o queixo do rei endureceu enquanto ele continuava, com voz rouca — ...a informação que ela ofereceu também era mentira. Do começo ao fim, uma mentira.

Certo. Planos eram uma coisa maravilhosa até que você os colocava em prática. Octa havia parado novamente de falar. A expressão de animal selvagem passou rapidamente por seus olhos e então sumiu, deixando as feições do rei sem vida e frias como gelo, como sua voz.

— Um terço dos meus melhores guerreiros foi massacrado na emboscada de Cerdic. Homens por cujas vidas recebi um pagamento de Cerdic quando tomei esta fortaleza do covarde do filho dele. Mas ainda tenho de receber meu pagamento da mulher cuja língua mentirosa me custou uma derrota em batalha, dois meses atrás. Eu descobri, entretanto, por um informante infiltrado entre os homens de Cerdic, o nome dessa mulher. Lady Isolda, filha do antigo Rei Modred, Senhora de Cammelerd.

Ele pronunciou as últimas palavras lentamente, um sorrisinho frio levantando-lhe os cantos da boca.

Tenha calma. Inspire, expire. Não pense em como seria bom arrancar a faca da mesa e apagar aquele sorriso do rosto de Octa. Permitir-se sentir raiva ou medo em uma batalha poderia significar a morte. Não era como se ele não soubesse no que se transformaria se cedesse ao potencial instintivo para a violência que se escondia sob sua fachada de controle.

Tristão manteve a voz sem qualquer expressão, o rosto tão completamente despido de emoção como o de Octa:

— Por que você está me contando isto?

O sorriso de Octa aumentou.

— Porque meu informante também me contou que ela foi vista entre os guerreiros de Cerdic. Na companhia de um homem. Um homem cuja descrição combina com você. Um antigo companheiro, de acordo com a história, do tal Fidach, que você me diz não ser mais um hóspede da minha fortaleza.

Tristão mudou levemente de posição, esticando as pernas e encostando-se na cadeira.

— E você me oferece... O quê? Um segundo refém para assegurar que eu mantenha minha palavra na barganha e lhe traga o que você quer?

Octa mexeu os ombros enormes num gesto de desdém.

— Você pode descrever as coisas desse jeito, se quiser. — Os olhos dele eram como globos de metal frios, suspensos em seu rosto ossudo. — Traga-me as informações que combinamos, e eu posso considerá-las como um pagamento adequado por poupar a vida da pequena vagabunda. Tente me enganar... — ele sorriu novamente — ...eu a encontrarei e ensinarei a ela uma lição sobre brincar de amante do rei, antes de cortar a garganta dela.

Tristão continuou sentado, absolutamente imóvel, controlando um espasmo de fúria muito, muito lá no fundo, trancando-o naquela cela interna onde ele já mantinha todos os pensamentos sobre Isolda.

Tinha de ser um espaço incrivelmente grande.

Ele se forçou a entrar ainda mais completamente no foco do combate, concentrando-se no aqui e no agora. Estivera errado sobre a captura de Octa ser a primeira prioridade da missão. Manter Isolda a salvo era a prioridade; sempre havia sido.

Ele falou com uma voz controlada e baixa quando se inclinou para a frente, mantendo o rosto muito próximo ao de Octa. — Então, deixe-me contar-lhe uma coisa. Eu disse que posso entrar e sair de qualquer acampamento de guerra que eu escolha para obter as informações que prometi. Se você machucar Lady Isolda, se tocar num fio de cabelo dela, eu juro pelas nove cavernas do inferno que vou provar isso entrando nos seus aposentos privados uma noite, enquanto você dormir. Talvez enquanto você estiver entrincheirado nessa fortaleza. Talvez no seu castelo real em Kent. Talvez eu espere até que você esteja dormindo em uma tenda de guerra, em campanha. Mais cedo ou mais tarde, você vai acordar uma noite e eu estarei lá, do lado da sua cama. — Ele permitiu que um sorrisinho amargo lhe chegasse aos lábios.

— Existem muitas maneiras bem desagradáveis de morrer, rei Octa de Kent. E Deus sabe que eu já matei homens melhores que você.

Octa abriu a boca, mas Tristão continuou, impedindo-o de falar.

— Você pode dizer que eu jamais escaparia depois disso. Talvez eu o matasse, mas jamais escaparia de seus guardas. — Ele abaixou a voz até um quase sussurro, e sorriu de novo, mantendo o rosto sem expressão, os olhos fixos nos de Octa. — Mas, sabe, eu não me importaria. Mate Lady Isolda, e eu não terei motivo algum para me importar se estou vivo ou morto. Eu posso acabar com a sua vida e morrer feliz.

Octa começou a falar novamente, mas Tristão o interrompeu.

— Eu sei o que você está pensando. Está se perguntando por que simplesmente não ordena que seus guardas me matem agora. E você poderia fazer isso. Mas, se eu não sair daqui vivo, os homens que vieram comigo irão imediatamente ao acampamento do Rei Cerdic e oferecerão a ele as informações sobre tudo o que descobrimos sobre suas defesas, no mês passado. Conseguimos entrar para arrancar Fidach das suas celas. Tenho certeza de que poderíamos dar a Cerdic instruções suficientes para que ele entrasse também. Esta fortaleza já pertenceu a ele, afinal de contas.

O rosto de Octa havia empalidecido de raiva, e suas narinas tremiam quando ele falou, por entre os dentes.

— Você está mentindo.

Tristão ergueu as sobrancelhas.

— Estou?

Octa estreitou os olhos.

— Eu poderia caçá-los. Fidach e esses seus homens.

Tristão deu de ombros.

— Você poderia tentar. Mas este não é o seu país. É o país deles. E você precisaria de mais homens do que pode desperdiçar neste momento para caçá-los, se eles não quiserem ser encontrados.

Aquilo tornava a sua própria sobrevivência uma parte ainda menor da barganha que estava fazendo com Octa e com o destino. Mas ele não tinha muito mais a oferecer a Isolda, de qualquer modo, além de sua própria vida.

Tristão deixou que o silêncio caísse sobre eles por um instante, e então sentou-se novamente, cruzando os braços enquanto se recostava na cadeira de madeira maciça.

— Mas tudo isto é desnecessário. Nós chegamos a um acordo. Tudo o que você tem de fazer é manter as mãos longe de Fidach e de Lady Isolda. E eu lhe darei o que você precisa para vencer esta guerra.

Capítulo 2

— Tome. Refresque a boca com isto.

Isolda abriu os olhos e viu que Madre Berthildis a observava bem de perto. Ela mal tinha saído da enfermaria e entrado no jardim da cozinha da abadia a tempo, e agora se encontrava sentada no chão com as costas apoiadas em um dos pés de ameixa, o suor pegajoso secando em sua pele. Os galhos sobre sua cabeça estavam cobertos de flores brancas como a neve, e algumas pétalas caíam na terra ao simples agitar de uma brisa leve.

Isolda pegou a xícara que a madre superiora lhe ofereceu e viu que estava cheia com um chá de ervas — algo com menta. Isolda tomou um gole, lavou o gosto azedo e insalubre da boca e então soltou a respiração.

— Obrigada — ela disse.

Madre Berthildis dispensou o agradecimento com um aceno e ficou em pé olhando para Isolda com seus pequenos olhos pretos perspicazes no rosto velho e enrugado. Isolda armou-se para ouvir perguntas desagradáveis, mas, surpreendentemente, a madre superiora disse:

— Acabei de vir dos estábulos. Seu companheiro saxão instalou-se bem e provou ser de grande ajuda, preciso admitir. Jamais vi o lugar em tão bom estado.

Isolda assentiu cautelosamente.

— Sim. Estou contente. Eu receava que Hereric não pudesse encontrar um trabalho no qual ainda pudesse se encaixar.

Hereric, antigo companheiro de luta de Tristão, havia perdido um braço em um acidente, quatro meses antes. Ele era saxão de nascença, e provavelmente fora escravo alguma vez — mas isso era tudo o que Isolda sabia sobre a sua história. Forte, altruísta e bondoso, Hereric ainda era, de certa forma, simples como uma criança. E mudo também. Ele falava por meio de um sistema complexo de gestos e sinais com os dedos que Isolda estava aos poucos aprendendo a ler — mas nada era dito sobre o seu passado ou origem.

Hereric ainda se recuperava da perda de seu braço quando Tristão partiu da abadia, deixando-o para trás. Mas, toda vez que Isolda esteve nos estábulos, local que ele havia escolhido para trabalhar, ela o encontrara ocupado e contente — podendo desempenhar seus serviços com um braço quase tão bem quanto com dois. Aparentemente, no cuidado com os cavalos, mostrava-se capaz de comunicar-se em uma linguagem inteiramente independente de palavras ou mesmo sons.

— Ele gosta de trabalhar com os cavalos, e é muito bom nisso — Isolda disse. Uma brisa com essência de ervas agitou-lhe o cabelo. A essa altura do verão, o tomilho e o alecrim estavam crescendo abundantemente, e a lavanda florescia com seus talos leves de cor púrpura, prontos para serem cortados e postos para secar. Isolda lembrou-se repentinamente de sua avó lhe dizendo uma vez que, caminhar por entre um campo de lavanda à noite, respirando o seu perfume, abriria a percepção da pessoa para enxergar aqueles que andam no outro mundo.

Ela tomou mais um gole do chá que Madre Berthildis lhe trouxera, e arriscou engoli-lo dessa vez.

Madre Berthildis a observou:

— O enjoo vai passar. Provavelmente perto do momento em que a criança começar a ser notada.

Claro. Seria demais esperar que a madre superiora tivesse se esquecido disso. Isolda ainda estava para descobrir alguma coisa que pudesse acontecer sob o teto da abadia sobre a qual Madre Berthildis não tivesse conhecimento. Ela fechou os olhos novamente.

— Eu sei.

— Ah. — Não havia surpresa nem condenação no tom de voz de Madre Berthildis. — Você já deu à luz uma criança antes, então.

O enjoo havia diminuído o suficiente para que Isolda arriscasse outro gole no chá de ervas.

— Sim. Uma vez. Eu já fui casada antes, como a senhora bem sabe. Com Constantino, o último Grande Rei. Tivemos uma criança, uma filha. — Ela olhou para cima com um breve e pequeno sorriso. — Tive enjoos durante os nove meses de gravidez. Aparentemente, minha filha nunca havia escutado a regra sobre o bebê não nascido causar enjoos à sua mãe após as três primeiras viradas da lua.

Madre Berthildis também sorriu, expondo as rugas em sua boca larga de lábios finos.

— E a criança? O que aconteceu com ela?

O sorriso de Isolda murchou enquanto ela olhava diretamente para os pequenos brotos verdes que germinavam em um canteiro de ervilhas.

— Ela morreu. Nunca viveu, de verdade. Ela morreu antes mesmo de nascer.

Madre Berthildis acenou com a cabeça, embora já houvesse entendido.

— Sinto muito.

— Obrigada. — Uma tempestade duas noites antes havia quebrado alguns galhos do pé de ameixa acima; um deles estava caído aos pés de Isolda, os botões das flores ainda firmemente dobrados e perfeitos no ramo quebrado. Olhou para Madre Berthildis.

— Isso dói mais do que tudo que já aconteceu comigo.

Mas, depois — Isolda fez uma pausa, buscando palavras —, comecei a perceber que, mesmo tendo doído, eu jamais desejaria não tê-la perdido. Eu jamais desejaria não tê-la amado. Mesmo perdendo-a no fim, eu a tive por todos os nove preciosos meses. Eu a carreguei. Nada pode tirar isso de mim.

Isolda pegou uma das pétalas espalhadas, colocou-a na palma da mão e em seguida, com uma inclinação, deixou que a pétala retornasse ao chão. De algum lugar, nos ramos acima, ouviu-se o leve gorjeio de uma pomba que a levou de volta a uma noite quase três meses antes, deitada na cama com Tristão e escutando o chamado de um rouxinol, no pomar do lado de fora de seu quarto, na casa de hóspedes.

Eles estavam em silêncio por um longo período quando Tristão subitamente perguntou:

— Isa, você tem... — e fez uma pausa. — Você tem certeza de que... nós dois, deste jeito... é isso o que você quer? Tem certeza de que está feliz com isso?

Isolda espantou-se com a pergunta, mas respondeu sem hesitar, achegando-se ao rosto de Tristão, tocando seus lábios com os dela.

— Claro que tenho certeza.

Ela recuou, contudo, quando ele a puxou em sua direção.

— Você tem certeza de que *você* está feliz assim, Tris? Não quero magoar você, e... não ria. Eu sou uma curandeira e não faz muito tempo que você teve duas costelas quebradas e...

Isolda desistiu de falar quando Tristão puxou sua cabeça para baixo, cerrando sua boca com a dele. Ele a beijou com ternura, lentamente e quase com reverência, de um jeito infalível, que sempre fazia sua pulsação perder o compasso e seus ossos derreterem. Por um longo período ela conseguia apenas perceber os movimentos dos lábios e das mãos de Tristão. Quando ele finalmente a soltou, ela havia perdido o fôlego, mas ele a atraiu o bastante para dizer:

— Eu não estava rindo de você. Estava rindo porque você pode ser uma curandeira... mas, neste momento, você é uma curandeira sem roupas, dividindo a cama comigo. E você espera que eu tenha capacidade suficiente de juntar duas palavras coerentes e responder perguntas sobre costelas quebradas?

Os dois riam quando ele a beijou novamente, parou e afastou-se, sua mão caminhando levemente do rosto ao pescoço de Isolda, até seu ombro e suas costas nuas.

— Como é mesmo o verso daquela velha história sobre a Fonte da Juventude?

— A terra é um paraíso, mais prazeroso que todos os sonhos. Mais formosa que qualquer coisa que seus olhos já viram. — A voz de Isolda soava tão abafada que nem ela mesma conseguia ouvir.

Tristão beijou-a novamente e murmurou, com a voz repentinamente rouca.

— Se eu não estiver no paraíso, acho que isso é o mais próximo que irei chegar.

Por um momento, enquanto eles se movimentavam no escuro, Isolda pensou nas ervas que havia tomado quando ainda estava casada com Con. Ervas que a mantinham protegida da dor de carregar — e perder — outra criança. Mas, se a livravam da dor, também a privavam de toda maravilha e alegria de sentir uma nova vida dentro de si. Bem naquele momento, até mesmo o pensamento de carregar uma criança que poderia já ter sido concebida em uma dessas noites — um filho de Tristão — trouxe uma onda de alegria tão intensa que lhe tirava o fôlego.

Por um período curto de tempo Isolda sentiu como se tivesse o futuro possível entre as mãos. Assim, ela estendeu os dedos, rendendo-se à escolha da noite. Ela sabia que jamais usaria as ervas novamente.

E, assim, parou de pensar em qualquer outra coisa.

— E o seu rapaz... seu Tristão... sabe da criança? — perguntou Madre Berthildis.

Elas estavam andando pelo pátio da abadia, atrás da casa de hóspedes e do pequeno quarto onde Isolda dormia quando não estava trabalhando com os homens feridos. O quarto anteriormente havia pertencido a Tristão, quando ele havia sido carregado ferido e inconsciente à abadia cerca de três meses antes, e agora tudo o que se relacionava a esse quarto, desde a simples mobília de madeira até as rachaduras no reboco exposto das paredes, parecia, para Isolda, remeter a Tristão.

À noite, quando não conseguia dormir, ela se lembrava, sozinha na cama estreita, de cada momento, cada dia das três curtas semanas de casamento que eles tiveram. Cada palavra que diziam no momento em que ele abria os olhos e retornava da beira da morte. Cada vez que ele se aproximava de sua boca no escuro e a beijava suavemente, quase milagrosamente, fazendo seu coração parar, como se ela houvesse lhe dado um presente infinitamente precioso e meigo.

Isolda virou a mão e olhou para a tênue linha branca que atravessava sua palma, todos os sinais tangíveis que permaneceram após o pacto de casamento que ela e Tristão celebraram juntos, à luz da vela, apenas os dois, naquele quarto, naquela casa.

Ela dobrou os dedos firmemente e disse.

— Ele é meu marido. Embora ninguém saiba sobre o casamento além de nós dois — ela sorriu com o canto da boca para Madre Berthildis. — E a Senhora agora também sabe, suponho. Mas eu nasci uma princesa... e senhora de Cammelerd. E princesas casam segundo a vontade do Conselho do Rei, nunca segundo a sua própria vontade.

Tristão era um fora da lei, um mercenário que servia como espião saxão. Sem mencionar o filho de Marcos, grande rei traidor cujos exércitos lutam até o presente momento uma guerra contra as forças da Bretanha, nos campos de batalha que cercam a abadia. E pelo menos um dos reis no conselho de Madoc de Gwynedd, Cynlas de Rhos, tinha motivo para desejar a morte de Tristão. Ir diante do Conselho do Rei e rogar que Tristão assumisse um lugar a seu lado como senhor de Cammelerd seria condená-lo à morte, impedindo-o de viver o bastante para fazer o juramento de fidelidade à terra.

Isolda fez uma pausa. Deixou de lado a sensação de impotência e então, por fim, respirou e disse em resposta à pergunta de Madre Berthildis:

— E... não. Tristão não sabe que estou carregando um filho dele.

Madre Berthildis lhe lançou um rápido olhar sagaz.

— Mas você sabia que esperava um filho quando ele deixou a abadia em companhia de outros homens?

Um grupo de irmãs vestidas em seus hábitos pretos enchia o átrio da capela para as orações matinais, e Isolda esperou que elas passassem antes de responder.

Isolda havia descoberto, durante os meses em que morava ali, que a abadia era quase um pequeno mundo em si mesmo. As construções principais estavam dispostas em um quadrado ao redor do átrio central: o prédio baixo e comprido onde as freiras dormiam, a enfermaria, a capela e a casa de hóspedes — todos semelhantemente construídos com paredes caiadas de taipa, exceto pela pequena igreja de pedra. Além disso, estendendo-se ao fundo estavam os pomares de maçã e ameixas e os pequenos campos de aveia, cevada e linho. Os estábulos e as oficinas ficavam afastados atrás do pátio principal, construídos semelhantemente em taipa e palha.

Da manhã até o anoitecer, o lugar inteiro zunia com atividade, de forma pacífica, ordeira e confortante feito o zumbido de uma colmeia. Apesar dos guardas armados — homens de Cerdic — a postos nos portões, e até mesmo por conta dos soldados feridos em batalhas que eram assistidos na enfermaria, a abadia parecia algo quase intocável pelo mundo que havia lá fora. Uma pequena ilha de paz em uma terra ensanguentada e destruída pela guerra, onde as horas de cada dia passavam tão suavemente como as águas mansas sob uma ponte, ordenadas pelo ciclo prescrito de trabalho diário, adoração e louvor das irmãs.

Assim como deveriam ser as brumas de Avalon, mencionada nos contos — embora Madre Berthildis fosse muito diferente de qualquer uma das nove donzelas sacerdotisas da Ilha de Glass, Isolda imaginava.

Nesse instante, Isolda reparou nos hábitos pretos que as freiras vestiam e como eles se esvoaçavam e agitavam com a brisa suave da manhã enquanto caminhavam, as cabeças inclinadas, em direção à capela, e assentiu com a cabeça.

— Sim. Eu sabia. Uma vez que você conhece a sensação, não consegue mais confundi-la. Eu tinha certeza. Mas não, eu não contei a Tristão. Eu queria muito — mais do que consigo expressar. E quase contei. Mas não podia. Ele tinha de ir embora. Fidach — um homem com quem ele lutou — havia sido capturado pelos homens de Octa. Mesmo que não devesse a minha vida a Fidach, eu sabia que Tristão teria de ir atrás dele — resgatá-lo, se ele pudesse. — Isolda fez uma pausa, olhando para o pátio, banhado com o dourado do sol da manhã, e pensou que era mais uma manhã de sol que ela podia ver. Um sol que ela só podia ver nascer por causa de Fidach, que, mesmo enfermo, afetado por uma doença desgastante como a que o acometia — uma doença que seria, mais cedo ou mais tarde, a causa de sua morte —, lutou até chegar ao acampamento de Octa e golpeou a porta do prédio em chamas que a aprisionava.

Ela ainda conseguia sentir o gosto amargo da fumaça que havia queimado o fundo de sua garganta e pulmões, sentir ainda o ardor das brasas que caíram sobre ela e Fidach enquanto eles se afastavam em direção aos campos, na madrugada cinzenta, em busca de segurança. A imagem da face zombeteira do líder dos fora da lei, sóbria naquele momento, ainda lhe era visível. Pelo menos uma vez ela percebeu que todos os traços de sua costumeira zombaria haviam desaparecido. Os olhos castanhos de Fidach mostravam todo o seu cansaço; seus cabelos estavam chamuscados.

O fato de eu cultivar a reputação de um homem sem honra — isso não significa que eu não tenha nenhuma. Um homem cuja morte paira tão claramente sobre seus ombros passa a se preocupar mais com os riscos a que submete a sua alma.

Nesse instante, Isolda piscou os olhos para limpar aquela imagem de sua mente, virando-se para Madre Berthildis novamente.

— Eu devo a minha vida a Fidach — ela disse. — Esta criança — suas mãos se juntaram, quase que por decisão própria, uma após a outra, sobre seu ventre. Ainda era cedo demais para sentir qualquer movimento do bebê, mas, se tivesse fechado os olhos, ela poderia imaginar que havia sentido uma pequena, pulsante, faísca de vida —, esta criança jamais existiria se Fidach não tivesse salvado a minha vida. Eu jamais teria retornado aqui... eu jamais haveria me casado com Tristão.

Isolda olhou para cima e deu de encontro com o olhar sombrio de Madre Berthildis.

— Eu pensei que devia a minha vida aos dois, Fidach e Tristão, e não devia tornar a saída de Tristão daqui ainda pior do que já era. Não devia sobrecarregar Tristão com outra responsabilidade... outra preocupação... quando toda a sua atenção deveria estar em libertar Fidach. Por isso não lhe contei. Tristão não tem a mínima ideia de que será pai antes de a lua crescer e minguar outras sete vezes.

— E ele se foi... por... mais de dois meses agora?

Mais uma vez, o tom de voz de Madre Berthildis não demonstrou nenhum tipo de julgamento ou condenação. Isolda não tinha a intenção de dizer mais nada. Ela sequer tivera a intenção de contar à madre superiora sobre a criança. Todavia, algo no olhar sombrio e firme daquela velha mulher fez que com que ela passasse as mãos sobre os olhos e dissesse:

— E ele não retornou e nem me mandou notícias. Eu sei.

Por um instante, ela se recordou da sensação de medo repentino que havia lhe atingido poucas horas antes e sentiu um nó apertado e firme nas entranhas.

— Ele não está morto. Eu saberia, acho, se ele estivesse.

— Uma vez que Madre Berthildis era a madre superiora de uma casa de mulheres santas dedicadas ao Deus cristão, Isolda não lhe disse como saberia. E, de qualquer forma, Madre Berthildis provavelmente sabia disso também.

Ela continuou:

— Mas ele está...

Isolda parou mais uma vez, tentando achar as palavras certas. O silêncio continuou até que Madre Berthildis perguntou:

— Sua história, aquela que você contou quando estava tratando da perna daquele homem, Cadfan... era a respeito de seu Tristão?

Isolda fez uma pausa, os olhos a meia distância, onde o sol fluía por sobre as paredes externas da abadia.

— A senhora tem grande sensibilidade, Madre. Sim. Aquela era uma história de quando nós dois éramos pequenos. Crescemos juntos. Ele é dois anos mais velho do que eu, mas era o meu melhor amigo... sempre foi, até onde me recordo. E aconteceu exatamente daquela forma. Eu tinha oito anos e me perdi completamente na floresta... foi também durante as campanhas de primavera do exército. Tristão veio, me achou e me levou para casa.

Isolda removeu um tufo de grama que estava preso à sua saia e sorriu novamente.

— Ele até me ajudou a escalar o muro do forte do meu pai para que nenhum dos adultos percebesse que eu estive fora. Ele me salvou pelo menos de uma bronca. Minha avó me amava, mas até mesmo os homens valentes sabiam que era melhor ficar longe quando ela estava zangada.

Elas chegaram à entrada da casa de hóspedes, e Isolda parou, descansando uma das mãos sobre a moldura de pedra da porta antes de se virar para Madre Berthildis. A madre superiora não disse nada. Todavia, a força de sua audiência era uma presença quase audível, e o sorriso de Isolda diminuiu à medida que ela pensava nos anos passados.

— Tristão era... é — ela disse, finalmente — um excepcional espadachim. Ele liderava grupos de ataque dos homens do meu pai quando não tinha ainda 15 anos. Mesmo antes disso, ele ganhou a reputação de ser destemido nas batalhas. Corria os riscos mais loucos e ganhava o dia para o exército inteiro como se não tivesse sido nada. Depois, quando eu ou qualquer outra perguntava por quê — Isolda fez uma pausa, mordendo os lábios, lembrando-se, vendo novamente a face de um jovem Tristão, feições magras, maxilar firme e olhos azuis brilhantes —, Tristão simplesmente encolhia os ombros e dizia: *Alguém tem de fazer isso. Por que não eu?*

Isolda fez outra pausa, tentando pensar nos anos que se passaram. Tentando entender o que teria forjado Tristão num homem que encolhia os ombros e dizia: *"Por que não eu?"* em face de um grande risco. E agora, ela podia pensar em alguma coisa.

Olhou novamente para Madre Berthildis.

— Mas nenhum homem sai de uma batalha sem ser transformado. Nós acabamos de vir da enfermaria com tantos homens feridos — você verá com seus próprios olhos. Seus corpos poderão sarar, mas nenhum deles jamais voltará a ser o mesmo, o mesmo de verdade, novamente. E na batalha de Camlann... quando meu pai e o Rei Artur se encontraram e lutaram pela última vez, e os dois perderam suas vidas...

Isolda fez uma pausa.

— Tristão foi capturado na batalha — ela disse, após um instante. — Eu acho que ele foi, porque acabou trabalhando nas minas de estanho como escravo. Mas ele nunca me falou sobre o que aconteceu, e quase nada me contou sobre o que passou durante todos esses anos em que foi escravo, embora eu tenha visto as cicatrizes.

Isolda pensou nas marcas de chicote nas costas de Tristão, as juntas que lhe faltavam nos dedos da mão esquerda, marcas do tempo nas minas.

Madre Berthildis franziu os lábios.

— Muitos podem dizer que você também leva suas próprias cicatrizes.

— Talvez. — Isolda ficou em silêncio por um momento, olhando de volta para o caminho que percorreram pelo jardim da abadia. — Mas eu tive uma infância muito feliz. Realmente, muito feliz. Eu sempre soube que a minha avó me amava. É como a alegria de carregar uma criança, nada pode tirar isso de você. Eu sempre tive aqueles anos junto com ela, sempre soube que ela me amou mais do que qualquer outra coisa. Mas Tristão...

Isolda interrompeu-se, pensando sobre o quanto estava disposta a dizer sobre o passado de Tristão.

— Tristão nunca teve nada parecido com aquilo — ela disse, finalmente. — ...ele não é... — ela deu outro pequeno sorriso à madre superiora — Ele não é como Cadfan, alguém que grita e rosna a qualquer pessoa que se aproxima quando está com raiva ou medo, ou as duas coisas. Tristão é, e sempre foi, a pessoa mais discreta a respeito da própria vida e sentimentos que eu já conheci.

A última irmã adentrou a capela e Isolda ouviu o suave e rítmico canto da missa da manhã. Esfregou as mãos uma na outra.

— Tristão foi atrás de Fidach. Mas eu acho, se tivesse de adivinhar, que ele de certa forma estava grato por ir. Porque ele me deixou me aproximar demais dele, perto demais seja lá do que for que ele mantém ainda bem trancado dentro de si. Embora ele me ame, eu sei.

— Filha... — Madre Berthildis deu um pequeno sorriso e a tocou levemente no rosto. Seus dedos eram secos e frios como o mármore na pele de Isolda. — Ninguém, nem mesmo uma freira ranzinza e velha, que já tenha visto os olhos dele vidrados em você, duvidaria disso.

Isolda cerrou os olhos. Ela odiava chorar, mas semanas antes havia celebrado a paz com o fato de que lágrimas e enjoo para ela, inevitavelmente, significavam carregar uma criança no útero. Mas, de qualquer maneira, ela não conseguiu evitar que o calor das lágrimas lhe queimasse os olhos naquele instante.

— E eu o amo — ela disse. — Sim, amo. Mas eu... Não tenho certeza se ele me quer. O amor é um peso para ele, eu acho, é mais uma preocupação adicional do que qualquer outra coisa.

Uma lembrança cortante como uma faca passou pela mente de Isolda, Tristão olhando para ela com seus olhos azuis como o céu da manhã. Ele a olhava do jeito que raramente se permitia deixar olhar, com seu coração inteiro refletido nos olhos, de forma que ela conseguiu visualizar por um breve instante um redemoinho que misturava desejo, paixão e dor. Então ele passava a mão suavemente pela testa de Isolda, afastando um cacho de cabelo, e dizia: *Eu não a mereço.*

O rosto pequeno e feio de Madre Berthildis estava calmo e um pouco distante, embora não desatencioso.

— E você acha que pode salvá-lo, salvá-lo de si mesmo, como se fosse possível?

— Não — disse Isolda, deixando escapar um sopro hesitante. — Eu sei que não consigo. Ele tem de salvar a si mesmo. Ele precisa escolher querer ficar comigo. Mas... — ela parou e enxugou os olhos. — A senhora já ouviu a história da donzela que teve o seu amor roubado pela Boa Gente? Para libertá-lo, ela precisaria tirá-lo do seu cavalo encantado, depois segurá-lo em seus braços enquanto o feitiço da rainha das fadas o transformava de uma besta rugidora em uma serpente, e depois em uma espada em brasa viva.

Isolda respirou calmamente, enxugou as lágrimas com a ponta dos dedos antes de encarar os olhos sombrios de Madre Berthildis.

— Então, é isso o que eu vou fazer agora. Esperar.

⁓

— E você acreditou nele? — Cath perguntou.

Fidach estava adormecido. Adormecido, não morto — embora seu corpo parecesse letárgico no momento, enrolado em uma manta grossa de viagem e deitado absolutamente imóvel no chão. Sua face parecia uma caveira, a pele amarela feito cera, e ele não se moveu nem um pouco quando Tristão se inclinou sobre ele. Mas Tristão percebeu um leve e constante pulsar em seu pescoço.

Ele teria de explicar aos outros pelo menos uma parte do acordo com Octa. Seria injusto se não o fizesse, uma vez que precisaria contar com a ajuda deles agora. Seis fora da lei contra os exércitos de Octa de Kent e Marcos. Mesmo que seus planos funcionassem da forma que ele pretendia, Octa e Marcos dariam conta do trabalho sozinhos.

Ainda assim, se ele achasse que Deus lhe devia alguns favores, pediria que mantivesse ao menos os outros cinco aqui, vivos.

Ainda estava forçando a mente para focar na tarefa que tinha em mãos. Prioridades. Uma série de passos.

Manter Isolda protegida. Neutralizar Octa. Garantir que Marcos recebesse sua própria recompensa eterna.

Talvez, de certa forma, fazer uma expiação pelos erros passados?

Tristão não se permitia pensar além disso.

Nesse momento, ele cobriu Fidach um pouco mais com a manta e olhou para Cath, percebendo um olhar que o questionava se ele havia perdido a cabeça.

— Você acha que Octa vai cumprir a palavra?

Eles conseguiram escapar das constantes patrulhas de Octa por volta do nascer da lua, mas nenhum deles sequer mencionou a possibilidade ou não de fazerem uma fogueira. Estavam sentados à luz crescente da manhã sob um bosque de carvalhos e comendo pão seco e um frango que Daka havia roubado num assentamento. Embora ele tenha deixado moedas suficientes nos degraus da porta da chácara que dariam para pagar pela ave.

Tristão tomou um gole da cerveja do odre que Eurig lhe entregara antes de responder a pergunta de Cath. A cerveja tinha um pouco do gosto da cabra cuja pele fora utilizada para costurar o odre, mas o gosto era melhor do que qualquer água enlameada e escura que haviam encontrado.

— Eu não acreditaria na palavra de Octa mesmo que ele me falasse que a chuva é molhada. Mas ele não vai se mexer até que eu lhe entregue o que quer... ou até enquanto ele pensar que eu tenho.

Tristão se virou para Daka e Piye, cuja face estava escurecidas pelas sombras dos galhos acima.

— Por questões de segurança, eu gostaria que vocês continuassem vigiando. Um de vocês mantenha os olhos em Octa e o outro na abadia. Qualquer sinal de que Octa esteja planejando um ataque, qualquer um que seja, tirem Isolda e falem comigo. Se estiverem dispostos.

Tristão viu os dois irmãos trocarem olhares em que toda uma conversa era capturada no movimento de um lábio, no levantar de uma sobrancelha. Em seguida, Daka se virou para ele e disse:

— Você não precisa pedir. Nós iremos.

⁓

— E você ainda pretende ir à reunião do Conselho do Rei, aquela que o Rei Madoc convocou para amanhã? — Madre Berthildis perguntou.

Isolda percebeu, no olhar sombrio e sagaz da velha mulher, quais seriam as próximas palavras de Madre Berthildis e, portanto, continuou antes que a madre superiora as pronunciasse.

— Eu sei, eu sei que há um risco em andar a cavalo tão cedo.

Involuntariamente, suas mãos se apertaram sobre o estômago ainda plano.

— Mas vou levar Hereric comigo, pelo menos, para guiar o cavalo. E não acho que possa escolher não comparecer. A senhora ouviu a história de Cadfan.

Isolda estava recordando a exaustão desanimadora estampada no rosto de Madoc quando eles partiram, três meses antes. Madoc poderia estar sustentando o conselho totalmente por força de vontade. Mas era apenas um homem, cercado por aliados em quem não poderia confiar plenamente.

— Não importa o que aconteceu, o Rei Madoc precisa da aprovação de todos, mesmo da única mulher do conselho. Os reis da Bretanha ainda relutam em enterrar velhos rancores e em se unir até mesmo para derrotar Octa e Marcos. E há outro motivo. — Isolda fez uma pausa, mordendo os lábios. — Tenho minhas próprias terras, como a senhora sabe, o reino de Cammelerd. Eu não as visito pessoalmente desde meus treze anos de idade porque eu era a rainha de Constantino e minhas funções me mantinham a maior parte do tempo na Cornualha. E agora...

Ela fez uma pausa.

— Agora o restante do Conselho do Rei pode não aprovar que uma mulher possua terras em seu próprio nome. Mas elas são minhas por direito de nascença, através de minha mãe, Guinevere. Mas, se qualquer pessoa do Conselho do Rei souber ou mesmo suspeitar que estou grávida, e de um marido que eles não aprovaram...

Princesas se casam segundo a vontade do conselho, ela havia dito. *Nunca segundo sua própria vontade.*

Madoc pode ter dado a ela sua palavra, quatro meses atrás, de que não a forçaria a casar-se contra a vontade. E Isolda o conhecia o suficiente para ter certeza de que ele faria todo o possível para cumprir a promessa. Mas, neste caso, Isolda tinha dúvida que os outros membros do Conselho do Rei iriam aprovar.

— Na melhor das hipóteses — ela disse —, Cammelerd seria tirado de mim. Na pior das hipóteses, eu teria de me casar com outro membro do conselho que quisesse tanto as minhas terras que assumiria o filho de outro homem. E, de qualquer forma — olhou diretamente para o prédio alongado de taipa que servia de dormitório de freiras e de casa de hóspedes. — De qualquer forma, eu falhei grandemente em meus deveres para com todos aqueles que residem nas terras de Cammelerd.

Todavia, Isolda teria falhado, querendo ou não. Quatro meses antes, Cammelerd havia sido sitiada por Octa e Marcos, e suas forças controlavam todas as estradas. Desde então, ela não teve nenhuma notícia sobre o estado das terras. Esse era outro motivo pelo qual devia participar da reunião do conselho que aconteceria no dia seguinte: descobrir se já havia alguma notícia, se as defesas de Cammelerd caíram ou ainda resistiam.

Madre Berthildis estava olhando para ela; a compaixão suavizava seu olhar severo. Ela disse, olhando para a cintura de Isolda:

— O segundo filho geralmente aparece mais cedo que o primeiro.

— Eu sei. — Isolda olhou novamente em direção ao pátio. As irmãs haviam começado os cânticos matinais; as palavras suaves em latim saíam por entre as portas abertas da capela.

Ela disse:

— Eu tenho provavelmente mais uns dois meses antes que o bebê comece a aparecer... talvez três, antes que ele apareça o suficiente para que uma mulher note. Depois disso... — Ela fez uma pausa e encarou Madre Berthildis. — Eu estaria mentindo se dissesse que posso ver com clareza meu futuro. Se eu dissesse que saberia o que fazer quando chegar a hora.

Especialmente se Tristão não voltar, uma voz sussurrou dentro dela. Mas ela novamente deixou de lado aquele pensamento.

— Sei que pode parecer que enlouqueci completamente... ou que eu esteja sendo totalmente egoísta em casar-me com Tristão secretamente. Mas eu...

Ela parou, tentando colocar em palavras o que sentiu quando esteve em pé nesse mesmo lugar quase três meses atrás, em uma noite enluarada. Ela esteve aqui e ouviu os cânticos noturnos — da mesma forma que agora ouve os da manhã — e pensou na escolha a fazer diante dela como se fora uma porta a ser atravessada ao desconhecido.

Por fim, ela disse:

— A senhora já se sentiu tão segura a respeito de uma escolha que parecia que nem sequer havia uma escolha a ser feita? Alguma vez a senhora já sentiu que o caminho que deveria seguir estava pronto? Tão certo como as estrelas se movem pelo céu e a noite segue o dia?

Madre Berthildis ficou em silêncio, depois assentiu.

— Talvez sim.

Isolda esfregou um dedo na cicatriz na palma de sua mão, resultado do ritual de seu casamento.

— Foi isso o que eu senti acerca da escolha de me casar com Tristão. Embora eu não pudesse fazer nada além daquilo. Como se eu estivesse destinada a casar com ele mesmo antes de as pedras começarem a guardar o tempo. Mesmo se... Ela fez uma pausa. Dobrou a mão com firmeza e continuou novamente. — O que quer que aconteça — ela disse —, não terei do que me arrepender. Nem mesmo dúvidas se meu casamento com ele tenha sido a escolha certa a ser feita. Independentemente do que o futuro possa oferecer.

Madre Berthildis concordou lentamente, os lábios franzidos, um olhar subitamente pensativo, como se estivesse decidindo se deveria ou não falar mais alguma coisa. Em seguida, ela parecia ter tomado uma decisão, porque olhou com intensidade para o rosto de Isolda.

— Você tem uma grande coragem, se posso dizer assim. — Ela fez uma pausa. — E permita-me também dizer que, com fé, o futuro sempre é perfeito. — Tocou o rosto de Isolda levemente com uma das mãos, de uma forma que fez Isolda pensar nas bênçãos que ela concedia às irmãs de hábitos pretos quando saíam da capela após as orações noturnas. — Inesperadamente perfeito, talvez... Mas perfeito, ainda assim.

As sombras acinzentadas do crepúsculo estavam se prolongando no quarto pequeno e quadrado, e Isolda podia ouvir as irmãs do convento já entoando os cânticos da noite. Após despedir-se de Madre Berthildis, ela dormiu um pouco, depois retornou à enfermaria para suturar as feridas e reparar os ossos quebrados de três guerreiros de Cerdic, que haviam sido trazidos pela manhã.

Agora estava de volta ao seu quarto, as costas doloridas após permanecer horas inclinada, tratando homens feridos, as vestes saturadas com o cheiro desagradável e asqueroso da enfermaria: suor e sangue, o odor de febres elevadas e o cheiro nauseante de feridas infeccionadas.

Isolda puxou o vestido por sobre a cabeça com um suspiro de alívio e foi até a bacia lavar o rosto grudento de suor, as mãos e os braços. Ao terminar, jogou fora a água utilizada e encheu a bacia novamente com água limpa, colocando-a no chão.

O fato de estar fazendo isso no meio de uma casa de Cristo e ainda não ter sido atingida por um raio a fez crer que esse era um sinal de que nenhum Deus aqui se importava. Ao menos, que estava disposto a dividir espaço com uma pequena centelha dos costumes antigos e com os pequenos deuses ancestrais das árvores e riachos, que haviam sido adorados desde que as rochas e a terra existiam.

Ela estava vestida apenas com a roupa de baixo, toda em linho transparente, e a sensação do ar da noite tocando suas costas nuas e pescoço enquanto ela acendia a única vela de cera do quarto e a colocava sobre a mesa ao lado da cama era agradável. Em seguida, ela se ajoelhou próximo à bacia e olhou para a superfície ondulada da água, deixando a respiração diminuir, esvaziando a mente a cada batida do coração. Ela havia tentado isso com regularidade desde que Tristão partira, há várias semanas. Às vezes, ela enxergava um lampejo confuso de imagens — uma tocha queimando, um cavalo deslocando-se num galope, duas espadas retinindo ao se encontrarem. Às vezes, não via nada além do próprio reflexo. Mas às vezes — muito, muito raramente —, ela conseguia ver uma breve cena do rosto de Tristão, e o nó do medo se afrouxava um pouquinho.

Esta noite ela se ajoelhou no chão de pedra, fixando o olhar na água da bacia, desejando esvaziar-se de toda sorte de pensamento, acalmar-se totalmente. Para não pensar na outra imagem que a Visão havia lhe trazido hoje — sem a necessidade de olhar na água.

Por favor, ela pensou, em compasso com seu pulso. *Por favor... por favor... por favor...*

Então, a água parecia tremular, a brilhar com algo além da luz da vela refletida. Uma imagem agitou-se, formou-se e ficou cada vez mais clara. Um acampamento. E dois homens sentados lado a lado. Apesar do seu esforço para se controlar, a respiração de Isolda aumentou ao visualizá-los, e seu coração acelerou. *Por favor. Por favor. Por favor.*

Um dos homens estava meio sentado, meio deitado, encostado em uma tora caída, como se tivesse pouca força para se manter em pé. Seu rosto estava quase dolorosamente esquelético, arranhado e marcado com sujeira, mas Isolda o reconheceu de imediato pelas tatuagens de guerreiro nas maças do rosto. Fidach. E ao seu lado...

Tristão aparentava cansaço também, os olhos azuis borrados com fraqueza, a boca cerrada. Ele havia estado em combate recentemente — ou ao menos em perigo. Isolda tratara de muitos soldados feridos para não perceber os sinais. Ele se sentava com facilidade, mas havia um controle alerta e tenso em sua postura, e Isolda percebeu que ele lançava os olhos automaticamente, olhando de fora a fora, procurando por sinais de perigo nas redondezas.

Mas estava vivo. Vivo, sem ferimentos e inteiro. Seu cabelo dourado fora amarrado para trás com uma tira de couro, como de costume, e ele limpava e polia a lâmina de uma espada, equilibrada entre os joelhos.

Isolda permaneceu muito, muito calma. Fidach estava falando. Ela podia ver sua boca abrindo e fechando. Sem se mover, quase inconsciente agora, mal respirando, ela concentrou toda a atenção em visualizar a imagem oscilante. *Por favor. Por favor. Por favor.*

— ...algo que eu nunca pensei em dizer. Mas uma garota com o tipo de coragem que ela tem poderia quase me fazer desejar uma mulher. — A voz de Fidach tinha um som áspero e exausto, como se as palavras estivessem sendo arrancadas dolorosamente de seu peito. Mas Isolda viu sua boca gracejar e um lampejo de seu habitual arremedo nos olhos castanhos curiosamente claros. — Por uma ou duas noites, pelo menos.

Esse era um sinal do quanto ele conhecia Fidach, porque, em vez de irritação, a expressão de Tristão alegrava-se levemente com aquilo, ao mostrar um riso no canto da boca. Ele esfregava um pedaço de couro embebido em óleo ao longo da lâmina de sua espada, com movimentos rápidos e controlados, e mesmo assim olhou para Fidach para dizer:

— Vou ter de dizer isso a ela.

Fidach mudou de posição, e Isolda viu um espasmo de dor passar-lhe pelo rosto, como se mesmo aquele pequeno movimento fosse difícil de suportar.

O líder dos fora da lei havia mudado no intervalo de três meses em que ela não o vira, Isolda pensou, ao olhar para a imagem vacilante de sua face. Uma vez ela havia pensado que Fidach criara deliberadamente uma identidade para si mesmo — uma medida de proteção, de certa forma, usado como um disfarce. Para a maioria do mundo, ele era um homem que se alimentava do medo dos outros homens, de modo que assim se fazia temido. Um homem cujo apelo de consciência era inútil, porque não tinha nenhuma. Todavia, durante esse tempo todo, um homem de honra vivia por trás daqueles olhos castanhos em formato de folha.

E agora, observando-o na água, Isolda achou que aquela figura pública inescrupulosa e zombeteira estava usando mais disfarces do que antes.

— Então, você ainda pretende ter condições de contar a ela? — O tom de Fidach ainda era suave — ou o mais suave que uma voz áspera podia ser —, as palavras, casuais, mas Isolda percebeu uma curiosa intensidade nelas também. Fidach parecia prestar muita atenção a Tristão enquanto aguardava uma resposta. Isolda apertou as próprias mãos, fincando as unhas nas palmas, para impedir a si mesma de querer tocar na imagem tremeluzente e vaga diante dela.

Tristão voltou a limpar a espada, virando-se para a lâmina de forma que seu rosto não podia ser visto por Fidach ou por Isolda. Todavia, Isolda o ouviu suspirar. Depois de um instante, ele disse:

— Para um homem à beira da morte, você fala para diabos, sabia disso?

Fidach suspirou, e Isolda poderia jurar que havia uma centelha de tristeza ou pesar em seus olhos.

— E você ainda pretende ir...

Mas, quaisquer que tenham sido as palavras ditas em seguida, Isolda não as percebeu. Com a brusquidão do som de um trovão, a visão se interrompeu, se partiu e se foi, deixando Isolda mais uma vez olhando o próprio reflexo e a imagem refletida do quarto iluminado a vela.

Por um longo período ela permaneceu sentada, absolutamente quieta. Depois, movendo-se lentamente, descansou as mãos sobre o lugar onde dentro dela uma pequena centelha pulsante de vida crescia um pouco mais brilhante a cada dia. Ainda era muito cedo para sentir qualquer movimento da criança. Mas ela podia sentir, toda vez que fechava os olhos como naquele instante, a presença de *alguém*. Alguém que poderia ter olhos azuis como os de Tristão ou cabelos pretos como os dela. Um menino que cresceria para um dia empunhar uma espada — ou uma garota que iria contar as antigas histórias do fogo e cantar as velhas canções para seu próprio bebê algum dia.

Ela virou a mão para cima, olhou para a palma, onde a marca do pacto de seu casamento com Tristão se cruzava com a dele, uma cicatriz antiga, sarada e não mais que uma fina linha branca quase imperceptível. Por um instante ela podia ver sua avó Morgana inclinada sobre uma antiga bacia divinatória de bronze.

Três gotas de óleo para adocicar as águas. Três gotas de sangue para pagar o levantamento do véu. Pela sorveira, pelo freixo. Pela Donzela, pela Mãe e pela Anciã.

Ela também conseguia ouvir sua avó dizendo que esses caminhos antigos, a mágica dos Ancestrais que governavam a Visão, estavam morrendo na Bretanha. Que primeiro os romanos, com suas armaduras de escamas e estradas retas e pavimentadas, e agora os padres cristãos, com suas batinas pretas, quebraram os laços dos velhos deuses com a terra quando construíram seus grandes templos de pedra e declararam que todos os deuses devem permanecer fechados lá dentro.

Isolda fez uma pausa, visualizando novamente a breve cena que testemunhou nas águas. Trazida a ela por algum tipo de poder, por alguma razão — ela precisava crer nessa verdade.

E ela também estava aliviada, porque a Visão significava que Fidach estava livre, embora ferido, esquelético e enfraquecido por tudo que havia passado. Mas ainda vivo, livre do alcance de Octa. E ela se sentia aliviada — perplexa — por não ter mais de imaginar Fidach sofrendo qualquer tortura que a crueldade de Octa poderia conceber. Fidach estava seguro. E Tristão...

Isolda respirou profundamente, mais de uma vez, e continuou a conversar com o pequenino alguém cuja presença podia sentir, tentando imaginar cada palavra que falava como se fosse um nó em uma enorme rede dourada, unindo três pontos de luz outrora separados. Ela, Tristão e a parte deles que ela guardava dentro de si.

— Eu vou lhe falar sobre seu pai. Porque ele está... — ela engoliu com dificuldade. — Porque ele não está aqui para lhe contar pessoalmente.

— Quando ele tinha quinze anos, liderava grupos de ataque — e todos os homens brigavam e faziam de tudo para serem colocados sob seu comando. Porque ele jamais deixava nenhum de seus guerreiros serem feitos prisioneiros. Se eram capturados, ele os trazia de volta — cada um. E também porque ele nunca, jamais, permitia que seus homens deixassem um companheiro ferido para trás.

— E ele ganhou a reputação por ter nervos de aço — porque, em meio a todos os ataques, todas as batalhas e lutas, jamais perdeu a calma, jamais vacilou ou demonstrou medo. Ele sempre foi assim. Era filho de Marcos da Cornualha e de uma princesa saxã, filha de Cerdic de Wessex.

Isolda fez uma pausa, olhando para o reflexo da vela sobre a superfície da água diante dela. Por um instante, imaginou ter visto a face de outro homem encobrindo a chama que tremulava. Um rosto bonito, bruto e pesado, emoldurado por cabelos pretos e com linhas de cansaço próximas a olhos pequenos e pretos.

Um ano. Havia se passado quase um ano desde que Marcos a havia forçado a casar-se com ele, um casamento de um dia e de uma única noite sentindo suas mãos na pele dela, sua boca com cheiro de vômito tocando na dela. Desde então, ela avistara Marcos em outras visões — visões onde ele atacava assentamentos, cortava mulheres e crianças, olhava para o corpo aberto ensanguentado de uma menina e se arrependia de não tê-la possuído à força antes de matá-la.

Em seguida, também em relances da Visão, ela vira Marcos com sua mão enfiada na boca, mordendo a junta dos dedos para segurar o choro por tudo que havia perdido, por tudo que havia se tornado.

Agora, nada se refletia na água parada. O veneno daquela lembrança, daquela noite, havia partido de verdade.

Se ela não tivesse se casado com Marcos, ele a teria matado. Se ela não tivesse se casado com Marcos, não estaria ali naquela noite, impetuosamente alegre com cada fôlego de vida por estar falando com o bebê, o filho ou filha de Tristão.

Ela prosseguiu, com a visão um pouco turva à medida que fixava o olhar na água da bacia. Jamais contaria tudo isso a uma criança. Mas um bebê não nascido de alguma forma ainda não era uma criança, e ao mesmo tempo era bem mais que isso. Uma chama brilhante de vida ainda equilibrada a meio caminho entre este e o Outro Mundo.

— Marcos batia em sua esposa, e em seu filho. Eu tinha pena da mãe de Tristão... mas me recordo de ter raiva dela também quando eu era pequena. Porque ela nunca defendeu Tristão, jamais tentou salvá-lo das surras que levava do pai. Perdi a conta de quantas vezes tratei os machucados de Tristão. Mas somente porque eu o atormentava com pedidos para que me deixasse tratá-lo.

Mesmo assim, quando ela o intimidava a deixar que tratasse seus ferimentos ou atasse suas costelas fraturadas, o garoto Tristão, então com treze anos de idade, sentava-se calado como se fosse esculpido em pedra. Como se jogasse toda dor ou raiva, ou vergonha que estivesse sentindo para dentro de si, de modo que no momento não sentia nada.

Ele ganhou a reputação de não temer a batalha, a fama por jogar loucamente com a própria vida — embora nunca jogasse com a vida de seus homens. Quais seriam os seus motivos? Será que acreditava parcialmente nas maldições e vilipêndios que seu pai lhe lançava? Será que se sentia culpado por não ser capaz de proteger sua mãe das agressões de Marcos durante todos esses anos?

Olhando para o passado, Isolda achava que poderiam ser esses os motivos.

Agora Isolda colocava a mão sobre o abdômen e conversava novamente, quase sussurrando com o bebê que estava dentro dela. O filho de Tristão, e também seu.

— Acho que de alguma forma ele ainda é aquele menino. Ainda fazendo de tudo para não perder a calma ou admitir que esteja sentindo dor. Ainda se culpando mais do que deveria. Mantendo ainda trancafiados em sua alma todos os sentimentos, tudo que aconteceu com ele.

Ela parou de falar. A noite havia chegado e o quarto estava escuro, exceto pela chama da vela que queimava.

— O que eu sei sobre a história de Tristão termina em Camlann. Mas acho que isso é quando algo aconteceu a ele, algum ferimento que mantém parte dele um prisioneiro, ainda encarcerado pelas trevas.

As orações da noite haviam encerrado; ela podia ouvir o som das sandálias das irmãs do convento no pátio do lado de fora enquanto caminhavam da capela até o dormitório onde iriam dormir até o horário das orações da meia-noite.

Então, você ainda pretende ter condições de contar a ela? Fidach perguntara a Tristão. Isolda podia ouvir o eco daquelas palavras no som de cada pegada do lado de fora.

Em seguida, ela pensou em sua última noite com Tristão — sua última noite juntos antes que ele partisse com outros homens para resgatar Fidach das mãos de Octa de Kent.

Tristão tinha sonhado. E, no meio do pesadelo, ele a atacou, a prendeu e a prensou contra a parede do quarto — como teria feito com qualquer inimigo contra quem lutasse em seu sonho.

Isolda ainda pôde ver sua face na manhã seguinte, quando ele olhou os machucados nos braços dela antes de cair de volta na cama ao seu lado com um braço cobrindo os olhos. *Por favor, me diga que não a machuquei além disso*, ele disse. E prosseguiu: *eu disse que não merecia você. Eu jamais deveria ter...*

Ela teria argumentado. Mas Tristão fechara os olhos, como se não suportasse mais olhar para ela. *Por favor. Eu... Não suportaria se a machucasse novamente. É como se nós nunca...*

Ele jamais concluiu o que gostaria de dizer. Mas aqui, naquele mesmo pequeno e mobiliado quarto, onde as paredes ecoavam feito a harpa de um trovador, com as lembranças que ela trazia de Tristão, Isolda não tinha problema algum de concluir por ele.

É como se nunca devêssemos ficar juntos. Como se nunca devêssemos viver de verdade como marido e esposa.

Isolda fechou os olhos.

— Algo aconteceu com Tristão em Camlann — ela disse novamente. — Está ligado, de alguma forma, com seu próprio pai.

Marcos, que na batalha de Camlann traiu seu voto de aliança com Modred e virou-se para o lado do Rei Artur. Aquela traição custou a Modred, pai de Isolda, tanto a vitória como sua vida. Em seguida, Marcos a emparedou, juntamente com sua avó, em um forte dominado por pragas, para que morressem.

Isolda parou. Se Madre Berthildis estivesse aqui, no quarto de Isolda, nesta noite, a madre superiora teria dito sem sombra de dúvida que Tristão deveria perdoar Marcos como o Cristo havia ensinado e bendizê-lo por todas as dificuldades por que teve de passar.

As lembranças atingiram Isolda como havia acontecido naquela manhã, com a força de uma pedra arremessada contra seu estômago: Tristão e Marcos, a face rígida e determinada, o peito erguido enquanto giram num movimento semelhante a uma dança de combate brutal. Uma luta cujas sementes certamente foram semeadas em cada golpe desferido pelos punhos de Marcos, quando ela e Tristão ainda eram crianças. E um combate no qual, certamente, um dos dois morreria.

Em seguida, a imagem de sua própria face atravessou-lhe a memória. Seu próprio rosto, como visualizado de relance num lampejo na Visão da manhã, quando ela soube que alguém — Tristão? — havia morrido em virtude de um golpe mortal.

Isolda respirou profundamente, esperou até que as batidas ensurdecedoras de seu coração cessassem em seus ouvidos e que o medo de que a onda de enjoo que lhe atingira o estômago não regredisse e passasse. Então, ela disse, falando ainda com a criança em seu ventre:

— Mas eu ainda lhe prometo que você... Você pode sempre se orgulhar por ele ser o seu pai. Se você não souber de mais nada, saberá pelo menos isso.

Chovia torrencialmente, e ele estava ensopado antes mesmo de percorrer metade da distância que tinha de viajar esta noite. Mas era por uma boa causa. O assobio dos pingos da chuva nas folhas molhadas abafaria qualquer barulho que ele fizesse. E a ausência de lua significava chances menores de ser visto.

A meio caminho da montanha que subiu, ele podia avistar as fogueiras no acampamento de Artur, as silhuetas arquejadas dos guardas próximas às chamas enquanto tentavam secar as capas encharcadas e aquecer as mãos. Uma sombra apareceu indistintamente logo acima, o que o fez congelar; cada músculo instantaneamente preparou-se para lutar ou fugir.

Contudo, uma parte de sua mente ficou em alerta e vigiou calmamente. Foi essa parte que vivera essa noite fria e úmida vez após vez. A parte que tinha conhecimento disso por meio de um sonho — que sabia que ele não havia, afinal de contas, sido apanhado pela patrulha solitária que naquele momento avistara na sombra profunda, no arbusto que despejara a gota gelada de água escorrendo por suas costas. A parte de sua consciência que sabia com uma certeza zombeteira que o pior de suas lembranças ainda estava por vir.

Era como se fosse um peixe ensanguentado, arfando e lutando preso numa linha. A mente agitada, tentando acordar antes que o verdadeiro pesadelo de sangue e entranhas e braços e pernas cortadas começasse. Ele conhecia cada minuto, cada detalhe maldito do que aconteceria de agora em diante. E não haveria escape até que ele revivesse cada momento de derramamento de sangue.

Ele saiu desse esconderijo em direção ao acampamento do Rei Artur. E então...

E então o frio, a chuva, a noite úmida desapareceram e ele se encontrou deitado de costas no meio de um campo de grama verde com um cheiro doce, em pleno verão. O sonho terminou antes que ele pudesse chegar à lama misturada com sangue e os gritos agonizantes de seus homens. Ele teria chamado isso de um maldito milagre, se ainda acreditasse.

E alguém estava inclinado sobre ele.

Isolda.

Seus cabelos pretos estavam soltos nas costas e seus olhos cinzentos, escuros de preocupação, enquanto ela se inclinava sobre ele. Ele tentou segurar-lhe a mão — mas alcançou o vazio. Não conseguia tocá-la.

Tudo isso ainda era um sonho. Ele sabia, mas sentiu uma onda de frustração mesmo assim.

O sonho, Isolda acenou com a cabeça. *Sim. Você está sonhando. Quando você despertar, eu terei partido. Mas eu sempre retorno. Todas aquelas noites nas minas, quando eu vim e me sentei com você no escuro e no frio — lembra-se delas? Todas aquelas noites após as batalhas? Eu sempre vim para segurar sua mão e lhe dizer para permanecer forte. Para continuar respirando, manter seu coração batendo. Para simplesmente manter-se vivo, e assim passar por mais um dia.*

Eu teria enlouquecido completamente se não fosse por você. Tristão riu e cobriu os olhos com um dos braços. *Acho que é bom você ser apenas um sonho. De outra forma, eu não poderia falar isso em voz alta.*

Eu sei. Ele achou que havia um toque de tristeza nas palavras ditas suavemente. Mas então ela se ajeitou levemente ao lado dele na grama, sentando-se sobre os próprios pés. *Você estava sonhando algo mais hoje à noite, antes que eu chegasse — o que você sonhou?*

Ele olhou para cima e a encontrou mirando-o com seus olhos cinza suaves. *O que você sonhou, Tris? Conte-me. Mesmo em um sonho, sua voz o fazia pensar em água doce e fresca.*

Não posso.

Sim, você pode. Os dedos dela se moveram como se fossem tocar-lhe os cabelos, embora ele não sentisse nada. *Você pode me dizer qualquer coisa e não terá problema algum.*

Você não vai gostar de ouvir.

Sim, eu vou. Conte-me, Tris. Conte-me a história. Olhe, vou começar para você: em uma época que era, e agora se foi para sempre, e recomeçará em breve... Agora você pode continuar.

Ah! Deuses. Vocês me farão contar, não é mesmo? Era uma vez... Era uma vez um menino. Crescido demais para que seu pai lhe batesse como fizera antes. Mas ele tinha medo do bastardo ainda depois de crescido. Porque havia um lugar dentro de si onde ele trancara todo o medo, dor e raiva que já sentira. *Toda vez que seu pai olhava para ele, as paredes daquele espaço começavam a mexer e a sacudir, e ele tinha medo de que iria... Medo de tornar-se...*

Não consigo contar.

Sim. Você consegue. Ele tinha medo de se tornar igual a seu pai, era isso o que você iria dizer? Que, se abrisse os grilhões que o prendiam, ele se transformaria no homem que seu pai era? Ela fez uma pausa. *O que seu pai dizia a você, Tris? Do que ele lhe chamava?*

Cão de rua. Moleque bastardo. Monte de esterco. Instantaneamente, as palavras lhe fizeram abrir os olhos. Tristão olhou para ela. *Você foi a única coisa que me fez não acreditar nisso.*

Mas você acreditou. Você ainda acredita, não é mesmo? Foi por isso que me deixou, não foi? Por que não voltou?

Deus. Talvez. Mas eu não posso...

Você pode. Eu sei que você consegue. Apenas conte a história. Primeiro uma palavra, depois a outra, e a outra, até chegar ao fim. Não é tão difícil.

Havia um garoto que não devia mais ter medo de seu pai — mas ele temia. E, então, quando ele teve de fazer uma escolha, ele escolheu... Escolheu a coisa errada... E, em consequência disso... Em consequência...

Se existisse um Deus, ele seria capaz de acordar agora. A pele de Tristão estava pegajosa, e seu coração tentava bater fora do peito. *Eu realmente não consigo fazer isso.*

Acalme-se. Está tudo bem. Novamente, ele não sentiu nada, mas viu a mão de Isolda mover-se, e sabia que ela havia colocado a ponta dos dedos em seu rosto. *Está tudo bem, Tris. Se você não consegue contar a história, eu vou contar uma para você. Feche os olhos. Este é um conto que você já conhece.*

Ele estava deitado na cama estreita da casa de hóspedes da abadia, o corpo quente e macio de Isolda encostado ao seu. A mão dela descansava sobre seu peito, e ela não se mexia, mas ele sabia por sua respiração que ela não estava dormindo.

— Isa?

Ele a sentiu mexer-se para olhá-lo, embora o quarto estivesse muito escuro para se ver alguma coisa.

— Sim?

— Você se recorda quando me disse que era capaz de ler meus pensamentos?

Ele sentiu que ela balançou a cabeça, afirmando.

— Então, você pode me dizer o que estou pensando nesse momento?

— Talvez. — Ela se ergueu com a ajuda de um cotovelo, e ele imaginou a curva do sorriso no canto de sua boca. — Pelo menos eu acho que sei.

— E?

— Achei que você disse que constantemente sabe o que estou pensando também.

Ele jogou o travesseiro nela, e ela o pegou, rolando sobre as costas e rindo.

— E eu amo você, também.

Em seguida, ela parou de rir e se ajeitou próximo a ele.

— Falo sério, Tris. — Sua voz era como um sopro macio e morno ao recostar a cabeça no peito de Tristão.

— Eu amo você. Para sempre — enquanto eu respirar.

Capítulo 3

— Pode dizer ao Rei Cerdic que eu lançarei seu campeão bajulador de boca fedorenta ao chão e cortarei sua genitália. — O rosto de Dywel de Logres estava vermelho e transtornado de ira. — E qualquer outra escória saxônica também, já que o próprio Cerdic é velho demais para levantar o próprio pênis, ainda mais para lutar suas próprias batalhas como um homem.

Ele mal havia proferido as últimas palavras, repartindo um olhar furioso entre Cerdic de Wessex e Isolda. O Rei Dywel era um homem grande, bonito, de pele escura, cabelos ondulados e firmes sob a coroa dourada que usava sobre a testa. Fora do campo de batalha, ele era honesto, de boa índole e levemente simples, ciciando ligeiramente ao falar em virtude de seus dentes da frente terem se perdido em batalhas ou pela idade.

Dywel também era um rei sem terra; Logres havia sido conquistada por Cerdic e seus guerreiros nos anos após Camlann. Agora, Dywel dependia da hospitalidade de seus amigos reis, morava nos palácios destes e comandava um bando de guerreiros a quem não tinha meios para pagar — exceto por qualquer despojo conquistado em batalha ou incursões nos assentamentos inimigos. Isolda escutara histórias sobre a ira que se apoderava de Dywel em batalhas, de como ele era conhecido por atacar seus próprios homens, porque no calor da luta ele deixava de separar aliado de inimigo.

Ela e todo o resto do Conselho do Rei estavam conhecendo mais sobre esse lado de Dywel, agora.

Isolda virou-se em direção ao local em que o Rei Cerdic estava sentado na sala. As paredes e o madeiramento do telhado da sala eram novos, construídos rapidamente quando Madoc e seu exército haviam transformado esse antigo castelo na colina em fortaleza, dois meses antes. Essas terras estavam nas mãos de saxões havia muito tempo — e o velho castelo na colina de Briton dos Antigos havia permanecido quase intocável por séculos de guerra e mudança, como um gigante que dormia sob a terra, esperando e pronto para ser restaurado e refortificado pelos homens de Madoc.

Ou, ao menos esta noite, seria algo bom a pensar.

Cerdic era um homem velho, marcado por cicatrizes de incontáveis batalhas no passado, mas seu corpo permanecia ainda ereto e alto, com os vestígios da força de um guerreiro. Sua barba branca estava entrelaçada em uma só trança, e ele tinha cabelos compridos e brancos como neve, também enlaçados com vários fios cobertos de ouro. Suas feições eram eslbeltas como as de um falcão, os olhos azuis brilhantes bem alinhados sob sobrancelhas levemente arqueadas. E naquele instante eles estavam frios e completamente sem expressão, deixando transparecer sem dúvida os pensamentos particulares.

Quando os olhos de Isolda encontraram-se com os dele, uma das sobrancelhas ergueu-se em vaga indagação, solicitando tradução para as palavras de Dywel.

— O Rei de Logres aceitou seu desafio — ela disse.

A outra sobrancelha de Cerdic ergueu-se, e ele disse, em tom educado e profundo:

— Certamente, uma resposta comprida demais para uma tradução tão curta no idioma saxão.

Cerdic sabia — sabia exatamente — o que Dywel havia dito. Ele tanto falava como compreendia a língua da Bretanha muito melhor do que ela compreendia o saxão. Apesar de que, após dois meses cuidando dos seus homens, ela adquirira prática em juntar as palavras e compreender o que os guerreiros de Cerdic diziam. Além disso, crescendo com Tristão, ela aprendeu um pouco do idioma também. A mãe de Tristão falava saxão com ele, e Tristão...

Isolda se conteve, forçou a mente a pensar novamente no conselho e nos homens ao seu redor. Tentou bloquear a percepção de quando a figura delgada de Cerdic de Wessex refletia a mesma imagem de seu neto — Tristão.

O pedido de Cerdic para que ela atuasse como sua intérprete naquela noite foi proposital, meramente para conseguir a vantagem na barganha que se desenrolava naquela noite, ganhando assim o dobro de tempo para avaliar a expressão na face de quem estava com ele e considerar suas respostas como sendo as respostas de qualquer dos outros homens. Não que Isolda pudesse culpá-lo por isso, após o que Dywel e seus homens haviam feito.

— O Rei de Logres parece esperar que você se levante de sua cadeira e o rasgue pedaço a pedaço.

A expressão de Cerdic não se alterou, mas Isolda, acomodando-se em sua própria cadeira, achou que um lampejo de diversão revelou-se em seus olhos por conta disso. O ar na sala estava nebuloso com fumaça, pesado com o cheiro de pó, urina de cavalo e da gordura de carneiro usada nos lampiões pendurados nas paredes — e ela tratou de comer um pouco da carne assada e pão que foram servidos, porque, como havia contado a Madre Berthildis, nenhum dos homens presentes havia adivinhado ou mesmo suspeitado de que estava grávida de dois meses.

Nesse instante, a culpa virou-lhe o estômago. Não que fosse responsável pelo que havia ocorrido. O fato de convencer Cerdic a firmar uma aliança contra Octa e Marcos tinha sido a esperança final, — a única — da Bretanha; se ela houvesse falhado, os homens ao seu redor — e outro número incontável além desses — estariam caídos mortos na lama revolvida do campo de batalha. Mesmo assim, ela sabia que deveria ter previsto esse momento, essa confrontação, a partir do primeiro instante em que adentrou os cômodos privados de Cerdic na abadia, três meses antes.

Ela também estava cansada, após a longa cavalgada do dia. Havia dormido mal na noite anterior, e acordara pela manhã com uma confusão de sonhos na memória: chuva gelada e soldados encolhidos sob suas capas no frio da noite. Perigo e medo — e Tristão. Tristão esteve ali. Ela achava que poderia lembrar-se vagamente de ter tentado tocá-lo, desejando remover a sombra severa em seus olhos.

Isolda acordara com uma dor no peito e algo parecido com o mesmo gosto amargo de cinzas que a invadira quando sentiu a dor das feridas de um homem a quem fora incapaz de ajudar.

Agora, Cerdic inclinava a cabeça branca em resposta a sua tradução, com uma leve sombra de ironia em seus calmos olhos azuis.

— O Rei Dywel se excede em cortesia. — Ele se virou com um olhar questionador para o lugar do Supremo Rei, onde Madoc de Gwynedd estava sentado.

Seguindo o olhar de Cerdic, Isolda achou que Madoc também parecia cansado, os olhos pretos alinhados acima das cicatrizes que lhe cobriam a face — embora sua barba escura cobrisse o dano maior causado a seu queixo e pescoço.

Exceto por uma breve troca de saudações no momento de sua chegada, Isolda ainda precisava conversar a sós com Madoc — fato que, ela reconhecia, a deixava covardemente aliviada. Nesse instante, Madoc gesticulou de forma impaciente e rápida com uma das mãos e em seguida parou. Ergueu a mão lentamente e a deixou cair.

— Assim seja. Comecem.

Ao sinal, dois homens deram um passo à frente e se postaram no espaço circular no centro da sala com suas espadas desembainhadas. Dywel de Logres contra o campeão de Cerdic de Wessex.

O guerreiro de Cerdic era um saxão alto, robusto, de cabelos loiros trançados, nariz torto e uma cicatriz que lhe percorria a extensão do lado direito do rosto. Ele e Dywel encararam-se, ergueram suas espadas e cumprimentaram-se. Seus olhos tinham um brilho intenso e pesado sob a luz das tochas que iluminavam o salão. Um silêncio tenso de expectativa caiu sobre o local. Em seguida, os dois homens travaram combate, girando ao redor do espaço aberto em uma dança selvagem de ataques e contra-ataques cortantes, grunhidos e o retinir dos choques de espadas.

Eles haviam retirado as botas e lutavam descalços, equilibrando-se sobre os pés, trançando-os de um jeito e de outro, avançando, retirando, procurando uma abertura, aproximando-se e depois retrocedendo para reiniciar a dança circular. Dywel lançou-se à frente, atingindo o ar entre ele e seu oponente com golpes rápidos e brutais de espada. Seu rosto estava manchado e tão desfigurado que quase não se podia reconhecê-lo, sua barba salpicava suor, e Isolda prendeu a respiração, desejando poder olhar em outra direção enquanto ele golpeava furiosamente o outro homem. Mas o campeão de Cerdic se recuperou e reagiu, manejando a espada numa série de golpes com as duas mãos que enfraqueceu a força dos ataques de Dywel e o empurrou para trás, em direção à beirada do círculo no qual estavam lutando.

O campeão saxão era o mais pesado dos dois e mais alto que Dywel por meia cabeça e um pouco mais. Mesmo assim, Isolda achou que o Rei de Logres se recuperou. Ele era o espadachim mais habilidoso dos dois, seus golpes ultrapassavam a força bruta do homem saxão e eram bem mais rápidos.

Quando Dywel moveu-se para trás, apoiou o pé sobre um ponto molhado com cerveja onde o piso de terra havia se transformado em lama. E, de uma só feita, em pouco mais que o espaço de um fôlego, a luta terminou. O Rei Dywel escorregou, tentou se recuperar, e então caiu de costas no chão revirado pelas pisadas. O guerreiro de Cerdic investiu sobre ele como um raio, erguendo a espada, preparando-se para o golpe que retiraria a vida de seu oponente.

Isolda sentou-se totalmente imóvel, os dentes cerrados. Era em momentos assim que ela absolutamente odiava reuniões como aquela — odiava tudo que se relacionava a disputa e manobras por poder e as batalhas intermináveis no mundo dos homens. Cada um daqueles homens naquele salão, de Cerdic até o mais insignificante dos guarda-costas do rei, sabia o que Dywel e seus guerreiros haviam feito.

Durante o mais recente confronto, enquanto o exército de Cerdic estava retido ao norte numa ofensiva por parte dos homens de Octa, um grupo dos guerreiros de Dywel saqueou uma das pequenas vilas próxima à fronteira de Wessex, roubando o grão e o gado e tudo mais que pudesse ser levado, matando todos os homens, mulheres e crianças.

Todos sabiam. Os homens de Dywel haviam se gabado publicamente durante as últimas três semanas do ataque infligido. Mesmo assim, quando Cerdic acusou Dywel por seus atos naquela noite, Dywel afirmou enfaticamente que era inocente, o que fez Isolda pensar firmemente que poderia prever essa postura mesmo antes de ele abrir a boca, devido ao uso da palavra *honra* quatro vezes, e *mentira vil*, duas vezes. Ele negou qualquer conhecimento sobre o ataque. Por isso, Cerdic propôs um julgamento por meio de duelo.

Naquele instante, o ar parecia ter sido removido do salão como se, por um momento, o tempo parasse. Em seguida, o silêncio foi quebrado e uma agitação percorreu a extensão do ambiente à medida que os guerreiros de Dywel soltavam berros de "injusto" e "falta", os homens loiros e barbados de Cerdic gritavam a vitória e batiam em seus escudos com os cabos das espadas e lanças.

O campeão de Cerdic parou, a lâmina de sua espada quase tocando o pescoço de Dywel, e Isolda encravava suas unhas na palma das mãos enquanto os ombros do guerreiro saxão agrupavam-se e se firmavam. Assim, ele lentamente virou-se para seu rei.

O olhar de Cerdic movia-se entre o homem saxão e o Rei Dywel, seu rosto ainda transtornado pelo ódio, embora a cor se esvaísse gradualmente enquanto ele estava ali deitado, a lâmina da espada de seu oponente colada à sua garganta. Não para salvar a sua vida — ou, naquele caso, a vida de Dywel. Isolda não podia adivinhar qual seria a ordem que Cerdic iria dar.

Então, Cerdic ergueu a mão e fez um sinal — que não fez sentido algum para Isolda, mas que seus guardas haviam devidamente compreendido, para que o homem erguesse a lâmina da espada e a retirasse da garganta do homem caído. Em seguida, após consultar, o homem saxão ergueu a espada e com um rápido golpe de desdém abriu um corte no lado esquerdo do rosto do Rei Dywel.

Apesar do corte feito pela lâmina da espada, Dywel estava novamente de pé, rodeando Cerdic, com sangue escorrendo-lhe pelo queixo.

— E quantos dos meus assentamentos foram destruídos por seus exércitos, sete anos atrás? — ele interpelou, dando um passo em direção à cadeira do rei saxão. O leve chiado resultante da ausência dos dentes ressaltava ainda mais quando sua ira aumentava. — Quantos dos meus homens livres agora lhe servem como escravos? Quantas esposas foram arrastadas para satisfazer os prazeres de seus guerreiros nojentos?

Cerdic não se mexeu, nem a sua expressão alterou sequer um músculo em face da ira de Dywel. Para surpresa de Isolda, Madoc não fez nenhum movimento para controlar a explosão de raiva de Dywel.

Madoc de Gwynedd era um homem de contradições. Isolda já sabia disso. Ele ia à missa todas as manhãs, tinha inclusive seu próprio padre, que acompanhava seu exército durante as campanhas. E ele era, apesar do escárnio dos seus companheiros, fiel à memória da esposa, que morrera ao dar à luz uma criança, anos atrás. Todavia, sua reputação por ter um péssimo humor era semelhante à do próprio Dywel, e ele geralmente conduzia essas reuniões com mãos de ferro. Por esse motivo, conseguira manter o conselho unido por tanto tempo.

Dessa vez, foi Cynlas de Rhos que se levantou para tomar o braço de Dywel.

O Rei de Rhos era um homem de ombros largos, com traços rudes, que pareciam ter sido talhados a machadadas, com cerca de cinquenta anos, e que quatro meses atrás parecia bem mais novo que seus anos vividos. Nesse instante, Isolda ainda conseguia ver em seu olhar o reflexo sombrio de meses antes, quando vira o próprio filho morrer em uma emboscada. Agora, ele tinha linhas profundas gravadas nos cantos da boca e dos olhos; e seus cabelos, anteriormente vermelhos como o fogo, haviam ficado quase totalmente brancos.

E a confrontação — a confrontação que Isolda na verdade estava esperando acontecer naquela noite — jamais ocorrera. Depois que os feridos na enfermaria da abadia lhe contaram, ela esperava que Cynlas fosse cobrar Madoc pela derrota que ele e seu exército sofreram semanas antes. Não importava o motivo de ter ocorrido aquela derrota, não importava se o pedido por reforços que Cynlas havia enviado a Madoc tinha chegado ou não.

Mas Cynlas não dissera nada a esse respeito. Na verdade, quando falou com Dywel, com uma voz levemente rouca, como se não a utilizasse havia muito tempo, Isolda se deu conta de que essas foram as únicas palavras que ouviu de Cynlas naquela noite.

— O que está feito está feito. Perca uma batalha, enterre seus mortos e siga adiante.

O rosto de Dywel ainda estava sombrio pela raiva, seu maxilar cerrado, quando Cynlas se inclinou para perto, falando a meia-voz. Isolda não ouviu o que ele disse, mas foi o suficiente para que Dywel voltasse para seu banco enxugando o sangue do rosto.

O homem sentou-se à direita de Cynlas. O Rei Meurig de Gwent era um homem pequeno e magro, careca, exceto por um pouco de cabelo crespo acima das orelhas. Usava uma luva de couro pesado, amarrada firmemente ao pulso, e nela estava pousado um falcão ligeiro, com peito pintado e bico curvado. De tempos em tempos, Meurig tocava o pássaro, fazendo sua plumagem ouriçar, ou o alimentava com pedaços de carne tiradas do prato diante dele.

A boca fina do Rei de Gwent relaxava um pouco toda vez que ele olhava para o falcão. Exceto por esses raros momentos, ele permanecia calado e carrancudo o tempo todo. Sua pele era amarelada, e seu rosto carregava as linhas perpétuas de mau humor e impaciência. Seus olhos eram escuros, assim como suas sobrancelhas, e naquele instante ele olhava para Cynlas com um desgosto gélido misturado a ressentimento.

— Bem surpreendente que pense assim, meu sir Cynlas. Considerando a forma como Caer Peris caiu.

Cynlas de Rhos virou-se rapidamente, encarando Meurig e revelando o antigo fogo em seus olhos azuis de aço.

— Fale claramente, meu sir Meurig. Está sugerindo que eu tenho culpa pela tomada do forte?

O pequeno homem parecia encolher levemente sob o olhar firme de Cynlas, mas, com os ombros encolhidos, passou um dos dedos pelo pescoço do falcão e disse, com uma mistura de nervosismo e beligerância em seu tom de voz.

— Estou dizendo, de qualquer forma, que existe pouca chance de um pássaro ter voado sobre os muros do forte e soprado nos ouvidos de Octa o segredo de como passar por nossas defesas.

Isolda, assistindo a tudo isso, lembrou-se de quatro meses antes, quando ajudava Marcia ao lado de sua cama, quando esta sangrou até a morte após perder um filho. *Já houve um traidor no Conselho do Rei antes. E agora há um traidor novamente.*

Agora, o olhar movendo-se de Meurig a Cynlas e a Dywel, Isolda pensou que a única questão é que Marcia falara apenas de um traidor, e não de meia dúzia ou mais.

Se Cerdic, o saxão, o estrangeiro e antigo inimigo, determinou um julgamento por meio de duelo de espadas para provar os crimes cometidos pelos homens de Dywel, mesmo assim ele provocara o menor número de rixas que de fato estavam acontecendo naquele lugar. E, se alguém tinha o direito de questionar a perda do Castelo em Caer Peris era ele, que perdera não apenas o castelo como seu filho mais velho, Cynric.

Olhando em sua direção, Isolda achou que Cerdic havia falado. Mas Meurig exagerou, e de seu lugar, à frente da assembleia, Madoc interrompeu com firmeza:

— Basta. Nós nos reunimos aqui para planejar o futuro, não para atirar lixo na cara uns dos outros, chafurdando no passado como um grupo de porcos.

Isolda podia quase ver o esforço concentrado de Madoc para deixar o próprio cansaço de lado, quando sentiu mais uma pontada rápida.

Tenho poucos amigos, Lady *Isolda,* Madoc havia dito quando lhe pediu a mão em casamento. *Poucos desde que assumi o trono de rei.*

Não fosse por Tristão, ela poderia ter se casado com Madoc. Poderia até mesmo ter aprendido a amá-lo, com o tempo. E agora, ao ver a face cansada daquele homem, ela desejou por um instante não que tivesse aceitado a proposta dele — não, não era isso. Mas desejou, mesmo que por um instante, que ela tivesse desejado, por Madoc.

Madoc olhou firmemente para Meurig, até que o Rei de Gwent ficasse completamente em silêncio. Em seguida, Madoc virou-se a fim de olhar sombriamente para Dywel.

— Você, Dywel de Logres, pagará ao Rei Cerdic tudo que ele considerar justo pela destruição de seu assentamento. — Dywel abriu a boca, mas Madoc o interrompeu com voz firme e perfurante como o seu olhar. — E, a menos que você queira que lhe seja outorgado um reino bem menor — que consista em um pedaço de terra sobre seu túmulo —, você irá futuramente manter um controle maior sobre seus homens.

⁓

Isolda esteve aqui. Na reunião do conselho.

Ele deve ter sabido. Ele deve ter certamente sabido que qualquer deus que tenha governado o destino com senso de humor não seria capaz de resistir a isso.

Tristão concentrou-se em manter o coração batendo calmamente. Em não cruzar a extensão da sala do conselho que existia entre eles e abraçá-la.

Mas ele não conseguia parar de olhar para ela. Embora posicionado ao fundo do salão invadido por fumaça, vendo-a traduzir os insultos do Rei Dywel, ele não conseguia desviar o olhar de Isolda. Era como se fosse a vontade irresistível de apertar um músculo ferido apenas para verificar se ainda doía.

Tristão percebeu quando ela ficou pálida e tensa durante a luta entre Dywel e o campeão de Cerdic, mas, fora isso, ela parecia bem. E Hereric estava junto dela; isso significava que os olhares que os homens ao redor dele lançavam a ela apenas o deixavam nervoso, msa não que ele quisesse o fazia querer arrastá-la dali.

Ele estava ali, porque sabia que para dar a Octa de Kent a quantidade suficiente de corda para se enforcar era necessário algum conhecimento de primeira mão sobre os planos do conselho. Octa esperava resultados, e breves. E ele tinha perspicácia suficiente para enxergar através de uma inteligência inteiramente falsa.

Tristão foi sozinho, porque já carregava suficiente peso na consciência para que Cath, Eurig, ou qualquer dos outros, viessem a ser capturados ou mortos juntamente com ele. Embora isso pudesse acontecer, o fato é que foi quase infantilmente fácil entrar no forte. Os homens de Madoc ainda estavam concentrados restaurando as argolas concêntricas que formavam a defesa do forte. E o grupo de guardas que eles colocaram encontrava-se ali para defender contra o ataque de um exército e não de um homem sozinho.

Com a espada na cintura e sua túnica de couro, ele passou incólume como se fosse outro guerreiro. Com tantos reis e seus grupos de guerreiros ali, ninguém iria estranhar um rosto estranho. Ele teve acesso à reunião do conselho de forma imperceptível e sem resistência.

Agora estava em pé sob as sombras, no canto de trás da sala, incapaz de olhar a Isolda sentada no meio da fumaça, como se fosse uma fada de outro mundo, os cabelos negros presos para trás por uma fina argola de ouro, a pele refletindo a luz pálida do brilho das estrelas.

Brilho das estrelas. Veja só. De qualquer forma, se em algum momento ele não fosse mais capaz de levantar uma espada, pensou que então poderia conseguir trabalho escrevendo versos para as canções dos harpistas.

Ele a observou mais um pouco e depois, deliberadamente, virou o olhar. Essa foi uma lição que aprendera muito tempo atrás. Que seja na vida ou na batalha, quando você tem uma tarefa a ser feita, deve reunir todas as memórias que tentavam assombrá-lo, todas as emoções indesejáveis que bloqueavam seus pensamentos, fechá-las numa caixa e depois dar um passo à frente, deixando-as para trás.

Se você tiver sorte, se esperar o tempo suficiente, nunca terá de abrir a caixa e ocupar-se com o que está lá dentro, de forma alguma.

Ele sabia disso agora, tirando a dor do peito e afastando o pensamento em Isolda para longe, para trás, até chegar bem distante, para que pudesse se concentrar novamente na discussão que acontecia na sala, porque, apesar de ter sido fácil chegar até aqui, ele não queria desperdiçar todo o esforço para descobrir apenas que Isolda continuava linda de parar o coração, como ele já sabia.

A conversa havia mudado das recriminações e ofensas acerca da perda de Caer Peris, e agora o conselho discutia planos futuros. Outra reunião do conselho estava marcada para o mês seguinte. Nesse meio-tempo, Meurig, o Rei de Gwent com cara de rato, acariciava o pássaro em seu braço e fazia um pedido em tom de queixa por apoio na defesa de suas fronteiras contra os exércitos de Marcos, acampados diretamente ao sul de suas terras.

Marcos. Tristão havia treinado a si mesmo para não lembrar-se do rosto do pai toda vez que seu nome fosse mencionado, para se afastar de todas as lembranças irritantes que vinham ao ouvir aquele nome. Mas, naquela noite, seu olhar foi direcionado a Cerdic de Wessex, sentado ao lado de Madoc na parte posterior da sala.

O que o velho faria se soubesse que ele, Tristão, estava ali naquela noite?

Ordenar a seus campeões que lhe cortassem a garganta, provavelmente, fosse ele seu parente ou não. Os dedos de Tristão ficaram brevemente escorregadios com a lembrança do sangue, e ele não conseguiu evitar a lembrança do rosto de sua mãe arrebentado diante dele.

Perfeito. Talvez ele começasse a tremer novamente, do jeito que sempre fazia após um de seus sonhos, quando essas lembranças em particular voltavam a martelar a porta de suas caixas.

Ver Cerdic, o pai de sua mãe — e com Isolda sentada ao alcance de sua vista, sob o mesmo teto pela primeira vez em mais de dois meses —, trazia tudo de volta, fazendo-o desejar um monte de coisas impossíveis.

Como voltar sete anos atrás e perguntar a si mesmo aos quinze anos de idade o que é que ele estava pensando para levar a sério a palavra de um homem que sabia de primeira mão ser tão digno de confiança quanto um cão raivoso.

Ou — mais outra impossível — que ele agora poderia fazer de si mesmo o tipo de homem que merecia estar sentado ao lado de Isolda.

Tristão rangeu os dentes e forçou a atenção de volta à conversa na sala. Após algum debate, o pedido de Meurig foi concedido, com o pretexto de que o conselho não poderia permitir que as forças de Marcos tivessem a liberdade de unir-se às forças de Octa, aqui no sul. Em uma demonstração de boa fé e aliança renovada, Cerdic voluntariamente ofereceu cinquenta de seus lanceiros para unir-se aos homens de Meurig e reforçar as fronteiras de Gwent.

Em seguida, a conversa voltou-se para o filho de Cerdic, Cynric, que foi apanhado por Octa de Kent juntamente com todo o seu exército quando a fortaleza de Caer Peris caiu e estava agora sabem lá os deuses onde. Cynric, que era, supostamente, o irmão de sua mãe — não que ele jamais houvesse trocado sequer uma saudação com o sujeito.

Tristão ficou atento aos detalhes: rumores que seguiram, informantes que voltaram de mãos vazias.

Capturar Octa. Essa era a primeira parte do trabalho. E, para fazer isso, ele precisaria de toda informação que pudesse reunir aqui.

Ninguém conseguia encontrar a menor prova de onde Cynric e seus guerreiros se encontravam presos. Se ainda estavam vivos ou atirados em alguma cova rasa. Tristão não apostaria muito na expectativa de vida de qualquer prisioneiro de Octa de Kent.

Em certo momento, Cerdic levantou-se e fez uma contribuição interessante.

— Meus informantes não foram capazes de determinar o destino de meu filho e seus companheiros. Eles, contudo, relataram que existem rumores de que a relação entre Octa de Kent e seu próprio filho parece abalada. Dizem que Octa retirou seu filho, Eormenric, de Caer Peris num acesso de raiva.

Em seu canto escuro e enfumaçado, Tristão franziu a testa. Se isso era verdade, ele não viu nenhum sinal na corte de Octa. Mas o rumor era interessante de ser lembrado, de qualquer forma.

A conversa seguiu. Informações sobre o número de homens de Octa — a força dos seus exércitos, seus chefes guerreiros e lanceiros. Relatórios subestimados, embora Tristão não estivesse exatamente na posição de precisar sua exatidão. Um fato era concreto, contudo. Cynric e seu exército eram peças-chave. Com o campo de batalha dividido entre enfrentar Marcos no norte e Octa no sul — com a perda de aproximadamente metade das tropas de Cerdic —, Octa de Kent triunfaria se houvesse uma batalha final.

Ninguém na verdade mencionou isso — a conversa era toda sobre estratégias, rotas a serem tomadas e divisões de tropas e suprimentos. Mas os homens do conselho, de Madoc de Gwynedd ao lamuriento Meurig de Gwent, sabiam disso.

Tristão ouviu a conversa. Forçou-se a não olhar para Cerdic ou Isolda novamente. Ou notar que Madoc, no lugar de Supremo Rei, também mantinha o olhar cuidadosamente distante de Isolda, exceto ocasional e rapidamente.

Se ele a amava, teria de manter distância. Ele tinha essa dívida com ela. Não suportava o pensamento de machucá-la novamente.

Isolda saiu pela entrada principal do salão, diretamente para a escuridão da noite. A reunião do conselho havia terminado e se transformado em uma festa — e pelo menos parte da atmosfera tensa e pesada começava a se dissipar. Ela conseguia ouvir as risadas e os gritos dos homens ao competir para cortar o novilho que Madoc havia mandado preparar.

Ela saiu no momento em que Taliesin, irmão e trovador de Dywel de Logres, começou a tocar sua harpa. A voz de Taliesin chegou até seus ouvidos, a voz clara, suave e calma destacando-se em meio às vozes roucas dos outros homens, como se fosse o chamado de um pássaro no meio de uma tempestade de verão.

Enquanto seu irmão Dywel era um homem grande, bonito, moreno, de rosto quadrado, Taliesin era gordo, com uma barba escura oleosa e um rosto que poderia ser bem-humorado, mas no qual, em vez disso, resplandecia um olhar taciturno nos olhos escuros. Sua voz, contudo, era penetrante, quase dolorosamente bonita, com uma cadência harmoniosa que fez Isolda pensar num riacho límpido fluindo de uma nascente profunda. A canção flutuava até ela enquanto permanecia parada na entrada do grande salão.

Homens vieram a Camlann com a madrugada.
Sua bravura encurtou-lhes a vida.
Eles mancharam sua lança, salpicada de sangue.
Homens vieram a Camlann com a madrugada,
Mais apressados para um campo de sangue
Do que para um casamento.

Um leve agitar da brisa levantou os cabelos de Isolda. Ela tomou fôlego e dirigiu-se aos aposentos das mulheres, onde lhe foi providenciada uma cama para passar a noite. Deu apenas um ou dois passos quando uma voz atrás dela a assustou.

— Lady Isolda.

Ela se virou e viu que Cerdic também havia se ausentado do salão. Ele estava acompanhado de dois de seus guarda-costas — o homem que vencera o duelo e outro —, embora eles tivessem ficado alguns passos para trás. O cabelo e a barba de Cerdic cintilavam à luz da lua, seu rosto era um pouco mais que uma sombra embaçada. Ele a cumprimentou, curvando-se formalmente.

— A senhora não gostaria de ficar para a festa?

Isolda olhou de volta para a luz das tochas que escapava pela porta aberta do salão juntamente com os risos, gritos e cânticos.

— Eu não acho que haja espaço para uma mulher lá dentro.

— Nem parece um lugar para homens idosos. — A voz de Cerdic era seca. — Confesso, contudo, que a sedução de uma cama confortável em dias como esses é bem mais forte que qualquer outro prazer da carne... Cerdic inclinou a cabeça em direção a Isolda... — Hoje à noite me alegro pelas dores nos meus ossos, porque isso me dá a chance de lhe falar a sós.

Isolda olhou para o rosto desgastado do rei saxão. Quatro meses antes, ela havia enganado e entorpecido o guarda particular de Cerdic de Wessex para ter a chance de uma audiência particular com ele. E, de alguma forma, os eventos daquela noite haviam forjado entre eles não uma amizade exatamente, mas uma ligação que fez Isolda falar mais francamente agora do que poderia fazê-lo anteriormente.

— Eu não tinha certeza se o senhor gostaria de falar a sós comigo. — Ela fez uma pausa e acrescentou. — Sinto muito pelo que os homens de Dywel fizeram.

Cerdic ergueu um dos ombros. Toda a impressão da raiva que demonstrava antes parecia ter sumido.

— O Rei Dywel tem razão — ele disse, calmamente. — Eu e meus homens queimamos dezenas de seus assentamentos, saqueamos e reivindicamos suas terras e o povo que as habitava nesses últimos vinte anos e mais. Aquecemos nossas camas com um número incontável de suas mulheres, também. Pela honra, eu exigiria a reparação esta noite — mas, se eu for honesto, Lady Isolda, no lugar do Rei Dywel eu possivelmente teria feito a mesma coisa. — Cerdic fez uma pausa, e acrescentou calmamente:

— E enquanto eu permanecer honesto, se me arrependesse da aliança, não pensaria muito em quebrá-la. Nunca confie nos idosos, Lady Isolda. Nós nos tornamos fúteis e caprichosos ao crer que todos os fins justificam os meios.

Cerdic esfregou os dedos levemente e disse, olhando de volta para o salão:

— Juras de alianças feitas por homens do campo são frágeis demais. Os laços fechados entre Briton e Saxon precisarão ser escritos em um rio de sangue para durar, a menos que as duas partes achem conveniente honrar os termos do tratado.

Isolda pensou no Rei Dywel, nas palavras ríspidas e tensas trocadas entre Cynlas de Rhos e Meurig de Gwent, e não conseguia argumentar ou mesmo evitar a amargura no tom de voz.

— É uma grande vergonha.

A pequena distância dali, uma serviçal apressava-se em direção ao salão carregando uma bandeja de comida e uma jarra fresca de cerveja. A não ser por ela e os guardas, Cerdic e Isolda estavam sozinhos. As fileiras de tendas de couro onde os homens de Madoc dormiam achavam-se escuras e calmas, as trincheiras de madeira iluminadas por tochas e guardadas por sentinelas estavam distantes demais para ouvir qualquer coisa que dissessem.

Para surpresa de Isolda, Cerdic inclinou a cabeça, deixando escapar sua respiração como que em um suspiro.

— Sim. É uma vergonha. Uma grande perda e vergonha. Mas também inevitável, talvez. Nossos barcos trazem para essas costas homens, que estão famintos por terras. Nós aramos o solo, lavramos, regamos com o sangue dos nossos melhores guerreiros. Não seremos expulsos. Até que a Bretanha aceite isso, haverá guerra. — Ele fez uma pausa e olhou em outra direção, para o céu estrelado acima deles. — Acho que lhe disse uma vez, Lady Isolda, que nós, os saxões, temos um ditado: "*Gæð a Wyrð swa bið scel*", que quer dizer: "O destino se move para onde quer". Mas existe outro ditado sobre destino que diz "*Wyrð bið ful aræd*", "O destino permanece completamente inexorável".

Taliesin continuava tocando; as palavras flutuavam, e parecia que Isolda era levada por elas no silêncio que seguiu.

O jovem, o velho, o fraco, o forte,
É verdadeira a história, a morte os derrotou em Camlann.
Desde que o mais valente foi morto no muro da batalha,
Desde que a terra cobriu Artur,
A poesia se foi da Bretanha.

— *Desde que a terra cobriu Artur.* — A voz de Cerdic estava seca. — Desde que eu e ele lutamos como inimigos por mais de vinte anos de guerra, posso não concordar completamente que sua morte baniu toda poesia da terra. Embora eu me lembre muito bem da batalha em Camlann. — Cerdic olhou ao redor do velho forte: os guardas caminhavam próximos às trincheiras, tochas tremulavam com a brisa. — Parece-me que os fantasmas do passado ficam bem próximos em noites como esta — e em lugares como este.

Isolda pensou em Morgan, vivo no outro mundo da magia antiga, os velhos contos. — De várias formas, eu gostaria de crer que isso é verdade.

Cerdic exalou o ar pelas narinas.

— Ou talvez porque eu já estou velho o bastante e me aproximei mais de seu mundo do que devesse. — Ele gesticulou com uma das mãos em direção ao salão, onde Taliesin ainda tocava. — Já que minha vida, minhas próprias batalhas, passaram a ser assunto para os contos de um trovador.

Sua voz parecia repentinamente cansada, e naquele momento ele parecia menos com um rei e mais com o que ele dizia ser — um velho fraco, com o rosto e o corpo marcados por cicatrizes resultantes de batalhas e guerras. Ficou quieto por um instante e em seguida disse, num tom ligeiramente alterado:

— Eu tenho outro motivo para querer uma conversa particular com a senhora, Lady Isolda. — Olhou para ela firmemente. — Ouvi histórias de que a senhora, no passado, era capaz de... — Cerdic franziu a testa como que à procura de palavras. — Que a senhora tem o poder de prever o futuro. Ou de ver situações que acontecem a distância. Ou de sentir a localização de certos homens.

Somente Marcos. E ela precisou pagar um alto preço por isso.

Cerdic ainda falava, olhando firmemente para a noite, sem fitar diretamente o rosto de Isolda.

— Pensei em lhe pedir, Lady Isolda, se a senhora poderia usar o seu poder para ver Cynric. Meu filho.

— Eu poderia tentar — Isolda disse. Mas ela sabia, mesmo antes de tentar, que o esforço seria inútil. Desde que aquelas visões de Marcos haviam cessado, ela não conseguia ver mais nada além de lampejos ocasionais de Tristão. E mesmo esses... Esses não surgiam num padrão determinado, vinham sem nenhuma sugestão de qual poder deveria ser utilizado para consegui-los, muito menos por quê ou quando.

E talvez essa fosse a diferença entre a magia ancestral e qualquer pequena centelha remanescente do seu poder que perdura até agora. Talvez, em algum momento, nos grandes círculos de pedra — ou dentro das paredes de fortes como este —, os profetas tenham tido controle sobre as visões. Pagaram o preço da morte tríplice, para que seus espíritos pudessem pairar um momento entre este mundo e o Outro e contar, em seus espasmos de morte, o que viram. E agora essas visões viriam apenas em fragmentos, de qualquer tamanho que os deuses remanescentes da Bretanha — ou o Deus Cristão, se ele realmente baniu todos os demais — escolheram conceder.

— Eu posso tentar — ela disse, novamente. — Mas... Não lhe darei falsas esperanças. Tenho dúvidas de que consiga. — Ela fez uma pausa, e então acrescentou: — Lamento, de verdade. Se tivesse esse poder, eu o utilizaria para ajudá-lo.

Mas ela foi longe demais. Cerdic não era o tipo de homem que aceitava a compaixão de uma mulher — ou que admitia a fraqueza do sentimento humano diante dela. Ainda era um guerreiro que estabeleceu e manteve um reino ao longo de uma vida de batalhas e guerra. Ele se aprumou, deu um sorriso frio.

— Eu tenho muitos filhos, Lady Isolda. Às vezes, me parece que foram filhos demais.

Ele fez uma pausa, e Isolda achou que iria se despedir e sair. Mas, em vez disso, ele disse, ainda sem olhá-la diretamente nos olhos:

— Eu tenho muitos filhos. Mas apenas uma filha. E a última vez que nos encontramos, Lady Isolda, a senhora estava em companhia de um jovem que a senhora me disse ser o filho dela.

Taliesin ainda estava tocando; Isolda podia ouvir o som da harpa vindo do salão, embora as palavras agora estivessem abafadas pelo som de canções estridentes. Um dos guerreiros deve ter iniciado um jogo de bebidas. Ela disse:

— Tristão.

Cerdic inclinou novamente a cabeça.

— O jovem se recuperou de suas feridas?

Cerdic não sabia nada a respeito de seu casamento com Tristão. Nem poderia. Pelo menos, não agora.

— Sim, ele se recuperou. Ele deixou a abadia. E foi... Socorrer um amigo.

— Entendo. — Cerdic fez uma pausa e disse, com um olhar que Isolda não entendeu muito bem: — Eu gostaria de tê-lo conhecido melhor.

Isolda pensou novamente na canção que Taliesin cantou. A história da batalha de Camlann, na qual Marcos, o pai de Tristão, havia traído tanto Cerdic como Modred, o que lhe custou uma derrota brutal e mortal.

Ela disse:

— Mesmo sabendo que Tristão é filho de Marcos da Cornualha? O filho do homem que tirou a vida de sua filha? Ainda assim você deseja conhecê-lo?

Um bom tempo se passou até que Cerdic respondesse.

— Um homem não escolhe seu pai. E, se esse jovem... esse Tristão... carrega o sangue de Marcos da Cornualha, ele também carrega, na mesma medida, o sangue de minha filha... e o meu. Então, sim, eu gostaria de conhecê-lo. O único filho de minha única filha.

Houve um breve silêncio, no qual as últimas notas da harpa pairavam no ar daquela noite tranquila. Isolda curvou a cabeça.

— Eu prometo que lhe direi. Se eu... Se eu o vir novamente.

⌒

Isolda observou Cerdic se afastar, ladeado pelos dois guarda-costas, em direção aos aposentos que havia reservado para aquela noite. Exceto pelo salão de reuniões e pela oficina do armeiro, poucos prédios originais do forte já tinham sido refeitos. Mas um grupo de casas redondas de taipa, encostadas às trincheiras do norte, foi restaurado, e estava lá, distante do barulho, da fumaça, da lama das fileiras de tendas do exército que Cerdic e outros reis haviam alojado.

Os aposentos de Isolda também ficavam em uma daquelas casas: uma estrutura baixa construída para as esposas, serviçais e crianças que seguiam os homens de Madoc na marcha. Ela havia pretendido ir direto para lá ao término da reunião do conselho, mas agora se encontrava completamente agitada para pensar em dormir. Ela se virou, então, em direção ao cercado no lado oposto do acampamento onde os cavalos eram mantidos. Hereric tinha ido alimentar e dar de beber a sua montaria. Provavelmente ainda estava lá.

Ela o encontrou sentado em um barril vazio emborcado do lado de fora do portão dos estábulos. As tochas dispostas em intervalos nas paredes externas do forte mostravam a grande silhueta quadrada e os cabelos loiros de Hereric — e também mostravam o homem que estava sentado ao seu lado. Um homem mais velho, com troncos largos e poderosos e uma cabeça com cabelos grisalhos, cuja face íngreme era marcada com uma cicatriz comprida e um tapa-olho de couro.

— Kian! — Isolda cruzou a distância que faltava entre eles, deixando para trás todas as preocupações do momento.

Ela teria abraçado o velho homem se não tivesse a certeza de que Kian detestaria qualquer demonstração daquele tipo.

Kian notara sua aproximação e levantou-se de uma só vez para cumprimentá-la, e ela apertou-lhe a mão.

— Eu não sabia que você estava aqui. Você está bem? Nós soubemos que foi ferido em batalha no mês passado.

A face de Kian nunca era expressiva. Isolda às vezes pensava que suas feições haviam sido esculpidas na madeira ou na pedra. Mas ele deveria estar alegre por vê-la também, porque deu um tapinha desajeitado na mão de Isolda com uma de suas mãos calejadas, e a linha de sua boca moveu-se um pouco para cima, sinalizando algo que poderia ter sido quase um sorriso.

— Ferido? Não. Foram apenas alguns arranhões. — Ele esticou um dos braços, mostrando uma cicatriz curada, uma linha fina cor-de-rosa, e deu um tapinha em sua mão novamente. — Eu já lhe disse antes que não morro facilmente.

— Mais duro que couro velho... Eu sei.

Kian deu uma risadinha.

— Isso mesmo. Sou eu. — Ele sentou-se novamente ao lado de Hereric, em outro barril emborcado. Havia uma baia de feno para os cavalos ao lado deles, e Isolda sentou-se precariamente em cima dela, apreciando o aroma que a envolvia. Cabal estava deitado aos pés de Hereric, mas ergueu a cabeça quando Isolda sentou-se e cheirou a mão dela.

Isolda fez um carinho nas enormes orelhas do cachorro e pensou que não precisaria ter perguntado a Kian se ele estava bem — ela podia ver por si mesma que sim.

Kian havia lutado como mercenário uma vez ao lado de Tristão; agora tinha feito juramento de espada ao exército do rei Madoc. Foi o único companheiro de confiança de Isolda durante os cinco meses que ela passou em Gwynedd, em Dinas Emrys — o tempo que antecedeu o retorno de Tristão, quatro meses atrás.

A última vez em que ela vira Kian foi apenas alguns dias após a perda de seu olho, um pouco depois de ele ter sido torturado pelos homens de Marcos. Depois disso, todo o seu corpo enrijeceu-se e ele se recuperou, apesar de temer que pudesse se quebrar completamente a qualquer momento. Com isso, todos os seus pensamentos, cada parte de sua atenção, voltou-se para dentro, reprimindo os fragmentos de memória que rangiam dentro dele.

Agora, ele achava-se sentado tranquilamente num barril ao lado de Hereric, quando tirou de seu cinto uma faca e um dos pequenos animais de madeira que ele esculpia em momentos de tranquilidade. Esse era um esquilo, as pequenas patas dianteiras segurando uma avelã, olhinhos esculpidos que pareciam brilhar com vida. Kian virou a peça, ajeitando-a sobre o joelho, e começou a trabalhar nos detalhes do rabo. Lascas de madeira começaram a cair no chão, formando uma pequena pilha aos seus pés.

Não, ela não precisava perguntar. Kian estava realmente bem.

— Hereric estava me contando a respeito de Tristão há poucos instantes — Kian disse, após alguns instantes de silêncio. Ela virou a cabeça na direção do saxão, e Hereric assentiu com a cabeça. — Disse que ele foi resgatar Fidach das mãos de Octa de Kent.

Isolda concordou.

— Você conhece Fidach, então?

Kian balançou a cabeça.

— Foi antes de conhecê-lo que Tristão era parte do bando de Fidach. Mas eu ouvi falar dele. Conquistou fama nos círculos de luta. — Sua boca afinou. — Não o invejo por ser hóspede de Octa de Kent.

Isolda hesitou. Mas esses eram Kian e Hereric. Quem, além dos dois, mereceria mais confiança do que ela poderia dar? Ela disse, depois de um instante:

— Eu... Eu tenho quase certeza de que Tristão e os outros já libertaram Fidach.

— Ahn? — A cabeça de Kian ergueu-se e ele a olhou firmemente. Ele não perguntou mais nada e voltou a esculpir.

— Bem, estou feliz em saber disso, se for verdade. Então, a senhora acha que Tristão voltará logo?

Isolda mordeu os lábios e olhou adiante de Kian e Hereric, onde os cavalos faziam sombras graciosas na noite. Isso era difícil, porque nem mesmo Hereric sabia que ela e Tristão haviam feito votos de casamento antes de sua ida — muito menos que agora ela carregava um filho de Tristão.

— Eu não sei.

Não que ela desconfiasse dos dois homens — ela confiava totalmente. E sabia que, se pedisse aos dois que jurassem segredo sobre o que se passava entre ela e Tristão, eles nunca contariam a nenhuma alma viva. Mesmo assim, algo fez com que as palavras ficassem presas em sua garganta. Enquanto ela guardasse o segredo dentro de si, poderia mantê-lo seguro.

Estava sendo difícil, naquele instante, acreditar que a história dela e de Tristão tivesse um final feliz. Mas contar a outras pessoas — Madre Berthildis, Kian e Hereric — tornaria ainda mais difícil de acreditar nisso.

Kian olhou novamente em sua direção, mas, para seu alívio, ele apenas concordou com a cabeça e voltou a trabalhar no rabo de seu pequeno esquilo.

— Bem, espero que ele volte. No sei quanto tempo ficaremos aqui — e eu gostaria de vê-lo novamente.

Isolda olhou para cima rapidamente. Ficara surpresa quando Cerdic disse praticamente a mesma coisa, e se surpreendera agora, embora de uma forma diferente.

— Ficaria? — ela disse.

Kian encolheu os ombros levemente.

— Tristão é um bom amigo. Salvou minha vida mais vezes do que eu poderia contar, muito menos pagar. Por isso, sim, eu gostaria muito de revê-lo. — Deixou a faca repousar sobre a perna por um instante, respirou profundamente e mexeu os ombros novamente, como se aliviando-se de uma grande carga. — Eu sei... Sei que já mudei o meu caminho para não vê-lo antes, quando ele se dirigiu a Dinas Emrys. Foi — bem, foi por causa disso. — Ele tocou no tapa-olho de couro e parecia procurar as palavras certas. — Porque eu sabia que, se o visse, ele iria ficar pensando sobre isso e se preocupando o tempo todo. — Kian mudou de posição; os cantos de sua boca viraram-se para baixo. — Soa um pouco covarde colocado dessa forma. Mas era em Tristão que eu estava pensando também.

Isolda pensou em todos os homens feridos que havia conhecido — homens com ferimentos que jamais iriam curar, que não poderiam olhar seus antigos companheiros nos olhos — e pensou que só Kian poderia ler covardia em seus sentimentos. Mas ela disse apenas:

— Por que você sabia que Tristão iria se culpar por isso, você quer dizer?

Kian olhou em sua direção, uma sobrancelha erguida.

— Bem, não iria? Eu acho que a senhora contou a ele ou dirá mais cedo ou mais tarde.

Isolda pensou no olhar de Tristão quando ela lhe contou que Kian havia sido capturado e torturado pelos homens de Marcos. Torturado porque Marcos estava determinado a capturar seu filho — e Kian era a primeira ligação com Tristão que havia caído em suas mãos.

Ela não precisava falar. Kian leu a resposta em sua face, acenou com a cabeça e deixou escapar o fôlego com um suspiro meio exasperado, meio grunhido.

— Sim. Eu sei. Um belo dia os deuses irão despertar e descobrir que não há nada para eles fazerem, porque Tristão assumirá a responsabilidade por todo este mundo desgraçado.

Isolda observou um dos cavalos no estábulo sacudindo o rabo para espantar uma mosca que o incomodava.

— Você o conhece muito bem — ela disse, suavemente.

Kian encolheu os ombros.

— Bem o bastante. Ele tem sido um bom amigo meu nesses últimos anos. E eu gostaria de vê-lo novamente. Diga-lhe que não o culpo por aquilo pelo qual só ele acha ser o culpado.

— Espero que você tenha a chance — Isolda disse, suavemente. Ela hesitou, olhando para Kian e Hereric, depois perguntou: — Tristão alguma vez... Falou com vocês sobre ele mesmo? Sobre seu passado?

— A mim ele não disse nada. — Kian olhou para Hereric, mas o saxão balançou a cabeça. Ele conseguia sinalizar bem com uma das mãos, como antes conseguia com as duas, e fez uma série rápida de gestos. *Tristão... Não gosta... Falar sobre passado.*

— Ele nunca falou com vocês sobre — Isolda hesitou um pouco... — Camlann?

— Camlann? — As sobrancelhas de Kian se ergueram. — Não. — Como por reflexo, a mão de Kian tocou a cicatriz que corria de sua têmpora até o maxilar. A cicatriz que ele ganhou nos campos de Camlann, onde, em outra vida diferente da que ele vive agora, fez juramento de espada a um rei que era um homem de Modred.

Kian havia lutado ao lado do pai de Isolda — e, como a maioria naquele lado derrotado da guerra, perdeu tudo para salvar a vida. *A poesia se foi da Bretanha.* Isolda parecia ouvir o triste final que ecoava da canção de Taliesin no silêncio que se seguiu após as palavras de Kian. Este moveu os ombros, como se estivesse se libertando de uma lembrança. — De qualquer forma, você sabe mais do passado de Tristão do que nós dois, eu acho. Você cresceu com ele, afinal de contas.

Isolda concordou com a cabeça, uma lembrança vívida de si mesma aos dez anos de idade, e Tristão com doze, controlando-se rigidamente, a face sem expressão alguma, e ela sabia que ele estava sentindo dor. Embora ele nunca admitisse, mesmo quando ela insistia para passar unguento de azeda nas feridas de suas costas.

Ele ainda era aquele menino, ela disse ao bebê que carregava.

Kian a observava e disse, com uma expressão de preocupação incomum na testa.

— É melhor a senhora ir para sua cama, se pretende sair amanhã com Madoc e o resto. Quer que um de nós lhe acompanhe até os aposentos das mulheres?

Ela percebeu que estava cansada. Cansada e dolorida pela viagem de longos dias e ainda a reunião tão extensa no salão do conselho. Balançou a cabeça e levantou-se.

— Não, estou bem. Levarei Cabal comigo... Ele me protegerá de qualquer mal.

Ela estalou dois dedos e rapidamente o grande cachorro estava de pé, passando a cabeça na mão de Isolda.

— Boa noite — ela disse a Hereric e a Kian. Impulsivamente, ela se curvou e beijou o rosto de Kian. — Se eu não o vir amanhã, cuide-se bem.

Isolda passou pelas fileiras das tendas, onde poucas tochas queimavam, e algumas vozes podiam ser ouvidas enquanto os homens vinham da festa para suas camas. Ela manteve a mão na coleira de couro de Cabal, e teve alguns pensamentos além de simplesmente se recolher. Enquanto se aproximava dos aposentos das mulheres, uma figura saiu das trevas e interrompeu seu caminho.

— Lady Isolda.

Mesmo que ele não tivesse falado, Isolda o teria reconhecido por sua capa e túnica de lã cor de creme e pelo brilho do ouro ao redor de seu pescoço, testa e mãos. Taliesin. Enquanto ela parava abruptamente, sua mão afundou no na pelo grosso de Cabal, e Isolda sentiu um aperto gelado no coração.

Uma vez, Taliesin havia lhe presenteado com um conto que esboçava o futuro, como um mapa desenhado na areia. Mesmo que parecesse covardia, Isolda não queria de forma alguma ouvir outro conto prevendo o que futuro preparava para ela e Tristão. Não naquela noite.

Taliesin deu um passo em sua direção, a perna esquerda arrastando levemente para trás, e Isolda lembrou-se de seu pé esquerdo aleijado. Ele se curvou levemente para ela.

— A senhora gostou da música de hoje à noite? — A voz de Taliesin enquanto conversava era bem diferente de quando cantava. O som era metálico e com um tom cáustico de zombaria. Seus olhos também carregavam uma malícia amarga — debaixo de tudo isso, Isolda sentiu que seu olhar frio e sombrio a analisava e julgava de forma particular.

Ela olhou pra a escuridão circundante, em parte, perguntando-se se a figura de sua avó lhe apareceria. *A poesia se vai da Bretanha.*

Morgana jamais lhe contara sobre a história de quando Artur se lançou sobre ela à força, num acesso de bebedeira depois de uma batalha, deixando-a sozinha para carregar seu filho. Mas Isolda ficou sabendo de tudo mesmo assim; ela percebeu isso toda vez que Morgana silenciava, toda vez que olhava para Modred, ela e o filho de Artur.

— Estava linda — Isolda disse, por fim. — Embora seja um conto com um final triste.

Uma das mãos brancas e gordas de Taliesin moveu-se em um breve gracejo.

— Muitos deles são.

A festa no salão estava acabando; de longe, ao largo do acampamento sombrio, ela podia ouvir os últimos gritos e músicas de bebedeira, risadas alvoroçadas. Dos aposentos das mulheres ouvia-se o choro de um bebê e o sussurro na voz de sua mãe, tentando fazer a criança voltar a dormir.

Isolda não tinha a intenção de dizer mais nada; as palavras pareciam dizer por si sós. — E você acha que o final de uma história pode ser mudado?

Sob o tremular da luz das tochas, os olhos pretos de Taliesin pareciam sem fundo, fantasmagóricos. Ele ficou em silêncio por um longo período; depois deu um leve sorriso zombeteiro. — Talvez possa. Mas o que seria um final? Talvez todos os contos terminassem diferentes se pudéssemos segui-los depois do final que nós mesmos impomos a eles.

Isolda abriu a boca para responder, depois fez uma pausa, olhando adiante de Taliesin. Eles estavam num ponto de luz que as tochas dispostas nas laterais das portas dos aposentos das mulheres emitia. Além daquele círculo de luz, próximo às sombras das trincheiras, Isolda parecia ver não a imagem de Morgana que ela esperava, mas, em vez disso, a sombra profunda da silhueta de um homem, ombros largos, magro e alto.

Isolda sentiu um calafrio lembrando-se de outra história que ouvira muitas vezes antes. Sobre uma virgem que viu a aparição, o espírito enviado de seu amado, e soube pelo presságio que ele estava prestes a morrer.

Com o coração batendo pesadamente, ela forçou os olhos a enxergar no escuro. Mas não havia nada. Apenas o acampamento escuro, cercado por grandes trincheiras de terra que pareciam falar em voz lenta e profunda sobre a proteção de todos que já haviam partido. Por fim, Isolda se virou de volta a Taliesin, com a intenção de desejar boa noite ao trovador.

Mas, quando ela olhou ao redor, Taliesin também havia partido, como se jamais houvesse estado ali.

Capítulo 4

Se os saxões não estavam fazendo tanto barulho quanto uma manada de touros furiosos enquanto atravessavam a vegetação, garantiam pelo menos o segundo lugar. Tristão havia parado de se mexer para ouvir a aproximação dos inimigos. Sabia que eles eram saxões puros; havia escutado uma palavra ou duas quando se enroscaram em um arbusto, xingando os espinhos e amaldiçoando uns aos outros.

Tristão caminhou sem fazer barulho até a sombra de um grande carvalho, voltando-se para fazer um sinal silencioso para Cath e Daka. *Homens. Pelo menos cinco. Fiquem escondidos e esperem.* Cath e Daka fizeram um sinal em resposta, avisando que haviam compreendido, e desapareceram nas sombras, sacando as facas de seus cinturões sem fazer ruído. Piye havia ficado mais para trás, ajudando Fidach, mas também devia ter notado o sinal de Tristão, porque o rapaz viu rapidamente a mão negra de Piye e o rosto pálido de Fidach, antes de eles também sumirem por detrás de uma parede de arbustos que se estendia pelos lados da antiga trilha de caça que estavam seguindo.

Tristão ficou parado, ouvindo novamente, mantendo a respiração em um ritmo lento e constante que quase não fazia barulho. Os saxões estavam chegando mais perto; o som de seus passos e de suas tentativas desastradas de se mover em silêncio ficava cada vez mais alto. Mais perto... Mais perto...

Eles passaram a apenas alguns metros de onde Tristão estava. Cinco deles, vestidos de couro e peles, os cabelos louros e imundos desgrenhados ao redor do rosto queimado de sol. Todos armados com machados e espadas.

E não lançaram sequer um olhar na direção de Tristão.

Ele os observou caminhando pela vegetação, cortando os galhos que atrapalhavam a passagem com os machados, e ouviu o som de pequenos ramos se partindo sob as botas pesadas. Quase deu um salto quando Cath apareceu, sem fazer barulho, ao seu lado. Os grandes dentes brancos de Cath se revelaram num sorriso.

— Temos companhia, hein? — A voz dele era quase um sussurro. — Você quer convidá-los para se juntarem a nós e tomarem uma taça de cerveja?

Tristão olhou na direção dos saxões que se afastavam.

— Eu quero ver aonde eles estão indo, de qualquer forma. — Manteve a voz no mesmo nível de quase sussurro, embora, com o barulho que os cinco homens estavam fazendo, ele poderia provavelmente ter recitado uma balada inteira em seu tom normal antes de eles pensarem em se virar. — Imaginei que Octa os tivesse mandado atrás de nós. Mas mesmo homens que fazem tanto barulho abrindo caminho pela mata teriam o bom senso de olhar em volta de vez em quando, se estivessem rastreando fugitivos.

Tristão olhou em volta e viu a cabeça de Piye e Daka emergindo por entre as folhas verdes espessas dos dois lados da trilha, faces escuras quase invisíveis nas sombras, a não ser pelo brilho dos olhos. Tristão levantou uma das mãos, dando um sinal, como antes. *Fiquem quietos. Sigam-me.*

Era uma distração, de qualquer forma, andar silenciosamente e tentar a cada passo bloquear as lembranças de Isolda, pálida e imóvel, enquanto assistia à luta na sala do conselho; sorrindo, enquanto conversava com Hereric e Kian, do lado de fora.

Hereric e Kian.

Mesmo agora, com a maior parte de sua atenção concentrada em se mover sem fazer ruído atrás dos cinco homens,

Tristão sentiu uma fisgada no peito ao pensar neles. Hereric, agora sem um braço; Kian, usando um tapa-olho de couro. Mais duas pessoas que mereciam que ele ficasse muito, muito longe delas.

Um grito vindo do alto fez com que Tristão interrompesse seu devaneio e ficasse parado de novo, a cabeça levantada para escutar. Então, toda a questão de quanto barulho eles estavam fazendo se tornou irrelevante, porque, de algum lugar nos aclives próximos dali, vinham os inconfundíveis sons da batalha. Gritos furiosos, o relinchar dos cavalos assustados, o barulho do atrito do metal das espadas.

Tristão ficou absolutamente imóvel. Duas escolhas: voltar ou seguir em frente. A luta não significava nada para ele; muito menos os homens que eles estavam seguindo. Nada, a não ser pelo fato de que ele havia visto Isolda sair a cavalo com o resto dos homens de Madoc, ao amanhecer. E aquela era, inquestionavelmente, a rota que eles seguiriam. Ele se virou para Cath.

— Vá buscar Daka e Piye. Diga a eles para me seguirem.

Hereric parou de repente, segurando com mais força as rédeas da égua, e Isolda teve de se segurar firme à sela para evitar perder o equilíbrio. A égua relinchou e levantou as orelhas com a parada súbita, bufando de maneira irritada, mas Hereric acalmou-a com uma carícia gentil no pescoço e um estalar de dentes. Hereric era tão alto que sua cabeça quase ultrapassava a da égua, e o animal relinchou novamente sob seu toque, lambendo seus cabelos claros e compridos afetuosamente.

Eles haviam deixado a fortaleza sobre o morro pouco depois do amanhecer, como parte da companhia formada por

Madoc, Cynlas de Rhos e um número seleto do bando de guerreiros de cada rei. Como havia sido decidido na reunião do conselho, os homens escoltariam Isolda e Hereric de volta para a abadia e então continuariam em direção ao sul, organizando os reforços das fortificações que suas tropas mantinham ao longo da costa, assim como os homens de Huel e Cerdic estavam agora cavalgando para o leste e o norte.

Eles já tinham deixado para trás a velha estrada romana que levava ao norte da fortaleza sobre o morro, em direção a uma trilha sinuosa que atravessava uma floresta de carvalhos e arbustos. De vez em quando, o canto dos pássaros ou o tac-tac-tac de um pica-pau quebrava o silêncio e a aparente calma ao redor. Em uma ocasião, Isolda viu rapidamente o pelo castanho de um cervo. O solo ali era pobre, ruim para a agricultura, mas ainda assim eles passaram por alguns povoados e várias pequenas plantações, os campos cobertos de grãos prontos para a colheita. Os povoados encontravam-se desertos, entretanto, as portas com dobradiças quebradas, pendiam, entreabertas; as lareiras estavam frias, e em vários campos o feno cortado apodrecia no solo sem que ninguém aparecesse para juntá-lo em feixes. Com exceção dos pássaros e dos cervos, e de um ou outro carneiro ou bode — e, uma vez, um cachorro sarnento que rosnou para Cabal e depois fugiu —, não encontraram nenhum sinal de vida.

Quase todos os que viviam e trabalhavam naquelas terras haviam fugido levando tudo o que podiam carregar durante as recentes guerras, procurando refúgio em uma das fortalezas de Cerdic. E não era sem motivo. Dois dos povoados por onde eles haviam passado tinham sido queimados, as cabanas destruídas; o que restara delas se misturava à lama, e o ar estava pesado com o cheiro nauseante de cinzas e morte. Agora, o grupo atravessava uma área de prados abertos, que Isolda pensava ficar na metade do caminho para a abadia. Hereric estava muito quieto; sua cabeça se virava para um lado e para o outro lentamente, enquanto ele vasculhava a paisagem verde ao seu redor; sem saber bem qual a razão, um arrepio percorreu a pele de Isolda, enquanto ela acompanhava o olhar dele.

À direita, o terreno iniciava uma subida, em direção a um trecho de floresta fechada; quando seus olhos fixaram o muro de árvores, Hereric parou. Isolda viu sua mão se mover automaticamente para o amuleto pendurado em uma correia de couro em seu pescoço; seu polegar esfregava a superfície lisa do dente de lobo sobre sua clavícula. Sem olhar para ela, ele fez uma rápida série de gestos. *Há alguém lá. Na floresta.*

Passava do meio-dia, o sol do verão estava quente, mas apesar disso a floresta parecia ensombrecida e escura atrás da espessa cortina verde. Isolda olhou para os galhos estreitamente unidos, a vegetação fechada. Ela não podia ver nenhum sinal de que Hereric estivesse certo, mesmo assim sentiu um arrepio lhe correr pela espinha.

— Como você sabe?

Como resposta, Hereric fez um gesto indicando Cabal, que agora estava ao seu lado. *Cachorro sabe. Sente o cheiro.*

Isolda olhou para Cabal e viu que o cachorro olhava fixamente na direção das árvores na subida do morro. Suas patas estavam afastadas, o pelo de seu pescoço arrepiado, e Isolda o ouviu soltar um rosnado baixo e longo.

Eles estavam cavalgando mais ou menos no meio da fileira de guerreiros a cavalo que formavam o grupo; agora, antes que Isolda pudesse responder, sua atenção foi desviada por um grito alto de alerta vindo do alto, onde os líderes do grupo se aproximavam de uma curva na estrada. Seu primeiro pensamento, que quase lhe parou o coração, foi que Hereric e Cabal tinham razão; eles estavam encurralados, e iriam sofrer um ataque. Mas então a fileira de cavalos e homens armados à sua frente se moveu o suficiente para que ela também pudesse ver além da curva no caminho, onde quatro ou cinco homens jaziam imóveis em poças de sangue, no solo.

Em um instante, Isolda desmontou a égua castanha e voltou-se para Hereric.

— Há alguém ferido lá em cima; eu vou lá ver.

Quando ela chegou mais perto, viu que os homens feridos traziam o escudo de Madoc de Gwynedd costurado às túnicas de couro. Patrulheiros, talvez, enviados à frente para assegurar que o caminho que o grupo maior fosse percorrer era seguro. Havia quatro deles, todos deitados de rosto para baixo em um trecho revirado enlameado do terreno, onde até a grama havia sido arrancada. Mesmo sem olhar para os corpos, estava claro que uma luta brutal havia acontecido ali.

O próprio Madoc e vários de seus homens estavam de pé em um semicírculo perto do espaço onde os corpos jaziam. Mas os patrulheiros — se é que eles eram mesmo patrulheiros — deviam estar montados, porque restava um cavalo, um garanhão enorme e preto com uma listra branca na testa larga, parado perto do corpo imóvel de um dos homens.

O animal estava visivelmente aterrorizado; mexia a cabeça para os lados, dançava em círculos e bufava, a cauda balançando rapidamente de um lado para o outro. Qualquer tentativa da parte dos homens de chegar mais perto assustava e irritava o cavalo ainda mais. Toda vez que um dos guerreiros de Madoc dava um passo à frente o animal empinava, mostrando os dentes e revirando os olhos, bufando furiosamente pelo nariz.

— Não — Madoc disse, antes que qualquer dos outros homens pudesse tentar se aproximar novamente. — Se ele se assustar ainda mais, os homens no chão serão esmagados; se é que algum deles ainda está vivo.

Hereric havia chegado perto, por trás de Isolda, e agora tocava-lhe o braço, fazendo uma rápida série de sinais. *Hereric tenta... Pode acalmar... Afastar o cavalo.*

Não havia tempo de perguntar se ele tinha certeza; os cascos pesados do garanhão negro já estavam chegando perigosamente perto do corpo do homem que provavelmente o montara. Isolda foi rapidamente para perto de Madoc.

— Deixe Hereric tentar. Ele diz que pode acalmar o cavalo o suficiente para que você consiga levá-lo para longe.

O olhar de Madoc moveu-se de Isolda para Hereric, e ela podia quase ver o rápido debate que acontecia por detrás de seus olhos escuros. Madoc era um líder de guerra, entretanto, acostumado a tomar as decisões mais sérias em um piscar de olhos. Ele pareceu julgar a afirmação de Hereric com base em sua aparência, e então assentiu, abruptamente.

— Está certo. Vá em frente.

Hereric imediatamente voltou-se para o garanhão; sua testa se franzindo enquanto ele observava o cavalo mexer-se desconfortavelmente de um lado para o outro. Os músculos do animal tremiam, seus olhos pareciam assustados e as orelhas estavam para trás. Hereric pensou por um momento, e então tirou do cinturão um pequeno frasco feito de chifre. Ele abriu o frasco com o polegar, tirou uma pequena dose de seu conteúdo — que parecia ser um pó acinzentado e grosso — e o espalhou nas palmas. Depois, com infinita lentidão, começou a se mover para a frente, estendendo a mão para a apavorada montaria de guerra.

Isolda viu que ele mantinha o corpo virado para o lado e que tinha o cuidado de nunca olhar nos olhos do enorme animal, enquanto se aproximava lentamente. Um passo... Dois... Três...

Isolda prendeu a respiração, esperando ver o garanhão empinar a qualquer momento, as patas dianteiras letais mirando a cabeça de Hereric. Em vez disso, o cavalo parou, com seus músculos poderosos ainda tensos e tremendo, mas as quatro patas plantadas firmemente no solo.

Quatro passos... Cinco... Então, Hereric estava perto o suficiente para que sua mão estendida tocasse o focinho negro do cavalo. O animal recuou e relinchou, mas pareceu finalmente farejar o cheiro do que quer que Hereric tivesse esfregado na palma de sua mão. As grandes narinas se dilataram e soltaram uma respiração pesada. Então, o garanhão abaixou a cabeça, cheirando os dedos de Hereric.

Hereric levantou a outra mão, acariciando o pescoço do cavalo em círculos leves. Isolda viu os flancos do animal tremerem enquanto ele inspirou e expirou pesadamente mais uma vez. Um último tremor o sacudiu, e então seus músculos finalmente relaxaram. Ele ficou quieto, o pescoço e a cabeça abaixados, o nariz apoiado no ombro de Hereric.

Um suspiro coletivo de alívio pareceu escapar de todos os que estavam assistindo, e Isolda relaxou os músculos que nem percebera que havia tensionado. Ainda acariciando o pescoço do cavalo, Hereric levou o enorme animal para longe, e Isolda pôde finalmente se aproximar, juntamente com vários dos outros homens de Madoc, dos feridos que jaziam no solo.

Os dois homens que Isolda tentou socorrer já não necessitavam de ajuda; ela não pôde encontrar o menor vestígio de batimentos cardíacos em sua garganta ou pulsos. Um grito de Madoc, entretanto, fez com que ela se levantasse e cruzasse o terreno rapidamente, na direção do homem que o cavalo negro estivera vigiando. Madoc estava ajoelhado ao lado do homem, sua face coberta de cicatrizes mais carregada de raiva e tristeza do que Isolda jamais havia visto, embora sua expressão se relaxasse levemente ao vê-la.

— Este homem ainda está vivo — mas está muito mal.

Isolda assentiu e se aproximou rapidamente, ajoelhando-se na grama ao lado do homem ferido, forçando-se a se concentrar, a bloquear os outros corpos que jaziam espalhados no solo. Antes que começasse a examinar os ferimentos do soldado, contudo, Isolda olhou para Madoc, apertando os olhos contra o brilho do sol do meio-dia.

— Cabal farejou homens nas árvores lá em cima. — Ela fez um gesto apontando as árvores na subida do morro.

Madoc havia lutado muitas batalhas com Cabal a seu lado; ele confiava nos instintos do cachorrão tão completamente quanto Isolda. Ele não discutiu, não hesitou, simplesmente assentiu e virou-se para verificar as árvores por si mesmo.

— Outra emboscada? — Ele franziu o rosto, falando mais consigo mesmo do que com Isolda. — Se fosse, já estaríamos mortos, ou pelo menos lutando por nossa vida, a essa altura. — Ele apertou os olhos para ver melhor as árvores à sua frente e então se virou abruptamente e começou a falar em voz baixa com os homens ao seu lado.

Isolda estava vagamente consciente de Cynlas, que viera do final da comitiva, para se juntar à conversa dos homens. De Madoc e Cynlas dialogando brevemente, e Madoc ordenando que um grupo de oito guerreiros cavalgasse à frente e depois desse a volta, entrando na mata por trás. Ela estava consciente, também, dos guerreiros montando seus cavalos e partindo para cumprir as ordens de Madoc: mas apenas perifericamente.

As mãos dela se moviam delicadamente pelo corpo do homem ferido, encontrando a pulsação em seu pescoço, instável e fraca; procurando pela fonte do sangue que formava uma poça a seu lado, manchando o solo de escarlate. Isolda respirou fundo, tentando se controlar, mantendo a porta aberta em sua mente. Sob a dor, ela podia sentir uma mistura confusa de lembrança, zumbindo como uma nuvem de insetos. *Cavalgando... Verificando o caminho à frente, as árvores... Deus, o que foi isso? O grito rouco de alerta de alguém... Então, vindos do nada, homens gritando, xingando por todos os lados. Espadas se cruzando, cavalos relinchando, seu próprio animal empinando...* Isolda estava se concentrando tanto que não teve nenhum aviso. A primeira coisa que ouviu foi o barulho das patas dos cavalos. Então, mãos ásperas a agarraram pelas costas, um cobertor grosseiro foi atirado sobre seu rosto e ela se viu puxada à força para cima, para o dorso de um cavalo.

Cega, engasgando com o cheiro de cavalo do cobertor sobre seu rosto e cabeça, Isolda ouviu Madoc, ou talvez um de seus homens, dar o sinal de alarme. Mas era tarde demais. Eles estavam longe, discutindo planos. E o homem — tinha de ser um homem — que a apanhara havia virado seu cavalo e já galopava para longe.

Depois do choque do primeiro momento, Isolda começou a chutar e se debater, tentando se libertar. O cobertor havia sido enrolado firmemente em seu corpo, literalmente imobilizando-lhe os braços. Ela ouviu seu captor grunhir quando esperneou, mas ele apenas a segurou com mais força, as mãos poderosas apertando dolorosamente sua pele.

Ela estava meio sentada, meio deitada sobre a frente da sela, e o galope acelerado do cavalo, combinado com o cobertor quente e sufocante, faziam sua cabeça girar. Isolda perdera todo o senso de direção; não tinha ideia nem mesmo da distância que já haviam percorrido. Apesar de estar sob o cobertor, ela sentiu uma sombra cair sobre eles, sentiu o ritmo do cavalo diminuir, ainda que levemente, e ouviu o som de seus cascos mudar, das batidas sobre a terra e a grama para um esmagar de galhos e folhas secas. Deviam ter entrado na floresta.

O pânico a invadiu, tornando ainda mais difícil respirar. E, porque a compreensão sobre sua situação a pegou de surpresa, seus pensamentos se dirigiram imediatamente para a pequenina, pulsante faísca de vida que crescia dentro dela a cada dia.

Ela não sabia — não podia adivinhar — quem era o homem que a carregava, ou para onde a estava levando. Mas havia sido capturada por um motivo. Deveria haver um motivo. E, a menos que ela pudesse escapar, seu bebê nasceria em cativeiro. Ou, se ela morresse, seu bebê morreria junto com ela.

Isolda teve de lutar contra a onda quente de raiva e autocensura que lhe revirava o estômago e ameaçava tomar conta dela. Burra... Burra... Burra. A palavra parecia ecoar em sua mente, no ritmo do galope do cavalo. Como pudera ser tão descuidada? Por Crone[1], como?

Ela sabia que havia perigo, apesar do que Madoc tinha dito. Se estivesse mais alerta, se tivesse tomado mais cuidado, não estaria ali, à mercê de um captor desconhecido e sem rosto, que a arrastava para os deuses sabiam onde. Ela não estaria ali, impotente como uma criança, com a vida frágil e pequenina do seu próprio bebê correndo um perigo maior a cada instante que passava.

Como um nadador que tenta se libertar das algas que lhe limitam os movimentos, Isolda forçou-se a afastar aqueles pensamentos.

Pense. Ela precisava ficar calma e pensar, ou não conseguiria ajudar seu bebê ou a si mesma.

Ela não tinha dúvidas de que Madoc e Cynlas iriam enviar homens atrás dela. Quase certamente já haveria homens cavalgando em perseguição ao seu captor. Então, era preciso que ela...

1- Crone é um personagem do folclore britânico, representando uma velha, normalmente possuidora de poderes mágicos, que pode ajudar ou servir de obstáculo aos humanos.

Subitamente, de uma só vez, ela sentiu que o cavalo sob seu corpo se assustava, empinava e recuava, de modo que foi atirada com força contra o peito de seu captor. Ela ouviu o homem que a carregava gritar alguma coisa, sentiu quando ele puxou as rédeas, tentando recuperar o controle do animal. O cavalo empinou novamente, contudo; dessa vez, Isolda sentiu que tanto ela quanto o agressor sem rosto escorregavam, então ela estava caindo, despencando no chão com um baque que pareceu percorrer cada nervo em seu corpo e arrancou o ar de seus pulmões.

Por um momento ela ficou parada, incapaz de se mover; tudo fora esquecido na luta desesperada para recuperar a respiração. Então, percebeu o que estava acontecendo e sentou-se, tentando freneticamente libertar-se das dobras grosseiras do cobertor. Burra, burra, burra! Esta pode ser a sua única chance!

O tecido que cobria o rosto dela caiu, e Isolda respirou profundamente o ar frio, doce, cheirando a folhas. Então, seu corpo se imobilizou, um golpe como o relâmpago parecendo percorrê-la, enquanto pensava se tivera batido a cabeça com mais força do que imaginara a princípio. Ou se o choque e o medo estavam fazendo com que ela conjurasse visões em pleno ar.

Eles se encontravam em uma pequena clareira. E o cavalo — ela podia ver agora que era um garanhão grande e cinzento — não havia fugido, mas estava parado a talvez dez passos de distância, com seus músculos tremendo.

Bem diante dos olhos dela, não ao seu alcance, mas quase, dois homens estavam frente a frente sob a proteção dos carvalhos. Um dos homens ela não conhecia; era um homem grande e ossudo, com uma cabeleira loura ensebada e um rosto que ela sabia jamais ter visto antes. Apesar disso, por causa dos ombros e braços poderosos, ela soube em um instante que ele era o seu captor.

Mas ela mal dirigiu um olhar para ele. Estava transfixada, com toda a sua atenção concentrada no homem de pé a meros cinco passos dela, de espada na mão e em alerta. Um homem jovem, com a atitude de um guerreiro, de ombros largos, vestindo túnica e calções de cor indeterminada, entre o cinza e o verde. Tinha cabelos louros, de um tom dourado, presos com uma correia de couro; um rosto magro, boca fina e flexível, olhos incrivelmente azuis sob sobrancelhas curvadas.

Tristão.

Isolda piscou, mas a imagem de Tristão não estremeceu, nem desapareceu. O rosto dele estava sério, sua expressão era dura, os olhos azuis fixos no outro homem, cada músculo em seu corpo tenso como uma corda retesada. Ela já o havia visto em combate antes e sabia que naquele momento ele era totalmente um soldado; qualquer outro pensamento, qualquer outro propósito estava afastado para que ele se concentrasse completamente no inimigo que enfrentava.

Ela sabia que ele estava esperando que seu captor fizesse um movimento. E ela sabia — com toda a certeza — que, se o outro homem desse um único passo na direção dela, Tristão estaria sobre ele em um piscar de olhos.

Evidentemente, seu captor também sabia disso. Ela viu os dedos do homem louro se contraindo e seu olhar se desviar, por um breve instante, para a faca que trazia no cinto. Ela o viu comparar sua arma com a espada que Tristão segurava, e concluir, como ela, que mesmo que ele sacasse a arma jamais teria uma chance. Então, tão rapidamente que Isolda mal teve tempo de registrar o movimento, ele correu para o lado, agarrou as rédeas do cavalo e pulou para a sela num salto fluido. Ele enterrou os calcanhares com força nos flancos do animal e fugiu, desaparecendo por entre as árvores em meio ao ruído de folhas esmagadas e cascos galopando.

Em um instante, Tristão havia colocado a espada na bainha e se ajoelhado ao lado dela, puxando-a para perto de si, alisando-lhe os cabelos, correndo as mãos com delicadeza pelos braços dela como se estivesse verificando algum osso quebrado.

— Santa Mãe de Deus, Isa, você está bem?

Pela primeira vez, ele parecia quase tão abalado quanto Isolda. Ela podia sentir as batidas aceleradas do coração dele em seu peito, podia sentir a tensão nos músculos que a seguravam. Ela tentou responder, mas não conseguiu fazer sua voz funcionar, então apenas assentiu contra o ombro dele. Isolda estava finalmente começando a reagir, e não conseguia parar de tremer. Precisou cerrar os dentes para impedir que batessem.

Tristão puxou-a para mais perto, envolvendo-a nos braços.

— Meu Deus, eu sinto muito. Eu não devia ter deixado que ele escapasse. Mas eu não queria uma briga, não se pudesse evitar. Não com você ali, bem no meio, e sem saber se você estava machucada.

Isolda fechou os olhos, descansando a cabeça contra a força sólida do peito dele, e sentiu o tremor se dissipar um pouco.

— Eu estou bem, de verdade — ela conseguiu dizer. — Não me machuquei. — Então ela levantou a cabeça, olhando para ele, estendendo a mão para tocar-lhe o rosto, traçando a linha de seu queixo e face, ainda incapaz de acreditar que aquilo não era uma ilusão ou um sonho. O rosto dele tinha uma barba de vários dias, que espetava os dedos dela; e a pele dele estava quente.

— Você está aqui — ela murmurou. — Você está vivo.

Ela pensou ter visto alguma coisa, fugaz como uma sombra, passar pelos olhos azuis dele. Mas ele a puxou para perto de novo, e disse, a voz abafada pelos cabelos dela:

— Estou aqui.

Os braços de Tristão ao redor dela eram sólidos e fortes, e ele a abraçava tão apertado que era como se nunca, nunca fosse soltá-la novamente. Parecia, Isolda pensou, que ela havia voltado para casa. Era como ver o sol nascer depois da noite mais escura. Cada músculo dela doía da cavalgada e da queda do cavalo; mesmo assim, não queria que aquele momento terminasse jamais. Ela podia ficar sentada ali para sempre, escutando as batidas do coração dele, que gradualmente voltavam ao ritmo normal, contra seu rosto, simplesmente sabendo que ele estava ali com ela, vivo e seguro.

Então, um pensamento a atingiu como uma rajada de chuva fria, e ela se afastou.

— Tris, você não pode ser encontrado aqui. Você não pode ser visto. Madoc e seus homens vão vasculhar essa floresta procurando por mim. E Cynlas de Rhos estava cavalgando conosco, também. Ele vai reconhecer você, eu tenho certeza.

Cynlas culpava Tristão pela morte de seu filho mais velho, quatro anos antes. Culpava-o injustamente, mas não havia quase nenhuma chance de provar aquilo depois de tanto tempo.

— No mínimo, eles vão pensar que você teve alguma coisa a ver com o ataque aos homens de Madoc.

Tristão ficou em silêncio.

— E você não pensa assim? — ele disse, finalmente.

— É claro que não! — Isolda se afastou. Mas então ela tocou o rosto dele e disse novamente, em tom suave: — É claro que não. É claro que eu não penso assim.

Novamente, Tristão simplesmente olhou para ela, seu corpo inteiro imóvel. Ela estava ficando mais hábil em ler as expressões nos olhos dele. Agora ela podia ver que eles tinham uma nuvem de tristeza, e algo parecido com surpresa incrédula, também; como se ele não pudesse, ou não ousasse, se permitir acreditar no que quer que estivesse vendo no rosto dela. Então, ela também leu nos olhos azuis dele um desejo que apertou seu coração.

— Isa — ele disse. — Você não deveria...

Mas de algum lugar ali perto veio o som dos homens gritando o nome dela, e um latido que Isolda reconheceu como sendo de Cabal. Ela colocou uma das mãos sobre a boca de Tristão, impedindo-o de dizer mais alguma coisa.

— Por favor! — ela disse. — Eu não poderia suportar se alguma coisa acontecesse com você, especialmente se fosse por minha culpa por mantê-lo aqui.

Tristão não fez nenhum movimento, contudo; apenas olhou para ela por outro longo momento. Finalmente, disse:

— Você merece... — e se interrompeu.

Cada parte do corpo de Isolda desejava que Tristão propusesse levá-la com ele — embora soubesse que ele seria capaz de escapar mais depressa, e com muito mais segurança, sozinho. Ou talvez ele pudesse dizer que iria buscá-la na abadia o mais rápido possível, e que ela o veria novamente em breve.

Em vez disso, muito lentamente e com infinito cuidado, ele estendeu a mão e acariciou o rosto dela com as costas dos dedos, traçando a linha de sua boca com o polegar. Os olhos azuis dele estavam mergulhados nos dela, e ele olhava para ela como se estivesse tentando memorizar cada linha de seu rosto e gravar aquela imagem na mente para sempre.

Ele disse:

— Estarei vigiando até que os homens de Madoc a encontrem. Até que eu saiba que você está segura.

Isolda podia ouvir os gritos dos homens se aproximando, os latidos excitados de Cabal, e o som dos grupos de busca atravessando os arbustos e pisando nas folhas secas. Mais um instante e estariam ali.

Tristão havia começado a se levantar, mas ela apertou sua mão com mais força.

— Espere! Para onde você vai? O que você...

Mas não havia mais tempo. Não havia tempo para perguntar como ele tinha chegado até ali, aparecendo como que num passe de mágica, como se o fato de ela precisar dele o tivesse conjurado do ar. Ela ouviu um grito; um dos homens de Madoc, ela supunha.

— Posso vê-la! Lá em cima! Por aqui!

Involuntariamente ela se virou, vislumbrando o brilho de uma espada desembainhada e o azul da túnica de um dos homens que se aproximava através de uma fresta no arbusto. Quando ela olhou de novo, Tristão havia desaparecido, como se jamais houvesse estado ali.

Isolda bem?

A testa de Hereric estava franzida de preocupação quando ele se sentou no chão ao lado de Isolda. Ele e Cabal se achavam entre os primeiros do grupo de busca a alcançá-la na floresta, e o rosto largo do saxão havia se iluminado com o alívio de encontrá-la segura e ilesa. Juntos, eles haviam voltado para onde se encontravam os cavalos e o resto da comitiva. Agora Isolda estava exatamente onde estivera quando fora capturada pelo homem ainda desconhecido: ajoelhada ao lado do único sobrevivente do ataque, enfaixando seus ferimentos e preparando-o para a cavalgada.

A pergunta ansiosa de Hereric fez com que os pensamentos de Isolda voassem imediatamente para o bebê que crescia dentro dela. Ela ainda estava dolorida e rígida por causa da queda, e consciente, a cada latejar causado por uma pancada ou a cada dor súbita, do dano que acidentes daquele tipo podem causar a uma criança em gestação. Tentava o máximo possível bloquear o medo, contudo; pelo menos por enquanto. Se houvera dano, já era tarde demais. Ela não podia fazer nada agora por si mesma ou pela criança. E havia uma tarefa que deveria cumprir, que era tentar manter vivo o homem inconsciente aos seus pés.

Madoc havia identificado o homem como Cei, enviado naquela manhã bem cedo, como Isolda havia imaginado, para assegurar que a rota pela qual iriam viajar era segura. E o garanhão negro que Hereric havia acalmado devia pertencer ao homem ferido. O animal estava quieto agora, mesmo assim levantava as orelhas e sacudia a cabeça quando alguém tentava levá-lo para longe de Cei.

Enquanto Isolda assentia, em resposta à pergunta de Hereric, e tentava convencê-lo de que realmente estava bem, ela olhou para o cavalo e teve uma lembrança repentina.

— O que era aquele pó que você espalhou nas mãos mais cedo? — ela perguntou.

O rosto de Hereric se iluminou um pouco. *Feito de...* Hereric fez um sinal que Isolda não reconheceu, e, vendo a expressão confusa dela, ele fez um gesto indicando a parte interior das patas dianteiras do cavalo, onde os calos escuros comuns do animal costumam crescer.

Cheiro acalma cavalo assustado. Não sei por quê.

— Eu nunca tinha ouvido falar disso. — Isolda se inclinou para amarrar uma bandagem espessa sobre o ferimento na lateral do corpo de Cei. O corte ainda estava sangrando, e seria um milagre se os movimentos do cavalo no caminho de volta para a abadia não o abrissem novamente. Mas não havia mais nada que ela pudesse fazer. Obviamente eles não podiam permanecer ali, enquanto as sombras da tarde aumentavam, predizendo o crepúsculo que se aproxima; e um segundo ataque poderia acontecer a qualquer momento.

Madoc tinha vindo imediatamente, logo que Hereric a havia encontrado, para certificar-se de que ela estava mesmo ilesa e para assegurar-lhe que enviaria soldados atrás do homem que tentara capturá-la. Os olhos escuros e intensos dele mostravam um alívio que fizera Isolda sentir outra pontada de culpa. Mas não houvera tempo para conversar muito com ele. Tanto Madoc quanto Cynlas haviam concordado que eles deveriam seguir imediatamente para o local seguro mais próximo. Mesmo agora, os cavaleiros estavam entrando em formação, preparando os cavalos e organizando-se para partir. Estariam a caminho em poucos instantes.

Isolda hesitou, como sempre fazia quando tocava no assunto do passado de Hereric. Mas perguntou:

— Onde você aprendeu a cuidar tão bem de cavalos?

Os olhos azuis-claro de Hereric ficaram levemente distantes, sua testa ossuda se franziu — e Isolda não saberia dizer se era porque ele não conseguia se lembrar, ou porque a pergunta o incomodava. Ele coçou a barba e finalmente disse com gestos. *Já sabia alguma coisa... Tristão ensinou mais. Bom com cavalos. Sabe?*

Isolda sabia, embora tivesse quase esquecido, depois de tantos anos. Mas se lembrava, agora, das longas horas que Tristão passava nos estábulos do pai dela, enquanto eles cresciam. Em parte, Isolda imaginava, era porque aquilo o salvava de ter de ficar no salão dos homens, onde seu pai Marcos estaria. Embora, obviamente, Tristão jamais tivesse admitido aquilo nem mesmo para ela.

Mas o homem rabugento e encurvado que era o treinador oficial dos cavalos havia recebido a ajuda com alegria. E Tristão era bom com cavalos; muito bom, na verdade. Paciente e habilidoso ao treinar as montarias de guerra para que obedecessem aos comandos necessários durante uma batalha. Ao mesmo tempo, paciente e equilibrado quando precisava domar os cavalos mais rebeldes, ensinando-os a tolerar a sela e as rédeas.

Por um momento breve, Isolda sentiu novamente o toque dos dedos de Tristão em seu rosto. *Estarei vigiando até que os homens de Madoc a encontrem*, ele dissera. *Até que eu saiba que você está segura.*

Ela olhou para cima, na direção da floresta no topo do morro, mais escura e ensombrecida, agora que o sol desaparecia no oeste. Ela não podia ver nada. Nenhum sinal de que Tristão ou qualquer outra pessoa poderia estar observando; Cabal estava deitado quieto ao seu lado, com a cabeça sobre as patas, o corpo relaxado. E os cavaleiros que Madoc enviara não haviam retornado ainda; e já teriam voltado, se tivessem encontrado alguém — Tristão ou o homem que a levara.

Isolda voltou-se para Hereric, ponderando se devia contar a ele que havia visto Tristão. O que ela poderia dizer, contudo? *Tristão esteve aqui, mas se foi novamente? E eu não tenho ideia de quando, ou mesmo se, ele vai voltar.*

E antes que ela pudesse decidir se falava ou continuava calada, as pálpebras de Cei tremeram e se abriram, e ele fixou um olhar confuso e cheio de dor no rosto de Isolda. A garganta dele se movia enquanto ele tentava engolir, e seus lábios se mexeram.

— O que...

Isolda imediatamente inclinou-se sobre ele e lhe segurou a mão.

— Você foi atacado, mas está seguro agora. Eu sou uma curandeira. Vou ajudar você.

O pânico e a confusão nos olhos de Cei se dissiparam um pouco e sua cabeça se moveu, assentindo fracamente.

— Nós caímos... Numa armadilha. — As palavras vinham em sussurros. — Eram muitos homens. Eu pensei que estava... Perdido. Mas então... Outros homens... Estranhos... Apareceram do nada. Espantaram os que nos atacaram.

Pelo menos meia dúzia de perguntas vieram à mente de Isolda. Mas ela se forçou a não fazer nenhuma delas. Cei respirava com dificuldade, o suor ensopava sua testa e seus lábios estavam contraídos com a dor. Então, em vez de fazer perguntas, ela disse:

— Shhh. Está tudo bem. Não tente falar.

A boca de Cei se retorceu com outro espasmo de dor, mas ele assentiu fracamente, de novo.

O rosto dele estava branco como giz, e havia um tom acinzentado ao redor de sua boca. Pensando no corte que sangrava, agora coberto pelas bandagens, Isolda sentiu um temor que era quase uma certeza. Mesmo assim, apertou a mão de Cei, abriu a porta dentro de si e enviou suas correntes de consciência para que percorressem o corpo dele, desde o inchaço em sua nuca até as várias costelas quebradas e o desfigurante corte de espada.

Ela deixou que sua consciência permanecesse dentro dele, até que sentiu, também, todo o horror e o desespero da emboscada, ainda recentes na mente de Cei, ainda como um pesadelo que ele estava revivendo repetidamente. Ela viu, pelos olhos de Cei, os homens surgindo das árvores, sentiu o coração dele acelerar quando...

Pegue sua espada, seu tolo. Ah, maldito seja, aquele era Essa, caindo e tossindo e gritando e se debatendo em agonia no chão. Essa, e...

Depois do terror de seu próprio rapto e do choque de ver — e perder — Tristão, compartilhar aquilo com Cei era quase insuportável; Isolda teve de se forçar a não afastar a mente do contato, a não romper as linhas frágeis que ligavam sua consciência à dele. Ela sentiu a amargura cruel do fracasso, também, por não ser capaz de apagar a dor ou as lembranças dele.

Mas Cei respirava mais facilmente agora, e seu rosto, mesmo ainda cor da cera, estava menos agoniado. Isolda tomou-lhe a mão.

— Você está a salvo agora. Nós estaremos de volta à abadia em breve. — Ela apertou os dedos dele e completou, suavemente — Você lutou com coragem. Nenhum homem pode fazer mais.

— Eu quero que você e Piye vigiem a abadia novamente. Se Isolda colocar o pé para fora dos muros, vocês a seguem. Se qualquer visitante inesperado tentar entrar, vocês vêm me avisar imediatamente.

As sobrancelhas de Daka se uniram. Eles haviam se arriscado a acender uma pequena fogueira naquela noite, camuflada por um buraco. A luz não seria vista a distância, mas, sentado próximo a ela, as chamas davam um brilho alaranjado ao rosto negro de Daka.

— Você acha que precisamos vigiá-la? Eu vi o modo com que o Rei Madoc olhava para ela. Ele próprio a vigia de perto, eu diria. — Tristão cerrou os dentes. A consciência de que Madoc, maldito fosse até o inferno, era sem dúvida o melhor homem para ela não ajudava em nada a acalmar a vontade que ele teve de bater a cabeça de Daka na pedra onde este estava sentado.

— Apenas faça o que eu digo, certo?

Ele foi poupado de ouvir a resposta de Daka por um violento ataque de tosse de Fidach. O homem ferido estava meio sentado, meio deitado no solo ao lado do fogo, apoiado em uma das sacolas de viagem e coberto pelos mantos de todos, empilhados. Mas ele ainda tremia, e a crise de tosse que o sacudiu quase o dobrou em dois. Tristão ajudou-o a se equilibrar com uma das mãos, cuidadoso com os ferimentos ainda se fechando nas costas de Fidach. Mesmo assim, um dos cortes mais profundos deveria ter se aberto, porque uma mancha escarlate apareceu nas costas da túnica do rapaz.

Tristão não disse nada. Ele não duvidava que Fidach considerava o sangue um preço baixo a pagar pela satisfação de ter lutado contra — e vencido — homens que quase certamente haviam sido enviados por Octa.

Quando o pior da crise passou, Fidach olhou para ele com os olhos cheios de lágrimas. Ele estava enxugando o sangue da boca, mas disse:

— Eu quase perco minha vida para fazer o seu trabalho por você, e não ganho nem uma taça de cerveja em agradecimento?

Cath colocou uma taça na mão que Tristão havia estendido para ele, e Tristão guiou-a ate os lábios de Fidach, dando tapinhas afetuosos em seu ombro.

— Está bem, então você merece a sua cerveja. Mas, por Cristo, homem, da próxima vez que quiser uma taça extra, simplesmente peça.

Daka e Piye estavam conversando em voz baixa, em seu próprio idioma; Daka se aproximou para colocar mais um galho na fogueira e se ajoelhou perto de Tristão. Ele falou como se não tivessem sido interrompidos antes.

— Olhe, se você quiser que Piye e eu vigiemos Lady Isolda, nós o faremos. Você sabe disso. Mas eu não entendo. Por que você mesmo não a vigia?

A mente de Tristão voltou-se para a lembrança de Isolda, capturada violentamente por um homem a cavalo e levada a galope. Pelos Deuses, até mesmo pensar naquilo fazia com que seu pulso se acelerasse.

Ele dissera a Isolda que não havia lutado com o homem porque não queria arriscar colocá-la no meio de uma briga. O que tinha um fundo de verdade. Mas o real motivo fora que ele absolutamente não confiava em si mesmo para controlar sua raiva, se o confronto chegasse a uma batalha real de espadas.

Ele era um miserável por não querer que Isolda visse aquilo. Por não querer que ela estivesse por perto, se o potencial latente para a violência que ele tinha escapasse de seu controle alguma vez.

Mesmo assim, o máximo que ele podia dizer sobre os homens com quem haviam lutado era que eles se moviam e operavam como um grupo organizado de guerreiros, e não como bandidos à solta, ou homens sem um líder. Mas não havia nada que mostrasse que o captor, ou qualquer dos outros, eram homens de Octa, enviados com a missão expressa de raptar Isolda. E se, como ele havia pensado, era cedo demais até mesmo para Octa quebrar os termos da barganha que haviam feito, era mais um motivo para que ele não permanecesse ali. Isolda estava mais segura dentro dos muros da abadia do que jamais estaria com ele. E assegurar que ela continuasse segura significava cumprir a sua parte na barganha com Octa. Concentre-se no lado pragmático da coisa, concentre-se em fazer o seu trabalho. Apesar disso, pelas serpentes do inferno, se tivesse de ficar ali mais um dia sequer, Tristão sabia que iria se levantar e correr em direção à abadia num instante. Ele respirou fundo.

— Eu acho que Octa de Kent não é um homem paciente. Se eu quiser ter qualquer tipo de vantagem contra ele, vou precisar dar o que ele quer, e logo.

O que Tristão havia descoberto durante a reunião do Conselho do Rei era um começo — mas apenas um começo. Ele duvidava que soubesse mais do que o resto dos informantes e espiões de Octa. Não, ele precisava do seu próprio informante. Não que Garbhán, o informante que contatara, tivesse qualquer tipo de lealdade particular para com ele, ou escrúpulos a respeito de vender suas informações para quem pagasse mais. Mas, fosse o que fosse, pelo menos Garbhán não era amigo de Octa de Kent.

Agora, Tristão respondia a Daka:

— Você ouviu a mensagem que o emissário de Garbhán trouxe. Ele concordou com uma reunião em dois dias. O que significa que preciso partir esta noite.

Silenciosamente, e pela centésima vez, Tristão amaldiçoou o destino que, dois meses antes, reduzira seu navio a uma pilha de escombros e cinzas. Um barco significaria que ele poderia cobrir as mesmas distâncias em menos da metade do tempo. Sem contar que seria um meio de fuga, se as coisas dessem errado.

Do lado oposto da fogueira, Cath atirou outro galho nas chamas e falou pela primeira vez.

— Acho que Eurig e Fidach vão ficar bem sozinhos aqui. Eu vou com você.

Tristão olhou para ele atentamente através da fumaça que subia.

— Você tem certeza?

— Oh, sim. — Cath esticou as pernas calçadas com botas pesadas; sua barba negra dividiu-se em um sorriso forçado. — A menos que Garbhán seja o ovo bom em meio aos ovos podres, como minha mãe costumava dizer, você vai precisar de alguém para cobrir a sua retaguarda.

⁓

Isolda apanhou o emplastro aquecido de camomila e alho. Estava muito quente, quase o suficiente para queimar as pontas de seus dedos, mas Cei nem sequer se mexeu quando ela o aplicou sobre o corte de espada em seu flanco.

Agora, ainda segurando o emplastro no lugar, Isolda olhava para Madoc, de pé ao lado da cama estreita.

— Obrigada por me trazer um estoque novo de medicamentos de Dinas Emrys. Eu estava precisando desesperadamente de suprimentos aqui.

Madoc olhava para o rosto de Cei, e a princípio mal pareceu ter ouvido Isolda. Então, deu de ombros, dando a entender que agradecimentos eram desnecessários.

— Tarde demais para ajudar esse pobre diabo. — Ele levantou a cabeça e seus olhos encontraram os dela. — Ele está morrendo, não está?

Isolda olhou para Cei, desejando poder desmentir as palavras de Madoc. Mas não podia. A pele de Cei estava da cor da madeira queimada, e sua respiração estava difícil e entrecortada. Uma vez Isolda havia conseguido erguê-lo o suficiente para que engolisse alguns goles de água. Mas ele já estava inconsciente havia várias horas, e agora nem mesmo sacudindo-o Isolda conseguia alguma resposta.

— Eu sinto muito.

Eles haviam chegado à abadia ao cair da noite anterior, e Cei tinha sido imediatamente carregado para a enfermaria. Isolda fizera tudo o que podia por ele, e então concordara em ir para a cama e dormir um pouco, deixando Cei e os outros feridos aos cuidados de Irmã Olwen.

Irmã Olwen estava sendo, se não exatamente simpática, um pouco menos implicante e hostil. Embora Isolda não tivesse certeza de que o descanso iria compensar qualquer dano causado pela cavalgada e pela queda daquele dia, era tudo o que lhe era possível fazer. Estava tensa, esperando por alguma indicação de que poderia perder a criança. Mas não houvera nada, até então; nem dor, nem sangramento. E, pelo menos uma vez, como um bom sinal, ela ficara enjoada como de costume, quando tentara comer o pão e a sopa que uma das irmãs da abadia havia lhe trazido.

Agora, já era noite mais uma vez, e ela estava novamente ajoelhada ao lado da esteira de Cei, na enfermaria. A sala se encontrava pouco iluminada pelo fogo na lareira no canto oposto e por um pequeno lampião que Isolda havia pedido que colocassem sobre a cama de Cei. A abadia estava silenciosa; a hora das preces da noite ainda não havia chegado, e na enfermaria só se ouviam os ruídos baixos dos homens que se mexiam ou gemiam nas esteiras ao redor.

Mesmo enquanto cuidava dos ferimentos de Cei, Isolda lutava contra uma sensação de completa separação do ambiente à sua volta. Os dois últimos dias lhe pareciam fragmentados, e, por mais que tentasse, não conseguia juntar as peças para formar um retrato inteiro.

A reunião do conselho no forte antigo no morro... Seu encontro com Taliesin à luz da lua... A cavalgada de volta... O ataque... A sua captura... E, então, o fragmento mais desconectado de todos, aquele encontro rápido, quase completamente inacreditável, com Tristão.

Se não fosse pela história que Cei havia lhe contado, ela poderia pensar que o encontro fora um produto de sua imaginação. Ou algum truque cruel do povo da floresta, como nos contos em que os viajantes são atraídos para a terra das fadas e se perdem por mais de cem anos. Mas Cei havia lhe contado pelo menos partes do que havia acontecido a ela, e depois, mais tarde, a Madoc, durante um breve período de lucidez na abadia.

Ele e o resto da patrulha haviam sido emboscados por um bando de homens que saíram gritando da floresta e os atacaram com machados e espadas. Eles foram pegos desprevenidos e rapidamente dominados. Então, enquanto ele sangrava no chão e pensava que era um homem morto, um segundo grupo de homens havia aparecido do nada e espantado os agressores.

Cei estava fraco demais para descrever os homens que o haviam salvado. Mas, quando Isolda tinha projetado sua consciência mais uma vez para a mente dele, havia conseguido vislumbrar as lembranças fugazes e fragmentadas que se escondiam sob o medo e a dor do homem ferido.

Quatro homens... Ou cinco... Ele não saberia dizer. Dois eram como demônios da noite, com cabelos negros trançados e pele escura como carvão. Um com as tatuagens intrincadas das tribos

Priteni nas maçãs do rosto altas, e que manejava sua espada com a rapidez do relâmpago.

Isolda pensou que as imagens que capturara da mente de Cei deviam ser um conforto. E de certo modo eram. Porque, onde quer que Tristão estivesse agora, ele estava com Daka e Piye, os gêmeos núbios em quem Isolda confiava tanto quanto confiava em Hereric e Kian. E Fidach. Se ele fora um dos que acorreram em socorro a Cei, espantando os agressores, doente como estava, Isolda estivera certa em pensar que o homem decente que se escondia por detrás de sua imagem pública estava agora mais perto da superfície do que nunca.

Isolda não conseguia evitar, entretanto, rever mais uma vez e outra vez ainda a expressão nos olhos de Tristão pouco antes de eles se separarem; o olhar de um homem que partia para uma batalha da qual não esperava sair vivo.

Ela colocou uma bandagem sobre o emplastro para mantê-lo no lugar, e pôs a mão sobre a testa, o pescoço, o peito e o braço de Cei. Todo o corpo do homem ferido estava assustadoramente quente e seco, sem qualquer traço de suor refrescante. Apesar dos esforços de Isolda, ele havia começado a ter febre durante a noite anterior, e a temperatura continuava a subir.

Isolda mordeu o lábio, e então, sem querer, olhou para cima e viu o rosto de Madoc. Ele estava sério, sua expressão era firme e dura, mas algo em seus olhos fez Isolda dizer:

— O senhor sabe que não precisa ficar aqui. Duvido que ele acorde.

Madoc levantou o queixo e olhou para ela quase como se tivesse se esquecido de sua presença. Mas ele sacudiu a cabeça e disse.

— Cei era um dos meus homens. Ele se feriu em uma batalha seguindo minhas ordens. Então, eu vou ficar. Devo isso a ele, no mínimo. — A boca de Madoc se retorceu, como se tivesse sentido um gosto amargo. — Nenhum rei deveria enviar seus homens para a batalha sem ver por si mesmo as consequências que podem advir.

Isolda ficou quieta por um momento, observando o rosto marcado e cansado do rei, então disse:

— Meu senhor Madoc é um bom rei. Mas deve descansar. Tenho certeza de que as irmãs da abadia lhe darão uma cama na ala de hóspedes.

A expressão de Madoc foi de tanta surpresa que Isolda se perguntou, com outra fisgada de culpa, quanto tempo fazia que alguém havia expressado preocupação com o bem-estar dele. Mas ele sorriu, embora parecesse a Isolda que era um sorriso levemente forçado.

— Minha aparência deve estar pior do que eu pensava. Eu vou ficar bem. Normalmente preciso de poucas horas de sono.

Tanto as forças de Madoc quanto as de Cynlas estavam acampadas nos morros que cercavam a abadia; sua viagem para o sul fora interrompida de modo que os patrulheiros pudessem ser enviados para verificar o que o ataque do dia anterior significava. O massacre dos homens de Madoc poderia ter sido apenas um fato isolado; um grupo de desertores dos exércitos de Octa ou Marcos. Mas também podia significar que Octa e Marcos tinham uma força ainda maior, em algum lugar perto dali.

Isolda umedeceu um pano limpo em uma bacia com água e começou a banhar o rosto e o pescoço febris de Cei.

— O senhor já teve alguma notícia dos homens que fizeram isso?

Madoc esfregou os olhos e disse, cansado:

— Nada. Estou começando a acreditar que pode ter sido um grupo de desertores, ou mesmo um bando de homens sem líder. Os patrulheiros que enviei de volta não viram nenhum sinal de mudanças importantes. Octa e suas forças ainda controlam as fortalezas na costa. Os homens de Marcos continuam concentrados no noroeste, perto das fronteiras de Gwent.

— E Cerdic ainda vai se juntar ao Rei Meurig e rumar para o norte? — perguntou Isolda. — Para assegurar que os exércitos de Marcos não possam se juntar aos de Octa?

— Foi isso que combinamos. E é nisso que Meurig de Gwent acredita.

Algo no tom de voz de Madoc alertou Isolda, e ela perguntou:

— Você não confia nele?

Madoc deu de ombros, exausto.

— Depois do ataque dos homens de Dywel? — ele fez uma careta. — Eu seria o filho de uma cabra idiota se confiasse até mesmo nos meus próprios conterrâneos.

Os olhos de Isolda se desviaram para onde o ruivo Cadfan dormia, no lado oposto da enfermaria, com a perna imobilizada apoiada sob os cobertores que o aqueciam, e ela se lembrou da história que ele havia lhe contado, de um pedido de ajuda que aparentemente jamais chegara. Ela pensou, também, na reunião do conselho. Na tensão cortante entre Meurig de Gwent e Cynlas, entre Dywel e os outros homens. Na perda de Caer Peris, e na captura do filho de Cerdic.

Ela umedeceu o pano novamente e perguntou:

— E ainda não há notícias do filho de Cerdic, Cynric, e dos outros homens capturados?

Madoc sacudiu a cabeça.

— Eles podem muito bem ter atravessado um dos portais do povo das fadas, além dos morros, pelo que sabemos de onde Octa os levou.

Madoc parou de falar, seus pensamentos claramente seguiam; alguma linha tortuosa. Então, ele pareceu se controlar e voltou-se novamente para Isolda.

— Mas eu ainda não tive tempo de lhe dar as notícias que tenho, Lady Isolda. Notícias que espero sejam bem recebidas, mesmo aqui. — Ele olhou ao redor, e sua expressão endureceu de novo quando seu olhar caiu sobre o rosto inconsciente de Cei.

— Sim?

— Eu posso, pelo menos, lhe dar notícias de Cammelerd. Como a senhora sabe, por algum tempo não conseguíamos passar pelas forças de Marcos e alcançar as fronteiras. E eu sei que a senhora — como eu — temia pelo pior. Mas agora posso lhe dizer que as coisas não estão tão ruins quanto havíamos pensado. O seu homem de confiança, Drustan, que governa a terra em sua ausência, tem feito um bom trabalho. Um trabalho excepcionalmente bom, eu diria. Ele tem sido bastante pressionado pelo exército de Marcos, mas tem defendido as fronteiras de Cammelerd com sucesso.

— O senhor esteve lá? — Isolda perguntou ansiosamente. — Viu Drustan?

Madoc assentiu.

— Eu o vi e lutei com ele, além disso. Há duas semanas, meus homens e eu finalmente passamos pelas forças de Marcos, nos unimos a Drustan e aos guerreiros de Cammelerd e expulsamos Marcos e seu exército de lá.

Isolda havia ficado imóvel à primeira menção de Cammelerd, tensionando cada músculo de seu corpo. Mas agora ela respirou fundo, fechando os olhos brevemente enquanto o alívio a percorria como uma onda.

— São boas notícias — ela disse, olhando para ele. — Obrigada, meu senhor Madoc. Estou... Mais agradecida ao senhor do que posso dizer.

Madoc fez um gesto que significava que ela não precisava agradecer. Ele parecia estar procurando uma forma de começar, olhando ao redor da enfermaria como se fosse subitamente incapaz de olhar nos olhos de Isolda.

— Meu senhor Madoc? — ela disse, sentindo a mão gelada

da dor apertar seu coração mais uma vez. — Há algo errado? Cammelerd está...

Madoc pareceu seguro quando respondeu.

— Não. A senhora pode ficar tranquila quanto a isso. Deixei cinquenta dos meus lanceiros guardando as fronteiras. Mas, agora que as forças de Marcos se afastaram, acredito que o país esteja fora de perigo. — Os cantos da boca de Madoc se levantaram ironicamente. — Tão fora de perigo quanto um país pode estar, nestes tempos.

Ele fez uma pausa. Obviamente não tinha terminado, e Isolda continuou em silêncio, esperando. Depois de um longo tempo, Madoc respirou fundo e disse:

— É que eu não estou certo de que a senhora deveria estar me agradecendo, Lady Isolda. Eu temo... — a boca do rei se retorceu. — Eu temo que deva lhe dar outras notícias. Notícias bem menos alegres.

Isolda colocou a bacia e o pano de lado, e olhou para ele.

— Conte-me. Por favor.

Madoc olhou nos olhos dela, sua boca relaxando em outro sorrisinho irônico.

— Eu lhe peço perdão, Lady Isolda. Eu sei que a senhora não é do tipo que evita enfrentar algo desagradável ou odioso. As notícias são simplesmente estas: o rei Marcos ofereceu uma recompensa em ouro pela sua captura. E eu acredito que o fato de termos expulsado as forças dele de Cammelerd foi o que provocou isso. *Lady* Isolda é a Senhora de Cammelerd. Marcos deve estar pensando que, se for capturada ou morta, seu exército perderá a vontade de lutar, e as defesas do país irão cair.

Isolda se forçou a continuar firme. Talvez não odiasse Marcos; talvez estivesse — estava, na verdade — muito feliz por ter escolhido um casamento breve com ele, em vez da morte certa. E talvez estivesse, de certo modo, sentindo pena do homem que se enchera de ódio, para poder lidar com o medo e a repulsa constantes e mortais que sentia pelo que se tornara. Mesmo assim, as palavras de Madoc fizeram com que uma tontura paralisante a atingisse.

Ela disse, sem se deixar abater com a ideia:

— Então, os homens que atacaram os seus patrulheiros... O homem que tentou me raptar...

Madoc olhou nos olhos dela e assentiu, contrariado.

— Eu ficaria chocado se descobrisse que não eram todos homens de Marcos. — Ele parou de falar um instante, e então completou: — E eu lhe peço desculpas, Lady Isolda, por não lhe contar sobre esta última ameaça de Marcos antes, logo que eu mesmo fiquei sabendo.

Isolda não conseguiu ficar zangada, principalmente ao pensar que, se fosse totalmente honesta, havia um lado covarde nela que preferia ter permanecido na ignorância. Houve um breve momento de silêncio, e então Madoc disse, em tom de voz diferente:

— Eu tenho uma última notícia para lhe dar.

Isolda estava se concentrando em manter as mãos firmes, quando começou a banhar o rosto de Cei de novo, mas algo nas palavras de Madoc fez com que olhasse atentamente para ele.

— Oh?

Madoc assentiu.

— Acabei de saber que o Rei Goram, da Irlanda, se casou. Ele tomou como esposa uma das mulheres do clã Ui Neil; é uma conexão poderosa, tenho certeza de que você sabe disso. — Madoc fez uma pausa e continuou, virando-se novamente para olhar para a parede oposta, evitando o rosto dela. — Mas eu acho que essas notícias significam que a senhora pode considerar a proposta de casamento dele nula.

E assim, o motivo principal para a proposta de casamento do próprio Madoc deixava de existir. Madoc não disse as palavras em voz alta, mas Isolda podia senti-las pairando no espaço entre eles, palpáveis como os frágeis anéis de fumaça que subiam da chama do lampião.

Ela temera, e ainda temia, ter essa conversa. Mas não podia, em sã consciência, adiá-la ainda mais. Ela respirou fundo e se forçou a dizer:

— Eu nunca lhe dei uma resposta, Lorde Madoc. Ao que o senhor me propôs em Dinas Emrys, há quatro meses.

Madoc ficou imóvel por um longo momento, com o rosto ainda voltado para a parede, os ombros tensos sob o linho de sua túnica. Então, lentamente, ele se virou para olhar o rosto dela. E disse, em voz baixa:

— E a senhora não precisa agora. Eu já sei.

Aquele era um lado de Madoc que poucos viam, sob a autoridade e determinação do guerreiro e rei.

— Eu sinto muito, realmente — Isolda disse, suavemente.

Os olhos de Madoc permaneceram fixos nos dela por mais um instante, e Isolda hesitou ao ver a expressão que havia neles. Então ele forçou outro sorriso.

— Não sinta, Lady Isolda. Se alguém tem de sentir muito, esse alguém sou eu. Por... — ele se interrompeu. — Por esperar mais do que a senhora jamais poderia me dar.

Capítulo 5

Isolda voltou lentamente para a ala de hóspedes da abadia. Ela estava exausta — até seus ossos pareciam doer de cansaço — e muito, muito triste. Cei havia morrido pouco antes do amanhecer. Mesmo que já houvesse se sentado ao lado de muitos homens feridos, segurando-lhes a mão enquanto respiravam pela última vez, ela se sentia do mesmo jeito, depois, a cada nova ocasião.

Agora, o sol da manhã banhava a abadia em uma luz suave e dourada, e o ar estava fresco e frio. Parecia quase um insulto a Cei. Aquilo também se repetia toda vez: a pequena tragédia de que inúmeros homens podiam dar seu último suspiro durante a noite, e o sol continuaria a brilhar pela manhã.

Ela chegou ao canto de um dos corredores da ala de hóspedes e parou de repente. Havia um banco de pedra na junção das duas paredes, e encolhida no banco estava uma figura vestida de preto que Isolda reconheceu como Irmã Olwen, a cabeça enterrada nas mãos, chorando com o abandono de uma criança.

Madoc havia ficado com Isolda na enfermaria até a hora das preces matinais, quando precisara voltar para o acampamento militar. Depois que Madoc saiu, Irmã Olwen viera substituí-lo; e Isolda tinha ficado claramente feliz ao vê-la. Especialmente quando, perto do fim, Cei dera um grito e tentara se levantar da esteira. Isolda e a freira precisaram usar todas as suas forças combinadas para segurá-lo. Então, finalmente, Irmã Olwen havia enxugado o rosto de Cei com infinita delicadeza, enquanto ela murmuravva suas preces durante todo o tempo.

Isolda nunca, nunca teria imaginado que a encontraria ali, soluçando como se Cei fosse seu próprio filho. Irmã Olwen não a havia visto ainda, e por um momento Isolda hesitou, pensando se a mulher mais velha se sentiria humilhada, ou ficaria zangada, por ter sua privacidade violada daquele jeito. Mas ela parecia tão patética, encolhida ali, os ombros tremendo enquanto soluçava, que Isolda decidiu que não podia simplesmente virar-se e ir embora. Em vez disso, ela se aproximou silenciosamente e sentou-se no banco ao lado da freira. Irmã Olwen se endireitou rapidamente, respirou fundo e virou o rosto para esconder as lágrimas. Isolda também se virou, fingindo não notar o rosto inchado de Irmã Olwen e seus olhos vermelhos.

— A senhora se importa se eu lhe fizer companhia? — perguntou.

Ela ouviu Irmã Olwen respirar fundo novamente.

— Se você quiser. — A voz dela estava trêmula, rouca e sufocada pelas lágrimas.

Isolda imaginou que elas deveriam formar um quadro cômico, dividindo um banco, mas cada uma delas virada para um lado, de forma que estavam quase de costas uma para a outra, e se dirigiam ao vazio quando falavam. Ela continuou em silêncio, apesar disso, deixando Irmã Olwen decidir se queria conversar ou se preferia somente ficar quieta.

Nas oficinas da abadia, algumas das irmãs já estavam trabalhando com as fibras de linho molhadas, que mais tarde seriam fiadas e transformadas em tecido para ser negociado nos povoados locais em troca de queijo, verduras e cerveja. O barulho surdo e rítmico servia de contraponto à respiração entrecortada de Irmã Olwen.

Finalmente, Isolda disse:

— Obrigada pela ajuda na noite passada. Eu não teria conseguido sem a senhora.

Irmã Olwen fez um barulhinho suave, indeterminado, e Isolda ouviu o hábito negro da freira farfalhar enquanto ela mudava de posição no banco. Então, disse:

— Eu lhe devo desculpas, Lady Isolda. Há muita coisa que não sei sobre cuidar de homens feridos. Eu vejo isso agora.

Isolda se virou e descobriu que Irmã Olwen estava olhando para ela, com o corpo inteiro tenso, e sua expressão um eco distante de sua dignidade usual. Isolda sorriu.

— Se a senhora se refere a pensar duas vezes antes de acordar um guerreiro que acabou de voltar da batalha, eu também só aprendi essa lição através de uma experiência dolorosa. No meu primeiro ano como enfermeira, tive um lábio partido e dois olhos roxos.

Surpreendentemente, a boca de Irmã Olwen também se curvou em um sorriso fraco. Então, ela mordeu o lábio, enxugando o rosto com uma das mangas.

— Como você consegue continuar?

Isolda sabia que a freira não estava falando de acordar homens treinados em combate. Desviou os olhos, inclinando um pouco a cabeça de modo que o calor do sol chegasse ao seu rosto, ouvindo os sons suaves de passos e vozes enquanto a pequena ilha de paz que era a abadia começava um novo dia.

Isolda disse lentamente, depois de um instante:

— Porque, quando estou trabalhando com os feridos, é como se nada existisse, a não ser cada momento vivido, aqui e agora. Como se eu estivesse exatamente onde deveria estar, fazendo exatamente o que deveria estar fazendo.

Irmã Olwen a observou por um momento. Seus cabelos grisalhos caíam em cachos sobre o rosto, e ela fez um esforço inútil para colocar uma mecha de volta no lugar.

— Eu a invejo, Lady Isolda. Por mais que isso seja um pecado. Eu me sinto assim quando faço minhas preces. Muito, muito raramente.

— Obrigada. — Isolda sorriu novamente. — Mas não estou certa de que a senhora precise sentir inveja de mim. A senhora acabou de me dizer que o que encontra em preces eu encontro em lancetar bolhas e tratar ferimentos supurados.

Irmã Olwen a encarou por um momento. Então, incrivelmente, deu uma risadinha que mais pareceu um soluço e esfregou os olhos vermelhos de novo.

— Acho que é verdade.

Elas ficaram em silêncio por um longo momento, e Irmã Olwen disse, subitamente e sem que Isolda esperasse:

— Eu conheci sua mãe, sabe?

Isolda se virou e olhou para a mulher mais velha com total incredulidade.

— Minha mãe?

Irmã Olwen se recostou um pouco no banco de pedra. Havia recuperado algo de sua compostura habitual, mas seu rosto parecia mais gentil, as linhas ásperas suavizadas pelo cansaço e pelos traços das lágrimas recentes. Ela assentiu.

— Guinevere. Sim. Ela tomou o véu no convento onde eu fui noviça. Não aqui. Era uma abadia no País do Verão. Agora, deve estar... — levantou os olhos para Isolda —, bem, acho que já faz mais de vinte anos.

Isolda assentiu.

— Vinte anos. — Ela fez uma pausa. — Ela havia traído seus votos matrimoniais a Artur para se casar com meu pai enquanto Artur estava em campanha com seus exércitos, lutando na Gália. Quando Artur voltou, ela estava com muito medo do que ele poderia fazer, e com um bom motivo. A punição para uma rainha adúltera é a morte na fogueira. E, pelo que ouvi dizer, não posso imaginar que Artur a teria poupado. Então, ela fugiu do mundo e tomou o véu. Pouco depois que eu nasci.

Isolda podia nunca ter odiado ou mesmo culpado Guinevere por fugir do mundo e abandoná-la. Mas sentia, agora, uma tristeza leve, imaginando se queria que sua mãe fosse mais para ela do que simplesmente um nome, uma figura distante nas canções dos bardos. Guinevere das mãos brancas e cabelos dourados.

Especialmente agora, quando cada pensamento, cada movimento dela estava concentrado na consciência do seu bebê em gestação.

Irmã Olwen havia se acomodado em seu lugar, e seu olhar se tornou distante enquanto ela recordava o passado, vinte anos atrás.

— Ela era muito bonita, é claro. Muito doce e bondosa. E eu tenho de dizer... — Irmã Olwen hesitou; uma linha apareceu entre suas sobrancelhas enquanto procurava as palavras. — Algumas pessoas enfrentam a vida como se fossem grandes e velhos carvalhos. As tempestades e os ventos mal as tocam; elas simplesmente permanecem sólidas durante o desastre. Outras são como as plantas novas da primavera. Podem parecer frágeis, mas são fortes e flexíveis. Podem se dobrar e se inclinar na direção do vento e depois voltar ao que eram antes, sem marcas. Então...

Irmã Olwen fez uma pausa. No céu acima delas, um martim fazia círculos abertos, as asas elegantes formando uma sombra escura contra o azul brilhante da manhã. Os olhos profundamente azuis de Irmã Olwen pareceram acompanhar os movimentos do pássaro por algum tempo, então, finalmente, ela continuou:

— E também há aquelas que não conseguem enfrentar a vida, tanto quanto um broto de primavera não pode evitar ser esmagado em uma chuva de granizo. E tenho de dizer que Lady Guinevere era uma dessas pessoas.

Irmã Olwen fez outra pausa e olhou para Isolda.

— Eu acho, realmente, que ela desejou a doença que a matou. Ela não tinha vontade de continuar vivendo. Então, morreu.

Os olhos de Isolda se encheram de lágrimas, e ela piscou com força. Mas ela estava, de certo modo, aliviada por sentir somente pena da mulher que fora sua mãe; nada mais. Houve um momento de silêncio, depois Irmã Olwen disse, abruptamente:

— Ela teve a melhor das intenções, contudo. Pode ter sido fraca, mas não traiu Artur porque era cruel, ou devassa, ou mesmo tola.

Isolda levantou o olhar.

— O que a senhora quer dizer?

Irmã Olwen suspirou. Suas mãos grandes e calosas se flexionaram e voltaram a ficar imóveis em seu colo.

— Eu era enfermeira naquele tempo, como agora; e cuidei dela quando ficou doente pela última vez. Ela conversou um pouco comigo.

Irmã Olwen fez outra pausa e seus olhos perderam o foco, como se ela pudesse ouvir um eco fantasma das palavras trocadas havia tanto tempo, entre os sons quietos da abadia e o zumbir das abelhas nos jardins atrás da ala de hóspedes.

— Artur pensava que havia trazido paz para esta terra. Na melhor das hipóteses, ele só conseguiu que os saxões batessem em retirada por algum tempo. Todos nós sabíamos que eles voltariam. Mas Artur deixou a Bretanha e foi lutar na Gália. E Guinevere era Senhora de Cammelerd. Como a senhora é agora, imagino.

Isolda pensou em sua conversa com Madoc na noite anterior.

— Sim, sou.

— Então, a senhora sabe que é um peso enorme para uma mulher carregar sozinha. — Irmã Olwen apertou os lábios e completou, com um traço de seu tom habitual: — Não que eu não acredite que uma mulher possa assumir os deveres de comando tão bem quanto um homem. Mas há que se procurar muito antes de encontrar homens preparados para deixá-la comandar.

Isolda sentiu os lábios se curvarem num pequeno sorriso.

— Muito verdadeiro.

Irmã Olwen se mexeu no banco.

— Sua mãe me disse uma vez que Artur havia passado metade da vida lutando contra os saxões, usando todas as forças que os exércitos da Bretanha possuíam, e não ganhara nada além de uma paz instável, e Deus sabe a que custo. E Modred — Irmã Olwen olhou para Isolda como se estivesse surpresa —, seu pai, eu suponho, disse que, em vez de esgotar até a última gota de sangue dos nossos exércitos contra um muro de pedra imóvel, podíamos fazer aliados daqueles que haviam sido inimigos. E funcionou; ou, pelo menos, estava começando a funcionar. A senhora sabe, é claro, da aliança de Modred com o Rei Cerdic.

Isolda sabia; contara com aquela mesma velha aliança quando entrara nos aposentos privados de Cerdic, três meses antes, e o persuadira a correr o risco de uma aliança com as forças da Bretanha mais uma vez. Ela assentiu, e Irmã Olwen continuou: — Guinevere escolheu o homem — o rei — que ela acreditava que pudesse defender melhor a Bretanha e também as terras que eram dela por direito. E talvez estivesse certa. Mas não adiantou nada, obviamente. Artur não era o tipo de homem que iria ficar sentado e deixar seu próprio herdeiro tomar-lhe a esposa e o trono.

A voz de Irmã Olwen tinha um traço de amargura, e ela completou, com a boca retorcida:

— Pelo menos, Guinevere morreu muito antes de Camlann. Sempre me senti feliz por isso.

Isolda esfregou um hematoma que já escurecia em seu braço, um vestígio da sua quase captura no dia anterior.

— Eu sei — ela disse. — Fico feliz por isso também.

Elas ficaram em silêncio por algum tempo. Isolda pensou novamente no que Madoc lhe contara na noite passada; que ele e Drustan, o homem de confiança de sua mãe, haviam juntos defendido suas terras.

Ela pensou, também, em tudo o que havia dito para Madre Berthildis. Apostaria a vida de seu bebê que os homens do conselho conseguiriam, juntos, formar um pequeno exército com seus filhos bastardos. A não ser Madoc, talvez. Segundo os boatos, ele era inquestionavelmente fiel à memória de sua esposa, que morrera no parto cinco anos antes.

Mas a neve cairia sobre as fogueiras de Beltain antes que o resto do conselho deixasse de considerá-la perigosamente incontrolável, além de devassa, por carregar o filho de um homem que não era o marido que haviam escolhido para ela.

Por um momento, Isolda tentou conjurar uma imagem de Guinevere, como fazia às vezes com Morgana; tentou imaginar o que sua mãe desejaria, agora, para as terras pelas quais, de certa forma, havia dado a vida.

Não sentiu nada, entretanto. A história de Irmã Olwen havia lhe dado uma pequena oportunidade de entender a escolha de sua mãe, mas não aproximara Isolda da Guinevere cantada nas canções do passado.

Depois de algum tempo, Isolda voltou-se para Irmã Olwen:

— A senhora disse que minha mãe tomou o véu na mesma abadia em que a senhora entrou como noviça. Como foi que a senhora saiu de lá?

Irmã Olwen estava olhando para a paisagem a distância, seu olhar perdido no passado, e levantou a cabeça, surpresa com a pergunta. Não respondeu imediatamente, e sua boca se estreitou de novo.

— A abadia foi saqueada... invadida. Pelos homens de Artur. — Ela se interrompeu e seus olhos azuis se tornaram duros como aço. — Dizem, hoje, que Artur foi um grande herói de guerra. Talvez tenha sido. Mas também precisava de cada centavo e grão de cereal que pudesse obter para seus exércitos. Ele pediu. Nossa abadessa recusou. E ele deu aos seus homens permissão para nos atacar e pilhar à vontade.

Ela respirou fundo e continuou, numa voz abafada com a lembrança da raiva, as palavras vindo rapidamente, agora.

— Eu e as outras irmãs da nossa casa fugimos pelo campo. Era o auge do inverno. E nós não tínhamos nada a não ser a roupa do corpo e o pouco que conseguimos apanhar antes de escapar. Poucas de nós — a minoria — sobrevivemos e conseguimos chegar até aqui. — Ela fez uma pausa, voltando-se para encontrar o olhar de Isolda. Então, os cantos de seus lábios se ergueram só um pouquinho. Era um pequeno sorriso, e um sorriso amargo. Mas também era uma oferta, se não exatamente de amizade, pelo menos de aliança, algo que Isolda jamais imaginara possível antes de hoje. — Como a senhora vê, como tem visto nestas últimas semanas, não tenho dúvidas, ainda sou culpada do pecado de guardar raiva a respeito disso tudo.

Os anos não haviam mudado Garbhán. Ele ainda tinha o mesmo cabelo castanho oleoso, os mesmos olhos verdes arregalados, a mesma boca enorme de lábios finos e a mesma pança que se pendurava por cima do cinto de couro. Irlandês de nascimento e sangue, ele agora obtinha uma considerável, ainda que questionável, renda pilhando navios naufragados que chegavam até a costa, e — motivo pelo qual Tristão havia marcado aquele encontro — vendendo as informações que sua rede de informantes lhe transmitia para quem pagasse o maior preço.

Garbhán transferiu o peso do corpo de um pé para o outro, considerando a bolsa de moedas que tinha na mão.

— Você veio até aqui desarmado, como combinamos. Então, meu amigo, o que me impede de cortar sua garganta aqui e agora e levar o dinheiro?

Certo. O mesmo velho Garbhán.

Tristão disse, amistosamente:

— O mesmo espírito de boa vontade que impede Cath, ali, de atravessar seu coração com uma flecha. — Fez um gesto indicando a árvore sobre suas cabeças.

Os olhinhos redondos e pálidos de Garbhán voltaram-se para cima. O crepúsculo se aproximava, mas Cath ainda estava claramente visível, montado em um dos galhos mais grossos, uma flecha ajustada ao arco e apontada para o peito enorme de Garbhán. Quando o irlandês olhou para cima, Cath dirigiu-lhe um olhar sardônico e inclinou a cabeça, jamais perdendo a mira, nem um fio de cabelo se mexendo em seu corpo imóvel.

Se Garbhán sentiu medo, não demonstrou. Ele deu uma gargalhada divertida.

— Ah, bem. Sempre vale a pena perguntar, você me entende. — Guardou a bolsa numa das dobras de sua túnica.

— Muito bem. Vamos aos negócios, então. — Garbhán apertou os lábios, pareceu medir os pensamentos, depois disse: — A informação que tenho é que, apesar de certo rei saxão ter se aliado à Bretanha, a trégua é instável, na melhor das hipóteses.

As sobrancelhas de Tristão se ergueram.

— Cerdic de Wessex, você quer dizer. E, se essa é a informação que tem para me dar em troca do pagamento, posso precisar pedir a Cath que dê uma flechada no seu peito.

— Paciência, meu amigo. Paciência. — Garbhán levantou as mãos em um gesto pacífico e lançou um olhar preocupado para a árvore. — Isso foi só o começo. Esse rei saxão, Cerdic de Wessex, como você diz, concordou em enviar tropas até Gwent, para reforçar as fronteiras contra um ataque do rei Marcos. Contudo — Garbhán fez uma pausa, olhou ao redor e baixou a voz —, certas fontes me informam que Cerdic não foi exatamente honesto com seus aliados britânicos a respeito do número de tropas sob seu comando. Ele tem mais do que se suspeita. E planeja usar essas tropas adicionais em um ataque surpresa a Octa, em Caer Peris. Já está começando a estocar comida e outros suprimentos naquela área, para manter um sítio.

Tristão examinou o irlandês atentamente, mas não conseguiu detectar nenhum sinal de que Garbhán estivesse mentindo. Fez mais algumas perguntas, e obteve em resposta um mapa grosseiro que Garbhán desenhou na terra a seus pés. Tristão estudou o mapa, gravando-o na mente, depois o apagou com a bota.

— E você vai me manter informado se souber de mais alguma coisa?

— É claro. — Garbhán deu tapinhas nas moedas em seu bolso. — Nós temos um acordo, não temos?

Tristão levantou uma sobrancelha, e Garbhán disse, com uma demonstração perfeita de indignação:

— O que isso quer dizer? Eu sou um homem de palavra.

— Quando lhe convém mantê-la.

A ira de Garbhán se dissipou em outra gargalhada.

— Você me magoa, meu amigo. Você é cruel, mas diz a verdade. — Ele começou a se virar, mas olhou de volta por sobre o ombro, uma ponta de curiosidade nos olhos verdes proeminentes. — Por que vir a mim? — ele perguntou. — Não que eu não aprecie fazer negócios, mas há outros que você poderia ter procurado para obter informações.

Tristão deu de ombros.

— Chame de consideração pela sua alma imortal... estou lhe dando uma chance de compensar os seus pecados do passado.

— Consideração pela minha... — Garbhán engasgou e riu até que as lágrimas lhe chegassem aos olhos e sua respiração começasse a falhar. — Essa foi boa. Essa foi muito boa. — Então, controlou-se e disse, com outro olhar curioso para Tristão:

— E por que está fazendo isso, afinal?

Tristão pensou em Isolda, sentada em meio ao calor enfumaçado do salão do Conselho Real. Sacudiu a cabeça, e uma lembrança bastante familiar, do corpo mutilado de uma mulher, substituiu a visão de Isolda em sua mente, seguida quase imediatamente por um segundo quadro bastante familiar, um campo de batalha. Homens gritando e arrastando as próprias vísceras pela lama. Corpos empilhados como toras de madeira.

Tristão se forçou a concentrar-se de novo no presente. Garbhán o observava. Mas seus olhos verdes estavam apenas curiosos, nada mais. Tristão deu um tapinha nas costas de Garbhán e disse, simplesmente:

— São raros os homens que não têm pecados para compensar.

A capela pequenina, feita de pedra, estava pouco iluminada e fria; o ar, levemente abafado com o cheiro das velas e do incenso. Raios dourados do sol da tarde entravam pela porta. Isolda parou por um momento à porta, momentaneamente cega com o brilho forte do sol no pátio do lado de fora, antes que seus olhos se ajustassem e ela visse Madoc, sentado em um dos bancos de madeira na frente do salão.

Ela estava na enfermaria quando a freira que era responsável por guardar os portões da abadia viera avisá-la de que Madoc havia chegado e estaria esperando por ela na capela quando ela terminasse de fazer suas visitas aos homens feridos.

Ela esperara encontrar Madoc ajoelhado, a cabeça abaixada e os braços abertos em prece; mesmo antes de ser coroado Grande Rei, Madoc havia sido um crente devotado na religião do Deus do Cristo. Mas, em vez disso, ele estava meramente sentado, imóvel, no banco duro e sem encosto, com a cabeça levantada enquanto ele olhava, sem sequer piscar, para as velas brancas e grossas que queimavam noite e dia no altar erguido na parte da frente da capela.

Parecia perdido em pensamentos, contudo, porque nem mesmo olhou ao redor quando Isolda se aproximou, e foi apenas quando ela se sentou a seu lado no banco que ele percebeu a presença dela. Ele piscou, seu olhar parecendo retornar de muito, muito longe.

— Perdoe-me, Lady Isolda. Não a ouvi entrar.

Isolda ajeitou o véu de linho azul com que cobrira seus cabelos, em deferência às regras da abadia.

— Obrigada por vir tão depressa, Lorde Madoc. Eu sei que o senhor e o rei Cerdic devem estar ocupados fazendo planos. — Madoc fez um gesto que significava que ela não precisava agradecer, e Isolda respirou fundo. — Eu queria lhe falar sobre Cammelerd.

Madoc pareceu surpreso, e suas sobrancelhas escuras se uniram.

— Sobre Cammelerd? Mas eu lhe disse, Lady Isolda, que o perigo para as suas terras está...

— Eu sei. — Isolda o interrompeu antes que ele pudesse terminar. — O pior do perigo para Cammelerd já passou. Eu acredito no senhor e agradeço realmente tudo o que fez para defender a terra. — Ela fez uma pausa, respirou fundo novamente e olhou nos olhos de Madoc. — É sobre isso que eu queria lhe falar. Mesmo que eu não possa me casar com o senhor, ainda posso assinar um acordo, dando-lhe, como Grande Rei, o controle sobre as minhas terras.

Por um longo momento, Madoc permaneceu sentado, sem falar uma palavra, os olhos escuros fixados atentamente nela, e uma expressão em seu rosto marcado que Isolda não conseguiu decifrar imediatamente. Então, finalmente, ele disse:

— A senhora quer dizer que esse é o seu desejo?

— Sim, é esse o meu desejo. — Isolda cruzou as mãos no colo, e olhou novamente para Madoc. — O senhor tem defendido Cammelerd todos esses meses, e certamente ganhou o direito de comandar em nome, além de ações. Mais direito do que eu, com certeza. Não coloco meus pés dentro das fronteiras de Cammelerd há anos.

— Não por escolha — a senhora tinha seus deveres como Grande Rainha de Constantino, mantendo-se afastada.

Isolda deu de ombros.

— Mesmo assim. — Ela pensou no que Irmã Olwen havia lhe dito: *Não que eu não acredite que uma mulher possa assumir os deveres de comando tão bem quando um homem. Mas há que se procurar muito antes de encontrar homens preparados para deixá-la comandar.*

— Mas o conselho jamais irá aceitar de boa vontade uma mulher que governe a terra sem um marido a seu lado. — Ela levantou os olhos brevemente para os de Madoc. — Nós dois sabemos disso. Eu posso lutar contra isso, ou... — ela se interrompeu, levantou uma das mãos e a deixou cair. — Ou posso dar o controle das terras a um homem da minha escolha, que possa governá-las e defendê-las melhor do que eu.

Madoc não disse nada. Então, depois de o silêncio se arrastar entre eles, perguntou:

— A senhora tem certeza?

— Tenho. — Pelo menos daquele jeito era ela quem escolhia o homem que tomava o controle de Cammelerd. E ela teria ao menos uma chance de fazer com que seu casamento com Tristão um dia se tornasse mais do que um voto secreto entre os dois.

Se Tristão sobrevivesse.

Se voltasse para ela.

Deusa sagrada, grande mãe de todos. Isolda fechou os olhos. Uma coisa impossível de cada vez.

Ela se virou no banco para olhar novamente para Madoc.

— Eu tenho certeza — ela disse, e lhe estendeu o rolo de pergaminho escrito por ela e testemunhado por Madre Berthildis e por Irmã Olwen nos aposentos da abadessa, naquela manhã. — Isto é uma carta de direitos, conferindo ao senhor o controle total de Cammelerd.

Madoc pareceu hesitar. Então, estendeu a mão para o rolo de pergaminho, abaixou a cabeça e disse, gravemente e com os olhos muito escuros:

— Então irei apresentar isto na reunião do conselho, no mês que vem. E lhe agradeço, Lady Isolda, pela confiança que depositou em mim.

— E eu lhe agradeço. Por ser merecedor dessa confiança.

Ficaram em silêncio por algum tempo, então Madoc perguntou, em tom diferente, mais relaxado:

— E quanto ao resto? A senhora está bem aqui na abadia? Tem tudo de que precisa para trabalhar com os feridos?

Isolda assentiu.

— No momento, sim.

— E o seu guarda, o homem que a guiou de Dinas Emrys até aqui, não está mais com a senhora?

Isolda ficou tensa. Madoc estava falando de Tristão. Ela havia dito a Madoc que Tristão era seu mensageiro, um guarda de suas terras em Cammelerd. Embora duvidasse que Madoc tivesse acreditado. Ela disse, cuidadosamente:

— Não. Ele foi chamado. E eu lhe dei permissão para partir.

As sobrancelhas de Madoc se uniram.

— Ele foi para além-mar, então? Pensei que o barco dele tivesse... — ele se interrompeu.

Se Isolda tinha ficado tensa antes, agora congelara completamente; cada músculo em seu corpo se retesou e o sangue em suas veias se tornou frio como a neve derretida.

O barco de Tristão havia sido queimado — queimado quando um grupo de rebeldes os havia atacado durante a viagem que terminara ali. Mas ela jamais havia contado aquilo a Madoc. Não havia contado a ninguém. Não havia maneira — nenhuma — de Madoc saber daquele ataque. A não ser que...

O olhar de Isolda caiu sobre o rolo de pergaminho que Madoc ainda tinha nas mãos. Por todos os deuses, o que ela havia acabado de fazer?

Ela levantou a cabeça como se tivesse sido puxada por uma corda, olhando para Madoc e vendo no fundo de seus olhos a consciência do que ele havia dito. Isolda não conseguiu dizer nada. Ela se sentia quase como havia se sentido no momento depois da queda do cavalo de seu quase captor na floresta; a força da compreensão lhe arrancara todo o ar dos pulmões, tornando impossível até mesmo respirar. Ela ficou ali sentada, olhando fixamente para Madoc.

Foi ele quem cedeu primeiro, olhando para longe, para as velas que queimavam no altar.

— Eu sinto muito.

— O senhor sente muito? — Isolda havia recuperado o fôlego, pelo menos. — O senhor sente muito? — Ela queria gritar, agarrar Madoc pelos ombros e sacudi-lo. Mas algo no rosto dele a impediu, e fez com que ela falasse em pouco mais que um sussurro. — Existem homens na minha enfermaria que estão aleijados ou morrendo por sua causa.

Mesmo agora, tinha alguma esperança de que ele fosse negar tudo; mas ele voltou o rosto coberto de cicatrizes para ela e disse, como se as palavras estivessem sendo arrancadas de seu peito:

— Eu sei. Meu Deus, a senhora acha que eu não sei? — Ele abaixou a cabeça, escondendo o rosto nas mãos.

Isolda se sentia como se uma nova e incompreensível realidade estivesse tomando forma à sua frente, como uma imagem nas águas divinatórias. Ela disse, com a voz distante e estranha:

— O senhor é o traidor. O traidor de que Marcia falava.

Madoc se encolheu à menção do nome, e ela disse, as palavras lhe ocorrendo mais facilmente agora, à medida que se acostumava com a verdade que lhe atingira como um tapa no rosto:

— O filho de Marcia. Era...

— Meu. — A palavra foi um meio sussurro, meio gemido. Madoc estava olhando fixamente para o altar, mas agora se forçou a olhar para Isolda. Ele inspirou e expirou lentamente, como se o esforço de respirar fosse doloroso. — Cuspa em mim. Bata no meu rosto. Diga o quanto eu a enojo. Acredite em mim quando lhe digo que a senhora não pode me chamar de nada de que eu já não tenha chamado a mim mesmo. — Parou de falar, fechando os olhos. — Ela veio até mim. Logo depois... — ele fez um gesto indicando as cicatrizes em seu rosto. — Eu não tinha estado com uma mulher desde que minha esposa morrera. Eu havia jurado que jamais teria outra mulher. Mas ela, Marcia, se jogou para cima de mim... ofereceu-se. — Madoc fez um som de repulsa no fundo da garganta. — Ela me fez acreditar que me amava a distância havia anos. Só faltou se deitar nua na minha cama, e eu... — O queixo de Madoc endureceu, como se ele precisasse forçar as palavras a saírem. — Eu deveria ter sido forte o bastante para resistir, mandá-la embora. Mas fazia tanto tempo. E depois que isto — ele tocou as cicatrizes em seu rosto de novo — depois que isto aconteceu, eu queria...

Ele se interrompeu, com outro som de repulsa.

— Não importa. Ela era uma espiã de Marcos. Foi por isso que se aproximou de mim. Trabalhava para Marcos. Descobri isso bem depressa. Mas eu juro à senhora... — Madoc parou de falar e se virou para olhar para Isolda; sua voz tremia com a intensidade súbita. — Eu juro pela minha vida, Lady Isolda, que eu não sabia sobre a criança.

Os lábios de Isolda estavam secos, e ela ainda tinha dificuldade de pensar claramente. Mas disse:

— Eu acredito no senhor. — E acreditava. Não tinha dúvida nenhuma de que Madoc falava a verdade. De que ele teria agido de forma honrada com Marcia, espiã de Marcos ou não, se soubesse que ela esperava um filho dele.

Então, ela pensou em outra coisa:

— Há um homem na minha enfermaria, Cadfan. Um dos soldados do exército de Cynlas. Eu cuidei da perna quebrada dele. E Cadfan me disse que ele e seu grupo haviam mandado uma mensagem para o senhor, pedindo reforços. E que o senhor jamais havia ido ajudar. E eu... — as palavras quase a sufocaram. — Eu disse a ele que provavelmente o mensageiro não havia chegado a tempo. Mas...

Lentamente, Madoc abaixou a cabeça. Então, olhou para ela novamente, e disse, muito baixo:

— Eu lhe disse, Lady Isolda, que não havia nada, nenhum nome vil o suficiente, de que a senhora pudesse me chamar e de que eu já não tivesse chamado a mim mesmo. — Ele deixou escapar uma gargalhada amarga. — Este Cadfan também lhe contou sobre as ordens que dei a ele e seus homens? Meu Deus, ouvi a mim mesmo dizendo a eles: — Vão até lá e encontrem o inimigo. — Madoc deu outra risada amarga. — Como algum tipo de idiota. Eu estava quase esperando que alguém respondesse: "Por quê? Você os perdeu?".

O primeiro choque estava passando. Isolda disse, lentamente:

— E o senhor fez uma aliança secreta com quem? Octa? Marcos? — O esforço de pensar claramente era como tentar ver através da neblina. — Mas eu não entendo. O senhor defendeu Cammelerd. A menos que... — ela ficou subitamente gelada quando o pensamento lhe cruzou a mente. — A não ser que isso também tenha sido mentira.

Madoc se encolheu quando ela disse aquilo, sua boca se contraiu, mas ele respondeu:

— Não. Era tudo verdade. O... acordo que eu fiz foi somente com Octa. Não com Marcos. Octa está... — Madoc fez uma pausa — desapontado com seu aliado eventual. A aliança com Marcos não lhe deu a vantagem estratégica que esperava. Octa ficaria muito satisfeito se Marcos fosse derrotado em combate. Marcos não tem herdeiros. A Cornualha ficaria vulnerável a qualquer um que pudesse conquistá-la e mantê-la dominada.

— Entendo. Então, depois de ter sucesso ao transformar um Grande Rei da Bretanha em traidor, Octa de Kent decidiu tentar a sorte com um segundo?

Dessa vez, Madoc não se encolheu com a dureza do tom de Isolda. Os ombros dele se abaixaram e ele fitou a parede oposta, como se fosse incapaz de olhar para ela. Os únicos sons que se ouviam vinham do pátio, do lado de fora. E ele disse, finalmente:

— Sabe, fiz um acordo comigo mesmo em Dinas Emrys. Que, se a senhora concordasse em se casar comigo, eu seria o tipo do homem do qual a senhora poderia se orgulhar de ter ao seu lado. Que, se a senhora fosse minha esposa, eu diria a Octa de Kent que fosse para o inferno.

Isolda desejava desesperadamente, naquele momento, sentir ódio dele. Ela teria recebido de braços abertos um ataque de raiva puro e simples, mesmo que aquilo significasse perder o controle e dizer algo que piorasse as coisas ainda mais. Acima de tudo, não queria sentir pena de Madoc de Gwynedd. Mas era esse o sentimento que tinha por ele.

Isolda sentiu uma súbita repulsa de si mesma. Talvez fosse verdade o que se dizia sobre a gravidez atenuar os sentimentos de uma mulher. Mesmo assim, suas próximas palavras soaram mais indiferentes do que zangadas.

— O senhor está me dizendo que a culpa por ter se tornado um traidor é minha?

A boca de Madoc se contraiu novamente em um pequeno sorriso, embora seus olhos continuassem dolorosamente tristes.

— Não. Eu não quis dizer isso. — Ele se interrompeu, sacudindo a cabeça. — Não, eu não vou tentar me desculpar. Não importa mais.

Isolda se sentia como se estivesse de pé em uma praia e visse a maré subir com uma grande onda, e então, rapidamente, descer, deixando uma paisagem inteiramente nova atrás de si. Ela disse, lentamente:

— Isso quer dizer... que o senhor deve ter sido procurado por Octa há muito tempo... há muito mais de quatro meses. Antes mesmo de o senhor concordar com a minha viagem para buscar o apoio de Cerdic.

Madoc não disse nada, mas sua cabeça morena se abaixou, concordando.

— E o senhor ouviu Octa. Levou a oferta dele em consideração. Por quê?

Marcos, aliado de Octa, havia sido o único responsável pelas queimaduras que desfiguraram o rosto de Madoc. Pelas longas semanas em que Madoc sentira uma dor excruciante. E nenhum homem, nenhum homem em sã consciência, confiaria que Octa de Kent fosse manter a palavra dada em um tratado, a menos que o tratado fosse escrito com o sangue do próprio Octa.

Madoc expirou lentamente e disse, em voz muito baixa:

— Porque ele tem o meu filho.

Depois dos sucessivos choques dos últimos momentos, Isolda já deveria estar preparada para qualquer surpresa. Mas, com aquilo, ela prendeu a respiração.

— O quê?

Madoc esfregou os olhos e olhou para ela.

— Eu disse que ele tem o meu filho. Eu o mantinha afastado de mim; não disse a ninguém onde ele estava sendo criado, exatamente por esse motivo. Mas os espiões de Octa descobriram a localização dele. Talvez tenham subornado Marcia pela informação, não sei. Mas meu filho é agora refém de Octa da Faca Sangrenta. — Madoc fez uma pausa, olhando para a frente, e disse, controlando a voz com dificuldade. — Ele completou cinco anos na primavera.

— Sinto muito — Isolda disse, baixinho. E era verdade. Mesmo em meio a todo o choque, mesmo desejando poder sentir raiva, seu coração se apertava ao pensar em um garotinho de cinco anos aprisionado por Octa, sozinho e assustado, longe de tudo e de todos que conhecia.

Madoc ficou em silêncio, mas logo recuperou o controle.

— Obrigado. — Ele fez uma pausa e respirou fundo. — Mas eu estaria mentindo, Lady Isolda, se lhe dissesse que este foi o único motivo pelo qual levei em consideração a oferta de aliança de Octa. — Seus lábios se retorceram. — Eu disse que tentaria não me desculpar, mas... — Ele hesitou, praguejando baixinho. — A senhora já esteve presente a quase tantas reuniões do conselho quanto eu. Viu e ouviu o que acontece. Os reis da Bretanha podem se unir, muito contra a vontade, para enfrentar uma ameaça comum; mas eles odeiam uns aos outros tanto quanto odeiam qualquer saxão. Ficariam felizes em pilhar as terras uns dos outros, massacrar os exércitos uns dos outros, e roubar as riquezas uns dos outros tanto quanto Octa ou Marcos. E eu não estou nem levando em consideração atos como o de Dywel, esfaqueando nossos supostos aliados nas costas no minuto em que se viram.

A voz de Madoc estava mais dura, mas ele fez uma pausa e passou a mão no rosto mais uma vez. Quando continuou, as palavras soavam abafadas com o cansaço.

— Quantas atrocidades ainda vamos cometer, quantas vidas ainda vamos perder em nome de proteger a Bretanha, e permanecer em uma Bretanha que valha a pena proteger?

Isolda não conseguiu pensar em uma resposta para aquela pergunta. Ela se sentia como se uma enorme vala tivesse aparecido a seus pés, com Madoc de um lado e ela do outro. Mesmo assim, concordava com ele, de certa forma. As mãos de Madoc apertaram seus próprios joelhos.

— Eu era rei de Gwynedd, Lady Isolda, antes de o conselho fazer de mim o rei de toda a Bretanha. Fiz um juramento de sangue quando tinha dezenove anos, de defender Gwynedd até o último suspiro. E há cinco meses, quando o emissário de Octa me procurou, as forças da Bretanha haviam recuado até as nossas últimas fortalezas, nas montanhas de Gales. Estávamos a um passo de uma grande derrota. E eu tinha de pensar em Gwynedd. Terras onde mulheres e crianças ficaram responsáveis por cuidar do plantio e da colheita por mais estações do que se pode contar, porque os homens partiram para a guerra; onde as pessoas estavam passando fome, porque, por mais que trabalhassem, não conseguiam fazer o que os homens teriam feito, se pudessem ter ficado em casa.

Madoc cerrou os punhos.

— Há cinco meses, parecia-me que a Bretanha estava em seu leito de morte. Que, mesmo colocando a questão da vida do meu filho de lado, a melhor esperança de sobrevivência de Gwynedd estava em uma aliança com Octa e Marcos.

— Ele se interrompeu, olhando nos olhos de Isolda. — A senhora já sabe a escolha que eu fiz.

Isolda desejou novamente poder odiar o homem sentado a seu lado no banco duro e sem encosto, com a face ensombrecida, o peso de sua própria traição refletido nos olhos escuros.

Se Madoc não tinha realmente ordenado o ataque ao barco de Tristão, tinha pelo menos fechado os olhos para o fato, colocado os guardas de Marcos no encalço deles, e dado a eles o que precisavam para encontrá-los. Tristão, Hereric, ela mesma, ou todos os três poderiam facilmente ter morrido.

Mesmo assim, ela já havia visto homens em agonia o suficiente para saber que Madoc sentia uma dor profunda agora.

Ele ainda falava, olhando para o altar, com sua cruz e a chama das velas que o rodeavam.

— Em guerras desse tipo não existem vitoriosos; apenas um lado que sofre menos derrotas esmagadoras. E a Bretanha pode ter uma chance de sobrevivência agora; mas é apenas uma chance, que fica cada vez menor com cada nova briga entre o conselho. Com cada insulto a Cerdic, que o faz arrepender-se de um dia ter aliado suas forças com as nossas. Se eu voltar atrás no meu acordo com Octa e Marcos, Gwynedd será absolutamente aniquilada. Mesmo se, por sorte, a Bretanha como um todo conseguir sair dessa guerra, destroçada, mas unida. E então... então há o meu filho.

Madoc parou de falar, e Isolda viu os músculos tensionados em sua garganta; sua voz se alterou, ficando mais rouca de repente.

— Rhun. Rhun é o meu único filho, meu único herdeiro. O único herdeiro ao trono de Gwynedd. Mesmo que eu não sentisse nada por ele, Gwynedd precisaria de um herdeiro, um homem para governar quando eu me for, para que a terra não seja dividida por disputas e caia no caos de todo reino sem um rei. Não...

A voz de Madoc tremeu levemente, e Isolda viu um espasmo passar por seu rosto marcado quando ele olhou para o altar pela última vez.

— Eu posso não conseguir mais dormir à noite. Posso não ser mais capaz de rezar, porque os juramentos que fiz à Bretanha e que quebrei sufocam as palavras antes que elas saiam da minha boca. Mas pelo menos eu sei disso: que me tornei o que mais odeio e quebrei minha própria alma, para que o reinado do meu filho em Gwynedd seja de paz, em vez de guerras.

— Paz? Owain de Powys se aliou a Octa e morreu por isso. Não ocorreu ao senhor, meu rei, que isso pode lhe acontecer também?

Entretando, Madoc simplesmente sacudiu a cabeça, e, depois de um momento, Isolda perguntou:

— O que o senhor está planejando fazer comigo, então? Matar-me para garantir o meu silêncio? Forçar-me a casar-me com o senhor?

A voz dela era dura, embora estivesse subitamente consciente, enquanto falava, de que se encontravam absolutamente sozinhos ali na capela, e da força dos braços e mãos poderosos de Madoc.

Mas ele, na verdade, estremeceu com a sugestão e fechou os olhos.

— Acho que mereci isso. — Ele ficou parado, respirou fundo e finalmente olhou para ela com olhos exaustos, vermelhos. — Não, Lady Isolda, eu posso ser um traidor, mas ainda não caí tão baixo. — Olhou para o rolo de pergaminho que ainda segurava, e os cantos de sua boca se ergueram em outro daqueles pequenos sorrisos amargos. — Isto torna as coisas mais fáceis, devo dizer.

Isolda se forçou a respirar fundo novamente. Haveria tempo suficiente, mais tarde, para amaldiçoar a si mesma por ter entregue Cammelerd de boa vontade a este homem. Por ter, efetivamente, entregue suas terras como um presente para Octa e Marcos.

Ela forçou a voz a soar calma.

— O que quer dizer?

Madoc esfregou a testa.

— Não vejo nenhum motivo para que a senhora não possa continuar aqui, onde está. Vou colocar mais guardas aqui, com ordens para assegurar que a senhora não passe dos muros da abadia. E vou levar o seu criado — Hereric, não é esse o nome dele? — comigo quando partir.

Isolda não conseguiu dominar a onda de medo que lhe revirou o estômago e tensionou cada nervo de seu corpo.

— Não! O senhor não pode levar Hereric. Ele é mudo... e, além disso, aleijado. Ele não representa perigo para...

Madoc a interrompeu antes que ela pudesse terminar.

— Ele estará seguro. Eu lhe darei trabalho com meus próprios cavalos. Já vi que ele tem jeito com animais.

Isolda apertou as mãos para evitar que tremessem. Agora, quando não faria mais diferença alguma, sentiu uma onda quente de raiva lhe correr pelas veias.

— Dê-me a sua palavra, meu senhor — ela disse, firmemente. Não estava em posição de fazer exigências, mas sentia-se furiosa demais para se importar. — Jure que, se o senhor levar Hereric daqui, não irá machucá-lo.

Madoc olhou para ela em silêncio durante muito tempo, e havia uma expressão estranha em seus olhos escuros.

— A senhora acreditaria no meu juramento?

Isolda olhou nos olhos dele com firmeza, examinando seu rosto marcado. Então, finalmente, assentiu.

— Sim. Eu acreditaria.

Alguma coisa cruzou a expressão de Madoc, iluminou seus olhos e desapareceu. Ele olhou para ela em silêncio longamente, de novo, e então, em um movimento rápido, sacou a faca do cinto, beijou-lhe o cabo incrustado de pedras preciosas e depois a lâmina.

— Eu lhe juro, Lady Isolda, que, pelo tempo que a senhora permanecer dentro destes muros, não farei qualquer mal à senhora, nem ao seu servo Hereric.

Isolda olhou para ele.

— O senhor ainda pode voltar atrás. Meu rei, sim, o senhor pode. Não é tarde demais.

Ela pensou ter visto algo brilhar brevemente no fundo dos olhos de Madoc. Mas a boca do rei se contorceu em outro sorriso amargo.

— A senhora é uma curandeira, Lady Isolda. E muito boa. Mas não lhe ocorreu que existem coisas neste mundo que não podem ser curadas?

⁓

Ela veio até ele caminhando pela grama do prado. A brisa da noite afastava os cabelos escuros de sua face, e ela se deitou ao lado dele, suavemente, como antes.

Ele estendeu uma das mãos na direção dela. Não esperava realmente poder tocá-la, mas o desapontamento lhe encheu o peito da mesma forma quando seus dedos encontraram apenas o ar. Ela estava olhando para ele da mesma maneira como o fizera na floresta, quando tocara sua face e dissera: "Você está aqui. Você está vivo". Com uma felicidade que brilhava em seus olhos acinzentados, e que era como um golpe no estômago.

Ele sabia que dessa vez era apenas um sonho. Mesmo assim, Tristão colocou o braço sobre os olhos, para evitar olhar nos olhos dela.

— Eu deveria ter feito você me odiar.

Ela ficou quieta por um momento, e então ele ouviu sua voz suave:

— Por que, Tris?

Ele não conseguiu se controlar. Fitou-a; seus olhos eram atraídos para o rosto dela por alguma vontade mais forte que a sua própria. Ela estava do mesmo jeito. Linda e delicada, como a princesa na balada de algum harpista. Cabelos escuros. Pele branca como o leite. Olhos cinzentos, de cílios espessos.

Porque eu jurei que a manteria segura.

Ela ficou parada, olhando para ele, então disse:

Você ia me contar uma história. Sobre um garoto que tinha medo de se tornar o homem que seu pai era — não era isso? Sobre o que aconteceu com você na batalha de Camlann.

Os olhos cinzentos dela mostravam uma expressão que dizia: Você pode me contar qualquer coisa, e vai ficar tudo bem. Estavam cheios de uma compreensão tão completa que, sonho ou não, ele sentiu o peito doer.

Era o tipo de expressão que ela lhe mostrava em cada fantasia impossível que ele jamais tivera; aquelas nas quais ele lhe contava a verdade, a história toda, e ela não recuava, horrorizada, não lhe virava as costas, cruzando os braços e se recusando a olhar em seus olhos.

Mesmo em sonho, entretanto, ele não podia acreditar que aquelas fantasias tinham mais chance de se tornar reais do que a chuva subitamente começar a cair para cima.

Você me fez essa pergunta uma vez antes, lembra? — Ele riu, sem um vestígio sequer de humor. — *Quero dizer, você realmente me perguntou. Não como agora, em sonho. E eu disse que, se você confiava em mim, não me pedisse para lhe dar uma resposta.*

Ela ainda olhava para ele com aquela expressão de total compreensão. Pelos deuses, ele desejava não estar sempre tão consciente de que aquilo era apenas um sonho. Teria dado quase tudo por uns breves momentos acreditando que aquilo era real.

Por que você continua a me aparecer desse jeito? — Ele sentiu como se as palavras fossem arrancadas de sua garganta.

Eu não mereço ver você, nem assim.

Ela levantou uma das mãos esguias para tocar-lhe a testa, embora ele não sentisse absolutamente nada. A voz dela era suave.

Por que, Tris?

Porque proteger você não significa apenas protegê-la de Octa. Significa protegê-la de mim mesmo, também. Ainda assim, eu venderia o que resta da minha alma para que você realmente estivesse aqui agora.

O rosto dela estava começando a tremer e se desvanecer, e uma escuridão pesada se aproximava, o que significava que ele iria acordar em breve. Mas Tristão a ouviu sussurrar, em meio ao redemoinho escuro:

Talvez eu sempre esteja.

Livro II

Capítulo 6

Isolda acordou assustada e sufocada. Estava no quarto de Madre Berthildis, sentada ao lado da cama da abadessa. Embora tivesse tentado, uma vez após outra, durante as últimas semanas, ver alguma imagem de Tristão nas águas divinatórias, não havia sido recompensada nem com uma breve visão, nem com uma pista de onde ele poderia estar naquele momento. Apenas quando cochilara ao pé do leito de uma mulher doente Isolda sonhara com ele.

Pelo menos, ela imaginava que o sonho tivesse sido com Tristão. Seus pensamentos ainda estavam enevoados, vagos por causa do sono, mas lembrava-se de cenas de batalha passando por seus olhos como cacos de vidro. Cavalos relinchando e homens gritando, lama e sangue, o brilho das espadas. E uma sensação de que aquele massacre, aquele derramamento de sangue, era sua culpa, de alguma forma.

Então, o sonho havia mudado; mudado para outro sonho quase igualmente assustador, onde ela tentava, repetidamente, alcançar Tristão, sabendo que ele estava em algum lugar por perto, mas do outro lado de um muro alto, com uma porta cuja chave ela não conseguia encontrar. Somente muito, muito perto do final, já antes de acordar, ela havia vislumbrado o rosto de Tristão.

Eu venderia o que resta da minha alma para que você realmente estivesse aqui, agora, ele dissera. E seu olhar estava totalmente transparente naquele momento; pela primeira vez, tudo o que ele sentia por ela estava visível em seus olhos.

O que era puramente o desejo dela, refletido no sonho. Ele quase nunca se permitia olhar para ela daquele jeito, na vida real.

Isolda esfregou os olhos e moveu-se, tentando relaxar a tensão em seu pescoço. Três semanas. Três intermináveis, infindáveis semanas haviam se arrastado desde que Madoc partira a cavalo da abadia, deixando-a ali, uma prisioneira de fato, se não precisamente em nome. Ele havia levado Hereric.

Isolda não havia contado nada da verdade para Hereric. Em vez disso, reunindo todo o autocontrole de que era capaz, havia sorrido e dito a ele para não se preocupar ao deixá-la; que ela estaria perfeitamente segura na abadia. Que ir com Madoc era o que Tristão iria querer que ele fizesse. O saxão tinha ficado meio ansioso, meio satisfeito, porque o Grande Rei precisava dele e pedira sua ajuda com as montarias de guerra.

Era melhor assim. Se ela não podia fazer nada para impedir que Madoc aprisionasse os dois, podia ao menos poupar Hereric do medo, que era como um punho cerrado ao redor de seu coração.

Os dias desde então haviam sido uma mistura excruciante de tensão e tédio. Até dois dias antes, quando Madre Berthildis fora encontrada desmaiada no chão de seu quarto. Ela havia recuperado a consciência e aberto os olhos, mas o lado esquerdo de seu rosto largo e envelhecido estava caído e frouxo, seu olho esquerdo se movia sem direção, e ela não conseguia se sentar ou mover os dedos da mão esquerda.

Aquilo fora totalmente inesperado, e era completa e cruelmente injusto; embora Isolda tivesse ficado em vigília quase constante à cabeceira da abadessa desde então, não havia nada em absoluto que pudesse fazer para reparar o dano interno que havia ocorrido com a velha senhora.

Madre Berthildis também acordara. Olhando ao seu redor, Isolda viu o olho bom da mulher mais velha fixo nela, com uma leve sombra de sua expressão aguda usual.

— Eu não vou melhorar muito mais do que isso, não é?

Sua voz estava um pouco arrastada, e ela parecia bem mais envelhecida do que apenas alguns dias antes. Sem o véu cobrindo-lhe a cabeça, seu couro cabeludo era de um tom cor-de-rosa, enrugado e um tanto patético, coberto por mechas esparsas de cabelos brancos como a neve. Seu corpo atarracado e largo também parecia, de repente, ter ficado menor e mais frágil.

Ainda assim, Isolda se forçou a olhar nos olhos da abadessa, sem desviar o rosto. Ela nunca, nunca conseguira evitar odiar aquela sensação de impotência em face da doença ou da dor; e isso ainda acontecia com muito mais frequência do que gostaria.

— Eu honestamente não sei — ela disse. — Não vi uma doença como a sua muitas vezes antes. Existe uma chance, eu acho, de que a senhora possa se recuperar. Não completamente, mas o suficiente para que consiga se sentar, e talvez mesmo se levantar e andar com a ajuda de uma muleta ou bengala. Ou...

Isolda parou, hesitando. Já era quase meia-noite, e o quarto estava totalmente escuro, a não ser por um par de velas na mesinha de cabeceira. Ao redor delas, a abadia estava silenciosa, completamente quieta, embora Isolda soubesse que não demoraria muito para que elas ouvissem o som do canto das preces da noite na capela.

A hora mais escura da noite sempre lhe parecera a mais honesta, a hora em que todo o fingimento, todo o artifício era esquecido, e as perguntas só podiam ser respondidas com a verdade. Além disso, Madre Berthildis estava olhando atentamente para ela, e Isolda sabia que a abadessa não se contentaria com uma meia verdade ou uma mentira consoladora.

— Ou a senhora pode piorar muito — ela completou, ainda olhando nos olhos escuros de Madre Berthildis. — Se mais cedo ou mais tarde, eu não saberia dizer.

Madre Berthildis examinou o rosto de Isolda e assentiu; a respiração lhe escapava em pequenos sopros pelos lábios caídos.

— Entendo. — Um dos lados de sua boca se endureceu, e ela disse no mesmo tom rouco, levemente arrastado:

— Então, eu posso melhorar, ou posso passar o resto dos meus dias deitada aqui, impotente e tendo de receber cuidados como um bebê recém-nascido.

— Eu...

A abadessa interrompeu Isolda antes que ela pudesse dizer alguma coisa, com um gesto de sua mão boa; por mais frágil que fosse, o movimento estava cheio de autoridade.

— Não. Não me diga que sente muito. Não é culpa sua, e piedade é uma coisa que eu jamais poderia suportar. — A voz dela estava mais vigorosa do que antes, mas o esforço a esgotava; ela respirou fundo, e seus olhos se fecharam. — Embora eu deva confessar que este não é o modo que eu teria escolhido para ir encontrar o meu Senhor Deus e o Cristo. Uma criança babando, sem sequer ter o controle dos braços e das pernas.

Isolda não tinha resposta para aquilo, e disse, então:

— Há muitas pessoas aqui que ficarão felizes em serem os seus braços e pernas pelo tempo que a senhora precisar.

O rosto de Madre Berthildis relaxou, e ela deu um pequeno sorriso. — Obrigada, minha criança. Estas coisas são enviadas para nos testar, e nos manter humildes. Existe sabedoria nisto, como em todas as coisas.

A abadessa disse as palavras com uma tristeza leve e distante em seus olhos, mas com tal certeza que Isolda sentiu uma pontada de algo que só poderia ser inveja... ou quase isso.

Os olhos de Madre Berthildis haviam se fechado novamente, e por um instante Isolda pensou que tivesse adormecido. Mas as pálpebras enrugadas da abadessa estremeceram e se abriram, seu olho bom subitamente atento e preocupado.

— E você? Você está bem? Parece pálida. Não há nada errado com o seu bebê, há?

Isolda sacudiu a cabeça.

— Não, não há nada errado.

As coisas ficavam mais fáceis quando ela estava deitada em sua cama estreita à noite, tentando bloquear a lembrança daquele último olhar que Tristão havia dirigido a ela, só de poder colocar a mão sobre sua barriga já levemente arredondada, e dizer para sua pequenina companhia: *Você deve ser muito forte. Muito determinado a nascer.*

Aquilo fora uma grande ajuda, também, durante as incontáveis horas que passara durante as últimas semanas, olhando para as paredes brancas de seu próprio quarto e imaginando o que iria fazer agora, se é que poderia fazer alguma coisa.

Madoc havia traído a Bretanha. A menos que o restante do conselho pudesse ser alertado, as forças da Bretanha seriam esmagadas. E também...

E também havia Marcos, que oferecera uma recompensa em ouro pela sua captura e cujos homens tinham tentado sequestrá-la pelo menos uma vez. Tentado e quase conseguido, se não fosse por Tristão.

Como sempre, nesse ponto de seu debate interior, os pensamentos de Isolda se voltavam para a vida indefesa que carregava. A vida que arriscaria se deixasse a abadia, se abrisse a guarda para outro ataque.

Mas, se a Bretanha perdesse aquela guerra, se suas defesas caíssem... o caos e a destruição não eram um lugar para onde ela gostaria de trazer uma criança. Noite após noite, seus pensamentos se debatiam em todas as direções, parecendo pássaros selvagens presos em uma gaiola. Até aquele momento ela não tinha feito nada, nenhum plano concreto. Ela não havia sequer contado para Madre Berthildis que a Bretanha tinha sido traída pelo seu Grande Rei. E nem poderia, agora, com a abadessa tão doente.

Ela ajeitou o cobertor sobre o corpo enfraquecido de Madre Berthildis.

— Não se preocupe. Eu lhe garanto, estou bem.

Isolda pensou ter visto uma expressão de incredulidade nos olhos escuros e bondosos de Madre Berthildis. O que não era de surpreender. Doente ou sã, a abadessa ainda conseguia detectar uma mentira com um simples olhar. Mas, antes que a mulher mais velha pudesse falar, a porta do quarto se abriu rapidamente, batendo na parede que ficava atrás com um barulho seco.

Isolda olhou para a porta e viu Irmã Madalena — Isolda achava que era esse o nome dela — de pé na soleira, o rosto tenso, as mãos entrelaçadas à cintura.

— Sinto muito — ela disse. — Sei que Madre Berthildis não deve ser perturbada de jeito nenhum. — O olhar de Irmã Madalena caiu sobre a cama, e Isolda viu-a hesitar, mesmo com tudo o que certamente a estava incomodando, ao ver o rosto meio caído de Madre Berthildis.

Isolda sabia que Madre Berthildis também a havia visto hesitar, mas disse apenas:

— Sei que você não teria vindo até aqui sem um bom motivo. O que aconteceu?

O olhar de Irmã Madalena passou de Madre Berthildis para Isolda e de volta para a abadessa mais uma vez; ela engoliu em seco, visivelmente nervosa.

— Homens... dois homens chegaram ao portão principal. Eles exigem que Lady Isolda vá com eles.

Isolda sentiu que seu coração se apertava com força, batendo contra as costelas enquanto cada músculo de seu corpo congelava. Ela havia conseguido — ou quase — suprimir a lembrança da visão que havia tido semanas antes.

Mas, agora, tudo passou instantaneamente por sua cabeça: um homem, que ela desconhecia e que vinha dizer a ela que Tristão havia sido mortalmente ferido.

Isolda forçou a escuridão nos cantos de sua visão a clarear. Tristão não poderia estar morto. Ela teria sabido. Ela teria sentido — teria sentido alguma coisa — se ele estivesse morto.

Mesmo assim, teve de engolir em seco duas vezes antes de conseguir falar.

— Quem são esses homens? Disseram o que queriam comigo?

— Eles dizem ser homens do Rei Dywel de Logres. — Irmã Madalena era uma mulher pequena e rechonchuda, de olhos castanho-claros, e agora dirigia uma expressão assustada para o rosto de Isolda. — Eles trazem o selo do Grande Rei Madoc. Dizem que o Rei Madoc determinou que a senhora não está mais segura aqui, e ordenou que seja removida para um lugar de maior segurança.

Isolda viu Madre Berthildis virar a cabeça no travesseiro. Ela estava certamente reunindo forças, porque não disse nada, mas a pergunta nos olhos escuros da abadessa era clara: Você acredita nisso?

Lentamente, forçando-se a pensar com clareza e permanecer calma, Isolda disse:

— Acho que eles estão mentindo. Devem estar. Madoc teria enviado seus próprios homens.

Ele nunca se arriscaria a confiar nos homens de Dywel para escoltá-la; não quando isso daria a ela uma chance de revelar a aliança dele com Octa de Kent.

— E eu também duvido que esses homens tenham sido enviados pelo Rei Dywel; que motivos ele teria para querer me tirar daqui? Mas é uma desculpa — provavelmente a melhor desculpa que eles conseguiram inventar. Porque a abadia está guardada pelos soldados de Madoc e pelos homens de Cerdic. Nenhum deles conheceria todos os guerreiros de Dywel de vista. Nenhum deles saberia, ou mesmo suspeitaria, que esses homens não são o que dizem ser.

E ela não poderia apelar para nenhum deles, também. Não poderia contar com sua ajuda. Talvez se ela pudesse ter falado apenas com os homens de Cerdic... mas Isolda sabia que os cinco homens que Madoc havia colocado ali como seus guardas jamais o permitiriam. Não sabia que tipo de ordens Madoc havia dado aos seus soldados; se eles sabiam o motivo de sua súbita mudança de tarefa. Nenhum dos cinco jamais dirigira a palavra a ela. Mas, para onde quer que ela fosse, dentro dos muros da abadia, um ou mais deles sempre estava por perto, observando-a, seguindo-a a poucos passos de distância. Ela sabia, com absoluta certeza, que, quando colocasse o pé para fora do quarto de Madre Berthildis, encontraria pelo menos um dos guerreiros de Madoc esperando por ela no pátio lá fora.

Madre Berthildis, que estava observando Isolda atentamente, assentiu levemente com a cabeça.

— Muito bem — ela falou, como se uma decisão houvesse sido tomada, e voltou os olhos para Irmã Madalena. — Vá, vá agora, e traga um hábito de noviça para Lady Isolda. Rápido. Então, traga esses homens que vieram buscá-la até mim, aqui. — O lado direito de sua boca se esticou em um sorriso torto. — Se eles são como a maioria dos homens, entrar no quarto de uma velha doente vai fazer com que não pensem em outra coisa a não ser ir para bem longe, o mais depressa possível.

Irmã Madalena hesitou e pareceu querer dizer alguma coisa, mas ao ver a expressão firme de Madre Berthildis em seu travesseiro, simplesmente inclinou a cabeça e saiu. A porta se fechou atrás dela, e Isolda e Madre Berthildis estavam mais uma vez sozinhas.

Isolda olhou para o corpo frágil da velha abadessa, deitado imóvel sob os cobertores, para o rosto amarelado e enrugado de Madre Berthildis, e seu olho esquerdo caído.

— Eu não posso deixá-la... — começou a dizer.

Mas a abadessa a interrompeu com um gesto de sua mão boa. Suas mãos, também, pareciam subitamente frágeis e nodosas com a idade, a pele cheia de veias azuis e fina como papel; mas a autoridade com que ela falava não havia mudado.

— Não vejo nenhuma outra escolha para você neste caso — ela disse. — Talvez você não tenha tido a intenção de envolver a abadia em qualquer que seja o problema que está enfrentando, mas parece que nós temos de nos envolver assim mesmo. Espere aqui até Irmã Madalena voltar, então vista o hábito que ela vai trazer. Se vamos esconder você, é melhor que seja à vista de todos. Poucos homens se lembram, na verdade, de olhar além do hábito e do véu da freira e tentar enxergar a mulher que os veste. Você vai se vestir como uma noviça. E esses homens serão informados de que Lady Isolda foi chamada ontem à noite para ajudar uma das mulheres do povoado num parto difícil.

— Os guardas que estão de sentinela no portão saberão que isso não é verdade.

Madre Berthildis levantou um ombro.

— Talvez. Mas os guardas são famosos por se enganarem, ou adormecerem durante a vigília. E será minha palavra contra a deles.

Isolda olhou para a abadessa em silêncio por alguns instantes:

— Eles podem me encontrar, mesmo assim.

— Eu sei. — A voz de Madre Berthildis soava cansada, mas a firmeza de seu olhar não diminuiu, nem mudou. — Você me disse há apenas alguns minutos, Lady Isolda, que estaria disposta a servir como meus braços e pernas, enquanto a força de meus membros me faltasse. — Fez uma pausa para tomar fôlego, sorrindo um tanto amargamente de novo, e disse, com os olhos escuros ainda fixos nos de Isolda:

— Se eu não me encontrasse presa e impotente nesta cama, estaria na capela, rezando como jamais rezei antes.

⁓

— E você tem certeza de que era Hereric? — perguntou Tristão.

Daka simplesmente olhou para ele em resposta. Certo. Pergunta idiota. Tristão esfregou a testa com os dedos. Um homem saxão enorme como um carvalho e com um braço só. Não era alguém fácil de confundir.

— Hereric parte há cinco manhãs — disse Daka. — Então, hoje dois homens chegam ao portão da abadia. Nós voltar para encontrar você. Sorte que você já voltando.

Eles estavam acampados em um trecho cerrado da floresta, entre os pinheiros, perto do local onde haviam se separado sete dias antes. Quando Tristão e Cath partiram para o encontro com Garbhán, Piye e Daka foram vigiar a abadia, e Eurig e Fidach tinham permanecido ali. Não haviam arriscado sequer fazer uma fogueira num buraco naquela noite, e, com as sombras dos galhos espessos sobre eles, Daka era pouco mais do que uma voz incorpórea.

Os cabelos na nuca de Tristão se arrepiaram com as palavras de Daka.

— Os dois homens que chegaram esta noite — de que direção eles vieram? — Ele sentiu, mais do que viu, Daka dando de ombros.

— Parece ser norte. Significa pouco, contudo.

— Armados?

Ele sentiu o movimento positivo de cabeça de Daka.

— Lanças. Escudos. Provavelmente machados, também, mas nós não capazes de dizer. Nós ter que ficar muito longe para eles não ver.

Tristão assentiu. Ele já deveria estar a caminho, voltando para a fortaleza de Octa.

E aquilo poderia muito bem não ter nada a ver com Isolda. Mesmo assim, ele não conseguia afastar aquela sensação desagradável, incômoda, de perigo iminente.

Ele não havia sobrevivido tanto tempo sem aprender a confiar naquele instinto, quando ele lhe falava.

Tristão disse:

— Nós vamos entrar.

⁓

Isolda estava sentada na mesma capela fria, cheirando a incenso e velas, onde se sentara com Madoc cinco dias antes. As velas brancas e grossas no altar encontravam-se acesas mesmo naquela hora da noite; suas chamas tinham um brilho amarelado que não chegava até o canto ensombrecido que ela escolhera, em um dos bancos duros de madeira.

Ela vestia o hábito e o véu que Irmã Madalena havia lhe trazido, e, se tivesse sorte, qualquer pessoa que olhasse para dentro da capela veria apenas uma das freiras fazendo a vigília da meia-noite, em preces. Havia escolhido um lugar na parte mais escura da câmara, mesmo assim.

Isolda havia visto apenas de relance os homens que tinham vindo buscá-la, quando ela e Irmã Madalena cruzaram o pátio para chegar à capela. Ambos eram grandes; um de cabelos negros ondulados e barba, o outro de pele mais clara e bigode caído. Isolda não havia reconhecido nenhum dos dois, mas não fazia muita diferença. Podiam muito bem ser homens de Marcos, mesmo assim.

Ela havia visto um deles — o homem de cabelos negros — chutar com raiva uma cesta de ameixas do pomar, que estava pronta para ser levada para as cozinhas da abadia, e dizer algo grosseiro para a irmã que o acompanhava. Precisara cerrar as mãos e se forçar a correr atrás de Irmã Madalena, para a segurança da capela, sem olhar para trás.

Os homens, quem quer que fossem, certamente começariam sua busca na enfermaria. Só de Isolda pensar no mal e no sofrimento que poderiam causar aos feridos que estavam lá, seu estômago se revoltava e seus punhos se cerravam. Seus nervos se encontravam à flor da pele, e ela tremia com a vontade de correr até lá. Mas isso significaria jogar fora, estupidamente, a pequena chance de fuga que Madre Berthildis e as outras irmãs da abadia estavam lhe dando.

Isolda fechou os olhos brevemente, tentando absorver um pouco da quietude da capela. Nunca havia ficado assim, sozinha com as velas e a cruz no altar elevado. Mas podia sentir... alguma coisa. Se não exatamente uma presença, pelo menos uma sensação de paz. Como se as preces e os cantos de adoração das irmãs da abadia houvessem impregnado as paredes, e agora reverberassem como as cordas de uma harpa recém-tocada.

Isolda respirou fundo, tentando se controlar, então olhou para a bacia rasa que pedira para Irmã Madalena lhe trazer. A irmã lhe dirigira um olhar curioso com o pedido, mas havia trazido a bacia e a água sem questionar ou discutir.

Meses antes, os caprichos que governavam a Visão tinham lhe trazido imagens de Marcos. Haviam deixado que ela atravessasse a fronteira de seus próprios sentidos, ouvindo os pensamentos de Marcos, enxergando através dos olhos dele.

Durante os últimos três meses, as visões não haviam chegado. Mas agora, na meia obscuridade e quietude, em meio ao aroma do incenso, Isolda olhou para a superfície da água e deixou que sua respiração ficasse estável e lenta. Deixou que sua mente flutuasse em direção às sombras das vigas de madeira do teto da capela. Ela podia sentir o pulsar da Visão como um segundo pulsar do sangue que lhe corria pelas veias, cercando-a, e então se expandindo como suaves fios de névoa para a noite, além das paredes da capela.

Nada apareceu na superfície da água, contudo. Nem mesmo quando Isolda deliberadamente conjurou uma lembrança do rosto de Marcos: suas feições pesadas e brutais, seus cabelos negros e seus olhos escuros e esbugalhados. Finalmente, ela soltou a respiração e sentou-se, olhando para o altar com o halo suave da luz das velas. Talvez as visões não viessem numa capela dedicada ao Cristo. Ou talvez as águas divinatórias se recusassem a lhe revelar uma visão de Marcos porque ela estava, no fundo do coração, tão agradecida por ter deixado de ver aqueles flashes, aquela janela particular da Visão fechada para ela.

Madre Berthildis tinha dito a ela, três meses antes, que as visões de Marcos eram um presente de Deus, enviado para que ela pudesse perdoar a si mesma pelo casamento de uma noite com ele. E ela havia se perdoado; pelo menos, o veneno daquela lembrança já era passado.

Mas a abadessa também havia lhe dito que ela teria de perdoar o Rei Marcos.

Isolda recostou-se no banco duro de madeira e pensou em Madre Berthildis, deitada em sua cama, com metade do corpo inutilizado, e sem a força habitual; mesmo assim, dizendo: *Há sabedoria nisto, como há em todas as coisas*. Dizendo a ela que o futuro era sempre perfeito, com fé.

Por um momento, Isolda imaginou se a fé da abadessa seria tão perfeita, tão sólida e segura, se ela tivesse vivido sua vida no mundo, em vez de estar fechada em uma pequena ilha de paz, devotada ao seu Deus.

Ainda assim, Isolda invejava aquela fé, de certo modo; porque ela podia ver que fazia Madre Berthildis enfrentar até mesmo sua própria doença e possível morte sem medo, e Isolda ficaria desesperadamente feliz em ter um pouco daquela coragem naquele momento.

Seus olhos estavam começando a doer de cansaço; ela levantou uma das mãos e esfregou as pálpebras. Então, ficou imóvel, quando a imagem do rosto de sua avó apareceu na escuridão. O que era uma resposta quase tão improvável para uma prece em uma igreja cristã, como uma imagem de Marcos teria sido. Mas Isolda estava agradecida demais por ter uma resposta para se importar.

Domínio do Cristo ou não, havia alguma coisa naquela capela de pedra, perfumada de incenso, que tornava mais fácil acreditar no Além, para lá do véu. Onde Morgana poderia estar andando agora, na curva infindável do tempo, e então — talvez — não importasse se romanos e cristãos tinham afastado a Velha Mágica da Bretanha daquela terra.

Sua avó tinha a mesma aparência de sempre, quando Isolda a via daquele modo: os cabelos negros ficando grisalhos, e o rosto pálido, finamente esculpido, ainda belo, apesar de marcado pela idade. Tremendamente orgulhosa. Uma mulher que durante a vida inteira jamais chorou em público, e que carregou seu fardo sozinha.

Ela estava muito quieta, e olhou para Isolda com a mesma expressão clara, penetrante e direta que sempre tivera em vida. *E então? Você vai ficar escondida aqui, vivendo a história da vida da sua mãe novamente?*

Isolda se endireitou. Ela supunha que era verdade, de certo modo. Não tinha marido, mas tinha o dever de proteger as terras que eram suas por direito e nascimento. E carregava uma criança que, aos olhos do Conselho do Rei, jamais deveria ter sido concebida. Como Guinevere.

Parte dela desejava simplesmente ficar sentada, ali na quietude fria da capela, por tanto tempo quanto fosse possível. Até que os homens que vieram buscá-la desistissem ou a descobrissem e arrastassem para longe daquele santuário, como um coelho para fora de sua toca. De certa forma, ela ficaria feliz de ter a escolha retirada de suas mãos.

Mas Isolda sacudiu a cabeça. *Não. Eu teria de estar morta antes de parar de lutar para proteger o meu bebê. Ou minha terra. Mesmo que eu não culpe minha mãe por sua escolha.*

A imagem de Morgana assentiu e disse, com uma gentileza inaudita na voz: *Eu estava errada em culpá-la. Guinevere fez o melhor que podia com as cartas que o destino lhe entregou para jogar. E todos devemos fazer o mesmo.*

Isolda esfregou os olhos doloridos mais uma vez, quase convencida de que estava apenas imaginando a presença de sua avó. A Morgana que ela conhecera a havia amado, ela sabia, e era capaz de uma grande ternura, à sua própria maneira. Mas Isolda certamente jamais a ouvira admitir que estava errada. Os lábios da Morgana imaginária se curvaram em um pequeno, irônico sorriso. *Bem, até eu posso aprender algo novo, eventualmente.*

O sorriso breve de Isolda se desvaneceu. *O que vou fazer agora?*

Real ou não, Isolda sentiu a mão fria tocar seu coração com a resposta firme e silenciosa que podia ler nos olhos de sua avó.

Eu ainda tenho medo de falhar.

Isolda quase podia imaginar ter ouvido a palavra *Coragem* sussurrada no ar quieto, perfumado com incenso. E então, mais firmemente:

Com medo ou não, eu não criei você para ser uma covarde.

Isolda deu um meio sorriso, mesmo contra a vontade.

Tudo bem, talvez seja realmente você, no final das contas.

Mesmo antes de as palavras se formarem na mente de Isolda, entretanto, sua avó havia desaparecido, em um flash de visão que caiu como um golpe de espada e por um instante ofuscou a capela, o altar, as velas, e até mesmo as fileiras de bancos de madeira ao seu redor.

No lugar disso tudo, Isolda viu o rosto de um menino. Um menino bonito, de cabelos castanho-dourados e olhos incrivelmente azuis. Ela pensou, por um momento, que fosse uma imagem de Tristão aos oito ou nove anos. Mas viu que as sobrancelhas do menino eram curvadas, não levemente retas como as de Tristão, e que ele estava sorrindo, um sorriso alegre e transparente, e Tristão certamente jamais sorria assim.

Então, a visão desapareceu. Isolda lutou para recuperar o fôlego e tentou controlar o martelar forte de seu coração. Ela fechou os olhos.

Seria aquela visão verdadeira? O bebê era um menino? Um filho?

Aparentemente, ela já tivera todas as respostas que podia naquela noite. Nada se moveu na capela, e só se ouvia o barulho suave da brisa da noite nas janelas. Mesmo Morgana parecia ter realmente partido. Ainda assim, Isolda continuou sentada, sem se mexer, quase sem respirar, tentando fixar cada detalhe da visão em sua mente, deixando-se imaginar, por um momento dolorosamente doce, o dia em que seguraria seu bebê nos braços e o veria olhar para ela com os olhos azuis do pai.

Então, finalmente, ela soltou a respiração e olhou novamente para o altar. Ela deveria estar rezando. Era aquilo que Madre Berthildis praticamente ordenara que fizesse. Mas, enquanto olhava para as chamas que tremulavam, pareceu ver Tristão olhando para ela por um longo momento antes de desaparecer por entre as árvores, três semanas antes. E ouvir uma voz que era ao mesmo tempo a de um estranho e a dela própria, dizendo que Tristão havia morrido de um ferimento fatal.

Isolda se perguntou se Madre Berthildis também chamaria aquela visão de presente de Deus. Se ela tivesse um pouco da fé perfeita da abadessa, talvez pudesse encontrar algum sentido em um Poder que lhe enviava tanto aquele flash cruel quanto uma visão da criança em seu ventre. Que lhe mostrava vislumbres de Tristão nas águas divinatórias, mas lhe negava o poder de encontrar o filho do Rei Cerdic. Ela fechou os olhos. Tentou novamente se imaginar livre das paredes da abadia, voando como uma águia na direção de onde quer que Tristão estivesse naquela noite. E as palavras que se formaram quase que sozinhas em sua mente eram menos uma prece do que uma tentativa de alcançá-lo através da escuridão da noite lá fora.

Eu preciso de você. Onde você está?

Tristão estudou atentamente os portões da abadia, tentando controlar a ansiedade de ver Isolda novamente. Não que aquilo ajudasse muito; o pensamento martelava em sua cabeça como o latejar de um ferimento.

Havia luzes dançando dentro dos muros da abadia, quando não deveria haver, naquela altura da noite. Piye e Daka estavam certos. Alguma coisa... então ele praguejou violentamente por entre os dentes e olhou para cima, enquanto se dava conta da situação.

— As pessoas nos conhecem lá. — Ele se virou para onde Daka e Piye estavam parados, atrás dele, com as mãos nos cabos das espadas.

— Nós três, e Eurig também.

Se colocassem os pés dentro dos muros da abadia, a menos que tivessem muita sorte, quase ao ponto de um milagre, alguém os reconheceria. E ele já aprendera havia muito tempo que a única coisa certa sobre a sorte é que ela ficará contra você, se for tolo o suficiente para fazer planos presumindo que ela estará do seu lado.

— Então, o que vamos fazer?

Era a voz de Cath. Cath, o único entre eles que nunca havia chegado perto da abadia, que não poderia ser reconhecido por ninguém lá dentro.

Tristão se virou para onde o corpo enorme de Cath formava uma sombra ameaçadora na escuridão.

— Você acha que pode se fazer passar de forma convincente por um mendigo pedindo esmola?

⸻

Isolda estava sentada, observando o enorme estranho à sua frente. Era um homem gigante, com pernas que pareciam troncos de árvores, o peito do tamanho de um boi. As mãos cheias de calos que descansavam em seus joelhos tinham mais que o dobro do tamanho das de Isolda. Ele tinha cabelos negros e compridos, que usava soltos, caídos nos ombros, e uma barba também negra que lhe dava a aparência de um selvagem da floresta. Seu rosto estava maltratado pelo tempo, embora Isolda calculasse sua idade em não mais do que trinta ou trinta e cinto anos, e seus olhos pequeninos e muito azuis brilhavam sob as sobrancelhas escuras e espessas. Ele lhe dissera que seu nome era Cath. E que havia sido enviado por Tristão.

Segundo Irmã Olwen, ele havia chegado à enfermaria implorando por tratamento para uma dor de estômago. Como conseguira sair de lá e chegar ao quarto de Madre Berthildis, e ainda convencer a abadessa a permitir aquele encontro, Isolda não fazia ideia. Mas, aparentemente, ele havia encontrado um jeito de persuadir tanto Irmã Olwen quanto a abadessa de que tinha boas intenções, porque Isolda estava na frente dele na cela onde a própria Irmã Olwen dormia; ela mesma sentara-se na esteira que servia como leito, e o homem chamado Cath, na única cadeira do aposento, que sob seu peso parecia ter sido feita para uma criança.

Ainda era de manhã cedo; ao redor deles, a abadia começava a despertar, com as irmãs passando de um lado para o outro do pátio em seu caminho para o trabalho do dia, nos jardins ou oficinas. Sentada no canto mais escuro da capela na noite anterior, Isolda não havia planejado adormecer. Mas estava exausta demais para manter os olhos abertos, e acordara ao alvorecer, cada músculo de seu corpo rígido depois de uma noite passada no banco duro de madeira, e encontrara Irmã Olwen em pé a seu lado.

Irmã Olwen tinha um hematoma no rosto que fizera Isolda se sentir tonta e nauseada. Quando Isolda perguntara o que acontecera, a mulher mais velha havia dito simplesmente:

— Aqueles homens queriam vasculhar a enfermaria e perturbar os feridos. Entretanto, não obtiveram sucesso no que planejaram.

O ressentimento de Irmã Olwen para com Isolda poderia ter passado, mas ela ainda era uma força a ser temida, e Isolda se sentia grata, além do que as palavras podiam expressar, pelo fato de os feridos estarem agora sob os cuidados dela. Irmã Olwen prosseguira dizendo que os dois estranhos haviam sido informados de que Lady Isolda estava fora da abadia, ajudando num parto difícil no povoado. E, aparentemente, eles haviam acreditado na história, ainda que contra a vontade.

Embora ainda estivessem esperando pelo retorno dela, no pátio da abadia.

Isolda forçou-se a concentrar a atenção no homem à sua frente. Cath estava falando, terminando de contar a Isolda sobre seu encontro com Madre Berthildis antes do amanhecer. Ele tinha uma voz profunda e grave, que, embora falasse baixo, ecoava no quarto pequenino.

— Então, a madre abençoada olhou para mim e disse que eu poderia ser uma resposta para as preces. E eu disse que estava muito grato, embora tenha confessado a ela honestamente que ninguém nunca me disse nada parecido antes. — Os olhos dele se enrugaram nos cantos e ele sorriu, os dentes brancos brilhando em contraste com a barba escura. — E aqui estou.

Isolda examinou o rosto largo e envelhecido de Cath. Alguma coisa a respeito do homenzarrão a fez confiar nele instintivamente, e gostar dele também. Mas ela não conseguiu evitar perguntar:

— E você acabou de ver Tristão? Ele está seguro?

— Oh, sim. Eu o deixei — Tristão, e Piye e Daka, também — não faz nem duas horas. Ele está seguro. — Cath sorriu de novo, dessa vez de modo levemente irônico. — Tão seguro como ele pode estar, considerando que é descuidado como o diabo quando se trata de arriscar o próprio pescoço numa briga.

Isolda deu um pequeno sorriso de volta.

— Você realmente o conhece bem.

— Isso a convenceu, não foi? — Cath sorriu mais uma vez, em resposta. — Oh, bem. Pelo menos, ele é mais seletivo quando se trata de arriscar o pescoço dos amigos!

— Mas você está aqui.

Cath levantou uma das mãos enormes, em um gesto de pouco caso.

— Não há perigo nenhum nisso. Ou quase nenhum. Se eu não conseguir ficar longe de problemas aqui, merecerei qualquer coisa que acontecer comigo. — Ele fez uma pausa, colocando as mãos de volta nos joelhos. — Agora, o que eu preciso que a senhora faça, Lady Isolda, é simplesmente me contar tudo o que anda acontecendo. O mais rapidamente que puder.

Isolda se decidiu. Tomou fôlego, e, o mais rápida e claramente possível, contou tudo a Cath. Começou pelo Conselho Real, e Cerdic revelando que Marcos havia oferecido uma recompensa pela sua captura. Depois, contou sobre

Madoc ter traído a Bretanha e o Grande Trono, e de tê-la feito cativa ali; então, finalmente, sobre a chegada dos homens armados na noite anterior.

Quando ela terminou, Cath ficou sentado em silêncio, esfregando o nariz com as costas do polegar, as sobrancelhas franzidas.

— O Grande Rei virou um traidor? Isso é muito ruim, muito mesmo.

Observando-o, Isolda imaginou qual seria a conexão possível entre aquele estranho enorme e simpático e Tristão.

— Pode-se dizer que sim.

Cath olhou para ela, sua barba se abrindo em outro sorriso breve.

— Ah, a senhora me entendeu mal. Eu sei. O que eu quis dizer é que não há muita coisa que eu ou a senhora possamos fazer a respeito das escolhas do Grande Rei neste momento. O que precisamos mesmo fazer é encontrar uma maneira de tirar a senhora daqui em segurança, porque eu acho que a senhora está certa. Se aqueles homens lá fora — apontou para a porta — são realmente quem dizem ser, eu sou uma dançarina gaulesa.

Cath esfregou o nariz novamente.

— O problema é que não podemos exatamente sair andando pelos portões; não com todos aqueles guardas a postos. — Ele tocou o cabo de osso trabalhado de uma faca dentro da bota. — Tenho isto comigo, mas nenhuma outra arma. Não teria sentido um pobre mendigo como eu chegar aqui com uma espada que custa o suficiente para alimentar uma família por um ano, a senhora sabe. Não que eu não pudesse fazer bastante estrago com esta faca e as minhas mãos, mas prefiro evitar encrencas até que não tenhamos escolha. — Ele fez uma pausa, franzindo a testa de leve. — Pode haver apenas dois homens procurando pela senhora aqui dentro da abadia, mas isso não quer dizer que não haja uma dúzia ou mais dos amigos queridos deles escondidos entre as árvores, observando o que acontece, se a senhora me entende. E nós poderíamos tentar escapulir, nós dois. Mas eu preferiria não causar um monte de problemas para as boas irmãs aqui, também. E isso aconteceria, se a senhora desaparecesse de repente.

Isolda forçou-se a continuar sentada quieta, sem tremer. Ainda tinha os músculos doloridos depois de dormir na capela, e o hábito amassado de noviça que vestia era áspero e irritava sua pele.

— Você está certo. Eu concordo. Apenas me diga o que precisa que eu faça.

Cath franziu o rosto por um momento. Então respondeu:

— Olhe, se eu lhe pedir para esperar por uma hora depois que eu sair, e ir até aqueles homens e concordar em partir com eles, a senhora acha que conseguiria? E poderia fazê-los acreditar que não tem nenhuma suspeita de que não são o que querem que pensemos que são?

Isolda não se deu a chance de hesitar, nem mesmo de pensar.

— Sim.

O rosto de Cath relaxou um pouco.

— Bom. Então, é isso que eu quero que a senhora faça. Espere uma hora, arrume as coisas que quiser levar e fique pronta para partir. Depois diga àqueles homens que concorda em ir para onde quer que o Grande Rei Madoc tenha ordenado.

— E você...

— Nós iremos resgatá-la. Logo que a senhora esteja bem longe dos portões da abadia. — Os olhos muito azuis de Cath ficaram subitamente sérios, quando ele olhou para o rosto dela; toda a brincadeira e gargalhada desapareceram.

— A senhora pode confiar em nós, Lady Isolda.

Isolda assentiu.

— Eu confio.

Cath suspirou pesadamente e apoiou as mãos nos joelhos, preparando-se para se levantar; tão rapidamente quanto aparecera, o olhar sério e grave se foi.

— Bem, está tudo certo, então. — Ele deu outro sorriso para ela. — Tão certo quanto pode estar, já que não estou sentado confortavelmente sem minhas botas e um copo de cerveja na mão.

Ele se levantou e deu uma batidinha rápida na porta, que se abriu para revelar a forma ampla, vestida de negro, de Irmã Olwen na passagem do lado de fora. Até mesmo Irmã Olwen parecia leve e pequenina se comparada a Cath. Ele fez uma reverência que deixou sua cabeça desgrenhada quase na altura da dela.

— Estou de partida agora, Irmã. Muito obrigado pela refeição que me ofereceu, para acalmar-me o estômago. — Ele colocou a mão sobre a barriga e deu uma piscadinha para Irmã Olwen. — Fez de mim um novo homem, com certeza.

Irmã Olwen podia ter suavizado seus modos para com Isolda, mas isso não fazia com que fosse menos ácida com as outras pessoas. Agora, no entanto, para total espanto de Isolda, a linha azeda de sua boca se relaxou num sorrisinho irônico.

— Estou muito feliz por ter podido ajudar.

Cath parou à porta e coçou a barba.

— Oh, sim. Tem outro jeito de a senhora me ajudar, se puder, pensando bem. Aqueles homens... os que vieram procurar Lady Isolda. Se eles voltarem aqui amanhã, talvez, ou depois de amanhã, fazendo perguntas, do tipo, sobre quaisquer outros estranhos que a senhora possa ter visto... — Cath ergueu uma sobrancelha grossa. — Eu entendo que a igreja considera a mentira um pecado, Irmã, mas...

Irmã Olwen o examinou atentamente por um momento, olhou para Isolda e então assentiu, voltando-se novamente para Cath.

— Mentir é um pecado, é fato. Mas eu tenho tido cada vez mais dificuldade para lembrar rostos ultimamente. — Irmã Olwen contraiu os lábios tristemente. — É a idade, você sabe. — Ela fez uma pausa, olhando diretamente nos olhos de Cath. — Tenho certeza de que vou esquecer seu rosto assim que você sair daqui.

Capítulo 7

— Pelo rabo peludo do diabo — Cath tossiu. — Você cheira como uma cervejaria. — Eles estavam sozinhos; Eurig havia ficado para trás, no acampamento, para proteger Fidach, e Piye e Daka já estavam em posição.

— Eu sei. Eu não tomei um único gole, e mesmo assim talvez nunca mais seja capaz de olhar para cerveja novamente. — Tristão acabou de encharcar seu casaco de couro, depois atirou o cantil de cerveja vazio nos arbustos.

— Quer dizer que Lady Isolda já está ameaçada por Madoc e Marcos. Você vai contar para ela que Octa também a quer morta?

A cabeça de Tristão se virou rapidamente.

— Não. E quero a sua palavra de que você também não vai dizer nada a ela.

Cath pareceu surpreso com a súbita veemência no tom dele.

— Mas e se...

— Nada de "mas". — Ele conhecia Isolda. Sabia que não haveria uma chance no inferno de ela ficar de fora e deixar que ele se arriscasse por ela, se soubesse de tudo. — Vou falar com os outros mais tarde, mas quero o seu juramento de sangue que não vai dizer uma palavra do que se passou entre mim e Octa em voz alta. Nem para Isolda, nem para ninguém.

Cath franziu o cenho, mas assentiu lentamente, sacou a faca da cintura e pressionou os dedos indicador e médio firmemente contra a lâmina. Uma gota de sangue vivo apareceu, e ele fez a marca tradicional do juramento sobre o coração e a boca.

— Se é isso que você quer.

Tristão respirou fundo e assentiu, em breve reconhecimento, antes de se virar e examinar as árvores, procurando por qualquer sinal da aproximação dos homens que estavam esperando. Quando se virou, os olhos de Cath ainda o fitavam e Tristão levantou uma sobrancelha para o outro homem, numa pergunta silenciosa.

Cath levantou as duas mãos seus olhos se arregalaram em um gesto de inocência exagerada.

— O que foi? Por acaso eu sequer murmurei a palavra desastre completo?

— Isso são duas palavras. — O sorriso breve de Tristão desapareceu, e ele suspirou pesadamente. — Olhe...

Mas Cath o interrompeu, subitamente sério, também.

— Não precisa dizer mais nada. Se alguma coisa der errado, se alguma coisa acontecer com você, nós tiramos Lady Isolda daqui. Você não se importa se estejamos nos arrastando pela lama com os dois braços decepados; temos de garantir a segurança dela antes de virar para o lado e morrer. Eu sei.

Tristão já havia afastado todos os pensamentos sobre o que poderia dar errado. Ou sobre o que poderia acontecer se Isolda ficasse presa no meio de uma luta. Ou se... — pelo sangue de Cristo — se eles chegassem tarde demais. Se aqueles bastardos miseráveis já a tivessem machucado.

Ele não podia suportar sequer pensar naquilo agora e simplesmente assentiu. Cath não havia terminado, entretanto. Franziu o cenho e seus olhos ainda estavam sérios; ele segurou a espada com mais firmeza, deslizando um dos dedos da outra mão levemente pela lâmina polida.

— Você vê — ele disse —, um bando de homens como nós lutando em troca de pagamento, pela honra de qualquer senhor. Mas nós dois sabemos muito bem que, uma vez que a batalha começa, não é mais pela recompensa.

Quando a batalha começa, você está lutando pelo homem à sua direita, e pelo homem à sua esquerda, e pelo que está protegendo a sua retaguarda. E você já foi todos os três para mim, tantas vezes que sabe que pode contar comigo para não decepcioná-lo agora.

— Eu sei. — Tristão inclinou a cabeça num breve sinal de reconhecimento e olhou nos olhos de Cath. — Obrigado.

Cath assentiu de novo e suspirou pesadamente; o momento de seriedade havia passado.

— O que eu ia dizer, na verdade, era para você não se arriscar mais do que o necessário, certo? — Mostrou os dentes num sorriso feroz. — Se você nos matar a todos hoje, juro por Deus que vou segui-lo até o inferno e arrastá-lo de volta para cá, só para poder matá-lo de novo.

⸻

Isolda mantinha os olhos fixos diretamente à sua frente, na cortina de árvores a distância. Eles passavam por uma área de floresta densa. O solo estava iluminado por fachos da luz do sol da tarde, e o ar tinha o cheiro doce, levemente perfumado das folhas secas no chão. Ela montava o pequeno burrinho cinzento que os dois homens que a escoltavam haviam trazido para ela, um animal tremendamente desconfortável, de costas curvadas, que seguia em frente muito contra a vontade e tentava morder as mãos do homem que segurava a rédea.

Os guardas de Isolda estavam a pé, um deles guiando o burrinho e o outro seguindo a alguns passos de distância.

Os dois olhavam para ela de um modo que fazia Isolda desejar ter um manto de viagem com que pudesse se cobrir, apesar do calor da manhã em sua cabeça e pescoço. Embora imaginasse que deveria se sentir grata por não a terem tocado, nem sequer falado com ela, desde que haviam deixado a abadia, a não ser para dizer-lhe que seus nomes eram Derog e Glaw, e para grunhir, quando ela lhes havia perguntado para onde a estavam levando:

— Para o acampamento do Rei Madoc. Não fica longe.

Pelo menos, Isolda tinha Cabal como companhia. Ela olhou para o cachorrão, que andava ao lado do burrinho. Ela havia se recusado terminantemente a partir sem ele e fora buscá-lo nos estábulos antes de concordar em acompanhar os dois homens.

Agora, Cabal estava lançando olhares rápidos e ansiosos para ela e gania de vez em quando. Ele não confiava nos dois guardas, não mais que Isolda.

As trouxas amarradas à sela do burrinho continham duas mudas de roupa e a bolsa de medicamentos de Isolda. Irmã Olwen a havia ajudado a embalar os emplastros e preparados de ervas, tudo o que era possível levar sem prejudicar as reservas da abadia; e tinha prometido a Isolda que cuidaria de Madre Berthildis e dos outros homens feridos. Então, a mulher mais velha havia dado um abraço apertado em Isolda, o que a moça imaginou que provavelmente surpreendera Irmã Olwen ainda mais que a ela própria.

— Minhas preces estarão com você — Irmã Olwen dissera. — E tenha cuidado.

O homem que liderava — Derog, o grandalhão com cabelos escuros e cacheados — a estava observando novamente. Seu rosto era coberto das cicatrizes de uma vida inteira de batalhas, ele tinha uma boca de lábios finos e algo frio na expressão de seus olhos escuros.

Isolda controlou um arrepio. A floresta parecia estranhamente quieta, sem ao menos o canto dos pássaros para quebrar o silêncio. Os únicos sons eram o farfalhar das folhas sob os pés deles e o martelar do sangue nos ouvidos de Isolda.

A pele dela estava úmida de suor, e seu coração batia acelerado; cada nervo em seu corpo encontrava-se à flor da pele, esperando que Cath e os outros cumprissem sua promessa. A senhora pode confiar em nós, Lady Isolda, Cath havia dito. E ela confiava. Eles iriam interceptar Derog e Glaw. Era apenas uma questão de espera, de tempo. Mesmo assim, quando Tristão apareceu de repente por entre um grupo de carvalhos na estrada à frente, seu coração falhou uma batida e seu peito se apertou como se uma mão gigante o tivesse agarrado, arrancando-lhe o ar dos pulmões.

— Parem! — Tristão havia sacado uma faca do cinturão e a segurava apontada para Derog, o líder. — Ninguém se mexe!

Os dois homens, Derog e Glaw, não ficaram menos surpresos. Derog parou abruptamente, puxando as rédeas do burrinho.

— Quem diabos é você?

Isolda foi atingida por uma sensação estonteante de irrealidade. Horas antes, estivera sentada ao lado da cama de Madre Berthildis, alimentando a mulher doente com uma colher. Agora estava ali, no meio de uma floresta, assistindo a Tristão confrontar os dois homens que haviam ido buscá-la por um motivo que ela ainda desconhecia.

E ela sentiu, apenas por um momento, que aquilo não podia ser real; era como se estivesse, novamente, observando uma cena distante que aparecia nas águas divinatórias.

Tristão vestia um casaco de couro sobre os calções, e seus braços estavam nus, os músculos em seus ombros e punhos acostumados com a espada se destacando no sol claro da manhã.

— Não importa quem eu sou. Tudo o que vocês precisam saber é que vou levar a moça.

A voz de Tristão soava mais profunda e estava estranha, mas levou apenas um momento para Isolda perceber que ele falava com um forte sotaque saxão, como se o inglês não fosse sua língua materna.

Glaw havia se aproximado e estava agora ao lado de Derog; Isolda viu os dois homens trocarem um olhar incrédulo.

— Você e qual exército? — Derog sacou a faca. — A moça é nossa.

Tristão deu uma risada.

— O quê? Vocês têm algum tipo de acordo escrito dizendo que são os únicos com o direito de sequestrá-la? Acho que não. — Tristão deu um passo para a frente, e o coração de Isolda falhou uma batida de novo, porque ele estava oscilando levemente e não tinha firmeza nos pés, como se estivesse doente ou ferido. Então ela sentiu, mesmo a distância, o cheiro da cerveja.

Tristão deu outro passo trôpego para a frente, piscando como se estivesse tentando focar a visão em Derog ou Glaw.

— Só há dois de vocês, não é? Ou será que são quatro? — Sacudiu a cabeça. — Bem, não importa. Entreguem a moça e ninguém vai sair machucado.

Então, enquanto Derog e Glaw trocavam um olhar divertido, os olhos intensamente azuis de Tristão encontraram os de Isolda apenas por um instante, inquestionavelmente claros e focados, e ela soube — não que tivesse realmente duvidado antes — que ele estava fingindo, e que a bebedeira era simplesmente um subterfúgio.

— Não é muito provável. — Era Derog quem falava; sua voz soava menos zangada do que divertida. Uma risada contida ecoava em seu tom, e sua boca, ou o que Isolda podia ver dela, se curvou em um sorrisinho de escárnio. — Olhe, amigo, se alguém se machucar aqui, será você. Saia do nosso caminho, vá dormir e curar a ressaca debaixo de um arbusto, certo?

O coração de Isolda batia tão rápido que sua visão estava borrada. Mas, consciente dos dois homens ao alcance de seu braço, cada um de um lado da cabeça do burrinho, ela começou a escorregar pelos cobertores que serviam de sela improvisada. Devagar... devagar... pouco a pouco, preparando-se para saltar do lombo do animal.

Ela manteve os olhos fixos no rosto magro de Tristão. Ele tinha uma mancha de cinzas em um lado da face, e seu queixo estava coberto por uma barba de vários dias.

— Sair do caminho? — Tristão deu outro passo incerto na direção de Derog e Glaw. Era uma boa atuação; seus olhos brilhavam com a fúria súbita, instantânea, dos profundamente bêbados. Se não fosse por aquele olhar claro de antes, Isolda quase teria acreditado que era verdade.

— Sair do caminho? Você sabe qual foi o meu trabalho neste último ano? Cavar latrinas para os guardas de Octa, depois cobri-las de terra quando estavam cheias. Desde que incendiei o seu depósito particular de cerveja. Foi culpa minha se eu tropecei e derrubei a tocha quando fui buscar outro barril para a refeição da noite no salão principal? — ele perguntou, num tom magoado. — Octa deveria entender que eu tive sorte de sair com vida antes de o teto inteiro cair. Mas não.

Ele piscou de novo e oscilou ao caminhar.

— De qualquer modo, se vocês acham que eu vou voltar sem Lady Isolda, e dar motivos para Octa me fazer cavar latrinas pelos próximos dez anos, eu lhes digo agora mesmo que estão errados.

Enquanto Tristão falava, aproximava-se, diminuindo a distância entre ele e os outros dois homens. Ainda completamente incertos sobre o que fazer a respeito dele, Derog e Glaw pareciam não perceber. Até que...

Isolda viu o exato momento em que Derog, pelo menos, percebeu que Tristão estava agora a poucos passos de distância. Seus músculos se retesaram em atenção e ele deu um grito assustado, levantando a mão que segurava a faca. Mas a percepção do perigo viera tarde demais.

Com um movimento tão rápido que Isolda mal pode ver, a mão de Tristão se ergueu; a lâmina de sua faca brilhou ao sol e cravou-se com um ruído surdo no peito de Derog.

Derog hesitou, e então caiu ao solo, e no mesmo momento Glaw atacou Tristão com um grito de raiva, a lança no ar.

Tristão estava desarmado, mas levantou o escudo, bloqueando o golpe da lança de Glaw e empurrando-o de volta com força, de modo que Glaw tropeçou, momentaneamente, perdendo o equilíbrio. Então, num movimento fluido e incrivelmente rápido, Tristão abaixou a cabeça e se jogou para o lado, esquivando-se do alcance de Glaw e recuperando sua faca.

Glaw deveria ter atacado, mas, em vez disso, lançou um olhar para Isolda por sobre o ombro. Ela quase podia ver o debate que acontecia na mente dele. *Agarre-a, coloque a faca contra a garganta dela, e você tem uma chance de acabar com isso.* Mas Tristão se moveu para a frente com outro golpe rápido e mortal que Glaw mal teve tempo de bloquear e que desviou sua atenção de Isolda.

Por enquanto.

Glaw deu outro grito e atacou Tristão novamente. Isolda precisou reunir toda a determinação para desviar os olhos e se virar, de modo que pudesse saltar do lombo do burrinho para o chão. Tinha de confiar em Tristão, que ele venceria uma luta contra Glaw.

Ele havia perdido a vantagem que se fingir de bêbado havia lhe dado. Aquilo o ajudara a chegar perto o suficiente para atacar, tinha feito com que seus oponentes o descartassem como ameaça. Mas Glaw seria um tolo se já não tivesse percebido, naquela altura, que Tristão estava tão sóbrio quanto ele próprio.

E Tristão havia feito aquilo porque queria que ela ficasse fora de perigo. Ela precisava se mexer, ou ele se distrairia esperando para ter certeza de que estava segura.

Assim que os pés de Isolda tocaram o chão, Cabal estava ao lado dela, encostando a cabeça em seu colo e ganindo alto. Ela puxou-o para perto, segurando-o pela correia de couro da coleira e impedindo que ele atacasse Tristão e Glaw. Cabal podia ter sido treinado como cão de guerra, mas ela absolutamente não iria arriscar qualquer coisa que pudesse distrair a atenção de Tristão na luta.

Os dois homens estavam concentrados em uma luta selvagem, andando em círculos ao redor do oponente enquanto se moviam para a frente e para trás, cada um procurando uma abertura na guarda do outro. Tristão devia ter defendido um segundo golpe da lança de Glaw, porque a arma jazia agora, inútil, no chão. Ele agora segurava a faca ensanguentada à sua frente, pronto para bloquear os golpes da lâmina que Glaw havia sacado.

A respiração arranhava a garganta de Isolda, e cada batida de seu coração parecia durar uma eternidade, mas não poderiam ter se passado mais do que poucos minutos antes que ela sentisse mãos fortes lhe agarrando por trás. O coração de Isolda se apertou dolorosamente de novo antes que ela pudesse reconhecer Cath, erguendo-a do chão e afastando-a para longe.

Ele lhe deu um sorriso e fez um rápido gesto de cabeça.

— Eu lhe disse para confiar em nós, não disse?

Então, ele a deixou onde estava e se dirigiu para onde a luta continuava, com a espada na mão. No mesmo momento, Isolda viu dois homens de pele negra como carvão e cabelos negros trançados se aproximarem de Tristão e Glaw, um de cada lado. Daka e Piye.

O corpo enorme de Cath lhe bloqueava a visão da luta, e ela só conseguiu ouvir o grito de um dos homens. Um grito agudo de dor, como de um ferimento mortal. A respiração parou na garganta de Isolda antes que sua mente registrasse, com certeza, que a voz não era de Tristão. Não era a voz de Tristão.

Então, Cath saiu da frente e ela viu que tudo acabara. Tristão estava de pé, respirando com dificuldade. O homem chamado Glaw, deitado de rosto para baixo, em meio a uma poça escarlate. E um dos gêmeos núbios — Isolda achava que era Piye — limpava o sangue da lâmina de sua espada.

Cath estava inclinado sobre Derog, ainda prostrado no chão onde havia caído depois do golpe da faca de Tristão.

— Este aqui ainda está vivo — disse Cath.

Mas não por muito tempo. Isolda viu a bolha de sangue se formando nos lábios de Derog, e ouviu, em meio ao súbito e quase ensurdecedor silêncio que caíra sobre a floresta, o barulho entrecortado de sua respiração. Tristão olhou do homem agonizante para Cath e assentiu, sem dizer nada. E Cath pareceu entender, porque se agachou ao lado de Derog, virando a cabeça do homem imóvel em sua direção.

Isolda ouviu Cath dizer, com sua voz grossa, num tom ameaçador: — Você não tem muitos minutos de vida. Eu posso torná-los mais fáceis e fazer com que sofra menos. E vou fazer, se você me disser o que quero saber.

De repente, ela não conseguia ouvir mais nada. Cath tinha razão; Derog estava morrendo, e não havia nada que ela, nem ninguém, pudesse fazer para ajudá-lo. Com a mão ainda apertando com força a coleira de Cabal, ela começou a andar para trás, até que quase tropeçou em um tronco de madeira.

Derog devia ter concordado em falar, porque Cath estava pressionando o ferimento em seu peito com uma das mãos, enquanto Piye e Daka, juntos, levantavam as pernas do homem ferido, apoiando seus pés no que parecia ser um par de bolsas de viagem de couro.

Os três juntos, Cath, Daka e Piye, se moviam em sincronia, sem precisar falar sobre o que estavam fazendo, como se já tivessem agido assim muitas vezes antes. E provavelmente tinham.

Isolda sentou-se no tronco de madeira e abraçou os próprios joelhos, tentando parar de tremer.

— Você está bem? — Tristão estivera em pé observando os outros três homens, mas, quando Isolda abriu os olhos, percebeu que ele havia se aproximado e estava agachado à sua frente.

Isolda teve outro momento atordoante de irrealidade, sentindo-se como se tivesse sido levada da luz do sol para uma névoa espessa e ofuscante. Durante todas aquelas longas semanas, desde que Tristão a deixara, ela havia pensado naquele momento, o momento em que o veria de novo. Vivendo-o repetidamente na imaginação, como se o simples fato de imaginar fosse um talismã, um encanto contra o medo e a escuridão.

Agora Tristão estava ali, diante dela, com seus olhos azuis preocupados enquanto ele lhe examinava o rosto.

Ele não a havia tocado, entretanto. Dessa vez, ele estava mantendo o controle. Permaneceu afastado, a cerca de três passos dela.

Isolda assentiu, tentando fazer com que seus dentes parassem de bater. Então, percebeu a mancha escarlate no braço de Tristão.

— Você está sangrando.

Tristão olhou para baixo, como que surpreendido ao ver o sangue.

— Isto aqui? Não é nada. Estou bem.

Isolda sempre acreditara que cuidar dos doentes e feridos ensinava a paciência, acima de tudo. Havia cuidado da perna quebrada de Cadfan, lá na abadia, como cuidara de dúzias de outros homens como ele. Velara por eles por semanas e não perdera a paciência nem sequer uma vez. E toda aquela experiência, conquistada a duras penas, não estava lhe servindo de absolutamente nada naquele momento, ao ver Tristão ali, com o rosto composto e controlado, sangrando de um ferimento no braço que ele nunca, em cem anos, admitiria estar doendo ou precisando de um curativo.

— E estar bem significa que você não tem um corte profundo de faca no seu braço, ou significa que não está morto ainda? — Ela piscou, mas não conseguiu impedir que lágrimas de raiva lhe enchessem os olhos.

As sobrancelhas de Tristão se uniram ao ouvir o seu tom, mas o olhar se suavizou novamente, fitando-a.

— Isa, eu estou bem. Isto vai doer como o diabo por alguns dias, mas vai melhorar. Eu vou viver para contar a história.

A preocupação nos olhos azuis dele era mais difícil de suportar, de certa forma, do que a raiva ou a indiferença teriam sido. O coração de Isolda se apertou no peito e ela disse, incapaz de impedir que sua voz tremesse: — Mas quase não viveu. Você podia ter morrido hoje. Por minha causa.

Os olhos de Tristão estavam fixos nos dela. Seus cabelos louro-dourados haviam se soltado da correia de couro que os prendia durante a luta; ele afastou algumas mechas do rosto e estendeu a mão, como se fosse tocar a face dela. Por um breve instante, uma pequena centelha de esperança se acendeu no peito de Isolda. Mas Tristão controlou o movimento, cerrando o punho enquanto abaixava o braço. Ele disse, baixinho:

— Você sabe que eu morreria para protegê-la.

Isolda esperou até que sua visão clareasse. — *Não chore!* — e então disse a ele o que estivera pensando alguns minutos antes. O que soubera no momento em que colocara os olhos no rosto de Tristão. — Se não fosse uma questão de arriscar sua vida para me proteger, você não estaria aqui, estaria? — Ela precisou engolir em seco antes de continuar. — Se aqueles homens não tivessem tentado me levar eu jamais teria visto você novamente, não é?

Tristão havia ficado completamente imóvel, sua face tão despida de expressão que era como se uma cortina tivesse se erguido por detrás de seus olhos. Isolda se sentia como se eles estivessem em lados opostos de um precipício. Ou, novamente, como se ela ainda o estivesse observando nas águas divinatórias, e qualquer tentativa de alcançá-lo e tocá-lo destruísse a imagem, afastando-o mais do que antes.

Ela não sabia se ele pretendia responder; de qualquer forma, não houve tempo para que qualquer um dos dois dissesse mais alguma coisa. O murmúrio baixo da voz de Cath ao falar com Derog havia parado, e agora ele deitara a cabeça de Derog de volta no tapete de folhas secas e se levantara, cruzando a distância que o separava de Tristão em poucos passos.

— Está morto. Ele disse que foram enviados por Marcos da Cornualha.

Se Isolda pensara que Tristão estava imóvel alguns minutos antes, aquilo não fora nada comparado à absoluta rigidez que o invadira agora. Seus músculos podiam muito bem ter virado pedra, e seu rosto e olhos estavam totalmente, completamente inexpressivos. Era como se ele tivesse dado um passo interno para trás, abandonando seu corpo, de alguma forma.

Mais rapidamente do que a batida de um coração, o momento passou e Tristão estava presente de novo, concentrado e com seu autocontrole ainda absolutamente intacto. Ele se virou para Cath.

— E você acha que ele disse a verdade?

A mão direita de Cath ainda estava manchada do sangue de Derog, e havia marcas escarlates nos joelhos de seus calções, também, onde ele se ajoelhara ao lado do ferido. Mas, se alguma coisa do que acabara de acontecer o chocara ou incomodara, ele não demonstrou no rosto nem nos olhos.

— Eu diria que sim. — Ele deu de ombros e cuspiu na grama. — Bastardo miserável; nem um pensamento em sua cabeça, a não ser o fato de que não iria receber a recompensa prometida, no final das contas, e nos amaldiçoando a todos por atravessar seu caminho. Mas acho que ele não mentiu. Disse que as ordens foram para levar Lady Isolda viva. Para matá-la apenas se ela causasse algum problema.

Por um momento, o olhar de Tristão se desviou para os dois homens que agora jaziam mortos a alguns metros de distância; Daka e Piye ainda estavam de pé, como duas sentinelas de ébano, ao lado dos corpos. Algo duro cruzou o rosto magro de Tristão, e ele se voltou para Cath.

— Eles estavam sozinhos?

Cath deu de ombros novamente.

— Não sei. Ele morreu antes que eu tivesse a chance de perguntar.

Tristão assentiu.

— Certo. É melhor irmos embora daqui. — Ele protegeu os olhos com uma das mãos e olhou para o sol da tarde, que parecia incendiar as folhas sobre sua cabeça enquanto desaparecia no céu a oeste. — Eu acho que não vamos conseguir chegar a Eurig e Fidach antes do cair da noite. Mas podemos começar a viagem.

⁓

Tristão olhou para os galhos sobre sua cabeça, que faziam um barulho suave com a brisa da noite. Ele havia se oferecido para o primeiro turno de sentinela, e por direito deveria ter acordado Cath uma hora antes. Mas decidira que era melhor terminar a noite. A chance de ele conseguir dormir, com Isolda deitada a menos de dez passos de distância, era quase inexistente.

A lua estava quase completamente cheia, e, se ele virasse a cabeça, poderia ver Piye, Daka e Cath estirados em suas esteiras, dormindo. E Isolda, também adormecida, deitada de lado sob o único cobertor de lã que eles tinham, com seu Cabal junto de si.

Pelo menos, ele pensava que estivesse adormecida. Um passo suave atrás dele o fez olhar em volta e ver que ela havia se levantado e cruzava o pequeno acampamento na direção dele. Seus cabelos escuros estavam soltos por sobre os ombros, e seus pés, descalços.

Pelos Deuses misericordiosos.

Ela parou ao chegar ao tronco de árvore onde ele estava sentado e tomou o lugar ao seu lado, colocando os pés sob o corpo.

— Está tudo bem?

A luz da lua se refletia nos olhos e no rosto dela. Parecia o maior sonho dele tornado realidade. Tristão assentiu e se forçou a desviar os olhos.

— Nenhum sinal de problema.

Ela olhou para as próprias mãos, apertadas em seu colo, e então de volta para ele.

— Eu não lhe agradeci, Tris. Por estar lá hoje. Por me libertar daqueles homens. E por ter me resgatado antes. — Ela tocou na mão dele. — Mas estou incrivelmente grata. De verdade. Não sei como você conseguiu, duas vezes, estar por perto justamente quando eu mais precisava. Você deve ser meu espírito guardião disfarçado.

Não era muito provável. Principalmente quando ela estava sentada tão perto dele como agora, e quando ele precisava ignorar o toque dela, que vibrava através de cada nervo em seu corpo. Ela sorriu de leve.

— Foi um grande desempenho. Você parecia ter acabado de sair da taverna mais próxima.

Tristão fez um esforço para se recostar, afastando-se dela, e deu de ombros.

— Não teria funcionado se você não tivesse tido a presença de espírito de sair do alcance deles rápido.

Houve um momento de silêncio, e então Isolda disse:

— Por favor, deixe-me tratar o corte no seu braço.

A dor do ferimento fazia seu braço latejar, mas Tristão disse, automaticamente:

— Está tudo bem.

Isolda não falou nada, simplesmente levantou as sobrancelhas e olhou para ele. Tristão disse:

— Você acha que um espírito guardião disfarçado mentiria?

Ela riu ao ouvir aquilo, mas insistiu:

— Por favor, Tris. Eu acho que você não vai precisar de pontos; parece o tipo de corte que é melhor deixar aberto para curar. Mas me deixe colocar um emplastro, pelo menos, e uma bandagem para mantê-lo limpo. Mesmo um pequeno ferimento pode ser perigoso se infeccionar.

— Eu não vou ganhar mesmo esta discussão, então é melhor desistir agora?

Ela sorriu novamente.

— Algo assim.

Isolda havia trazido sua bolsa de medicamentos e a abriu rapidamente, retirando um pote de pomada antisséptica e um frasco com óleo para limpar o ferimento. Colocou um pouco do óleo em um pedaço de linho e tocou delicadamente o corte no braço dele, limpando o sangue seco.

— Sabe, eu provavelmente deveria lhe dar um prêmio — ela disse, depois de um momento. — Por ser o homem que eu enfaixei, e costurei, e tratei o maior número de vezes.

Tristão estava tentando desesperadamente ignorar a sensação dos dedos suaves dela em sua pele, mas levantou uma sobrancelha ao ouvir aquilo.

— Você está contando?

Ela lhe deu outro sorriso breve, meio triste.

— Não. Eu parei há muito tempo. Depois de você ter vencido por uma margem impossível de ultrapassar.

Tristão riu.

— Meu Deus... — "senti sua falta". Ele cerrou os dentes antes que pudesse abrir a boca idiota e dizer as palavras em voz alta.

Depois de um momento, ela voltou a atenção novamente para o corte no braço dele, mergulhando a ponta dos dedos no pote de pomada e aplicando o medicamento suavemente sobre sua pele.

Desde que ela não o estivesse observando, Tristão se permitia olhar para ela, perdendo-se momentaneamente com o jogo de luz e sombras em seu rosto.

Então, ela levantou os olhos, encontrando os dele. Tudo ao redor deles, na floresta, estava em silêncio, a não ser pelo sussurrar do vento nas árvores. Os olhos dela examinaram os dele por um longo momento, e ela disse, suavemente:

— Você realmente não teria voltado, não é?

Certo. Havia sido uma futilidade completa achar que ele poderia escapar daquela conversa. Ele nunca a havia visto fugir de nada, em toda a sua vida.

Tristão forçou-se a olhar nos olhos dela, forçou-se a não desviar o rosto.

— Isa, nós dois juntos... foi sempre impossível... Nós dois sabemos disso. Alguém como você e alguém como eu... Foi... foi muito bom por aquele tempo, mas...

— Muito bom? — Isolda interrompeu-o antes que ele pudesse terminar. As mãos dela apertaram com força o rolo de bandagens que estava segurando, e sua voz subiu de tom. Mas ela olhou rapidamente de volta para os três homens ainda adormecidos atrás de si e abaixou a voz novamente, falando por entre dentes cerrados. — Muito bom? Então, se eu não estivesse em perigo, se Cath tivesse ido até a abadia e encontrado tudo em seu devido lugar, ele teria me dito... o quê? "Tristão mandou dizer que está feliz pela senhora estar bem, mas que não falava sério quando fez os votos de casamento para a senhora, há três meses? Oh, mas que ele gostou muito de ter dividido a sua cama por algumas semanas e que foi muito bom?"

Tristão fez outra daquelas tentativas inúteis e risíveis de fechar a porta para a torrente de lembranças que as palavras dela provocaram. Ele ficou parado, esperando que ela... certo, não, ela provavelmente não iria chorar. Talvez ela batesse nele, mas não choraria.

Em vez disso, entretanto, ela parou totalmente de falar e ficou sentada, olhando para ele por alguns instantes. De algum lugar distante, entre as árvores, vinha o canto de um pássaro noturno. Então, Isolda fechou os olhos.

— Deusa mãe. Eu não ia deixar isto acontecer. Prometi a mim mesma que não iria deixar você fazer isso.

— Fazer o quê?

Ela lançou-lhe um olhar que dizia o que ele já sabia:

— Deixar você me fazer perder a paciência e lhe dar uma desculpa para se afastar e jamais voltar.

Isolda deu uma risadinha sem graça, e olhou para ele de novo.

— Quer tentar de novo? Você pode me dizer que já está casado com outra; uma linda princesa estrangeira, talvez?

Então ela se interrompeu, ainda olhando para ele; seus olhos cinzentos enormes, iluminados pela lua, subitamente se encheram de lágrimas. Ela piscou, e murmurou:

— Eu realmente devo assustá-lo demais.

Ela estava olhando para ele como sempre o fizera, desde que ele a conhecera. Como se pudesse ver através dele, ler cada um de seus pensamentos. Mas havia uma tristeza nos olhos dela, também, que fazia o peito dele se apertar.

Por um momento, Tristão viu tudo em fragmentos assustadoramente claros. Uma folha seca, presa nos cabelos emaranhados dela. O brilho das lágrimas em seus cílios. Tristão tentou tomar fôlego. Não queria aquilo para ela. Era exatamente por esse motivo que ele jurara que iria manter distância, ficar longe dela. Mesmo assim...

Mesmo assim, ele exercitava todo o autocontrole que ainda tinha para não tocá-la. E olhando seus olhos cinzentos marejados, Tristão soube que de nada adiantava se refrear. Que estava perdido. Que iria finalmente tomá-la nos braços.

Então, ela enxugou os olhos com as costas da mão — o que não deveria tê-lo surpreendido; ela sempre fora forte — e disse:

— Aqueles homens, hoje. Eles disseram que foram enviados por Marcos.

Tristão assentiu, e Isolda continuou:

— Você deveria saber que Madoc me contou que Marcos ofereceu uma recompensa pela minha captura.

Ao ouvir aquilo, ele pelo menos foi capaz de evitar tomá-la nos braços. Tristão viu tudo vermelho, e respirou fundo, forçando-se a controlar a onda de fúria que ameaçava arrastá-lo.

— Por quê?

— Porque ele foi impedido de tomar Cammelerd. — A boca de Isolda se retorceu. — E porque ele não gosta de perder. Se ele me capturar, achará que existe uma chance maior de Cammelerd cair.

Tristão concentrou-se em manter a porta daquele local interno onde mantinha seus instintos firmemente controlados bem fechada. Mas seu rosto deveria ter revelado algo, porque Isolda o examinava, olhos firmes, cabeça levemente inclinada, e depois de um instante lhe perguntou, de repente:

— Você algum dia o amou? Seu pai, eu quero dizer.

— Não tanto quanto eu o odiava.

Maldição. A pergunta dela o havia pego tão completamente desprevenido que as palavras lhe escaparam antes que Tristão pudesse impedir. Ele teve, imediatamente, uma lembrança do rosto machucado de sua mãe; o rosto que ele via em seus pesadelos. Lábios partidos e sangrando, um olho fechado de tão inchado. Embora imaginasse que tinha uma dívida com Marcos, de certo modo. Ele se lembrava de praticar a luta com espadas por horas a fio, dia após dia.

Como se Marcos fosse, como num passe de mágica, parar de espancar sua mãe se ele, Tristão, fosse bom o suficiente com a espada.

Isolda ainda o estava observando, o olhar ainda suave e luminoso à luz pálida da lua. Era assim que ela se parecia, quando ele conjurava a lembrança dela, para que pudesse lhe dizer silenciosamente as coisas que jamais admitiria em voz alta. Ou quando ela visitava seus sonhos. Tristão podia sentir as palavras querendo lhe escapar do peito. Ele cerrou os dentes.

— Por que está me perguntando isso? Você estava lá; você já sabe de tudo o que aconteceu no passado.

Isolda olhou para ele por um momento, depois disse, delicadamente:

— Mas eu não sei. Se você o amava ou não. Mesmo quando éramos mais novos, você raramente mencionava o nome dele. Muito menos falava de como se sentia a respeito dele.

Tristão não confiou em si mesmo o suficiente para falar. Ficou calado, e, depois de um instante, Isolda deixou escapar um pequeno suspiro resignado. Ele a magoara. De novo.

Ela o observou, sem dizer nada, por um momento. Depois mudou de posição, colocando os pés para debaixo do corpo novamente:

— Eu posso lhe dizer que Marcos, pelo menos até certo ponto, se arrepende do juramento de aliança que fez com Octa de Kent. Octa é um aliado muito ruim; aqueles mais próximos dele tendem a acabar mortos, e suas terras são incorporadas às dele. Marcos tem medo dele, e o odeia por causa desse medo. Acho que não seria preciso muito para desestabilizar a aliança entre eles. Ela já está por um fio; Marcos não confia que Octa não a usará para atingir seus próprios objetivos, e depois esfaqueá-lo pelas costas. E Octa nem chega perto de confiar totalmente em Marcos.

Ela fez uma pausa, colocando uma mecha rebelde dos cabelos atrás da orelha, então continuou, em tom diferente, mais baixo: — Eu também posso lhe dizer que ele não é totalmente um monstro. Ou talvez seja, mas ainda existe uma parte dele que se odeia por isso. Uma parte dele que recua e se horroriza com tudo o que já fez. Não tenho certeza se esta parte dele é forte o suficiente para ser a sua salvação. Mas pode ser a sua fraqueza.

Controle. Firmeza. Quando Tristão achou que tinha atingido um grau razoavelmente convincente de calma, perguntou:

— Por que está me contando tudo isso?

Isolda virou a cabeça para olhar para ele novamente, com aquela mesma expressão penetrante em seus olhos, aquela que lhe dizia que ela podia ver até mesmo a alma dele.

— Porque eu conheço você, Tris — ela disse, baixinho. — Porque, se eu tivesse de apostar, diria que você pretende ir atrás dele, de Marcos, e que pretende tentar impedi-lo de causar mais mal do que já fez. Tanto para mim quanto para a Bretanha. Diria que isso é insanamente perigoso, mas você quer me manter fora disso, e é por isso que não está me dizendo a verdade, e está se afastando de mim.

Ela estendeu a mão e tocou o rosto dele suavemente.

— Tenho a esperança de que, quanto mais você souber sobre Marcos, sobre o homem que ele é agora, mais seguro vai estar.

Os olhos cinzentos dela estavam do tom do oceano ao alvorecer, e por um instante Tristão se sentiu como se fosse mergulhar neles e se afogar. Dessa vez, ele não conseguiu se controlar. Tomou-a nos braços, tocando-a, seus dedos traçando a curva delicada de sua face, sentindo o calor suave de sua pele.

— Isa, por favor. — Ele teve de limpar a garganta antes de poder continuar. — Por favor, prometa que não vai tentar ir atrás de mim. Prometa que não vai se colocar em perigo por minha causa.

Isolda não respondeu imediatamente. Ela ainda estava segurando o rolo de bandagens, e olhou para o objeto em suas mãos; então se inclinou lentamente para a frente, enrolando-o no braço de Tristão sobre o corte desinfetado. Só quando já havia amarrado a faixa de linho firmemente no lugar, afastou-se a fim de olhar para ele. Seus olhos ainda estavam brilhantes com as lágrimas que não derramara, mas ela piscou. Então lhe disse, com um pequeno sorriso:

— Não.

Isolda acordou com sussurros vindos de algum lugar ali perto. Ela havia dormido mal, acordando frequentemente para olhar o local onde Tristão permanecia de guarda. A cada vez que ela virava a cabeça na direção dele, ele continuava sentado, absolutamente imóvel, ao mesmo tempo completamente alerta e desumanamente distante. Se não fosse pelo ritmo regular de sua respiração, ela não teria se convencido totalmente de que estava vivo.

Agora ela estava realmente acordada e sentou-se, empurrando mechas rebeldes de cabelo para longe dos olhos. Amanhecia; a floresta ao redor parecia fantasmagórica na luz pálida, e as folhas e a grama que acarpetavam o chão estavam prateadas de orvalho. Cath e Tristão, em pé a alguns passos de distância, conversavam em voz baixa, as palavras muito indistintas para que ela ouvisse. Vendo-a sentar-se, entretanto, Tristão disse algo final para Cath e aproximou-se, agachando ao lado dela.

Cabal havia acordado junto com Isolda, e agora, reconhecendo Tristão, ganiu e lambeu a mão dele. Tristão acariciou as orelhas do cachorrão, mas o gesto foi rápido e pouco mais do que automático. Ele parecia cansado naquela manhã, pensou Isolda; tinha a boca tensa e os olhos levemente vermelhos. Mas seu rosto ainda estava controlado, distante e desumanamente inexpressivo, e, quando seu olhar encontrou o de Isolda, ela não pôde ver nenhum vestígio de lembrança da conversa da noite anterior.

Ele usava a espada ao cinto, e sua faca estava na bainha de couro.

— Piye e Daka estavam fora, em patrulha, pouco antes do amanhecer e viram um grupo de soldados de Octa vindo nesta direção — disse Tristão. — Você vai com Cath. Ele vai levar você de volta para o local onde Eurig e Fidach estão acampados.

Isolda podia ter jurado para si mesma que não deixaria que Tristão a fizesse perder a paciência, mas sua cabeça estava doendo depois da noite passada quase em claro, e, com a afirmação calma de Tristão, ela sentiu uma onda quente de raiva lhe invadindo as veias.

Olhando para ele, no entanto, ela se lembrou dolorosamente do garoto com quem havia crescido fazia tantos anos, que suportava as surras do pai com um silêncio de pedra, sem qualquer demonstração externa de raiva, sem ao menos chorar. Ele parecia a mesma pessoa agora; sério e controlado, tão distante e tão sozinho que o coração de Isolda se apertou, e, incapaz de suportar aquilo, ela estendeu a mão e tocou-lhe o rosto.

— Adiantaria alguma coisa se eu lhe pedisse para voltar em segurança para mim?

Tristão fechou os olhos, como se não pudesse mais aguentar olhar para ela.

— Isa, por favor. Descontando todo o resto, eu não posso lhe dar o tipo de vida que você merece. Você sabe disso.

Cath havia se afastado para o lado oposto da clareira e aprontava o burrinho para a viagem, dando ao animal água de uma vasilha meio vazia e amarrando a bagagem na sela. Ele estava muito longe para ouvir qualquer coisa que eles dissessem.

— Eu sei que você não quer nem mesmo tentar.

— Você quer ser a esposa de um fora da lei? — A voz de Tristão ficou levemente rouca, e ele fez um gesto abrangendo a clareira ao redor. — Passar o resto da vida vivendo em exílio, dormindo no chão, sem ter sequer um teto sobre sua cabeça? Viajando constantemente, e nunca livremente, sempre às escondidas? Nunca sabendo de que direção a próxima ameaça virá?

A paciência de Isolda se esgotou.

— Então, eu deveria ter me casado com Madoc quando tive a chance? Eu poderia ser a esposa de um traidor agora, em vez da esposa de um fora da lei.

Por um instante, Isolda pensou que tinha finalmente conseguido quebrar o autocontrole de Tristão. Ele ficou imóvel e então disse, na voz perigosamente baixa que ela sabia significar que ele estava verdadeiramente furioso:

— Madoc teve a coragem de lhe contar que havia se tornado um traidor, e depois a pediu em casamento?

Isolda sacudiu a cabeça.

— Não. Ele me pediu em casamento antes disso; antes de deixarmos Dinas Emrys, há quatro meses.

— E você não... — Tristão se interrompeu. "Me contou", Isolda sabia que ele tinha pretendido dizer, mas em vez disso ele respirou fundo e deixou escapar um suspiro, um músculo tensionando a linha de seu queixo. — Não importa. Você está a salvo dele. E de Marcos, também.

Os olhos azuis dele encontraram os de Isolda, e então, suavemente, ele estendeu a mão e afastou uma mecha de cabelo do rosto dela, como havia feito na noite anterior.

— Eu lhe juro, Isa, que a manterei segura. Mas, para fazer isso, eu preciso partir agora.

O toque era gentil, mas seu rosto estava fechado, distante e controlado mais uma vez. Isolda piscou para evitar lágrimas de raiva.

— Você... — ela começou. E então parou.

Você pode se afastar de mim sem olhar para trás, mas pode se afastar de seu filho ou filha também? Era aquilo que ela pretendera dizer. Dizer a Tristão que ela estava carregando o seu bebê, e, mesmo que isso não o persuadisse a voltar para ela, ela poderia pelo menos quebrar aquela distância, aquele controle que o afastava tão completamente de tudo, que o fazia parecer um homem morto andando.

Mas Isolda se controlou antes de pronunciar as palavras que pretendera em voz alta. Não por Tristão, dessa vez, nem por si mesma; mas porque ela absolutamente se recusava a contar a Tristão, em um acesso de raiva, sobre a pequenina vida que crescia dentro dela. O bebê dela — o bebê deles — merecia mais do que isso.

Portanto, ela respirou fundo.

— Partir para onde?

— Com Daka e Piye. Eles já partiram. — Ele fez um gesto indicando as árvores. — Nós vamos ver se conseguimos atrair a atenção da patrulha para longe de vocês. Evitar que sigam você e Cath, ou que encontrem o acampamento.

— O acampamento?

— Não é longe daqui. Você estará segura lá.

— E eu devo ficar lá? Com Cath e os outros? Até você... — Isolda se interrompeu.

Logo ela teria de enfrentar o problema de seu futuro. Com Tristão ou sem ele. Ela escapara dos homens de Marcos. Escapara do guarda de Madoc. Madoc, cuja traição poderia, algum dia, custar a guerra à Bretanha.

Mas naquele momento, ali, diante dela, estava Tristão. Eu o amo, ela dissera para Madre Berthildis, mas não tenho certeza se é isso que ele quer. Quanto mais poderia pedir dele agora, ou persuadi-lo a dar a ela?

Algo do que ela sentia devia estar escrito em seu rosto, porque a expressão de Tristão se suavizou.

— Eu terei cuidado. Vai ficar tudo bem.

— Você vai ter cuidado — Isolda repetiu. — E isso deveria me fazer sentir melhor? Vindo de você?

Um dos cantos da boca de Tristão se ergueu ao ouvir aquilo, mesmo que brevemente. Depois seu olhar se escureceu.

— Você foi a melhor... quase a única coisa boa que já me aconteceu. Mas isso não quer dizer que eu não saiba... Meu Deus, e como sei... que eu fui a pior coisa que já aconteceu com você. — Ele se interrompeu. — Por favor, Isa. — A voz dele ficou subitamente baixa e rouca com o esforço que fazia para mantê-la controlada. — Por favor, não me faça somar mais um erro à minha consciência; e um erro para com você, além disso. Deixe-me ao menos sair daqui sabendo que por uma única vez eu agi com honra, e fiz o que deveria ter feito há três meses.

Isolda sentiu lágrimas quentes queimando no fundo de seus olhos.

— A pior coisa que já aconteceu comigo? — A voz dela era um sussurro. — Por quê? — Ela tocou o rosto dele. — E como você é capaz de pensar uma coisa dessas?

Ele olhou para ela, e por um instante apenas Isolda viu em seus olhos azuis um eco de todo o amor e dor e desejo que Tristão tentava não se deixar sentir. Mas logo desapareceu. Ele sacudiu a cabeça e seus músculos se tensionaram, preparando-se para levantar.

Isolda teve uma lembrança, aguda e rápida como uma flechada, de se sentar à cabeceira de Tristão dois meses antes, enquanto ele jazia imóvel e inconsciente, com um corte profundo de espada no flanco. Sabendo que, a menos que ela encontrasse um meio de alcançá-lo, trazê-lo de volta para ela, ele morreria. Mesmo que a tarefa lhe parecesse impossível, então, parecia infantilmente simples se comparada com o que ela enfrentava agora.

A raiva se fora. Olhando para Tristão, com a consciência de que talvez jamais o visse de novo queimando dentro de si, Isolda podia sentir as palavras lhe chegando mais uma vez aos lábios. Você vai ser pai. Mas ela se manteve em silêncio. Saber da criança seria apenas mais um fardo para ele carregar, agora, mais uma preocupação.

Isolda não estava certa se seria capaz de falar, mas estendeu a mão para a de Tristão, e tentou não deixar sua voz tremer.

— Eu sabia da escolha que estava fazendo quando me casei com você, Tris — ela disse. — Mas, mesmo que você queira esquecer que nós um dia fizemos votos de casamento, mesmo que você não volte para mim, você ainda é meu melhor amigo. Por favor, prometa que vai realmente tomar cuidado.

Por um longo momento, os olhos de Tristão encontraram os dela, e ela viu a mão dele fazer um movimento brusco, como se fosse tocar seus cabelos. Em vez disso, ele tomou a mão dela, abaixou a cabeça e pressionou os lábios na parte interna de seu pulso. Depois ele se levantou e deu um passo para trás, como se não confiasse em si mesmo ficando perto dela mais um minuto.

— Tome cuidado você também — ele disse. A expressão em seu rosto era a que Isolda sempre chamara de sua face de combate: séria e dura, toda a emoção desligada, e ela soube que ele já havia partido. Partido para muito longe dela, para um lugar onde ela não poderia segui-lo.

Cabal ganiu de novo, e Isolda passou um braço em volta do pescoço do cachorrão, puxando-o para perto enquanto observava Tristão se dirigir para onde Cath ainda estava ocupado, empacotando as coisas.

Ela percebeu, depois de um momento, que estava protegendo seu pulso com a outra mão, como se pudesse guardar o calor dos lábios de Tristão, a sensação da respiração dele em sua pele.

Isolda observou enquanto os dois homens conversavam rapidamente; as palavras eram muito baixas para que ela ouvisse, até que finalmente Cath assentiu.

— Certo, então. Por favor, tome cuidado.

— Sempre. — Tristão estendeu a mão, e eles tocaram os pulsos brevemente.

E Tristão partiu, jogando o escudo redondo saxão por sobre o ombro e caminhando na direção das árvores. Isolda o observou até que ele desapareceu. Ele não olhou para trás.

Capítulo 8

O sol nascente erguia-se trançando os raios sobre as árvores ao leste. Era o alvorecer de uma nova manhã. Isolda e Cath haviam encontrado o acampamento de Eurig e Fidach na noite anterior, após um dia perambulando pela densa floresta, evitando qualquer coisa que se parecesse com uma estrada ou mesmo uma trilha. Ela conduzia o burro que montara desde a abadia, porque, segundo o conselho de Cath, nunca se sabe quando a besta poderá ser útil.

Agora o burro pastava em um trecho de relva espessa que crescia no lado mais distante da clareira, e Isolda sentara-se com Eurig e Cath à beira de um pequeno e ondulante riacho que atravessava a clareira no meio da floresta. Cabal estava deitado aos seus pés, agarrando-se a qualquer migalha perdida do pão seco e duro que ela tentava engolir com dificuldade.

Na cabeceira do riacho, onde a água límpida borbulhava das rochas, um arco tosco havia sido talhado em três grandes lajes de pedra cinzenta. Depressões arredondadas haviam sido esculpidas na rocha para cima e para baixo e, em seguida, em toda a face do arco. Todos os buracos, com exceção de um, estavam vazios agora, mas Isolda achava que todos eles deveriam ter sido preenchidos alguma vez, como aquele na parte mais alta do arco com um crânio sorridente, amarelado pela idade.

Certa vez, este fora um local sagrado. Um portal para o Além, onde os fiéis se reuniam para prestar homenagens à dama branca ou verde da primavera. Eles teriam oferecido pulseiras ou espadas, ou mesmo outras coisas preciosas, às águas como pagamento, e então teriam bebido de um dos crânios alinhados no arco, esperando por cura, sabedoria ou ambos.

Cath seguiu o olhar de Isolda para a cabeceira do riacho e balançou a cabeça, arrancando mais uma mordida de seu pedaço de pão.

— Era para ser um pouco assustador — disse ele, indicando o crânio com um gesto —, mas, de alguma forma, não é.

Ele estava certo sobre isso também, Isolda pensou. O sorriso de osso branco, que poderia ter parecido ameaçador, de alguma maneira suavizara-se com a idade, ficando benigno e estranhamente protetor. Quaisquer que tivessem sido os deuses da terra ali reverenciados, eles haviam desaparecido graciosamente, sem raiva. Ou talvez simplesmente continuassem como antes, inalterados e magnânimos em seu santuário, que havia sido abandonado e caíra em ruínas.

Apesar do canto dos pássaros e do murmúrio das águas do riacho, havia um estranho silêncio naquele lugar que fazia com que Isolda se lembrasse da capela na abadia, onde ela se sentara havia apenas três noites.

A conversa despreocupada entre Cath e Eurig passava por entre seus ouvidos sem que ela se ativesse a mais do que uma palavra em dez, mas agora percebera que Eurig a observava, e havia preocupação em seus profundos olhos castanhos. Ele era um homem grande, com seus quarenta anos, talvez quarenta e cinco, corpulento e com uma barriga que lhe escapava por sobre o cinto. Sua cabeça, onde os cabelos começavam a se tornar ralos, era adornada por escassos fios castanhos, sobre um rosto redondo de queixo duplo. Embora não fosse belo, era um dos homens mais bondosos que Isolda já conhecera, e, sem dúvida, ela havia ficado muito feliz por vê-lo novamente, apesar das circunstâncias que a haviam trazido até ali.

Eurig agora dizia:

— Não se preocupe com Tristão. Não há ninguém melhor que ele, Daka e Piye para se embrenhar na floresta ou deixar uma pista falsa.

Cath engoliu outro bocado de pão e assentiu:

— Ah é, Eurig tem razão. Eles teriam induzido qualquer patrulha a andar em círculos por lá até que não pudessem diferenciar o sul do norte.

— Eu sei. — Isolda esmigalhou um pouco do próprio pão, atirando-o na correnteza do riacho. Dezenas de peixinhos ágeis lançaram-se para as migalhas, com seu corpo escorregadio faiscando sob a superfície, as bocas famintas abertas. Isolda observou a água fervilhando com a luta voraz pela comida, ergueu a cabeça para Eurig e Cath e disse:

— Ele não vai voltar, vai?

Cath e Eurig trocaram um olhar apreensivo. Eurig limpou a garganta:

— Então, como está Fidach?

O olhar de Isolda voltou-se automaticamente em direção ao acampamento onde Fidach ainda dormia, debaixo de uma pilha de pesadas capas de viagem. Ela o havia visto na noite anterior e quase constrangera a ambos por chorar acerca da condição do líder dos proscritos: as marcas da tortura de Octa em seus ombros e costas, e seu corpo terrivelmente magro. E então, quando se deixou abrir para sentir a dor de Fidach, ela sentiu também a dor lancinante no peito dele, como barras de ferro em brasa sobre seus pulmões.

Agora, ela se voltara novamente para Eurig e Cath.

— Além do fato de que ele está morrendo, você quer dizer? — Ela se deteve, apertando as mãos numa dobra do seu traje. Era injusto culpar Eurig e Cath pelas escolhas que Tristão havia feito. — Sinto muito — disse ela, mais calma. — Peço apenas que, por favor, digam-me a verdade. Prometo que não vou chorar ou gritar ou tentar fazê-los contar-me algo que juraram não contar.

Cath e Eurig trocaram outro olhar, então Eurig disse, corando desde o pescoço:

— Perdão. Não podemos lhe contar o que não sabemos, e nenhum de nós dois sabe onde Tristão está agora. Contou-nos apenas que tinha uma tarefa a cumprir e que nós deveríamos mantê-la a salvo.

Observando a cor que tomava o rosto de Eurig e vendo o modo como os olhos castanhos dele desviaram-se dos seus, Isolda percebeu que ele sabia, no mínimo, mais do que estava lhe contando. Embora não pudesse precisar o quanto, também sabia que ele não iria lhe contar mais nada.

Ela olhou para Cath, que não conhecia tão bem quanto Eurig, mas que, se tivesse metade da lealdade deste, também se manteria em silêncio. Assim, ela hesitou por um momento e depois disse:

— Vocês dois sabem que Tristão já foi feito prisioneiro. Escravo nas minas de estanho. Eurig, você inclusive esteve preso junto com ele.

Ela observou Eurig estremecer ligeiramente, como se suas palavras tivessem despertado um fluxo de lembranças sombrias, e sentiu uma pontada de remorso, mas havia chegado longe demais para não prosseguir.

— Algum de vocês sabe como Tristão foi capturado? Como ele foi parar na prisão?

Curiosamente, ambos os homens relaxaram diante dessa pergunta, e Cath bufou ao engolir o hidromel de uma garrafa ao seu lado.

— Provavelmente, ele não se ofereceu como uma cabra no cio. Com o seu perdão pela expressão, senhora — acrescentou ele com um olhar para Isolda —, estive com Tristão por esses quatro anos e posso contar nos polegares o número de vezes em que ele disse algo sobre si próprio. Ainda assim, estou falando de coisa de menor importâcia, sobre ele preferir hidromel a cerveja ou sobre lutar com faca ou espada. Nunca disse uma só palavra sobre seu passado, que eu me lembre.

Cath lançou um olhar inquisidor a Eurig, que chacoalhou a cabeça.

— Nem para mim. — Ele deu um rápido e amargo sorriso, esfregando a mão sobre a testa careca. — Tristão não acredita naquele velho ditado que diz que problema compartilhado é meio problema. Ele deixa o seu passado no passado e não fala sobre isso — não a qualquer pessoa, que eu saiba.

Isolda não tinha realmente se permitido esperar por outra coisa, mesmo assim, sentiu-se muito desapontada.

— E mesmo assim vocês dois gostam dele — ela disse. — O têm como amigo.

Os dois homens pareceram surpresos diante dessa fala, embora tenha sido Cath a retorquir.

— Oh, sim. Não é preciso saber de onde um homem vem para saber do que ele é feito. — Ele jogou para trás o resto do hidromel em seu copo e se levantou, atirando migalhas para o riacho e atraindo outro frenesi de peixes famintos. — Acho que é melhor eu dar uma olhada por aí — disse, indicando as árvores ao redor com o polegar inclinado. — Garantir que tudo continua calmo. Não queremos outra patrulha nos pegando desprevenidos.

Isolda observou sua enorme silhueta de cabelos desgrenhados sumir da clareira e então se voltou para Eurig.

— Cath era membro do bando de Fidach? Não me lembro de tê-lo conhecido. — Ela havia conhecido Eurig e o resto do bando de proscritos que Fidach liderara havia quase três meses, mas não conseguia se lembrar de ter visto Cath entre o grupo numeroso.

Mais uma vez Eurig ficou surpreso com a pergunta que ela fizera.

— A senhora não sabia? Pois é, Cath foi um dos nossos, mas, pouco tempo. Ele deixou o bando há... vamos ver, agora... há cerca de três anos, talvez um pouco mais.

— Cath é um nome incomum.

Eurig acenou, concordando.

— Pois é, isso mesmo. Não é o verdadeiro nome dele, entretanto. É só um apelido, e tal. Um diminutivo de *cath fach*.

Isolda quase engoliu com um pedaço do pão endurecido.

— *Cath fach*? Gatinho na língua dos gauleses?

Eurig deu risada diante a expressão no rosto dela.

— Sim, isso mesmo. Agora está se perguntando de onde isso veio, não está?

— Não é exatamente o primeiro nome que eu teria escolhido para ele.

Eurig riu novamente.

— Não, e nem foi o primeiro que ele pensou para si mesmo, também. Foi assim. — Eurig recostou-se no tronco fino de uma bétula atrás de si, colocando as mãos na cintura. — Cath se juntou ao bando de Fidach logo depois que Tristão e eu nos juntamos. No entanto, ele era um pouco diferente naquele tempo. Lutaria com um homem apenas por ter olhado torto para ele. Nunca gargalhava. Nunca nem mesmo sorria. Não queria nos contar seu nome verdadeiro também — dizia que podíamos chamá-lo de "Lobo", e isso era tudo.

Os olhos castanhos de Eurig tornaram-se distantes com as lembranças; um sorriso torcia os cantos de sua boca.

— Então, ali estava Tristão, sentado, observando enquanto ele nos contava tudo isso, e quando chegou à parte sobre chamá-lo de Lobo, Tristão apenas olhou para ele, meio pensativo. Depois, falou como andava pensando ultimamente, que estávamos assustando um pouco demais o inimigo. Que deveríamos tentar ser mais amistosos, um tipo mais gentil de proscritos e foras-da-lei. Tornar-nos mais toleráveis, esse tipo de coisa. Então, ele começou a chamar esse camarada Lobo de *Gatinho*. E o apelido pegou. *Cath Fach*, Cath para encurtar.

Isolda tentava com dificuldade imaginar Cath triste e sisudo como Eurig o havia descrito, mas agora engasgara com outro riso sufocado, sacudindo a cabeça.

— E Cath ainda não matou Tristão por isso?

Uma vez mais Eurig se surpreendeu, mas disse:

— Não, de jeito nenhum. Cath pularia em frente a uma seta apontada para Tristão a qualquer momento.

Cath em pessoa estava voltando e Isolda podia ver de relance sua túnica de lã marrom aproximando-se por entre as árvores. Enquanto observava as formas gigantescas e de ombros largos vindo em direção a eles, teve um daqueles momentos quando sabia absolutamente que não importava quantos corpos de guerreiros ela enfaixasse, costurasse e salvasse, ela nunca, jamais, compreenderia completamente os homens.

O sorriso de Eurig tinha desaparecido imediatamente diante da visão do rosto de Cath.

— O que há de errado?

A respiração de Cath era pesada e ele limpou uma gota de suor da testa.

— Um bando de homens armados vindo por este caminho.

— Homens? — Eurig ficou instantaneamente alerta. — Homens de quem? Você pôde ver?

Cath tomou outro fôlego, depois acenou com a cabeça, e sua boca transformou-se em uma linha sombria.

— Carregavam escudos pintados com os quatro leões de ouro de Gwynedd.

Tristão fez uma pausa, rastreando o caminho na floresta diante dele. Nada. Nenhum sinal de algo, além do caminho.

Apenas árvores e galhos e um tapete de folhas caídas. Não havia razão para que sua nuca estivesse arrepiada com a consciência de algum perigo. Mas estava. E não havia razão para que automaticamente sacasse a faca de seu cinto, mas quando olhou para baixo ali estava a lâmina, pronta, em sua mão.

— Algo errado? — Daka perguntou atrás dele.

Tristão ergueu uma das mãos para pedir silêncio. Eles haviam conduzido a patrulha de Octa através de uma ampla e circular volta no dia anterior, deixando-os desesperadamente perdidos em um trecho do pântano com neblina, a pelo menos um dia inteiro de jornada da clareira de onde haviam partido deixando Eurig e Fidach acampados. Onde Isolda deveria estar agora.

Tristão trouxe sua atenção de volta ao presente. Garantir que Marcos tivesse o que merecia. Essa era a próxima parte da tarefa. Eles estavam na floresta que era parte da terra de ninguém que circundava Caer Peris. Segundo o que Garbhán lhe dissera, Cerdic planejava um ataque à fortaleza que perdido para Madoc um mês antes e já começara a abastecer seu exército com tudo de que precisariam para aguentar um cerco.

Vasculhavam as matas espessas por horas quando um brilho branco chamou a atenção de Tristão. Apenas um pedaço de linho, preso num galho à altura de um ombro. Poderia facilmente ter sido rasgado da camisa de algum viajante, mas ao ser inspecionado provou ser o marco para a entrada de uma estreita trilha através das árvores, e fora isso que causara a pontada na nuca de Tristão.

Eles estiveram seguindo pela trilha por algum tempo, cerca de uma hora ou mais. E agora sua pele se irritava com uma consciência de um tipo diferente.

Em algum lugar mais adiante, havia perigo. Nada demonstrava isso, mesmo assim ele tinha certeza.

Tristão parou, muito quieto, novamente rastreando o trecho do caminho adiante. Da esquerda para a direita e da direita para a esquerda. Ele podia ouvir o canto dos pássaros nas árvores, o que não aconteceria se eles estivessem prestes a cair numa armadilha. Dessa forma, ninguém se escondia nas árvores. Provavelmente.

Agora ele deixara seus olhos percorrerem mais uma vez o trecho de chão à frente deles. Esquerda para a direita. Direita para a esquerda. Mantendo a respiração constante e lenta. Esquerda para...

Então, ele parou. Ali estava. No chão, não mais do que três passos distante. Uma única folha verde por entre o mar de folhas marrons.

Tristão sacudiu a cabeça. Pelo bafo de satã, seus nervos estavam em péssima forma se uma única folha era capaz de disparar seus alarmes internos.

— O quê? — Daka começou de novo, e deu um passo adiante, passando por Tristão.

Instantaneamente, e mais por reflexo do que outra coisa, Tristão lançou a mão, agarrando-lhe o braço e o arrastando para trás. Justamente na hora em que o chão se abria diante dos pés de Daka.

Quando a poeira assentou, Daka estava deitado no chão, ofegante, a um palmo da fossa disfarçada sob um revestimento de galhos cruzados e folhas no momento anterior. Daka disse algo veemente e sem dúvida profano em sua própria língua e Tristão, soltando a respiração, moveu-se para a borda do buraco e olhou para baixo. Piye passou à frente do irmão para ficar ao seu lado e comentou, brevemente, e da mesma maneira em sua língua nativa:

— Cruel.

A fossa havia sido escavada quase à profundidade da altura de um homem e o seu fundo estava forrado de estacas de madeira afiadas que haviam sido mergulhadas na imundície, de modo que qualquer ferimento que causassem poderia contaminar-se rapidamente, o suficiente para matar.

Daka se pôs de pé, embora ainda respirasse pesadamente. Ele e Piye trocaram um olhar, e então Daka disse:

— Tem certeza que esse caminho vale a pena ser percorrido?

Tristão guardou a faca no cinturão e balançou a cabeça, os olhos ainda fixos na armadilha.

— Ninguém tem tanto trabalho para proteger um lugar a menos que haja algo digno de proteção. Vamos continuar. — Olhou por cima da fossa de estacas, voltando-se para os outros dois. — Continuarei à frente. Apenas fiquem atrás de mim desta vez.

Isolda sentou-se com a cabeça curvada, obrigando-se a não olhar para cima ou protestar contra os homens de Madoc que abriram caminho pelo acampamento com violência. Silenciosamente, obrigou Cabal a ficar em silêncio também.

Ela enviara o grande cão para ficar com Cath e Eurig no esconderijo que haviam escolhido entre as árvores, mas ainda assim seus dedos estavam contorcidos com o medo de que ele latisse ou viesse correndo de volta para ela e revelasse o esconderijo dos outros dois homens. Cabal fora bem treinado, mas sempre ficava apreensivo quando separado dela, e Isolda não podia ter certeza de que obedeceria às ordens se sentisse que ela estava em perigo.

O líder do grupo, um homem corpulento mais velho, de rosto vermelho e bigode caído, cruzou sua linha de visão e Isolda arriscou um rápido olhar para ele sob o capuz da capa. Ele estava em pé diante do altar de pedra e da sorridente e amarelada caveira que permanecia na depressão que restara na cabeceira do riacho. Isolda viu que ele se movia desconfortavelmente antes de voltar para tatear bruscamente uma cesta que continha carne seca e queijo embrulhado em um pergaminho.

Ela quase podia sentir a tensão de Fidach irradiando em ondas a seu lado, mas ele estava sentado tão imóvel e silencioso quanto ela, seguindo o movimento dos soldados apenas com os olhos.

Fidach havia acordado assim que Cath retornara e os três homens precisaram ter uma breve e intensa discussão sobre qual deveria ser o rumo de suas ações.

— Poderíamos fugir — Cath havia dito —, mas está bastante claro que alguém andou acampando por aqui, e há pouco tempo. — Ele apontou para os resquícios da fogueira que haviam feito na última noite. — Se partirmos agora, eles virão e apagarão tudo, e vão começar a procurar por aí, e, se acabarem nos encontrando, tudo ficará pior. Não haverá chance para blefe.

Fidach foi tomado por um violento espasmo de tosse, mas, quando se recuperou, endireitou-se e disse, sem rodeios e sem vacilar em qualquer palavra:

— Nós todos sabemos que vocês têm muito mais chance de escapar se me deixarem para trás.

Cath e Eurig trocaram um olhar e Cath disse:

— Passamos por muita encrenca para libertá-lo das garras de Octa. Não tenho certeza se estou ansioso para enfrentar toda a preocupação novamente, caso você seja capturado pelos homens de Madoc hoje.

O rosto de Fidach estava abatido e palidamente cinza, exceto pelos pontos brilhantes de febre sobre as maçãs do rosto. Ele se sentou, encarando Cath por um longo momento com uma expressão ilegível em seu olhar castanho e, por fim, tossiu novamente.

— Muito bem, então. — Sua voz estava ligeiramente rouca, mas ainda vibrava com a autoridade de um homem que comandara um bando de proscritos por mais de dez anos. — Eurig e Cath, vocês se esconderão nas árvores e ficarão lá, a menos que haja algum problema. E a senhora... — voltou-se para Isolda. — Nós seremos marido e mulher, viajando para Dumnonia. Compreende?

Uma dezena de chances de o plano dar errado passou simultaneamente pela mente de Isolda, gelando-lhe o sangue, mas ela concordou com a cabeça.

— Sou sua esposa. Eu compreendo.

Eles já podiam ouvir os gravetos e as folhas partindo-se sob as botas que se aproximavam deles; ainda assim, Fidach havia dado a ela um breve lampejo do seu velho sorriso cheio de dentes.

— Bem, de qualquer forma, isso é algo que eu nunca pensei ouvir da boca de uma mulher.

O soldado bigodudo empurrou a cesta de comida para o lado e se levantou, dirigindo-se a Fidach.

— Então, você dizia que estão rumando para Dumnonia?

Havia uma nota na voz do homem que fez com que Isolda sentisse certa inquietação subindo-lhe pelas costas; enquanto ele falava, dobrava-se para olhar o rosto de Fidach. O coração de Isolda ficou apertado. Não havia razão para pensar que os homens de Madoc reconheceriam ou mesmo saberiam da existência de Fidach, e nisso eles estavam com sorte, já que não haviam sido os homens de Octa a descobri-los ali. Além disso, os homens de Madoc deveriam acreditar que ela fora raptada da abadia pelos homens de Marcos — o que quase tinha acontecido —, e não que estava viajando em companhia de um homem solteiro, fingindo ser sua esposa.

Mesmo assim, ela não queria que o soldado estudasse nem seu rosto nem o de Fidach muito de perto ou começaria a questionar a história que haviam contado. Evidentemente, Fidach também havia pressentido algo no tom do soldado. Isolda vira sua mão vagar quase imperceptivelmente para perto da faca em seu cinto.

Antes que ele pudesse falar, entretanto, e antes que o líder de rosto vermelho pudesse perguntar algo mais, ela disse, rapidamente:

— Meu lorde, seu perdão, mas eu posso pegar um tantinho do pão que está naquela cesta ali? — Ela duvidava que o soldado merecesse o título de "lorde", mas ele parecia ser o tipo de homem que ficaria feliz em pensar que alguém como ela poderia crer nisso. Isolda surgiu ao seu lado antes que ele pudesse lhe dar uma resposta, colocando as mãos sobre a barriga, arrastando um pouco as palavras, tentando fazer sua voz soar macia e ignorante. — Oh, estou me sentindo terrivelmente enjoada. — Ela se virou para Fidach e acrescentou com um tom de irritação na voz:

— É sua culpa. Eu lhe disse que não podia viajar. Não é justo esperar que eu... não com uma criança a caminho, e ficando enjoada a cada momento.

Ela sentiu Fidach se enrijecer de surpresa, mas, enjoada ou não, meio morto após um mês de fome e tortura ou não, ele havia passado a vida toda dependendo da sua rapidez de raciocínio, sua habilidade de reagir instantaneamente diante do perigo. Ele se recuperou quase que imediatamente:

— E foi você que não conseguiu manter a cama vazia enquanto estive fora. — Com um urro ridículo, ele esticou a mão, apontando para a floresta ao redor. — Como se por aí houvesse apenas passarinhos e fadas espreitando atrás de cada árvore.

O olhar de Fidach encontrou o de Isolda, e ela pensou ter visto um brilho divertido, quase de prazer, em seu olhar castanho. Um tipo de alegria de combate que a fazia concordar interiormente, e ao mesmo tempo se sentir feliz e um pouco surpresa por ele não ter sido esmagado por tudo que havia passado. O rosto de Fidach estava sóbrio, entretanto, enquanto ele falava com o líder dos soldados em tom resignado:

— É melhor deixar que ela pegue o pão, lorde. Ou dê um bom passo para trás se dá valor ao couro de suas botas.

O rosto do bigodudo se retorceu de nojo e ele de fato deu um passo para trás, além de um breve aceno. Isolda se levantara. Seu estômago estava suficientemente revirado para que ela sentisse que o aviso de Fidach bem poderia provar ser verdadeiro.

Atrás dela, no entanto, ouviu o tom do líder dos soldados ao perguntar para Fidach:

— E você não viu mais ninguém por aqui? Encontrou alguém na estrada?

Isolda reparou que o tédio dominava a voz dele, como se a pergunta fosse apenas retórica e ele já estivesse impaciente para ir embora. Ela se permitiu dar um cuidadoso suspiro de alívio enquanto Fidach dizia, sem hesitação:

— Não, meu lorde. Ninguém.

Capítulo 9

Era um depósito.

Haviam chegado ao fim da trilha, depois de terem descoberto mais três das fossas escondidas no chão. O calor daquela tarde de verão parecia pesar em torno de todos eles, e os nervos de Tristão estavam no limite; seus olhos ardiam e os músculos de seu pescoço estavam tensos como fios esticados, por causa do esforço da constante vigilância, necessária para evitar as terríveis armadilhas. Mas eles haviam evitado todas as armadilhas que encontraram, e não tiveram nenhum susto parecido com o que Daka passara com a primeira armadilha.

E agora, tinham chegado a isso, ali.

A estrutura estava escondida sob uma pilha de galhos cortados e uma rede de ramos e folhas verdes trançados de forma que seus contornos eram pouco visíveis, a menos que se soubesse o que procurar. A distância, parecia ser apenas uma cabana de pastor em ruínas, encoberta por trepadeiras e brotos de árvores, mas uma cabana abandonada não merecia dois guardas armados postados do lado de fora.

Em seu esconderijo, atrás de um largo carvalho, Tristão os estudou. Apenas dois, mas armados com arco e flecha, bem como com espadas, os escudos pintados com as cores de Cerdic de Wessex.

Não que aquilo fosse uma surpresa, depois do que Garbhán havia lhe dito. Ainda assim, era uma descoberta bem-vinda. Cuidadosamente e se fechando para qualquer outro pensamento, ele recordou um único trecho de sua conversa com Isolda.

Não acredito que demore muito para a aliança entre Octa e Marcos se desestabilizar — ela havia dito.

Agora, se agissem corretamente, o depósito de Cerdic poderia ser usado não apenas para conquistar uma grande parte da confiança de Octa, como para efetivamente levar a uma ruptura no já estremecido acordo entre os aliados.

Silenciosamente, e com o cuidado de evitar pisar em quaisquer galhos ou gravetos, Tristão recuou até alcançar o ponto onde deixara Daka e Piye.

— Apenas dois guardas — ele relatou, quando chegaram a um ponto em que não podiam ser ouvidos, por trás de uma moita florida.

Daka franziu o cenho.

— Tem certeza?

Tristão não respondeu de imediato. Ele não tinha visto sinal de mais ninguém, mas, por outro lado, não queria morrer pensando *"bem, você pediu por essa, não foi, seu bobo?"*.

— Quase certeza. Diria que é por isso que encontramos as fossas com estacas: para pegar qualquer um que chegasse perto desse lugar e assim tornar desnecessário um maior número de guardas. Mas, para ter certeza absoluta, precisamos dar uma volta até a parte de trás e garantir que não há mais ninguém postado do outro lado.

— Presumindo que você esteja certo, o que faremos depois? — perguntou Daka.

Tristão deu uma olhada para a cabana novamente, agora totalmente escondida pela espessa tela de folhas e árvores. Sua mente analisou as várias possibilidades. Presumindo que não haveria outros guardas, as chances eram boas. Dois contra três. Mas, se atacassem abertamente, os dois guardas cairiam sobre eles em um segundo. E, acima de tudo, ele não queria colocá-los numa posição de matar ou morrer.

Tristão havia tomado uma decisão.

— Aqui. Vistam isso. — Tirou sua trouxa de viagem do ombro, sacando faixas de braço marcadas com a insígnia do javali azul da Cornualha, também fruto da permuta com Garbhán, que tinha feito sua vida negociando tanto mercadorias saqueadas de campo de batalha quanto informação. Eles não eram muito bons em disfarces, mas claramente carregavam a marca do exército de Marcos. Com alguma sorte, elas serviriam.

Tristão entregou uma faixa para cada homem e então falou:

— Certo. Agora escutem com atenção. É isso o que vamos fazer.

Tristão se apoiou contra o sólido tronco de outra árvore, recuperando o fôlego, limpando o suor dos olhos com a parte de trás dos pulsos. Eles atacaram correndo e gritando para os guardas postados do lado de fora do depósito, e, como esperado, os dois guardas os afugentaram atirando uma saraivada de flechas depois de um primeiro momento de atordoada descrença. Eles se retiraram sob o fogo de uma chuva de setas, virando-se e correndo para se esconder atrás das árvores. E não tinham ido muito longe quando Tristão ouviu Piye, correndo entre ele e Daka, dando um doído urro de dor, gritando:

— Fui atingido!

Agora Daka ajoelhara-se no chão ao lado de uma forma prostrada; suas mãos tremiam enquanto ele usava sua faca para cortar uma tira da borda de sua camisa.

— Você vai ficar bem. Apenas fique comigo, irmão. Vamos enfaixar a ferida e você ficará bem. Você...

Tristão se concentrava em firmar sua respiração, então congelou. De algum lugar próximo viera o estalo agudo de um galho seco. Alguém estava vindo.

Daka ainda estava debruçado sobre o corpo caído no chão.

— Não. Eu não vou deixá-lo morrer, Piye — ele dizia. — Você está me ouvindo? Você vai ficar bem.

Ele nem mesmo olhou em volta quando os dois guardas passaram pelo lugar onde Tristão estava abrigado e foram adiante, a espada fora da bainha.

— Você me ouviu, Piye? Você vai ficar...

Tristão saiu de trás de sua árvore e atingiu o guarda mais próximo com um golpe direto na nuca, derrubando-o inerte no chão. Piye também saiu de trás de uma tela de galhos e atacou o segundo homem da mesma forma.

— Graças aos deuses! — Daka ficou em pé e se afastou da camisa extra de Tristão e da capa de viagem que eles haviam arrumado sobre um monte de folhas secas no chão. Ele fez uma careta.

— Até eu fiquei enjoado de me ouvir.

Tristão recolheu a camisa e a capa e Piye disse alguma coisa em sua própria língua que fez com que o rosto de Daka ficasse vermelho. Daka encolheu os ombros e gesticulou na direção dos guardas inconscientes.

— Vamos lá. É melhor amarrar esses dois antes que se recuperem.

Trabalhando rapidamente, eles usaram os próprios cinturões dos guardas e as tiras de couro de suas aljavas de flechas, para prender suas mãos e pernas. Quando terminaram, Daka se levantou.

— E agora?

O olhar de Tristão ia dos homens amarrados para a cabana, e de lá para o céu. As sombras se alongavam, e dentro de mais uma hora já estaria escuro.

— Qualquer coisa de valor e fácil de carregar, nós levaremos. O resto, podemos queimar. Viajaremos para o mais longe possível durante a noite e, então, encontraremos algum lugar para nos abrigar e descansar, assim que houver luz.

— Como ele está indo?

Isolda olhou para Fidach, dormindo meio sentado ao lado dela porque não conseguia respirar deitado, a pele esticada sobre os ossos de sua face, as tatuagens circulares em relevo acentuado sobre suas maçãs do rosto. Ela voltou-se para Cath, que havia feito a primeira vigília da noite, mas depois de lentamente contornar o local do acampamento tinha se agachado ao lado dela, perto da pequena fogueira que mantinham acesa.

— Ele está muito doente. E a febre está subindo. — Isolda sentiu as lágrimas queimando-lhe os olhos e engoliu em seco. — Honestamente, mal posso crer que ele tenha pouco mais que alguns dias.

Cath assentiu, a expressão séria, porém sem demonstrar surpresa.

— É, pensei muito nisso. — Seu olhar foi até a forma adormecida de Fidach e repousou ali por um momento. — É uma pena. Ele é um bom líder. O melhor que eu já conheci — e lutei sob a liderança de muitos. — Ele olhou para Isolda. — Há outros, outros do bando, que teriam vindo num piscar de olhos e lutado para libertá-lo da prisão de Octa, mas Tristão disse não. Disse que era o tipo de tarefa em que um pequeno bando de homens tinha maiores chances de sucesso.

Cath pousou os olhos no rosto de Fidach novamente.

— Bem, me informe se houver alguma que eu possa fazer.

Isolda balançou a cabeça.

— Obrigada.

Eles ficaram quietos por um momento, e então Cath perguntou a ela:

— Não consegue dormir?

Ela nem mesmo havia tentado. Não quando cada palavra da conversa que havia tido com Tristão continuava ecoando em sua mente como uma história se repetindo ao infinito. Ou quando, toda vez que ela fechava os olhos, via Tristão dando as costas e indo embora.

— Talvez daqui a pouco. Tenho esperança de que Fidach acorde logo. Quero dar a ele outra dose de marroio e erva-doce. Isso deve fazer com que ele respire melhor.

Cath balançou a cabeça novamente. A lua estava minguando, mas ainda brilhava acima deles, e tudo em volta na floresta era silêncio, sendo o cricrilar dos grilos e o murmúrio do riacho os únicos sons que se podiam ouvir. Eurig estava adormecido, enrolado em um cobertor no lado mais distante da clareira, guardando o lugar onde eles esconderam o estoque remanescente de comida. Isolda imaginava que Cath fosse retornar à sua patrulha do acampamento, mas, em vez disso, ele se instalara em uma pedra ao lado dela, esticando suas pernas em direção ao fogo bruxuleante.

Apesar disso, ele nada disse, e, após um momento de hesitação, Isolda falou:

— Eurig me contou a história por trás do seu nome.

Cath olhou em volta, mostrando os dentes imediatamente em um de seus sorrisos prontos. A luz do fogo aprofundara as sombras em torno de seus olhos e lançara mechas flamejantes em seu cabelo e barba desgrenhados.

— E a senhora ficou imaginando como é que eu continuo falando com Tristão? — Cath deu uma gargalhada retumbante. — Bem, é uma história e tanto, essa. Tem certeza de que quer ouvir tudo?

Ela queria, e agora desesperadamente, ouvir qualquer coisa ligada a Tristão. Apenas isso faria com que o sentisse um pouco mais perto, ali de onde estava sentada, à frente de uma fogueira, em vigília durante a noite longa e gelada.

— Se você não se importa em me contar.

Cath recostou-se nos cotovelos.

— Não me importo. — Seu tom de voz ainda era tranquilo e simpático, mas sua expressão se transformara, de algum modo indefinível, tornando-se de repente mais grave e séria. Ele ficou em silêncio por um momento, os olhos nas chamas dançantes, e Isolda pensou que o que quer que estivesse vendo não era o brilho alaranjado da fogueira.

Por fim, ele soltou o ar dos pulmões e disse:

— Sinto muito. É um pouco difícil saber como começar. O começo da história não é propriamente agradável de ouvir. Especialmente quando é preciso contar a uma dama como a senhora. Suponho que é melhor dizer apenas e simplesmente que começa comigo rugindo bêbado em uma taverna e comprando os favores de... Bem, do tipo de garota que tratará um homem bem por umas poucas moedas.

Ele parou e a observou.

— Não sou mais de ficar bebendo muito ultimamente. De fato, nunca mais. Mas naquele tempo eu era um pouco diferente. Talvez Eurig tenha lhe contado alguma coisa. E naquela noite eu bebi mais do que a minha cota de cerveja na taverna. Nem me lembro mais se eu realmente, ah... — Ele coçou a barba. — Bem, nem me lembro se eu realmente gostava ou não da companhia dessa garota. Não me lembro nem do que ela disse para me deixar irritado, mas de repente eu a estava arrastando para fora e estapeando seu rosto.

Ele olhou em direção ao fogo.

— Não é algo de que eu me orgulhe, mas foi o que aconteceu. E a última coisa de que posso me lembrar é Tristão me pegando pelo ombro, fazendo eu me voltar em sua direção e me batendo... hum, até o dia virar noite. — Cath ergueu o olhar para Isolda. — A senhora alguma vez já viu Tristão perder a cabeça?

Isolda mirou o riacho ondulante e o altar grosseiramente esculpido, com sua caveira solitária, testemunha silenciosa da adoração a um deus que tivera o nome perdido para as brumas rodopiantes do tempo, mas cuja presença, talvez, ainda pudesse ser sentida ali, naquela pequena clareira.

— Não. Parece que não é uma coisa que aconteça comumente. Cath assentiu.

— Pois bem, e nem eu, até aquela noite. Eu não estava exatamente na melhor forma para o combate, mas, mesmo que estivesse, duvido que fosse capaz de enfrentá-lo. Ele acabou me jogando num bebedouro de animais no pátio do estábulo. Bem, aquilo me colocou sóbrio. Nada como quase se afogar para clarear as ideias de um homem. Meus ouvidos ainda zumbiam, essas coisas. Mas eu estava esperto o suficiente para ser capaz de aceitar o que ele havia dito.

Cath fez uma pausa, franziu o cenho como num esforço para se lembrar das palavras exatas.

— Ele me disse: Você pode ser um canalha covarde e dizer a si mesmo que foi tudo culpa da garota, que, se ela não queria apanhar, que não o irritasse. Ou você pode ser homem suficiente para resolver não ser mais o tipo de escória que usa de violência contra mulheres. A escolha é sua.

Cath parou novamente e ficou tanto tempo em silêncio que Isolda perguntou:

— E você mudou, assim, de repente?

— Hum, bem. — Cath esfregou o queixo. — Bem, tenho de admitir que Tristão talvez possa ter dito mais alguma coisa sobre pegar sua faca e, uh, garantir que eu nunca seria pai se ele me pegasse batendo em uma mulher novamente. — Ele sorriu, depois ficou sério. — Mas não, foi como ele disse. Eu tinha de escolher que tipo de homem seria, e escolhi. E isso eu devo a Tristão, que me fez ver as escolhas clara e simplesmente.

— E o que aconteceu com a garota? — Isolda perguntou.

— Aquela da taverna? — Cath deu outra gargalhada ruidosa. — Bem, essa é outra coisa que devo a Tristão. Dei a ela um menino e uma menina que esperam por mim em casa, depois que isso acabar.

Isolda olhou para ele, surpresa.

— Você se casou com ela?

Cath estivera observando o fogo, mas olhou para ela, assentindo.

— Oh, sim. Depois de Tristão me deixar, passei o resto da noite repensando as coisas, depois fui me encontrar com ela no dia seguinte, apesar dos dois olhos roxos que Tristão me dera e do nariz inchado como uma ameixa madura e doendo como nada no mundo. — Cath tocou delicadamente o nariz, como se lembrando da dor. — Incrível que ela não tenha fugido gritando. Mas levei um saco de moedas. Era todo o dinheiro que eu tinha no mundo, e disse que era dela, se ela quisesse. Livre e sem nenhuma cobrança. Ela podia aceitá-lo e me mandar sumir das suas vistas que eu jurava que jamais a incomodaria de novo.

Cath fez uma pausa.

— Ou ela podia se casar comigo, e nós usaríamos as moedas para comprar uma casa e talvez um pedacinho de terra. — Ele parou, o olhar tornando-se distante novamente, e esfregou a barba. — Eu disse a ela que sabia que o casamento era um tipo de aposta para as mulheres. Ela nunca saberia se ia arrumar um homem que a tratasse direito ou um que, bem, que fizesse o que eu fiz a ela. Mas eu lhe disse que ela tinha uma vantagem em ficar comigo, que era a certeza de que eu nunca, jamais iria encostar a mão nela de novo enquanto nós dois vivêssemos. E que, se ela se casasse comigo, eu iria amá-la e estimá-la e passar o resto da minha vida tentando compensá-la por tê-la machucado aquela vez.

Ele parou, ainda olhando para as chamas que crepitavam na fogueira, e por um momento o som dos grilos nas árvores ao redor encheu a noite de tranquilidade. Ainda sorrindo, mas com a expressão alterada, de algum modo, ele disse suavemente:

— E eu tenho agradecido a Deus todo dia desde que ela resolveu me dar uma chance e confiou no que eu disse, concordando em ser minha esposa.

Cath ergueu o rosto, seu olhar se concentrando uma vez mais em Isolda.

— Temos uma menina e um menino agora, como eu disse. A menina acabou de fazer um ano, e o menino tem quase três. O menino se chama Tristão. — Cath abriu outro sorriso. — Pensei que devia a ele um agradecimento por não ter cumprido a ameaça que me havia feito com a faca.

Isolda gargalhou da história, acompanhada por ele, que depois olhou para ela, preocupado.

— Você está bem, senhora? Não tive a intenção de fazê-la chorar.

Pelo que deveria ser a milésima vez, Isolda desejou que esperar um filho não significasse estar sempre pronta a chorar, como se ela mesma fosse um bebê. Cath deveria ser bem casado, mas ainda olhava para uma mulher chorosa com a usual expressão masculina que dizia que ele preferiria enfrentar uma muralha de espadas inimigas.

Ela enxugou os olhos com as costas da mão.

— E ainda assim você veio ajudar Tristão a libertar Fidach?

Cath olhou para ela com certa surpresa, e o brilho alaranjado do fogo cintilava em seu olhar profundo.

— Oh, sim — ele disse novamente. — Mesmo que eu quisesse recusar, Glenda, minha esposa, comeria meu fígado se eu tentasse. — Cath mostrou os dentes. — Ela é ruiva, a senhora compreende. — Então, ele abriu as mãos, mostrando as mãos cheias de calos. — Agora eu sou um ferreiro, com minha própria forja e tudo, e estou bem estabelecido. Não tenho mais recebido muitos pedidos para erguer uma destas. — Tocou na espada em seu cinto. — A menos que seja para bater uma nova lâmina para alguém. Mas, sim, eu responderia a um chamado de Tristão a qualquer momento.

Fazendo outra pausa, Cath juntou as sobrancelhas como se procurasse por palavras na lenha ardendo no fogo.

— É assim — disse ele, afinal. — Um homem tem de viver com ele mesmo, dia após dia. Então, Tristão ou qualquer outra pessoa pode me chamar de Cath, se quiser, e tudo bem. Porque Cath é o homem em cuja pele eu não me importo de viver.

Cath deu um pequeno e meio envergonhado encolher de ombros.

— Provavelmente, não estou contando direito. Não sou exatamente um poeta ou um bardo. Não tenho muito jeito com as palavras. — Fez uma pausa, os pequenos olhos azuis fixos em Isolda.

— Mas eu lhe digo uma coisa. Não tenho pressa nenhuma de morrer, mas, se precisasse entregar minha vida, eu a entregaria a Tristão imediatamente.

— A senhora sabe que está apenas desperdiçando o seu tempo aqui. — A voz de Fidach estava rouca. Ele acordara com um acesso de tosse havia poucos instantes e agora repousava exausto em seu saco de dormir, o rosto magro e de olhos vazios, como o antigo crânio no santuário da clareira de pedras. — Não há nenhuma esperança de que possa me curar. E pode ser perigoso para a senhora ficar aqui por muito tempo.

Isolda havia derramado uma medida de marroio misturado a erva-doce e mel em um copo, mas observou.

— Pode ser perigoso? Oh, sim, nesse caso eu apenas esquecerei que você salvou minha vida e o deixarei aqui para morrer sozinho. Aqui, tome isso — acrescentou, colocando a dose na mão de Fidach. — E poupe seu fôlego. Sinto o mesmo que Cath e Eurig. Estou aqui enquanto... — parou, e então disse firmemente —, enquanto você precisar de mim.

Fidach riu, embora tenha estremecido, como se a risada tivesse dilacerado seus pulmões.

— Começo a achar que Tristão estava certo a seu respeito.

As mãos de Isolda pararam nas cobertas que ela estivera ajeitando, mas ela não teve coragem de perguntar sobre o que Tristão estava certo, por isso continuou quieta, aguardando até que Fidach tivesse entornado o restante da dose e então pegando o copo de volta.

Ela e o líder proscrito estavam sozinhos. Cath trocara de lugar com Eurig e dormiria pelo resto da noite, e Eurig agora encontrara-se patrulhando o acampamento. De vez em quando, Isolda tinha apenas um vislumbre dele, enquanto percorria lentamente seu circuito dentro da clareira, uma sombra mais profunda na escuridão contra a densa penumbra das árvores ao redor. O fogo agora estava se apagando abaixo, mas a lua ainda brilhava acima, um globo pálido de ouro polido, pendurado por entre os galhos no alto.

Fidach respirava dura e penosamente quando perguntou:

— E para onde a senhora irá depois, quando tiver saído daqui?

As palavras saíram como se ele estivesse falando de uma mudança de clima e não de sua própria morte. Porém, àquela altura, Isolda não teria esperado nada diferente.

Isolda encarou o fogo. Sendo franca, ela sabia o que tinha de fazer desde o momento em que deixara a abadia. Apenas estava tentando ganhar tempo, a cada momento, na esperança de que Tristão voltasse para encontrá-la ali. Entretanto, ela não poderia esperar para sempre. Nem mesmo mais do que alguns dias.

— Sou a única que sabe que Madoc tornou-se traidor. Tenho de tentar alertar o resto do conselho sobre seus planos. — Ela fez uma pausa, os olhos nas chamas alaranjadas e amarelas do fogo. — Pensei que talvez Madoc pudesse reconsiderar a aliança com Octa e Marcos se uma campanha para resgatar seu filho fosse iniciada. Mas eu nem mesmo sei onde o menino está sendo mantido.

Ao lado dela, Fidach dera outro arremedo de risada, desta vez melancólico.

— Bem, isso eu posso lhe dizer, de qualquer forma. Ele está em Caer Peris.

Isolda olhou ao redor, rapidamente.

— Ele está? Tem certeza?

— Oh, sim. — Fidach sorriu, depois ficou sério. Algo difícil cruzara suas feições frágeis enquanto ele dizia:

— Acontece que eu... também apreciei a hospitalidade de Octa. As notícias e os mexericos chegam até mesmo às profundezas imundas de uma cela de prisão. Tenho certeza. O garoto está lá, ou estava, há duas semanas. Não tenho nenhuma razão para crer que ele não continua lá.

O olhar de Isolda foi até os ombros magros de Fidach, as duras cicatrizes e marcas de cicatrização dos flagelos agora escondidas por sua túnica espessa e pelo manto. Ela disse, com calma:

— Obrigada. Isso pode fazer algum bem.

Dessa vez, o sorriso de Fidach estava mais tranquilo, embora irônico.

— Considere isso um pagamento parcial por seus cuidados aqui. — Ficou calmo por um momento, recostando a cabeça, os olhos castanhos como folhas vagando do fogo até o céu abobadado acima. Então, disse:

— Saiba a senhora que eu ia lhe dar os parabéns pelo seu desempenho esta tarde com a patrulha. Uma mulher enjoada e esperando um filho. Mas não foi encenação, foi?

Isolda ficou estática. Eles estavam sozinhos, os outros homens fora do alcance audível, de guarda pela clareira. E era a hora mais escura da noite, a hora da mudança, quando o véu entre este mundo e o Além mudava e se estreitava.

Ela se voltou para Fidach, perguntando:

— Como você sabe?

— Ah, bem. — Fidach tossiu, cobrindo sua boca com a mão magra. — Eu já tive uma irmã. Há muito tempo.

Era mais do que Isolda já havia ouvido o líder fora-da-lei dizer sobre si próprio. Mas depois ele sacudiu a cabeça.

— Pouco importa agora. A senhora contou a Tristão antes que ele partisse? — Os cantos da boca de Fidach ergueram-se novamente. — A senhora deve notar, por favor, que nem tive o trabalho de perguntar se o filho *é* dele ou não.

— Obrigada. E, não. — Isolda mordeu o lábio. — Não contei a ele. — Com o olhar perdido na escuridão além do círculo de luz da fogueira, ela abraçou os joelhos. — Ele ainda não sabe.

Fidach se moveu sob as cobertas, sorrindo novamente, ajeitando a cabeça numa posição mais confortável. Então disse, com a voz neutra:

— Um homem pode querer saber disso. Ele pode pensar que merece ser informado.

Isolda virou-se para ele e perguntou:

— Você gostaria?

A luz do fogo revelou com impiedosa clareza as depressões na face de Fidach, os ângulos agudos das têmporas e da mandíbula e o rubor de agitação da febre em suas maçãs do rosto. Ele deu outra risada curta e áspera. — Não é exatamente uma questão que tenha surgido ao longo da minha vida.

— Bem, então. — Isolda voltou seu olhar para as brasas que morriam na fogueira, desejando que sua voz não tremesse. — Também não sei se fiz a coisa certa em não contar a ele quando tive a chance. Porque não sei se o verei novamente. Apenas espero que sim. Mas o que penso é que neste momento Tristão merece não saber.

Isolda cerrou as mãos. Tinha sido dura a espera na abadia, sabendo que Tristão poderia estar morto ou que poderia ter escolhido não mandar nenhum tipo de mensagem para ela.

Era mais difícil, ainda agora, dizer a si mesma que o espírito dele estava marcado por toda uma vida de feridas. Que ela não podia sacudi-lo e exigir que lhe contasse sobre as dores que havia enterrado fundo demais para compartilhar. Não se ela quisesse que essas feridas se curassem no seu devido tempo.

Agora ela se fixava em sua memória, forçando-se a partir quando ele lutara contra Glaw. Ela confiara nele, então, para salvar sua própria vida e a dela. Precisava confiar nele agora.

— Ele está preso em alguma coisa. Alguma missão. Eu o conheço. Conheço os sinais. E tenho de confiar que, se ele pensa que a missão é vital o suficiente para que arrisque sua vida, que assim seja. E não posso distraí-lo da tarefa em que ele está, ou fazê-lo preocupar-se comigo e com a criança.

Os olhos castanho-claros de Fidach estavam nela, seu olhar preocupado e dessa vez sem zombaria. Isolda pensou que parecia até mesmo haver simpatia em suas profundezas.

— Mas é uma situação difícil para a senhora, apesar de tudo.

— Talvez. — Isolda piscou por causa da fumaça da lenha ardendo em seus olhos. — Mas escolhi isso, escolhi a ele, sabendo que seria um caminho difícil. Não posso me queixar.

Fidach a observou por um momento e disse:

— Tristão é um homem de sorte. — Isolda visualizou novamente a imagem de seus dois pontos de luz. Um distante, e o outro brilhando dentro dela. Pensou nos raros momentos em que Tristão se permitiu olhar para ela, todo o seu coração refletido nos olhos, com tanto amor e sofreguidão em suas profundezas que tirava-lhe o fôlego.

— Não. Sou eu a sortuda. — E se voltou para Fidach.

— Por favor, prometa-me que não dirá nada aos outros. Ou a Tristão, se ele voltar. — Fidach começou a assentir, mas um acesso de tosse cruel e violento o interrompeu, fazendo-o dobrar-se e sacudindo todo o seu corpo. Quando o espasmo finalmente passou, ele olhou para Isolda. Ergueu a mão que usava para cobrir a boca e ela viu que havia uma mancha de sangue fresco no meio da palma.

Seus olhos brilhantes e febris moviam-se constantemente, mas ele conseguiu dar a ela outro pálido sorriso enquanto grunhia, quase sussurrando:

— Minha boca é um túmulo.

— Meu nome — disse a donzela — é Niamh do Cabelo Dourado. Sou a filha do rei da Terra da Juventude, e o que me trouxe aqui foi o amor de Oisin.

Então, ela se voltou para Oisin e disse, numa voz clara como a água, como vinho adocicado:

— Irias comigo, Oisin, para a terra de meu pai? Um paraíso terrestre é a terra, mais deliciosa que todos os sonhos. Mais justa do que qualquer coisa que teus olhos tenham visto. Lá há frutos de todas as épocas do ano nas árvores, e por todo o ano as árvores florescem.

Isolda parou de contar a história e olhou para Fidach. Ele tinha ficado inconsciente perto do amanhecer e agora, no crepúsculo cinzento de outro dia, continuava deitado e imóvel, os olhos fechados, manchas de sangue em seus lábios e queixo, dos acessos de tosse que ele havia sofrido durante a noite.

Ao lado dela, Eurig limpara a garganta para dizer:

— Não vai demorar muito, agora, vai?

Tinha sido mais uma constatação do que uma pergunta, mas Isolda sacudiu a cabeça.

— Não. Não muito.

Ela podia tentar erguer Fidach, tentar entornar outra dose de marroio por sua garganta machucada abaixo, mas isso seria apenas crueldade enquanto ele vagava além da dor para a paz. Em vez disso, ela passou a mão no corpo do homem agonizante. Podia sentir cada parte, cada osso pontudo dos seus dedos, frágeis como um feixe de gravetos entre os dela, e sua pele estava quente e seca.

— *Lá, destilam mel silvestre as árvores da floresta; os estoques de vinho e hidromel nunca falharão. Nem a dor ou a doença conhece o morador, lá. Morte e decadência perto dele jamais chegarão.*

Era quase meia-noite.

Isolda tinha acabado havia muito tempo o conto de Oisin e Niamh do Cabelo Dourado, e lhe falou de inúmeros outros, as palavras caindo como o murmúrio do riacho na calma da floresta que havia se afundado na escuridão profunda. Agora, ela estava em silêncio, ainda sentada ao lado de Fidach, sua mão ainda na dele. Cath e Eurig haviam acendido o fogo e agora estavam sentados, cada um de um lado, com Cabal deitado aos pés de Eurig. E Cath, um pouco antes, a havia surpreendido ao sacar de dentro de uma dobra de sua túnica uma flauta de madeira grosseiramente esculpida. Agora ele se sentara com as pernas abertas, as enormes mãos movendo-se com surpreendente graça e velocidade enquanto tocava uma música suave e melodiosa que parecia subir como ondas de fumaça no ar e ainda fazer tranças sobre eles, perto das sombras da noite.

Durante todas as histórias, todas as músicas que Cath havia tocado, Fidach permanecera sem se mover; as cobertas que protegiam seu corpo magro não haviam nem mesmo esboçado se levantar e cair quando ele respirava. Agora, entretanto, naquela hora mais escura, suas pálpebras piscaram e depois se abriram. Seu olhar castanho estava turvo, mas os olhos iam de Eurig para Cath até o céu acima deles e depois finalmente pousou em Isolda.

Ele respirou fundo, tossiu, e então o brilho de um sorriso tocou sua boca fina.

— Engraçado — disse ele. Falava com dificuldade entre suspiros, sua voz um fiapo, tão fraca que Isolda mal pode compreender as palavras. — Eu poderia ter morrido de tantas formas durante a minha vida... E aconteceu de ser a salvo, numa cama, com uma bela mulher segurando a minha mão.

Isolda olhou para seu rosto magro, para as tatuagens do guerreiro Priteni em torno de suas maçãs do rosto, e pensou no que ele lhe dissera: "Eu já tive uma irmã, há muito tempo". Isso, ela percebeu que era tudo o que realmente sabia ao certo sobre Fidach, um homem que construíra a própria personalidade, o próprio rosto público e o usara como uma máscara, quase até o fim.

Através da neblina de suas próprias lágrimas, ela pensou ter sentido uma pressão de seus dedos contra os dela. Tão pequena que ela poderia ter apenas imaginado. Então, ele tossiu novamente, um áspero e barulhento suspiro de ar. Seus olhos piscaram, fechando-se. E Isolda sabia que Fidach havia partido.

Capítulo 10

O vento do lado de fora aumentava e a chuva castigava as paredes da tenda, fazendo com que se agitassem, ameaçando arrebentar das estacas as cordas que as prendiam. O homem diante dela usava uma argola na sobrancelha e estava sentado, com uma expressão séria de preocupação, observando o pergaminho que ela trouxera. Esperança era algo que ela não se permitia sentir com frequência, mas, pelos deuses, esperava que ele concordasse com o acordo. Que todo o sangue e imundície derramados por outra batalha pudessem ser evitados desta vez.

O homem olhou para cima.

— Você pode dizer a Lorde Marcos que...

Isolda acordou sobressaltada, com Cabal ao lado, ganindo e dando cabeçadas ansiosas contra seu pescoço. Ela se sentou, afastando o cabelo dos olhos, acariciando o grande cão mecanicamente.

Na noite anterior, ela tinha buscado e aquecido a água do riacho para lavar o corpo de Fidach, enquanto Cath e Eurig cavavam uma sepultura no lugar escolhido por eles, um pedaço de terra macio e cheio de musgo à sombra de um largo pinheiro. Ainda se ouvia o arranhar das pás. Eles deviam estar quase terminando.

Enquanto Isolda preparava Fidach para o seu lugar de descanso final, murmurava as palavras de uma antiga canção que se lembrava de ter ouvido a avó cantar havia muito tempo. Uma canção de despedida para o espírito que permanecera, dando-lhe licença para partir. E depois, quando envolveu o corpo de Fidach na capa de viagem limpa que seria sua mortalha, ela viera sentar-se ao lado do riacho borbulhante. Porque, mesmo que seus lábios tivessem dado forma às antigas palavras da canção de despedida, ela continuava ouvindo o eco do que Fidach lhe havia dito sobre Caer Peris e o filho de Madoc.

No entanto, cansada depois das noites insones cuidando de Fidach, em vez da visão pela qual havia esperado, de certa forma, ela tinha adormecido. E sonhado. E acordara com uma pontada já familiar, uma dor que não podia curar, nem compartilhar.

Isolda passou um braço sobre o pescoço de Cabal. Ela tinha sonhado com Tristão. Lembrava dos detalhes com mais clareza do que qualquer um dos outros antes. Tristão encontrando-se com um homem. Um rei. Escutando o que o rei dissera: *"Você pode dizer a Lorde Marcos que..."*

Isolda estremeceu e olhou novamente para o altar rudemente esculpido. Para a caveira, a taça dos Antigos que viam nessas águas um portal para o Além. Ela podia enxergar, ainda, com terrível e arrepiante clareza, a visão que tivera de Tristão e Marcos presos numa luta de espadas que só poderia terminar em morte. Podia ouvir, no murmúrio ondulante das águas, a voz do homem sem nome que viera para lhe dizer que Tristão estava ferido. Mortalmente ferido.

O sonho havia sido uma resposta ou um aviso para ela?

"Você pode dizer a Lorde Marcos que..."

Marcos. Ela raramente pensava nele agora. Raramente precisava evitar pensar nele, também, o que lhe importava muito mais.

Agora, no entanto, a lembrança do rosto de Marcos surgira diante dela. Um homem moreno, de peito largo. Talvez belo algum dia, embora já embrutecido pela idade, que deixara sua pele marcada por veias estouradas, os olhos escuros inchados e arrasados. Ela não o via desde que ele a forçara ao casamento, e depois a julgara diante do Conselho do Rei como bruxa e prostituta do demônio. Não pusera os olhos nele desde que o vislumbrara em lampejos da Visão: um homem agora que não sentia nada além de raiva e dor, e que usava ambos para encobrir o medo do que havia feito, do que se tornara. Um homem que tudo o que comia e bebia era transformado em cinzas em sua boca, porque o que ele queria com o anseio de uma seta envenenada retorcendo em seu peito havia sido enterrado sete anos atrás sob a terra em Camlann.

E Marcos poderia estar em Caer Peris. Embora com a confiança abalada, a aliança entre Marcos e Octa ainda existia.

Isolda fechou os olhos. Arriscara sua vida e a vida do bebê também. Um menino com os olhos azuis do pai, se a visão que tivera na capela da abadia fosse verdade. E ainda assim... Ainda assim ela, e talvez somente ela, tinha esperança de resgatar o filho de Madoc, de impedir a traição dele.

Isolda abraçou Cabal com força, descansando a face por um momento contra seu pelo áspero. Depois se inclinou, recolhendo água do riacho para rapidamente lavar o rosto e as mãos.

Enquanto se levantava e limpava as migalhas de folhas mofadas da saia do seu traje, ela tentava restaurar a lembrança da voz de sua avó sussurrando "coragem" em sua mente.

Cath e Eurig estavam comendo pão e algumas frutinhas azedas e ácidas que Eurig havia encontrado, e Isolda deixou que lhe servissem uma porção da comida e uma taça de água do riacho. Ela molhou o pão na água para tentar deixá-lo mais macio, deu algumas mordidas e depois disse:

— Soube por vocês que Tristão tinha uma tarefa a cumprir e que pediu que me mantivessem a salvo até que ela fosse cumprida. Vocês têm alguma ideia de quanto tempo ele pretende demorar? Ou do que está fazendo?

Ela falou com firmeza, porque, se continuasse vendo o rosto de Tristão se afastando dela, mesmo que sentisse que quaisquer laços que tentara criar, ligando-a a ele, estivessem a ponto de se romper dentro dela, precisava se agarrar rapidamente à sua decisão.

Cath e Eurig entreolharam-se, e então Eurig sacudiu a cabeça.

— Não disse nada ao certo. Por quê?

Isolda pousou sua taça de água e deu a Cabal o resto do pão.

— Porque haverá outra reunião do Conselho Real daqui a cerca de uma semana. E quero comparecer.

Eurig e Cath trocaram outro olhar demorado, e dessa vez foi Cath quem disse:

— Por quê?

Isolda tomou novo fôlego, apertando as mãos juntas sobre o colo, sabendo o quanto dependia dela esclarecer as coisas. Então começou, falando brevemente sobre o que os dois homens já sabiam sobre a traição de Madoc, depois repetindo o que Fidach lhe dissera na noite anterior. E então, passo a passo, ela explicou o plano que havia tomado forma, de acordo com ela, enquanto se sentara ao lado do corpo de Fidach entoando o canto para encaminhar seu espírito.

Finalmente, ela parou de falar e olhou os dois homens, de um para outro. O riacho atrás deles respingava e murmurava, e de algum lugar entre as árvores ouviu-se o estridente lamento de uma gralha.

O rosto redondo e gorducho de Eurig estava manchado sob a luz acinzentada da manhã, o cenho enrugado, ansiosamente franzido. Cath estava pensativo. Coçou o queixo e disse:

— Tudo o que a senhora diz pode ser bem verdade, mas eu precisaria ser louco para deixá-la caminhar em direção ao perigo depois de Tristão me fazer jurar protegê-la.

Seu olhar buscou o de Eurig, que fez uma careta e deu um curto aceno de confirmação. Na verdade, Isolda não esperava nada além, e precisou segurar sua ira diante da injustiça que era Tristão poder se afastar dela, deixando-a temerosa por ele a cada respiração que dava, tendo Cath e Eurig ali para garantir que ele mesmo não temesse por ela.

Olhando nos claros olhos azuis de Cath, ela disse:

— Você me disse que tem um filho e uma filha. — Dirigiu-se a Eurig. — E eu sei que você teve um filho também. — Ela viu a expressão de dor tomando o rosto dele e sentiu-se um pouco culpada, mas forçou-se a prosseguir, os olhos fixos nos dois homens. — Acabamos de enterrar Fidach. Vocês sabem o que Octa de Kent fez a ele. O filho de Madoc, Rhun, tem apenas cinco anos. Cinco anos e já é prisioneiro de Octa, assim como Fidach foi.

Ela se deteve e depois disse, com a voz calma:

— Olhando para mim, vocês podem dizer que se fosse seu filho — olhou para Eurig —, ou o seu, Cath, que vocês não desejariam que alguém pelo menos tentasse libertá-lo?

Por um momento a clareira ficou calma de novo, o ar manchado pelas sombras do entardecer, o silêncio aumentando em torno deles. Então, Cath suspirou.

— Cristo é vingador dos covardes.

— Você não concorda?

— Oh, é claro que concordo. — Cath contorceu a boca. — Com tudo. E Eurig aqui também. — Indicou o outro homem balançando a cabeça. — Apenas estamos sentados aqui, imaginando quem vai ter a coragem de explicar isso para Tristão.

Isolda deu o que pareceu ser o primeiro suspiro de verdade desde que deixara seu lugar perto do riacho.

— Então, vocês me ajudarão a chegar até a reunião do Conselho do Rei?

Cath a observou por um momento.

— O que a senhora faria se eu dissesse que não?

— Eu diria que vocês precisariam amarrar meus pés e mãos e me vigiar sem descanso se pretendessem manter-me aqui. Porque serei grata além das palavras pela sua ajuda, mas mesmo sem ela, ainda assim eu teria de tentar.

Os olhos de Cath firmaram-se nos dela, mas ele cedeu com uma pequena risada grunhida.

— Bem, então.

Ele olhou para Eurig, que parecia compreender a silenciosa questão em seu olhar, com a qual assentira, passando a mão por sua coroa calva.

— Sim — Eurig falou com sua usualmente lenta e lúcida deliberação. — Estou com vocês. Não vejo escolha.

⁓

Octa de Kent observou a pilha de ouro diante dele, o rosto curtido impassível, os olhos endurecidos.

— E você encontrou isso como parte do depósito oculto guardado pelos homens de Cerdic? — Ele mal esperou pelo curto aceno de Tristão, que notou o olhar do homem se tornando distante, os pensamentos seguindo uma sequência lógica enquanto chegava até a inevitável conclusão. Depois de um momento, ele disse em uma voz rouca de ira.

— Suborno. Destinado a servir de pagamento a qualquer homem disposto a se tornar traidor e permitir aos homens de Cerdic passar por nossas defesas aqui.

Dessa vez, Tristão tinha sido servido de uma taça do escuro, e indubitavelmente caro, vinho importado servido por um dos escravos de Octa. Sorveu um gole e disse:

— É o que dizem.

O salão de Octa ficou inalterado durante as semanas desde a última vez em que ele se sentara naquela mesa com o Rei de Kent. Ali estavam os mesmos escudos pintados, machados e espadas de guerra pendurados nas paredes de madeira, e o ar ainda estava pesado com a fumaça da lareira central. Ali, os mesmos guerreiros de cabelos oleosos e roupas de couro, deitados na palha espalhada pelo chão da metade inferior da sala, bebendo cerveja e apostando em uma luta entre dois cães de guerra e jogando dados.

E lá estava a mesma velha sentada sobre uma pilha de peles e almofadas de tapeçaria, no canto da sala mais próxima de onde ele e Octa encontravam-se sentados. Ainda envolta em xales e com um lenço escuro na cabeça, estava inclinada enquanto juntava uma nuvem de lã em um único fio. Ainda uma nota estranhamente dissonante no que era claramente o domínio de Octa de Kent e seus guerreiros.

Esta noite não houvera nenhum olhar agudo e penetrante em direção a Tristão, mas, desde que ele se sentara do lado oposto de Octa na mesa de madeira, a velha não lhes dera mais do que uma olhadela. Manteve o olhar baixo, o corpo encurvado enquanto fazia seu trabalho. No entanto, Tristão já havia treinado muito tempo antes a consciência de estar sendo vigiado e observado. Agora já era instintivo, o toque frio de uma faca em sua pele que ele reconhecia, sem necessidade consciente de pensamento. E, deixando seu olhar rapidamente correr para a velha no canto, ele soube pela tensão em seus ombros e a inclinação de sua cabeça, que da mesma forma ela estava ouvindo atentamente a conversa entre ele e Octa.

Octa mudou de posição e Tristão empenhou tanto sua atenção quanto seu olhar de volta ao homem sentado opostamente a ele.

— Pois bem, meu amigo. — Octa tomou as peças de ouro da pilha em cima da mesa, virando entre dois dedos de modo que o selo claramente estampado GEVVISS? CYNING — Rei Cerdic de Wessex — ficou iluminado.

— Essa relação pode realmente se provar rentável para nós dois. Você já fez melhor do que eu podia esperar.

Agradecer teria sido um erro, assim Tristão apenas tomou outro gole do seu copo de vinho.

Octa franziu o cenho por mais um momento para a peça de ouro, esfregou a ponta com o polegar, derrubando-a em seguida de volta à pilha maior, com um tilintar. Tristão sabia que uma pesquisa com todos os lutadores de Octa seria feita nos próximos dias, e enviou um pedido de desculpas silencioso a qualquer pobre diabo que já tivesse aceitado subornos de Cerdic. Uma vã esperança de que não haveria ninguém.

Ele já havia pesado o bem que poderia fazer contra apenas o quanto a sua consciência ficaria pesada. Mas seria preciso muito mais do vinho de Octa antes que pudesse sentar-se ali e pensar nos homens — embora traidores — e nas mortes desagradáveis que logo iriam sofrer, sem sentir culpa.

No entanto, ele ainda não tinha feito o que precisava ali. Entregou o ouro, deu a Octa o relatório da queima do depósito oculto de Cerdic, o que serviria como um aviso de que seus planos de ataque eram conhecidos. Aquilo tinha cativado uma parte da confiança de Octa, considerando que este não confiava em ninguém. Hora de continuar com a outra metade do seu propósito estar ali.

Isso, de qualquer forma, ele podia contemplar sem o menor escrúpulo.

Tristão empurrou o copo meio vazio de vinho para o lado e disse, tomando o cuidado de manter o tom casual, sem muito interesse ou de inflexão:

— Ouvi os guardas falando enquanto eu vigiava o lugar. — Teria sido um grande descuido deixar que Octa soubesse sobre Daka e Piye, então, ele teve o cuidado de dizer que estava sozinho ao encontrar o depósito de Cerdic. — Eles diziam que havia muito mais ouro quando Cerdic construíra e abastecera o abrigo. Mas isso quando já haviam sido atingidos. Tomados de assalto por um bando de homens de Marcos da Cornualha.

Um navio singra mares gentis.
E em sua proa uma donzela permanece,
Morgana das fadas.
Eternamente jovem, eternamente bela,
Seus negros cachos pegos pelo vento,
Ela invoca a magia em seu coração.
Que corre por entre seus dedos,
Como areia, como o tempo.

Isolda ficou nas sombras no fundo da sala do Conselho do Rei, ouvindo a canção de Taliesin. Sua voz, as notas arrancadas da harpa, as próprias palavras, pareciam brilhar como luz da lua sobre a água.

A noite já caíra havia muito tempo, e a sala se encheu de fumaça e sombras saltando das tochas nas paredes. Ninguém a notara desde que entrara pela porta, vestida com a roupa de viagem manchada que ela vinha usando desde a abadia. Poderia facilmente ter passado por uma das mulheres que andavam servindo canecas de cerveja no aposento.

A sala estreita estava lotada, com tochas refletindo o ouro de correntes e braceletes que os homens do conselho e seus guerreiros usavam, suas capas coloridas brilhantes, suas fardas de couro e os punhos polidos de facas e espadas. Nesse momento, todos os olhos estavam fixos na frente da sala, onde o bardo tocava.

Prados verdejantes e vento frio,
Sangue encharca a relva abaixo.
Eles o chamam Artur.
Ele olha para o céu
E volta sua cabeça para a brisa crescente.

Avistando a antiga embarcação,
Seus olhos caem fechados.
Ela chegou. Afinal
Ela veio

Ouvindo a música, Isolda podia sentir um poder quase pulsante. Um poder que parecia ecoar uma voz profunda, vinda do próprio castelo antigo. Não era difícil imaginar, hoje, que os Antigos que se sacrificaram para garantir as bases do lugar sucumbiram ao sofrimento da sagrada morte tripla, abrindo uma pequena fenda para o Além, através da qual suas vozes podiam ser ouvidas. Ao escutá-las, Isolda se perguntava se em sua morte eles tinham previsto a necessidade de proteção que haviam invocado. E não apenas em sua época, mas nesta, agora.

O mar embranquece, o amanhecer traz luz.
Tudo é paz, enfim
As feridas do rei são curadas.
Artur dorme
Em Ynys Afallach, o reino de Avalon.

A música de Taliesin terminara. As notas puras e cristalinas arrancadas de sua harpa e as claras notas de sua voz misturavam-se, vibrando no ar, e então dissipando-se no silêncio. Por um momento, tudo parou no salão, como o intervalo entre os batimentos cardíacos, entre as respirações.

Um estranho contraste. Taliesin, gordo e elegante em sua rica túnica de cor creme e capa colorida cheia de joias, a boca ainda torcida com algo como amargura, os olhos negros nítidos com uma espécie de raiva sombria diante do mundo. No entanto, sua voz e suas mãos graciosas e brancas como lírios pareciam chamar não apenas o eco daquela antiga voz enterrada, mas também um anseio profundo e silencioso.

Mesmo Isolda sentia isso. Ela não podia honestamente pensar que as músicas do glorioso reinado de Artur fossem mais do que simples histórias infantis, assim como o pensamento de Morgana magicamente curando o rei de suas feridas, concedendo-lhe eterno descanso envolto nas névoas da sagrada Ilha de Cristal.

Enquanto ouvia Taliesin, mesmo ela sentira uma profunda e pungente tristeza, uma dor pelo mundo, as antigas eras que haviam existido e que agora se foram, ou, se não o verdadeiro passado, ao menos o mundo cintilante que a música tecia.

Isolda tomou fôlego, porque, agora que a canção de Taliesin terminara, o momento pelo qual ela estava esperando se aproximava.

Por cerca de uma semana ela estivera dormindo sob as estrelas tendo apenas sua capa de viagem como cobertura, lavando-se em riachos e córregos, comendo qualquer planta ou frutinhas que pudesse colher ou qualquer caça que Cabal, Cath e Eurig pudessem conseguir. Parecia estranho, agora, voltar ao recém-construído salão do conselho e ao castelo que visitara havia só um mês. Perceber que ainda tinha um lugar ali, entre os governantes da Bretanha. Um lugar e uma tarefa a cumprir.

E se, ficando ali, ela desejava com uma dor vazia no peito que tivesse encontrado ao menos um breve lampejo do rosto de Tristão em um daqueles riachos ou córregos onde se banhara, sabia que não podia absolutamente se permitir pensar naquilo agora.

Ela, Cath e Eurig tinham chegado até o castelo por volta do pôr do sol, bem na hora de observar os raios ardentes dourando as muralhas de madeira e as argolas da fortificação enquanto percorriam o caminho acima, em direção ao topo da colina. Os guardas na entrada haviam sido homens de Cynlas de Rhos, permanecendo diante dos pesados portões principais, sob tochas ardentes chicoteadas, como estandartes de fogo, pela brisa da noite. Eles foram surpreendidos pela súbita aparição de Isolda, vinda com a escolta de apenas dois homens. Mas a reconheceram imediatamente e não hesitaram em deixá-la entrar no castelo.

E assim, deixando Cath e Eurig com Cabal, Isolda entrara no salão do conselho bem a tempo de ouvir Cerdic, seu rosto cruel esculpido, dirigindo-se ao grupo como um todo.

A central oculta de abastecimento dos exércitos de Cerdic tinha sido invadida, o grão e ouro armazenados lá foram roubados e o próprio depósito fora queimado. Estranhamente, os homens que guardavam o local só haviam sido deixados inconscientes e amarrados para que a mercadoria pudesse ser retirada. Eles foram capazes de contar sua história: a de que o bando que as havia atacado usava o emblema azul do javali de Marcos da Cornualha.

Diante do grupo, Cerdic tinha puxado a espada, abrindo um corte em toda a palma de sua mão, e manchado de sangue o próprio escudo com a promessa de derramar o sangue de Lorde Marcos, assim como derramara o seu. Já tinha enviado cinquenta de seus lanceiros para marchar para o norte com Meurig de Gwent e os seus homens. Agora, ele se comprometia a enviar pelo menos uma centena a mais, e garantiria com sangue sua renovada fidelidade à causa da Bretanha.

A reunião do conselho continuara, embora as notícias que estivessem discutindo não fossem nada que Isolda já não tivesse ouvido. Na estrada até ali, tinham visto colunas sinistras de uma densa fumaça negra no horizonte, marcando outro povoado que fora invadido e queimado pelos guerreiros de Octa, que ainda controlava as terras ao redor das fronteiras de Kent. Por duas vezes, Isolda e seus companheiros se reuniram com pequenas comitivas de viajantes esgotados, fugindo dos destroços até qualquer lugar a salvo que pudesse ser encontrado na terra devastada pela guerra.

Isolda se oferecera para tratar seus ferimentos e aliviar suas queimaduras. Tinha costurado cortes e tratado as crianças assustadas e de olhar vago, e tratara a tosse de bebês com medicamentos que havia trazido com ela da abadia e com as ervas que puderam ser recolhidas nas florestas pelas quais haviam passado. Enquanto ela trabalhava, Eurig e Cath conversavam com os homens e se inteiravam das notícias. Apesar dos repetidos ataques ao leste, a situação ao longo da costa parecia inalterada, os exércitos unidos da Bretanha e de Octa em um impasse, nenhum dos lados ganhando, nenhum dos lados perdendo terreno.

Agora, Taliesin tinha acabado de tocar e os homens estavam se mexendo em seus lugares ao longo das bancadas, preparando-se para levantar. Isolda tomou fôlego, e, antes que a reunião começasse a se dispersar, saiu rapidamente de seu lugar na sombra e se pôs no centro do salão do conselho.

Madoc a viu primeiro. Isolda viu os olhos dele se arregalarem diante do choque, seu corpo todo sacudindo como se estivesse queimando. Ela manteve o olhar sobre ele, enquanto ia em frente, ao longo das linhas de bancos em direção à frente do aposento. Seu coração batia forte e rápido. Mas ela tinha vindo para isso. Se não fosse bem-sucedida agora, esta noite, então teria se arriscado por nada e a Bretanha estava realmente perdida, também.

— Lady Isolda — Madoc mantinha o autocontrole. Apenas alguém que estivesse observando atentamente poderia ter visto a tensão no canto de seus olhos, o tremor de um músculo no canto de sua boca. — Sou infinitamente grato por vê-la aqui esta noite, e a salvo. Eu... Nós soubemos que a senhora tinha sido raptada da abadia.

Ele mal conseguiria ter dito outra coisa. Mesmo assim, Isolda quase podia acreditar no brilho de verdadeiro alívio em seus olhos escuros.

Ela ouviu a onda de surpresa se espalhando pela sala quando o resto dos homens a avistou também, e baixou a cabeça.

— Obrigada, meu senhor Madoc. Houve uma tentativa de rapto, por assim dizer. Mas, graças à lealdade dos amigos, estou salva. Como pode ver. — Então, ela respirou profundamente, e, antes que Madoc pudesse responder, foi dizendo o que havia planejado e pensado várias vezes na longa jornada até ali. — Temo, porém, ser a portadora de péssimas notícias. A respeito de seu filho.

Ela viu o choque contrair a expressão de Madoc mais uma vez, e, agora, pensou que também havia raiva em seu rosto cheio de cicatrizes. Mas ali, diante dos atentos olhos de todo o conselho reunido, ele não podia fazer nada além de dizer em voz áspera, como sabia que ele faria:

— Meu filho?

Isolda conteve-se para não se deixar cair na pressa ou insegurança do medo. *Existe apenas uma chance. Não há espaço para erros. Você tem de fazer isso direito.*

Ela deu outro passo à frente, mantendo o olhar fixo no rosto de Madoc.

— Nem tenho palavras para dizer o quanto sinto por ser a portadora de tão má notícia, meu senhor, mas seu filho foi sequestrado, como eu mesma quase fui, e agora é refém de Octa de Kent.

Outra onda de choque varreu o aposento, e Isolda ouviu vários gritos assustados e exclamações. Entretanto, ela não desviou o olhar de Madoc nem por um instante, e continuou, erguendo um pouco a voz para ser ouvida acima do clamor, falando tão firme quanto antes.

— Mas ao menos posso lhe dizer onde seu filho está sendo mantido. E posso, eu acho, lhe oferecer meios de garantir seu retorno a salvo.

⸺

O fogo no grande salão central queimara até as brasas, e as paredes de madeira da sala do conselho fundiam-se em profundas sombras. Os homens tinham ido embora. Isolda sentara-se sozinha com Madoc em um dos bancos na frente do salão.

Ouvindo o distante e lúgubre pio de uma coruja do lado de fora, os sons do campo e de tudo a volta deles preparando-se para a noite, Isolda lembrou-se de estar com Madoc de Gwynedd dessa forma uma vez antes, na sala vazia do conselho em Tintagel, depois que todo o resto do Conselho do Rei fora embora. Essa tinha sido a noite em que, sabendo da traição de Marcos, o conselho o havia escolhido para Rei Supremo. Então, ficaram em exausto silêncio, como dois sobreviventes de guerra.

Agora o silêncio entre eles era diferente, embora estranhamente não tivesse sido alterado pela tensão ou pressão. Parecia à Isolda mais como uma pausa, uma tomada de fôlego, antes do que ambos sabiam que inevitavelmente viria.

Embora, quando Madoc afinal falou, suas palavras mal tivessem sido aquelas que Isolda esperava.

— Seu Hereric tem mesmo jeito com os cavalos, como você disse. Ele é muito valorizado entre os cavalariços. Estou certo de que ficará feliz em vê-la novamente.

— Também eu ficarei feliz em vê-lo.

Madoc olhou, indagador.

— A senhora não temia por ele?

— Não. — E era verdade. Ela nunca tinha duvidado que Madoc manteria a promessa que lhe fizera semanas antes, na capela da abadia. — O senhor me deu sua palavra. — Isolda ouviu Madoc deixando escapar um suspiro e viu que fechara os olhos brevemente. Houve um momento de pausa, e então ela disse, expressando a verdade não dita que permanecia entre eles:

— Nós sabemos que a decisão do conselho pouco importa. Você poderia facilmente enviar um recado a Octa e avisá-lo de que a minha oferta de fidelidade é apenas um truque.

Naquela mesma noite, ela havia delineado o plano que lhe ocorrera diante do túmulo de Fidach. E, quase para sua surpresa, o conselho concordara com a sua proposta. Ela viajaria para Caer Peris como Senhora de Cammelerd e ofereceria a Octa um juramento de fidelidade em troca de sua proteção.

Octa podia ser cauteloso e até mesmo desconfiado, mas a perspectiva de ganhar o controle sobre Cammelerd sem uma única batalha quase certamente seria o suficiente para ganhar o seu ingresso dentro das muralhas, onde ela seria capaz de fazer contato com o filho de Madoc, Rhun, e descobrir como ele poderia seguramente ser contrabandeado para fora da fortaleza e longe das mãos de Octa.

Madoc a observava curiosamente com uma expressão que Isolda não conseguia ler por trás de seus olhos negros.

— A senhora tem muita coragem, Lady Isolda — disse ele. — Tanto para vir aqui, afinal, como para propor essa missão para si mesma.

Uma boa parte do plano dependeria de sorte, da recepção que ela teria por parte de Octa, e do que iria encontrar dentro de sua fortaleza e corte. Isolda sabia. Mas ela também estava tentando, desde a estrada até ali, abandonar qualquer dúvida, para pôr de lado qualquer questionamento sobre ter a menor esperança de sucesso. Então, ela disse:

— Talvez. Mas conforme descobri nessas últimas semanas, há perigo em toda parte agora. Mesmo protegida entre as paredes de uma abadia cristã, com seus homens montando guarda, eu não estava segura. E a minha segurança será ainda menos certa se Octa e Marcos ganharem a guerra.

Encontrando o olhar de Madoc, ela pensou ter visto quase alívio, ou esperança. Ela não tinha certeza, mas foi o suficiente para fazê-la perguntar, diretamente e sem mais espera:

— O senhor vai enviar a Octa o recado de que a proposta do meu juramento de fidelidade é apenas um truque?

Madoc ficou em silêncio um instante antes de responder, com os olhos sobre as brasas do fogo que morria diante deles. Finalmente, ele soltou um suspiro e passou a mão pelo rosto.

— A senhora deve ter acreditado que não, ou não teria vindo aqui esta noite.

A pergunta estava implícita, mas, em vez de responder, Isolda questionou.

— Algum de seus homens sabe sobre seu contrato com Octa?

Madoc encurvou os ombros, apoiando os braços sobre os joelhos e flexionando as mãos, observando o movimento dos músculos sob a pele.

— Não. Nenhum.

— E o senhor... — Isolda fez uma pausa — o senhor já deu a Octa todas as informações que deveria? Tudo o que ele poderia usar contra nós em um esforço final para acabar com a guerra?

Lentamente, Madoc sacudiu a cabeça mais uma vez.

— Não. Mas Octa de Kent acredita que sim. — Lentamente, sua cabeça se ergueu, e Isolda viu que havia um ligeiro sorriso sem graça se insinuando sobre os cantos de sua boca. — A senhora está dizendo, Lady Isolda, que no fundo do meu coração eu não estou totalmente comprometido a trair a causa da Bretanha?

— Estou dizendo que agora o senhor não está tão comprometido que ainda não possa voltar atrás. Eu lhe disse isso antes, e ainda hoje é verdade. — Isolda se inclinou um pouco, apertando as mãos no colo. — O senhor não fez nenhum dano irreparável. Não cometeu nenhum crime que ainda não possa ser revertido em algo bom.

Ela fez uma pausa, esperando que Madoc a ouvisse, esperando que qualquer que fosse o destino que regia aquela noite, quaisquer espíritos protetores que ali permanecessem que, por favor, por favor, lhe permitissem encontrar as palavras que o atingissem como ela não tinha conseguido antes. Ela respirou profundamente, e então continuou:

— Lembro-me de falar sobre o senhor para Kian, quando o senhor veio para Dinas Emrys, meses atrás. O senhor se lembra daquele dia? Foi logo após Kian ter sido capturado. Logo depois de ele perder seu olho.

O olhar de Madoc estava fixo no fogo que se apagava, o último brilho tênue de luz e sombra tocando seu rosto, mas ela o viu hesitar e, sem olhar para ela, dar um aceno curto, sem palavras.

— Kian disse — Isolda continuou, com a voz um pouco vacilante, ao se lembrar de Kian sentado em sua sala de trabalho, machucado e sangrando, enquanto ela aplicava uma compressa sobre a ferida aberta. — Kian disse que o senhor era o tipo de homem que não tolera a fraqueza. Não em si mesmo e nem em seus homens. Mas as palavras dele foram que ele duvidava que houvesse um só homem entre seu exército que não o seguisse fielmente, ainda que o senhor entrasse em um covil de lobos acenando com um pedaço de carne crua.

Ela se deteve. Pensou ter visto um brilho de umidade no negro olhar de Madoc, mas ele nada disse e manteve o olhar desviado.

Isolda percebeu que suas mãos estavam tão firmemente unidas que os pulsos e os dedos doíam. Ela disse:

— Aos olhos de Kian, e aos olhos de todos os homens que já lhe fizeram juramentos de combate, o senhor ainda é esse homem. Mais do que isso, aos seus olhos, o senhor nunca precisará ser outra coisa *que não aquele homem*. A quem eles seguiriam, sem dúvida, no meio da batalha. A quem de bom grado e com orgulho dariam a vida para servir.

Finalmente, Madoc virou-se para encará-la. Seu rosto se transformara, e seu peito subia e descia como se ele lutasse para respirar.

— A senhora está sugerindo...

— Convoque o conselho — disse Isolda. — Conte a eles sobre a oferta que Octa lhe fez. E o seu acordo com ele, contanto que ninguém mais além de nós dois saiba, não precisará ser nada mais do que uma trama inteligente para passar pelas defesas de Octa. Induzi-lo a uma aliança falsa, para que ele possa ser pego de surpresa e derrotado de uma vez por todas.

Isolda tocou o braço de Madoc.

— Quando Octa tomou o seu filho como refém, o senhor pode ter sentido que não tinha escolha a não ser concordar com o que ele pedia. — Fora do acampamento, um dos cães de guerra uivava, mas Isolda manteve o olhar fixo em Madoc, obrigando-o a não desviar o olhar, silenciosamente esperando que ele acreditasse no que ela dizia. — Mas o senhor *tem* uma escolha agora.

Na lareira central, uma tora de madeira brilhou com uma luz vermelha, em seguida transformando-se em cinzas. O silêncio se ampliava. E então:

— Não — Madoc disse, calmamente. — Não tenho.

E antes que Isolda pudesse falar, antes da pontada que sentiu poder se transformar em amarga decepção, a boca de Madoc se retorceu para cima, em outro sorriso. Um sorriso mais gentil dessa vez, como se um peso tivesse sido tirado dele. Ele inspirou e depois soltou o ar.

— Vá para Caer Peris, Lady Isolda. Como o conselho concordou hoje à noite. E eu lhe agradeço. — A voz dele era calma e um pouco rouca no grande e quieto salão.

Seus olhos encontraram os dela. O silêncio caiu entre eles, e pareceu perdurar por um momento infinitamente longo, com o isolamento tranquilo do salão vazio parecendo atrair tudo ao redor. Madoc ergueu a mão, como se estivesse prestes a tocá-la, e disse numa voz que era quase um sussurro:

— Eu desejo...

O lugar de Rei Supremo é solitário, Madoc lhe tinha dito uma vez. E ela nunca havia realmente pensado que a sua proposta de casamento tinha vindo mais do conhecimento de que ela também conhecia esse tipo de solidão. Mas agora, só por um instante, o olhar de Madoc era tão bruto que Isolda perdeu o fôlego.

Ele parou antes de dizer o que desejava. Sua mão caiu, e com a boca apertada ele desviou o olhar.

Isolda não se conteve em estender a mão, tocando-lhe o braço novamente.

— Ainda estou verdadeiramente triste — disse ela, calmamente. — Mas também lhe agradeço.

Ela sentiu os músculos de Madoc se apertando sob seu toque. Mas ele virou-se para dar outro breve sorriso.

— Vá para Caer Peris — disse ele, novamente. Então, sua expressão mudou, endurecendo e ficando parecida com o seu antigo eu, o de um homem de ação, um líder no campo de batalha e guerra. Ele sorriu sombriamente, cerrou os dedos e bateu o punho contra a palma de sua mão.

— E que nós, todas as forças unidas da Bretanha, possamos ter sucesso em pregar Octa de Kent contra a parede.

Livro III

Capítulo 11

O ar em Caer Peris cheirava a sal, mar e terras distantes. Isolda encostou-se à parte mais baixa da parede de pedras nas muralhas, olhando através das águas cobertas de ondas que se espalhavam diante dela, assistindo ao voo em círculos de uma gaivota no vento que lhe chicoteava as saias e os cabelos.

Isolda tinha vivido em Tintagel, que fora construído sobre uma borda saliente da Cornualha, onde a terra e as paredes do castelo pareciam prestes a desabar no mar. O oceano não lhe era estranho, mas de alguma forma ela se sentia diferente ali. As paredes de Tintagel ecoavam as canções de um bardo com contos do passado: de Uther Pendragon e de sua rainha Igraine, e de uma noite, quando Artur, salvador da Bretanha, havia surgido pela magia de Myrddin.

Mas ali em Caer Peris, ela não podia sentir nenhum eco, nem mesmo dos legionários romanos que haviam construído esta fortaleza na praia como defesa contra as tribos saxônicas que a ocupavam agora. Em vez disso, as grossas paredes de pedra pareciam olhar para além, e o vento com cheiro de sal que lhe chicoteava os cabelos e as saias parecia cantar sobre os países distantes que estavam além da imensidão do mar.

Ou talvez fosse só a sua imaginação, porque nesse momento ela queria estar em qualquer lugar, menos ali.

A fortaleza tinha sido construída na curva de um porto natural, cujos penhascos de calcário branco erguiam-se asperamente da costa empedernida. De seu lugar, olhando para o mar aberto, Isolda podia ver no canal o longo e escuro contorno da ilha de Ynys Gywth — chamado de *Wihte*

Ealond por Cerdic e suas forças, que agora a controlavam. No lado da terra, a fortaleza era cercada por um pântano de águas salobras que se entendia por uma planície que, em algum momento, havia dado lugar à agricultura e pasto para cabras, ovelhas e pôneis selvagens.

Por todo o lado floresciam arbustos de tojos, espinhosas chamas de amarelo contra a pantanosa charneca marrom-acinzentada. Mas poucos animais, exceto os pôneis selvagens, ainda permaneciam no lugar, graças ao recente cerco que acontecera ali. Mesmo agora, dois meses depois, os corvos e outras aves de rapina ainda circundavam os campos onde a batalha havia sido travada, e durante a noite a pele de Isolda se arrepiava com os uivos dos lobos que vinham cavar as covas rasas.

No céu acima, uma gaivota gritava e rodopiava na ventania, e Isolda seguiu os seus círculos com os olhos. Para o norte, a terra se erguia até uma colina com pastos verdejantes que se estendia na direção de uma densa floresta. A mesma floresta em que Madoc e seus exércitos estavam agora acampados.

Isolda perguntara a Madoc, da última vez que tinha falado com ele, se a já abalada aliança entre as forças da Bretanha e Cerdic tinha enfraquecido pela destruição do depósito secreto de Cerdic e a perda de seu ouro; pela descoberta de que Cerdic estava planejando agir de forma independente contra Octa de Kent, embora ninguém do conselho tivesse dito nada abertamente.

O rosto de Madoc se retesara, os olhos escurecidos de preocupação. Que ele já estava arrependido de ter concordado com a viagem de Isolda a Caer Peris, era claro. Mas, diante da questão, seu rosto tinha se iluminado num sorriso breve e cansado.

— Pelo contrário, isso fortaleceu a aliança. Cerdic está agora determinado a concentrar suas energias em cooperar, unindo-se totalmente aos nossos planos de batalha para derrotar Marcos. O que, como você pode imaginar, tem agradado Meurig de Gwent. Poucas coisas unem tanto os homens como o ódio contra um inimigo comum.

Madoc fez uma pausa e em seguida pousou os olhos em Isolda, antes de finalmente desabafar:

— Quisera Deus que eu pudesse enviar uma força maior de homens para protegê-la.

Isolda também desejava, embora não pudesse se permitir pensar no assunto. Mas meneou a cabeça.

— Eu sei. Qualquer um, até mesmo a menor guarda de honra, poderia levantar a suspeita de Octa de Kent de que a minha oferta de amizade é apenas fingimento. — A realidade do que eles, do que ela, estavam planejando a atingiu como um soco, mas Isolda forçou um tímido sorriso. — Eurig e Cath vão comigo. E o senhor me concedeu Kian. Não há ninguém em que eu confie mais, ninguém que eu queira comigo mais do que esses três.

Exceto por Tristão. Mas ela não se permitia pensar em Tristão, antes ou agora.

Especialmente agora, quando, por toda a proteção que Kian, Cath e Eurig estavam lhe oferecendo, podiam muito bem estar dormindo com Artur nas brumas da Ilha de Cristal.

Embora ao menos ela ainda tivesse Cabal. Ela o deixara dormindo sobre um tapete diante da lareira do aposento de hóspedes da fortaleza, onde passara a noite.

Tinham chegado ao largo e fortemente guardado portão da fortaleza na noite anterior, no momento em que o sol poente banhava em vermelho as muralhas de Caer Peris com seus raios e mergulhava no vasto oceano dourado. Entraram assim que Isolda se identificou, passando em frente aos depósitos e lojas de ferreiros e quartéis de soldados até a fortificação de pedra construída no interior, e de lá para o salão de Octa de Kent.

Mais de uma vez, na estrada para lá, ela havia se perguntado o que faria se Octa a reconhecesse como a mulher responsável pela derrota quase esmagadora que sofrera pelas mãos de Cerdic. E nem por uma vez havia sido capaz de pensar em um único plano que contemplasse a menor e mais remota chance de salvar sua vida e a de seus companheiros, caso esse temor se tornasse realidade.

Mas Octa a recebera sem sequer um vislumbre de reconhecimento em seu olhar frio. E Isolda tinha ficado feliz por estar preparada para a reunião. Feliz pelo rosto duro de Octa de Kent e seus olhos de aço quase vazios, seus longos cabelos trançados e o colar de ossos de dedos humanos e barba mergulhados no breu, não a terem tomado completamente de surpresa.

O rei saxão ofereceu-lhe uma cadeira ao lado dele e uma taça de um vinho escuro e doce. E tinha aceitado sua história de que, para a segurança dela e de suas terras, ela queria Cammelerd aliada com o que passou a acreditar ter se provado o lado vencedor da guerra. Na verdade, ele acreditara nela tão prontamente, havia questionado tão pouco e teve uma atenção tão superficial para com as respostas dela que Isolda, lembrando-se disso, sentiu um mal-estar percorrendo-lhe a espinha.

Ela havia se preparado para um longo interrogatório, para ser cuidadosa, para manter toda a sua sagacidade e se desviar de perguntas traiçoeiras, e assim convencer Octa de que tinha vindo com boas intenções. Ter sua história aceita quase imediatamente após contá-la pareceu de algum modo estranho, vagamente errado.

Mas Octa lhe oferecera a hospitalidade da fortaleza por quanto tempo desejasse ficar. Apenas quando a audiência estava chegando ao fim, ele a olhara diretamente e sorrira, exibindo dentes desgastados, pouco mais que tocos marrons.

— Ofereço a mesma hospitalidade aos seus guarda-costas, é claro. Eles ficarão hospedados com meus guerreiros nos aposentos masculinos. E a senhora será guardada por dois de meus próprios homens, para honrar nossa nova aliança. Eu insisto nisso.

Ela concordara, simplesmente porque não havia escolha a não ser dar o seu consentimento.

E até então estivera a salvo. Na noite anterior, ela fora contemplada com um lugar próximo, e felizmente não ao lado, de Octa durante a refeição da tarde no grande salão. E estava instalada em um quarto particular, mobiliado com uma cama e uma mesa de madeira entalhada e peles grossas e lustrosas pelo chão. E uma criada, de olhos azuis e compleição forte, talvez cerca de dez anos mais velha do que ela mesma e tão silenciosa e impassível quanto os guardas, para servir e cuidar dela e ajudá-la a se vestir.

E agora, depois de uma noite de sono interrompido na cama de madeira entalhada, ela estava nas muralhas da fortaleza, vendo o brilhante sol da manhã sobre as ondas abaixo. Tentava, ainda, bloquear todo o desconforto ou medo e ignorar a presença dos dois guarda-costas de elmo e armados, designados por Octa, que haviam assumido suas funções na noite anterior.

Nem sequer sabia o nome deles. Perguntara, mas Octa devia ter ordenado que não falassem com ela, porque os dois homens tinham apenas olhado fixamente para a frente e ignorado completamente a questão, como se não a tivessem ouvido.

Muito sérios e com olhar de aço, tinham seguido a alguns passos de cada passo que ela dera esta manhã, a partir do momento em que deixara seu quarto. Mas agora, uma vez em cima das muralhas, haviam começado uma partida de treinamento com suas pesadas lanças pontudas de madeira.

Isolda estava prestando pouca atenção a seus grunhidos e gritos e ao som da queda das lanças de madeira se batendo, mas agora, olhando para eles, ela havia captado umas poucas palavras, ditas na língua saxônica.

— Me bloqueie, seu imbecil filho da mãe! — Esse era o mais velho dos dois guardas, um homem de cabelos grisalhos, de quarenta e poucos anos. Seu capacete era de couro, adornado com pele de lobo, e abaixo dele seu rosto era triste e sem piedade, seus traços duramente castigados e marcados por uma vida de batalhas, bem como pelas cicatrizes profundas e buracos de algumas pústulas da infância.

O outro guarda era um homem muito mais jovem. Pouco mais que um menino, na verdade. Com cabelos ruivos, alto e magro, de olhos pálidos e rosto comprido, que algum dia seria ossudo, mas que por enquanto ainda não tinha perdido muito da suavidade juvenil. Estava ofegante, agora, e seu rosto tinha listras de suor enquanto lutava para se esquivar, bloquear e desviar das estocadas rápidas do homem mais velho.

O homem de cabelos grisalhos trouxe sua lança para cima e, segurando-a transversalmente como um bastão de madeira, desferiu um golpe sensacional que enviou o jovem guarda ao chão.

— Eu disse para me bloquear — ele rosnou. — Pela árvore de Wodin, você poderia muito bem usar a faca em seu cinto para cortar seu pênis nojento e dá-lo à senhora, ali. Ela daria um guerreiro melhor do que você.

Enquanto falava, lançou um olhar sobre o ombro para Isolda. Seus olhos eram inexpressivos, de um tom de azul quase sem cor, e algo em seu olhar, em parte um desgosto, em parte velado desprezo, fez com que Isolda dissesse antes que pudesse deter-se:

— A senhora duvida. Mas ela entende um pouco da língua saxônica.

Se ela estivesse com um mínimo de bom humor, teria sido engraçado ver a cara do guarda de cabelos grisalhos ir do desprezo ao espanto, e uma mancha tênue de cor se erguer de seu musculoso pescoço. Ele a encarou por um momento e, sem uma palavra, virou-se, gritou ao jovem que se levantasse e recomeçou a luta do ponto em que haviam parado.

Isolda voltou a encostar-se à muralha exterior e olhar para além das águas cobertas de ondas, silenciosamente maldizendo-se. Ela havia passado quase toda a vida cuidando de soldados feridos. Não era como se nunca tivesse ouvido uma grosseria antes. Então, por que — apertou as mãos — por que, em nome da Donzela, da Mãe e da Anciã, tinha de perder a paciência justamente agora?

Uma rajada de vento chicoteou uma mecha de cabelo em seu rosto, e ela a empurrou violentamente para trás. Ao ser recebida e aceita, mesmo que precariamente, por Octa, ainda não tinha conseguido realizar sequer metade do seu intento ali. Ainda precisava encontrar um menino de cinco anos, sem dúvida assustado, e descobrir uma maneira de libertá-lo.

Mais do que isso, ela precisava aprender o suficiente sobre as defesas do forte para que pudesse ajudar Madoc e o resto do conselho a formular um plano para quebrar as defesas de Caer Peris e derrotar Octa de uma vez por todas, o que já era uma tarefa impossível o suficiente sem que ela irresponsavelmente enfrentasse seus guardas. E que garantia que ela casualmente não ouvisse nada de útil, por ter denunciado sua familiaridade com a língua saxônica.

Que tolice!

Isolda caminhou um pouco mais adiante ao longo da muralha externa, protegendo os olhos contra o sol. De repente, sentiu uma súbita e fria sensação de formigamento subindo-lhe pelas costas, o que afastou de sua mente os guardas, o filho de Madoc, e até mesmo sua própria situação.

Ela estava no lado oriental da fortaleza, logo acima de uma barragem que formava uma das duas entradas principais nas muralhas exteriores construídas pelos romanos. A outra entrada era a mais larga, o portal pesadamente fortificado na frente ocidental de Caer Peris. Tratava-se de um poderoso reduto para qualquer exército. O homem que controlasse Caer Peris teria não apenas a fortaleza em si, mas o porto natural abaixo dela, também.

De onde estava, Isolda podia ver os navios que enchiam o porto. Vários navios mercantes pequenos, trazendo comida e suprimentos frescos para o exército no interior, o que permitiria a Octa resistir a um cerco quase indefinidamente. Mas não era isso que tinha chamado sua atenção. Ao lado dos navios mercantes, sacudindo um pouco nas ondas, havia uma frota de mais de uma dúzia de elegantes navios com um dragão na proa. Navios de guerra. E não da própria frota de Octa, tampouco, porque Isolda podia ver vários navios a mais que haviam atracado na estreita praia de pedregulhos ao fundo, todos ostentando o símbolo de Octa: a figura da cabeça de um cavalo branco contra um fundo vermelho-sangue.

Esses navios de guerra deviam ser recém-chegados. Ela podia ver, também, um acampamento instalado no topo das escarpadas falésias de calcário, com as tendas do exército parecendo pequenos e indefesos brinquedos de criança daquela distância, e os homens percorrendo o acampamento como um enxame de formigas.

Isolda piscou por causa da ofuscação da luz do sol, forçou-se a ignorar a pontada de medo na base de sua espinha e contou o número de navios, em seguida, o número de tendas uma vez, e depois novamente. Olhou fixamente para baixo, os olhos ofuscados pelo sol e ardendo com o vento salgado e as ondas brilhantes. Se estivesse certa, Madoc e o resto das forças da Bretanha teriam de lutar não só contra o próprio exército de Octa — os guerreiros que tinham, mais de um mês atrás, capturado essa fortaleza dos homens de Cerdic. Se agora quisessem derrotar Octa, teriam de enfrentar uma força de pelo menos quinhentos mais.

Um som por trás de Isolda fez com que ela se virasse para ver os seus guardas fazendo uma pausa em sua luta com lanças, ambos respirando com dificuldade, movendo-se em direção à escada para permitir que duas pessoas pudessem passar. Uma delas era uma mulher, velha e encurvada, a quem Isolda vira ao jantar no salão na noite anterior, envolta em xales e sentada sobre uma pilha de almofadas cobertas de pele, logo atrás da cadeira do próprio Octa. E o outro...

O outro era um menino de cabelo escuro, que parecia muito pequeno e leve, cabisbaixo e silencioso ao lado da velha. O mais velho dos guardas falou brevemente com a mulher, e o menino enrijeceu, fechando os punhos, depois virou de forma que seu rosto ficou escondido de Isolda. Mas ela já tinha visto seus olhos. Olhos muito escuros, uma raridade ali, naquele reduto saxão. E quase o espelho do próprio Madoc.

A velha atravessava as muralhas num passo ligeiramente claudicante e encurvado, e o menino, depois de hesitar um momento, a seguiu, arrastando seu passo lentamente, com a cabeça inclinada e o olhar fixo no chão. Quando chegou à parede externa, não longe de onde Isolda permanecia em pé, a mulher virou-se e tocou levemente o menino no ombro. Ele endureceu novamente ao toque, se encurvou e não olhou para ela, afastando-se para começar uma lenta evolução ao longo da beira do caminho. Ele não olhou para cima, que Isolda pudesse ver, nem sequer olhou para o firmamento cintilante de água iluminada pelo sol que se estendia à sua volta em três lados. Seu olhar permaneceu firme no chão, e ele fez uma pausa apenas para chutar preguiçosamente algumas pedras da muralha exterior.

A velha o observara por um momento, depois pareceu suspirar e caminhou em direção ao segmento da muralha onde estava Isolda. Fez uma pequena reverência a ela, embora não tivesse dito nada, apenas se virado, olhando para a vastidão de mar azul-cinzento coberto de ondas que se estendia abaixo, como Isolda havia feito.

Seu rosto era repleto de rugas flácidas sobre a pele seca como papel, o nariz adunco, traços ferozes e fortemente moldados. Isolda pensou que havia uma semelhança com alguém que ela conhecia ou tinha visto recentemente e que, naquele momento, não conseguia identificar. Suas sobrancelhas espessas eram brancas, e, debaixo delas, olhos de um azul-pálido viam o mundo através de um filtro remelento de idade.

Isolda estava se perguntando se deveria fazer alguma saudação quando de repente a velha se virou para ela, fixando os remelentos olhos azuis em seu rosto.

— Há quarenta anos — ela disse —, vejo os nossos homens lutando, forjando alianças, sangrando e lutando para formar reinos aqui. Viemos por causa de tempos de fome em Jutland. Uma época em que as chuvas caíam sem cessar e as colheitas apodreciam nos campos. Os velhos e as crianças adoeceram e morreram, os cavalos foram mortos por causa de sua carne, e as mulheres sufocavam seus bebês recém-nascidos, pois uma boca a mais não podia ser alimentada e não suportavam assistir a seus bebês morrendo lentamente de fome. Assim, os barcos partiram. E nós viemos para cá.

Quantos anos ela teria na época? Isolda se perguntou. Trinta? Trinta e cinco? Estudando seu rosto atual, Isolda pensou que podia captar apenas um vestígio da mulher que ela deveria ter sido: cabelos louros e costas retas, os olhos azuis vivos e claros e o rosto ainda não marcado, mas não menos feroz.

Como se tivesse ouvido esse pensamento, os olhos da velha encontraram os dela.

— Eu havia perdido o marido para as batalhas e três filhos para a fome. Senti que não tinha mais nada a perder. Desde então, tenho visto o nosso povo apegado à terra, dando seu sangue, suor e labuta. Embora eu não... — sua voz tornou-se ligeiramente amarga, e ela deu uma rápida olhada em Isolda sob as sobrancelhas — espere que você concorde.

Isolda não respondeu logo. Olhou para os navios de guerra com dragão na proa e para o acampamento do exército abaixo. Então disse, lentamente:

— Eu não sei. — As palavras estavam em consonância com o papel que desempenhava ali. No entanto, pensou que não eram de todo falsas. — Por gerações e gerações, bretões lutaram contra outros bretões pela terra e riquezas que este país oferece. Isso significa que só os nossos homens têm o direito de matar e mutilar um ao outro por causa dos reinos?

A velha inclinou a cabeça para trás e riu. Um riso surpreendentemente profundo e gutural, que parecia algo muito grande para o seu corpo encarquilhado.

— É verdade. — Então ela se deteve; o sorriso desaparecera para ser substituído, mais uma vez, por um olhar de calma quase assustadora. — Embora também seja verdade argumentar que, após uma vida de luta, meu irmão tornou-se tão sedento de sangue que tem enlouquecido com isso. — Seu tom era calmo, quase indiferente, e acrescentou, com os dedos firmes orientando um fuso e a meada que se formava. — Ainda assim, mesmo um rei pode não viver para sempre. Octa tem filhos que não são, ainda, o homem que seu pai se tornou.

Isolda estivera se perguntando se poderia arriscar uma pergunta sobre os navios recém-chegados, mas diante disso surpreendeu-se bruscamente, assolada pela compreensão repentina.

— Seu irmão — ela repetiu. — Então...

A velha olhou para ela e balançou a cabeça, um meio sorriso escapando-lhe pelas bordas de sua boca fina.

— Perdoe-me. Eu deveria ter me apresentado formalmente. Sou irmã de Octa. Filha de Hengist, filho de Uictgils, filho de Uitta, filho de Uecta, e assim por diante para trás — outro sorriso tocou-lhe a boca —, até o próprio grande deus Woden, se podemos levar fé no que diz meu irmão. — Ela se endireitou e fez uma pequena reverência, estranhamente graciosa, a Isolda. — Meu nome é Godgyth.

Isolda retribuiu a reverência.

— E eu...

Novamente Godgyth a interrompeu, antes que ela pudesse terminar.

— Sim, eu sei. — O olhar azul leitoso percorreu Isolda da cabeça aos pés, abrangendo certamente cada detalhe de sua aparência, cabelo e roupas.

Desde que chegara ao castelo de Madoc na colina, com pouco mais que seu manto e os três conjuntos de viagem e vestidos manchados com os quais deixara a abadia, as mulheres do castelo haviam se reunido num esforço conjunto para vesti-la com roupas mais adequadas a uma princesa buscando uma aliança com um senhor estrangeiro. Seus cabelos agora estavam envoltos em uma rede de fios de prata, e ela usava gotas de prata nas orelhas e um bracelete pesado em cada pulso. Seu vestido era de cor verde-claro com tiras de bordados floridos nas mangas e bainha. Um presente da jovem esposa de um dos chefes da tribo de Huel Rhegged. Suas dobras recendiam, apenas vagamente, a anis e artemísia, com os quais havia sido embalado para manter ratos e insetos longe, e sua cintura alta escondia a ligeira curva da gravidez, que agora começava a aparecer.

Os olhos de Godgyth, no entanto, pareceram se demorar na parte central do corpo de Isolda antes de voltar para sua face, e ela disse, novamente:

— Eu sei quem você é. E — acrescentou — por que veio aqui.

Talvez estranhamente, Isolda não havia sentido medo até agora. Nem mesmo ao saber que Godgyth era irmã de Octa. Agora, porém, sentia um mal-estar como água gelada entrando por uma rachadura. Ficou apenas parcialmente aliviada quando, sem esperar por uma resposta, Godgyth lhe deu as costas, olhando bem como ela, para as elegantes velas pintadas balançando nas ondas lá embaixo.

— E sei, também, que os tempos de fome ainda não acabaram. Todo ano trará mais escaleres a estas praias. Mais homens, famintos por terras e um novo lugar para chamar de lar. Os bretões podem lutar, mas nosso povo não vai se afastar. Temos lavrado e lutado aqui, pago por nossas terras com sangue e trabalho, e vamos mantê-las, não tenha dúvida.

Isolda pensou em Cerdic de Wessex, dizendo a mesma coisa em uma noite, semanas atrás, após a reunião na sala do conselho. E disse, após um momento:

— E onde a senhora pensa que isso irá acabar?

Godgyth sacudiu a cabeça, os olhos ainda em seu girar.

— Quanto a isso, não posso dizer. Não posso prever desfechos. Embora peça que não diga ao meu irmão que eu contei isso. — Um discreto e ligeiramente desagradável sorriso divertido levantou-lhe os cantos da boca e estreitou-lhe os olhos. — Ele me mantém em sua corte porque acredita que eu possa ler a teia de Wyrd — o destino, na sua língua. Porque ele acredita no meu poder de... chamamos *spae*. Você diria *profetizar*, eu acho. O poder de ver o futuro e alterar seu curso. Octa acredita que eu posso fazer isso. Considera que minhas tramas — ela levantou o fuso e o fio que fazia — podem interceptar o poder das três Nornas — deusas do destino — que se sentam ao pé da grande árvore do mundo e fiam a trama de nossas vidas.

Godgyth fez uma pausa, os olhos na brilhante linha do horizonte onde o azul da água encontrava o azul do céu. Então disse, ainda com a mesma calma, em tom ligeiramente melodioso:

— Meu irmão Octa é um homem duro e cruel. Conheço-o desde que era um bebê no berço, desde garoto, quando meu pai o presenteou com seu primeiro facão e lança. E é verdade. O sangue não mente. Nós descendemos, Octa e eu, de uma linhagem cruel. Uma linhagem de guerreiros que toma sem medo, sem contar o custo.

Ela fez uma pausa, o olhar distante. Em seguida, disse:

— Mas meu irmão também é... Não sei a palavra em sua língua. Em nossa diríamos *ofertæle*. Facilmente levado a acreditar em um poder além do mortal, além do mundo comum. A maioria dos guerreiros é assim. Resultado, talvez, de precisar lidar constantemente com a morte pairando em suas costas. Eles sempre procuram alguma proteção. Algo que vá garantir-lhes a vida. — Ela fez um pequeno gesto de desprezo. — Faz com que sejam presas fáceis de qualquer pessoa com sagacidade, respostas na ponta da língua e a mão cheia de encantos sem valor para vender.

Isolda pensou em todos os amuletos que encontrou com soldados feridos — tranças de fios atados e pedaços de bordado costurados por namoradas e esposas — e disse:

— Não só os homens.

Mas Godgyth tinha continuado sem ouvir, as bordas da boca contorcidas.

— Meu irmão, como muitos homens de sua espécie, acredita em magia. E devo agradecer aos deuses por isso, pois de outra forma eu não seria nada além de uma velha inútil, deixada para babar ao sol. Ou seríamos expulsos para morrer de fome. Então, sim. — Seus lábios se esticaram em outro sorriso melancólico. — Graças a Woden e Freya, e todos os outros deuses da nossa pátria além do mar, Octa da Faca Sangrenta acredita que as palavras têm o poder de prejudicar ou curar. Que o vento pode ser capturado numa trança de fios... como esta.

Godgyth rompeu um pedaço do fio que ela já havia girado e habilmente torcido em uma série de nós, em seguida entregou o resultado a Isolda.

— Aqui, pegue. É para você.

Ela se inclinava para a frente enquanto falava, e Isolda percebeu uma rajada de alguns espíritos altamente potentes em sua respiração, o que explicava o ligeiro arrastar de suas palavras, o olhar debilmente desfocado nos olhos remelentos.

— Obrigada. — Isolda tomou a trama entre os dedos, olhando para ela em seguida, levantando as sobrancelhas em ligeira confusão. — Para domar o vento?

— Não. — Godgyth não olhou para cima. — Este — ela enfatizou as palavras — é para ser utilizado no parto. Desfaça os nós quando as primeiras dores do parto chegarem. A criança entrará no mundo sem problemas, então, e sem ameaça à vida da mãe.

O coração de Isolda falhou e naquele momento ela sentiu uma torrente de mal-estar fluindo rapidamente, enquanto suas mãos ainda estavam sobre a trama, e precisou se controlar para não reagir. *Octa acredita que eu possa ler a teia de Wyrð*, Godgyth tinha dito. Ela não havia realmente alegado que de fato tinha o dom da visão sobrenatural. Mas Isolda sabia que tais coisas eram possíveis.

Ela disse, com um esforço para falar calmamente:

— Você fala a língua britânica muito bem.

— Ah, bem. — Godgyth fez um gesto discreto de desprezo com uma das mãos e deu outro ligeiro e apertado sorriso, curvando a boca. — Tive muitos escravos bretões para servir-me ao longo dos anos.

Ela parou por um instante, com a cabeça inclinada sobre o fuso, depois disse, num tom diferente:

— Já ouvi muitas histórias sobre sua avó, Lady Isolda. Morgana, a irmã de Artur. Ela era uma vidente poderosa, é o que dizem.

Godgyth então olhou para cima, com os olhos remelentos de repente mascarados, opacos como pedras leitosas.

Isolda obrigou-se a sustentar esse olhar. A velha senhora podia ter exagerado na bebida, mas havia um motivo para isso, mesmo assim. Isolda sentia uma força quase palpável correndo nas palavras de Godgyth. Uma ordem de Octa? Dizendo à irmã para tentar induzir um aliado questionável a admitir que seu propósito ali não era o que parecia?

Podia ser. Mesmo as palavras desdenhosas de Godgyth em relação ao irmão poderiam ter sido uma armadilha, um truque para iludir Isolda em falsa confiança. E ainda havia uma nota estranha na voz da mulher mais velha, que fez a pele de Isolda se arrepiar como um tipo de alerta, quando ela lhe perguntou sobre Morgana.

Sem esperar por uma resposta, Godgyth se virou para olhar além das muralhas do castelo, com os olhos distantes, o arrastar de suas palavras mais pronunciado agora.

— Lady Morgana acreditava, eu suponho, nos deuses desta terra. — Com a mão retorcida pela idade ela fez um gesto em direção ao cume das colinas verdes, pastagens e florestas para além dos muros da fortaleza.

Cadfaelhod, amante das estrelas. Isolda quase podia imaginar que ouvira a voz de sua avó nas rajadas de vento sobre aquelas mesmas colinas. Blodeuwedd, dama do lírio. Morrigan, deusa da guerra e da magia. Tudo acabado — ou dormindo, pelo menos — nas ocas colinas dos Anciões e nas ilhas de cristal.

Godgyth deu de ombros, quase raivosamente, e suas palavras tinham um travo amargo na boca. Mas então ela se dirigiu a Isolda.

— Haverá um *symbel* em dois dias. — Isolda achou que ela falara com esforço, mas seu rosto enrugado estava sereno, mais uma vez, e ela começou a soltar e a girar o pesado fuso de âmbar novamente. — Um *symbel* é um banquete para honrar um aguardado hóspede de meu irmão. E, como Lady Morgana, também eu faço adivinhações. — Sua boca endureceu, embora o tom não tivesse mudado. — Então, se quiser me ver profetizar, deve comparecer. Vou usar o meu casaco preto de pele de carneiro, me sentar no trono e beber um mingau feito com o coração de todos os seres vivos que podem ser encontrados dentro destes muros. E cantar os cantos da sabedoria e prever o futuro de como e onde a próxima batalha de Octa deve acontecer.

Isolda passou os dedos pelos nós que Godgyth tinha amarrado — nós para serem desatados no nascimento de uma criança.

— E suas profecias se realizam?

Godgyth levantou a cabeça e olhou para ela e, pelo mais breve dos instantes, Isolda achou que havia um inesperado traço de simpatia nos olhos azuis nublados.

— Não posso prever desfechos. Mas isso eu já lhe disse antes.

Isolda pensou ter ouvido nas palavras o eco da voz de sua avó semanas antes, e se arrepiou enquanto virava a trama de nós de Godgyth por entre os dedos. Uma imagem girava em sua mente: Tristão, retornando para a clareira onde ela e os outros homens tinham acampado e não os encontrando. Vasculhando as cinzas frias do que fora a sua fogueira. Encontrando tudo o que restara da terra amontoada e o montículo de pedras que era o túmulo de Fidach.

Isolda cravou as unhas com força na palma das mãos. Sobrevivera por sete anos como Rainha Suprema, fingindo um poder que não possuía. Sabia como era feito: todos os truques de ver rostos, notando os sobressaltos e súbitas respirações entrecortadas, observando os olhos. Se Godgyth não pudesse realmente ler o futuro, certamente seria capaz de ler seu rosto se ela fosse descuidada o suficiente para se denunciar.

Apesar de ter pensado, também, a despeito da voz arrastada e do cheiro forte de álcool em sua respiração, que algo mais do que apenas as palavras de Godgyth a faziam lembrar-se, apenas levemente, de Morgana.

Godgyth a observou, a cabeça um pouco caída para o lado, depois indagou:

— Em quê você está pensando agora?

— Eu estava pensando que a senhora me faz lembrar a minha avó, só um pouquinho.

— Ah. — Godgyth pareceu considerá-la um momento, então disse bruscamente:

— Você a amava, eu creio.

Os olhos de Isolda de repente arderam, porém ela disse com firmeza:

— Muito.

Os olhos de Godgyth pareciam procurar Isolda um momento a mais. Em seguida, um sorriso surpreendentemente doce se abriu em seu rosto feroz esculpido pela idade.

— Então, eu lhe agradeço — disse ela, com uma daquelas abruptas, mas estranhamente graciosas, reverências.

Ela poderia ter dito mais, porém um passo atrás delas fez com que Isolda se voltasse para ver que o menino de cabelos escuros tinha acabado o seu circuito lento nas muralhas e agora voltava para onde estavam. Ele não tomou conhecimento nem de Godgyth nem de Isolda, só chegou à metade e permaneceu com firmeza a certa distância, a cabeça baixa, olhos fixos no chão.

Godgyth o observou um momento em silêncio, e Isolda pensou, apenas brevemente, que um lampejo de alguma emoção indefinível passara por suas feições tão rápido como as nuvens que varriam o céu azul. Se era raiva ou simpatia — ou mesmo satisfação —, ela não poderia ter dito. Ainda observando a criança, ela disse, a voz calma como antes:

— Ele tem estado assim desde que chegou. Nunca fala. Não disse uma palavra desde que meu irmão o trouxe aqui.

Visto de perto, o rosto da criança pequena era ainda mais um espelho de Madoc — como fora antes das cicatrizes da queimadura — do que Isolda tinha pensado. Sua expressão, agora, estava apertada em um olhar feroz, de tensão quase adulta, como se ele tentasse, com todas as forças da sua vontade, ser corajoso, não dar lugar às lágrimas ou mostrar como estava assustado. E tinha, também, Isolda viu com um toque de raiva, uma contusão desaparecendo em torno de um olho.

Isolda olhou para Godgyth, mas a velha já havia se afastado, os olhos mais uma vez em sua meada. Não havia forma de saber se esta fora a permissão — ou uma armadilha — ou apenas indiferença. Mas a chance era muito preciosa para deixá-la escapar.

Isolda se inclinou, agachando-se de maneira a ficar no mesmo nível do menino.

— Rhun, é você?

Ela falara baixinho, mas as mãos ainda pequenas do menino continuavam apertadas; todo o seu corpo pareceu se paralisar, como uma lebre diante da visão de um cão de caça. Ele não olhou para cima, apenas manteve a cabeça baixa, olhando para o chão.

Isolda esperou um momento, então disse:

— Estou feliz em conhecê-lo finalmente. Conheço seu pai. — Ela manteve a voz calma, tentando transmitir tanta segurança quanto podia e usando palavras compreensivas para dizer que ela sabia que seu mundo tinha sido destruído e virado de cabeça para baixo, que no seu lugar ela teria odiado todo e qualquer adulto. Mais ainda quando suas arbitrariedades é que o haviam levado até ali.

E talvez tenha funcionado, ao menos um pouco. Ou talvez fosse apenas a menção a Madoc que chamara sua atenção.

Lentamente, lentamente, a cabeça de Rhun se levantou e ele a observou com atenção através dos seus desconfiados olhos de cílios espessos e escuros. Então, um passo pesado soou atrás dela, e um par de botas apareceu no campo de visão de Isolda, à direita. Procurando, ela viu que era o mais velho dos dois guardas, o homem de cabelos grisalhos e rosto marcado por pústulas.

Ele disse, brevemente:

— Você vem para baixo agora. — Falava a língua inglesa bem pior do que Godgyth, com voz rouca e irregular, e mesmo agora não olhava diretamente para Isolda, mantendo a concentração e dirigindo-se ao ar diretamente acima de sua cabeça.

Isolda conteve um ataque de raiva, tanto pela interrupção quanto pelo medo que a presença do guarda claramente causara ao menino, que imediatamente baixou a cabeça e tensionou os ombros, mais uma vez. E que, a deusa sabia, claramente havia conhecido medo bastante nesses últimos meses.

Mas ela mal poderia argumentar — não sem atrair suspeita —, então se levantou, alisou o xale que o vento jogara e disse, dividindo as suas palavras entre Godgyth e a criança:

— Adeus, então. Espero que possamos nos encontrar novamente em breve.

Godgyth a considerou por um momento, e novamente Isolda viu algo indefinível em seu olhar azul nublado. Passou a língua pelos lábios novamente, e disse:

— Também espero que possamos. — Fez uma pausa, depois perguntou, abruptamente: — Você é uma curandeira, não é? Como sua avó foi?

Isolda concordou e ficou assustada com a urgência da questão.

— É isso mesmo.

Godgyth pareceu ponderar, e em seguida assentiu.

— Isso também. — Parou novamente e, quando a olhou mais uma vez, seus olhos estavam estranhamente mascarados, opacos à luz do sol brilhante. — Acho que talvez você possa... encontrar uso para suas habilidades aqui em breve.

— Lady?

Era o guarda mais velho querendo falar com ela novamente, e Isolda olhou, surpresa. Eles estavam de passagem pelo pátio interno de Caer Peris, passando o quartel, os armazéns de grãos e a fumaça da forja do ferreiro no caminho de volta para a guarnição interior, que abrigava o quarto de Isolda. Os dois seguranças foram andando ao lado dela, um de cada lado, e novamente foi o mais velho, o homem de cabelos acinzentados, quem falou.

Seu rosto marcado estava sombrio e implacável como sempre, e Isolda preparou-se, imaginando se seria repreendida por ter falado com Rhun.

— Sim?

O guarda franziu a testa, depois disse em voz rouca, com forte sotaque:

— A senhora Godgyth disse...

Ele se interrompeu quando o guarda mais jovem tropeçou num monte de palha solto e cambaleou um ou dois passos antes de recuperar o equilíbrio.

— Pelos bagos de Thor, você não pode nem ver para onde está indo, seu vira-lata chorão? Ou tem estrume de vaca no lugar do cérebro, bem como... — O homem de cabelos grisalhos parou outra vez com um rápido olhar para Isolda, como se tardiamente lembrando que ela entendia a língua saxônica. Não disse nada, porém, apenas fixou os olhos adiante e continuou em seu inglês cheio de sotaque.

— A senhora Godgyth diz que a senhora é curandeira.

Isolda tentou adivinhar aonde ele queria chegar, mas não conseguiu. Assentiu com a cabeça e disse:

— Isso mesmo.

Passaram pelo pátio de treinamento, onde um grupo de guerreiros duelava com machados e espadas curtas, e o guarda esperou até que tivessem deixado o barulho e os gritos para trás, antes que ele dissesse, mantendo o olhar treinado para a frente:

— A senhora pode fazer... um feitiço do amor?

Sua voz era ainda áspera e bruta, e a questão parecia tão absoluta e fantasticamente improvável que Isolda pensou por um momento que deveria ter entendido mal, ou que o guarda tinha usado a palavra errada. Ela disse, inexpressivamente:

— Um feitiço do amor?

O guarda de cabelos grisalhos ainda não olhava para ela, mas balançou a cabeça.

Isso poderia ser um truque, uma espécie de vingança elaborada por ela tê-lo envergonhado na luta de treinamento sobre as muralhas. Apenas por um momento, olhando para o saxão impiedoso, o rosto coberto de cicatrizes de batalha e pensando no modo como ele a havia impedido de falar com Rhun, Isolda desejava que pudesse lhe prescrever alguma poção verdadeiramente vil e lhe dizer que era um filtro de amor. Ela não teria nem mesmo de inventar um. Ouvira falar de dezenas por seus numerosos pacientes, todos conjurados por suas mães ou avós, ou tios e primos. Algo a ver com excrementos de rato e urina de carneiro que, provavelmente, o faria adoecer o suficiente para que ele não fosse capaz de segui-la a qualquer lugar, independentemente das decisões de Octa.

Sua consciência, porém, tomando a forma da voz de sua avó, sussurrou-lhe que o primeiro dever sagrado de um curandeiro era nunca causar danos intencionalmente.

O que era, Isolda pensou, um pensamento puramente injusto, porque ela não tinha certeza se Morgana, estando ali naquele momento, teria escrúpulos de aproveitar esta chance de fazer o guarda adoecer.

A Morgana em sua mente lhe deu um sorriso sem arrependimentos. Talvez não. Mas isso não significa que eu não a criei para ser uma pessoa melhor do que eu alguma vez fui.

Isolda respirou fundo. Tinha de dar alguma resposta ao guarda. Oferecer-lhe algo inofensivo, alguma dose leve de um preparado de ervas, e assim possivelmente ganharia um pequeno grau de sua confiança. E os deuses sabiam o que ela poderia fazer com um aliado, ali.

Isolda olhou para o homem ao seu lado novamente. Mesmo que ele fosse boca suja e parecesse um guerreiro impassível, ela não o tomava como idiota. Se lhe oferecesse uma poção que não funcionasse, a não ser que ela estivesse com muita sorte, provocaria sua ira e perderia muito mais do que talvez pudesse ganhar.

— Sinto muito — disse ela. — Não conheço nenhum feitiço do amor.

A cabeça do guarda se virou, e por um instante o seu olhar, inexpressivo e de um azul quase sem cor, encontrou o dela. Impossível dizer se estava zangado ou ofendido, ou simplesmente conhecedor de que ela não poderia dar o que pediu. Então, virou-se novamente e deu mais um breve aceno de cabeça. Isolda pensou ter visto a linha de sua boca endurecer ligeiramente, mas ele disse apenas, com a mesma voz rouca:

— Entendi.

⌒

— Seu filho de uma cabra!

O saxão deu um furioso soco no estômago e cuspiu as palavras, a saliva borrifando o rosto de Tristão.

Tristão cerrou os dentes. Ele já havia feito isso antes: desligar toda a emoção, todo o pensamento para além do próximo passo, além de agir e reagir. Dessa vez, estava mais difícil, no entanto. Ele teve força para se deixar mole e abandonado, inclinando a cabeça entre as mãos de ferro de dois guerreiros de Octa, forçando-se a não lutar, a não ceder à fúria que fervilhava por trás de seus olhos.

Pelos deuses, ele sentira falta de se desligar do passado, trancando as memórias numa caixa que nunca deveria ser aberta. Ser um homem sem nome, sem país ou casa. Tudo o que havia terminado com a visão do rosto de Isolda, quase um ano atrás. A primeira vez que a vira em sete anos. Desde Camlann.

Apesar de tudo, era numa lembrança do rosto de Isolda que ele se concentrava agora, enquanto o homem — o mais velho, de rosto vermelho e sem pescoço, e com o hálito mais nojento que Tristão já havia encontrado — o socava novamente. Não apenas porque protegê-la era o motivo de ele estar ali. Foram longos anos de prática que o fizeram invocar sua lembrança. A memória de todos os outros golpes que ele já havia suportado, concentrando-se nela e em seu rosto, o único ponto brilhante capaz de bloquear a dor.

Estava escuro e uma leve chuva caía, tornando a noite de verão fria e rigorosa. Sem Pescoço e os outros dois guerreiros que faziam a patrulha daquela fronteira para Octa estavam cansados da falta de resposta de Tristão, ansiosos para regressar ao seu acampamento e sua cerveja. Os golpes iam se tornando cada vez mais superficiais e as maldições que lhe cuspiam tinham um tom aborrecido.

Deixaria que se divertissem um pouco mais e poderia fingir ser nocauteado por um dos golpes, esperar até que a guarda estivesse relaxada e fugir. Voltaria para Daka e Piye, que já teriam invadido o acampamento dos homens de Cerdic nas proximidades, viajando para o norte em direção à fronteira de Gwent, tal como combinado na reunião do conselho semanas antes.

Seu papel era parte do plano, mas precisava que os relatórios dos homens de Marcos nesta área não dependessem apenas de sua palavra, que o motivo de ele estar aqui, vestindo o uniforme escamoteado da guarda de Marcos e desempenhando o papel de um dos batedores de Marcos, estúpido o suficiente para ter caído nas mãos do inimigo.

Ele já havia dado aos homens de Octa a sombria, e falsa, descrição de uma tropa de guerreiros de Marcos que estaria rumando para o sul, invadindo acampamentos e assentamentos que deveriam, na opinião de Octa, ser apenas dele.

— Agora — Tristão grunhiu enquanto Sem Pescoço desferia outro golpe —, ele só tinha de ficar no controle um pouco mais. Recusar-se a reagir. Embora soubesse que poderia alcançar a faca escondida na bota e apagar o sorriso oleoso do rosto de Sem Pescoço. Fazer com ele o que deveria ter feito a Marcos...

Tristão amaldiçoou a si mesmo e conteve-se, antes que pudesse se ver livre das mãos de seus captores.

O golpe adiantado não o atingiu com tanta força, mas Tristão gemeu novamente e fez-se passar por completamente frouxo, pendendo inerte e pesado entre os outros dois homens. Eles o derrubaram, chutando uma ou duas vezes para ter certeza de que estava realmente inconsciente. Mas logo desistiram. Ele tinha razão. Estavam aborrecidos com ele.

— Não vai falar mais nada esta noite. Pode amarrá-lo.
— Sem Pescoço resmungou a ordem a um dos homens mais jovens, em seguida marchou em direção à fogueira que haviam deixado quando da aparição de Tristão, uma hora antes, e um instante depois ele ouviu o chapinhar de um copo de cerveja sendo levantado.

O jovem guarda que Sem Pescoço havia ordenado que o amarrasse inclinou-se, juntando os pulsos de Tristão, amarrando-os com uma tira de couro na frente de seu corpo, o que foi uma coisa estúpida, mas Tristão não estava disposto a corrigi-lo.

Ele ficou imóvel, de olhos fechados, respirando pesadamente pela boca. As contusões do espancamento latejavam e iam doer como o diabo no dia seguinte, mas Tristão ignorava a dor agora. Nem sequer deixava-se pensar em Marcos e nos planos ainda não realizados. Preferiu se concentrar no rosto de Isolda, em afastar a raiva, o potencial latente de violência de volta à sua caixa, fechando-a, desvinculando-se dela antes que ela o possuísse.

Ignorando o ódio que ainda, após sete anos, parecia com brasas queimando um caminho em sua pele.

⁓

Ela olhou o próprio rosto, um sentimento ruim revirando-lhe a boca do estômago quando ela abriu a boca e disse, com uma voz que era ao mesmo tempo estranha e dela própria.
— *Sinto muito*, Lady *Isolda. Ele foi ferido. Fatalmente. Ele não...*

Isolda acordou com um engasgo, o coração disparado, a imagem de seu próprio rosto, a voz do sonho ainda tão vívida em sua mente que por um momento ela apagara toda a consciência da cama de dossel e da câmara do salão de hóspedes ao seu redor.

Deveria ser por volta de meia-noite, a julgar pela inclinação do luar prateado que se infiltrava através da simples janela estreita do quarto. Isolda sentou-se e tentou parar de tremer, procurando abrandar o martelar frenético do sangue em seus ouvidos, a memória gelada do sonho se espalhando por ela como ondas em um lago. A visão nem sempre se mostrava verdadeira. Havia o "pode ser", o "foi" e o "será" e nunca a menor dica de qual dos três ela vira.

Ainda assim, as batidas na porta fizeram seu coração falhar e então começar de novo, batendo forte contra suas costelas.

Isolda respirou lentamente. Ninguém em Caer Peris sabia de sua ligação com Tristão. Isso não podia ser — *não era* — o mensageiro do sonho que havia previsto.

No entanto, ainda sentia a pele pegajosa enquanto afastava o cabelo emaranhado de seus olhos e deslizava para fora da cama, pegando sua capa e enrolando-se nela sobre a fina camisola de linho em seu caminho até a porta. Cabal também tinha acordado com o barulho, e agora se levantava de sua cama perto da lareira, a pele do pescoço arrepiada e os dentes à mostra em um rosnado baixo.

— Bom cachorro, Cabal — Isolda colocou a mão em seu pescoço, e a textura áspera de seu pelo, a consciência do poder nos músculos sob a pele marrom e branca do grande cão deixou-a mais calma. — Silêncio, agora.

Quando abriu a porta, encontrou o guarda mais velho e grisalho, aguardando do lado de fora, pronto para bater uma segunda vez. Com o coração aos solavancos, mais uma vez, a mente de Isolda tentava entender o que esta convocação à meia-noite podia, e quase teria, de significar. Que Octa, de alguma forma, já sabia que sua oferta de aliança era uma mentira.

Forçando a voz a ficar tão firme quanto possível, ela disse:
— O que foi?

O guarda carregava uma lanterna coberta em uma das mãos, e à luz bruxuleante seu rosto parecia mais implacável do que nunca.

— Eu... — Ele parou, depois disse com o olhar fixo sobre o ombro de Isolda. — *Cavalo doente. Nos estábulos. A senhora vem?*

Isolda hesitou, tentando recuperar o fôlego. Então perguntou:
— Existe um nome pelo qual eu possa chamá-lo?

Apenas por um instante os olhos do guarda encontraram os dela, então se afastaram, focalizando-se novamente em um ponto atrás dela, dentro do quarto. Ele ficou em silêncio por tanto tempo que Isolda pensou que poderia ser outra recusa tácita para responder. Por fim, entregou:

— Ulf, senhora.

Isolda estudou-lhe rosto bexiguento por um longo tempo. Mas, exceto por Cabal, ela estava sozinha ali. Se Octa a tivesse convocado de fato, ele e seus guardas poderiam fazê-la comparecer, sem que ela pudesse escapar ou fingir.

E nada, ou quase nada, era melhor do que voltar para a cama e deitar sozinha no escuro com a lembrança do sonho se impondo aos seus olhos e a voz dele sussurrando em seus ouvidos.

Uma das mãos ainda descansando levemente no pescoço de Cabal, ela disse:

— Tudo bem então, Ulf. Dê-me um momento para me vestir, e eu irei.

∽

Isolda ficou em pé para esticar as costas. Estava abaixada havia um longo tempo, dobrada sobre o cavalo ao seu lado, no meio de montes de palha limpa e cheirosa. Ulf tinha dado ao garanhão o nome de Hræfn — corvo, na língua saxônica. Fazendo jus ao nome, o animal era de um preto brilhante puro e, quando saudável, deveria ter sido impressionantemente bonito, com pescoço e costas poderosos, pernas longas e cabeça bem torneada. Agora, porém, a barriga do cavalo descia e se levantava quando ele respirava, uma secreção amarela grossa escorria-lhe pelo nariz, e o silêncio da noite era quebrado a todo instante pela sua forte tosse seca.

Isolda empurrou um balde cheio do caldo que ela havia preparado, feito de alho-poró e flores de amor-perfeito, sob o nariz de Hræfn. Os olhos do garanhão estavam embotados, mas suas orelhas se mexeram e depois de um momento ou dois ele abaixou o nariz para o balde e bebeu.

Esse era o terceiro preparado do caldo que ela lhe dera, e a cada vez ele havia bebido tudo. Seria um bom sinal? Ela não sabia. Alho-poró e amor-perfeito eram as ervas que ela teria dado a um homem ou uma mulher que tossia dessa maneira. Se funcionaria com um garanhão, ela não podia ter certeza.

Isolda recostou-se, afastando o cabelo dos olhos e tentando, como já havia feito várias vezes aquela noite, invocar tudo o que sabia a respeito de cavalos e seus cuidados. Quando criança, tinha visitado Tristão muitas vezes, quando ele trabalhava como assistente do tacanho e idoso treinador de cavalos nos estábulos de seu pai, e levava maçãs e cenouras para alimentar os animais, acariciando-os o suficiente para que tirassem o alimento de suas mãos.

E sua avó também tinha sido por vezes chamada para cuidar de montarias de guerra. Isolda conseguia se lembrar de ir com ela aos estábulos, quando menina, para buscar, transportar e servir como um par extra de mãos. Os cavalos eram — Morgana dizia —, em geral, mais merecedores da atenção de um curandeiro do que qualquer homem. E também eram pacientes melhores.

Isolda passou o olhar do garanhão negro para a pequena figura que estava sentada encolhida em um canto da estreita baia do cavalo. Ulf tinha procurado Godgyth para conseguir mais alho-poró e amor-perfeito, uma vez que o garanhão precisaria de mais do que o magro estoque que Isolda carregava em sua caixa de medicamentos. E, para seu espanto, ambos tinham sido entregues pelo menino Rhun, que piscava atordoadamente, os olhos ainda um pouco inchados como se ele tivesse sido despertado de um sono ruidoso.

Agora, observando o menino sentado no canto, de ombros curvados, cabeça inclinada, Isolda sentiu calafrios ao se lembrar das palavras de Godgyth para ela sobre as muralhas. *Acho que provavelmente você poderá encontrar uso para suas habilidades aqui brevemente.*

Mesmo que Godgyth não tivesse previsto a doença de Hræfn e o pedido de Ulf, tinha, pelo menos, enviado Rhun aqui. Havia dado a Isolda a chance de... quê?

Se pretendia ganhar a confiança do menino, até agora ela havia falhado. Tentou falar com Rhun várias vezes, mas ele não se moveu, nem sequer olhou para ela ou para o cavalo. Mesmo estando sozinhos, Ulf vigiava fora dos estábulos para ter certeza de que não seriam vistos ou interrompidos por qualquer outro da guarda de Octa.

O guarda tinha ficado em silêncio enquanto a conduzia aos estábulos e à baia do garanhão. Isolda pensou que poderia ter visto uma centelha de emoção em seu rosto marcado, de nariz chato, quando ela disse que Hræfn devia ser uma montaria valiosa.

— Meu cavalo... — Ulf respondeu, com um olhar único e persistente em direção ao animal que sofria. — Este grande monte de estrume fedorento e chorão é meu.

Mas tinha apenas sido uma sombra de sentimento, um traço de carinho em sua voz rouca, nada mais. Se conquistaria um bom quinhão de sua confiança, sendo bem-sucedida, ou provocaria sua ira falhando, ela não tinha ideia.

Isolda foi em direção ao pequeno braseiro, pretendendo começar a aquecer outra porção do caldo de alho-poró e amor-perfeito. Debruçou-se sobre o caldeirão de cobre ainda frio. Então, ficou paralisada.

Estivera contendo todos os pensamentos sobre Tristão, todos os seus piores temores por ele impiedosamente engolfados, sabendo que não havia nada a fazer nem mesmo como saber ao certo onde ele estava ou quais os perigos que enfrentara. Mas, agora, era como se algo que estivesse esperando por ela se soltasse, como uma mola, e por um momento o rosto de Tristão apareceu na superfície da água no caldeirão.

Fazia cara de briga, o olhar concentrado, toda a emoção e os pensamentos, afora os de combate, afastados. Estava iluminado pelo que parecia ser a luz de uma fogueira, as sombras cintilantes mostrando um hematoma escurecido em sua face e um rastro de sangue seco sobre um olho. Tinha uma faca entre os dentes e estava serrando uma tira de couro que prendia seus pulsos unidos.

Isolda congelou, sentindo como se o seu coração estivesse tentando forçar a lama de um rio através de suas veias, como se ela estivesse tentando respirar em algo muito mais espesso e sufocante que o ar. Enquanto o observava, as fibras do couro finalmente se partiram, a tira se soltou e Tristão ficou imediatamente em pé, cada músculo tenso e equilibrado. Dessa vez, ela só conseguia ver, não ouvir, de modo que não sabia o que havia chamado sua atenção. Mas sua cabeça se ergueu e os olhos focalizaram algo além do seu estreito campo de visão, e Isolda viu um músculo saltando em sua mandíbula.

Ela teve de cerrar as mãos contra a vontade de procurar pelas águas, para extrair mais do que podia ver através de sua pequena janela. Em seguida, três homens se adiantaram em direção a Tristão, lanças e machados de batalha em punho. Saxões, todos eles, a julgar pelos cabelos loiros e barba trançada. Mais do que isso ela não conseguia enxergar, pois estava muito escuro e difuso para saber.

Ainda assim, viu a expressão de Tristão ao encará-los com firmeza, viu as várias opções passando por sua mente e o momento da constatação de que não havia escolha senão ficar e lutar, armado apenas com uma faca contra dois machados e três lanças. Ele disse alguma coisa, provavelmente um insulto ou ofensa, porque o maior dos três saxões — um homem com o rosto vermelho e mais velho — deu o que parecia ser um berro de raiva e uma ordem, balançando a lâmina.

Isolda sentou-se, petrificada, enquanto Tristão ficava em

frente ao saxão armado. Então, no último momento possível, exatamente quando o machado reluzente estava prestes a descer, Tristão mergulhou para a frente, rolando sob a lâmina em arco, bateu nas pernas do saxão embaixo dele e lhe golpeou no queixo, o que fez com que o homem tombasse de costas para o chão, revirando os olhos.

Instantaneamente, Tristão estava de pé novamente, parando apenas para apanhar o machado caído do saxão, antes de girar para enfrentar os dois restantes. Então...

Então a visão se interrompeu e quebrou, e Isolda ficou olhando para a água dentro de uma grande panela de cobre. Sentou-se, quieta. Tentou respirar lentamente até que seu coração já não batesse acelerado e seu corpo todo não sofresse com os calafrios. Ainda assim, trazer sua atenção de volta ao estábulo e ao cavalo doente ao seu lado era como se arrastar para fora de um pântano de lama negra. O ofuscar da lanterna doía nos olhos, e tudo parecia estranhamente, dolorosamente claro, cada lâmina de palha, cada mecha da crina de Hræfn cortava sua visão como um cristal de gelo.

Era em momentos como esses que as visões concedidas a ela não pareciam nem bênção nem maldição, mas uma piada enorme, cruel por parte do poder que regia a Visão. Porque, pelos deuses, mesmo que Tristão tivesse sido recapturado, neste momento, agora mesmo, poderia estar caindo morto sob o golpe de um desses machados saxônicos, o que ela poderia fazer?

A seu lado, Hræfn tossiu novamente, e Isolda fez-se levantar, acender um fogo no braseiro com as mãos que ainda estavam frias e duras, jogando mais flores secas de amor-perfeito na panela sobre as brasas incandescentes.

Tristão estava vivo. Seu rosto podia estar machucado, e ele se mover como se suas costelas doessem, mas não tinha sido morto. Não era possível que ela não sentisse nada se ele realmente tivesse morrido. Então, pare de pensar qualquer outra coisa. Pare de pensar nele deitado no chão, olhando com olhos azuis mortos e sem vida para o céu à noite.

Isolda fechou os olhos, estendendo a mão para a noite além das paredes do estábulo, tentando imaginar o que os druidas nos contos devem ter sentido quando enviavam seus espíritos para voar sobre as asas dos pássaros. E... Será que ela havia sentido? Um formigamento leve vibrando ao longo do diáfano sussurro do fino fio de consciência que ela havia extraído? Ou será que só queria desesperadamente acreditar nisso?

Forçou-se a respirar, inclinando-se contra o sólido calor do garanhão, esfregando suas orelhas em círculos lentos enquanto se lembrava vagamente do que vira Tristão fazer anos atrás, quando um cavalo assustado ou ainda inexperiente precisava ser acalmado.

— Vou lhe contar uma história. — Ficou surpresa ao ver que sua voz estava quase firme. — Sobre um garanhão parecido com você. E um rapaz que conheci, anos atrás.

O cavalo suspirou em um sopro tempestuoso, e Isolda virou-se, vendo o jogo de sombras que a lanterna lançava na parede oposta.

— O nome do garanhão era Cadfael, príncipe de batalha, e era malhado de cinza, em vez de preto. Mas ainda assim você se parece um pouco com ele, eu acho. Ela esfregou levemente o pescoço de Hræfn e sentiu o ondular dos músculos sob a pele. — Cadfael foi ferido em uma batalha: um profundo corte de espada em sua perna esquerda. Todo mundo pensou que ele precisaria ser abatido.

Isolda fez uma pausa. A lanterna ardia, fazendo o jogo de luz e sombra tremer e dançar.

— Mas Tristão, o garoto de quem eu falava, pensou que não era tanto o ferimento, que chegou a ser curado, o que deixava o cavalo incomodado, mas simplesmente o medo de que poderia se machucar novamente. Então, ele começou a trabalhar com Cadfael. A dor o transformara, de forma que ele tentava morder qualquer um que se aproximasse. Mas Tristão continuava indo visitá-lo, dia após dia, apenas falando com ele. Então, quando Cadfael passou a confiar um pouco nele, Tristão começou a levá-lo para andar, apenas lentamente, em torno do estábulo.

O borbulhante silvo da panela a fez olhar para cima, para ver se o caldo de alho-poró e amor-perfeito começara a ferver. Isolda levantou-se rapidamente e tirou a panela do fogo, usando uma dobra de sua capa para proteger a mão. Colocou-a no chão para esfriar e, em seguida, voltou-se para Hræfn.

Ela não tinha certeza do que a fizera olhar para Rhun. Algum ligeiro movimento, talvez o farfalhar da palha no canto onde estava sentado. Mas, quando olhou para ele, viu o menino sentado; a expressão tensa e contida havia desaparecido de seu rosto, os olhos negros ainda um pouco desconfiados, mas observando-a com interesse e curiosidade.

Sinto como se estivesse exatamente onde deveria estar, fazendo o que deveria estar fazendo. Deuses, agora ela gostaria muito de ser capaz de acreditar que isso era verdade.

Imediatamente, antes que pudesse assustá-lo com a percepção, Isolda virou-se e se sentou novamente ao lado da cabeça do cavalo doente sobre a palha. Podia sentir o olhar de Rhun ainda sobre ela, mas se esforçou para não olhar em sua direção novamente.

— Pouco a pouco, Cadfael ficou bom outra vez. — Isolda parou, deixando os dedos momentaneamente na crina brilhante de Hræfn enquanto recordava. — Tristão me deixou montá-lo apenas de início, para fazer com que ele se acostumasse a usar uma sela e freio novamente.

Ela fez uma pausa. No silêncio do estábulo docemente perfumado pelo feno, Hræfn se mexeu e tossiu novamente.

— Naturalmente, a melhora de Cadfael melhorando significava que poderia ser conduzido para a batalha novamente. Eu estava desolada. Tristão... — Isolda virou a mão livre, olhando para a fina cicatriz de seu casamento, estampada na palma da mão. — Tristão esculpiu para mim uma miniatura de Cadfael, então.

Isolda parou e olhou para cima, arriscando outro olhar na direção de Rhun. Ele ainda estava olhando para ela, e, quando o viu, seus olhos se encontraram. Isolda prendeu a respiração. Mas a criança não desviara o olhar. Apenas sentara-se muito quieta, olhando para ela com seus olhos escuros e de espessas pestanas.

De repente um passo soou na porta da baia. Isolda viu que Ulf havia retornado. Com o canto do olhar, percebeu que imediatamente Rhun tinha recuado, enfiando a cabeça no peito, encolhido em seu canto, mais uma vez. Isolda sentiu uma pontada de raiva. Mas Ulf checava a entrada e estava olhando através dela, aparentemente congelado no lugar com o que tinha visto.

Isolda virou. Diante da visão de seu mestre, Hræfn tinha levantado a cabeça da palha. Ele ainda estava fraco demais para se erguer, mas agitou levemente a crina, deu um relinchar macio e balançou a cauda.

A garganta de Ulf se mexeu quando ele engoliu uma vez, e depois novamente, e Isolda pensou ter visto apenas um breve brilho de umidade em seus olhos. Mesmo que tudo o que ele tenha dito foi:

— Parece melhor. — Então, ele limpou a garganta. — Amanhece em breve. A senhora e o menino devem ir.

Perto demais.

Seguro na cobertura de um bosque espesso de carvalhos, Tristão limpou a lâmina da faca em uma moita flexível de capim, que crescia entre as raízes, e a devolveu ao cinto. Não era sua fuga. Os três saxões tinham exagerado tanto na bebida que mal conseguiram manter seus pés debaixo deles, muito menos lutar. Não, perto demais ele é que havia chegado do ponto de matar os três em vez de apenas nocauteá-los, como havia feito.

Não que, de todas as vidas em sua consciência, aqueles fossem os únicos a mantê-lo acordado durante a noite. Mas teria sido um esforço infernalmente inútil se ele tivesse arrumado o problema de ser capturado, apanhado deles para que pudesse plantar informações falsas sobre Marcos na mente de cada um e, em seguida, assassinado todos eles antes que pudessem contar a alguém o que sabiam.

Tristão se levantou com esforço, amaldiçoando baixinho enquanto todos os músculos do seu corpo gritavam em protesto. Não que isso o ajudasse a silenciar a voz na cabeça. *Vagabundo. Bastardo. Escória.*

Fora um diabo de caminho longo o que ele percorrera desde então. Talvez fosse verdade o que diziam sobre o destino estar no sangue.

Algo chamou sua atenção, apesar dos ferimentos. Tristão instintivamente jogou-se de barriga para baixo no chão antes mesmo que sua mente consciente registrasse completamente o cheiro acre de fumaça vinda de algum lugar adiante.

Ele estava se aproximando da crista de uma elevação no terreno. Ainda se mantendo preso ao chão, rastejou sobre os cotovelos e olhou para a clareira na floresta abaixo. Um acampamento. Um acampamento do exército. Algumas tendas escondidas de um líder qualquer. Sacos de dormir no chão para o descanso, a esta hora da manhã ainda ocupados por homens que grunhiam e roncavam.

Porém, a leste, o céu já estava clareando com o amanhecer, e isso, combinado à luz de uma fogueira da guarda, permitiu a Tristão enxergar as sombras das sentinelas postadas em intervalos em torno do perímetro do acampamento. E enxergar o emblema sobre a faixa em seus braços. O javali azul da Cornualha. Homens de Marcos da Cornualha.

Tristão deitou-se absolutamente imóvel, respirando por entre as samambaias molhadas de orvalho. Então, lentamente, silenciosamente, começou a retroceder para a parte baixa do aterro, até que, mais uma vez escondido pela cobertura de árvores frondosas, pudesse ficar em segurança. Um acampamento de homens de Marcos. Aqui. *Grosso modo*, eles estavam mesmo onde ele dissera aos três membros da patrulha de Octa que estariam.

Tristão sentiu uma sombria e silenciosa gargalhada rompendo de seu peito.

Então ele parou, os olhos vagueando para cima em direção à crista do monte que havia escalado, detalhes de árvores e arbustos que apareciam, agora, à luz crescente da manhã. Que diabos estariam fazendo ali? Invadindo o território de Octa de Kent, como ele também afirmara para sua guarda?

Bem, isso era possível, ele supunha. Escolhera essa mentira porque era uma na qual considerava que Octa prontamente acreditaria, porque ele sabia que Octa e Marcos confiavam tanto um no outro para honrar sua aliança quanto teriam confiado num lobo entre um rebanho de ovelhas. Não era de estranhar que Marcos, desconfortável em seu acordo com Octa, estivesse fazendo exatamente o que ele, Tristão, alegara.

O olhar de Tristão se demorou sobre o contorno da sentinela de capacete que ele agora podia ver, perto do topo da colina, a curta distância do local onde ele próprio tinha ficado. Estaria Marcos em pessoa ali? Dormindo em uma das tendas camufladas no meio do acampamento?

Sua mão se contraiu sobre a faca, enquanto, apenas por um instante, pensava em todas as vezes ao longo dos anos que havia reprimido sua raiva o suficiente para que pudesse se desligar dela e prosseguir; todas as vezes em que ele tinha imaginado o rosto de Isolda para combater o potencial demônio da violência dentro de si. Porque, se ele se transformasse em seu pai, não mereceria a confiança que sempre vira nos olhos dela. E seria digno dela algum dia, quando ambos tivessem crescido.

Digno dela. Correto.

Tristão soltou um lento suspiro, forçando os dedos a relaxar o aperto sobre a faca. Porque, se ele estava disposto a arriscar a vida por Isolda, não podia ser morto com a missão apenas pela metade. Virou-se, deslizando silenciosamente para trás da mesma maneira que viera, através das árvores. De qualquer forma, teria algo a dizer para Octa de Kent, quando voltasse para sua fortaleza.

Capítulo 12

— Este é o homem.
Isolda encontrou os olhos de Octa, atentos e frios como os de uma cobra, fixos nela. O rei saxão usava uma túnica com pele mal curada de lobo na gola e nos punhos. Seu cabelo orduroso e com mechas grisalhas estava solto sobre os ombros, as pontas do bigode e barba ainda cobertas com o que parecia resina de pinheiro negro. Ele apontou para o homem que estava deitado no meio dos montes de palha suja no chão.
— Alguma coisa pode ser feita por ele?
Isolda olhou para o homem inconsciente, enxergando, mesmo sob a luz ofuscante, os cortes e o inchaço. Hematomas obscureciam o rosto e eram graves o suficiente para quase apagar suas feições. Havia uma horrível ferida negra incrustada nas costas, marcas que pesados pés tinham deixado sobre suas costelas. As mãos estavam firmemente amarradas nas costas em um ângulo torturante. Ou, pelo menos, que deveria teria sido, se ele estivesse consciente o suficiente para sentir alguma coisa.
A pequena sala construída em pedra fedia a palha apodrecida e resíduos humanos e, mais forte do que tudo, um espesso e acre cheiro de desespero e medo. Isolda teve de invocar todas as forças de sua vontade para não reagir ao vago desafio que ela podia ver nos olhos friamente pálidos de Octa.
Esse era o propósito de ele tê-la chamado ali. Ela sabia, e ainda precisou trazer à lembrança todos aqueles que agora dependiam do fato de ela se manter viva e sem atrair a ira de Octa, enquanto estava inteiramente sob seu poder ali.

Rhun... Madoc... Kian... Eurig... Cath... a pequena faísca de vida que se apagaria se fosse descuidada o suficiente para perder a sua própria existência. Todos eles passavam por sua mente. Mas foi à memória de Tristão que ela se segurou.

Tristão, como ela o tinha visto nas águas divinatórias na noite anterior, ferido e ensanguentado e o rosto sério na batalha, todo o sentimento, toda a emoção simplesmente desligada.

A lembrança de algum modo a deixara mais calma, tornando mais fácil afastar a mistura agitada de raiva e medo para longe, muito longe, até que ela pudesse se ajoelhar ao lado do homem inconsciente, como se fosse apenas mais um soldado ferido, como qualquer um dos inúmeros outros que estiveram sob seus cuidados.

O que de certa forma era verdade. O homem inconsciente estava ferido, sangrando, com ferimentos para tratar, como todos. Exceto por não se encontrar em sua enfermaria ou mesmo em uma tenda de hospital no campo de batalha, mas em uma cela fétida, úmida e sufocante, de tão quente.

Isolda estava se vestindo em seu quarto pela manhã, quando Ulf, o mais velho de seus dois guardas, trouxera o recado de que Octa exigia sua presença. Ela precisava comparecer imediatamente e levar os medicamentos e ervas que tivesse. Isolda imaginou ter ouvido um traço de relutância na voz do guarda ao repetir a ordem de Octa, mas que poderia ter sido apenas a sua própria imaginação. Certamente se ele se lembrava, ao falar com ela, de alguma coisa da noite que passara lutando para salvar a vida de seu cavalo, não traiu nenhum sinal disso, fosse por uma palavra ou olhar.

Também não demonstrava agora, enquanto Isolda se ajoelhava no chão da cela, tomando conhecimento dos ferimentos do homem inconsciente, um prisioneiro que Octa e seus guardas tinham interrogado — por ordens de Octa — até que não pudesse lhes dizer mais nada.

Isolda olhou das feições do prisioneiro espancado para Ulf, que montava guarda à porta, pálido, olhos inexpressivos fixos em frente. Ela se perguntou se ele teria sido um daqueles cujos punhos e pés tinham desferido aqueles golpes.

Isolda podia sentir o olhar frio de serpente de Octa fixado sobre ela e, se obrigando a não olhar para ele, passou as mãos levemente sobre o peito do prisioneiro inconsciente, procurando por costelas quebradas. Sentiu a raiva ameaçando explodir novamente, porque, pelos deuses, havia quatro ou cinco pelo menos. Isso além de inúmeros hematomas e cortes sangrando que ela já havia encontrado.

Quando terminou, ela rangia os dentes, o sangue latejando na parte posterior dos olhos com o esforço de manter as mãos firmes, segurando-se para não se virar e atacar Octa de Kent em seu rosto endurecido pelas batalhas.

Embora, pelo menos, quando ela fechava os olhos e procurava pelo homem inconsciente em sua mente, não conseguisse captar nada sobre ele. Nenhum pensamento, nenhum fragmento de memória, nem mesmo medo ou percepção da dor. Ainda assim, depois que terminou de avaliar ferimentos, Isolda pôs a mão sobre o peito do homem e colocou toda a intenção em um tipo de mensagem sem palavras, que lhe desse tranquilidade e conforto, esperando que ele soubesse antes de morrer que alguém lhe tocara desejando paz em vez de danos.

Havia pouca coisa que podia fazer por ele. A respiração era pesada e lenta, e, quando ela puxou a pálpebra enegrecida de um olho, a pupila tinha ficado sem resposta e fixa. Duvidava que ele voltasse a acordar. E, se acordasse...

Isolda sentiu-se nauseada novamente, porque não havia maneira de ela dizer, com certeza, que o ferido não acordaria para mais pesadelos, e mais tortura, mais dor. Ela não podia nem mesmo dar ao prisioneiro uma poção para garantir que ele não acordasse nunca mais.

Isto era um teste. Outra prova de boa fé.

— Sinto muito, senhor. — Olhou para Octa e ficou ligeiramente surpresa ao ouvir que tinha, de fato, conseguido fazer sua voz soar firme e calma. — Mas ele está além da minha ajuda.

Por um momento infinitamente longo, os olhos de Octa se detiveram nos dela.

— Entendo. — Octa deu um passo em sua direção e disse, levantando a voz, sobrancelhas arqueadas. — Entendo que ou você é uma mentirosa ou é tão inútil para mim como curandeira como uma prostituta é para um eunuco.

Ele queria que ela ficasse irritada. Isolda conteve-se, lutando contra o impulso de recuar ou se encostar contra a parede úmida e escorregadia. Ele queria que ela tivesse medo.

Godgyth havia chamado Octa de sanguinário, dissera que após uma vida de guerra ele havia enlouquecido. Com a sensação da irregularidade das costelas quebradas do prisioneiro inconsciente ainda formigando nas pontas de seus dedos, Isolda poderia muito facilmente acreditar que era verdade.

Certa vez, ela vira um mendigo, aflito com uma doença que matava de fora para dentro, que enfraquecia a carne saudável das mãos e dos pés, rosto e nariz, deixando-a encaroçada, branca e fria como a de um defunto. Talvez fosse, de alguma forma, a mesma coisa que acontecia com todos os guerreiros que lutavam ano após ano. A dor, o sangue, a luta constante e a ameaça de morte embotavam e amorteciam todos os sentimentos até que o homem não sentisse mais nada, exceto a excitação ao matar.

Mas também era verdade que, mesmo estando ali com ele numa cela minúscula, Octa parecia de alguma maneira irreal. Lembrava mais o personagem de todas as histórias de suas vis atrocidades do que um homem de carne e osso. Tentar adivinhar os pensamentos que passavam por seu frio olhar azul era como correr contra uma parede de pedra sem abertura.

Isolda pensou que Octa havia construído uma imagem de si mesmo como um homem para ser temido. Octa, o Rei. Octa da Faca Sangrenta. Sua confiança e autoestima eram tão exageradas como as bexigas infladas dos filhotes de porco espancados no momento do abate de outono.

O que significava que ela não podia ceder ao medo, ou sabia que com certeza ele a esmagaria tão facilmente como a uma mosca. Mas nem ela poderia arriscar dizer ou fazer nada que Octa visse como um desafio à sua autoridade, um furo na sua mania de se achar superior aos outros.

Isolda ignorou a pulsação agitada, o suor frio que arrepiava sua pele. Baixou o olhar e disse:

— Sinto muito que pense assim, senhor.

Octa não respondeu logo. Os olhos como lagos gêmeos, estagnados, pousados em Isolda. Então, abruptamente, ele balançou a cabeça para liberá-la.

— Isso é tudo.

Isolda curvou a cabeça em confirmação, inclinando-se para pegar o estoque de medicamentos que trouxera consigo. Só então ela disse:

— Este prisioneiro é um dos homens de Cynric?

Octa já estava na porta, mas diante da pergunta deu meia-volta imediatamente, os frios olhos pálidos se contraindo e afiando à medida que, mais uma vez, a focalizavam. Algo forte se agitava por trás de seu olhar, e Isolda novamente teve a impressão de hostilidade ou ódio, mesmo que mantido sob estrito controle.

O que por si só já era assustador. Ela não podia imaginar Octa de Kent preocupado com seu reinado de ódio. E não podia pensar em nenhum motivo inofensivo por que ele deveria começar a se preocupar agora. No entanto, quando ele finalmente falou, voz quase um rosnar, disse apenas:

— Por que pensa isso?

Isolda obrigou-se a respirar, esforçando-se para avivar a lembrança do rosto de Tristão. Se ele podia encarar uma luta frente a frente com três homens de uma só vez, ela poderia enfrentar Octa de Kent ali.

— Nenhuma razão. Só que eu soube que o senhor havia capturado o próprio Cynric e todos os seus homens, quando tomou Caer Peris dele.

Pelo que pareceu outro segundo eterno, os olhos de Octa fixaram-se nela. Então, ele latiu uma risada áspera.

— Se isto fosse um dos guerreiros de Cynric, sua pele esfolada estaria até agora pendurada por cima da porta do meu salão de banquetes.

Virou-se para a porta da cela, dessa vez mantendo-a aberta para permitir a entrada do ar relativamente frio, comparativamente limpo. Então, antes que Isolda pudesse esboçar qualquer sinal de alívio, Octa voltou. Ele sorriu, um sorriso tão distante de qualquer sentimento real que era por si só assustador.

— Haverá um *symbel* esta noite. Um banquete no grande salão para honrar meu novo aliado. É meu desejo que você participe.

⁓

O salão de Octa estava lotado. Mais lotado do que Isolda jamais havia visto. Muitos dos guerreiros reunidos ali eram homens de Octa. Mas havia vários grupos de homens altos e louros com bigode trançado em longas pontas que eram certamente do acampamento que ela vislumbrara nas imediações. Estavam vestidos de forma diferente do resto, em elmos de ferro com brilhantes guardas laterais de bronze e javalis de bronze ornando os brasões. E vestiam reluzentes cotas de malha, feitas de correntes de metal interligadas, tão valiosas que podiam manter um soldado comum alimentado e vestido por dois anos ou mais.

O totem de cabeça de cavalo branco de Octa estava em destaque no salão: para a noite era uma cabeça de cavalo verdadeira, curtida, conservada e arrematada por um par de pedras polidas no lugar dos olhos, tudo montado sobre a lança de um guerreiro guarnecida de escarlate. Os recém-chegados se curvaram ao totem, e novamente a Octa, beijando o anel de pedras preciosas incrustadas que usava na mão esquerda. Mais de um, Isolda observara, carregava um escudo com o emblema pintado de um corvo, que não era usado por nenhum rei saxão que ela conhecesse. Eles também eram reservados, misturando-se pouco entre os homens de Octa.

O ar estava pesado com a fumaça, e com a mistura de aromas de hidromel, suor, corpos sujos e carne assada. Isolda não fora incomodada por enjoos nas últimas duas ou três semanas, mas sentada em seu lugar à mesa do rei, e vendo os guerreiros protegidos por cotas de malha levantando cornos cheios de cerveja, ela se sentiu nauseada; sua cabeça latejava com o calor e o barulho.

Ulf e o outro guarda — o homem mais jovem, cujo nome ela ainda não sabia — estavam em pé atrás dela, um de cada lado. E Godgyth, à frente da sala, uma figura deslumbrante, apesar de seus ombros curvados e da pele amarelada pela idade, vestida com uma túnica tingida de açafrão e saia com ouro e correntes de vidro sobre o pescoço e pesadas argolas de ouro penduradas nas orelhas.

Godgyth estava sozinha esta noite. Isolda tinha procurado por Rhun assim que entrara, mas o menino não se encontravam entre os presentes no salão. Como havia dito a Isolda nas muralhas, Godgyth tinha seu próprio papel a desempenhar nos rituais de hoje. Havia entrado pouco tempo depois dos outros, parando um momento na porta para atrair todos os olhares para si. Em seguida, mancou lentamente em direção à frente do salão para ficar perante a audiência e lançar um feitiço de proteção para a noite, por todo o aposento, afastando todos os espíritos malignos que pudessem estar circulando com intenção de causar dano.

Sua voz, oscilante e rouca pela idade, havia silenciado o riso já meio bêbado e os gritos dos homens. Agora, no silêncio expectante que caíra, ela se dirigira à frente com surpreendente graça, em direção ao fogo que ardia embaixo da chaminé no centro do telhado, ergueu as mãos e jogou dois punhados de ervas. Uma nuvem de fumaça espessa com cheiro adocicado se ergueu, dissolvendo-se no ar já nublado. Depois, Godgyth levantou as mãos novamente e um par de guerreiros vestidos em couro arrastou um enorme touro negro até o centro da sala.

O animal berrava, aterrorizado, revirando os olhos em sua cabeça enorme, e Isolda deu as costas quando Godgyth sacou uma lâmina larga e reluzente das dobras de seu manto. Contudo, ela não podia bloquear o barulho ou o enjoativo e persistente cheiro forte.

Quando olhou para trás, uma poça escarlate escorria, manchando o chão no centro do aposento e as mãos nodosas de Godgyth, que estavam molhadas até os pulsos. O touro foi retalhado, sua carne colocada em caldeirões de cobre reluzentes que pendiam sobre o fogo central e seu sangue coletado em uma bacia de cobre decorada.

Godgyth mergulhou na bacia uma vassoura feita de galhos grosseiramente agrupados, depois rodopiou. Saias, xales e ralos cabelos brancos voavam enquanto ela espirrava uma chuva vermelha de sangue em todas as direções. Então, ela parou para erguer os braços novamente, muito acima de sua cabeça. Assistindo, Isolda sentiu uma onda de arrepio ao perceber a ausência e a excitação nos olhos leitosos da velha.

— Por Woden. — Godgyth cantarolou um pouco as palavras. — Que trocou seu próprio olho por um gole do Poço de Urd, para que pudesse ganhar o conhecimento da verdadeira

Visão. Que Woden possa ser o nosso guia nesta noite. Que Woden possa pousar sua lança sobre a cabeça do exército do Rei Octa e que este sangue traga a vitória para nossos guerreiros nas batalhas que virão.

O salão estava dominado pelo silêncio, pesado com o perfume de ervas, fumaça e sangue. Então, um grande rugido de aprovação subiu dos homens, um altíssimo som que brotava com uma força tão palpável quanto o silêncio havia sido. Godgyth fez uma reverência, deu um passo para trás, e Octa avançou em seu lugar.

— Aqui. Para você. — Godgyth colocou uma taça na mão de Isolda. As unhas da velha ainda estavam pintadas de escarlate com o sangue do touro. — O primeiro copo derramado do chifre do *eula bora*, o mensageiro da cerveja. Logo, tão logo o discurso do rei termine, servirei a todos os outros que vieram ao *symbel*.

Agora que sua apresentação havia terminado, o ligeiro arrastar na fala de Godgyth estava mais pronunciado, seu hálito e o piscar de coruja dos seus olhos remelentos deixavam claro que ela mesma já havia bebido vários copos. Ela assentiu com a cabeça, balançando e fazendo brilhar os brincos de ouro à luz das tochas.

— Este é o propósito da noite, você sabe. Além de permitir que o convidado de honra de Octa faça seu juramento, eu derramo o hidromel nos copos feitos de chifres para todos aqueles que compareceram. Assim como o Poço de Urd do qual Woden bebeu as águas e a Árvore do Mundo, onde as Nornas esculpiram nossos destinos na casca. E tudo no *symbel* pode entrar no fluxo de wryd. Ganhar o poder de moldar o nosso futuro. Tecer o nosso próprio destino.

Godgyth falava em tom baixo, ainda assim sua voz mantinha a melodia, misteriosa e quase profética, tal qual acontecera nas muralhas dias antes. No entanto, ao mesmo tempo Isolda teve a impressão de que as palavras eram estranhamente mecânicas, de uma forma que não somente a embriaguez poderia explicar. O profetizar apenas como um ato realizado com indiferença. Godgyth a observava com um olhar de curiosa intenção, quase faminto, em seu rosto murcho, cabeça e ombros inclinados um pouco para a frente. Como se estivesse esperando por algo, Isolda pensou.

Ela estava prestes a levar o copo à boca, por mera cortesia. Sem saber por que, algo a fez olhar para a esquerda, onde Ulf se encontrava. Talvez o guarda tivesse mudado de lugar, ou feito algum som que se sobressaísse ao barulho da sala. Mas, enquanto levantava a taça, por acaso levantou o olhar, encontrando o de Ulf.

O rosto do guarda estava imóvel como antes, sua boca inexoravelmente fechada. Mas, assim que seus olhos encontraram os de Isolda, ele olhou para a taça de hidromel nas mãos delas. Então, embora sua expressão não se alterasse nem mesmo por uma contração muscular, ele sacudiu a cabeça.

Isolda manteve-se quieta. Estudando o rosto de Ulf, estava em parte pronta a acreditar ter imaginado que era um rápido alerta. Só que sabia que não era imaginação.

Com esforço, se recompôs e voltou-se para Godgyth, dando alguma resposta automática que ela mesma mal tinha ouvido. Não devia se abalar. Qualquer que fosse o motivo do gesto de alerta de Ulf — porque certamente fora um alerta — não lhe dizia nada que ela já não soubesse. Que se ela não podia confiar inteiramente no guarda, Godgyth também não era merecedora de sua confiança.

Isolda pensou que poderia ter visto um mínimo, minúsculo, brilho de decepção no rosto de nariz adunco de Godgyth assim que pousou o copo de hidromel intocado. Mas realmente poderia ter sido apenas sua própria imaginação, sua predisposição a ver motivos sinistros mesmo se não houvesse nenhum ali.

Octa, diante do salão, dirigia-se à audiência com uma profunda e vibrante voz poderosa. Muito do que ele falava passara totalmente despercebido por Isolda. Mas ela achava que ele tinha feito uma série de relatórios sobre seus próprios feitos do passado, batalhas vencidas, inimigos mortos. E jurou vitórias futuras diante dos deuses.

Agora, porém, terminara com um gesto largo para as linhas de guerreiros reunidos e que eram claramente as palavras de um ritual antigo.

— Site nu to symle ond onsæl meoto. Sigebreð secgum, swain sefa hwette.

Outro silêncio de expectativa caiu sobre a sala. Isolda pensou que dessa vez a expressão mais rapidamente mascarada que passara pelo rosto de Godgyth era de relutância. Mas ela deu as costas para Isolda e ergueu-se um pouco rígida, ficando em pé, segurando o cântaro de ouro e mancando em frente para derramar o hidromel no chifre que Octa segurava diante dela.

Assim, ela levantou a bacia decorada que continha o sangue do touro sacrificado de novo e mergulhou uma argola de ouro tão grossa como o braço de Isolda dentro da poça de sangue escarlate.

— Que Woden possa ouvir os votos feitos hoje à noite. Que ele possa reunir todos os que cairão em batalha para se banquetear nas mesas deste salão de guerreiros. Que ele possa esmagar sob seu calcanhar poderoso qualquer um que se atreva a quebrar seus votos.

Ela começou a se movimentar em torno dos presentes aleatoriamente, servindo hidromel para o restante dos guerreiros reunidos. Cada homem levantava sua taça de chifre, punha a mão sobre o anel de ouro manchado de sangue e fazia um juramento enquanto ela os servia. Godgyth dizia algumas palavras para cada homem, em resposta. Às vezes, as palavras eram de aprovação, por vezes um pouco bajuladoras, por vezes um desafio feroz para se vangloriar de algum feito: um voto para matar dez bretões com um único golpe de espada. Para capturar uma centena de mulheres inglesas para o prazer do exército. A promessa de trazer pessoalmente a cabeça de Cerdic de Wessex para Octa.

Isolda gostaria de ignorar tudo, de não acreditar naquilo. Teria ficado satisfeita se, ao ouvir soberba após soberba sobre como os guerreiros de Octa planejavam matar as pessoas da Bretanha e dividir seus reinos como se fosse uma brincadeira, não tivesse ficado gelada como se houvesse uma chuva fria escorrendo sobre sua pele. Mas havia algo temível, digno e imponente nas palavras de cada homem.

E também havia alguma coisa bizarra, estranhamente bela, naquela cerimônia. Até mesmo Godgyth, movendo-se lentamente e encurvada em torno do aposento, parecia de alguma forma transformada pela feroz e estranha magia da noite. Observando a cena, Isolda achou que não teria sido difícil acreditar que Godgyth podia, a qualquer momento, jogar fora o disfarce de velha, arrancar o rosto enrugado e frágil, a forma curvada, e emergir como uma das muitas deusas que invocara anteriormente, jovem e bonita, banhada em uma luz sobrenatural.

Um homem rústico com um bigode trançado e grossos braceletes de ouro nos braços musculosos tinha se sentado em um banco conjunto na frente do salão, logo antes do trono de Octa, e agora estava com uma harpa de madeira entalhada apoiada sobre os joelhos, recitando os versos do que soava como um conto ou um poema. Sua voz era profunda, monocórdia e rude, e, em vez de tocar uma melodia, os dedos arrancavam das cordas da harpa uma ênfase rítmica para as palavras que falava.

E ainda havia algo na voz e na maneira como ele tocava que combinados faziam Isolda pensar nas canções de Taliesin. Algum poder que se entrelaçava, vindo das palavras e notas desafinadas e a fazia sentir por um momento como se este momento tivesse se libertado das amarras do tempo, entrando em um reino no qual o passado respirava, onde o passado e o futuro tornavam-se um e o mesmo.

Godgyth continuou a deslocar-se no aposento. As promessas e vanglórias continuavam, o jogo seguia em frente. Isolda viu Ulf ainda em pé a seu lado. Ela hesitou um instante, depois fez um gesto em direção ao harpista e perguntou:

— O que é que ele está recitando?

A princípio, Isolda pensou que o guarda não fosse responder. Mas então ele disse, em voz baixa:

— Velha história. Conto de um grande herói que matou o monstro que assolava o salão de um rei.

Isolda respirou fundo, olhando para o rosto de Ulf.

— E o que foi que Godgyth colocou no meu copo?

Isolda quase podia sentir a luta silenciosa, o debate interno que ele mantinha consigo mesmo. Por fim, ele disse, a voz pouco mais do que um grunhido:

— Não sei.

— Então por que...

Porém, para sua surpresa, Ulf a interrompeu antes que pudesse terminar, olhando para baixo e pela primeira vez encontrando diretamente o seu olhar.

— Não sei. Só acho melhor a senhora não descobrir.

Ulf parou, endireitando-se, subitamente alerta.

— Silêncio, agora. O convidado de honra do Rei Octa...

Mas Isolda perdeu o resto do que ele disse. A sala inteira parecia se agitar loucamente e a voz de Ulf, juntamente com todo o resto do barulho do salão, sumiu sob um rugido constante quando olhou para o homem que se levantara do seu lugar entre a audiência e fora andando em direção à frente do salão. Um jovem de ombros largos e altos, cabelos castanhos-dourados atados na nuca. O rosto bonito, magro e um pouco anguloso, com olhos surpreendentemente azuis sob oblíquas sobrancelhas.

Tristão. Ali, no salão de Octa. Convidado de honra no *symbel* de Octa de Kent.

Vestia calças cinza simples, botas e uma jaqueta de couro, e tinha uma contusão quase desaparecendo sobre uma maçã do rosto. Moveu-se firme, ligeiramente rígido, como se estivesse tentando não mancar. O que, Isolda pensou acima do martelar em seus ouvidos, provava ser verdade o que vislumbrara nos estábulos duas noites antes. Não que tivesse duvidado que a visão fosse verdadeira.

Ele veio para a frente. Então, sua cabeça se virou, e ela soube no mesmo momento que ele a vira, porque seu rosto ficou total e cuidadosamente vazio, e ele se conteve por um momento no seu caminho em direção ao trono de Octa. Então, se voltou para Octa e cruzou a distância que faltava para ficar diante do rei saxão.

Isolda podia ler sua tensão na linha dos ombros, mas ele não olhou para ela novamente, apenas deixou cair suavemente um joelho perante Octa e falou algumas palavras. Octa deu algum tipo de resposta, então gesticulou para que Tristão se levantasse e deu-lhe uma pesada argola de ouro.

Isolda sentou-se totalmente paralisada, sentindo como se tivesse sido forçosamente separada de seu próprio corpo, congelada, enquanto o ritual formal continuava. Godgyth apareceu para oferecer a Tristão um copo de hidromel, Tristão o ergueu aos lábios para beber e, em seguida, fez seus próprios votos perante Octa e os deuses.

Godgyth derramava mais hidromel em seu copo a cada vez que ele falava, a cada vez parecia desafiar as suas palavras, julgando — pelo menos Isolda presumiu que era o que estava fazendo — o valor de seu juramento. A cada vez erguendo o conjunto bruto de galhos verdes e salpicando-o com as gotas da bacia de sangue do touro.

Todos os três falaram rapidamente na língua saxônica. Ainda assim, Isolda provavelmente teria entendido pelo menos um pouco do que fora dito, se tivesse feito algum esforço para compreender. E dessa forma as palavras soaram em seus ouvidos como um ruído sem sentido, enquanto ela se sentava, coração disparado, seus olhos — a única parte dela que ainda parecia sob controle — fixos no rosto machucado e sombrio, de olhos ligeiramente obscurecidos, de Tristão.

Embora após a primeira onda de choque que correra como o frio, formigando de sua cabeça até a ponta dos dedos, ela nem mesmo sentia-se surpresa. Era claro que seria Tristão o novo aliado de Octa, seu convidado de honra da noite. Por que não seria Tristão?

Por que não Tristão... Isolda rangeu os dentes com tanta força que ficou com dor de cabeça. Por que ele não teria se candidatado para a missão mais perigosa, a situação mais perigosa que poderia ter encontrado?

Os discursos pareciam durar uma eternidade. Interminável, um pesadelo sem fim de perguntas e respostas, fumaça e os respingos escarlate pegajosos saídos da varinha de galhos de Godgyth. Muito antes de terminar, cada músculo de Isolda gritava com tensa impaciência para que tudo acabasse logo. Mas, finalmente, Godgyth encheu o copo de Tristão uma última vez, agora movimentando-se para encher o de Octa, também. Os dois homens beberam. Godgyth trouxe algo embrulhado num pano dourado das sombras por detrás da cadeira de Octa: um osso de coxa humana, marrom envelhecido, Isolda viu, igualmente manchado com o sangue do touro recentemente sacrificado.

Tristão colocou a mão sobre o osso e recitou uma fórmula final de palavras. Uma espécie de ritual de juramento, Isolda pensou com a parte de sua mente que ainda era capaz de um pensamento consciente.

Octa respondeu, dirigindo-se à audiência de braços abertos, os cabelos loiros prateados derramados sobre os ombros de seu casaco de pele de lobo, a fumaça das tochas cintilando sobre seu rosto. Isolda achou que ele dava à audiência um relatório das missões que Tristão havia realizado para ele: informações recolhidas, ouro e armazéns de grão conquistados, embora ela ainda registrasse apenas uma ou outra palavra aqui e ali.

Outro grande rugido de aprovação subiu da multidão de homens reunidos, vários guerreiros batendo no chão ou em seus escudos com as pontas de lanças e espadas. Então, tudo acabou. Octa levantou a mão e jogou uma porção de argolas de ouro no meio da multidão, gritou uma ordem em direção à porta, convocando uma fileira irregular de escravas e servas sujas e tristes.

Elevou a voz e prometeu a todos mais ouro, mais mulheres — e a certeza de sua entrada no grande Salão dos Guerreiros de batalhas sem fim, javali assado e hidromel à vontade, fluindo da teta da cabra mágica de Heidrún — se lutassem com valentia, saciassem sua sede de vingança no sangue dos inimigos, e só caíssem pela espada inimiga.

Tristão havia recuado para um canto do aposento; a forte luz de uma tocha pouco acima dele lançava sombras em seu rosto, dividindo seu corpo entre a luz e a escuridão.

O harpista se adiantou novamente, e dessa vez foi acompanhado por vários outros. Um homem magro, de uma perna só, com uma flauta de madeira esculpida. Um tocador de lira. Um homem carregando um tambor. Eles começaram a tocar, e a solene ordem no salão foi quebrada e dissolvida, alguns dos homens puxando as criadas e escravas em uma dança rodopiante, outros empurrando as mesas de madeira para o fundo do salão no qual Isolda agora podia ver que uma festa havia sido prevista.

O que nenhum dos guerreiros ali reunidos fez foi aproximar-se de Octa. O rei saxão recuara, observando a audiência com um olhar atento e firme. Octa era um rei para ser temido. Mas dificilmente amado.

Porém, muitas outras pessoas da multidão de guerreiros reunidos se aproximaram de Tristão para cumprimentá-lo, batendo punhos com ele ou para lhe dar tapinhas nas costas, de modo que por alguns momentos Isolda o perdia de vista no meio da multidão enquanto ela permanecia estática, ainda congelada; até mesmo seus pensamentos apenas começavam a descongelar.

E de repente ele estava ali, diante dela, perto o suficiente para que ela pudesse ter esticado a mão e tocado o ferimento em seu rosto.

Isolda estava ali.

Ele tinha acabado de descer ao inferno e voltar para mantê-la a salvo de Octa de Kent. E ali estava ela. Sentada em um lugar de honra no grande salão de Octa.

Tristão tomou fôlego e conseguiu suprimir a dúzia de maldições que passavam por sua cabeça desde que ele a avistara. De qualquer forma, nenhuma delas era remotamente adequada.

Ela estava olhando para ele, tão chocada ao vê-lo ali como ele ficou ao vê-la. E ele não se atreveu a falar com ela. Não abertamente. Não ali.

Mas ela falou primeiro, com uma voz alta o suficiente para que todos por perto pudessem ouvir.

— Mais hidromel? Claro que sim. Aqui, pegue o meu. — Rapidamente, ela pegou a taça da mesa, levantou-se de seu lugar e deu um passo adiante, colocando-a nas mãos dele. Então, abaixou a voz. — Mas não beba. Acho que Godgyth, a irmã de Octa, colocou algo nele. Algum tipo de poção. Eu não sei o quê.

Tristão olhou fixa e inexpressivamente para a taça em suas mãos e tentou forçar um pensamento coerente a emergir da imundície que tinha, evidentemente, tomado o lugar da sua mente.

— O quê...

Isolda o interrompeu, dando um passo em direção a ele.

— Santa Deusa-Mãe, Tris, o que está fazendo aqui? — Ela se encontrava perto o suficiente para que ele pudesse ver as pequenas manchas de ouro que o fogo iluminara em seus olhos cinzentos, o sangue pulsando sob a pálida pele de sua garganta. — Em que estava pensando? E se... — deteve-se, claramente tentando manter sua voz baixa. — E se alguém tivesse reconhecido você? E se Marcos estivesse aqui?

Tristão conseguiu manter silêncio. Mas Isolda deve ter lido pelo menos uma resposta parcial no rosto dele, pois seus olhos se arregalaram ligeiramente e, em seguida, se inundaram com lágrimas repentinas.

— Você não se importa, não é? — Sua voz era quase um sussurro, agora. — Não se importaria se Marcos estivesse aqui e pudesse dizer a Octa quem você realmente é. Você teria feito apenas... o quê? Sacado sua espada diante de Octa, e antes que Marcos pudesse falar, cortado-lhe a garganta? Mesmo que isso significasse sua morte antes mesmo que pudesse respirar mais uma vez?

Sua voz era firme, os olhos ainda molhados. Tristão sentiu algo dentro dele partindo-se como se cada emoção, cada memória que ele havia suprimido nos últimos dias se liberasse e a amargura e a raiva se levantassem como uma onda.

— E você? — Ele ouviu-se dizer. — Quando você me disse que Marcos não era inteiramente um monstro, eu não esperava encontrá-la aqui, dividindo o pão e o hidromel com seus principais aliados. Tentando me convencer a não acabar com sua vida imprestável.

Os olhos de Isolda se arregalaram e Tristão silenciosamente amaldiçoou a si mesmo. Ela o olhava como se ele a tivesse golpeado. O que ele poderia muito bem ter feito.

Como se ele precisasse de outro maldito lembrete do por que não permitia que aquele demônio adormecido em seu peito se libertasse.

Atrás deles, o homem com o tambor e o flautista tocavam uma música estridente e selvagem. Isolda continuava olhando para ele, ainda com lágrimas nos olhos. Mas então ela piscou, respirou fundo e enxugou o rosto com as palmas das mãos.

— Não ligo a mínima para Marcos. — Sua voz era feroz. — Eu me importo com você. E, mesmo que sobreviva a tudo o que está fazendo agora, mesmo que viva apenas para tirar a vida de seu próprio pai, eu não acho que precise de mais uma cicatriz em seu espírito. Mais um pesadelo para mantê-lo acordado durante a noite.

As faces de Isolda estavam vermelhas e sua boca tremia ligeiramente. Pelos deuses, e ele achava que estar separado dela é que era uma tortura. Isso sequer a se comparava a ficar em pé ali com ela à sua frente e não ser capaz de lhe dizer a verdade sobre onde estivera e por que estava ali agora, fingindo fidelidade a um homem em quem confiava menos do que em um cão feroz.

Então, um dos guardas de Octa se dirigiu a eles. Um homem grande de cabelos grisalhos, rosto de nariz chato, bexiguento, a boca uma faixa sem lábios. Que, as defesas automáticas de Tristão agora o informavam, estivera logo ao lado, observando-os durante algum tempo.

Agora o guarda olhava de Tristão para Isolda, uma das mãos se movendo para o punho da faca em seu cinturão.

— Este homem a incomoda, senhora?

Pelo menos seus reflexos ainda funcionavam, mesmo que tivesse perdido temporariamente a cabeça. Tristão recuou instantaneamente, tornando a própria expressão cuidadosamente vazia e virando-se para o guarda, pronto a dizer:

— O quê?

Porém, antes mesmo que pudesse formular qualquer resposta, Isolda também havia recuado e se voltara para o homem grisalho. Tomando fôlego para se recompor, com a voz quase no tom normal, respondeu:

— Não. Ele não fez nada. É que apenas... o salão está ficando quente e a fumaça me causa dor de cabeça. Gostaria de voltar para o meu quarto.

Isolda mal havia notado a multidão de guerreiros rindo, gritando e meio bêbados que ela e Ulf precisaram atravessar para chegar até a porta do salão. Nem mesmo notara a pilha traiçoeira de ossos bovinos emporcalhando o chão sob os pés. Mesmo depois de saírem do salão no comparativamente mais silencioso ar da noite, foi preciso um momento antes que ela percebesse que Ulf estava falando.

— Eu... lamento pedir mais para a senhora — ele falou rigidamente. — Depois de Hræfn. — O guarda manteve firme o olhar treinado, encarando os contornos escuros da guarnição adiante.

Depois da fumaça, das cores brilhantes e do estridente barulho do salão, o silêncio do exterior era quase chocante, a escuridão da noite pressionando as pálpebras de Isolda como se fosse uma força palpável. Uma brisa batia sobre as tochas instaladas nas muralhas e as transformava em brilhantes bandeiras de fogo. O ar carregava um leve aroma de fumaça, assim como os aromas de lama e cavalos dos estábulos e campos de treinamento. Mas esses eram sobrepostos e limpos pelo fresco e, salgado ar marinho, e o primeiro fôlego que Isolda tomou lhe pareceu como um gole de água sobre a garganta apertada.

Ela inspirou novamente para se acalmar e olhou para o guarda a seu lado, dizendo a si mesma para ser cuidadosa. Embora, o que quer que Ulf estivesse dizendo, não parecia ter alguma relação com Tristão.

— Sinto muito — falou. — O que você disse?

Eles estavam passando sob um par de tochas dispostas em ganchos na muralha externa, e ela pensou ter visto um leve rubor subindo pelo rosto marcado do guarda. Ele não respondeu imediatamente, mas depois pareceu forçar-se a falar.

— Eu disse que sei que a senhora salvou Hræfn. E que eu... lhe devo por isso. Mas eu gostaria de pedir... — mais uma vez parou, então, acrescentou no mesmo tom rouco — gostaria de pedir outro favor. Se a senhora puder. — Era a vergonha, Isolda compreendeu repentinamente, que estava enrouquecendo-lhe a voz, fazendo com que evitasse seu olhar. Ela perguntou, após um momento de pausa:

— Qual é o favor?

O rubor nas faces de Ulf se intensificou e ele pareceu lutar consigo mesmo pelo espaço de alguns poucos passos antes de dizer:

— A senhora lembra... o que lhe perguntei antes. Que a senhora disse que não podia fazer. O... — ele parou — feitiço do amor.

A cabeça de Isolda continuava martelando, cada palavra que ela e Tristão trocaram ecoando em seus ouvidos a cada novo palpitar, e de repente ela se sentiu exausta. Completa e desesperadamente exausta de tentar manobrar seu caminho por entre todos os potenciais perigos e armadilhas e motivações escondidas daquele lugar.

O que era péssimo. Ela estava ali. Apesar do que Tristão havia feito, apesar do perigo que corria agora. Ela disse, cuidadosamente:

— Eu me lembro.

Ulf inalou profundamente, soltando o ar com força, então disse:

— Estou pensando... em Ymma. Sei que a senhora disse que não tem nenhum feitiço. Mas eu queria perguntar se a senhora... poderia falar com ela. Por mim. Uma vez que ela é sua criada agora.

Naqueles dias em Caer Peris, a serviçal Ymma havia, além de falar seu nome para Isolda, dito apenas três frases em inglês duro e carregado de sotaque. *Sim, senhora; Não, senhora;* e *Boa noite, senhora.* Isolda não se lembrava de tê-la ouvido dizer mais nada. E todas as tentativas que ela havia feito de conversar com a mulher tinham sido solenemente ignoradas. Ainda assim, havia levado um instante para que ela até mesmo associasse o nome Ymma à fria serva de cabelos louros que buscava a água para ela se lavar e a ajudava a se vestir e despir de manhã e à noite.

Agora ela olhava enviesadamente para o rosto sombrio de Ulf, tentando decidir o que havia, se é que havia alguma coisa, por trás desse pedido. Mas se a sua atrapalhada vergonha era apenas algum tipo de fingimento ou truque, ele estava fazendo um trabalho incrivelmente bom. E por mais que tentasse, Isolda não podia imaginar o que Ulf ou Octa podiam ganhar pedindo-lhe para servir de casamenteira entre seu guarda-costas e a criada.

Alguém dentre os foliões no grande salão tinha começado uma canção de beber, e o som de muitas vozes arrastadas flutuava até eles noite afora. Isolda caminhou alguns passos em silêncio, então disse:

— Por que eu? Certamente deve haver alguém que a conheça melhor.

Mas Ulf sacudiu a cabeça.

— Não conheço muitos aqui. Nenhum deles bem.

Isolda olhou para ele, assustada.

— Mas você é da guarda pessoal de Octa, não é?

Para sua surpresa, Ulf sacudiu a cabeça novamente.

— Fiz o juramento para Eormenric. Filho do Octa. Eormenric... não está aqui. Octa lhe deu uma missão. — Ulf encolheu os ombros. — Fui escolhido para ficar aqui e proteger a fortaleza.

Entretanto, antes que Isolda pudesse formular outra questão para lhe fazer, Ulf continuou, chutando um tufo de palha solta que estava em seu caminho.

— Há uma batalha se aproximando. Em breve. Entre seu povo e o meu. Talvez eu sobreviva. Talvez não. Mas eu... — deteve-se — eu gostaria de ser casado, antes de morrer.

Apenas por um momento, um resquício de vulnerabilidade aparecera em seu rosto. Isolda sentiu uma pontada inesperadamente dolorida. Quando a batalha viesse, ela esperava que as forças da Bretanha triunfassem e que assim Octa, e Ulf, por consequência, perdessem. Não apenas esperava, mas estava fazendo o melhor para garantir que Ulf e todos os outros guerreiros que ali se encontravam fossem esmagados por uma derrota que poderia ser negociada.

Estavam se aproximando da porta da escada que levaria a seu quarto e Isolda parou sob outro par de tochas fixos na parede e olhou para o guarda.

— E Ymma seria sua escolha para esposa? — perguntou ela.

Ulf esfregou o nariz e deu de ombros novamente.

— Boa como qualquer outra.

— Bom como — Isolda surpreendeu-se. Ela não devia julgar. Talvez Ymma e Ulf pudessem cultivar o amor. Talvez se casassem e descobrissem o tipo de felicidade que o harpista havia cantado. Seus pensamentos passaram imediatamente para Tristão, diante do salão e de Octa, fazendo rituais de juramento sobre o osso humano manchado de sangue.

Alguém poderia também.

Isolda forçou as mãos crispadas a relaxar. Isso era provavelmente injusto, assim como indelicado.

Tinham chegado à porta; e Isolda fez uma pausa, com a mão na soleira de pedra e voltou-se para encarar Ulf. A música e o riso ainda se derramavam para fora do salão, embora estivessem longe o suficiente, já que ela podia ouvir a voz sempre presente e palpitante do mar.

— Aquele homem — disse Isolda — o prisioneiro que Octa pediu-me para tratar mais cedo hoje.

Ulf não fingiu não entender o que ela estava pedindo.

— Ele vive. Mas ainda inconsciente, senhora.

— E se ele acordar?

Isolda pensou ter visto algo atravessar o olhar pálido de Ulf, enquanto ele dizia:

— Se ele acordar acho que provavelmente não viverá por muito tempo. — Fez uma pausa, depois continuou, parecendo escolher suas palavras com cautela. — Se ele acordar, estarei de plantão. — Ulf parou novamente, coçando o queixo e olhando para a noite, então, disse deliberadamente: — Presos tentam fugir às vezes. Se esse homem despertar, enquanto eu estiver de guarda, acho que ele vai tentar. Talvez me ataque. — Virou-se, encontrando os olhos de Isolda. — Eu não teria outra escolha a não ser matá-lo, de forma rápida e limpa. Compreende?

Isolda estudou seu rosto, tentando pesar a verdade de suas palavras. Lentamente, balançou a cabeça.

— Sim. Eu compreendo — parou — e acho que você deveria falar com Ymma por si próprio. Ela é uma das criadas de plantão no salão de festa hoje à noite. Volte para lá e vá vê-la agora. Ela... ela vai ouvir você, tenho certeza. Mas se não ouvir, então, sim, falarei com ela.

Horas depois, Isolda repousava na cama em seu quarto de hóspede olhando indiferente para a escuridão, iluminada apenas pelo pálido luar azul, filtrado através de uma única janela estreita colocada no alto da parede. O *symbel* ainda estava acontecendo no grande salão, ela podia ouvir os gritos, a música e os risos, mais fracos ali, mas ainda claros no ar parado da noite de verão. Ao ouvir, se deu conta de que havia saído antes de ouvir as profecias de Godgyth. E se perguntou, apenas por um momento, que vitórias a velha haveria prometido à Octa e seus guerreiros aquela noite.

Depois se virou e olhou para o teto rebocado acima de sua cabeça. Havia muito tempo desistira de dormir. Continuava vendo o rosto de Tristão, ouvindo sua voz tensa, naquele breve e amargo encontro. E continuava a ouvir as palavras de Madre Berthildis. *Você acha que pode salvá-lo de si mesmo, se necessário for?*

Pensara nelas muitas vezes nas últimas semanas, mas nesta noite elas se apertaram fortemente em seu peito como nunca antes. Ela não podia salvar Tristão. Ninguém podia salvar um homem que não queria ser salvo. Não podia libertá-lo de qualquer longa sombra do passado que o prendia agora. Mesmo que, por algum milagre, pudesse forçá-lo a realmente falar com ela. Dizer-lhe por que estava ali, fingindo fidelidade a Octa de Kent, fazendo votos que ele já planejava quebrar.

Porque era um fingimento. Se Isolda tinha certeza de alguma coisa, era disso.

Ela podia ver Tristão se afastando dela quando Ulf os interrompera, o olhar reservado e controlado caindo instantaneamente sobre seu rosto. Essa era a missão que ela havia imaginado, lido em seus olhos em sua despedida na semana passada. A missão à qual não esperava sobreviver.

Isolda fechou os olhos. Pensou na noite em que tinha se casado com Tristão, quando, como ela dissera a Madre Berthildis, sentira como se seguisse um curso, tão fixo como o caminho das estrelas no céu noturno.

Mas àquela altura, ela dificilmente seria a primeira a olhar para seu próprio coração e aceitar os desígnios de um deus da deidade.

Então, ela sentiu.

Quatro anos antes, ela se lembrava dos primeiros sinais de uma criança por nascer como uma pequena vibração. A mais leve e menor batida de asas escondidas de pássaro, que desapareciam quase antes de ter certeza de que havia algum movimento. Isto era diferente. Um tranco definido, uma batida, como a batida de um segundo pulso, como um peixe ondulando na superfície de um lago. Como se a criança dentro dela quisesse ter certeza de fazer sua presença conhecida.

O próprio pulso de Isolda se agitava até parar e depois começava novamente. Ela estendeu a palma da mão sobre o lugar onde sentira o movimento. E sentiu outra onda de movimento, mais forte, desta vez. Apertou os olhos bem fechados.

Por um instante, não sentiu nada, não viu nada além da escuridão de suas pálpebras fechadas. Então, antes que mais do que o primeiro arrepio traiçoeiro de decepção pudesse se infiltrar nela, um vislumbre de uma imagem tomou sua mente, apesar de não ter parecido à primeira vista uma resposta para o seu pedido.

O que ela viu foi um amontoado confuso de fragmentos, os fragmentos da mesma visão que se lembrava de ter sonhado duas vezes antes. Lama e sangue, a carne rasgada, escudos e espadas em choque e homens gritando sem parar.

E, de repente, sem qualquer pensamento consciente, ela estava fora da cama, tateando na escuridão à procura de sua roupa, colocando a saia e a túnica, botas e sua capa de viagem. Seus dedos gelados, mas completamente calmos, moviam-se quase por vontade própria ao apertar laços e enfiar as roupas rapidamente sobre a cabeça. E, quando abriu a porta de seu quarto, viu que seus guardas estavam ausentes; Ulf e o homem mais jovem não se achavam por perto.

Ela parou para pensar e se perguntar se isso significava que Ulf tinha, de fato, voltado para o grande salão para fazer a corte à Ymma, e se havia conseguido ou não. Mas, estranhamente, não sentiu nenhuma surpresa por ter sido deixada sozinha e sem vigilância durante a noite. E pensou em Octa também, apenas de passagem. Se fosse vista saindo do salão de hóspedes, o seu propósito ali podia ser comprometido irreparavelmente. Mas isso só significava que não poderia ser vista.

Ela sentia como se algo a chamasse em uma voz penetrantemente silenciosa como a de um campo de batalha abandonado, como o murmúrio constante do mar. Só parou por um instante na porta, fechando os olhos e pensando: *Onde? Onde posso encontrá-lo? Para onde vou?*

Capítulo 13

O embate de escudos e espadas era implacável, os gritos como as almas dos condenados no inferno. Tristão ergueu sua própria lâmina para bloquear o avanço de um cavaleiro armado e desviar do golpe, mesmo quando viu o homem à sua direita cair atingido por outro homem montado.

Era Bradach. Ele jazia ofegante na lama revirada do chão, um furo borbulhante no peito que deixava entrever as extremidades das costelas quebradas e farrapos de músculos e tendões. Não havia chance de sobreviver outra hora, se tanto. Tinham menos de meio segundo antes que o par de cavaleiros voltasse para atacá-los novamente. Tristão levantou sua espada e cessou o ofegar de Bradach com um único e rápido golpe, bloqueando qualquer comiseração momentânea ou arrependimento. Bloqueou, também, o reconhecimento de que, se não fosse por ele, Bradach e os outros que já haviam caído não teriam morrido afinal.

Tristão trouxe sua atenção de volta ao presente. Para voltar e permanecer vivo por outro momento, impedindo que tantos de seus homens quanto fosse possível se matassem. Luc, o maldito idiota de treze anos, estava ali pasmado como um bacalhau, enquanto os guerreiros de Artur se armavam, lança e escudo abaixados em um evidente convite para ser executado por uma de suas espadas. Tristão o puxou rudemente para trás, empurrou o menino para trás de si, e erguendo sua espada em um golpe cortou a barriga da montaria do cavaleiro mais próximo. O animal caiu, se debatendo e relinchando de dor, embora o cavaleiro tivesse saído ileso. Tristão puxou e liberou sua espada e...

E depois o pesadelo milagrosamente desapareceu e ele estava de volta ao pedaço de chão onde se estendera para passar a noite. Sob uma nodosa macieira no jardim da cozinha da fortaleza, porque era o único lugar em Caer Peris onde ele tinha razoável certeza de que não seria incomodado. Exceto, não, ainda estava sonhando. Porque Isolda estava ali, andando levemente em direção a ele pela relva, parando apenas diante dele como havia feito em uma centena de outros sonhos despertos ou adormecidos. O luar filtrado através dos ramos acima iluminava seus olhos cinzentos, transformando os traços delicados em algo puro, quase espiritual e pálido como lírio.

— Você é tão bonita.

Ela sorriu um pouco diante disso.

— Isso é um pedido de desculpas?

A lembrança de tudo o que dissera a ela naquela noite lhe atingiu com um estrondo. Pior, de certa forma, que o persistente fedor de lama e sangue e o agitado sufocar do pesadelo que havia tido no momento anterior.

— Sinto muito.

— Está tudo bem. — Ela deixou-se cair no chão ao lado dele, enfiando os pés debaixo de si. — Eu odeio ainda mais quando você não perde a cabeça e grita comigo. Você não se deixa zangar com frequência suficiente.

Não o suficiente.

— Você não tem ideia. Eu...

Ele sabia que não seria capaz de tocá-la, mas esticou a mão para ela mesmo assim. E, em seguida, puxou-a de volta quando — outro ponto para o deus com maligno senso de humor — os dedos encontraram a pele lisa e quente.

— Jesus, Deus, você está aqui!

Tristão sentou-se rápido o suficiente para fazer balançar e girar os seus sentidos já flutuantes.

As sobrancelhas de Isolda se uniram em uma carranca intrigada.

— Estou aqui?

Tristão sacudiu a cabeça.

— Pensei que estava... que você era...

Isolda olhava para Tristão como se ele tivesse perdido a cabeça, o que provavelmente não estava muito longe de acontecer. Passou a mão em seu rosto.

— Isa, você não pode estar aqui. Não pode ser vista aqui assim, comigo. É...

Mas ela o deteve antes que ele pudesse terminar.

— Está tudo bem. Todo mundo ainda se encontra no *symbel*. Até mesmo os guardas de Octa responsáveis por mim. É seguro, ninguém está vendo.

Seu coração ainda martelava com a lembrança recente do sonho. Se a amava, deveria ficar afastado, manter-se distante. E ainda assim ele sabia perfeitamente que nunca iria lutar contra a tentação de ter Isolda realmente ali, de verdade ao lado dele, bem como bloquear a avalanche de memórias que o sonho havia provocado.

Tristão passou as mãos pelo rosto dela novamente.

— Não é só isso. Eu não... — Ele não tinha ideia do que ia dizer. — Não posso.

Ela o interrompeu novamente, estendendo a mão e tocando o rosto dele levemente com uma das mãos, o olhar suavizando enquanto o admirava. — Eu sei. — disse ela. — É por isso que estou aqui.

Tristão congelou, ordenando-se a inspirar. Expirar.

Ele devia se levantar, garantir que ela voltasse em segurança para seu aposento e depois voltar. Ficar longe, bem longe dela.

E ele não podia fazê-lo. O melhor que podia fazer era limpar a garganta e dizer, com voz rouca:

— Eu tomei cinco vezes mais do hidromel de Octa para que isso fosse uma boa ideia.

Isolda deu um meio sorriso para ele, novamente. Mas afinal, o sorriso desapareceu e ela disse, encontrando seu olhar:

— Com o que estava sonhando? Gritava alguma coisa quando cheguei, mas não pude compreender o que era.

Graças aos deuses pelas pequenas graças, de qualquer forma.

Mas Isolda não parecia esperar uma resposta. Em vez disso, levantou a mão para tirar o cabelo do rosto dele, os dedos frescos e suaves contra sua pele.

— Você precisa estar com alguém hoje à noite, Tris. — Sua voz era quase um sussurro. — Por favor, por favor, permita que seja eu.

Ele ia se arrepender disso. Mas como que se assistindo a distância, Tristão viu-se recostar contra a árvore e puxar Isolda para perto dele, de modo que seu braço ficasse em volta dela e ela estava meio sentada, meio deitada contra ele, a cabeça em seu ombro.

Ela se mexeu um pouco, virando a cabeça para questionar, de repente:

— Você costuma rezar?

A surpresa de sua pergunta era uma distração, de qualquer forma. Tristão disse, automaticamente:

— Não. — Então, diante do seu olhar interrogativo, ele suspirou e recostou-se contra o áspero tronco de árvore. — Eu desisti de rezar, quando estive nas minas.

Perfeito. Outra lembrança que colocava suas garras para fora do baú. À simples menção da palavra, o cheiro de metal derretido dos fornos da fundição travava a parte de trás de sua garganta.

— Eu costumava rezar a cada minuto, cada hora, para que encontrasse uma maneira de escapar. Mas depois de algum tempo eu... — Tristão se conteve.

Ela sabia pouco sobre os anos que passara como escravo, prisioneiro num campo de mineração de estanho, respirando o ar quase sólido com poeira, preso no escuro extremamente quente, sem água ou comida por dias a fio. Sobrevivendo minuto a minuto, fôlego a fôlego.

E sabendo que todo o tempo em que estivera preso ali era sua própria maldita culpa. Que esta era a justiça, mesmo, admitindo que isso existisse na bagunça que os homens tinham feito do mundo.

Isolda segurou a mão esquerda dele na sua, passando os dedos levemente ao longo das cicatrizes que a desfiguravam — lembrança de alguns dos guardas da prisão.

— E ainda assim você conseguiu a liberdade — disse ela.

Tristão deu uma risada breve.

— Então os deuses atendem aos pedidos com atraso? Talvez.

Isolda ficou em silêncio por um longo momento. Depois disse:

— Tris? O que você realmente pensa sobre a guerra?

Essa, pelo menos, ele estava esperando.

— Entre os britânicos e os saxões, você quer dizer? — Tristão inclinou a cabeça para trás, olhando para a rede de galhos acima, tentando ignorar o fato de que ainda segurava a mão de Isolda e a cabeça dela estava repousada em seu ombro. — Por quê? Porque estou aqui no acampamento de Octa?

Mas Isolda deu um breve e impaciente balançar de cabeça.

— Não seja bobo. Como se uma única palavra dos votos que fez perante Octa esta noite fosse verdadeira. Não, eu quis dizer... — deteve-se, e depois continuou. — Eu cresci ouvindo histórias sobre Artur arrasando hordas de saxões. Histórias que fizeram os exércitos saxões soarem praticamente como um bando de demônios. Não que eu acreditasse nelas completamente, não que não soubesse de todos os horríveis atos que os guerreiros britânicos cometeram em suas invasões aos assentamentos saxônicos, em terras saxônicas.

— Ela fez uma pausa novamente e se moveu um pouco, virando a cabeça para olhar o céu noturno. — Mas alguns desses contos — sobre Octa, pelo menos — são verdadeiros. Também sei disso. E ainda assim esta noite foi bela, de certa maneira. As histórias e os cantos e os votos que os guerreiros fizeram. E Octa, o que quer que ele seja, está cercado por homens que são apenas homens. Guerreiros, mas ainda assim homens como quaisquer outros. Eu só...

A voz dela sumiu. *Como se uma única palavra dos votos que fez perante Octa esta noite fosse verdadeira.* Ele sabia que deveria contradizê-la, fazê-la acreditar que ele estava realmente ao lado de Octa. Talvez então ela mantivesse uma distância segura dele.

No entanto, o pesadelo demasiadamente familiar ainda estava agarrado a ele como lama de batalha, e quando abriu a boca ele ouviu-se dizer:

— A guerra é sempre estúpida, um desperdício sangrento. E eu há muito tempo desisti de pensar se um lado merecia vencer mais do que o outro. Mas se eu...

Tristão se calou. Por que não dizer de uma vez que havia negociado com Octa de Kent para protegê-la? Ver o quanto estaria disposta a ficar para trás e assim preservar sua segurança.

Mas Isolda se levantou um pouco para observá-lo, os olhos cinzentos iluminados, divinamente belos sob o luar.

— E se visse a chance de parar a guerra, como poderia não aproveitar essa chance? — Ela lhe deu um pequeno sorriso diante da expressão no rosto de Tristão. — Era isso o que você ia dizer, não é?

Tristão pigarreou.

— Isa, eu...

Ela balançou a cabeça, interrompendo qualquer coisa que estivesse prestes a dizer. Ele não tinha certeza.

— Não se incomode. Eu conheço você, Tris.

Seus olhos ainda estavam presos nos dela. E por um longo momento, Tristão apenas conseguiu sentar-se, admirando-a. Então, ela se acomodou contra ele, que sentiu a mão subindo, aparentemente por sua própria conta, percorrendo ligeiramente a linha do maxilar dela, deslizando através de seu cabelo escuro. Seu hálito era um calor suave, acariciando-lhe o pescoço. Então, ela disse:

— Tris? Se pudesse estar em qualquer lugar neste momento, onde estaria?

Aqui com você.

Pelo menos, ele se controlou para não dizer em voz alta. Tristão observou um pedaço esfarrapado de nuvem atravessar a face da lua e disse, depois de um momento:

— Em um barco, velejando para algum lugar.

Isolda se mexeu um pouco.

— Para onde?

Ele deu de ombros.

— Qualquer lugar. Tanto faz. Apenas navegando. — Calou-se. — Em um barco você é livre. Há o céu, o vento e o mar. Nada mais existe, ou pelo menos você pode fingir que não.

Ele percebeu que ela assentia contra seu ombro; em seguida, escorregando a mão na sua, disse suavemente:

— Lamento por seu barco ter sido queimado.

Tristão encolheu os ombros novamente.

— Não foi sua culpa.

— Ainda assim, lamento.

Houve outro momento de calma. Deus, ele estava cansado. Os olhos de Tristão ardiam, e ele deixou que se fechassem brevemente. Talvez pudesse fazer o mesmo agora. Fingir que nada mais existia além desse momento, com ela deitada a seu lado. Perder-se no toque de seus dedos, senti-la ali, o perfume suave e doce de seus cabelos.

Então, ela recuou um pouco novamente, tocando-lhe o rosto enquanto perguntava baixinho:

— O que você estava sonhando, Tris? — Os olhos dela procuravam seu rosto. — Diga, por favor. Talvez o pesadelo fosse embora se falasse sobre ele.

Tristão manteve o silêncio. Depois de um longo momento, Isolda disse, ainda olhando para ele:

— Com quem você conversa, Tris? Você não fala com Kian ou Cath, Eurig ou mesmo Fidach. Eu sei. Perguntei a eles. Então, quem você procura se há algo que não pode suportar sozinho?

Sua mente repassou todas as noites em que ela sentara-se ao lado dele em meio à sujeira e ao mau cheiro infernal das minas. Não apenas nos sonhos, mas em todas as vezes que a imaginara ali mesmo, sentada no escuro ao lado dele, segurando sua mão, contando alguma história ou conto. Ou ouvindo enquanto ele dizia *"Pode dizer qualquer coisa, diga-me alguma coisa"*, olhando nos olhos dela.

— Você. — A palavra saiu antes que ele pudesse evitar.

Os olhos de Isolda se arregalaram com a surpresa.

— Eu? — Ela balançou a cabeça. — E, apesar de tudo, você não fala. Não realmente. Você me diz o que aconteceu, mas como se tudo isso tivesse acontecido a alguém e não a você. Anos atrás, com seu pai, ou... você vai dizer que era um prisioneiro em um campo de mineração. Mas nunca diz como você se sentiu. Se estava com raiva ou medo ou...

Tristão pensou não ter reagido visivelmente. Mas Isolda se soltou e seu olhar se suavizou.

— Sinto muito, Tris. — Sua voz também era macia. — Você sabe, eu poderia ficar aqui com você pelo resto da noite.

Outra avalanche de lembranças o atingira; dessa vez, eram todas as noites na abadia com Isolda compartilhando sua cama, rindo com ele no escuro. Deitado acordado e ouvindo a respiração suave, porque mesmo que ele ousasse deixar-se adormecer com mais frequência do que tinha feito, não queria perder um só momento junto dela, segurando-a daquela maneira.

Tristão levantou-se tão depressa que quase derrubou Isolda.

Bem feito. Talvez pudesse fazê-la chorar novamente por isso.

Ele passou a mão pelo cabelo, tentando desesperadamente não pensar no que ela tinha acabado de oferecer.

— Isa, eu... — Sua voz soou rouca. — Eu não posso permitir. Você merece coisa melhor do que isso. Melhor do que...

— Do que você? — Isolda completou. Ela olhou para ele, o luar brincando em seu rosto. — Você já disse isso antes. Mas melhor como? Melhor do que o melhor homem que já conheci? Melhor do que o homem que arriscou a vida por duas vezes nos últimos dois ciclos da lua para salvar a minha?

— Você não entende? — Tentando manter algum tipo de controle sobre a emoção que se agitava dentro dele, o conflito de querer tocá-la e saber que ele não poderia deixar sua voz áspera. — Jurei mantê-la a salvo. Mas isso significa mantê-la a salvo de mim mesmo, acima de tudo.

Ela franziu a testa um pouco, os olhos ainda no rosto dele.

— O que quer dizer?

E pela segunda vez naquela noite, Tristão sentiu algo dentro dele se partindo, libertando sua raiva.

— Maldição, Isa, Kian perdeu um olho. Hereric perdeu um braço. Você não vê que há um tipo de padrão ao que acontece com as pessoas próximas a mim?

Seu peito se apertou dolorosamente enquanto ele a viu recuar diante de seu tom. Ele pensou se haveria um limite para quantas vezes podia se sentir um porco numa única noite.

Aparentemente não.

Tristão respirou fundo, forçando sua voz e a raiva a ficarem sob controle.

— Se alguma coisa acontecer com você por minha causa... — Ele parou. — Por favor, Isa, não me peça para viver com isso.

Isolda ficou em pé.

— Então, não me peça para viver com isso, também! — Seus olhos brilharam no rosto pálido. E, em seguida, ela caminhou na direção dele, colocando a mão em seu braço, girando o punho de Tristão para que pudesse encaixar a mão direita contra a palma da mão dele, as palmas juntas.

— Eu lhe fiz um voto de casamento, Tris — ela disse, mais calma. — Isso significa que, se você precisar de mim, estarei aqui. — Isolda parou, seu olhar no dele. — Sei que ficou sozinho a maior parte de sua vida. — Ela levantou a mão livre para tocar levemente a testa dele. — Em todos os momentos mais difíceis, você esteve sozinho. Mas agora, esta noite, você não precisa.

Tristão não falou. Apenas se levantou, a elegante e musculosa linha dos seus ombros, os planos do seu rosto sombreados pela luz da lua filtrada através das árvores, olhando para ela. Suas mãos ainda se encaixavam, apertando cicatriz contra cicatriz. Mesmo à luz do luar Isolda podia ver as gotas de sangue seco do ritual de Godgyth, do qual ele tomara parte naquela noite, espalhadas na gola e nos ombros da camisa.

Isolda teria dado qualquer coisa para saber em que ele estava pensando. Ela não podia adivinhar, no entanto. Sua expressão era a mesma da qual ela se lembrava de anos atrás, que bloqueava toda a emoção, não revelando nada sobre o que ele sentia ou pensava. Ela não podia nem mesmo adivinhar se ele daria a volta nos calcanhares afastando-se dela sem sequer olhar para trás. Por isso, inspirou e disse:

— Com o que sonhava, Tris? Uma vez na abadia você disse o nome de sua mãe quando estava sonhando. O pesadelo desta noite foi com ela?

Tristão amaldiçoou baixinho, mas não resistiu quando ela o puxou para baixo, a fim de que mais uma vez se sentarem no pedaço de relva debaixo da macieira.

— Isa, você me faz...

Ele estancou, entretanto.

— O que, Tris? — Isolda se inclinou para a frente, a mão livre deslizando para cima do ombro dele e indo até sua nuca. — Por favor, me diga. O que aconteceu com sua mãe? Eu sei que ela morreu pouco antes de Camlann, mas...

— Depois, — disse em uma expiração áspera, como se ele não quisesse ter falado, como se aquela única palavra tivesse se imposto ao silêncio da noite por sua própria vontade.

Isolda olhou-o assustada.

— O quê?

— Ela morreu depois de Camlann. — A voz de Tristão ainda soava dura, e ele baixou a cabeça entre as mãos. — Eu disse que bebi muito? Se você realmente quiser ajudar, talvez possa entrar e me trazer outro barril cheio do hidromel de Octa, porque, se vai me fazer falar sobre isso, precisarei de tudo.

Isolda pensou que suas primeiras palavras tinham sido ditas quase involuntariamente, mas agora ele prosseguia antes que ela pudesse responder, como se alguma barragem interior tivesse se rompido e as palavras precisassem fluir até que sua fonte secasse. — Quer saber o que aconteceu com minha mãe? Eu a matei. Ela não morreu, simplesmente. Ela morreu pela minha mão.

Isolda parou de respirar. O ar suave do verão estava doce com os aromas da terra fresca e ervas árvores que cresciam. Por favor, ela pensou, que ele continue falando. Por favor, permita que ele não faça de tudo para quebrar a frágil teia desse momento de intimidade.

Ela não disse nada em voz alta, apenas apertou sua mão na de Tristão. Mesmo duvidando que ele tivesse sentido. Ele não estava olhando para ela, mas para a noite escura sobre o jardim, um músculo pulando na lateral de sua mandíbula.

— Foi logo depois de Camlann. Minha mãe estava lá. No acampamento do exército. Meu... Marcos ordenou que ela fosse. Ele prometeu que... — Tristão estancou novamente. — Não importa. Era apenas uma mentira, tanto quanto qualquer outra porcaria que já disse.

Ele ainda olhava para o jardim, embora ela soubesse que ele não estava vendo as formas escurecidas das ervas e árvores que cresciam. Logo depois, seus ombros se moveram convulsivamente como se extraindo uma memória antes que pudesse controlá-la.

— Você sabe o que aconteceu na batalha. No último momento possível, Marcos tornou-se um miserável traidor, mudou de ideia e traiu seu pai para que ele... — Tristão soltou uma risada curta e amarga — para que nós ficássemos do lado vencedor. Mesmo que Artur estivesse morto. Eu honestamente não esperava sobreviver a essa batalha. Especialmente desde que... — Apertou seus lábios. — Mas ao final, eu estava ali, vivo. Voltei de...

Tristão parou, parecendo se policiar novamente.

— Voltei para a tenda de meu pai na guerra, coberto de lama, sangue e cansado o suficiente para estar praticamente vendo em dobro. E minha mãe estava lá. Caída no chão. — Sua voz ainda era firme e rudemente monocórdia, mas Isolda sentiu a súbita tensão na mão que ela segurava, percebendo a rigidez em sua estrutura. — Ela estava... Marcos tinha... Deus, ele deve ter quebrado quase todos os ossos em seu corpo.

Isolda sentiu seus dedos apertarem, e em seguida, deliberadamente, se soltarem.

— Ela ainda estava viva. Bem, quase. O suficiente para saber quem eu era. Seu único olho estava inchado e completamente fechado e seus lábios, rachados e sangrando. Mas ela me viu e conseguiu falar — Tristão se interrompeu, mas continuou endurecendo os músculos: — *Acabe comigo... por favor. Apenas me mate. Deixe-me morrer agora.*

Ele se calou e Isolda se sentou absolutamente imóvel, sentindo cada palavra de Tristão se torcendo nela como uma flecha.

Ela não ousou interrompê-lo enquanto falava. Apenas sentou-se, prendendo a respiração enquanto contava intermináveis quatro batidas do seu próprio pulso, depois cinco, até que finalmente Tristão continuou com a voz ligeiramente rouca.

— Não era como se eu nunca tivesse visto homens feridos, derrotados em uma batalha sangrenta. Eu podia ver que ela havia sido... — Sua boca se apertou, fechada, os músculos saltando em sua mandíbula, e ele deu outro balançar de cabeça, como se tentando desalojar a memória. — No máximo, ela teria vivido um dia ou dois, e com dores excruciantes. Então eu... — Ele parou, respirando pesadamente, o polegar pressionado contra a ponte do nariz. E quando olhou para cima ele estava de volta no controle, com a voz firme. — Então eu fiz o que ela queria. E foi rápido, pelo menos. Ela não sofreu mais.

Isolda não poderia suportar por mais tempo.

— Tris... — ela começou a buscá-lo, mas ele a interrompeu.

— Não.

A nitidez da palavra a fez verificar o movimento antes que pudesse tocá-lo. O músculo estava saltando em sua mandíbula novamente, e ela sabia que ele não queria sua pena. Nem sequer o amor, agora. E ela sabia com dolorosa certeza que não podia tornar isso mais difícil para ele, ou dizer qualquer coisa que pudesse fazê-lo parar de falar. Assim, ficou sentada, esperando, pelo que pareceu mais uma eternidade.

Finalmente, Tristão disse:

— Eu não poderia ser... — Conteve-se. — Ela morreu para mim muito antes disso. Talvez para si própria, também. Acho que foi a primeira vez em anos que a ouvi dizer mais do que "sim" ou "não". Mas...

Ele parou, apertando sua mandíbula novamente, e Isolda podia ver um breve reflexo de como ele devia ter parecido naquele dia, sete anos antes. E depois, de repente, ele se voltou para ela com um daqueles risos melancólicos. — Pois é. Agora você já sabe a verdade. Não só eu não pude protegê-la, como fui aquele que lhe tirou a vida. Ainda quer passar a noite aqui comigo?

Sua voz também estava abafada, como se tivesse pisado em algumas paredes internas, fechando-se para fora tanto dela como de tudo o que lhe havia dito. Isolda lembrou-se dela falando à avó, anos antes, que ele quase nunca sorria. E Morgana dizendo, com uma suavidade surpreendente, que era porque ele não tinha ninguém na vida para amá-lo.

Sua pergunta categórica pairava agora entre eles, e Isolda pensou no que poderia dizer.

Tinha o coração apertado demais para que pudesse falar, mesmo que fosse capaz de encontrar as palavras certas. Assim, como resposta, ela se inclinou e o beijou, encostando seus lábios nos dele.

Tristão congelou e em seguida recuou, segurando a mão dela antes que tocasse seu rosto.

— Isa, eu... — Pelo menos o rígido, assustadoramente inexpressivo olhar tinha se desarmado, e parecia como se estivesse se esforçando para firmar sua respiração. — Isso não pode ser do jeito que quer. Não mesmo. Eu...

Isolda não permitiu que terminasse.

— Tris, quando eu lhe disse que Marcos me forçou a se casar com ele, isso mudou o que você sentia por mim?

— Isso mudou... — Tristão passou a mão pelo cabelo. — Deus, não, claro que não, mas...

— Mas é mais fácil acreditar que estou aqui porque você me esculpiu um cavalo de madeira quando eu tinha dez anos do que acreditar que eu poderia realmente amar você do mesmo jeito? Porque eu o amo dessa maneira. Quer você goste ou não.

Isolda parou para respirar e então disse, mais baixo ainda:

— Eu não quero mais passar a noite com você. Não ia querer de qualquer maneira, mesmo assim. Eu só quero.

Eu... — parou — eu gostaria de poder retirá-la. A escolha que você precisou fazer. As lembranças que teve de carregar todos esses anos. Mas é você que eu desejo. Isso não muda nada sobre o que eu quero ou sinto.

Tristão não disse nada, apenas olhou para ela, os olhos obscurecidos sob o luar. Mas o seu aperto sobre os dedos dela havia relaxado, e ela libertou a mão e tocou suavemente seu rosto, a áspera barba do dia no seu queixo contra a ponta dos dedos.

— Por favor, Tris. Deixe-me ficar com você. Só por esta noite. Não precisa ser mais do que isso. Você não precisa prometer nada para o futuro.

Não era mentira. Não exatamente. Ela queria apenas mais uma noite com ele, se isso fosse tudo o que poderia dar a ela. Aceitaria de bom grado. Mas uma parte dela também implorava silenciosamente às correntes de ar perfumadas de ervas ao redor deles que permitissem, por favor, por favor, que ele dissesse que sim.

A lembrança da visão de três noites atrás parecia se impor como a própria escuridão circundante, agarrando-se a ela como garras de pássaro. *Desculpe-me*, Lady *Isolda*. *Ele foi ferido. Fatalmente.*

E algo no jardim banhado pelo luar parecia sussurrar a ela que, se pudesse mantê-lo em seus braços por uma noite, ela poderia, apenas talvez, ser capaz de deter esse futuro. Transformar o será em poderia ter sido. Se ela pudesse arrastar Tristão na direção de pelo menos tentar manter-se vivo, mesmo em meio a tudo na desesperada missão em que estava.

Ela tomou fôlego e então disse, procurando o rosto dele, sua voz quase um sussurro:

— Quer que eu fique?

Tristão pressionou momentaneamente os olhos fechados.

— Você sabe que eu quero. Mas você não pode.

Isolda o deteve antes que ele pudesse ir adiante.

— Tris, eu passei semanas e semanas temendo por você a cada respiração que dava. Sem saber onde se encontrava e sem saber ao certo se estava mesmo vivo ou se iria vê-lo novamente. — Apesar de seus melhores esforços, o eco da visão ainda o aterrorizava, fazendo sua voz tremer e seus olhos se encherem de lágrimas. Ela piscou, tomou outro fôlego e, em seguida, sussurrou com a voz ainda vacilante:

— Como eu poderia não querer mais uma noite como sua esposa, o que quer que aconteça na manhã seguinte? Como não iria desejar passar mais uma noite em seus braços?

O jardim caiu em silêncio, o doce aroma de ervas e relva molhada de orvalho vibrando em torno deles. Um grilo cricrilava nas proximidades. E, por um instante, o próprio tempo pareceu ficar suspenso enquanto ela olhava para o rosto de Tristão. Ele ficara total e absolutamente imóvel. Isolda nem tinha certeza se estava respirando. Ela viu, no entanto — ou pelo menos esperava desesperadamente ter visto — dor e saudade misturadas por trás de seu olhar. Viu seus dedos se mexendo, como se estivesse tentando se impedir de tocá-la.

Ela se inclinou e o beijou novamente, apenas de leve, passando sua boca na dele. Ainda assim, ele não se mexeu. Mas dessa vez podia sentir que ele tremia com o esforço que estava fazendo para não corresponder.

Com isso, ela o sentiu tenso e rígido enquanto olhava através dela para algo além. Ele disse com a voz intensa, mas reduzida a um murmúrio quase inaudível:

— Preciso que me bata. Acerte-me no rosto. Dê-me uma bronca. Como se tivesse vindo aqui sozinha e eu a tivesse assediado. Faça de uma forma convincente. — Então, antes que Isolda pudesse manifestar incredulidade ou confusão, ele continuou, e as próximas palavras causaram um arrepio de frio em sua pele. — Alguém acabou de chegar ao jardim. Alguém está nos observando.

Ela não discutiu, nem sequer hesitou. Tristão se viu agradecendo aos deuses pela frieza dela, mesmo quando ela levantou a mão, estapeando-o.

— Como se atreve? Você sabe quem eu sou? — Sua falsa raiva era muito convincente. Talvez porque não fosse tão difícil fingir.

A sombra no portão do jardim, escura demais para revelar quem era, escura demais para dizer até mesmo se era homem ou mulher, não se moveu. Tristão sacudiu a cabeça para clareá-la.

— Não faço ideia, mas moças bonitas que andam sozinhas à noite não devem opor-se a um beijo ou dois. — Ele arrastou suas palavras para que parecesse bêbado. Muito bêbado, quer dizer, uma voz em sua mente comentou com azedume. — Venha para cá, amor, e você pode se apresentar.

Isolda bateu os pés. Deu-lhe uma última olhada com olhos bem abertos, os lábios em silêncio formando palavras. *Não se esqueça. Por favor.*

E então, virou-se nos calcanhares e foi embora, andando rapidamente pelo gramado em direção ao portão do jardim, ombros e costas duras numa demonstração de ultraje convincente. A sombra no muro do jardim passou e desapareceu pela porta diante da aproximação dela, e Tristão amaldiçoou silenciosamente sob sua respiração. Tudo bem, ele supôs, mas também significava que qualquer chance de descobrir quem estivera observando-os estava quase certamente perdida para sempre.

Ele esperou, contando até dez, e depois seguiu atrás de Isolda, movendo-se rapidamente e em silêncio e mantendo-se nas sombras mais escuras de modo que também ficasse invisível a quem quer que voltasse para uma nova rodada de espionagem. Mas passou pelo portão do jardim, e como havia imaginado, a fortaleza estava completamente deserta, as calçadas sinalizadas e as paredes de pedra iluminadas em alguns trechos por tochas acesas, sendo os únicos sons os gritos contínuos e os risos bêbados do salão de banquete.

Tristão levantou-se e assistiu Isolda cruzar a guarnição interna, viu quando ela passou pela porta que a levaria para seu quarto de hóspede. Ficou um longo momento com os olhos sobre a porta até que a sombra mais profunda dela desaparecesse. Então, deixou escapar um suspiro, virou-se e fez o seu caminho de volta silenciosamente até o jardim e a macieira, deixando-se cair sobre a relva, onde, pareciam seis vidas atrás, ele fizera uma cama para passar a noite.

Como se fosse possível dormir com a lembrança de cada palavra que ele e Isolda tinham trocado martelando sua cabeça como um tambor de guerra. E ele não tivera nem mesmo a perspicácia de perguntar o que estava fazendo ali, em Caer Peris, no coração do acampamento de Octa.

Não que não pudesse adivinhar. Se estava ali era porque sabia, de alguma forma, que ele estaria vindo, ou se esta era uma missão do Conselho do Rei. Não importava. Ela caminharia diretamente para a toca do lobo, sem pestanejar, sem hesitar, se isso fosse o que precisasse ser feito.

De algum lugar na fortaleza, um cão latiu e, em seguida, ganiu como se sentisse dor. Alguém devia ter começado uma briga entre dois dos cães de guerra. Tristão fechou os olhos. Toda a noite ainda estava se repetindo em sua mente, a partir do momento que pusera os olhos nela no salão de banquetes até a lembrança de tudo o que ele havia dito para ela ali fora.

Tristão ergueu um braço sobre os olhos e pensou que deveria sentir alguma coisa. Culpa renovada. O velho ódio devorando-o. E ainda...

E ainda o que ele mais sentiu foi uma onda de desgostosa raiva. De si mesmo, porque o simples fato de ela não ter partido, não ter fugido gritando, o deixava bobo, com uma esperança irracional brotando em seu peito.

A visão flanou para fora da escuridão envolvente: Isolda, esguia e elegante e tão bela que realmente doía, se ajoelhando diante dele ao luar, inclinando-se para tocar seus lábios nos dele.

Tristão amaldiçoou e rolou de costas, olhando para as manchas ásperas do céu visível através da rede de folhas e ramos acima. Talvez se tentasse pensar na sombra vigiando, no quarto ela poderia ter visto.

Embora devesse a esse estranho um agradecimento. Ele devia ficar aliviado.

Alívio. Certo. Esse era o sentimento predominante em sua mente agora. Não o desejo que não satisfez pulsando em cada nervo. Alívio.

Deixe-me ficar com você. Só por esta noite. Não precisa ser mais do que isso.

A mesma voz sarcástica no fundo de sua mente dizia que ele provavelmente — não, mais do que provavelmente — deveria se sentir não apenas aliviado, mas agradecido que lhe tivesse sido dada essa oportunidade de se permitir recobrar alguma sanidade.

Tristão fechou os olhos, sentindo a recordação das palavras de Isolda bombeando através do seu sangue.

De jeito nenhum ele teria sido forte o suficiente para recusar aquela oferta por conta própria.

— Não posso dizer que eu goste — Cath disse.

Isolda obrigou-se a respirar. Estava ao ar livre com Cath, Kian e Eurig, no campo de treinamento dos homens. Com vista para o jardim onde sentara-se com Tristão na noite anterior. Encontravam-se sozinhos, depois dos festejos da noite passada, que terminaram apenas com o nascer do sol. A fortaleza estava completamente deserta àquela hora da manhã, embora um par de guerreiros muito bêbados para encontrar sua cama ainda estivesse deitado e roncando sobre o passeio do lado de fora do alojamento dos homens.

E ela deveria estar feliz por ver os três homens novamente reunidos, a primeira vez que conversavam livremente desde sua chegada a Caer Peris. Ela deveria ser, e estava, grata além das palavras por nenhum deles ter sofrido qualquer dano.

Tristão, porém, se fora. Partira naquela manhã antes do amanhecer, em mais uma missão para Octa de Kent, antes mesmo que Isolda pudesse vê-lo ou falar com ele novamente. Ela nem mesmo teria sabido que ele tinha partido se não fosse por Ulf ter lhe contado quando saiu de seu quarto, cerca de uma hora mais cedo.

Ela perguntou sobre o convidado de honra de Octa, tendo o cuidado de não falar seu nome, para afastar qualquer traço de sentimento em seu tom.

Ulf tinha os olhos vermelhos e piscando após o *symbel* da noite passada, embora ainda cumprindo com seus deveres como de costume. Pareceu não notar nada de estranho sobre a pergunta e disse a Isolda que Tristão tinha ido embora. Toda a guarda pessoal de Octa sabia sobre ele, ao que parecia. Tristão havia partido na primeira hora em outra missão para o seu senhor recém-juramentado.

E agora, Isolda precisava convencer Cath, Kian e Eurig a também deixá-la e ir atrás dele. Ela tentou engolir sua impaciência furiosa, a gelada agitação em seu peito.

— Estarei segura. E já conversei com Octa. Ele aceitou a minha oferta dos serviços de vocês três, a minha guarda de honra. Tudo que vocês precisam fazer é seguir, e encontrar, Tristão.

Octa, ao contrário do resto da sua guarda, estava lúcido e com a mão firme esta manhã. Quaisquer que fossem os defeitos e vícios de Octa de Kent, o excesso de bebida não era um deles. Ele ouviu em gélido silêncio quando Isolda ofereceu os cuidados de sua guarda de honra pessoal para assistir seu novo aliado. Mas concordou, o que era tudo em que poderia prestar atenção ou se importar agora.

Isolda olhou de Cath para Eurig, o rosto familiar deste tão preocupado e relutante quanto o de Cath, e, em seguida, se dirigiu a Kian, que a observava em silêncio, esfregando a cicatriz em seu rosto com as costas do polegar.

— Também não gosto — disse, respondendo à pergunta que ela não fizera. A luz muito forte da manhã fez seu rosto parecer ainda mais sério, implacável, como se tivesse sido esculpido em pedra. — Não gosto que esteja aqui, para começar. Nem da ideia de deixá-la sem assistência.

— Eu não estarei sozinha. Terei Cabal comigo. — O grande cão sentou-se a seu lado, e Isolda colocou a mão em seu pescoço malhado. Ela podia ver Kian abrir a boca, prestes a discutir, mas o impediu antes que ele pudesse começar. — Kian, você conhece Tristão. Vocês três. — Ela incluiu Cath e Eurig em seu olhar. — Já o viram manter-se longe do perigo? Já o viram não...

Apesar do esforço, sua voz se enfraquecera ligeiramente. Ela nem mesmo sabia dizer o que temia tanto. Quando aquele escuro e congelante medo, que agora pairava sobre ela, tinha surgido, ou por que estava tão absolutamente, totalmente certa de que precisava convencer Kian e os outros a seguirem Tristão onde quer que ele tivesse ido.

E o que era ainda pior, de uma maneira que não havia nenhuma razão sólida para o seu medo. O terror que tomou conta dela a partir do momento que ouvira Ulf dizer que Tristão havia partido parecia com um monstro num pesadelo infantil, insinuando-se, desconhecido e disforme, no escuro.

Ela cravou as unhas em palmas da mão novamente.

— Já o viram não andar diretamente para o risco mais terrível imaginável com se fosse o único jeito de cumprir uma missão? Algum de vocês?

Ela viu um indubitável sinal de reconhecimento.

— E a senhora acha que Tristão está em perigo agora? — Kian disse.

Isolda assentiu, um começo de alívio iminente fazendo suas palavras saírem num turbilhão.

— Tenho certeza disso. Não sei onde ele está ou o que está fazendo, mas, a menos que vocês vão atrás dele, é muito provável que ele vá se matar. Por favor. — Ela olhou de Kian a Cath e Eurig e vice-versa. — Por favor, digam que farão isso.

Kian ficou em silêncio. Depois, lentamente, moveu a cabeça em concordância, e Isolda teve de se firmar para não afundar no chão, os músculos de repente se afrouxando. Antes que pudesse falar, porém, Kian esfregou sua cicatriz novamente e disse:

— E se Marcos da Cornualha se reunir a Octa enquanto estiver aqui sozinha? Poderia acontecer, a senhora sabe. São aliados, os dois. Já pensou nisso?

A face de Marcos, sombria, de feições pesadas e brutais, com os olhos devastados, formou-se à sua frente, diante das palavras de Kian. Houve um tempo em que pensar em encontrar Marcos novamente, confrontando-o pela primeira vez desde que ele a forçara a um casamento de uma noite, seria o suficiente para enchê-la de intenso ódio e medo, o suficiente para deixá-la doente. Agora, porém, o pensamento mal a atingira, exceto pelo aperto no estômago, diante da ameaça de que Kian poderia, afinal, se recusar a deixá-la ali sozinha.

— Eu tinha pensado nisso — Isolda falou, tão firme quanto antes. — Mas prometo a vocês que, mesmo que isso aconteça, não sofrerei nenhum dano.

Involuntariamente, sua mão pousou na cintura do vestido. Era estranho, pensou ela, que o bebê que estava por nascer bem poderia ser sua ruína entre os homens do Conselho do Rei e era praticamente a sua única garantia de segurança.

— Prometo a vocês, estarei segura. Por favor. — Seu olhar encontrou o de Kian. — Você me disse uma vez que Tristão era um bom amigo. Que ele salvou sua vida mais vezes do que você jamais poderia pagar. Por favor, me prometa que vai fazer o seu melhor para mantê-lo seguro, também.

A expressão dura de Kian não se desfez, o traço sombrio em sua boca não suavizara e nem mesmo se alterara. Mas o olho restante brilhou quando ele inclinou a cabeça em um aceno dizendo, rispidamente:

— Essa não é uma promessa difícil de fazer.

Capítulo 14

— Marcos da Cornualha está aqui? — Todo o corpo de Isolda parecia uma massa em choque formigando e sua voz soou metálica e distante. Ao seu lado, Cabal ganiu, e ela automaticamente colocou a mão em seu pescoço para acalmá-lo.

Ulf assentiu.

— Ele e os aliados de guerra chegaram esta noite. Octa lhe deu as boas-vindas no salão. — O guarda parou e lançou a Isolda uma rápida olhada que trazia uma estranha mistura de relutância, constrangimento e, ela pensou, algo quase como simpatia em seus olhos azuis. — Octa disse que Lady Isolda de Cammelerd e Marcos da Cornualha já foram casados antes. Agora que ambos são seus aliados e ambos estão aqui, podem ser casados de novo.

Isolda ficou paralisada de horror. Mas afinal parecia haver um limite para o número de choques que podiam ser absorvidos em uma única noite, porque ainda mal se sentia surpresa. Não, o que ela sentia, mais do que tudo, era raiva. A Visão, sempre uma piada zombeteira, havia lhe dado um sombrio, sinistro senso de perigo para Tristão, e nem mesmo um sinal de aviso do que enfrentava agora. Mas a raiva que sibilava através do seu sangue era consigo mesma, por não ter antevisto isto, com Visão ou não.

Na breve eternidade desde que Ulf falara, ela revivera na memória todas as audiências que tivera com Octa de Kent desde que chegara à Caer Peris. E houve tempo até para criticar a si mesma por não encaixar os fragmentos que já se reuniam em sua mente como um conjunto assustador.

Claro que Octa de Kent a teria acolhido ali. É claro que ele teria oferecido seu tempo, suprimindo qualquer hostilidade que sentia pela mulher cujas terras ainda não haviam caído diante das forças aliadas dele mesmo e de Marcos. Ele sabia que tudo o que tinha a fazer era esperar. Convocar Marcos até ali. E declarar Marcos seu marido e senhor, e, assim, Rei de Cammelerd.

Os exércitos de Cammelerd podiam resistir contra um ataque direto. Podiam até mesmo ter lutado com ferrenha resistência armada, tivesse a ostensiva rendição a Octa poucos dias antes sido real. Mas se recebessem a notícia de que sua senhora estava na verdade casada com Marcos...

Isolda agarrou as laterais de sua cadeira. Ela estava sentada junto à lareira fria em seu quarto de hóspede. Após passar um dia tentando imaginar cada passo que Kian, Cath e Eurig poderiam ter dado em sua busca por Tristão, fora incapaz de enfrentar a perspectiva de jantar no salão principal.

O que era, afinal de contas, uma sorte, de certa maneira. Pelo menos, ela não precisara enfrentar essa notícia diante dos atentos olhos da corte de Octa. Pelo menos, teria tempo para pensar, agora.

Ela apertou as mãos até que a moldura de madeira da cadeira marcasse suas palmas. A dor estava estranhamente se equilibrando, uma única faísca brilhante no centro da névoa de descrença e pânico que se formara em sua mente.

Esperou até que pudesse estar absolutamente certa de que sua voz não iria tremer. Em seguida, olhou para Ulf e disse:

— Muito bem. Pode dizer a Lorde Marcos que o verei agora, aqui.

— Lorde Marcos da Cornualha, senhora.

O coração de Isolda estremeceu dentro do peito. Estava sozinha. Havia trancado Cabal no minúsculo aposento que servia de vestíbulo. Se era grata além das palavras pelo sólido e massivo grande cão ao seu lado, também não confiava que ele não atacasse, se sentisse que estava ameaçada. E ela não duvidava nem por um momento que Marcos puxasse uma faca ou espada e a usasse contra Cabal, se ele o atacasse.

Então, ela respirou e conteve-se, imóvel. Havia apenas o que parecia um tempo impossivelmente curto para se recompor entre a saída de Ulf e o seu retorno agora. Mas imaginara muitas vezes, nos meses desde que tinha visto Marcos pela última vez, o que sentiria ao vê-lo novamente. Não somente desde aquele casamento de uma noite, mas desde que tinha sido capaz de invocá-lo nas águas divinatória, entrando em sua mente e ouvindo-lhe os pensamentos como se fossem seus.

Raiva, ódio, medo... Ela havia imaginado todos eles. Isso e a nauseante possibilidade de que ele soubesse sobre ela assim como ela soubera dele. Que ele sentira sua presença silenciosa dentro de sua cabeça.

Mas o que a atingiu mais diante da visão do homem que seguiu Ulf até o quarto, acima de tudo, foi o choque em ver o quanto ele havia mudado no último semestre. Quando vira Marcos, passado quase um ano, seu rosto obscuro e caracteristicamente duro, era brutal, sim, forte e envelhecido por uma vida gasta em campanha, mas ainda tinha resquícios de ter sido um homem bonito na juventude. Agora, no entanto...

Agora, Marcos da Cornualha parecia medonho. Inchado e doente, com um rosto pastoso e contrito, olhos vermelhos e a cabeleira negra, uma vez grossa, agora esparsa e grisalha. Seu nariz e faces sustentavam uma rede de veias vermelhas e rompidas, causadas por muitas bebedeiras. Até mesmo o seu olhar parecia vítreo, e seus passos eram um pouco instáveis quando adentrou o quarto.

A contragosto, mas de imediato, Isolda procurou por ele em sua mente. A perspectiva ainda lhe revirava o estômago, mas precisava saber, e agora, de uma vez, se ainda podia entrar na mente de Marcos. Ela fixou os olhos nos dele, inchados e etílicos, e sentiu...

Nada. Nem sequer uma faísca no espaço interior onde ouvia ou sentia a Visão, e nem um tranco ou até mesmo um sussurro em sua mente. Essa porta estava fechada e, instintivamente, ela sabia de uma vez por todas.

Essa percepção fez com que ela conseguisse respirar finalmente, inclinando a cabeça em um breve, porém firme, aceno de saudação, assim que ele entrou na sala.

Ela sentiu, também, flashes ocasionais de piedade involuntária por Marcos da Cornualha, por ele ter — como dissera Cath certa vez — de viver dentro de sua própria pele. Mas o que a preenchia agora, acima do choque, era o espanto incrédulo que o resto de homem, agora diante de si, sempre havia sido para ela: um personagem de pesadelos de terror e medo.

Marcos da Cornualha tinha medo de si mesmo. Ela o vislumbrara meses antes nas águas divinatórias, sentindo a fúria implacável que usara para afastar todo o medo, não só do homem que havia se tornado, mas da armadilha em que se encontrava agora. Nas barras da gaiola de ferro que construíra em torno de si quando jurou fidelidade na aliança com Octa de Kent.

Mas ela não teria precisado da Visão ou da lembrança dessas visões para saber que o homem diante dela estava cheio de fúria, louco e apavorado como um lobo capturado na armadilha de um caçador, disposto a roer sua própria carne e osso para conseguir se libertar.

Marcos era rei, e filho de rei. Tinha nascido para governar a Cornualha, tinha passado por toda uma vida de batalhas, até mesmo pela destruição de Camlann, para manter suas fronteiras firmes e garantir seu trono. E agora estava à beira de perder tudo. De ver a Cornualha, com suas aldeias de pescadores, os assentamentos, suas ricas minas de estanho, tornando-se nada além de mais um terreno fértil onde Octa e seus guerreiros iriam arar, mais uma fonte de ouro para os cofres de Octa.

Marcos veio vacilante em direção a ela, e Isolda quase teve de fazer um esforço para se manter firme em face de seu avanço. Precisou se esforçar duramente para bloquear as lembranças provocadas pelo cheiro forte de cerveja e vômito azedo em seu hálito.

— Lady Isolda. — Sua voz, porém, ainda era como ela se lembrava, profunda e soando a metal raspando em metal. Um arrepio percorreu as costas de Isolda. Arrepio que ela teve de trabalhar duro, dessa vez, para ignorar. — Parece que a senhora é agora, mais uma vez, a minha esposa.

Seus olhos escuros e etílicos desviaram-se para a cama com dossel no canto, e apenas por um momento as memórias de uma noite quase um ano antes inundaram Isolda, fazendo a bile subir em sua garganta. Deitada na cama à espera de Marcos. Arriscando sua vida ao empurrar um trapo embebido em cedro e mandrágora profundamente dentro dela para evitar a concepção de um filho de Marcos.

Por trás da porta fechada do vestíbulo, Cabal ganiu, e Isolda cortou as memórias pela raiz, forçando-se a reprimir a onda de medo que estava começando a se espalhar como graxa sobre sua pele.

Se não tivesse se casado com Marcos, estaria morta. Enterrada e virando pó em uma fria vala comum. E ela sempre soube, a partir do momento em que ele a deixara para aliviar suas contusões e lavar-se uma e outra vez, que teria de enfrentar Marcos novamente para recuperar totalmente o que ele havia tirado dela naquela noite.

Isolda encontrou os olhos de Marcos. Inchados. Exaustos e vidrados com os efeitos do vinho e da cerveja. Mesmo que o canal através do qual entrara em sua mente estivesse fechado agora, ela podia ver no fundo do seu olhar um reflexo do homem de quem vira os pensamentos. Um homem que, ela percebeu com a rapidez de um chicote estalando, enfureceu-se e atacou e matou porque sua alma era como uma serpente, eternamente engolindo a própria cauda. Marcos da Cornualha podia odiar, podia ter alegria na destruição, mas ele se odiava acima de tudo.

Ela pensou em Madre Berthildis, dizendo-lhe meses antes que as visões de Marcos foram enviadas a ela para que pudesse perdoá-lo por tudo o que havia feito. Madre Berthildis, aquela que agora jazia com metade de seu corpo enfraquecido, chamava a isso, com certeza absoluta, de sabedoria divina.

Isolda não teria sabido, então, se as palavras da abadessa eram verdadeiras ou não. E agora, encarando Marcos em pessoa, não podia encontrá-las em si para se importar. Ela encontrou uma faísca de raiva, e deixou que acendesse uma forte e brilhante chama. E, preparada para garantir que, acontecesse o que acontecesse, nunca teria medo de Marcos da Cornualha novamente.

Levantou a cabeça.

— Assim decretou o Rei Octa, Lorde Marcos. Mas o senhor deve saber, antes que isto vá adiante, que enquanto falamos estou carregando o filho de outro homem. Dê um passo adiante, tente insinuar-se em minha cama, e essa criança será seu filho e herdeiro.

Ela viu na raiva queimando por trás da névoa de bebida nos olhos de Marcos o quanto suas palavras atingiram-no em cheio, viu seu rosto se inundar com sangue. Ele levantou a mão como se para estapeá-la, e ela se protegeu. Mas o golpe nunca a atingiu. Ulf, despercebido, veio por trás de Marcos e agora, em um borrão de movimento, estendeu a mão e agarrou o braço levantado do outro homem.

Por um longo momento, ficaram desse jeito, parecendo congelados no lugar. Marcos embriagadamente instável no aperto de Ulf, piscando para Isolda com olhos furiosos. Ulf, impassível como sempre, mas ainda segurando firmemente o braço de Marcos.

No silêncio que se seguiu, Isolda ouviu os ganidos de Cabal se transformando em latidos frenéticos, ouviu-o jogar-se com força contra a porta fechada. Então, em um único movimento brusco, Marcos virou, se libertando do abraço de Ulf, e saiu em um rodopio do manto verde de viagem que usava. Pelo mais breve dos instantes, os olhos de Ulf encontraram os de Isolda. E depois Ulf se virou, e sem uma palavra, seguiu Marcos para fora do quarto. Apenas quando a porta se fechou atrás de ambos, Isolda percebeu que estava tremendo da cabeça aos pés.

Olhou para a porta fechada um longo momento. Então, ainda tremendo, se levantou, cruzando para abrir a porta do vestíbulo. Cabal saltou para fora, quase a derrubando no chão, e ela ajoelhou-se para colocar os braços em torno dele. Apenas por um momento, deixou-se enterrar o rosto em seu pelo, esquecer tudo exceto a grosa de sua língua em seu pulso enquanto acalmava o coração, que batia freneticamente.

No entanto, não havia tempo. Ela não teve tempo para compreender ou sequer pensar em tudo o que acabara de acontecer. Mesmo sendo profundo o ódio de Marcos, ele não estava disposto a dar a ela a chance de dizer que o filho de outro homem era seu. Acima de tudo, Marcos era orgulhoso. E aquele orgulho a mantivera a salvo por esta noite.

Mas Marcos também estava sob o controle de Octa. Fria e mortalmente temeroso de um aliado com mais poder, que agora o havia capturado em uma armadilha em que ele devia obedecer à vontade do rei ou morrer. Owain de Powys tinha se aliado a Octa e morrera. Marcos certamente já sabia que não era mais indispensável do que Owain tinha sido.

E Isolda nem por um momento imaginou que Octa tivesse o menor remorso em vê-la casada e partilhando a cama de Marcos, independentemente de ela carregar um filho de Tristão.

Isolda fechou os olhos, desejando que Morgana escolhesse agora aparecer diante dela. Ou que ela pudesse sentir novamente aquela minúscula onda de agitação do bebê em seu ventre.

Ou que Tristão estivesse ali.

Ela afastou aquele pensamento cruel, quase raivosamente. Enquanto estivesse pensando em finais felizes, poderia muito bem desejar que Tristão não apenas estivesse ali, mas dizendo que a amava e nunca a deixaria novamente.

⁓

A batida em sua porta fez Isolda congelar, seu coração martelando contra as costelas novamente ao pensamento inevitável de que Marcos havia retornado. Quando se obrigou a levantar, porém, e caminhar até a porta, furiosamente ordenando que suas mãos não tremessem quando levantasse o trinco, ela descobriu que era Godgyth quem estava no corredor, o vestido agitado pelo vento e os cabelos brancos cobertos por um xale incrivelmente antigo e sujo.

Depois de tudo que já havia ocorrido, Isolda não podia sequer ficar surpresa. Ela olhou para a velha inexpressivamente, movendo-se em silêncio e mecanicamente para fora do caminho, uma das mãos apertada na coleira de Cabal enquanto Godgyth quase se impunha dentro do quarto. Godgyth fechou a porta atrás de si, seu olhar azul leitoso percorrendo a câmara. Então, virou-se para Isolda.

— Você quer fugir de Caer Peris. Estou aqui para ajudá-la.

Talvez fosse bom estar entorpecida. Isolda piscou diante de Godgyth, com a respiração arrastada e sinalizou a Cabal para deitar-se perto da lareira. Em seguida, disse:

— Por que quer fazer isso?

Godgyth se arrastou até a única mesa de madeira do quarto, pegou um pote de pomada na caixa de remédios de Isolda, devolvendo-o em seguida para dizer, subitamente:

— Eu a vi no jardim a noite passada. Você e seu jovem homem. O pretenso aliado de meu irmão.

Talvez ela ainda fosse capaz de se chocar, afinal. Isolda teve de engolir duas vezes antes que pudesse fazer sua voz se firmar o suficiente para responder.

— Era você?

— Era. — A voz de Godgyth estava calma, quase suave, e ela se moveu para colocar a mão no braço de Isolda. — E eu posso ser velha. Mas não sou tão velha que não possa mais reconhecer o verdadeiro amor quando o vejo.

Ela cheirava a terra e ervas, porque pela primeira vez não havia o cheiro forte de bebida em seu hálito. Mas seus dedos estavam lisos, desagradavelmente frios e escorregadios contra a pele de Isolda, os olhos mascarados e estranhamente opacos como antes.

Isolda recuou ao seu toque.

— Eu continuaria a bancar a vidente, se fosse você. É muito mais convincente.

De certa forma, ela esperava raiva, mas, em vez disso, a velha tirou a mão e riu sua surpreendentemente rica gargalhada gutural.

— Tenho certeza que sim. Embora isso não impeça o que eu disse de ser, pelo menos em parte, verdade. Não, espere, escute-me. — Isto quando Isolda começou a falar. — Você está certa. Pela sua juventude, seu rosto belo e sua aparência, para ser franca, como se um vento forte pudesse arrasá-la, achei que fosse tola. Eu estava errada em falar com você como se você fosse.

Ela fez uma pausa, passando o dedo de leve em torno da borda da mesa como uma garra, depois lançou a Isolda um olhar afiado de soslaio.

— E se eu lhe dissesse que não tenho dúvida que meu irmão, o Rei Octa, iria matá-la tão facilmente como respirar se sua morte lhe conviesse. Mas estando casada com Lorde Marcos, pode ser melhor para ele agora mantê-la viva. E que eu não desejo ser destituída da minha posição de mulher sábia e profetisa que é o que deveria ocorrer.

Os olhos de Godgyth mudaram o foco, e algo remoto e nem um pouco triste passou por seu rosto enrugado.

— Os deuses dessa terra não falam comigo. Talvez os deuses da Bretanha sejam mais poderosos do que imaginei. Ou talvez seja apenas porque estou velha demais. — Ela olhou de soslaio para Isolda novamente. — Seja qual for o motivo, quaisquer poderes que eu tenha não são mais do que apenas um fraco reflexo do que uma vez foram. Eu apenas tenho lampejos de visões. Formas escuras, como as que se vê através de uma neblina à noite, com algum ocasional vislumbre mais brilhante, nada mais. — Um sorriso seco apertou as bordas de sua boca e ela fez a Isolda uma de suas semirreverências estranhamente graciosas. — Mas isso não significa que eu ainda não possa reconhecer o poder de alguém.

Isso, Isolda pensou, era quase engraçado, quando não soubera sobre Marcos nem tivera a sagacidade para deduzir o plano de Octa. Quando sua mente ainda estava totalmente em branco sobre qual deveria ser seu próximo passo e se, nesse assunto, não deveria sequer pensar em confiar na velha que se encontrava diante dela agora.

Entretanto, não argumentou. Godgyth tinha continuado, falando em seu antigo e um pouco alegre tom musical.

— Eu sabia, pelo menos, que sua aliança com meu irmão era fingimento e que você tinha vindo pelo menino. O filho de Madoc de Gwynedd. Eu até pensei, para ser sincera, em aparecer para auxiliar você com um plano para libertar o menino daqui. E, em seguida, informar Octa antes que pudesse ir para longe e assim aumentar o meu valor aos olhos dele. — Ela disparou outro olhar irônico em direção a Isolda. — Eu posso ter pouco poder verdadeiro, entende? Mas aprendi a fazer bom uso daquilo que possuo. Para dobrar as circunstâncias tanto quanto possível a meu favor.

Isolda retomara o fôlego agora. E disse:

— Entendo. E há alguma razão para eu acreditar que não está usando exatamente essa estratégia agora?

A boca da velha esticou-se mais uma vez, o sorriso dessa vez quase como o de uma caveira desdentada.

— Nenhuma. Eu poderia estar mentindo. Você pode sair deste quarto diretamente para um contingente da guarda de Octa. Mas — com súbita e surpreendente rapidez, ela mancou até a única janela do quarto e tirou as travas, deixando-a aberta.

— Uma garantia de boa fé. Se você acredita nessas coisas.

O ar que entrou no quarto era úmido, cheirando a sal e mar. E volteando como gavinhas de nevoeiro, fantasmagoricamente branco à luz de velas. Isolda olhou para fora. Uma névoa marítima espessa penetrou ali, cobrindo tudo. Ela mal podia ver o brilho das tochas nas muralhas. E nada da fortaleza que se estendia abaixo. Parecia ter sido projetado para encobrir uma fuga.

Lentamente, ela se voltou para Godgyth, que assentiu com a cabeça e, como se em confirmação, com um pequeno agitar de dedos ofereceu a Isolda um pedaço de corda trançado.

— Sim. Isto é para conjurar um nevoeiro. Nenhum vento aumentará para limpar a neblina até que estes nós sejam desfeitos. — Então, antes que Isolda pudesse responder, e antes mesmo que pudesse decidir como queria responder, Godgyth inclinou-se e agarrou-lhe a mão. — Eu fui mãe, uma vez. Ainda me lembro bem. E penso que para o bem da criança que você carrega, seria melhor que se dispusesse a assumir o risco de acreditar em mim agora.

A pele de Godgyth parecia tão fria e escorregadia como antes. Mas a voz dela estava diferente, não mais baixa; assumira uma qualidade que Isolda nunca ouvira nela antes.

Isolda respirou lentamente e, em seguida, tomou sua decisão.

— Tudo bem. — Ela assentiu com a cabeça. Acredito na senhora. Diga o que quer que eu faça.

⁓

Isolda sentou-se à janela ainda aberta, olhando para o nevoeiro espesso que ainda cobria a noite. Godgyth tinha provado estar certa até então, pelo menos. O ar estava parado, sem vento ou qualquer sinal de que as névoas fossem se dissipar. As horas desde que Godgyth se fora passaram com uma lentidão agonizante, quebrada apenas pela ocasional voz desencarnada de um dos guardas da muralha exterior, as palavras estranhamente abafadas pela neblina.

Agora, no entanto, devia ser quase a hora. Alguma coisa como o meio da noite. Isolda levantou-se e pegou o pacote de pertences que já havia embalado: sua caixa de remédios, algum pão e queijo deixados por ela de sua bandeja de jantar, uma muda de roupa, tudo enrolado em seu manto de viagem. Estalou os dedos e imediatamente Cabal, que estava dormindo sobre a lareira, ficou alerta ao seu lado. Foi até a porta e a abriu, rangendo os dentes quando as dobradiças deram um rangido que soou como um grito no silêncio da noite. Então ela congelou diante da visão de Ulf, do lado de fora.

O guarda se virou ao som da porta se abrindo, e Isolda se ordenou a não olhar para ele aterrorizada, tentando não permitir que o pânico apertado dentre dela transparecesse.

Deusa, por que não havia pensado nisso? Se tivesse considerado tudo, ela devia ter presumido que Godgyth havia previsto todos os detalhes de sua fuga esta noite, inclusive liberando-a da guarda designada por Octa. Mas a velha, de fato, não havia dito absolutamente nada sobre ter que fugir de Ulf ou do jovem, que, pelo menos, não estava ali agora.

E, pelo menos, Ulf parecia não ter notado nada de errado ainda. Ele parecia mais envergonhado do que qualquer outra coisa.

— Eu fico... feliz por ter lhe falado, senhora. Obrigado por me dizer para falar com Ymma a noite passada. Ela disse — o guarda fez uma pausa e, em seguida, um sorriso lento, totalmente desacostumado, se espalhou em seu rosto maltratado. — Ela disse que me aceita.

A mente de Isolda estava correndo, mas ela imediatamente invocou um sorriso em resposta.

— Estou muito contente. — Pensou ser verdade, também, tudo aquilo que sentia agora.

Ulf deu um curto e áspero aceno de reconhecimento, então disse, ainda com uma ponta de constrangimento em seu tom:

— Eu queria ver... perguntar se está tudo bem. Por antes. Quando Lorde Marcos...

Ele parou abruptamente, olhando para ela mais de perto, parecendo pela primeira vez ter reparado em suas roupas e botas resistentes ao ar livre e no farnel que ela carregava debaixo do braço. Embora pudesse ter sido apenas uma questão de tempo antes que notasse, e ele precisaria ser cego para não notar. Isolda tinha os dedos cerrados sobre a coleira de Cabal, o temor se apertando dentro dela mais uma vez quando encontrou o firme e pálido olhar azul de Ulf.

Em seguida, o guarda disse:

— Há algo mais, senhora. Eu... não estou dormindo bem essas últimas noites. A senhora tem alguma coisa... alguma poção, talvez... que me ajude a dormir melhor esta noite?

Por um momento, Isolda apenas podia olhar para ele.

— Eu tenho alguma coisa — disse, finalmente. Tateou em sua caixa de remédios. — Xarope de papoula. Tenho-o aqui. Mas...

Ulf parou.

— A senhora me dá. E eu... — ele fez uma pausa, a firmeza contínua de seu olhar ponderando as palavras — eu irei e compartilharei um chifre de cerveja com o guarda do portão norte. a senhora entendeu?

Isolda sentiu a garganta se apertar terrivelmente, de imediato.

— Eu entendo. Mas quero que me prometa que não vai enfrentar punição por isso. Não me parece provável que Octa perdoe um guarda que falhe com seus deveres.

Ulf sacudiu a cabeça.

— Não é meu trabalho esta noite.

Isolda fitou-o pela segunda vez.

— O quê?

— Não é meu trabalho. — Outro dos lentos sorrisos se espalhou pela face de Ulf, dessa vez maior do que antes. — Antes de ir para o portão do norte, vou encontrar os homens do senhor Marcos e dizer-lhes que Marcos ordenou — parou, em busca da palavr — ordenou que me substituíssem como guardas diante de sua porta. Marcos se acabará na bebida se continuar do jeito que começou a noite. — Um lampejo de desprezo crispou seus lábios. — É provável que nem se lembre. De manhã, quando a senhora tiver partido...

— Ulf parou, levantou os ombros musculosos em um encolher de ombros. — Deve ter sido no turno dos homens de Marcos. E, além disso — acrescentou — não vou ficar aqui por muito tempo. Eormenric é...

De repente, se conteve. Isolda quase lhe fez uma pergunta, tentando imaginar uma forma de validar o seu meio palpite sobre onde Eormenric, filho de Octa, devia estar. Mas ela também se deteve antes de tentar. Ela e Ulf se encontravam em lados opostos de uma guerra de gerações antigas, e apesar de tudo ele a estava ajudando agora. Não era justo pedir mais nada.

Ela disse, simplesmente:

— Obrigada.

Ulf gesticulou, se despedindo a distância, e, em seguida, lançando a ela outro rápido olhar.

— Só mais uma coisa, senhora. Eu... visitei os estábulos hoje. Hræfn está recuperado. Eu diria que está pronto para montar. Se... — seu pálido olhar encontrou o de Isolda — se o passageiro for uma pessoa pequena. Uma carga não muito pesada.

Por um momento, Isolda pôde apenas olhar. Então, ela tentou recuperar a voz.

— Não posso permitir.

Ulf interrompeu, a voz mais uma vez implacavelmente impassível, dura como antes.

— A senhora não tem de permitir nada. Eu não faço nada. Apenas lhe disse que Hræfn está bem o suficiente para ser montado. Nada mais. — Fez uma pausa, piscando, e Isolda pensou que poderia ter sido um daqueles lampejos breves de umidade em seus olhos. Ou talvez apenas o traiçoeiro brilho das tochas na passagem. O guarda fez uma careta e acrescentou, rispidamente: — Esse cavalo é uma pobre besta piolhenta e miserável, de qualquer maneira. Não será grande perda se... ele parou, sua garganta sacudindo quando engoliu — se o grande saco de estrume de algum modo... for roubado esta noite.

⁂

— Gostaria de sobreviver a esta manhã? — O tom de Cath era agradável, até mesmo amável, mas o jovem sob o jugo de Kian ainda estava pálido. Ele lançou um olhar de olhos arregalados, apavorado, sobre a linha de árvores da clareira, como se esperasse que alguns de seus companheiros milagrosamente aparecessem. Ou pelo menos por um meio igualmente milagroso de escapar. Não encontrando nenhum, ele engoliu convulsivamente, o movimento fazendo balançar a ponta da faca que Cath segurava contra sua garganta.

Tristão suprimiu uma pontada de culpa. Essa tarefa era usado agora para assustar crianças. O guarda que haviam capturado era pouco mais do que um menino, e mesmo assim usava o emblema de Octa em seu braço magro; por isso, Tristão não havia confiado em si mesmo para manter o domínio sobre seu temperamento. Não depois de seu último encontro com os guardas de Octa. Não com as imagens de cada maldito inferno perigoso que poderia ter acontecido até agora com Isolda zumbindo como vespas furiosas atrás de seus olhos. Razão pela qual Cath era quem o interrogava agora, e não ele.

Isso, e o fato de que mesmo que o menino fosse bobo, ele reconheceria Tristão como aliado e informante de Octa. A partir do momento em que o jovem fora avistado, Tristão tinha se mantido fora das vistas, e agora estava à sombra de um frondoso carvalho, escondido pela sombra e ramos, e pelo sol em suas costas, do ponto de vista do menino.

E Cath, para fazer-lhe justiça, dava uma boa figura aterrorizante. Mais alto do que o menino por um palmo, a sua barba negra enroscada com folhas e pedaços de galho e o cabelo negro nas pontas, parecia algo saído de contos selvagens.

— Bom, aceitarei isso como um "sim", então. — A barba de Cath se abriu em um sorriso feroz. — Você quer viver além de hoje. E já que é o caso, sugiro que comece dizendo-nos o que sabe sobre o que aconteceu com a senhora Isolda.

A garganta do jovem saxão balançou novamente.

— Eu não sei de nada. Só que ela partiu da fortaleza, esta manhã. Ela e uma das montarias de guerra dos estábulos.

Um cavalo negro. E o senhor Octa rugiu para cima e para baixo no salão e nos amaldiçoou dizendo que era melhor que a encontrássemos, se quiséssemos manter nossas peles.

— E já encontrou? — O polegar de Cath acariciava o cabo da faca, pressionando-o ligeiramente mais firme contra a garganta do garoto. O jovem se encolheu, e Cath disse:

— Bem, por mais que eu odeie privar Octa da diversão de esfolá-lo vivo, eu diria que tem problemas mais imediatos para afligi-lo do que Octa, meu rapaz, se estiver mentindo para nós agora.

— Eu não minto. — A voz do menino saxão estava tensa e aguda. — Eu juro. Lady Isolda partiu de seu quarto esta manhã, e um garanhão negro sumiu dos estábulos. Isso é tudo que sei. — Ele terminou com uma série de juramentos e uma oração aos deuses em sua própria língua.

Cath, ainda segurando a faca, lançou um olhar inquiridor a Tristão, que ele, de seu esconderijo, respondeu com um aceno de cabeça.

— Certo, então. — Cath guardou a faca na bainha com um floreio, mas depois se inclinou para a frente, arreganhando os dentes novamente, olhando para o rosto do menino. O jovem, que tinha se curvado de forma visível, endireitara-se novamente. — Saia da minha frente. Reze para eu nunca colocar os olhos em você de novo.

Kian, que estava atrás, soltou os braços do rapaz. O saxão olhou um instante, engoliu em seco e olhou mais um momento, como se incapaz de compreender o significado das palavras de Cath. Então, o rosto ainda lívido de terror, ele se virou e fugiu, os galhos quebrados marcando seu caminho errante através das árvores.

Cath estava cuidando dele, então, quando os sons do saxão em pânico começaram a desvanecer-se, lançou outro olhar indagador para Tristão. Tristão deu mais um aceno de cabeça, e Cath afastou-se silenciosamente na direção que o jovem havia tomado.

Tristão esperou contando até cinquenta, e, em seguida, saiu da sombra da árvore. Kian levantou uma sobrancelha em dúvida.

— Acha que ele estava mentindo?

Talvez um desses dias Tristão fosse capaz de parar de estremecer interiormente cada vez que seu olhar caía sobre o remendo em cima do olho direito de Kian. Não seria hoje, no entanto. Tristão se forçou a não desviar o olhar. Deus sabia que era o mínimo que ele devia ao outro homem.

Ele deu de ombros.

— Acho que ele estava apavorado demais para mentir até sobre o próprio nome. Mas é melhor ter certeza. — Razão pela qual Cath o havia seguido, para eliminar a possibilidade de o rapaz saber mais do que disse.

Kian concordou com um grunhido, esfregando a cicatriz em seu rosto com as costas do polegar.

— Acha que ele vai informar a Octa que nos viu?

— Dizer a Octa que ele foi tolo o suficiente para se deixar capturar e quase sujado as calças quando vocês o interrogaram? — Tristão sacudiu a cabeça. — Duvido. Mas mesmo que ele diga, o que tem para contar? Que a guarda de honra de Lady Isolda estava procurando por ela. Não há surpresa nisso. Nada está perdido. A menos que você esteja esperando voltar para Caer Peris como convidado de novo.

— Ha. — Kian latiu uma curta risada. — Não é provável. Eu tive bastante do vinho saxão com gosto de urina de cabra e vinagre, e da papa a que chamam comida para durar uma vida. — Fez uma pausa e Tristão podia ver as próximas palavras pairando sobre a língua.

Ele interrompeu Kian.

— Não diga isso. Você fez tudo que podia. — Sua cabeça ainda zumbia, mas ele teve o cuidado de tornar suas palavras mais leves. Devia isso a Kian, também. — Tenho tentado manter Isolda longe de problemas praticamente desde o tempo em que ela aprendeu a andar. Não creio que isso possa ser feito.

Kian estivera preso ao chão de uma forma que Tristão sabia significar preocupação reprimida ou culpa, mas diante disso fez uma careta e levantou o rosto. E resmungou novamente.

— O mesmo pode ser dito de alguns outros que eu poderia citar. — Fez uma pausa, investigando a floresta. — Nós vamos encontrá-la. Se ela está a cavalo, não deve ser muito difícil achar seu rastro.

Tristão concordou. O que não foi dito foi que havia uma grande probabilidade de os homens de Octa acharem seu rastro e encontrá-la primeiro. Ele exalou, afastando a exaustão e o medo para longe, muito longe. Cristo sabia que ele não tinha tempo para nenhum deles, agora.

— Ela disse alguma coisa, qualquer coisa, que pudesse dar a você uma ideia da direção que ela tomou?

Kian sacudiu a cabeça.

— Nada. Poderia ter jurado que ela nem mesmo havia cogitado deixar Caer Peris. Ou então eu não a teria deixado lá. — Sua mandíbula endureceu ligeiramente enquanto disse as palavras finais.

— Eu sei.

Kian assentiu reconhecendo, então disse:

— Você quer esperar por Cath?

Esperar. A pele de Tristão já coçava com a vontade de sair em busca, longe dali, mas ele disse:

— Vamos dar-lhe outra hora. Se ele não voltar até lá, nos separamos e começamos a procurar pela trilha do cavalo. — Já haviam se dividido em dois grupos: Eurig, Piye e Daka rumo a leste; Tristão, Cath e Kian, ao oeste.

Kian assentiu, e então disse, os olhos ainda nas árvores ao redor:

— E depois que um de nós a encontrar? O que fazer? Tristão olhou para ele, sobrancelhas levantadas.

— O que fazer? Você jurou fidelidade a Madoc, não é?

— Oh, sim. — Kian coçou o queixo de novo. — Mas as ordens eram para servir Lady Isolda. E agora ela me mandou ficar perto de você. E — fez uma pausa, o seu único olho girando para encontrar a cabeça de Tristão — parece-me que você pode ter necessidade de alguém para protegê-lo agora. Se tudo o que ela disse sobre em que você está metido for verdade.

Pelas chagas de Cristo. Tristão fez um esforço para controlar seu tom. Ele olhou para o remendo de couro sobre o olho direito de Kian.

— Eu diria que você já fez mais do que a sua parte.

— O que, isso? — Kian levantou a mão e tocou o tapa--olho. — E dizem que são os cristãos que vivem de fazer mártires de si mesmos. Última vez que verifiquei, eu era um homem adulto, capaz de fazer minhas próprias escolhas. Devo ser capaz de me defender. Depois você vai querer dizer que é o culpado por isso, também, eu suponho? — Apontou para a cicatriz que corria ao lado de sua face da têmpora até a mandíbula. Marca do ferimento que tinha sofrido em Camlann. Tristão lutou contra as lembranças que o estapeavam no rosto.

— Olhe, você fez um juramento a um rei que merece a sua lealdade absurdamente mais do que eu, e simplesmente quer sair assim? — As palavras saíram com mais rigor do que gostaria, e ele tomou fôlego. — Você tem me protegido mais vezes do que posso contar. E não há ninguém que eu prefira para isso. Mas essa não é a sua luta. Não vale a pena perder a sua vida.

— E vale a pena perder a sua? — Kian franziu a testa e lançou a Tristão um olhar intenso. Ele coçou o queixo e disse então, de repente: — Ela teme por você. Foi por isso que nos enviou para buscá-lo.

Tristão conseguiu manter silêncio. Depois de um momento, Kian soltou um suspiro meio exasperado, meio bravo.

— Ótimo, então. Você quer me dever alguma coisa por isso? — Ele tocou o tapa-olho novamente. — Encontre Lady Isolda. Encontre-a e fique com ela e não a faça temer por você novamente. Ela merece o melhor. — Parou, amarrando o cenho para Tristão, o único olho apertado. — Deus sabe que eu lhe devo minha vida uma dúzia de vezes. Mas, se fizer qualquer coisa para magoá-la, Deus me ajude, terei de lhe dar uma surra.

Tristão apertou a mandíbula.

— Não se preocupe. Se eu fizer mais alguma coisa para magoá-la, terei de ficar parado e permitir que me surre.

Capítulo 15

— Você quer algo para comer? — Isolda estendeu um pedaço de pão do pacote que Godgyth tinha embalado para a pequena figura encurvada ao seu lado. Rhun devia estar com fome. Viajaram a pé por quase toda a noite, brumosa e úmida, quando estava escuro demais para cavalgar, e até agora ele não havia comido nada. Mas ele apenas encolheu os ombros, se encurvando com mais força em si mesmo, os olhos fixos no chão. Até então não dissera uma única palavra, desde o momento em que tinham deixado Caer Peris.

Isolda hesitou, depois guardou silenciosamente o pão no alforje de Hræfn. Afinal de contas, já era uma sorte que Rhun tivesse vindo com ela. Mais sorte ainda ambos terem chegado até ali, longe da fortaleza e da extensa planície da costa, nas colinas densamente florestadas para o norte.

Depois que se separara de Ulf, toda a sua fuga acontecera com facilidade quase assustadora, desde guiar Hræfn para fora dos estábulos escuros e desertos até encontrar Godgyth e Rhun como planejado, em um local protegido por uma guarnição e perto da muralha da fortaleza. Godgyth não havia falado, nem feito qualquer pergunta, mas ainda assim mostrou o caminho para o portão norte sem hesitação, onde olhou sem surpresa as figuras de Ulf e do outro guarda, esparramados ao chão, mergulhados em seu sono profundo, junto a um flácido odre vazio jogado próximo a eles.

— Sim. Como eu pensava. — Godgyth assentiu com a cabeça, em confirmação. Sua respiração ficara mais densa com o forte cheiro do vinho, mas ela havia lançado a Isolda um olhar enviesado e mais um relance de seu sorriso quase sem dentes. — Eu lhe disse que ocasionalmente tinha lampejos verdadeiros da visão no escuro.

O nevoeiro tinha durado toda a noite. A chuva até caíra em uma névoa penetrante que os enregelou e encharcou até a pele. Mas seu caminho precisava contornar as fronteiras do acampamento do exército, que se elevavam até o topo das falésias, e conseguiram isso sem serem vistos. As fogueiras de vigília queimavam ameaçadoramente, os guardas cujas figuras poderiam ser vistas contra as chamas se acolheram em suas capas, protegendo-se da chuva penetrante.

Agora, apoiando-se no tronco de uma árvore que ela havia escolhido como lugar para um breve descanso, Isolda afastou mechas de cabelo úmido de sua nuca e tomou um gole de água morna do cantil que Godgyth igualmente embalara. O sol nascera havia apenas uma ou duas horas, mas o dia já estava pegajosamente quente e a névoa começava a se dissipar. Godgyth tinha prometido apenas ausência de vento para afastar o nevoeiro, não dissera nada sobre o calor ou o sol.

Isolda estremeceu, apesar do calor, enquanto as palavras de despedida de Godgyth retornavam.

— Posso me comprometer apenas em permitir que você e o menino saiam seguros fora dessas muralhas. Meu irmão, sem dúvida, enviará membros da guarda em sua perseguição quando descobrir que foi embora. Se é que um deles poderá encontrá-la.

Nem era necessário que ela terminasse, e agora Isolda recolocara a tampa no cantil e tentava reunir energia para fazer seus doloridos e exaustos músculos reagirem e seguirem em frente. Pois Godgyth estava, sem dúvida, certa. Octa enviaria homens em sua perseguição. Homens que naquele momento estariam vasculhando essas florestas para encontrar qualquer sinal dela e de Rhun.

Antes que ela pudesse colocar-se de pé, porém, um súbito assobio alto ressoou pelo ar. E como se a lembrança de advertência de Godgyth a tivesse chamado, uma flecha atingiu o tronco da árvore com um sólido baque e se fixou, trêmula, bem acima de sua cabeça.

Isolda reagiu instintivamente. Antes mesmo de pensar, ela se levantou pegando a mão de Rhun, arrastando o menino com ela mais acima da encosta, seu pulso batendo dolorosamente forte em seus ouvidos, ainda enquanto ela se esforçava para assimilar o que estava acontecendo. Cabal saltitava ao lado, cortando por entre o mato, e ao fundo ela ouviu um relincho agudo de Hræfn. O cavalo estivera pastando em um matagal a poucos passos de onde se sentaram, e Isolda olhou para trás, o coração contraído com o pensamento de que ele poderia ter sido atingido por outra flecha.

Outra flecha zuniu sobre sua cabeça, porém esta atingira um tronco de árvore a sua direita, e Isolda puxou a mão de Rhun, arrastando o menino para longe. Nada podia fazer por Hræfn. E não havia tempo para sequer hesitar. *Corra, fuja, você tem de correr.* As palavras eram toque frenéticos de tambor no ritmo da batida de seu coração, enquanto ela puxava Rhun para cima em uma corrida trôpega.

Um arqueiro. Deuses, quão perto deles ele poderia estar? Ela não conseguia se lembrar de nada sobre o alcance de uma flecha. Mas devia estar perto, certamente. Suas costas e ombros pareciam nus e terrivelmente expostos; cada músculo dela doía com a necessidade de olhar para trás e ver. Mas ela se forçou a continuar, movendo-se no que parecia uma agonizante lentidão, espinhos e galhos chicoteando-lhe o rosto, prendendo suas roupas e cabelos, Rhun cada vez mais pesado sob o braço que o arrastava.

O menino estava dando sinais de que não poderia ir muito mais longe. E não havia nenhuma chance de que os dois poderiam fugir de um homem adulto. Uma tela espessa de arbustos de azevinho crescia logo adiante ao pé de um declive mais acentuado, e Isolda arrastou Rhun para trás deles, desmoronando ao seu lado no chão. Pelo que imaginou ser um momento infinitamente longo, parecia impossível que as escuras e espinhosas folhas diante deles não se abrissem e que uma figura com um arco e flecha se debruçasse sobre eles a qualquer momento. Mas nada aconteceu. A floresta estava totalmente, estranhamente quieta; em torno deles os únicos sons eram o som suave do farfalhar dos galhos e os seus suspiros descompassados enquanto lutavam para respirar.

Isolda se forçou a olhar em volta, a respirar mais tranquilamente. O local que havia escolhido quase cegamente era melhor do que ela poderia ter esperado, protegido por trás por uma pedra que tinha caído para jazer na base da encosta, e ramos de azevinho os protegiam da vista. Um bom lugar para se esconder.

Bom demais. Qualquer perseguidor que fosse até aquele lugar, certamente procuraria ali.

Isolda apertou as mãos com força contra os olhos, tremendo enquanto o suor frio secava em sua pele. Ela olhou para Rhun. O menino estava encolhido ao seu lado, as faces cobertas de cinzas listradas com filetes de suor, os olhos escuros arregalados e dilatados de terror. E, se ela queria manter o menino e a si mesma vivos, precisava pensar.

Cabal apertou a cabeça contra seu ombro e ela esfregou o pescoço dele, acalmando-se um pouco ao toque do pelo áspero e bruto do grande cão contra a sua palma.

O arqueiro desconhecido tinha sido estúpido por tentar atingi-los de longe. Estúpido para levá-los a fugir, quando poderia ter partido para cima deles, pegando-os de surpresa.

Ela inspirou lentamente, lembrando de algo que um velho guerreiro experiente lhe dissera uma vez, quando ele esteve sob seus cuidados por causa de uma das mãos quebrada. *Você precisa manter uma visão de futuro, se vai sobreviver a uma luta*, ele disse. *Imagine-se vivo após a batalha acabar e não deixa, por qualquer motivo, que essa imagem se vá.*

Isolda não estava se permitindo com frequência divagar sobre o que futuro podia trazer ou pensar muito além de cada momento. Agora, porém, agachada nas folhas molhadas de orvalho com Rhun, imaginou apenas por um momento se Tristão atravessava as batalhas dessa maneira, ou se ele apenas bloqueava o medo com tudo o que ele não se deixava sentir.

Quieta, ela fechou os olhos e conjurou uma imagem de Tristão. Tristão tocando um bebê pequeno e enfaixado em seus braços. O rosto do bebê era vermelho, o cabelo ainda úmido de seu nascimento, mas ele piscou e olhou para Tristão com os olhos azuis de seu pai. Isolda assistiu Tristão tocar o punho cerrado em miniatura com um dedo, observou enquanto ele apoiava a pequena e macia cabeça com uma das mãos.

Ela se apegou à imagem por um longo momento. Depois abriu os olhos e soltou um suspiro. *Agora pense em como vai sobreviver.*

A floresta ainda estava estranhamente calma, e ela avançou para a frente o mais silenciosamente possível, até que pudesse olhar através de uma fenda nas duras folhas enroscadas. Nenhum sinal de seu perseguidor. Nenhum sinal de outra vida que não a deles. Embora — deuses — ela tivesse de sair do esconderijo para tentar disfarçar seu rastro. Sua fuga apavorada havia deixado uma trilha por entre as folhas úmidas que apontava o caminho para seu esconderijo tão claramente como um sinal pintado.

A pista. Isolda parou, olhando de novo para o caminho de folhas reviradas no chão da floresta. Uma trilha claramente marcada.

Rapidamente, ela se virou para o menino ao seu lado.

— Rhun? — Ela tentou fazer sua voz soar firme, tranquilizadora e calma. — Rhun, eu preciso que espere por mim aqui. Espere aqui e fique muito, muito quieto e bonzinho até que eu diga que é seguro sair. Você pode fazer isso?

Rhun não respondeu, e ela não tinha certeza se a ouvira. Ele abraçava os braços firmemente sobre si mesmo, olhando fixamente para o chão, tremores ocasionais abalando seu corpo pequeno e rígido. O medo misturado com a frenética necessidade de ter pressa a sacudiam. Mas Rhun era uma criança de cinco anos e estava absolutamente aterrorizado, e ele mal a conhecia e não tinha nenhuma razão real para confiar nela. Se o assustasse mais, poderia levá-lo a uma fuga apavorada assim que ele se visse sozinho.

Isolda caiu de joelhos perto dele, mas teve o cuidado de não tocá-lo realmente, de qualquer maneira.

— Rhun, eu sei que está assustado. Eu também estou. Mas você tem de confiar em mim quando digo que a única maneira de ficarmos seguros é se você ficar aqui. Fique aqui até eu voltar. Então, vamos achar seu pai. Tudo bem?

Por um longo momento Rhun ficou absolutamente imóvel, os ombros finos encurvados, os olhos ainda fixos no chão. Então, sem olhar para ela, a cabeça escura se moveu em um pequeno gesto brusco. Apenas o menor movimento, pequeno o suficiente para que Isolda pensasse que quase poderia ter imaginado. Mas não havia tempo para mais nada.

Isolda se ergueu, e com a nuca ainda arrepiada pela sensação de estar exposta, abandonou o seu esconderijo. A bainha de seu vestido se prendeu em um galho, e Isolda a puxou para se liberar e rapidamente andar por entre as folhas, escondendo a trilha que tinha feito momentos antes. Então, ela fez uma nova trilha, que levava para mais acima da encosta, arrastando os pés para ter certeza de que as marcas ficassem aparentes.

Segurou firme a coleira de Cabal e caminhou até que estivesse fora da vista do lugar onde havia deixado Rhun, até chegar a um lugar onde outro rochedo havia tombado, contra a encosta do morro, e fez uma marca atrás, onde alguém se sentindo perseguido pudesse se esconder. Ainda arrastando os pés para marcar o caminho que ela tomara, moveu-se rapidamente para o pequeno esconderijo. Então, ela pegou um fino galho baixo pendurado em uma das árvores próximas.

O ramo era flexível e verde e suas mãos tremiam, de modo que ela levou vários momentos agonizantes antes que pudesse cortá-lo. Mas finalmente ele cedeu, e ela segurava nas mãos uma vassoura improvisada. Isolda fez uma pausa, tentando retardar o frenético martelar do sangue em seus ouvidos. Ela não tinha muito tempo. Não podia entrar em pânico agora.

Estalando os dedos para chamar Cabal, ela saiu de trás da rocha e se moveu para um lugar quase em frente, por trás do tronco largo e macio de um carvalho antigo, varrendo as pegadas que tinham feito no caminho. Quando finalmente parou, apertou-se fortemente contra a árvore de casca áspera e olhou para trás pelo caminho de onde viera. A trilha claramente marcada de folhas e galhos revirados levavam até o rochedo inclinado, como se alguém fugindo da perseguição tivesse tomado aquele caminho, caindo no chão em seguida.

Bom o suficiente? Bom o suficiente para enganar qualquer um com experiência em rastreamento?

Outro instante aparentemente infinito de tempo se passou enquanto ela estava em pé, se apertando contra a árvore e, em seguida, Cabal ficou rígido, o pelo do pescoço levantando-se, mostrando os dentes num rosnado silencioso. Isolda congelou, sentindo calafrios enquanto, um momento depois, ouviu o que os ouvidos mais sensíveis Cabal já haviam captado. De algum lugar próximo, o suave som de galhos se partindo e folhas pisadas sob pés firmes.

Ele entrou na clareira logo depois. Um homem grande e forte vestido com gibão de couro e calções, cabelos loiros gordurosos e ralos sobre os ombros. Isolda teve apenas um vislumbre de seu rosto quando ele passou tão perto de onde estava escondida que seu coração quase parou: constituição óssea robusta, rosto meio estúpido, com uma rede de veias quebradas como uma teia de aranha cobrindo suas bochechas e nariz.

O coração de Isolda estava batendo forte o suficiente para fazê-la sentir-se doente, e por um momento o medo parecia se impor sobre ela, comprimindo o ar ao seu redor em algo muito grosso e sólido para entrar em seus pulmões. Mas o homem tinha atirado o seu arco e flecha sobre um ombro e se encaminhava para o abrigo de rochas à frente com um olhar perverso e uma faca de caça já preparada, o canto da boca, visível para Isolda, curvado em um pequeno sorriso.

Outro momento, e ele percebeu que o espaço por trás do rochedo estava vazio, que teria de voltar e começar a caça de novo. Isolda forçou seus lábios enrijecidos a abrir e deu um comando de voz baixo a Cabal.

O cachorro grande pulou para a frente em um borrão de movimento, saltou e derrubou o saxão por terra. Isolda ouviu o grito de surpresa e fúria do homem tornar-se um lamento de dor. Cada músculo em seu corpo gritava para que ela fugisse, se virasse ou pelo menos escondesse os olhos. Mas ela ficou congelada, incapaz de se mover, olhando a breve e feroz luta por entre a terra úmida e as folhas.

Não demorou muito tempo. Cabal era sempre tão gentil com ela, que Isolda às vezes se esquecia de que ele fora treinado como um cão de guerra. Quando o saxão finalmente ficou imóvel, seu corpo sem vida estendido no chão, as mandíbulas e o focinho de Cabal estavam manchados de púrpura e a garganta do homem era uma massa rasgada e mutilada de músculos e sangue.

Cabal parou um momento, as patas plantadas no peito do saxão, rosnando sobre sua vítima. Então, ele se sacudiu todo, como um cão que sai da água, e voltou caminhando para Isolda.

Ondas de náusea se reviravam dentro dela e sua vontade esmagadora era recuar para longe. Mas ela não o fez. Em vez disso, respirou bem fundo e pousou uma de suas mãos trêmulas nas costas do grande cão. Cabal podia ter matado o homem, mas ela dera o comando.

Seu olhar se voltou para o corpo do homem saxão e depois recuou para longe, e Isolda se virou, dando um passo vacilante para trás pelo caminho que havia feito antes, e uma voz falou no fundo de sua mente. A faca. Havia, sem dúvida, mais rastreadores por ali procurando por toda a floresta ao seu redor. Ela estava desarmada. E esse homem tinha levado uma faca.

Levou vários momentos muito antes que ela pudesse forçar-se a virar, aproximar-se e ajoelhar-se ao lado do corpo. O saxão havia pousado pesadamente sobre a faca quando caiu, enterrando a lâmina profundamente em seu ombro, e ela não conseguiu deter o enjoo quando a puxou para fora, em seguida cambaleando para trás, engasgando.

Isolda tinha visto a morte antes, muitas e muitas vezes. Mas nunca uma morte que ela, e apenas ela, tivesse causado. Se os encontrasse, o arqueiro saxão sem nome teria matado tanto ela como Rhun. Ela vira seu rosto enquanto ele se movia para o local onde pensava que estavam escondidos, e nem por um momento duvidou que tivesse sido uma questão da vida dos dois ou a dele. Essa percepção não estava ajudando, no entanto, a desfazer a culpa que tinha se alojado em seu coração no momento em que ordenou a Cabal que atacasse.

Mas Isolda tinha a faca: uma comprida faca *seax* com punho de osso e lâmina larga. E, por enquanto, ela e Rhun estavam a salvo.

Ela mal se lembrava do caminho de volta para o local onde havia deixado Rhun, entretanto, soltou um rápido suspiro de alívio diante da visão dele, ainda encolhido, onde ela o deixara, atrás da cortina da folhagem. Ele olhou para cima ao som de sua aproximação, depois se moveu para trás, os olhos arregalados em sua face pálida e assustada, e Isolda teve um súbito lampejo de como ela deveria estar parecendo, com as mãos e o vestido manchados com o sangue do saxão morto.

Rhun, depois daquele primeiro e aterrorizado olhar, se encurvou, tremendo e escondendo o rosto. E quando Isolda falou seu nome com a voz mais suave e reconfortante que poderia, ele apenas se encolheu mais, se afundando nas folhas da encosta atrás dele. O coração de Isolda se partiu por ele, pelo terror que seu corpo de cinco anos de idade estava tentando conter. Mas ainda que seu primeiro, e puramente egoísta pensamento fosse aquele, donzela, mãe e anciã, ela não podia de jeito nenhum deixar de encarar isso agora.

Isolda conjurou cada reserva final de controle e de força que conseguiu reunir.

— Rhun? Está tudo bem. Eu não vou machucá-lo e prometo que não vou deixar ninguém machucar você também. Mas precisamos sair daqui agora.

Se pudessem esperar a noite a cair, havia uma chance de que fossem capazes de enganar os perseguidores sob a proteção da escuridão. Ao fugir de Caer Peris, escolhera uma rota mais ou menos para a área que sabia que Madoc e seus homens ocupavam. Se pudessem chegar a salvo através das longas horas do dia de hoje, havia uma chance, pelo menos, de ela conseguir encontrar o caminho até o acampamento do rei pela noite.

Rhun não respondeu nem mesmo com um olhar ou uma contração de músculo, e Isolda sentiu uma vontade quase irresistível de afundar no chão ao lado dele, fechar os olhos e simplesmente esperar que alguém aparecesse, tomando toda essa situação de suas mãos. Mas onde havia um homem enviado em sua busca, certamente haveria muito mais.

Ela respirou fundo, tentando desesperadamente pensar em palavras que pudessem persuadir Rhun a se levantar e seguir em frente. Mas, em seguida, Cabal foi em frente, cabeceou o ombro de Rhun, enfiando seu nariz sob a curva do cotovelo do menino. Rhun olhou para cima.

O focinho de Cabal ainda estava sangrento, e Isolda não teria culpado Rhun se ele tivesse ficado ainda mais apavorado com a visão. Em vez disso, porém, olhou para o cachorro grande, os olhos escuros, pela primeira vez, perdendo seu olhar vidrado de medo. Depois, lentamente sua mão subiu e tocou as orelhas do cão e Cabal respondeu dando uma lambida no rosto do menino.

Era como se aquele toque tivesse quebrado alguma barragem interna. A face de Rhun se enrugou e ele começou a chorar, muito assustado, arrancando soluços que sacudiam seu pequeno corpo. E Isolda se ajoelhou ao lado dele e o trouxe para perto de si, abraçando-o apertado. Ele endureceu ao primeiro toque. Mas depois ela sentiu os braços em torno de seu pescoço e se agarrando a ela, o rosto pressionado contra seu ombro, lágrimas quentes passando através do tecido do vestido.

— Shh, está tudo certo. — Isolda segurou-o e sacudiu-o, mantendo um murmúrio de palavras suaves e calmantes. Tanto para ela quanto para Rhun. Reconfortando, tranquilizando, fazendo promessas que ela realmente não tinha o direito de fazer.

— Está tudo bem, Rhun. Eu prometo. Nós apenas temos de ser um pouco mais corajosos e então tudo vai ficar bem.

Tristão avistou o cavalo quando contornou uma curva da colina. Seu freio tinha ficado preso em uma moita de urzes, e o pobre animal deve ter se esforçado para se libertar por algum tempo, porque sua crina estava áspera e cheia de silvas, o pescoço marcado por arranhões irritados onde os espinhos se enfiaram. O garanhão agora estava exausto, sua cabeça pendendo baixa, embora tenha recuado quando ele se aproximou e bufado com terror renovado, revirando os olhos, as narinas largas abertas.

Tristão avançou lentamente, por segurança mantendo seu corpo virado de lado, falando em um tom baixo e calmante.

— Tudo bem. Calma aí, rapaz. Meteu-se em uma confusão, não é mesmo? Espere um pouco. Fique firme agora, e logo o teremos livre.

Mantendo um fluxo constante de palavras, ele trabalhou para desembaraçar as rédeas dos espinhos, até que finalmente o grande animal ficasse tremendo, as orelhas se virando, a pelagem negra com listras e uma espuma de suor, mas sem as urzes.

E estava certo. Este era o cavalo que Isolda havia tomado em Caer Peris. Uma olhada nos alforjes, pendurados por uma única tira partida, mostrava algumas roupas, um pacote de comida, e algo que ele reconheceu imediatamente como a caixa de remédios de Isolda.

Tristão afastou a desagradável e rasteira sensação que se apoderou dele, o pensamento de que Isolda nunca deixaria voluntariamente isso para trás, mesmo que por algum motivo tivesse de abandonar a montaria. Esfregou o pescoço do cavalo, que bufou e soprou novamente em seu ouvido.

— Tudo bem, meu velho. Está melhor, não está? Agora vamos ver se você pode me ajudar a encontrá-la.

⸺

Isolda acordou com um sobressalto, o medo frio assobiando fora de controle. Ela e Rhun tiveram sorte de encontrar este lugar: uma caverna natural pequena e seca, localizada na encosta que tinha sido escalada, a entrada visível do exterior apenas como uma fenda na rocha. Ela arrastou alguns galhos em toda a abertura para escondê-la mais antes de rastejarem para dentro, horas antes. Rhun estava esgotado, arrastando os passos, os olhos ainda inchados de chorar. Mas agarrou firmemente a sua mão, e, encolhido ao lado dela no chão da caverna, adormeceu quase imediatamente.

Isolda não queria dormir, mas deve ter acontecido, para ter acordado sacudindo-se dessa maneira. E ela soube imediatamente e com fria certeza o que a havia despertado. O som de um passo logo do lado de fora.

Ela olhou para Rhun, ainda dormindo profundamente e parecendo horrivelmente, terrivelmente vulnerável, a face pequena relaxada, um punho enrolado firmemente sob seu rosto sujo. Cabal também ouvira o som. O grande cão estava de pé, olhando para a entrada da caverna, o pelo eriçado, e Isolda pôs a mão em torno de seu focinho em alerta silencioso para ficar parado.

Os passos se aproximavam, e ela ficou absolutamente imóvel, desejando com todas as suas forças que quem quer que fosse passasse sem perceber a entrada da caverna. Então, compreendeu, com uma nova explosão de pânico, que os passos recuaram, parando. Os galhos em torno da entrada da caverna farfalharam, agitados.

O coração de Isolda batia tão forte que era quase impossível respirar, mas ela apertou a mão firmemente em torno do cabo da faca que tinha tomado do saxão morto e fez-se ficar em pé, silenciosamente.

Então, ela vacilou, as paredes da caverna girando em torno dela diante da visão do homem que apareceu na porta de pedra.

A visão de Isolda escureceu e ela teria caído se Tristão não tivesse sido rápido em pegá-la.

— Santo Deus, Isa. Está machucada? O que aconteceu?

Ele a segurava firmemente, com as duas mãos sobre ela, procurando ferimentos. Lembrando-se das agora rígidas e secas manchas de sangue em seu vestido, Isolda conseguiu dizer:

— Estou bem. Estou bem.

Tristão ainda a estava segurando quase dolorosamente apertado.

— Não foi você quem me disse que bem é quando você não está sangrando?

— Eu não estou. É... Não é meu sangue.

Seus sentidos estavam ainda se recuperando, tentando entender se Tristão poderia realmente estar ali ou se esta era apenas uma fantasia induzida pelo terror, e sua voz vacilou nas palavras finais, a garganta se apertando com o pensamento de ter que reviver todo o pesadelo contando a Tristão o que tinha acontecido.

Tristão ficou parado, mas, para seu grande alívio, não perguntou o que ela quis dizer. Não lhe perguntou nada. Apenas olhou para ela por um longo momento e, assentindo com a cabeça, disse:

— Achei suas coisas, e o cavalo. Ele está ali fora. Mas aqui estão as suas coisas, se quiser se trocar. — Estendeu a trouxa de couro que agora ela vira que ele levava pendurada sobre o ombro.

— Eu vou... lá fora explorar as redondezas um pouco. Não me demoro.

Isolda sabia que ele a deixara de propósito, para que não tivesse de estar na caverna com ela enquanto estivesse nua. Mas ela não podia pensar nisso, pelo menos por enquanto. Sentiu-se um pouco mais firme quando tirou o vestido manchado de sangue, lavou o rosto, braços e mãos em uma parte da água do cantil, e vestira túnica e saias limpas que embalara em Caer Peris, no que agora parecia uma vida passada.

Ela bebeu um pouco de água, e depois olhou para Rhun, mas o menino ainda estava dormindo profundamente, e ela decidiu deixá-lo descansar o máximo que podia. Tempo suficiente para ver se ela conseguia fazê-lo comer e beber alguma coisa, quando acordasse. Ela também deu a Cabal uma porção da água, derramando-a em sua mão em concha para que ele pudesse beber com sua língua, e estava partindo um pedaço de pão para ele, quando os ramos na entrada da caverna se separaram novamente e Tristão retornou.

— Tudo está quieto. Mas eu amarrei o cavalo um pouco mais longe para que ele não aponte o caminho diretamente para cá — Tristão falou baixinho, os olhos na criança dormindo enrolada no chão perto do fundo da caverna, e Isolda respondeu à pergunta antes que ele a fizesse.

— Ele é o filho de Madoc. Rhun.

Tristão assentiu. Pareceu hesitar, e depois sentou-se no chão em frente a ela, esticando os pés calçados e coçando Cabal atrás das orelhas quando o cão veio enfiar seu focinho sobre a palma de sua mão.

Isolda esfregou os olhos ardidos. Ainda parecia estonteantemente irreal que Tristão estivesse ali, e que ela e Rhun tivessem, de fato, conseguido escapar da fortaleza, afinal de contas. Ela continuava pensando que ia acordar e descobrir que toda a jornada de verdadeiro pesadelo tinha sido apenas isso, um sonho. Continuava pensando com o coração friamente acelerado que poderia ainda encontrar-se abruptamente de volta na sua cama em Caer Peris. Esperando que a qualquer momento Marcos...

Ela se deteve.

— É por isso que fui a Caer Peris. Para libertar Rhun. — O som da sua voz era uma barreira, de certa forma, para que ela encerrasse a memória e conseguisse seguir adiante, as palavras vindo em um fluxo trôpego. — E para descobrir tudo o que podia sobre as defesas de Octa de Kent. Não que eu tenha conseguido descobrir muito, além de que seu filho

Eormenric não está em Caer Peris, mas acampando em algum lugar não muito distante. Por ordens de seu pai, assim um dos homens de Eormenric disse. — Ela parou, tentando se impedir de tremer enquanto olhava para a forma adormecida do menino. — Rhun e eu conseguimos fugir. Octa o estava mantendo refém. Para chantagear Madoc.

— Eu sei. Kian me disse.

— Kian? — A cabeça de Isolda se levantou de repente. — Você o viu? E os outros? Eles estão bem?

— Da última vez que os vi estavam todos bem. — Tristão parecia prestes a dizer algo mais, mas se conteve. A fresca calma da caverna os envolveu por um momento e então Tristão olhou para ela e disse, num tom diferente:

— Quer me contar o que aconteceu?

O estômago de Isolda se contraiu, e ela percebeu que seus dedos estavam rasgando o pão, esmigalhando-o.

— Eu — Ela fechou os olhos, mordendo o lábio com força. Tristão tinha passado por isso, deus sabe quantas vezes. Ele matara homens antes. No passado, fora obrigado a matar para protegê-la. Se ela se culpasse hoje pela escolha que tinha feito, culparia a ele e a todos os outros homens lutadores que conhecera.

Ela sabia disso, mas ainda precisava de todos os seus esforços para extrair um relato do que tinha acontecido, as palavras vindo em rajadas curtas da garganta que ela sentia incrivelmente apertada.

Tristão ouviu sem interromper e, em seguida, disse, olhos firmes nos dela:

— Não foi sua culpa. Você não poderia ter feito outra coisa.

— Eu sei. É que — apesar de sua luta, Isolda sentiu seus olhos se inundarem de lágrimas e mordeu o lábio novamente — é só que sou uma curandeira. Tenho de ajudar as pessoas quando estão feridas. E esse homem... eu o matei. — Teve de parar. Todo o seu corpo sentia um frio glacial, e ela precisou de cerrar o maxilar para impedir os dentes de bater.

— Não, você não.

Ela olhou para Tristão.

— Talvez Cabal tenha cometido o assassinato de fato, mas...

A mão de Tristão se moveu, como se estivesse prestes a tocá-la, e ao lembrar-se de sua última reunião no pomar, Isolda imaginou se ele ia se permitir tocar nela. Ele controlou o movimento, no entanto, a mão caindo para o lado novamente, e seu breve brilho de esperança desapareceu.

Tristão sacudiu a cabeça e disse:

— Eu não quis dizer isso. O saxão cedeu o direito à sua vida quando tentou matá-la e ao menino. Você não o matou. Ele se matou.

Isolda tomou fôlego, trêmula, e esfregou os olhos.

— É assim que você passa por isso?

Os ombros de Tristão se moveram.

— Às vezes.

Isolda esfregou os dedos em um retalho gasto na barra da saia.

— E fica mais fácil?

Tristão inclinou a cabeça para trás, apoiando-se contra a parede de pedra. Seu rosto estava sombreado pela luz fraca da caverna, difícil de ler, mas Isolda pensou que sua voz, enquanto falava, parecia cansada.

— Não. Mas então não tenho certeza se deve ser fácil.

Isolda engoliu e concordou.

— Eu...

Antes que ela pudesse terminar, porém, houve um suspiro e um grito de medo repentino vindo da parte de trás da caverna, e ela percebeu que Rhun tinha acordado e avistado Tristão.

— Rhun, está tudo certo. — Rapidamente, ela se levantou e foi se ajoelhar ao lado do menino. — Está tudo bem. Ele é um amigo. Tristão é seu nome.

Ela se perguntava, enquanto colocava um braço em torno do menino, se o frágil vínculo de confiança estabelecido anteriormente tinha se quebrado. Se Rhun agora recusaria e fugiria de seu toque. Mas após o primeiro rápido endurecer de seus ombros magros, relaxou contra ela, os olhos escuros mudando do olhar atordoado de sono interrompido para desconfiança.

— O Tristão de quem você contou a história? Com o cavalo?

Isolda percebeu que eram as primeiras palavras que ela o ouvia falar. Ele tinha uma aguda, séria e estranhamente madura voz que contrastava de forma esquisita com seu pequeno corpo. Mas, não querendo assustá-lo mais, valorizando o seu silêncio finalmente quebrado, Isolda disse, apenas:

— Isso mesmo.

Ela viu Tristão dar-lhe um olhar rápido enquanto ele também se levantava e ia para o fundo da caverna. Rhun ficara tenso novamente diante de sua aproximação, virando o rosto no ombro de Isolda, e ela disse:

— Não precisa ter medo. Está tudo...

— Ele não está com medo — Tristão falou calmamente, agachando-se diante do menino de modo que seu rosto ficou no mesmo nível de Rhun. — Só não tem muito sentido confiar em um estranho. Não é mesmo?

Dirigiu a última pergunta para o menino, sua pose absolutamente relaxada e calma, a voz cheia da mesma completa segurança que teria usado para acalmar um cavalo em pânico anos antes. A cabeça de Rhun lentamente se virou, seu olhar desconfiado e escuro fixo no rosto de Tristão. Cabal havia seguido Tristão, e agora gemia baixinho lambendo sua mão. Tristão coçou as orelhas do grande cão.

— Cabal gosta de mim, então, isso deve significar que não posso ser tão ruim assim. O que me diz?

Estendeu a mão para Rhun. A criança olhou para ele um longo momento, e depois, muito lentamente, colocou a sua própria mão, pequena e manchada de sujeira, aceitando a mão que Tristão havia oferecido. Rhun assentiu enquanto suas palmas se uniram, quase com a seriedade de um adulto, que Isolda havia visto antes. Então, ele se recostou em Isolda, colocando um dedo sujo na boca.

— *E em nome de Eurolwyn, filha de Gwdolwyn, o Anão; Teleri, filha de Peul; Indeg, filha de Garwy, o Alto; Morfudd, filha de Urien Rheged; a bela Gwenlliant, a donzelas magnânima; Creiddylad, filha de Lludd da Mão de Prata, a donzela mais majestosa que já houve na Ilha da Bretanha e suas três ilhas adjacentes. E para seu filho, Gwythyr de Greidawl e Gwyn, o filho de Nudd, lutarem para sempre durante as calendas de maio até o dia do Juízo Final, Ellylw, filha de Neol Hang, Galo Enforcado (que viveu três gerações), Esyllt Whiteneck e Esyllt Slenderneck, em nome de todos esses, Culhwch, filho de Cilydd invocou a sua bênção.*

Isolda parou de falar, mas o menino ao lado dela não abriu os olhos e nem mesmo se mexeu. Ela esperou um instante, depois o protegeu com um cobertor e foi sentar-se diante de Tristão. Parecia exausta, os olhos cinzentos anuviados pelo cansaço, o rosto pálido na luz da tarde pintada de verde que se filtrava através dos ramos na entrada da caverna.

— Culhwch e Olwen fizeram o truque, então? — Tristão manteve a voz baixa.

Ela assentiu com a cabeça, empurrando uma mecha do cabelo negro para trás de seu rosto.

— Escolhi a história com o início mais monótono que pude imaginar. O fato de ouvir Culhwch chamar todo mundo em quem podia pensar para reclamar o seu direito de se casar com Olwen colocaria qualquer um para dormir.

O corpo inteiro de Tristão ainda estava vibrando com o total e gélido terror que o preenchera quando a encontrara, manchada de sangue, com rosto pálido e prestes a se desmanchar no chão. Até a lembrança das vinte intermináveis longas batidas de coração que havia levado para que visse que ela não estava realmente ferida foi o suficiente para fazer sua pulsação se acelerar novamente.

— Você deveria descansar, também.

Ela balançou a cabeça.

— Acho que não conseguiria dormir. Não depois — ela se controlou, mas Tristão a viu esfregando as manchas de vermelho-ferrugem que ainda manchavam suas unhas, viu o tremor que a sacudiu.

Dessa vez, ele a tocou antes que pudesse deter-se, limpando o rastro de uma lágrima em seu rosto com o polegar, o peito se apertando com uma onda de possessividade que ele sabia não ter o direito de sentir.

— Desculpe-me.

Ela olhou para ele.

— Desculpá-lo, por quê?

— Desculpe-me por não encontrá-la a tempo de salvá-la disso.

— Então, você pode ser o único a se sentir dessa maneira? — Ela ficou em silêncio por um momento, depois disse: — Pode colocar seus braços em volta de mim agora.

— Eu... não acho que essa seja uma boa ideia.

— Não é uma boa ideia. — Ela assentiu com a cabeça, um pequeno sorriso sem graça torcendo sua boca. — Pensei que você provavelmente diria isso.

A expressão nos olhos dela fez algo se torcer e apertar no peito dele mais uma vez.

— Isa, eu não — ele parou. Deus, o que poderia dizer? — Não quero fazer você infeliz.

— Você não quer me fazer infeliz. — Isolda engasgou com algo entre um riso irregular e um soluço. — É engraçado, Tris. Isso é realmente muito engraçado.

Então, ela parou, sua expressão mudando diante de alguma coisa que tinha visto no rosto dele. Ela esfregou o rosto cansadamente.

— Eu sinto muito. Talvez você deva apenas... apenas me deixar sozinha por um tempo. Rhun e eu não dormimos na noite passada. Nós estávamos tentando chegar o mais longe de Caer Peris que podíamos. E então apareceu o saxão — sua voz vacilou —, e isso além de ter Marcos chegando ao forte de Octa, e Octa nos declarando casados de novo e...

A explosão flamejante de vermelho que a fúria disparou sobre o campo de visão de Tristão era quase o suficiente para deixá-lo cego. Ele apenas foi capaz de dizer:

— Octa fez o quê?

Isolda disse, rapidamente:

— Está tudo bem. Marcos nunca me tocou. Eu lhe disse, estou bem. Mas, ainda assim, eu tinha de vê-lo e falar com ele, e estou tão cansada que — ela parou, esfregando uma das mãos no rosto e engolindo novamente — tenho cerca de meio momento antes de começar a chorar, e, se isso acontecer, não serei capaz de parar. Então, por favor, por favor, não liste agora todos os motivos pelos quais não podemos estar juntos. Se você não pode ajudar, é só... Apenas me deixe sozinha por um tempo.

Ela falou as últimas palavras em uma onda instável, deixando cair a cabeça entre os joelhos levantados e apertando os olhos fechados. Tristão não se permitiu pensar.

— Você estava certa — disse ele. — Você me assusta.

Bem, ele a surpreendera, em todo caso. Sua expressão, ao levantar a cabeça, não podia parecer mais chocada, como se Cabal tivesse se levantado da cama que escolhera ao lado do menino e começasse a recitar um poema do bardo sobre uma batalha épica.

Seu coração estava batendo, mas ele se forçou a ir em frente.

— Você disse uma vez que eu não me permito falar... sobre qualquer coisa que importa. Que eu não me deixo ficar zangado com bastante frequência. Mas eu não... — Tristão parou. Mas Isolda ainda estava olhando para ele, um pouco do olhar abatido transparecendo de seus grandes olhos cinzentos, enquanto ela esperava que ele continuasse:

— Eu... Meu pai costumava ficar irritado. Você sabe como era. O que ele fez. Minha mãe morreu porque meu pai era bom demais em se deixar ficar com raiva. E eu... Deus, eu o odiava por isso. Por tudo isso. Mas ele...

Tristão parou novamente, o peito apertado, as palavras saindo como pedras de sua garganta. Mas ele continuou. De alguma forma, ele queria ouvir isso.

— O pai dele também era assim. Não que Marcos tenha falado sobre isso. Mas eu sabia, só pelas coisas que tinha ouvido. As coisas que às vezes ele deixava escapar. Seu próprio pai era um bêbado barulhento que lhe dava uma surra sempre que tinha chance. E, Cristo, eu podia entender de alguma maneira por que Marcos saiu desse jeito. Depois, ele me procurou. Depois que vi o que ele tinha feito para... para minha mãe, eu poderia ficar bravo o suficiente para arrasar o mundo todo. Mas eu — ele esfregou a mão na nuca — eu sabia que não podia deixar-me ficar com raiva dessa forma. Porque senão me transformaria no mesmo monstro que ele poderia ser. Mas...

O olhar de Isolda era o mesmo, de total e absoluta compreensão e compaixão que ele sempre vira em seus sonhos. Parecia, agora, como um soco no estômago, dificultando sua fala, até mesmo sua respiração. Ele disse:

— Mas isso não importa. A raiva ainda está lá, como algo que tenta abrir caminho através da minha pele. E depois de tudo o que eu tenho... tudo o que eu tenho visto e feito nos últimos sete anos há uma parte de mim que... — parou. — Posso me ver transformando-me nele... Transformando-me em alguém como Marcos. Eu posso me ver sofrendo e você... Santa Mãe, Isa, eu preferiria morrer por qualquer morte que você pudesse nomear a viver para ver se isso realmente vai acontecer.

Isolda olhou para ele:

— Madoc disse, semanas atrás, que eu sou uma curandeira. Que eu quero que haja uma cura para tudo. Mas que algumas coisas não podem e não devem ser curadas.

Madoc novamente. A lembrança do jeito com que Madoc tinha olhado para ela na reunião do conselho passou pela visão de Tristão. Se ele tivesse alguma honra, afinal, deveria dizer-lhe agora que apenas se casasse com Madoc. Que, mesmo com todos os erros que cometera, Madoc era, sem dúvida, o melhor homem.

E, ainda assim, ele não estava dizendo, estava? Encontrava-se sentado ali, o sangue pulsando com fúria atrás dos olhos, ao menor pensamento de vê-la casada com outro homem.

Isolda inclinou-se, esfregando o rosto dele levemente com as costas da mão. Tristão reprimiu um tremor que ameaçava quebrar os últimos fios remanescentes de seu controle.

— Eu não acredito nisso. As cicatrizes podem durar para sempre, mas você pode fazer a dor ir embora. E você não é seu pai, Tris. — Sua voz era suave, como a água fresca e doce. — Você nunca poderia, jamais, se transformar no homem que ele é. Você não sabe disso?

O rosto dele estava virado para cima, seu olhar brilhante nele. Mas era a completa e perfeita confiança e convicção que podia ler naqueles olhos que fazia a boba esperança brotar em seu peito, enviando rios de fogo tremendo por suas veias.

Ele absolutamente não podia deixar-se atingir por ela, puxá-la para ele. Baixar a cabeça e cobrir sua doce boca com...

Tristão desviou o olhar para longe e disse a primeira coisa que lhe veio à cabeça.

— Por que não acreditou que eu estava realmente trabalhando para Octa?

Pelo menos, ele quebrara o momento. Isolda — graças aos deuses — sentou-se um pouco e apenas olhou para ele um momento, o rosto sério, os olhos cinzentos muito graves.

— Por que eu não acho que está trabalhando para Octa? Bem, eu poderia dizer que é porque eu o conheço muito bem para pensar uma coisa dessas, mesmo por um momento. E isso seria verdade. Eu conheço você, Tris. Bem demais para acreditar que juraria fidelidade a um homem como Octa de Kent. Mas essa não é a verdadeira razão. A verdadeira razão é...

Sua voz vacilou um instante e ela parou, o elegante colo se contraindo enquanto engolia antes de prosseguir.

— A verdadeira razão é que eu não sabia o que poderia acontecer lá em Caer Peris. Se eu viveria para vê-lo novamente, ou se seria pega tentando levar Rhun para longe e Octa teria me matado. Ainda pode acontecer — eu não sei nem mesmo o que vai suceder na próxima hora, o que vai acontecer quando nós tivermos que sair dessa caverna. Se eu morrer, não quero que seja enquanto estou pensando mal de você. E se você — ela parou, piscando enquanto as lágrimas enchiam-lhe os olhos, e estendeu a mão para tocar levemente seu rosto novamente — e se você sair e se matar do jeito que parece determinado a fazer, quero que saiba que eu nunca, absolutamente, nem por um instante, deixei de amar você ou de confiar em você com todo o meu coração.

Tristão a procurou. Estendeu a mão para ela, puxando-a para si, as mãos deslizando até o seu queixo para enroscar-se em seus cabelos. Beijou-a, porque era isso ou ter tudo que tinha tentado não se deixar sentir — tudo o que tinha tentado desesperadamente não dizer a ela — livrando-se de todas as restrições interiores que havia se imposto, derramando-se em uma imensa onda. Porque beijá-la o impedia de pensar, e ele não poderia pensar agora. Porque se a estivesse beijando só sentiria a maciez de seus lábios, a doçura da fusão de seu corpo pressionado contra o dele, frescor e dedos macios em sua pele.

Poucas horas atrás, ele sentia o estômago apertado de medo por achar que seria tarde demais — que ela havia sido ferida, ou mesmo morta. Mas, em vez disso, ela estava ali — ali, quente e viva e — Deus — em seus braços. Ele a beijou com fome e desespero e ela o beijou de volta tão ferozmente agarrada a ele, enrolando os braços em seu pescoço para puxá-lo mais ainda. Beijou os olhos e os lábios e a pulsação em sua garganta, o doce fogo líquido que ali pulsava com ritmo.

Um ramo se partiu em algum lugar lá fora. Tristão congelou, respirando com dificuldade. Outro ramo estalou como sob o pé de alguém, e ele afastou-se, colocou as mãos sobre os ombros de Isolda e a manteve suavemente — e silenciosamente — longe dele. Ela tocou sua mão, entretanto, antes que ele pudesse subir. Seu cabelo preto estava desalinhado sobre seu rosto, e ela respirava rapidamente, como ele, mas, em suas faces rosadas, os olhos dela estavam assustados.

Por favor, não vá lá. Ele podia ler as palavras em seu olhar tão claramente como se ela tivesse falado em voz alta. Com um esforço que foi como empurrar o peso de uma pedra para fora do peito, Tristão forçou sua mente a pensar racionalmente, para avaliar rapidamente as possibilidades, a forma como poderia lidar com isso.

Ele arrastara mais ramos e espalhara um punhado de hera do outro lado da entrada da caverna quando tinha amarrado o cavalo. Não deve ser possível vê-la, a menos que estivesse procurando. E se houvesse uma chance de quem estava lá fora poder passar, esta era uma luta que ele não precisaria ter. E que poderia chamar a atenção de alguém na área, também, se fizesse bastante barulho.

Ele se preparou para sacar a faca em sua cintura. Ainda estava segurando Isolda, no entanto, e de alguma forma antes que percebesse que a puxara para perto novamente, o braço livre em torno dela, enquanto fixava os olhos na entrada da caverna e esperava por alguma agitação, qualquer sinal de que a entrada havia sido vista. Ele ouviu as folhas se partindo do lado de fora, e sentiu Isolda tremer quando se inclinou contra ele, com a cabeça debaixo do queixo para descansar em seu ombro.

Uma pausa, e os passos soaram outra vez. Apenas um par. Um homem. Tristão apertou a mão sobre a faca, mas permaneceu imóvel, tornando sua respiração ainda mais lenta. Os momentos se arrastavam. Mais passos, lentamente, traçando um caminho que subia a encosta, com pausas durante as quais Tristão podia imaginar o rastreador parar para esquadrinhar as árvores circundantes e o solo. Pareceu decorrer a um bom tempo. Mas, afinal os passos pesados, o estalar de folhas e galhos foi ficando menos audível e desvaneceu, deixando a caverna mais silenciosa ainda.

Isolda ainda estava encostada em Tristão, o coração batendo constante contra ele, a maciez de seus cabelos no pescoço dele. Tristão esperou até que pudesse estar certo de que esta não era uma armadilha — que o rastreador não estava de tocaia perto da entrada. Depois ele se levantou, olhando para baixo, a ponto de dizer a Isolda que era seguro sair. E viu que ela adormecera, os dedos ainda frouxamente entrelaçadas nos seus, a cabeça ainda encostada no peito dele.

Tristão ficou olhando para ela, o coração ainda disparado, a culpa se agitando nele como bile. Santa Mãe, o que ele tinha feito? Podia ouvir a voz do Kian, ordenando-lhe que encontrasse Isolda — encontrá-la e não fazê-la infeliz ou feri-la novamente. E ainda tinha apenas...

Ele poderia muito bem ter se transformado em um monstro como Marcos. Não pensara nela e em tudo o que tinha acabado de passar. Não tinha sequer considerado o menino dormindo apenas a poucos metros de distância na parte traseira da caverna. Que ela o tivesse beijado de volta não era desculpa. Se ela lhe pedisse para parar ele teria sido capaz?

Tristão apertou a mão livre e olhou para Isolda novamente. Ela parecia ter doze anos, mechas sobre seu rosto, o cabelo escorregando para fora da trança. Ele balançou a cabeça. Deuses. Ela deveria ter ficado com medo, ou pelo menos muito tensa esperando para ver se seriam descobertos pelo rastreador do lado de fora. Mas, em vez disso, ela adormecera em seus braços, confiando em que ele a protegeria.

Tristão tombou a cabeça para trás contra a parede da caverna e fechou os olhos. Pensou em Luc e Bradach e em todos os outros que tinham morrido engasgados com lama e sangue por causa dele.

Mas não Isolda. Ele poderia protegê-la — levá-la em segurança ao acampamento de Madoc. Não permitir que seu nome fosse adicionado à lista que ele carregava em sua mente, de vidas que ele deveria ter salvo.

A lembrança de como Madoc tinha olhado para ela esgueirou-se novamente em sua mente, fazendo-o cerrar o maxilar. Mas preferia vê-la casada com Madoc — e encarar a imagem dela acordando todas as manhãs na cama com Madoc — a arriscar magoá-la novamente.

Ele ia levá-la para o acampamento de Madoc. Então...

Tristão parou, olhando as sombras se alongando pela parede oposta. Ele não se permitia pensar no futuro. Tinha visto isso como uma série de etapas. Realizar a missão a que se propôs. Ver Isolda a salvo de todas as ameaças tanto de Octa quanto de Marcos. Então, voltar para sua antiga vida, o modo antigo de viver cada momento, dia após dia. A vida em que Isolda não poderia ter nenhuma participação.

Agora, porém, ele estava abruptamente de volta à reunião do conselho, da qual participara semanas antes. Ouvindo dizer que Cynric, o filho de Cerdic, era prisioneiro. E pensando naquela noite agora, um caminho se abriu à sua frente. Um que teria Isolda protegida. Podia até mesmo paralisar a guerra. Mas ao qual ele próprio certamente não sobreviveria.

Tristão olhou para o rosto adormecido de Isolda novamente. Traçou a linha da testa, a curva delicada de seu rosto. Ele sempre soube que não tinha muito para dar a ela além de sua vida.

Então, ele a abaixou gentilmente sobre o cobertor que já espalhara no chão da caverna. Cobriu-a com seu manto e, em seguida, sentou-se perto da entrada da caverna. O movimento despertou Cabal, que caminhou em volta, ganindo suavemente e pondo o focinho molhado sob a mão de Tristão, que afagou o pescoço do cão, seus olhos ainda em Isolda. Cabal chorou mais uma vez, e Tristão mexeu em suas orelhas, provocando um abanar de cauda feliz. Tristão soltou um suspiro, inclinando a cabeça para trás contra a parede, uma das mãos ainda repousando sobre a cabeça de Cabal enquanto o cão sentava-se ao lado dele com um suspiro.

— Você vai cuidar dela, rapaz? — disse. — Mantenha-a segura depois que eu partir.

Isolda acordou com o sol da manhã inclinado através da entrada da caverna. Piscou para as paredes de pedra bruta, momentaneamente desorientada, tentando se lembrar onde estava e como tinha parado ali. Então, sentiu um solavanco de medo quando a memória retornou com o entendimento simultâneo de que ambos, Tristão e Rhun, tinham ido embora.

Ela sentou-se rapidamente e percebeu que podia ouvir vozes do lado de fora da caverna: Tristão e o menor um pouco sério, que ela agora reconhecia como Rhun. As vozes estavam baixas demais para que ela entendesse as palavras, mas pareciam calmas e relaxadas. Levantou-se mais lentamente do que poderia de outra forma, lavou o rosto e as mãos em uma parte da água do cantil e penteou os cabelos emaranhados com os dedos.

Seus músculos doíam após a tensão do último dia, e estava faminta. O que parecia errado, depois de tudo o que tinha acontecido. Errado, quando ainda havia tanto perigo, certamente, seus pensamentos girarem tão insistentemente em torno de alimentos. Mas ela parecia estar com fome o tempo todo, nesses últimos dias, e encontrou alguns pedaços de pão seco e duro, além de sobras de queijo do pacote de viagem antes de sair.

Tristão e Rhun estavam sentados de costas para ela, lado a lado, sobre uma rocha baixa e lisa, perto da entrada da caverna. A pequena distância, Cabal, deitado, dormia em um trecho iluminado pelo sol matinal, as patas em espasmos que indicavam que ele sonhava um dos misteriosos sonhos de cachorro.

— Segure desta maneira — Tristão estava dizendo, e Isolda, mastigando o restante do pão, viu que ele tinha tomado a faca da cintura e foi mostrando a Rhun a boa aderência na empunhadura de madeira. — Os dedos aqui, polegar aí, certo? Bom, agora você pode tentar.

Rhun olhou para ele nervosamente, mas mordeu o lábio e tomou a faca com movimentos hesitantes e um pouco desajeitados, enquanto tentava organizar os dedos em uma segunda tentativa do aperto que Tristão tinha lhe mostrado. Antes que pudesse controlá-lo, ele se atrapalhou e a faca escorregou-lhe das mãos. Ele tentou pegá-la, então, estremeceu, colocando o dedo em sua boca.

— Você se cortou? Deixe-me ver. — Tristão estendeu a mão, e Rhun, depois de hesitar um instante, tirou o dedo da boca. Seu rosto pequeno parecia relutante, mas ele segurou o dedo para Tristão ver, encolhendo um pouco — mais porque esperava uma repreensão, Isolda pensou, não porque estivesse muito ferido.

— Não está tão ruim. — Tristão tinha usado um dedo para limpar uma gota de sangue que escapava pela ponta do dedo de Rhun. — Eu diria que você vai viver.

Rhun disse alguma coisa — murmurou um pedido de desculpas, talvez, porque Tristão bateu no ombro do menino e disse, simplesmente:

— Tudo bem. Você sangra durante o treino, de modo que não sangre na batalha. Apenas tente novamente. Você vai buscá-la agora.

Isolda ficou parada, sentindo como se o tempo tivesse brevemente ondulado, mostrando-lhe uma cena de dez anos antes: Tristão, doze anos, ela dez, ensinando-a a jogar uma faca da mesma maneira. Embora, em segredo, porque as habilidades de combate não eram consideradas — exceto talvez por Morgana — a ocupação adequada para a filha de um rei.

Rhun relaxou novamente, e, franzindo a testa em concentração, pegou a faca e conseguiu colocar seus dedos em torno do punho. Dessa vez, Tristão ajudou, guiando a mão do menino até que ele segurou a faca em punho, a lâmina pronta.

— É isso aí. Você... — Tristão parou quando olhou para cima e viu Isolda.

Ele usava uma camisa de linho crua aberta no colarinho, as mangas arregaçadas sobre os antebraços. Um raio de sol da manhã iluminou as feições de seu rosto magro, dourando a barba por fazer em seu queixo. Olhou para cima e para baixo em admiração exagerada.

— Então é assim que se parece com os olhos abertos. Rhun e eu estávamos começando a nos perguntar se você dormiria o dia todo.

Ele parecia cansado, Isolda pensou, apesar do rápido sorriso que lhe dera. Suas pálpebras estavam levemente avermelhadas, e ela se perguntou se ele próprio havia dormido. Ela sabia que tinha adormecido em seu ombro quando o rastreador, fosse quem fosse, fora embora. E tinha uma vaga lembrança de ele tê-la colocado delicadamente no chão, cobrindo-a com uma capa em algum momento durante a noite ou madrugada, talvez mais cedo. Mas tinha dormido muito pesadamente para se lembrar de mais alguma coisa.

— Está tudo... — ela começou.

Tristão assentiu.

— Tudo está calmo. Nenhum sinal de qualquer pessoa ao redor. Nós estávamos apenas praticando o arremesso de faca. — Ele inclinou a cabeça para o menino ao seu lado. — Você devia pedir a Isolda para lhe ensinar, Rhun. Ela não costumava ser muito ruim. Para uma menina.

Ele piscou e sorriu para ela novamente, e Isolda achou que não era só o cansaço — que Tristão parecia diferente de alguma forma, esta manhã. Mais tranquilo, ou mais em paz. Que deveria ter sido motivo de felicidade, ou pelo menos alívio, pensou ela, enquanto se lembrou de tudo que tinha dito na noite passada. Em vez disso, porém, ela sentiu um calafrio serpenteando sobre seu coração, olhou para ele e pensou que não parecia tanto como se tivesse finalmente feito as pazes com seu passado, como um homem que tinha queimado as pontes atrás de si e ajustado seu curso sem olhar para trás.

Porém, ela sorriu em troca, e disse:

— É um desafio? Porque, se foi, aposto o que quiser que eu acerto o alvo que você escolher.

— Você, agora? — Tristão olhou para ela, então levantou uma sobrancelha para Rhun.

— Eu não acho que podemos deixá-la fazer uma declaração como essa sem provas para apoiá-la, você acha, Rhun?

Rhun realmente estava começando a relaxar. O olhar pálido e tenso tinha desaparecido inteiramente, e um sorriso tímido — o primeiro que Isolda vira — se espalhava por todo o rosto pequeno enquanto ele sacudiu a cabeça.

— Escolha seu alvo, então. — Isolda estendeu uma das mãos para a faca, ajustando os dedos em volta do punho quando Rhun a colocou em sua palma. Tristão olhou em volta, os olhos apertados, em seguida, apontou para uma árvore a talvez dez metros de distância.

— Está vendo o nó naquele tronco de árvore ali?

Isolda levantou as sobrancelhas.

— Você poderia pelo menos me desafiar. — Ela levou seu braço para trás, ouvindo o eco da voz de Tristão muito tempo atrás: *pulso reto no nível do ombro, braço totalmente esticado.* Ela deixou a faca voar; esta atingiu o nó na árvore com um estrondo seco, ficando pendurada pela lâmina.

Com olhos arregalados, Rhun correu para puxar a faca e voltou para ela. — Pode fazer isso de novo?

— Provavelmente. — Isolda sorriu, e olhou para Tristão. — Se quiser escolher outro alvo? Um que eu precise me esforçar dessa vez?

Tristão encolheu os ombros.

— Começou fácil. Apesar de não ter sido tão ruim, tenho de cumprimentá-la.

Isolda levantou uma sobrancelha de novo.

— Deseja adicionar o "para uma garota"?

— Não, quando é você que está segurando a faca, de jeito nenhum.

Isolda riu, seguida por um discreto sorriso de Rhun, e Tristão piscou-lhe e deu outro sorriso. Então, ela sentiu novamente: um forte e ondulante tranco enquanto se lembrava do bebê dentro dela, que a chutava e esticava seus membros minúsculos.

Tristão ainda estava olhando para ela e disse:
— Algo errado?

Isolda sacudiu a cabeça. Queria, com um toque em seu coração que era quase uma dor física, dizer-lhe que ela estava imaginando um dia vê-lo assim, com seu próprio filho. Queria assistir ao bebê que ela tinha apenas sentido mexer olhar para Tristão com o mesmo olhar de respeito misturado à completa adoração que Rhun estava lhe dando agora.

Mas ela ainda podia ouvir o que ele tinha dito na noite anterior. *Vejo-me girando dentro dele... transformando-me em alguém como Marcos.* Se ela já o assustava, o que ele sentiria sabendo que seria pai no *Samhain*?

E ela estava disposta a abrir mão desse momento, inclusive, a fazer qualquer coisa que pudesse abalar a paz do momento, muito breve, juntos, quando ela poderia — quase — fingir que nada mais existia, mas o aqui e agora do verão farfalhando nas árvores, a brisa, o canto de um pássaro, o vislumbre rápido do sorriso de Tristão.

O sol já ia mais alto no céu, embora a luz da manhã estivesse se transformando de rosa-pálido em dourado. E de algum lugar sobre as árvores próximas veio o trinado gutural de uma pomba, como uma lembrança triste de que logo eles teriam de se preparar para partir.

Então, ela disse apenas:
— Basta escolher o seu alvo. Embora eu ache que, já que está apenas falando, deveria tentar também.

⌒

— É uma patrulha de homens de Madoc — Tristão falou da parte mais baixa do abeto que ele havia escalado até o chão ao lado de Isolda e esfregou uma mancha de seiva das mãos. — Seguindo este caminho. Eles cruzam o nosso caminho, é só se manter sempre em frente.

— Os homens de Madoc. — Isolda fitou-o. Tinha se preparado para o perigo, para a notícia de que o bando que tinha farejado sobre a próxima colina era um do exército de Octa. Tinha se preparado para o medo, a notícia de que precisariam recuar, encontrar um lugar seguro para se esconder até que qualquer rastreador passasse. Mas homens de Madoc...

Para homens de Madoc, ela não estava preparada.

Era início da tarde. Deixaram a caverna e o seu acampamento improvisado depois de comer os restos de comida que Isolda trouxera de Caer Peris. Tinham encontrado Hræfn ainda amarrado onde Tristão o havia deixado, seguro e ileso. Tristão descobrira o sentido do acampamento de Madoc — embora Isolda não tivesse perguntado como — e tinham viajado por várias horas, agora, Isolda e Tristão caminhando e Rhun montado nas costas largas de Hræfn.

Isolda sabia que este momento estava chegando — o momento em que ela e Rhun teriam de partir sozinhos, deixando Tristão para trás. Mas ela tinha afastado esse pensamento a cada instante. E agora que chegara, de repente, sentiu como se algo dentro dela estivesse caindo, girando para longe na escuridão, como se a incerteza do futuro negro se abrisse como um abismo no chão repleto de folhas sob seus pés.

Rhun tinha dado alguns passos à frente, ainda empoleirado nas costas de Hræfn. Isolda olhou para ele, então, lentamente se virou para Tristão, engolindo, piscando com força.

— Eu nem sequer perguntei como nos encontrou ontem. Ou como soube nos procurar. Todos em Caer Peris disseram que você se fora.

Tristão tinha aberto caminho através das árvores em frente na direção que havia acabado de rastrear de cima, mas ele se virou diante disso.

— Como eu soube que você tinha escapado do forte de Octa? — Ele só olhou para ela por um momento. Então, disse: — Você acha que eu teria deixado você sozinha lá por um momento mais do que o necessário? Eu nunca a teria deixado completamente, exceto por saber que tinha de fazer Octa acreditar que ainda estava seguindo as ordens dele. Mas tenho andado em círculos e voltei quase ao mesmo tempo. Encontrei Kian e os outros, e...

Ele parou, sacudindo a cabeça. Isolda sentiu um nó na garganta novamente.

— Por que está fazendo isso? Fingindo ser um homem de Octa?

Tristão não respondeu, a princípio. Apenas olhou para ela. Afinal, ele disse:

— Você disse que confiava em mim. Como posso merecer essa confiança se eu não fizer o que sou capaz para acabar com essa luta? Se eu soubesse que havia vidas que eu posso salvar e apenas me afastasse?

O sol às costas de Tristão jogou seu rosto na sombra, escurecendo a cor de seu cabelo e roupas, turvando e sombreando os duros e musculosos planos de seu corpo, de forma que de repente seu olhar pareceu mais remoto do que já havia sido, como a figura de um conto, ou a morte que Isolda já havia imaginado ver buscando-o.

Seu coração bateu com força, seu estômago se retorceu enquanto as memórias das antigas visões cintilavam em sua mente. Tristão e Marcos lutando ferozmente com espadas. Alguém vindo lhe dizer que Tristão tinha morrido de ferimentos fatais. Sua visão escureceu e ela poderia ter caído se Tristão não a tivesse segurado.

— Isa? — Sua voz parecia vir de muito longe. — O que é isso? O que há de errado?

Isolda sentia-se muito enjoada, muito tonta por um instante para falar.

— Eu... nada. Não é nada.

As mãos de Tristão seguraram seus ombros, o seu toque quente sentido mesmo através do tecido do vestido.

— Você me olhou e viu alguma coisa. O que foi? Diga-me.

Isolda olhou para ele, perdendo-se por um momento no azul dos seus olhos. Se essa realmente fosse a última vez que falava com ele. A última chance que tinha...

Sua garganta estava seca, os lábios rígidos, mas ela disse, num sussurro:

— Eu vi você e Marcos. Em combate. Luta com espadas.

Algo como uma sombra passou rapidamente pelo rosto de Tristão, então endurecido. Ele balançou a cabeça.

— Isso é tudo?

Morte. Isolda cerrou os dentes antes que pudesse dizer a palavra. Antes que ela pudesse conceder a visão da realidade acrescentou, falando dela em voz alta.

— Isso é tudo.

As mãos de Tristão ainda estavam em seus ombros, e ela deu um passo mais para perto, ainda olhando para o rosto terrivelmente sombrio. Ela viu o quanto ele se controlava, brevemente, quando seus olhos se cruzaram. E viu, apenas por um instante, um reflexo da noite anterior passando por seu olhar azul. Seus lábios nos dela, com os braços ao pescoço, as mãos emaranhadas em seus cabelos.

A mão de Tristão se moveu, como se estivesse prestes a tocá-la. Mas, então, ele apertou os dedos, o braço caiu de volta para seu lado. Um passo para trás e para longe.

Isolda piscou. Apertou as próprias mãos.

— Você nunca vai se permitir me tocar novamente, não é?

— Isa, eu... — Ele parou. Ela esperou, mas ele não foi adiante. E, de repente, Isolda sentiu o medo atingindo-a como a lâmina de uma espada.

Ela pegou a mão do Tristão.

— Prometa-me que esta não será a última vez que vejo você.

— Eu não posso.

— Eu não me importo — Isolda falou, quase com raiva, apertando seu punho, mantendo o seu olhar de modo que ele não pudesse desviar o dele. — Eu não ligo para o que você acha que pode ou não pode fazer. Prometa-me que você vai me encontrar — que vou vê-lo de novo — ou juro a você que não dou mais nenhum passo. — Então, ela deu outro passo para perto de Tristão, ainda apertando sua mão, e disse, mais suavemente: — Por favor, Tris. Não estou perguntando para onde você vai depois, nem pedindo que desista de tudo o que sente que precisa fazer. Apenas que tente o seu melhor para me ver mais uma vez. Não peço mais do que isso.

Por um longo momento, os olhos de Tristão ficaram presos nos dela. Então, ele abaixou a cabeça.

— Tudo bem. Prometo-lhe. Você vai me ver de novo.

Livro IV

Capítulo 16

— Pergunte ao Rei Cerdic por que devemos desperdiçar a vida dos nossos homens tentando salvar seu filho inútil e seu maldito batalhão. Se Octa trucidar muitos deles e pendurar as entranhas em seu salão, isso apenas vai significar que teremos menos saxões para matar.

Lentamente, o olhar de Isolda foi do rosto vermelho e colérico de Dywel de Logres para Cerdic, sentado como antes ao lado Madoc à cabeceira do salão.

— Preciso mesmo traduzir isso? Acho que soaria em meu idioma da mesma forma que no seu.

Cerdic aguardara sentado com um nível de calma silenciosa que, de certa forma, era mais potente do que a raiva declarada. Ele olhou para Isolda com um brilho divertido em seu olhar azul, ainda que a linha sombria de sua boca não tenha relaxado, nem se alterado. Isolda, encontrando seu olhar, teve de se controlar para não pensar em Tristão. Para não se lembrar dele subindo facilmente nas costas largas de Hræfn — ela, afinal, insistira para que ficasse com ele — e desaparecendo entre as árvores. Não se lembrar que duas semanas haviam se passado desde então. Duas semanas sem uma notícia.

Ao lado de Cerdic, Madoc bateu na mesa diante de si com a palma da mão e bradou:

— Chega! Pelo amor de Deus, se não pode controlar-se melhor do que um marinheiro em um prostíbulo deve nos deixar, Lorde Dywel. Agora.

As duas semanas desde que Isolda e Rhun haviam chegado ao acampamento de Madoc tinham sido tensas, pois quase todos os dias chegavam notícias de uma nova escaramuça com um bando invasor de homens de Octa, todas as manhãs havia uma grossa e sinistra coluna de fumaça preta no céu, que marcava outro vilarejo invadido, outras terras queimadas.

Ainda mais sinistra era a inevitável verdade que, pelo que os batedores relatavam sobre a força de Octa, os ataques poderiam ter sido muito piores. As infrações das tropas de Octa eram como rápidas manobras, com uma espada: simples testes para sondar deficiências e lacunas na defesa.

Madoc havia se retirado com seus homens para a segurança do antigo castelo na colina. O conselho se reunira à noite no salão, iluminado pelo mesmo fogo em torno do qual tinham se reunido semanas antes. A fortaleza, porém, se expandira para abrigar os refugiados que vinham de todos os cantos, procurando proteção contra os ataques de Octa. Os britânicos, que haviam vivido em tranquila subserviência nas terras saxônicas por mais de uma geração. E as famílias saxônicas, também — simplórios guerreiros de Cerdic e senhores da guerra, que agora, cautelosamente — muitas vezes a contragosto —, se aproximavam dos aliados britânicos de Cerdic procurando ajuda.

E olhando de Madoc para Dywel, que tinha o rosto obscurecido mesmo quando finalmente cedeu em sua bancada, Isolda pensou que era um sinal de quão perigosa a sua posição era para que os refugiados saxões tivessem chegado ali, afinal.

O tempo na semana passada tinha estado nublado, úmido e opressivamente quente. Uma névoa transparente embaçava o sol, a umidade revestia a relva e as folhas, e o céu ainda permanecia seco, árido e sem nem mesmo uma sugestão de nuvem que podia prometer o alívio da chuva. O castelo estava lotado com famílias que se amontoavam em abrigos improvisados, com tudo o que tinham sido capazes de encontrar: cobertores, peles ou catres. E desde o amanhecer até o anoitecer o ar vibrava com o choque da forja do ferreiro, os gritos dos homens, o choro contínuo dos bebês inquietos. E as reprimendas daqueles que tentaram ganhar algumas moedas de cobre ou o ocasional anel de bronze vendendo grãos ou alimentos.

Os suprimentos estavam acabando e, nesse tempo, a comida se estragava rapidamente. Isolda havia tratado um número incontável de homens, mulheres e crianças que haviam comido carne contaminada ou guisado feito de grãos mofados. E já naquela noite, pelo menos três dos presentes à reunião do conselho precisaram sair apressadamente pela porta.

Mesmo o mais paciente entre os homens estava de mau--humor, pronto a explodir em berros ou até socos ao menor sinal de ofensa imaginado. Um grupo de guerreiros de Cerdic já havia chegado às vias de fato com vários partidários de Meurig de Gwent; o derramamento de sangue só fora evitado com a intervenção furiosa dos dois reis. E antes mesmo da explosão de Dywel de Logres, a pele de Isolda já ficara tensa e arrepiada com a atmosfera de tensão e o estado de nervos que engrossava o ar da alta sala de madeira.

Embora pelo menos Madoc quase se parecesse com ele mesmo novamente, os transparentes olhos negros, quando furiosos, os largos ombros endireitados. Apenas sua voz ligeiramente rascante e a ponderação de seus movimentos denunciavam o quanto ele, na verdade, estava esgotado.

Isolda sabia que ele estivera no comando quase continuamente nessas últimas três semanas, quase sem descansar ou se alimentar enquanto conduzia os contra-ataques para conter as incursões de Octa por terras vizinhas. O resgate de Rhun havia banido qualquer esperança de Octa acreditar que o acordo entre ele e Madoc ainda estava em pé; aceitar assim as informações de Madoc poderia provocar a sua derrota. Octa em breve já não acreditaria mais nos relatórios de Madoc, tanto quanto receberia Isolda de volta em seu acampamento.

Mas eu lhe agradeço, Lady Isolda, com tudo o que eu sou, Madoc tinha dito, e sua voz tornara-se rouca.

Isolda tinha visto Madoc apenas algumas vezes desde então. Uma vez, quando costurara um profundo e feio corte de espada na ponta de seu polegar. E algumas noites mais quando ele chegava ao alojamento feminino, onde Rhun estava dormindo naqueles dias ao lado de Isolda, ou às vezes com Cabal, se Isolda estivesse ocupada entre os refugiados doentes e os homens feridos.

Rhun muitas vezes também passava os dias com Cabal. E com Hereric, trabalhando com a cavalaria dentro do forte. Isolda ainda via Rhun recuar instintivamente para longe de quaisquer homens adultos. Inclusive os guerreiros de seu próprio pai. Ainda o via encurvar os ombros, apesar de cada vez menos vezes agora, e olhar ao seu redor como se mal ousando acreditar que a fortaleza era real, para deixá-lo pensar que tinha escapado da guarda de Octa. Mas com Hereric ele nunca teve medo. Hereric era tão gentil e tinha tanto da simplicidade e franqueza de um menino, que pela primeira vez o rosto de Rhun começara a perder o ar de tensão e susto quando o grande homem estava por perto. A última vez que Isolda os visitara nos estábulos, encontrara Rhun sério e em feroz concentração, enquanto praticava alguns dos sinais com dedos de Hereric.

Rhun geralmente estava dormindo quando seu pai era capaz de se liberar dos deveres da realeza para vê-lo. Mas Isolda tinha visto Madoc sentado ao lado de Rhun em silêncio, e por aquele curto período permitia que a linha apertada de sua boca relaxasse, seus olhos se suavizassem ao tocar os cachos negros de seu filho adormecido, tão de leve que Rhun jamais se agitava.

Agora, no entanto, não havia sequer um resquício dessa suavidade no olhar de Madoc, quando se dirigiu a Dywel e enfrentou um salão cheio de homens.

— Todos vocês já ouviram o relato de Lady Isolda sobre o que ela descobriu enquanto estava no interior da fortaleza de Octa de Kent. Octa está recebendo apoio adicional de guerreiros de além-mar, aumentando suas fileiras com pelo menos mais quinhentos homens. — Madoc lançou um breve olhar à Isolda e ela balançou a cabeça confirmando. — E todos nós sabemos, também, que Octa vai atacar com tudo o que tem em breve. Nas próximas semanas, certamente. Talvez ainda nos próximos dias. Não é preciso dizer — a mandíbula de Madoc se apertou — que se encontrarmos o exército de Octa como estamos agora, podemos tão facilmente perder quanto ganhar. Se recuperarmos os guerreiros que Octa detém prisioneiros — o filho de Cerdic e seus homens —, teremos mais chances de vitória, em vez de uma derrota esmagadora. É apenas isso. Uma chance. Mas essa hipótese é melhor do que nada. Por isso — o olhar de Madoc recaiu sobre Dywel —, temos de libertar os guerreiros de Cerdic que estão nas mãos de Octa.

Mas foi Meurig de Gwent, e não Dywel, quem se manifestou após o breve silêncio que se seguiu. Meurig, com o rosto pálido e magro, boca comprimida, acariciou as penas do falcão empoleirado em seu pulso e disse:

— Lorde Madoc, não tenho certeza se entendo por que precisamos enfrentar Octa de Kent em uma batalha, afinal.

Isolda sentara-se na sala do conselho vazio. Tinha acabado. A reunião havia chegado ao fim, os reis, nobres e guardas particulares do conselho haviam se retirado, o salão estava deserto, exceto por ela e um barulho no telhado de colmo acima, que provavelmente eram ratos. Eles infestavam o castelo naqueles dias.

Ela esfregou os olhos e os músculos doloridos de suas costas. Não sabia dizer por que ficara ali, mesmo sabendo que em seu catre apertado entre a multidão acomodada no chão do alojamento feminino estaria trincando os dentes naquele momento. E que a câmara do conselho vazia era provavelmente o único lugar do castelo lotado onde poderia estar sozinha.

Porém, enquanto pensava nisso, passos soaram atrás dela, e quando se virou, encontrou Madoc em pé na passagem fechada por cortinas. Ele parou por um momento, então, lentamente foi até ela e se abaixou cansado no banco ao seu lado.

As lamparinas de sebo que iluminavam o aposento estavam fracas, sombreando o rosto cheio de cicatrizes e destacando com renovada clareza as linhas de cansaço esculpidas sobre a boca e os olhos dele.

— Então — disse. Sua voz também soava rouca de cansaço. — O que está feito está feito. — E olhou para ela. — A senhora deveria estar dormindo, Lady Isolda. Suspeito que haja pouco que a senhora possa fazer agora. Exceto talvez — sua boca se retorceu — deixar a enfermaria pronta para uma verdadeira enxurrada de homens feridos e quebrados.

O olhar de Madoc se voltou para um círculo de pó preto, desenhado no chão de terra com a cinza da lareira central. Um apanhado de lanças reunidas no centro do círculo, varas eretas, as pontas profundamente enterradas na terra. E duas lanças estavam deitadas fora da borda exterior do círculo: uma com as cores do Muerig de Gwent e outra com as de Cynlas de Rhos.

Os gritos, a ira, a interminável discussão e o debate acirrado tinham chegado, por fim, à decisão por voto. Todos, menos dois do conselho real, haviam provado fidelidade, dispondo suas lanças no círculo junto à lança de Madoc, colocada em primeiro lugar. Todos exceto dois: Muerig e Cynlas, que tinha escolhido retirar suas tropas imediatamente e retornar para proteger suas próprias terras.

— As tropas de Marcos se retiraram das minhas fronteiras. A ameaça a Gwent acabou. — Isolda ainda podia ouvir o eco da fina e hipócrita voz de Muerig na sala vazia. — Por que eu deveria agora arriscar a vida de meus homens em defesa de uma terra que não é minha?

— E você acha que Octa não vai marchar diretamente para as fronteiras de Gwent se conseguir nos derrotar aqui? Acha que ele não vai atropelar toda a sua terra? Queimar suas vilas e transformar suas mulheres e filhos em escravos como fez aqui? — O rosto de Madoc se fechara em desprezo, mas manteve o mesmo tom.

Um pouco do desgosto na expressão de Madoc deve ter provocado a injúria de Muerig. Isolda viu quando ele deu de ombros e piscou como tivesse sido picado por um inseto. Mas ele apenas alimentou a ave em seu braço com um pedaço de carne de algum bolso interno de sua túnica pesadamente bordada e balançou a cabeça, o queixo saliente.

— Duvido que Octa tenha recursos para uma campanha tão logo após esta. E, em todo caso, é mais uma razão para me certificar de que as fronteiras do meu reino estejam tão seguras quanto eu possa torná-las.

Cynlas de Rhos tinha sido menos beligerante, e sua retirada do apoio, tranquila e meio envergonhada. Mas ele disse, num tom calmo e derrotado, que apesar de tudo era implacavelmente firme:

— Já perdi o bastante. Não posso perder mais nada.

Agora, vendo os músculos apertados na mandíbula de Madoc, Isolda sabia que ele também estava recordando as palavras de Cynlas.

Ela disse:

— Você fez tudo o que pôde. Nenhum dos dois poderia ser persuadido.

— Não. — Madoc passou a mão pelos cabelos negros. — Cynlas e Muerig marcharão com suas tropas na primeira luz do dia amanhã. Não que a deserção de Muerig me surpreenda. Eu, o interesseiro filhinho de um desgraçado... — ele se conteve — porco. Sempre soube que Muerig era tão leal ao resto de nós quanto aquele maldito pássaro dele. Se tanto. Mas Cynlas...

Os ombros de Madoc estremeceram, como se recebendo outro peso sobre uma carga já pesada, e seus olhos permaneceram fixos no círculo desenhado no chão. Isolda quase podia ler o pensamento que atravessava a mente de Madoc. Que só havia a si mesmo para culpar pela retirada de Cynlas agora. Ele, que era o responsável pela mais recente derrota de Cynlas. O reconhecimento de que poderia ter dado as costas para a aliança com Octa, e ainda assim ter condenado a Bretanha à derrota, afinal.

Então, sacudiu a cabeça, visivelmente afastando todos esses pensamentos. Madoc era um guerreiro, acima e apesar de tudo. Sabia que perder tempo com culpa ou arrependimentos inúteis era apenas um gasto de preciosa energia.

— De qualquer forma, eles se foram. E nós vamos enfrentar as forças de Octa com menos trezentas lanças de seus exércitos combinados em nossos números.

— Exatamente.

Um breve silêncio caiu, pontuado apenas pelos guinchos e arranhões dos ratos acima deles. Isolda limpou uma mancha de cinzas da saia de seu vestido de lã verde e pensou na última vez que havia entrado naquele salão. Quando convenceu Madoc e os demais a deixá-la ir para Caer Peris em busca de Rhun. Quando Taliesin tinha tocado uma canção de Artur e Morgana, enchendo a sala com uma profunda e silenciosa saudade de tempos passados.

Quase como se captando o pensamento, Madoc disse, torcendo a boca de novo:
— Talvez eu devesse ter pedido a Taliesin que cantasse novamente esta noite. Nem mesmo uma trama de mentiras sobre o reinado ensolarado de Artur como Rei Supremo não poderia ter tornado o resultado pior.
— Você acha que são mentiras?
Madoc apenas bufou. Então disse, num tom diferente:
— Hoje Rhun estava acordado quando o vi.
Algo em sua voz fez Isolda levantar a cabeça.
— Foi?
— Foi. Ele me contou — Madoc deu-lhe um olhar enviesado — sobre um homem que apareceu, aparentemente do nada, quando você e ele escaparam de Caer Peris. Um homem que a protegeu e guiou de volta até onde você se encontrou com o meu grupo de homens.

Isolda manteve os olhos fixos na parede oposta, seguindo uma mancha de sujeira preta, deixada pela chama de uma lamparina.
— É mesmo? — disse ela, novamente.
— Ele disse — Madoc lançou outro olhar de canto de olho — que este homem também o ensinou a atirar uma faca.
— Fez uma pausa. — Uma história e tanto para ter sido inventada pelo menino.

Madoc parou novamente, parecendo esperar. Então, quando Isolda não disse nada, suspirou.
— Muito bem, Lady Isolda. Mas deixe-me perguntar: Você teve um mensageiro, pelo que disse, de suas próprias terras, que a conduziu até Cerdic quase quatro meses atrás. Será que o mesmo mensageiro tomou parte na batalha em Camlann?

O que quer que Isolda estivesse esperando, não era isso. Ela disse, lentamente:
— É... possível. Por que pergunta?

Os ombros de Madoc se mexeram.

— Suponho que isso pouco importe, às vésperas de uma batalha como a que enfrentamos agora. E ainda — ele parou, os olhos se desfocando diante da recordação — e ainda assim tive tempo, após sua partida, para lembrar o rosto do homem e onde foi que eu o vi antes. Foi em Camlann. Uma noite antes de a batalha começar.

Isolda ficou imóvel. Não podia deixar Madoc saber sobre Tristão, ou que ela carregava um filho de Tristão. Havia Marcos. Em Caer Peris, a um dia de viagem dali. Se Marcos soubesse que Tristão também estava por perto, ele não descansaria até que o visse capturado e morto. Não que ela acreditasse que Madoc pudesse entregar Tristão. Mas era simplesmente o fato de que quanto mais pessoas soubessem um segredo, menos provável era que permanecesse escondido por muito tempo.

Ainda assim, ela não pôde evitar a pergunta, acima da aceleração de seu coração:

— Tem certeza de que era o mesmo homem?

Madoc encolheu os ombros.

— Tão certo quanto posso estar, após quase oito anos. Ele era mais jovem, então. Assim como todos nós. — Parou, recostando-se um pouco no banco, o olhar ainda distante, como se encarando o passado. — Meu pai era o rei de Gwynedd, na época, Cadwallon. Ele foi leal a Artur, apesar de haver se rebelado contra o conselho pela escolha de Artur como Rei Supremo. Mas eles tinham se reconciliado havia muitos anos. Ele e eu lutamos muitas batalhas ao lado de Artur, antes mesmo de Camlann.

Madoc parou novamente.

— Mas eu estava falando da noite anterior à batalha. Uma noite nojenta. A chuva caindo em torrentes. O vento soprando um vendaval. Nenhum fogo ficava aceso. Nada para comer, além de cerveja azeda e comida fria e meio estragada. Tendas continuavam desmoronando. Não que tivesse sido de muita ajuda em qualquer caso, com a água entrando por todas as fendas e o solo como um rio de lama. Eu — Madoc fez uma pausa e olhou diretamente para. — O que a senhora disse?

Isolda sacudiu a cabeça. As palavras de Madoc tinham mexido com alguma coisa, alguma vaga lembrança que se insinuava em sua mente, mas que fugira antes que ela pudesse entender o que era.

— Nada. Vá em frente. Por favor.

Madoc deu-lhe um rápido olhar absorto, abriu a boca como se quisesse falar, mas, em seguida, a fechou de novo e continuou:

— Eu estava de serviço na guarda do Rei Supremo, no próprio campo de Artur. Sua tenda era a única que tínhamos conseguido manter a salvo do sopro do vento. E foi quando o vi. Esse seu homem. Saindo da tenda de Artur, por volta do meio turno, naquela noite.

Isolda olhou com surpresa.

— Saindo da tenda de Artur?

Madoc assentiu.

— Só Deus sabe como ele conseguira entrar, porque nenhum de nós, guardas, o tínhamos visto fazer isso. Deve ter tido a visão noturna de um maldito gato selvagem para ter encontrado o caminho e não ser capturado. Mas nós, guardas, estávamos ali, congelando nosso... nossas caudas na chuva torrencial. E de repente as abas da tenda do rei se abriram, e lá estava aquele homem, pouco mais que um rapaz, na verdade. Não aparentava ter mais do que dezesseis anos, embora não fosse como os fracos recrutas novos. Era possível perceber isso. Ele tinha aquela garra que os homens têm na guerra. Já combatera antes, com toda a certeza. Nós todos praticamente pulamos de nossas peles diante da visão dele. — Madoc deu uma curta risada. — Então, nós todos nos mexemos para sacar nossa espada. — Ele olhou para Isolda, o sorriso desaparecendo, os olhos escurecendo com a lembrança. — Todos nós certos de que o Rei Supremo havia sido assassinado em sua cama por um dos espiões de Modred. Pelos chifres de Satanás, estive em muitas batalhas, mas nunca senti tanto medo em minha vida. Então, o próprio Artur saiu da tenda, armado com seu equipamento de guerra, parecendo que não dormia havia dias. Mas vivo. Veio a nós e deu ordem para permitir que o rapaz passasse sem que o seguíssemos. Disse que ele tinha o salvo-conduto do Rei Supremo.

Madoc parou, os olhos na parede distante. Então, deu um tapa irritado em um dos mosquitos, que agora eram tão abundantes quanto os ratos no castelo, e, como se o gesto tivesse quebrado um feitiço, olhou para Isolda.

— Então, deixamos o rapaz passar.

— E você tem certeza... — Isolda se conteve. Já perguntara a Madoc se estava certo de que o garoto de dezesseis anos de idade que tinha vislumbrado naquela noite era o mesmo homem que a havia escoltado às terras de Cerdic quase cinco meses atrás. Tristão.

Madoc, porém, respondeu como se ela tivesse acabado de formular a pergunta.

— Só o vi por um momento. Mas a luz da lanterna da tenda iluminou completamente seu rosto. Tive uma visão clara. E lembrei-me dele. Da mesma maneira como você se lembra de uma visão ou detalhe que vê quando está quase urinando de medo. — Fez uma pausa. — De qualquer forma, você sabe o resto. Camlann foi arrasada. Artur estava morto, em todo caso. Não em meu turno, embora isso fosse de pouco conforto, naquele momento. E meu pai foi morto, também. Não no campo de batalha. Ele morreu dois dias depois dos ferimentos que teve lá. Isso... foi quando assumi o trono.

Madoc se interrompeu. O brilho da lamparina fazia as cicatrizes em seu rosto ficarem em relevo, mostrando o ritmo da pulsação em sua têmpora. Observando-o, Isolda se perguntou se ele estava pensando no caminho que o levara a partir daquela noite, havia oito anos, até esta noite agora, onde ele estava mais uma vez à beira de uma batalha. Mas agora, no lugar de Artur como Rei Supremo.

Ela perguntou, de repente:

— Você conheceu Artur, então. Como ele era?

Uma vez mais, o olhar de Madoc pareceu voltar por um longo caminho para se focalizar nela.

— Isso mesmo. Você provavelmente não conheceu Artur, conheceu? Dado quem o seu...

Madoc se interrompeu abruptamente com a percepção, parecendo estar meio constrangido com Isolda.

— Dado quem o meu pai era? — Isolda pensou no pai, que ela mal tinha conhecido e que morrera com Artur no campo em Camlann, e a deixara, aos treze anos, para ser vilipendiada como a Filha do Traidor a partir desse momento. Ela disse:

— Está tudo bem. Não me incomodo de falar sobre isso. Não mais. E não, eu nunca conheci Artur. Nunca sequer pus os olhos nele, que me lembre.

Madoc flexionou os músculos da mão, esfregando ao acaso o curativo sobre a ferida que Isolda tinha costurado em seu polegar. Balançou a cabeça.

— Entendo. Bem, Artur era... ele era... — Sua voz sumiu e ele ficou sentado quieto por um momento. Do lado de fora, Isolda podia ouvir o latido de um cão de guerra e o lamento ranzinza de uma criança no alojamento das mulheres. — Conheci homens melhores do que Artur — Madoc disse, finalmente. — Homens mais gentis. Mais inteligentes. Até mesmo mais habilidosos com a lança e a espada. Mas Artur... Artur era um rei pelo qual valia a pena morrer.

E talvez isso fosse tudo, ou quase tudo, o que importava. O suficiente para merecer canções dos bardos e contos de heróis, afinal.

Isolda viu a sombra que cruzou o olhar escuro de Madoc enquanto falava as palavras finais. Ela disse:

— Tenho certeza de que os seus homens diriam o mesmo de, meu senhor Madoc. Embora eu ache que eles diriam que o senhor é um rei pelo qual vale a pena viver, também.

Os olhos de Madoc ainda estavam obscurecidos, o esgotamento em seu rosto tão pronunciado quanto antes, mas ele forçou um sorriso breve.

— Vamos esperar que tenham a chance de fazê-lo. — Então, ele se levantou. — Despeço-me agora. Boa noite, Lady Isolda. Espero que descanse bem.

A rapidez de sua despedida tomou Isolda de surpresa. Ela piscou.

— Eu... o senhor não quer saber — em seguida se deteve, olhando Madoc nos olhos, e calmamente disse: — Obrigada, senhor Madoc. Por não me perguntar mais nada.

Madoc sorriu novamente. Um sorriso um pouco mais relaxado, dessa vez.

— Confiei-lhe a vida do meu filho, Lady Isolda. E vou confiar agora que se eu precisasse saber a identidade do homem sobre o qual Rhun me falou, a senhora me diria. E, além disso — o sorriso desapareceu, deixando o rosto sombrio, abatido pelo cansaço e a preocupação, mais uma vez —, como eu disse, é provável que as questões do passado pouco importem agora.

Quando Madoc saiu, Isolda sentou-se no silêncio da sala do conselho, abraçando os joelhos e ouvindo os sons do castelo, preparando-se para passar a noite sob o abafado e ainda opressivo ar do verão. Nenhum traço de uma brisa. Nem mesmo a sugestão de uma tempestade que poderia interromper a temporada de calor. Ela continuou repassando a história de Madoc de novo e de novo em sua mente. Tristão, vislumbrado na tenda de Artur, às vésperas de Camlann.

E o que isso significava? Ela afastou a sensação ruim. Nada. Isso não significava nada, exceto talvez que Tristão teria agora mais uma pergunta para se recusar a responder, mais uma história para se recusar a contar. Que ele mantivesse sua palavra e a procurasse uma vez. Se vivesse para isso.

Isolda sentou por um longo momento com os olhos fechados. Tinha tentado, todos os dias desde sua despedida, enxergar Tristão nas águas divinatórias. Mesmo que apenas um vislumbre de seu rosto, que iria deixá-la saber que ele, pelo menos, ainda estava vivo. Nunca tinha visto nada. Nem Tristão. Nem Marcos. Até mesmo Morgana parecia sombria e indistinta quando Isolda havia desistido das águas e tentara evocar a imagem de que se lembrava do rosto de sua avó.

Então, agora ela nem sequer podia tentar encontrar uma bacia para a água. Não havia nada ali que ela pudesse usar para ter uma visão, em todo caso. Exceto, talvez, um chifre amassado que fora abandonado em algum momento durante a reunião e que tinha rolado sob um banco a poucos passos de distância. Ela apenas se sentou, deixando o calor e os ruídos a envolverem até que se misturassem e fundissem em algo quase como o silêncio. Concentrou todos os seus pensamentos em Tristão, em encontrá-lo como fizera antes através de uma fina linha da consciência se estendendo noite afora.

Isolda se sentou, calma e bem quieta, até que sentiu um formigamento leve, um ligeiro calor, como se estendesse a mão a um ponto de luz que brilhava fracamente. Talvez o tenha sentido. Talvez estivesse apenas fingindo que sentiu alguma coisa.

Ela descansou a testa nos joelhos levantados enquanto a lembrança da história de Madoc se passava dentro dela. Tristão. Deusa, o que lhe diria se ele estivesse realmente aqui?

É verdade? Você estava no acampamento de Artur? Na tenda de guerra de Artur, na noite antes de Camlann?

E o que Tristão diria?

Se confia em mim, não me peça que eu responda isso.

Algo assim, provavelmente. Alguma resposta que a mantivesse a distância, protegendo-o firmemente por trás de suas próprias paredes, não permitindo que ela compartilhasse parte de seus fardos, afinal de contas.

Isolda cerrou as mãos antes que elas pudessem se contrair com o desejo de quebrar alguma coisa. Perfeito. Por todas essas semanas ela fizera um grande esforço para não ficar com raiva de Tristão. Para deixá-lo manter certa distância. Para dizer a si mesma que as cicatrizes do passado não seriam curadas em um dia ou até um ano.

E agora estava ali sentada, furiosamente brava com ele por causa do jeito que o Tristão imaginário que ela tinha conjurado em sua mente havia respondido.

Isolda forçou-se respirar lentamente. Pensando na história da donzela que segurava rapidamente a mão de seu verdadeiro amor, enquanto ele se transformava de serpente em besta e em marca de queimadura. Um trecho da história saltava de sua memória. *Eles vão transformar-me em seus braços, senhora, em uma víbora, mas segure-me rápido, e não me tema, pois sou o pai de seu filho.*

Ela sentiu o bebê em seu ventre virar, esticando as pequenas pernas e braços. Uma história. Ela devia pensar em uma história para contar ao bebê. Alguma outra sobre Tristão, de modo que, de alguma forma, desde a breve visão na capela, ela nunca duvidara que o bebê fosse um menino, podia saber quem seu pai tinha sido e ainda era.

No entanto, ela estava cansada até os ossos. Cansada até os ossos e tremendo, enquanto o medo que tentava afastar a inundava. Por mais que tentasse, não conseguia encontrar as palavras.

Finalmente, Isolda fechou os olhos, tentando, embora sem muito sucesso, ignorar o som de fora: os cães latindo, os guerreiros gritando uns com os outros no campo de prática. As canções do harpista falando dos guerreiros pintados de azul pastel, dos Anciões dormindo em cavernas e lugares assim, como o próprio Artur, esperando para voltar novamente numa hora de necessidade da Bretanha.

Ela manteve os olhos fechados. No início não havia nada, além do som de sua própria respiração, o batimento do seu coração. Então...

Parecia um tranco. Como um rápido aperto de um nó invisível sobre seu coração. Forte como qualquer invocação silenciosa, chamando-a para o jardim de Caer Peris, em primeiro lugar, para ouvir a história que Tristão contaria. Vigorosa e forte como os chutes e cambalhotas do bebê que estava por nascer.

Ela sentiu como se sua consciência tivesse se dissolvido, quebrado, enviando fragmentos minúsculos para dentro da sala, e toda a noite ao redor. Podia perceber os afiados fragmentos de palha no teto, como se ela mesma o estivesse arranhando, juntamente com as criaturas cujos guinchos e sussurros pareciam agora estranhamente claros. Ela podia sentir em sua língua a fumaça das lamparinas, o cheiro de mofo e terra do chão — e, além disso, os mil e um cheiros do campo de guerra. Palha, suor e carne assada, cerveja derramada e a respiração doce, cheirando a leite, do bebê chorando no aposento das mulheres.

E também ainda se sentia como se estivesse afundando em uma correnteza profunda e veloz, que a puxava, levando-a para fora, para longe dali.

Uma parte pequena e distante de sua mente se perguntava se isso era o que os druidas dos Anciões sentiam nos contos que falavam de almas que saíam de seus corpos para voar como pássaros. Uma parte dela se afastou em dúvida incrédula — e ao mesmo tempo pediu que ouvisse qualquer coisa. Que isso não fosse apenas um sonho. Que não estivesse apenas fingindo.

Mas então... então, ele estava ali. Deitado no chão, braços cruzados, cabeça recostada em sua capa embrulhada, espada à mão, mesmo enquanto dormia. Seus olhos permaneciam fechados, mas sua cabeça se moveu um pouco, com a testa franzida, como se estivesse em algum sonho.

O coração de Isolda batia tão intensamente que parecia grande demais para seu peito, e cada respiração que ela dava, ardia. Era uma estranha, e em parte assustadora, sensação: parte dela tinha consciência de seu corpo, sentado sozinho na sala vazia do conselho, ciente do pulsar de seu sangue, o brilho da luz da lamparina iluminando-lhe os olhos.

E ainda assim via Tristão muito claramente, dormindo sobre um trecho de relva gramado sob o abrigo de um carvalho. Podia sentir uma brisa fresca no rosto tão real quanto o chão de terra debaixo de seus pés, e ouvir o suave trinado de um pássaro da noite em algum lugar na árvore sob a qual Tristão se deitara.

Por apenas um momento, as visões individuais, duplas sensações, se equilibraram. Pesos iguais em alguma escala interna. Duas partes de um todo. E, em seguida, as paisagens, os cheiros do desbotado salão do conselho desapareceram, completamente apagados pela visão de Tristão dormindo diante dela no chão, tão perto que poderia tocá-lo se estendesse a mão.

Estranhamente, ela não se perguntou o que tinha de fazer. Com o pulso ainda acelerado, Isolda se enroscou na relva ao lado dele, admirando-lhe o rosto adormecido. Seu queixo estava barbado, e, adormecido dessa forma, seu rosto parecia ao mesmo tempo austero e de alguma maneira mais jovem, não tão distante do menino com quem ela havia crescido alguns anos atrás. Isolda estendeu a mão, tocou-lhe o rosto — e não sentiu nada, viu os dedos passarem por sua pele como se através do ar vazio.

Não era tão real, afinal de contas. E, por um momento, sentiu o corpo todo perfurado pelo desejo de que essa metade da dupla consciência súbita pudesse ser a verdadeira, ou que poderia trocar a parte dela que permanecia na sala do conselho vazia como uma serpente troca de pele.

A cabeça de Tristão ainda estava se mexendo sem parar; no entanto, ele parecia perdido no sonho. Ela já o alcançara dessa forma antes, através das camadas de inconsciência e da dor de um golpe de espada. E como antes, também, tinha pensado que seria um feito infantilmente simples se comparado ao fato de alcançá-lo agora, tentando curar uma dor havia muito tempo enterrada e que ele não desejava compartilhar. E estava certa. Fosse qual fosse o poder que a levara até ali, parecia determinado a não deixá-la chegar mais longe.

De novo e de novo, enquanto se sentara ao lado dele, ela havia tentado estender a mão para Tristão em sua mente. Tentara enviar os fios de sua consciência como ela teria feito com um dos soldados feridos sob seus cuidados. E, mais uma vez, foi como se lançar contra uma parede de pedra sólida. Até que, com um deslizar de pânico, ela sentiu o delicado equilíbrio adernando, sentiu-se deslizar para trás em direção ao eu que havia deixado no salão do conselho.

Ouça.

Isolda ficou paralisada. Talvez esta fosse a terra do Povo das Névoas, a rachadura entre os mundos, na qual já andara, e as vozes dos pequenos deuses, aqueles das rochas, árvores e riachos, o que ecoava em seus ouvidos. Deuses dos Anciões, agora banidos, ou pelo menos dormindo, como Artur e seus homens. Deuses das histórias antigas que Morgana dizia haverem pertencido a um mundo como este.

Ela não podia tocar Tristão, mas via seu peito se movimentando, traçara de novo e de novo os elegantes e fortes traços de seu rosto, um rosto que ela conhecia tão bem quanto conhecia a si mesma. Tentou esvaziar-se de todo pensamento, liberar todas as suas próprias esperanças e preocupações. Liberar o gélido medo que a fez querer invadir a mente de Tristão como uma criança aterrorizada por uma porta trancada.

Então, ela sentiu: uma onda de frio, uma breve aparição em sua visão de lama e de sangue e gritos de agonia de cavalos e homens, tão repentina que sacudiu violentamente seu coração contra as costelas, e Isolda se viu caindo em espiral na escuridão, as bordas das formas de Tristão adormecido começando a diluir-se e desaparecer.

Estava cansada e assustada quando começara com isso, depois de um dia tratando dos doentes e feridos, após a tensão da reunião do conselho. E após quase duas semanas ficando acordada em sua cama nos aposentos femininos, ouvindo os suaves suspiros e respirações em torno dela e esperando alguma notícia de Tristão, que nunca chegara. E podia sentir o renovado peso do seu próprio cansaço e medo, agora, uma dor surda arrastando-a de volta para a sala do conselho.

Com toda sua força, Isolda ordenou-se a não ceder à fadiga nem ao pânico, não se apegar desesperadamente à imagem desbotada da face de Tristão, o cheiro das folhas de carvalho e o brilho das estrelas emergentes no céu acima. Ela esperou até que se equilibrasse novamente, até que a visão da forma adormecida de Tristão já não tremesse e ameaçasse escurecer até o nada.

Ela colocou a mão na testa de Tristão e dessa vez sentiu — ou pelo menos pensava ter sentido — um leve toque de calor na palma da mão. Respirou fundo, os olhos fixos no rosto dele.

Conte-me a história. Por favor.

Dessa vez, ela ouviu imediatamente: confronto de escudos e espadas, cavaleiros armados gritando como as almas penadas no inferno. E dessa vez, mesmo sentada ao lado de Tristão no terreno gramado, podia senti-lo, perdido no pesadelo, lutando por sua vida e pela vida dos homens em torno dele. Todo o tempo bloqueando uma culpa tão amarga quanto o conhecimento de que essas mortes — esse rio de sangue — estavam em suas mãos. E então...

Então ela sentiu sua consciência se entrelaçando à dele. Fios frágeis, finos no começo, então cada vez mais fortes, como se tivesse sido dissolvida em uma visão das águas divinatórias, sua própria consciência totalmente submersa.

Ele podia ver Artur sentado em sua cadeira de campo na tenda de guerra do rei, na noite anterior. Lendo o pergaminho de Marcos. Erguendo o sóbrio e anguloso rosto no escuro, com os olhos muito graves e duros.

— Você pode dizer a Lorde Marcos...

Tristão forçou sua mente a voltar ao presente. Voltar para permanecer vivo outro momento, mantendo vivos tantos de seus homens quanto fosse possível. Luc, o maldito idiota de treze anos, estava ali pasmado como um bacalhau, os guerreiros de Artur armados, lança e escudo abaixado em um claro convite para ser executado por uma de suas espadas. Tristão o puxou rudemente, empurrando-o para trás de si, erguendo a espada em um golpe que cortou a barriga da montaria do cavaleiro mais próximo. O animal caiu, se debatendo e relichando de dor, embora o cavaleiro tivesse saído ileso.

Tristão puxou e liberou sua espada. E ergueu a cabeça para ver, através do sangue misturado ao suor que escorria em seus olhos, uma segunda onda de ataque dos cavaleiros sobre os calcanhares do primeiro, todos usando o emblema do javali azul da Cornualha.

Não que isso fosse nenhuma maldita grande surpresa. Isolda já tinha imaginado que Marcos...

A ligação se partiu tão de repente que Isolda engasgou e quase perdeu a luta contra a força que a puxava de volta ao seu próprio cansaço, mais uma vez. Partilhar a visão de Tristão a deixara exausta. Podia sentir, mais forte do que nunca, a dor da exaustão que parecia embotar seus pensamentos como névoa.

Ainda não. Isolda fez um esforço para limpar sua mente. Não podia perder isso ainda. Nem poderia deixar Tristão preso no fundo do pesadelo da batalha. Fechou os olhos, a palma de sua mão ainda encostada na testa dele, segurando-se firmemente a qualquer fina teia de conexão que aquele toque irreal poderia prover.

Tris?

Por um momento, ela não ouviu nada, não sentiu nada além de um grande vazio novamente, e seu coração se sobressaltou. Mas então:

Isa?

Isolda sentiu o coração apertar, sentiu as lágrimas correndo em seus olhos. Sabia que era inútil, mas não conseguia parar de se mover como se quisesse afastar o cabelo para trás da testa, apesar de seu toque só deslizar por ele novamente.

Estou aqui.

As linhas do rosto de Tristão se endureceram, depois pareceram relaxar, como se qualquer pesadelo que o houvesse prendido já o tivesse libertado. *Deuses, eu queria que você realmente estivesse aqui. Queria que isso não fosse um sonho.*

Cada pensamento de Isolda estava tomado pelo choque de se encontrar ali, pela necessidade de se segurar e não se deixar arrastar pela consciência de coisa alguma. Embora, diante das palavras de Tristão, tenha sentido algo ecoando dentro dela, como o pulso repentino de um tambor, algo familiar se acendendo dentro dela como uma chama. De algum jeito, de alguma forma, já estivera ali antes, com Tristão.

Eu disse a você.

Ela quase não precisava pensar sobre as palavras que surgiam em sua mente.

Estou aqui porque você precisava que eu viesse. Não desistirei.

Você deveria.

Ela ouviu a decisão desolada e amarga na voz de Tristão.

O seu eu real, eu quero dizer. Suponho que eu também deveria cortar fora meu coração se pensasse que podia parar de sonhar com você. De desejá-la aqui.

Isolda pôs a mão na testa de Tristão atingida novamente pelo desejo ardente de que isso pudesse ser real. Que ela pudesse estar ali ao seu lado, envolvê-lo nos braços e realmente sentir o calor do seu corpo contra o dela. Que nunca precisaria voltar ao seu corpo cansado na sala do conselho, enfim.

Mas não era para isso que ela estava ali. Não havia tempo. Era o mesmo sussurro leve como uma pena que ela ouvira antes e que ecoava em sua própria consciência, lembrando-a de que seria chamada de volta para si mesma em breve, que tudo o que a havia levado até ali não podia ou não queria que se prolongasse por muito tempo.

A visão do rosto de Marcos que surgira instantaneamente em sua mente estava oscilando, estranhamente desconhecido pelos olhos de Tristão. As feições pesadas e rudes, olhos negros e veias salientes.

Você me viu lutando com ele, não é? Gostaria que me dissesse se eu ganho ou perco. Se ele vive ou morre.

Isolda sentiu sua garganta fechar.

Você ainda o odeia, não é? Seu pai?

Cristo, eu não sei. Eu o odeio. Odeio, sim. Eu drenaria o sangue dele das minhas veias, se pudesse. E ainda...

O que, Tris?

Mas, como se o pensamento tivesse interrompido o sono de Tristão, ela sentiu suas pálpebras começarem a tremer, e com isso, a visão começou a desvanecer-se novamente, a força de seu próprio cansaço crescendo ao mesmo tempo, irresistível, inexorável como a ressaca de uma onda. Ela podia se sentir deslizando, escorregando na escuridão, voltando para a sala do conselho, voltando para o peso total de suas responsabilidades — e temores — que a aguardavam lá.

E ela sabia que não era por isso que tinha vindo. Sabia que poderia desprezar-se por fraqueza, quando voltou a si mesma e a visão se rompeu. Mas seu coração disparou, de repente, e ela não conseguiu parar de pensar, enquanto a visão do rosto dele era um borrão diante de seus olhos.

Por favor, por favor, volte para mim. Há uma batalha chegando. A batalha final. E eu tenho medo...

Tenho medo.

As palavras soaram nos ouvidos de Tristão, mesmo ele tendo recobrado a consciência. Deitou um momento com o coração tentando golpear as costelas e abrir caminho através delas, e se perguntou se estaria perdendo o juízo.

Sua mão se fechou automaticamente sobre o punho da espada, e com o mesmo hábito automático, ele transportou-se a uma posição sentada, ouvindo e varrendo a clareira com os olhos em busca de qualquer sinal de perigo ou ameaça.

Nada.

Tristão enrijeceu a musculatura, forçando o tremor que atingira seus músculos a parar. Antes de ficar completamente sob controle, porém um passo soou a seu lado. Pelo menos, era Kian. Tinham um acordo tácito de longa data de não perguntar sobre o pesadelo um do outro.

Kian acocorou-se na grama ao lado dele, a face de traços marcados no luar desigual filtrado pelas árvores. Olhou para Tristão em silêncio, o olho restante observando, sem dúvida, os pequenos tremores que ainda o percorriam. Disse apenas:

— Você está bem?

— Ótimo.

A imagem do rosto de Isolda ainda se encontrava diante dele, o som de sua voz ainda ecoava em sua mente. Estava acostumado a sonhar com ela, mas dessa vez ele teria jurado que ela estivera realmente lá.

— Você não — Tristão se conteve. O que ele iria dizer? *Você não viu Isolda por aí, viu? Por acaso aqui por perto, vagando em torno dessas florestas à noite?* Certo.

Ele disse, em vez disso:

— O que aconteceu? Algo errado?

Kian sacudiu a cabeça.

— Cath voltou, e isso é tudo. Daka e Piye, também. — Ele fez um gesto em direção ao acampamento, onde três figuras sentadas devoravam um coelho assado e bebiam alguns copos de cerveja. — Pensei que iria querer ouvir o que têm a dizer.

Ele conseguiu parar de tremer na hora em que alcançou o círculo de luz do fogo. Piye e Daka o cumprimentaram, engolindo o último pedaço de comida e depois desaparecendo na escuridão para montar guarda juntamente com Kian. Tristão sentou-se ao lado de Cath e balançou a cabeça para a comida oferecida por ele.

— Não, obrigado. Quais são as notícias... o que você conseguiu descobrir?

Cath balançou a cabeça e disse, a boca cheia de carne:

— Não com ameaças ou dinheiro. — Ele arrancou mais uma mordida, fazendo uma careta. — Você sabe que as coisas chegaram a um mau passo quando nem mesmo o suborno funciona. Questionamos cada mercenário contratado, cada seguidor e bajulador de Octa que poderíamos encontrar e irritar. Exceto...

— Sim?

Cath coçou sua barba.

— Exceto um pescador dos velhos tempos que vende a Caer Peris — que fez um monte de perguntas. Quem éramos e de onde tínhamos vindo e de onde conseguimos as moedas que estávamos oferecendo de tão boa vontade, e tal.

— E você lhe disse...

Cath bufou e pegou seu copo de cerveja.

— Perguntei a ele: tenho cara de quem nasceu ontem? Porque eu tinha ficado uns bons anos fora do berço, desde a última vez que verifiquei. Ele tentou nos seguir, porém, depois disso. Desajeitado como uma vaca de botas e fazendo duas vezes mais barulho. Era preciso ser cego, surdo e burro para não notar que tentava nos seguir de perto.

Tristão olhou para ele com súbito interesse.

— Então, o que você fez?

— Deixei-o correr um pouco antes de ele nos perder. — Cath encolheu os ombros. — Pensei que poderia ser útil ele pensar que poderia nos encontrar outra vez.

Ele levantou uma sobrancelha como se indagando, e Tristão assentiu.

— Pode ser. Você agiu certo. — Fez uma pausa, franzindo a testa em direção ao fogo, então, disse: — Continue tentando. E mantenha um olho nisso, para ver se daí sai alguma coisa. — Os vestígios remanescentes do sonho correram em sua pele, fazendo-o acrescentar:

— Se tiver certeza...

Cath estava procurando pela outra coxa do coelho, mas diante disso se virou para ele.

— Olha, nós já falamos disso. Vou ficar até que tudo isso termine e você saia disso tudo intacto. — Indicou a direção dos outros três homens que tinham ido embora. — Eu e os outros, também.

Tristão permitiu-se um juramento silencioso. Bem, não podia ser tão difícil escapar quando a hora chegasse. Contanto que nenhum deles — Cath ou os outros — suspeitasse. Ele deu de ombros, se servindo de um copo de cerveja, e disse, simplesmente:

— Eu só não quero ser o único a encarar a sua esposa se o devolver para ela menos que inteiro.

Cath riu, as linhas do rosto relaxando.

— Oh, sim. É preciso um homem mais valente que eu para enfrentá-la quando ela fica brava. — Esticou os pés calçados para perto do fogo, recostando-se contra um tronco caído. — E ela está esperando outra criança, para o meio do inverno.

A cabeça de Tristão se levantou.

— E você está aqui arriscando seu pescoço comigo? Por Cristo, Cath.

Os ombros de Cath se moveram novamente.

— Ela não teria aceito que eu fizesse outra coisa. Além disso, acho que posso cuidar de mim. Você é o único a fazer acrobacias para se matar.

— Bem, não sou eu a ter uma esposa e família esperando em casa.

— Não? — O olhar de soslaio de Cath fez a lembrança do rosto de Isolda, da voz de Isolda invadi-lo, centralizada como uma batida monótona atrás dos olhos. Mesmo que Cat não tivesse dito nada, Tristão vinha tentando devolver essa lembrança à sua caixa a partir do momento que tinha acordado.

— Eu disse que você tem a esposa certa.

Prometa-me que esta não será a última vez o verei, Isolda tinha dito. E ele dera sua palavra. Não realmente com a intenção de mantê-la, porque isso era o mínimo pelo qual ela teria de perdoá-lo. Mas... *Tenho medo*. O eco daquelas palavras ainda era como uma dor de dente que se espalhava por todo o seu corpo.

Tristão passou a mão pelos olhos. E realmente estava perdendo o juízo se achava que esse sonho e todos os outros fossem qualquer coisa além de uma fantasia de sua própria imaginação. E ainda o pulsante desejo de se levantar e rumar diretamente para o acampamento de Madoc não diminuíra minimamente.

Tristão disse uma maldição em voz baixa, atraindo outro olhar interrogativo de Cath. *Conte-me a história*. Isolda tinha dito isso no sonho, também. Fantasia ou não, talvez tivesse sido covardia pensar que não devia ao menos isso a ela.

E, além disso, ela estaria no acampamento de Madoc com o resto das forças da Bretanha. Dado o pouco progresso que tinham feito até agora, poderiam ser valiosas.

Tristão derrubou no chão a cerveja que restava e se levantou.

— Mantenha a vigilância — ele disse novamente. — Vou partir amanhã, mas estarei de volta em um dia. Dois, no máximo.

O olhar de Cath estava cheio de desconfiança.

— Partir? Para onde você vai?

— Nada perigoso. — Tristão bateu-lhe no ombro. — Manter uma promessa, isso é tudo.

Capítulo 17

— Está muito ruim?

Isolda se endireitou após ter ficado ajoelhada ao lado do homem ferido no catre. Ele era um jovem, com duas cores de cabelo e bigode ralo, queixo indeterminado e pálidos olhos castanhos. Havia sido ferido na luta do último confronto: uma flecha o atingira nas costas, entre as omoplatas, deixando uma ferida profunda e feia. Estava deitado de lado para que ela pudesse mudar os curativos, e quando ela o olhou, ele acrescentou:

— Senhora, seja franca comigo. Está ruim?

Ele firmou a mandíbula, simplesmente apoiando-se, mas mesmo assim o seu olhar continha o mesmo apelo de todos os homens feridos. *Diga-me que pode me deixar completo novamente. Diga-me que eu não vou morrer.*

Isolda encontrou o olhar do jovem e respondeu como sempre fazia.

— Você vai ficar bem. Eu sei que dói agora, mas você vai ficar bem.

O jovem soldado soltou um suspiro. Isolda viu um pouco da tensão relaxando suas feições, as linhas do medo em seu rosto suavizando antes de ela se virar para recolher as bandagens de linho sujo e potes de pomada, forçando-se a nem mesmo olhar para as fileiras de catres de palha por todo lado, nos quais muitos homens morriam a cada dia. O tumulto no castelo significava que os feridos estavam sendo transportados para uma barraca erguida perto do pátio de treinamento e estábulos, empoeirada e cheia de moscas zumbindo. O que, apesar de tudo, ainda era melhor do que teria sido um espaço fechado, já que ali, pelo menos, a respiração ocasional de alguma brisa agitava o ar parado nas tendas, e os resíduos podiam ser transportados para a pilha de lixo antes que o ar ficasse infecto. Mas, mesmo assim, a febre corria desenfreada entre os feridos, tirando a carne de seus ossos e matando quase mais rapidamente do que se podia acreditar.

Mas essa tinha sido a primeira regra de Morgana para o tratamento de homens feridos. Que não importava o que, não importava a gravidade dos ferimentos de um soldado, era preciso sempre, sempre dizer que ele estava seguro, que tudo ia dar certo.

Lembrou-se de ter perguntado à avó uma vez se não era crueldade, quando a garantia não era verdade, quando não havia qualquer chance de o homem sobreviver. *E é bondade garantir que gastem suas últimas horas com medo e desespero?* Morgana perguntara, com as sobrancelhas levantadas.

Isolda roubou um último olhar para o menino de cabelos claros. *Mas a mentira nunca dói menos, não é?*

E apenas por um momento, a figura de sua avó passou diante dela, a boca torcida num pequeno sorriso amargo. Não, ela nunca dói menos.

Isolda acabara de reunir seus suprimentos e se empertigara, esticando a dor na parte inferior de suas costas, que era mais ou menos constante agora, mexendo o rosto para pegar a mais ligeira brisa, apenas o suficiente para afastar os cabelos molhados de suor do pescoço. Então, olhou para as fileiras de homens feridos, tentando decidir se havia algum que precisava de seus cuidados de urgência, ou se poderia simplesmente ir para o próximo na linha de catres.

Era fim de tarde; o brilho muito forte e dourado do sol ofuscava, de modo que a princípio o olhar dela não alcançara o homem no lado oposto da tenda da enfermaria sem um segundo pensamento. Havia muitos entre os refugiados do castelo que tinham vindo para trocar seus produtos entre as linhas de feridos: fabricantes de cerveja ou pão e queijo, mulheres mais velhas vendendo poções contra a dor e os espíritos maus que pioravam as feridas. Exércitos de prostitutas vinham, às vezes, para tentar a sorte durante os turnos nas horas mais escuras da noite.

Às vezes, até mesmo Taliesin vinha, desafinado e incongruente em seu impecável manto cor de creme no meio da poeira, do sangue e das moscas, para tocar sua harpa e cantar uma das antigas canções de heróis, um dos Pendragon ou Macsen Wledig. Ele normalmente chegava ao crepúsculo, quando o sol se afundava abaixo do horizonte e as sombras se engrossavam num roxo crepúsculo de verão, e sua música flutuava para fora sobre o brevemente calmo e pacífico forte.

Isolda deixava todos virem, sempre, de Taliesin às prostitutas do exército. Os homens que tinham pouco a fazer além de ficar parados e pensar em sua própria dor precisavam de qualquer distração que pudesse ser encontrada.

Este homem, em pé do lado oposto de Isolda na tenda, era um malabarista. E talentoso, a julgar pelos aplausos e assobios dos homens agrupados em torno dele. Ele lançava bolas de lã colorida girando no ar, acrescentando primeiro uma, e depois outra, até que formassem um círculo acima de sua cabeça em uma curva que mudava tão rapidamente que não passava de um arco-íris borrado. Isolda olhou para ele brevemente, em seguida, começou a se virar para o homem do seu outro lado, um velho guerreiro com o braço direito quebrado. Então, ela congelou. Lentamente, virou-se e olhou para o malabarista novamente.

Isolda mal teve consciência de ter atravessado o espaço entre eles, mas ela devia ter feito isso, porque se encontrava ali, diante do grupo de observadores, olhando para Tristão.

Ele parecia do mesmo jeito que o tinha visto durante sua visão: barba por fazer no queixo, um arranhão cicatrizando que cruzava sua face, cabelo castanho-dourado amarrado ao pescoço. Apenas por um momento, seus olhos encontraram os de Isolda. E então, enquanto ela observava, ele pegou em ordem as bolas que giravam, uma após a outra, e deixou-as cair em um pacote de couro aberto a seus pés no chão.

Houve um estouro estridente de palmas, e alguns dos homens ainda lhe atiraram moedas de cobre e vários gritaram: *De novo! De novo!* Tristão enxugou a testa com a manga da camisa, sacudiu a cabeça e sorriu com simpatia aos pedidos de mais truques.

— Você precisa me pagar para fazer malabarismo em um dia como hoje. Dê-me um copo de cerveja e eu lhe conto uma história.

Houve alguma confusão entre seu público, algumas tentativas bem-humoradas na negociação, mas no final alguém apareceu com um copo sujo de chifre, com um pouco de cerveja — quente, sem dúvida — rala e terrivelmente amarga, mas Tristão agradeceu ao doador e tomou um gole antes de pousar o copo no chão.

Isolda estivera paralisada em pé, o riso e a conversa passando por ela como uma onda de som sem sentido. Mas alguém deve ter perguntado a Tristão sobre o que era a sua história, porque — apenas por um instante — o seu olhar azul encontrou o dela novamente, e ele disse:

— É sobre um homem. Que se apaixonou por uma senhora boa demais para ser dele algum dia.

Um murmúrio de apreciação percorreu o grupo. Histórias de guerra e batalha eram as favoritas, é claro. Mas qualquer história era ouvida com avidez pelos soldados feridos, Isolda sabia disso. E um amor condenado era a segunda melhor. Tristão tomou outro gole de cerveja e depois começou.

Era uma história emocionante, e ele a contou muito bem. Sempre tivera a coragem fria e o instinto para o dramático de um apresentador. E no meio disso tudo, Isolda ficou olhando e se sentindo ainda alheia, como se assistisse a si mesma, a cena e todos ao seu redor de uma grande altura. Ou como se estivesse andando para um lago de águas geladas, com a água batendo na cintura, peito, pescoço e boca, enquanto se aproximava mais e mais do reflexo oscilante de seu próprio rosto.

Porque Tristão foi contando a história de como três meses antes ela havia enganado Octa de Kent para o ataque fatal que tinha dado à Bretanha, pelo menos, uma chance de lutar. Ele mudara os nomes, os detalhes e os conflitos do conto, disse que era de muitos anos atrás, quando os dragões e gigantes, a raça elfo de fadas dos montes ainda vagavam na costa da Bretanha. Isolda duvidava que alguém ali a reconheceria. Mas ela sabia, quase desde as primeiras palavras que ele falara, que a história era a mesma.

A história de como ela — ou melhor, a heroína do conto — tinha ido disfarçada para o acampamento do rei inimigo arrancou um suspiro descrente de um dos ouvintes, um homem mais idoso, de cabelos oleosos, com um lábio cortado e um olho roxo. Tristão interrompeu apenas o suficiente para dar a ela outro lampejo de sorriso.

— Eu sei, amigo. Difícil de acreditar, não é? Não culpe o conto, entretanto. Culpe o homem que tinha de ir e se apaixonar...

Exceto por aqueles olhares breves, ele não tinha olhado para Isolda. Agora, embora tivesse se virado para ela, parecendo desarmado pela primeira vez, deu-lhe um daqueles raros olhares, quando todo o seu coração parecia refletido nos olhos de um azul intenso.

— ...Se apaixonar pela mulher mais corajosa que já houve.

— Talvez. — Isolda nem sabia que ia falar até que a palavra saiu de sua boca, até que viu as cabeças dos ouvintes virando para ela com a interrupção da história. Foi atingida por uma repentina lembrança de estar no campo de Octa: o escuro, o cheiro dos corpos sujos dos homens. Diante de Octa, na tenda imunda que passava pelos quartéis do rei — e ao mesmo tempo estar doente, não temendo por sua própria vida, mas sabendo que, mesmo que sobrevivesse àquela noite, poderia muito bem voltar para a abadia e encontrar Tristão morto ou quase morto por um ferimento fatal de espada.

Isolda lutou contra o aperto em sua garganta. Tristão não tinha morrido. Ele viveu para lhe fazer um juramento de casamento e para fazer o filho cujos pontapés agora se agitavam dentro dela. E, nesse momento, ele estava de pé diante dela, vivo, mantendo sua palavra de vê-la, pelo menos mais uma vez.

— Talvez... talvez se você pudesse perguntar a essa senhora, ela lhe diria que não era corajosa, afinal. Ela estava aterrorizada o tempo todo. Mas continuava pensando nele. O homem que ela... que ela amava. Continuava se lembrando de todas as vezes que ele tinha enfrentado o perigo e não teve medo. Então, era como se ele estivesse lá com ela o tempo todo, segurando sua mão.

As últimas palavras saíram quase como um sussurro. Tristão não respondeu, apenas ficou de pé, os olhos nos dela. Finalmente, o homem com o olho roxo disse:

— Bem, vamos lá então. O que aconteceu?

Tristão trouxe seu olhar de volta.

— Ele, esse homem de quem eu estava falando, fez um juramento de fidelidade ao rei inimigo.

Foi um dos outros homens que o interrompeu dessa vez. Um jovem — não muito mais do que um rapaz, na verdade — com uma perna quebrada e uma tentativa de primeiro bigode.

— Fez um juramento de fidelidade? Por que ele quis fazer uma coisa dessas, então?

— Bem, ele aprendeu alguma coisa, você verá. — A firmeza da voz de Tristão não se alterou, embora apenas por um segundo seus olhos novamente encontrassem os de Isolda. — Ele descobriu que esse rei inimigo tinha descoberto o nome da mulher que o havia enganado. Sabia o nome dela e estava sedento por vingança. Então, o homem propôs uma barganha ao rei: o juramento em troca da vida dela.

A onda de choque passou por ela como a batida de um tambor de guerra.

— O quê? — Os lábios de Isolda formaram as palavras, mas nenhum som saiu. Felizmente. Pelo menos, nenhum dos homens tinha olhado para ela e percebido algo errado. Sentiu calafrios por todo o corpo, e precisou molhar os lábios secos antes que pudesse confiar em sua voz o suficiente para falar.

— Por quê... Por que ele não disse a ela?

Um tímido sorriso triste tocou os cantos da boca de Tristão, subindo até seus olhos.

— Porque sabia que ela ia se arriscar de novo se tivesse conhecimento de que ele estava se colocando em perigo por causa dela. Ela — ele parou e desviou os olhos dela, voltando com um esforço ao círculo de ouvintes. — Ela era corajosa, vocês podem perceber, como eu disse. — Ele deu outro sorriso breve. — Muito corajosa e boa demais para esse homem pela metade. Então, ele deu a sua lealdade ao rei inimigo. Embora ele nunca, verdade seja dita, tivesse planejado lhe dar toda essa ajuda. O juramento era um meio para provocar a queda do rei, para que ela — seu amor — estivesse a salvo de uma vez por todas.

— Por que... — Isolda já nem se preocupava com o número de vezes que havia interrompido a história, nem se importava com o que o resto do público de Tristão poderia pensar. Ela podia ver claramente para onde a história rumava, e saber disso fazia cada batimento do seu coração doer como uma punhalada de lâmina afiada.

— Por que não poderiam ter ido embora juntos? Para algum lugar além do alcance desse rei?

Tristão olhou para ela novamente, e algo indefinível passou-lhe pelo rosto. Então, ele disse:

— Ele não podia pedir para ela fazer isso. Tinha escolhido um caminho havia muito tempo. Um caminho errado, que se estreitava a cada dia. Ela merecia algo melhor do que caminhar nessa mesma estrada. Melhor do que ele.

— Não deveria ser ela a decidir?

Tristão olhou para ela por um longo tempo. Então:

— Ela disse uma vez que... que confiava nele. Ele pediu a confiança dela quando lhe disse que havia uma história que ela não iria querer saber, não iria querer que ele contasse. — Parou. Respirou fundo e começou mais uma vez, voz firme, agora, novamente controlada. — De qualquer forma, ele encontrou um caminho. Uma maneira de derrotar o rei. Salvar a vida dela, e talvez a de milhares de outros, também. Mas esse caminho significava, quase certamente, que perderia a sua própria. Então, ele encontrou um caminho de volta para ela, porque queria... queria vê-la uma última vez.

Não ajudava que ela estivesse esperando isso. Não ajudava que tivesse sabido, com uma pontada doída sobre o seu coração, a partir do momento que ela teve os olhos em Tristão fazendo malabarismo com suas bolas coloridas.

Isolda recusou a dor que a cortava por dentro como lâminas. Recusou o escurecimento da visão e do rugido súbito em seus ouvidos. Quando a vista clareou, ela descobriu que não tinha se movido. Estava, surpreendentemente, ainda diante do grupo, cercada pela poeira e os catres de palha, o zumbido das moscas e o cheiro do sangue de dezenas de feridos. E o homem com o olho roxo fazia barulho novamente e dizia, impaciente:

— Bem, então ele a encontrou novamente. E o que ele disse?

— Ele disse — Tristão estava olhando para ela novamente com todo o coração refletido em seus olhos. Saudade, amor e perda. O próprio coração de Isolda se revolveu, mesmo que a dor renovada o ferisse. Deusa, se estava deixando-se olhar para ela assim, ele realmente não achava que iria vê-la novamente.

— Ele disse que não tinha nada para lhe dar, além da própria vida. E que não se importaria de perdê-la para que ela se mantivesse viva. E disse a ela — os olhos de Tristão mantiveram-se firmes nos dela — que não devia unir-se a ele. Que devia seguir em frente, fazer uma nova vida para si mesma. Ser feliz. Que se houvesse outro homem que fosse digno dela, que pudesse dar-lhe o tipo de vida que merecia, que ela deveria casar com esse outro homem.

— Talvez... — Isolda teve de apertar os olhos fechados contra as lágrimas que ardiam por trás de suas pálpebras. Pensou no bebê crescendo dentro dela. Se Tristão realmente fosse morrer, a criança nunca iria conhecer o pai. Mas havia uma batalha se aproximando. E se as forças de Octa e Marcos vencessem, se ela fosse morta, não era apenas a sua própria vida que estaria perdida. Ninguém deveria ter que fazer uma escolha como essa.

Finalmente, quando conseguiu falar, ela disse:

— Talvez ela dissesse que é esposa de apenas um marido e nunca será qualquer outra coisa. E ela diria que... — sua voz falhou e ela teve de engolir novamente — que não há nada que pudesse dizer, nada que pudesse lhe contar, que a fizesse parar de amá-lo.

Ela estava olhando para Tristão, e, apenas por um instante, pensou ter visto algo. Hesitação, talvez, ou indecisão brilhando por trás de seus olhos. Mas logo passara. Tristão olhou para longe, depois de voltar para ela, parecendo obrigar-se a manter seu olhar.

— Ele ia lhe dizer... — ele parou — diria que ela não pode imaginar o quanto ele desejaria realmente ser esse homem. O homem que vê refletido nos olhos dela.

E então ele olhou para cima, fixando o olhar em algo atrás de Isolda. Olhando em volta, Isolda viu também: Madoc e Rhun, ambos caminhando até eles ao longo dos catres de feridos. Ela soube na mesma hora que Rhun também reconhecera Tristão, pois seu rosto pequeno havia se iluminado, e ela o viu puxar a mão de seu pai e dizer algo com entusiasmo no ouvido de Madoc.

Isolda fez um movimento rápido e brusco, o sangue congelando enquanto ela se voltou para onde Tristão ainda estava, o centro de um grupo de ouvintes. Sem chance de escapar. Sem chance, até mesmo, de poder evitar ser visto.

Tristão sacudiu a cabeça novamente, porém, e disse:

— Está tudo bem — numa voz quase baixa demais para que ela pudesse entender as palavras. Ele se virou para ir, e Isolda agarrou-lhe o braço.

— Espere! O que você está...

— Vou lhe dizer. — Mais uma vez, seus olhos encontraram os dela. — Mas espere por Madoc. É algo que ele e o resto do conselho devem ouvir, creia.

⁓

— Então, Lady Isolda.

Isolda viu que Cerdic se abaixara sobre a bancada ao lado de seu próprio assento na sala do conselho. Lentamente, como se seus ossos doessem. A palestra e o debate haviam terminado. Criadas cruzavam por todos os lados com qualquer material que pudesse ser poupado para servir um jantar: cenouras cozidas e alguns cervos assados trazidos pelos caçadores, pão feito com uma farinha tão grosseira que pedaços de cascalho do moinho deviam ter sido assados na massa.

E na frente da sala, Taliesin tocava, o som de sua música e as vozes dos homens ao redor encobrindo tudo o que Isolda e Cerdic de Wessex pudessem dizer.

Os homens foram para Camlann ao amanhecer.
Verdadeiro é o conto, a morte os tomou em Camlann
Desde que o bravo, o muro de batalha, foi morto,
Desde que a terra cobriu Artur,
A poesia agora se foi da Bretanha

Isolda já havia escutado com Cerdic a música de Taliesin. Parecia estranho, agora, sentar-se ali com o rei saxão e ouvir a música de Camlann novamente.

Isso tinha acontecido de tarde e agora já era noite. Uma noite quente, abafada, que parecia pressionar tudo ao redor, esperando, como algo agachado e pronto para atacar fora da sala do conselho.

Apenas Cerdic parecia não ter sido afetado pelo calor. Sua túnica de arminho estava impecável, e os braceletes de guerreiro em seu antebraço, o colar pesado de ouro ao pescoço, as contas de ouro em suas tranças e barba brilhavam à luz esfumaçada das tochas. Ele estudou Isolda, olhos azuis afiados no rosto marcado, e então disse:

— Coragem, Lady Isolda. Se todos os cristãos falastrões que infestam a terra esses dias estiverem certos, eu serei enviado para o reino dos malditos na próxima vida. Nem me oponho a isso. O paraíso deles parece ser um lugar bem monótono, afinal de contas. Mas o que me torna especial é o caminho por onde chegarei lá. E garanto-lhe que não tenho nenhuma intenção de ser enviado para o além por Octa de Kent ou um de seus homens.

Isolda riu e, em seguida, desejou que não o tivesse feito, pois o riso quebrara o entorpecimento que a envolvia até agora. *Alguma vez a senhora sentiu que o caminho que deveria seguir estava pronto*, ela havia perguntado a Madre Berthildis no que agora parecia uma vida passada. *Tão certo como as estrelas se movem pelo céu e a noite segue o dia.*

Ela sentiu um pouco assim, como se estivesse presa na teia de uma trama maior, ainda não vislumbrada. Como se sua vida fosse uma única nota de uma canção inacabada.

Fechou as mãos, observando as juntas embranquecendo sob a pele, e disse:

— O senhor acredita que esse plano tem uma chance de sucesso, então?

— Oh, uma chance, certamente. — A voz de Cerdic era desapaixonada, seu olhar presunçoso, enquanto contemplava o espaço em torno deles: a guarda com suas armas reluzentes brilhantes, a carne, os chifres de cerveja, as capas coloridas e os escudos pintados. Observando-o, Isolda lembrou-se de um falcão dourado, olhando de uma grande altura para o chão. — Suponho que depende do meu neto o fato de essa chance ser sufuciente — sua voz tornou-se ligeiramente seca — do meu neto. E do que deixamos aqui esperando para dar garantias à sua missão.

Isolda olhava para a frente e uma imagem se formou em sua mente. Tristão, em pé perante o conselho reunido às pressas e dando-lhes um relatório — tão verdadeiro quanto podia sem mencionar o nome dela — de seus movimentos durante os últimos meses. Sua falsa fidelidade a Octa. Seu trabalho para abrir a já crescente rachadura entre a aliança de Octa e Marcos.

Também falou francamente sobre as atuais defesas de Octa e a disposição de suas tropas, embora essa informação não ajudasse muito. Nenhum dos membros do conselho tinha sequer tentado apresentar um plano bom o suficiente para garantir uma vitória para a Bretanha. Apenas ressaltavam a sua enorme necessidade de mais lanças e mais homens antes de o iminente conflito começar.

Madoc tinha escutado em silêncio enquanto Tristão falava, e disse, com franqueza igual:

— Tudo o que você diz pode ser verdade. Mas por que deveríamos confiar em você o bastante para aceitar sua palavra?

E Cerdic provocou uma onda de choque e sussurros que repercutiu por todo o salão quando ficou em pé no seu lugar e disse com voz calma:

— Pode aceitar sua palavra. Ele é meu neto.

Sorte, talvez, Isolda pensou enquanto se sentava ao lado de Cerdic agora, que Cynlas de Rhos estivesse entre os desertores, pois somente ele no conselho poderia ter identificado Tristão como foragido, ou como parente de Cerdic. Sorte, também, que o próprio Madoc apenas tenha olhado de Cerdic para Tristão em absorto silêncio sem dizer mais nada.

No entanto, estava acabado. A reunião terminara. Tristão saiu, com a aprovação do conselho, em outra missão estratégica, para saber onde Octa havia aprisionado o filho de Cerdic e seus guerreiros, se ainda vivessem, e para libertá-los a tempo de ajudar a socorrer a Bretanha. Assim como esperava desde que chegara ali, no acampamento de Madoc.

Tristão tinha falado com Cerdic, ainda que brevemente. Uma troca de saudações, um reconhecimento formal por parte de Cerdic do vínculo de sangue que compartilhavam. Mas, com exceção das trocas breves sob os olhos dos feridos, do lado de fora, ela mesma não havia — Isolda espetara o dedo em um prego no seu polegar e observava uma pequena gota de sangue brotar ali onde ela apertava com força — não havia tido chance de se despedir.

Fechou os olhos com força. Fechou-os antes que outra lembrança — uma na qual se via descobrindo que Tristão estava morto — pudesse se formar diante de seus olhos.

— Quer ir mesmo para o campo de batalha, Lorde Cerdic? — perguntou ela, e ficou surpresa, enquanto falava, por sentir o baque da ansiedade, o mesmo medo que sentia por Tristão.

— Apesar da minha idade avançada, você quer dizer? — Os cantos da boca fina de Cerdic se levantaram em um frio sorriso e ele ergueu uma sobrancelha. Apesar de seus esforços, a preocupação deve ter transparecido na voz de Isolda, afinal. — Eu lhe disse uma vez, Lady Isolda, que tinha chegado ao crepúsculo de minha vida. Melhor que eu caia em batalha do que um jovem com toda a vida pela frente, alguns poderiam dizer. E, além disso, quando meu neto exibe tal coragem, posso fazer menos?

Sua voz era leve, quase despreocupada, e ele gesticulou com uma das mãos nodosas pela idade.

— Sacrifícios são feitos na guerra. Homens morrem. Dizem que as fiandeiras ao pé da Árvore do Mundo escolhem a hora de um homem morrer. Mas acho que prefiro escolher a minha.

Não adiantava, Isolda pensou, tentar argumentar. Não adiantava dizer que a morte de um guerreiro era uma pequena compensação pela perda de mais anos de vida. Cerdic nunca acreditaria nela. Talvez nenhum guerreiro. E também era inútil, ela sabia, dizer a Cerdic para tomar cuidado, proteger a própria vida. Tão inútil quanto teria sido fazer esse mesmo pedido para Tristão.

Quase como se tivesse lido esse pensamento, Cerdic continuou:

— Aconteça o que acontecer, no entanto, estou feliz por ter visto o filho de minha filha antes de morrer. Apesar de ter muitos outros netos, muitos outros filhos.

Isolda não tinha certeza do que a fez falar. Se apenas o desejo de que alguém além dela mesma ali soubesse a verdade antes que a iminente batalha começasse, ou se era parte do temor que sentira pela vida de Cerdic momentos antes. Mas seus olhos encontraram os de Cerdic, e ela disse, com firmeza:

— Um bisneto, também.

As sobrancelhas de Cerdic se ergueram num olhar tão parecido com o de Tristão que o coração de Isolda se apertou novamente. O salão em torno deles pareceu de repente muito quieto, apesar do som da harpa, do tilintar de facas e pratos e das conversas dos homens. Cerdic nada disse, porém, só ficou parado um bom tempo, olhos azuis detidos nos dela. Isolda pensou ter visto o traço de um minúsculo sorriso tocando os cantos de sua boca. Logo depois desapareceu, e ele assentiu.

— Perdoe-me, Lady Isolda. Vou preparar minhas tropas para a guerra.

⁓

— Apenas me dê a chance de me vingar desses malditos cães imundos. — Os olhos do velho eram selvagens e ele pigarreou e cuspiu no chão. — Isso é tudo que eu peço. Apenas deixe-me...

Ele fazia uma figura grotesca, como um sapo, costas encurvadas quase ao meio, os membros torcidos e os ombros tortos enviesados sob as roupas que eram pouco mais que trapos. Seu rosto, debaixo de uma juba de cabelos grisalhos, era tão marcado que parecia quase desumano, e a saliva lhe escapava sobre os cantos da boca torcida e o queixo.

Como era a terceira vez que repetia essas palavras, Tristão o interrompeu:

— E este é o preço que estamos dispostos a pagar. — Estendeu o broche que um dos reis do conselho oferecera: uma boa peça de ouro retorcido e, no centro, uma granada do tamanho do polegar de um homem. O velho olhou um momento para ela, os olhos esbugalhados e a boca aberta. Então, fechou a boca, os músculos em sua garganta subindo e descendo, e assentiu brevemente, balançando a cabeça.

— É justo. Temos um acordo. — A mão em garra saiu avidamente tentou agarrar o ouro, mas ele apenas deu de ombros quando os dedos de Tristão se fecharam em volta do broche. — Como queira. Volte aqui amanhã. À mesma hora. Eu o levarei aonde Octa mantém o filho de Cerdic escondido.

Tristão não se preocupou em perguntar por que não poderiam ir agora. Assentiu, observando enquanto o velho se virava e caminhava rumo às árvores, as pernas arqueadas e mancando, o andar desajeitado dando-lhe a aparência de um caranguejo que procura o aconchego de seu buraco na areia.

Quando chegou à beira da linha das árvores, Cath virou-se para Tristão, uma sobrancelha levantada.

— Você acredita nisso? Que os saxões o mantém prisioneiro há anos e quebraram todos os seus ossos?

Tristão encolheu os ombros.

— Poderia ser verdade. Ele não seria o primeiro. Não que isso importe, acrescentou ele, após um momento de pausa.

Cath balançou a cabeça em confirmação.

— Oh, sim. Ele mentiu muito. Se realmente tivesse informações para vender, teria barganhado um pouco mais sobre o preço que você ofereceu. — O sorriso de Cath brilhou branco contra sua barba escura. — A vingança pode ser doce, mas não significa que não gostem de encher a barriga ou manter-se aquecidos durante o inverno, não é?

Tristão assentiu.

— Não, isso foi um erro. Ele deveria ter tentado negociar. E deveria ter pedido pelo menos uma parte do pagamento adiantado. — Com os olhos ainda nas árvores onde o velho tinha desaparecido, virou o broche no ar com o polegar e, em seguida, pegou-o novamente na palma da mão. — A única pergunta é: alguém o enviou ou ele veio sozinho?

— Quer dizer que ele foi enviado por Octa ou é apenas algum pobre diabo faminto que soube que estamos procurando alguma pista sobre o filho de Cerdic e pensou que poderia tentar a sua sorte? — Cath esfregou o queixo. — Quer que eu vá segui-lo?

Tristão tateou o broche, desejando que a tensão que tinha se apossado dele ao longo desses últimos dias não tivesse escolhido esse momento para deixá-lo. Sua falta deu espaço para que percebesse o quanto estava cansado, faminto, e sentiu sua pele ardendo pelas noites de sono sobre a terra nua, tornando mais difícil afastar as lembranças.

Tristão olhou para o garanhão preto que Isolda havia deixado com ele, agora pastando em um relvado ali perto.

— Não. Eu vou. Você volta para os outros.

Cath não fez nenhuma menção de se mover, apenas ficou e o observou atentamente.

— Não está pensando em voltar, não é? — disse finalmente.

Certo. Provavelmente seria covardia pensar que pudesse se safar dessa também.

Tristão olhou para Cath.

— Vou lhe dizer uma coisa. Quero sua promessa de que não fará nada além de ficar aqui e ouvir.

⁓

Isolda acendeu as velas com mãos trêmulas. Três velas para as três faces da deusa: Donzela, Mãe e Anciã. Ou para as três faces do deus cristão. Ou qualquer voz lenta e pulsante dos Anciões que repousassem sob este monte. Hoje à noite ela estava disposta a recorrer a qualquer um ou qualquer coisa por ajuda.

Fechou os olhos.

Estava na tenda de guerra de Madoc, uma habitação pequena, abafada, que cheirava fortemente a couro de cabra curtido e suor. Mas a chuva tão esperada havia ameaçado toda a noite, nuvens escuras de tempestade se formando baixo em um céu de chumbo, e os feridos haviam sido removidos para um abrigo maior no salão do conselho. Agora Madoc e todos os homens, exceto aqueles que ficaram de guarda nas muralhas, estavam fora, longe do castelo em patrulhas, e a tenda de Madoc era quase o único espaço em todo o acampamento onde ela poderia ter certeza de não ser interrompida no que precisava fazer.

Duas vezes antes de agora, ela havia conjurado uma lembrança de Morgana, pedido ajuda à avó. Uma vez na capela, onde havia sido concedida a ela uma breve visão do rosto da criança. E uma vez, dois meses atrás, quando Tristão estava morrendo por causa de um profundo ferimento de espada. E sabia que, para poder salvá-lo, teria de buscá-lo até o fundo negro da inconsciência na qual jazia.

Agora, ela concentrava toda a sua atenção em invocar uma memória do rosto de sua avó, os traços delicados e sobrenaturais, enrugados pela idade, mas ainda muito bonita. Por favor, deixe-me chegar até ele novamente.

Nada a princípio, e depois...

A visão de sua avó parecia ainda mais fraca nesta noite do que antes, vacilante e ao longe, como se realmente Morgana estivesse verdadeiramente por trás do véu do Além.

Ainda assim, a parte real, parte imaginada de Morgana sorriu um pouco.

Alguém poderia pensar que você acreditou nas lendas — aquelas que me creditam o poder de cura, mesmo de ferimentos fatais.

Você faria?

Curar Artur? O sorriso de Morgana não desapareceu, mas se alterou de alguma forma.

Talvez eu fizesse. Talvez eu tenha feito.

O que significa isso?

Morgana riu. Então, seu olhar suavizou como raramente o tinha em vida, e Isolda teria jurado que sentiu um suave toque em seu cabelo.

Eu gostaria de poder ajudá-la, filha. Eu daria qualquer coisa se apenas pudesse. Mas você não precisa de mim.

Quando Isolda abriu os olhos, as mãos ainda tremiam tanto que quase derrubara a água pelas bordas do caldeirão de cobre que havia usado como bacia divinatória.

Ela deixara Cabal do lado de fora, de guarda na frente da entrada da barraca. E agora, a tenda estava silenciosa e quieta, e as vozes dos servos nos quartéis e do alojamento feminino, o ruído dos abrigos de refugiados improvisados distantes, pelo menos parcialmente abafados pelas paredes da barraca. Ainda tremendo, Isolda pingou o óleo de amêndoa doce que trouxera em um frasco para dentro da água diante dela e, em seguida, tirou o broche que prendia o ombro de seu vestido e espetou o dedo profundamente o suficiente para que uma pérola brilhante de sangue brotasse na superfície da pele.

Três gotas de óleo para adoçar as águas. Três gotas de sangue como forma de pagamento para levantar o véu.

Ajoelhou-se ao lado do caldeirão de cobre, olhando para o reflexo vacilante das chamas das velas, a rodopiante mistura de sangue e óleo, até a sua visão se turvar.

E lenta e gradualmente uma imagem do rosto de Tristão tomou forma nas águas. Adormecido, como ela o havia visto antes, embora dessa vez estivesse deitado em uma cama feita de galhos e folhas secas, todo coberto com seu manto de viagem. Aos poucos, timidamente, Isolda estendeu a mão para ele em sua mente, tentando se dispor a sentir a força imperativa a atraindo como sentira antes.

As águas ficaram escuras. Isolda teve de morder o lábio para conter um som irado de frustração, para impedir as lágrimas de encherem seus olhos. Ela diminuiu a respiração. A visão de Tristão tomou forma novamente, nublada no início e então cada vez mais clara. Dessa vez, Isolda não tentou tocá-lo, apenas ficou parada, olhando fixamente as águas até...

Aconteceu mais de repente do que antes: a chocante fragmentação da consciência que a fez consciente de cada ruído, cada fonte de pulsação pequena de toda a vida ao redor, desde o latido gutural dos cães de guerra do lado de fora, a dor da rigidez nos joelhos da sentinela mais próximo, até as traças debatendo-se contra as paredes exteriores da tenda.

Então, ela estava lá. Ao lado de Tristão. A tenda de Madoc havia desaparecido completamente, seu equilíbrio no limite até que ela não via mais nada além da elegante linha do rosto de Tristão, sua boca fina e macia relaxada durante o sono, os cabelos castanho-dourados que cobriam livremente sua testa. Um pio de coruja, baixo e estranho, soou das árvores próximas, e Isolda viu um garanhão preto — Hræfn — preso nas proximidades e adormecido, o pescoço curvado, a cabeça pendendo abaixada.

Ela sentiu a mesma dor intensa, o mesmo anseio de que isso pudesse ser real duplamente nesta noite, com a lembrança de seu último encontro ainda tão vívida em sua mente. Mas, bem lentamente e sem vontade de tentar qualquer coisa que pudesse pôr em risco o equilíbrio e a levasse de volta, ela se sentou ao lado dele, estendeu a mão, disposta a unir os fios de sua consciência à consciência dele. Ela perguntara a Tristão, semanas antes, com quem ele conversava quando havia algo que não poderia suportar sozinho, e ele respondeu: você. Agora estava esperando desesperadamente, rezando mesmo para que isso fosse verdade.

Ela hesitou um instante, depois chegou a tocar levemente a cicatriz na mão esquerda de Tristão, marcado por seu tempo como escravo em uma mina saxônica, começando com a mais apagada até a mais vívida de suas cicatrizes.

Foi difícil, muito mais difícil do que com um dos homens feridos. Em parte porque ela precisava silenciar a voz do próprio medo continuamente. Em parte porque parecia a ela que, mesmo assim, perdido no sono, Tristão lutava para manter toda a dor, todo o sentimento afastado até onde ela mal podia senti-lo, muito menos compartilhar. No início, ela sentia apenas a dor presente dos músculos cansados, um dedo machucado, uma contusão latejante do seu lado.

Ela entrelaçou seus dedos naqueles dedos marcados e com a mão livre tocou a marca do escravo no pescoço, embora nas duas vezes seu toque tenha apenas atravessado Tristão como ar. E então...

Então, lentamente, sentiu-se deslizar através das irregulares e emaranhadas camadas de memória até que se viu asfixiada com poeira, rastejando pela escuridão tão absoluta que era como um peso sólido pressionando-a para baixo. Um escravo, um homem morto, ou tão bom quanto. Fora de toda a lei. Nada que impedisse os guardas de matá-lo, cortar os pedaços e alimentar os cães com suas entranhas, se fosse isso que escolhessem. O mundo reduzido a nada além de puxar outro fôlego, colocando um pé na frente do outro, sobrevivendo a um momento, um batimento cardíaco a mais. O que era bom, de certa forma. Isso o impedia de lembrar por que ele estava ali e por que merecia isso.

O próprio coração de Isolda havia começado a disparar, e ela o forçou a se acalmar. Obrigou-se a não vacilar. A não permitir que os fios da conexão se rompessem. Sentou-se quieta, com aquele mesmo toque insubstancial, segurando a mão de Tristão, traçando as linhas do rosto do menino com quem ela crescera anos atrás. O que ela havia perdido em Camlann quando ele lutou e acabou, de alguma forma, virando escravo em uma mina de estanho.

Mostre-me.

Isolda formou uma imagem daquele menino que Tristão fora: sentado, de rosto sério, rígido e silencioso enquanto ela o forçava a deixar que cuidasse de seus hematomas, arranhões e costelas quebradas. Suportando as surras de seu pai, sem uma única demonstração de raiva, sem nunca derramar uma lágrima.

Conte-me, ela pensou sem palavras. *Mostre-me.*

Ela ouviu os fios de sua própria consciência deslizarem através dele. Ouviu até seu próprio corpo pulsar com a dor ardente de contusões em contusões, até seu próprio coração bater com a raiva reprimida, raiva a qual ele nunca poderia ceder, que nunca poderia mostrar. Porque, se se deixasse ficar bravo, estaria a meio caminho de se transformar em seu pai, e isso significava que Marcos teria vencido. Ela sentiu a amargura familiar em sua boca, porque, como sempre, só poderia compartilhar essa dor. Não podia reduzi-la ou acabar com ela.

Mas conte-me.

E ela começou a ver mais: as imagens que passavam por sua mente como rápidos relâmpagos. A mãe de Tristão, de cabelos claros e olhos vazios, como alguém que morreu e deixou apenas a casca inútil de um corpo para trás. Nem mesmo grata por Tristão tentar protegê-la de Marcos, nem zangada por isso. Apenas morta. Acabada.

E então, o próprio Marcos, rosto roxo, repleto de raiva, as veias pulsando em seu pescoço como vermes. *Vagabundo... moleque safado... monte de lixo...*

Eu sei. Conte-me.

Então ela mesma, como tinha sido havia onze ou doze anos, uma menina de olhos cinzentos, com cabelos negros como corvo trançados nas costas. Pequena, magra e...

Completamente destemida. Deuses, aos oito anos havia pegado alguns dos meninos mais velhos insultando e batendo num mais jovem e fraco. Ela ameaçou transformar todos os mais velhos em lesmas e tritões. Acreditavam nela, também, porque sabiam quem era sua avó. Por que ela se contentara com ele como amigo nunca souberam. Ele não era uma grande companhia para uma garota.

Isolda viu o menino Tristão em um pátio de treinamento, sentiu seu coração batendo, sua pele coçando com o suor, enquanto treinava uma e outra vez com arco e flecha, machado de batalha e espada. Porque ele não a merece agora, mas iria fazer algo de si mesmo para merecê-la algum dia.

Isolda sentiu as lágrimas quentes queimando seus olhos, derramando-se sobre o rosto, e a sensação era quase o suficiente para arrastá-la para trás, de volta para o eu que havia deixado na tenda de Madoc. Ela não podia deixar-se ir, não agora. Agora não.

Ela respirou lentamente, e em seguida fez outra imagem em sua mente, desta vez inventada com todos os fragmentos, todos os pedaços de visão que vislumbrara em sonhos. Uma noite de chuva torrencial... um acampamento inimigo... uma reunião com o rei. Tinha acontecido assim mesmo?

Por favor. Conte-me a história. Mostre-me.

Isolda sentiu a mão dele pulsando na dela, sentiu seu coração começar a bater e...

...choque de escudos e espadas... Bradach ofegante no chão de barro batido... extremidades das costelas quebradas e farrapos de músculos e tendões.

Shhh, está tudo certo, Tris. Está tudo bem.

O coração de Isolda começou a bater de forma irregular também, e tentou acalmá-lo enquanto falava com Tristão.

Você me contou sobre sua mãe. Confiou em mim até aí. Conte-me esta história também.

Vou lhe contar... Deus, Isa, eu não posso. Eu...

Imagens misturadas passaram pela mente de Isolda, a consciência avassaladora dos pensamentos de Tristão varrendo-a mais uma vez. O buraco vazio do olho perdido de Kian... Hereric gemendo em agonia, pele cor de barro molhado... o coto do braço enfaixado de Hereric... a forma sem vida de uma mulher pálida de cabelos claros, com o rosto espancado e amassado.

Você não me conhece, apenas pensa que conhece. Sou uma maldição. Uma maldição ambulante. Eu não deveria nem mesmo me permitir desejá-la em sonho. Venha para perto de mim e será arrastada para baixo também.

Pare com isso! Não acredito nisso... Nem mesmo pense nisso!, Isolda pensou ferozmente.

Kian, Cath e Hereric, e muitos outros homens além deles, dariam a vida por você. Porque sabem que você faria o mesmo por eles. E eu... Tris, aquelas poucas semanas que tive com você foram as mais felizes que já conheci. Você precisa saber que eu não as trocaria por nada, pelo que quer que aconteça agora.

Silêncio. Silêncio e o suspiro da brisa da noite, o farfalhar dos galhos das árvores ao redor.

Isolda deslizou sua mão na de Tristão e sentiu de novo, apenas vagamente, um mínimo toque de calor na palma. Teve apenas um vislumbre, o mais breve lampejo e nada mais. Mas tinha ido longe demais. Ou não o suficientemente longe. Não havia como saber com certeza. Mas os olhos de Tristão se abriram e ele sentou-se, instantaneamente alerta, do mesmo jeito que ficam os homens treinados para combater, a mão automaticamente buscando a espada.

— Não! — Isolda não sabia se realmente havia gritado a palavra em voz alta. Sua garganta doía como se tivesse, enquanto a imagem de Tristão começava a piscar e desaparecer. Com cada último vestígio de força em suas reservas, ela não queria se deixar ir e pediu a qualquer coisa que pudesse tê-la levado até ali para que a deixasse ficar por mais um momento, apenas o tempo de uma batida de coração.

Tris?

— Isa? Isolda? — Tristão esfregou os olhos, olhou em volta dele, depois fez um som aborrecido e murmurou:

— Cristo, agora ouço você tanto acordado quanto dormindo. Eu realmente devo estar perdendo o juízo.

A garganta de Isolda se fechara. Deuses, havia tanta coisa mais que ela gostaria de dizer com tempo. *Sua mãe não iria querer que você desistisse de sua vida do jeito que ela fez... Tome cuidado, seja cuidadoso... Até porque, você vai ter um filho.*

E agora não havia mais tempo. Não havia mais tempo para nada além do mais breve, o mais simples lampejo de sua mente para a de Tristão. E talvez isso fosse tudo o que ela seria capaz de fazer, mesmo se pudesse prolongar aquilo por mais um ano.

Eu não disse que o amava, não importando qual fosse o seu passado? Eu nunca menti para você, Tris. Nunca mentiria.

Livro V

Capítulo 18

Tristão agachou-se nos juncos, observando a passagem que se erguia como um jarrete acentuado que se estendia da planície pantanosa até os brejos ao redor. Talvez os padres cristãos estivessem certos sobre as confissões serem boas para a alma. Ele não estava realmente se preocupando muito com o estado de sua alma agora. Ou qualquer sentimento mais leve por ter, pela primeira e única vez, contado a alguém sobre Camlann.

Teria Cath contado a Kian e aos outros a esta hora? Tristão não havia pedido a ele que não contasse, nem tinha dado a Cath a chance de dizer alguma coisa, na verdade.

Mas dizer a verdade a Cath tinha, de qualquer maneira, o conduzido até aquele lugar por conta própria. Com nenhum dos outros homens para aumentar-lhe o peso na consciência, arriscando suas vidas para ajudá-lo.

Porque o velho aleijado realmente tinha informações para vender. Não que fossem ingênuos o bastante para acreditar que ele de fato vendera ou iria honrar a barganha que fez. Ou não faria nada além de se afastar e sorrir enquanto Tristão tinha sua garganta cortada pela bisbilhotice. Mas Tristão o seguiu de volta para seu mestre, o homem que deve ter ouvido as perguntas que Cath e os outros fizeram. Ouviu e subornou o velho aleijado para se aproximar de estranhos que fizessem perguntas sobre o filho de Cerdic. Um dos guerreiros de Octa, pelo que parecia. E Tristão tinha ouvido falar bastante sobre sua reunião para deduzir o que precisava saber.

Então, agora lá estava ele. Por conta própria. Tornozelos afundados na água salobra, respirando o ar que cheirava a plantas podres e golpeando os mosquitos que zumbiam ao redor.

Mas ele devia agradecer a Eormenric, afinal. Se alguém quisesse esconder um campo de prisioneiros abrigando meio exército, esse era o lugar para isso. *Ynys Witrin*. A própria e maldita Ilha de Cristal. Situada no meio de terras que ficavam totalmente inundadas no inverno, transformando a passagem numa ilha num mar de lama e juncos espessos no pântano marítimo. Passarelas de madeira tinham sido construídas ao longo de zonas úmidas para os moradores que viviam dos peixes e aves selvagens poderem atravessar os pântanos em segurança. Mas tinham sido queimadas, e há algumas semanas, a julgar pela madeira encharcada e em cinzas que restara. Para Tristão, o primeiro sinal, se é que precisava de algum, de que aqueles que estavam de posse do Portal Central tinham algo a esconder.

O Portal era uma passagem, até onde diziam as antigas histórias, para o Além, e o lar de Gwyn ap Nudd, o Senhor do Submundo. E o último esconderijo do caldeirão de maravilhas de Ceridwen e de mais uma centena de seres mágicos e outras relíquias mais. Se algum dos pescadores e lavradores dali notasse que a antiga fortaleza no topo do Portal havia sido tomada por estranhos, nenhum deles correria o risco de sofrer uma maldição sobrenatural por sair espalhando a notícia, muito menos se aproximaria do local para saber o que se passava por trás das muralhas de madeira.

E, certamente, o pequeno grupo de monges reunidos em seu eremitério miserável em uma das colinas verdejantes que circundavam o Portal, provavelmente, nada diria. Tristão tinha aproveitado — para usar o termo no sentido mais amplo possível — sua hospitalidade na noite anterior, e os encontrou aterrorizados com todos os estrangeiros que haviam tomado posse um mês ou dois atrás.

    Tristão lançou um olhar sobre o ombro para a moita de seixos — que crescia em um pequeno pedaço de terra mais seco — onde tinha amarrado o cavalo que tinha montado até ali, em uma viagem que durou dois dias e parte de uma noite, também. O cavalo viera se arrastando até o final, inclinando a cabeça, mas ainda lutando corajosamente. Uma boa montaria. Sorte que Isolda...

    Muita coisa boa tinha acontecido para reconhecer que, mesmo pensar em Isolda, o fazia sentir como se estivesse se afogando. Que até mesmo respirar era doloroso agora.

    Tristão cerrou os dentes. Tivera a oportunidade de falar com Madoc enquanto estava no acampamento do rei. Não por muito tempo, mas o suficiente para fazer um julgamento sobre o caráter de Madoc. Tempo suficiente para saber que poderia até ter gostado do homem se não tivesse estado ocupado odiando-o até os ossos.

    Um movimento na encosta chamou a atenção de Tristão. O sol acima estava a pino, e ele apertou os olhos contra a claridade. Sim, lá estava ela. O portão principal da fortaleza no topo do Portal se abriu, e um mar de cavaleiros e homens a pé correu para fora como se um diabo estivesse andando em seu encalço. Ou a ameaça de alguma praga.

    Tristão se permitiu um sorrisinho irônico. Nada como infestar o abastecimento de água do acampamento com as carcaças de algumas aves em decomposição. Ele o fizera abrigado pela escuridão da noite anterior, desde que Eormenric parecia estar confiante na reputação do Portal e dos pântanos ao redor, para manter os intrusos fora. Os guardas postados em torno das muralhas de barro provaram ser em sua maioria uma variedade de inexperientes estúpidos. Estúpidos com excesso de confiança, acreditando em sua cara armadura de couro, seus machados, lanças e escudos reluzentes. Eormenric, filho de Octa, podia ser um lutador decente, mas não tinha sido agraciado com os melhores e mais brilhantes lutadores de seu pai para essa missão.

No entanto, Tristão devia um agradecimento a Eormenric por manter o filho de Cerdic e seus guerreiros vivos. Não que ele acreditasse que Eormenric por um momento pudesse ser mais misericordioso do que o pai. Só mais mercenário, com um olho melhor para a principal oportunidade. O filho de Cerdic e os guerreiros que o serviam eram reféns valiosos, valendo quase o seu peso em ouro. Isso e, melhor ainda, uma considerável incursão às terras de Cerdic.

Enquanto Tristão estivera dentro dos muros da fortaleza, tinha falado com alguns dos prisioneiros. Dormiam na vertical e algemados juntos na praça aberta no centro do acampamento, enquanto os guerreiros que não estavam de plantão roncavam em suas tendas ao redor. Espalhara por meio deles o recado para que não bebessem água naquele dia — não que os prisioneiros a recebessem com tanta frequência — e fingissem os mesmos sintomas que os guardas começassem a sentir.

E agora, ali estavam eles, aqueles que ainda não tinham sido afetados pelo fornecimento de água contaminada. Fugindo do que quase certamente imaginaram ser uma epidemia, do tipo que frequentemente atingia acampamentos de exército nesse tipo de calor implacável. Tristão duvidava que qualquer um dos homens de Eormenric deixados para trás estivesse em condições de lutar. E, mesmo que estivessem, os prisioneiros agora superariam seus guardas em número. Pelo menos, três para cada um, se tivesse julgado corretamente o número de homens que agora corriam para fora do Portal e marchavam ao longo da estreita faixa de terra seca que os levaria através do pântano.

Tristão puxou uma dobra de seu manto sobre a cabeça para não ser visto no meio dos juncos. Esperou até que a vibração dos cascos dos cavalos tivesse morrido na distância. Então, se levantou e se preparou para andar.

Tristão usou sua espada para abrir mais uma tenda de guerra. Vazia, como quase todas as outras estavam. Tinha encontrado Cynric, o filho mais velho de Cerdic de Wessex, vivo, ainda que enfraquecido após quase dois meses vivendo à base de alguma papa miserável com a qual os prisioneiros eram alimentados. Ainda assim, Cynric tinha se recuperado rapidamente para assumir o comando de seus homens. Perguntou o nome do homem que projetara a sua fuga.

Tristão moveu-se para a tenda ao lado. Contar a Cynric quem ele era seria uma complicação a mais que não podia se permitir agora.

Lembrou-se do olhar que Cerdic tinha dado a ele durante seu breve encontro privado após a reunião do conselho. Avaliando-o friamente, como um criador de cavalos tentando avaliar a linhagem de uma casta desconhecida. Não que culpasse Cerdic. Laço de sangue ou não, era uma maravilha que o velho não o tivesse assassinado ali mesmo, considerando de quem era filho.

Agora, Cynric e o resto de seus guerreiros estavam invadindo os depósitos do forte em busca de suprimentos, enquanto Tristão e um punhado de outros checavam as tendas procurando qualquer um dos homens de Octa e homens de Eormenric deixados para trás. Até agora haviam achado só três. Vomitando até as entranhas e rolando em agonia pelo chão. Nenhuma ameaça, talvez. Mas também de nenhuma ajuda no fornecimento de informações sobre o que Octa poderia...

Outro retalho de pele de cabra — de uma barraca na beira do pátio central da fortaleza — fora rasgado e Tristão congelou.

Um homem. Vestindo calças de couro e uma camisa suja, aberta na garganta. Sentado no único banco da tenda. Sentado, e não deitado, como teria sido se tivesse ficado doente, como o resto. A mente de Tristão registrou aquilo pelo menos, até mesmo como uma voz no fundo de sua mente, comentando que este era — tinha de ser — um truque de seus próprios olhos.

Mas — filho da mãe desgraçado — não. O homem estava envelhecido. Mudado. Cabelo grisalho que uma vez tinha sido negro. Uma rede de veias rompidas sob a pele inchada. Profundas linhas em torno de sua boca e olhos.

Mudado, sim. Mas, indiscutivelmente, o Rei Marcos da Cornualha.

O tempo pareceu se pulverizar por um instante, enquanto Tristão olhou e viu o mesmo brilho rápido de choque refletido nos olhos negros de Marcos. Então...

Marcos não falou. Nem sequer hesitou. Levantou a espada que tinha encontrado no chão de terra ao seu lado e golpeou, a cabeça erguida.

A lâmina o atingiu no pulso, e Tristão se amaldiçoou pela lentidão, mesmo quando ele pulou de lado, elevando sua própria arma por reflexo para bloquear o golpe de Marcos — um selvagem corte com sua lâmina que enviou vibrações para cima e para baixo no braço levantado de Tristão. O que ele estava pensando? Que, uma vez tendo reconhecido Marcos, se prepariam para uma longa e agradável conversa? Puxariam um par de cadeiras e relembrariam os velhos tempos?

E ele deveria saber — a lâmina de Tristão arremessou a de Marcos para longe e o circulou, a espada erguida e pronta —, ele poderia ter sabido que uma vez que a aliança com Marcos tinha falhado ele iria para lá, lamentando-se e farejando em volta de Eormenric. Octa era um homem velho, e se ele, Marcos, tinha perdido a amizade do pai, ainda podia ter uma chance com o filho.

O rosto de Marcos agora estava repleto de sangue e seus olhos negros, quase reduzidos a fendas. Ele fez um som áspero que poderia ter sido uma risada e golpeou novamente, balançando sua espada em outro selvagem corte em forma de arco, que Tristão novamente bloqueou. E de novo. E mais uma vez.

    Ele tinha visto Marcos em combate antes, observara a fúria calculada com a qual lutava. Marcos era, acima de qualquer outra coisa, um espadachim inigualável. E agora estava lutando com a violência demoníaca de um homem possuído. Cortando, golpeando, esquivando-se e arremessando na terra batida do campo de prática do forte. O suor pingava nos olhos de Tristão, câimbras nos músculos o atingiam a cada ataque que bloqueava, e sentiu...

Nada.

    A percepção foi quase o suficiente para fazer Tristão derrubar sua arma, mesmo quando girou no lugar, a espada guinchando ao raspar toda a lâmina de Marcos. Se se permitira sentir alguma coisa quando Isolda disse que vira isso acontecer, teria sido apenas a satisfação sinistra que esse desfecho, afinal — essa luta — estava muito perto de acontecer. Agora, no entanto, não sentia tanto o distanciamento que havia se treinado a cultivar automaticamente no campo de batalha, bloqueando todas as distrações, todos os pensamentos que pudessem obstruir-lhe a mente.

    Ele estava enfrentando Marcos em um único combate. Até a morte. Porque podia ver o rosto de Marcos, o olhar nos olhos dele. Não havia chance de Marcos permitir que mais de um deles saísse dali com vida. E ele ainda precisava manter em mente contra quem estava combatendo. Teve de lutar contra o sentimento de ver-se do outro lado da sala, dando a ele mesmo conselhos desapaixonados como uma espécie de maldito mestre de armas na formação de recrutas.

    Equilíbrio... Observar seus olhos... Ele está tentando ficar sob sua guarda... Desviar... Girar... Metal se chocando e fazendo barulho quando suas lâminas se encontraram e foram arrancadas. Marcos lançava-se sobre ele, uma e outra vez, tentando romper sua guarda. Bloqueie isso... ele não pode continuar assim... está se cansando agora...

Outro solavanco tomou Tristão quando o choque da percepção o atingiu. Furioso como seus ataques podiam ser, Marcos estava se cansando. Terrivelmente. O peito arfava, o ar assobiava entre seus dentes, e suor e sangue de um corte acima do olho desciam sobre seu rosto.

Firme... Deixe que ele se desequilibre sozinho e você o terá.

E era verdade. Não devia ser tão fácil. Mas foi. Marcos levantou sua espada com as duas mãos sobre a cabeça e deu um desesperado golpe final. Tristão ficou de frente para o ataque e depois se afastou. Marcos tropeçou, assustado, e foi derrubado pelo golpe de Tristão na parte de trás de sua cabeça. E um momento depois estava deitado de bruços no chão, com a espada de Tristão repousada contra sua garganta nua.

Os olhos de Marcos encontraram os dele. E para toda a vida... e depois outra vida... Nenhum deles se moveu. Estavam lutando em um pedaço de terra estéril queimada do sol, entre as fileiras de tendas e as muralhas do forte de barro exterior. Exibindo a vista do resto da fortaleza. Ninguém para assistir Marcos morrer se ele cortasse sua garganta ali e agora.

Tristão apertou a mão no punho da espada. Mas, ainda assim, ele não se mexeu. Então, Marcos falou, numa voz que era um eco rouco, rascante, do que Tristão se lembrava de um ano antes. A voz que tinha sido o pano de fundo para Deus sabe quantos pesadelos.

— Você vai me matar?

A vida inteira... outra vida... o brilho do sol acima... a rede de linhas de expressão esculpidas sobre os olhos de Marcos... o sangue pulsando em sua garganta. Não era bem um monstro. Isso foi o que disse Isolda.

— Você pode me dar uma razão para não fazê-lo?

Marcos fez outro daqueles sons roucos que quase poderiam ser uma risada.

— Nenhum. — Mostrava os dentes, o peito ainda arfando enquanto lutava por ar, e as palavras vinham em rajadas curtas. — Ainda que eu vá, pelo menos... fazer-lhe o favor... de não pedir o seu perdão antes de morrer.

O tempo já havia se esticado e retardado, e agora abria terreno para uma parada enquanto um momento se transformava em uma eternidade de fragmentos de facas afiadas. Os olhos de Marcos, afundados em bolsas de carne pastosa. O corpo pesado e cheirando a suor e o esparso cabelo grisalho. O cheiro de poeira, a decadência dos pântanos, e o céu azul perfeito abobadado acima.

O corte no antebraço de Tristão doía. Uma mosca zumbia-lhes nos ouvidos. Seus dedos se deslocaram, ajustando seu aperto de mão no punho da espada. Uma única esfera vermelha brilhante de sangue brotou na garganta de Marcos.Outra eternidade se arrastava. Uma na qual Tristão vira os mortos pisoteados em um campo escorregadio de lama e sangue da batalha de oito anos. O corpo quebrado de sua mãe, os olhos arregalados e sem vida. O rosto de Isolda. O rosto de Isolda, claro como o perfeito céu azul acima dele.

Ele abaixou sua espada. Sacudiu a cabeça em direção às muralhas de barro abandonadas.

— Saia da minha frente. Você pode acabar com sua própria vida miserável. Não vou fazer isso por você.

⁓ʌ

— E você tentou segui-lo?

Kian bufou em resposta à pergunta.

— *Tentar* é exatamente a palavra a ser usada. Já tentou seguir Tristão quando está determinado a não ser seguido? É a mesmíssima coisa que tentar encontrar pegadas e rastros da névoa do mar. Eu sei, e todos nós sabemos, que foi em busca de informações sobre o filho do Rei Cerdic. Mas, se Deus sabe exatamente qual a direção que poderia ter tomado, Ele não está ansioso para compartilhar o conhecimento conosco aqui embaixo. — Kian fez uma pausa, esfregando a cicatriz em seu rosto com as costas do polegar, e então acrescentou, um pouco rabugento e com um olhar para o rosto de Isolda. — Senhora, perdão. Sabia que a senhora estaria temendo por ele.

Ele estivera treinando com o resto dos guerreiros de Madoc durante toda a manhã, o cabelo grisalho ainda úmido de suor, a janela de seu elmo aberta.

A memória da meia-resposta que tinha vislumbrado em sua última visão de Tristão passou como um grito pela mente de Isolda. Ela disse:

— Não é culpa sua. Tristão faz suas próprias escolhas. Se saiu por conta própria, deve ter tido boas razões para isso.

Kian resmungou.

— Bem, Piye e Daka ainda procurando por ele, e ainda podem encontrá-lo. Ambos são raros e bons rastreadores. — Fez uma pausa e acrescentou — A senhora precisa de uma ajuda aqui? Acho que poderiam ficar sem mim lá fora por uma hora ou duas.

Estavam em um aposento que já havia sido a sala do conselho e, agora, servia como enfermaria para os feridos. A esperada chuva finalmente chegara na noite anterior em um dilúvio de violência e tempestade com trovões e vento assobiando como o choro das fadas demoníacas das lendas antigas. A tempestade não tinha feito nada para limpar o ar e diminuir o calor, mas o vento e a força da chuva encharcaram os já baixos estoques de farinha e comida, transformando a terra sob os pés em uma lama negra escorregadia, e rasgara pedaços do telhado de colmo da sala, de modo que o chão e as camas quase ficaram encharcados também.

Kian tinha chegado ao castelo de manhã, logo após a chuva ter cessado e um enevoado sol aquoso se levantado no céu. Cath e Eurig também estavam com ele, e os três homens tinham sido pressionados a prestar serviços quase imediatamente. Kian em seu antigo cargo como um dos capitães de Madoc, Cath como ferreiro para reparar armaduras danificadas e rasgadas e espadas. Eurig, também, ajudava a reparar os danos causados às tendas e ao vilarejo bruto de abrigos dos refugiados do lado de fora, limpando e lubrificando armas enferrujadas, limpando valas de drenagem, e treinando, como Kian, com o descanso dos guerreiros acampados.

Isolda e algumas das criadas que não eram necessárias passaram a manhã varrendo o chão molhado e correndo em torno das fileiras de feridos, arrastando as camas de palha para secar ao sol do lado de fora. Agora, no entanto, havia pouco mais a ser feito além de sua ronda habitual pelos homens feridos. E apesar de muitos estarem entregues aos incansáveis pesadelos febris em seus catres, nenhum deles ainda precisava de seus cuidados urgentes. Mesmo assim, não haveria muito que ela pudesse fazer para ajudar, com os estoques de suprimentos baixos como estavam. Como sempre, perto de campos de batalha, havia muito mais homens sofrendo do que aqueles que podiam ser agraciados com o esquecimento de uma de suas poucas doses remanescentes de papoula, que ficavam reservadas para os ferimentos muito piores que ainda estavam por vir.

Isolda arrumou uma mecha solta de cabelo para trás em sua trança e balançou a cabeça em resposta a Kian.

— Não, tudo bem. Se tiver uma ou duas horas para gastar, deve procurar uma cama. Está parecendo que você precisa mais de repouso do que preciso de ajuda aqui.

Kian resmungou.

— Hoje é provavelmente a última chance de qualquer um de nós conseguirmos descansar.

Isolda olhou agudamente, e sua pele se arrepiou friamente diante do tom sombrio de Kian. Ele assentiu com a cabeça em resposta à pergunta não formulada em seu olhar.

— Oh, sim. Posso ver as fogueiras do bastardo cozinhando nas montanhas ao nosso redor. Sem mencionar que Cath, Eurig e o resto de nós levamos quase dois malditos dias para conseguir passar por eles. Os exércitos de Octa acampados.

— Por que... — Isolda fez uma pausa. — Por que ainda não atacaram?

Kian balançou os ombros.

— Estamos em terreno alto aqui. Octa deve estar esperando nos apanhar se atacarmos primeiro. O que não vamos fazer. O Rei Madoc não é exatamente um tolo. Ele sabe que Octa e seus guerreiros vão perder a paciência em breve. — Esfregou a cicatriz em seu rosto de novo e fez uma careta. — A espera é a segunda pior parte da batalha. A pior mesmo é o que acontece quando a espera termina.

— E você acha que será em breve?

Kian deu um curto acendo, concordando.

— Oh, sim — disse ele novamente. — Em um ou dois dias, não mais. — Ele deu uma olhada investigativa para Isolda, e acrescentou: — Não posso dizer que a senhora não deva se preocupar. Mas o Rei Madoc tem um plano. Octa irá enviar um grupo de invasão para começar o ataque e tentar calcular o que temos contra eles. Mas não vamos responder a ele. Vamos sentar aqui dentro e não seremos atraídos. Faremos com que pensem que estamos ficando sem flechas e guerreiros. Isso vai atrair o resto do exército de Octa, a maioria, pensando que somos presa fácil.

Isolda encontrou o olhar sombrio de Kian.

— E não seremos?

Kian deixou escapar um suspiro.

— Sim, bem. Aí está. Ainda assim — fez uma pausa e depois disse, no tom ríspido de antes. — Lutarei ao lado do Rei Madoc. Esse é o meu juramento prestado. Mas Cath, Eurig e os outros sabem que vão tirá-la daqui, se — Kian fez uma careta — em, se o pior acontecer. Vão encontrá-la antes que qualquer um dos guerreiros de Octa chegue a tocar suas botas de couro no chão dentro dessas muralhas. Tirá-la daqui, nem que seja a última coisa que tenham de fazer.

Não adiantava tentar discutir. Não adiantava dizer que ela não queria nenhum deles morto, ou arriscando a vida por ela. Isolda disse:

— Eu sei. Obrigada.

Kian balançou a cabeça em um gesto de reconhecimento. Então, ele disse, num tom diferente:

— Eu me lembro como a senhora... olhou uma vez, sabe, a Visão... e viu... bem, viu Tristão. Pelo menos, teve uma ideia de onde ele se encontrava, e se estava vivo ou morto. Eu fiquei... — Kian parou e coçou o queixo, o olhar dele desviando-se do olhar de Isolda para as fileiras de homens feridos. — Só fiquei me perguntando se a senhora... ah, se a senhora teria tentado olhar novamente.

No silêncio que se seguiu, Isolda podia ouvir a respiração rouca e os gemidos ocasionais de dezenas de feridos. O cacarejar dos frangos do lado de fora, enquanto os pássaros que tinham escapado de sua gaiola que a tempestade havia danificado eram caçados e devolvidos. O som suave das patas de Cabal no chão molhado enquanto caminhava na direção dela do outro lado da sala. O grande cão passara a maior parte de seus dias do lado de fora com Rhun, e agora ele parecia instintivamente apontar sua cabeça para o lado de Isolda.

Isolda esfregou a mão sobre o pescoço do Cabal.

— Não. Ou melhor, eu tentei. Mas não tenho visto nada. Sinto muito.

Ela havia tentado ver Tristão várias vezes, desde a noite na tenda de guerra de Madoc. Mas mesmo quando fechava os olhos, não sentia nada além do bebê em seu ventre, cuja presença crescente já tinha feito com que passasse um dia soltando as costuras de seus vestidos. E que, mesmo assim, só poderia estar a poucas semanas de ser percebido, mesmo por olhos masculinos.

Isolda se deteve.

— Sinto muito — disse ela novamente. Eu...

Então, parou, as palavras morrendo em seus lábios. Ela olhava para a porta da sala, e assim viu imediatamente quando dois guardas — homens de Madoc — arrastaram um terceiro homem para o interior. Um homem forte e barrigudo, com pouco e grisalho cabelo, de queixo quadrado e face avermelhada, parcialmente obscurecida pelo sangue que escorria de um corte acima de um olho.

Ele não estava inconsciente. Caminhava entre os dois guardas, carregando o seu próprio peso. Mas os braços encontravam-se atados atrás pelos pulsos, e caminhava a passos lentos, arrastando a marcha, endurecendo os ombros como um homem que mal se segurava em pé, esforçando-se com uma brutal força de vontade.

Isolda ficou olhando. Tinha visto a mesma rigidez antes em homens que ficaram sob seus cuidados e que foram atingidos por excruciantes dores internas.

Os homens de Madoc empurraram seu cativo rudemente pela sala, obrigando-o a parar diante dela e Kian.

— Nós o pegamos tentando escalar as muralhas. — O mais velho dos dois guardas, um homem alto com um bigode preto, afastou o elmo para limpar o suor da testa. — Ele diz que só vai falar com a senhora, Lady Isolda. A senhora sabe quem é ele?

A batida do seu coração parecia soar muito alto. Isolda olhou para o homem preso entre os guardas, sentindo como se ela estivesse — e tinha de estar — no meio de um sonho fantástico. Quase como se fosse um insulto que o aposento ao seu redor, os homens feridos, o cheiro de suor, sangue e palha úmida da enfermaria permanecessem completamente inalterados.

Suas roupas estavam enlameadas, a túnica amarrotada, manchada de suor e rasgada, embora os restos de bordados de ouro fino sobre a barra e mangas ainda pudessem ser vistos através da camada de sujeira e sangue. Seus olhos, negros e ocos em um rosto cheio de hematomas roxos, encontraram os dela sem o menor sinal de sentimento, a menor demonstração de interesse em seu olhar sombrio. Poderia estar morto em um campo de batalha, os olhos sem vida apontando para o céu.

Isolda afastou seu olhar com dificuldade. Sentiu-se assentindo enquanto se dirigia ao guarda mais velho.

— Eu sei quem é ele, sim — ouviu-se dizer. — É o Rei Marcos da Cornualha.

Marcos da Cornualha lambeu os lábios ensanguentados e levantou-se do banco que lhe fora oferecido, estremecendo de uma forma que fez Isolda saber que tinha costelas quebradas, assim como mais dores evidentes. Seus olhos fitaram os dela, e, apenas por um instante, o olhar vazio, sem alma de um homem morto, ou de uma fera, se levantou e algo como ira cintilou por trás do seu olhar.

— A senhora deve estar gostando disso, Lady Isolda. — Sua voz soava áspera, com sede ou rouca pela falta de uso.

Ela estava? Era estranho, pensou Isolda, que a raiva dele mal a tivesse tocado. E pareceu dar pouca atenção à pergunta.

— Tenho certeza, Lorde Marcos, que se estivéssemos em posições invertidas, o senhor não sentiria nada além de prazer.

A sala era iluminada apenas pela luz do sol filtrada através dos furos no telhado acima, o ar abafado e denso, o calor úmido e o cheiro de mofo faziam o lugar parecer ainda menor do que era. Marcos tinha sido arrastado da enfermaria para a tenda de Madoc assim que ela fizera a sua identificação. E agora estavam em um pequeno depósito atrás dos estábulos da fortaleza, que tinha sido usado para guardar grãos já estragados pela chuva recente. O lugar fora rapidamente convertido em cela para o prisioneiro, os guardas posicionados na porta, as cordas que amarravam os pulsos e pés de Marcos fincados em profundidade no chão. O olhar de Marcos tornou-se latente, mas ele não falou, nem se moveu. E ao lado de Isolda, Madoc também se sentou em silêncio, os olhos fixos no rosto machucado de Marcos.

Madoc tinha protestado contra a vinda de Isolda. Disse que era demais pedir que ela cumprisse a exigência feita por Marcos de falar apenas com ela. Assim como Kian também protestara. Mas Isolda ignorara suas objeções tão rapidamente como fizera com a raiva de Marcos agora. Mais de uma vez, ela questionara as águas divinatórias, a Visão. Ali estava a oportunidade para uma resposta. Tinha pouca atenção para gastar com qualquer outra coisa.

Acrescentou:

— Mas nossos lugares não estão invertidos. É claro que o senhor deve ter percebido que isso — apontou para o espaço estreitamente confinado à sua volta — era inevitável. Sabendo que seria preso, se não instantaneamente assassinado. E ainda assim veio até aqui deliberadamente. Por quê?

A raiva de Marcos era latente; seu o olhar brilhou por um momento, uma vez mais, embora sua expressão não tivesse mudado. — Porque se a minha morte está garantida, posso pelo menos levar Octa de Kent comigo para o inferno.

Madoc, incitado diante disso, falou pela primeira vez.

— Devemos entender então que a aliança entre a sua pessoa e o Rei Octa não mais existe?

Como resposta, Marcos pigarreou e cuspiu no chão.

Os olhos de Madoc moveram-se sobre o homem mais velho, do seu rosto inchado e machucado até os olhos vermelhos e o corpo outrora poderoso, agora gordo e inchado. Essa seria, Isolda percebeu, a primeira vez que Madoc enfrentava Marcos em quase um ano. Pela primeira vez desde a luta de espadas na qual Madoc, drogado por Marcos para garantir sua derrota, caiu sobre o fogo e sofreu as queimaduras que marcavam seu rosto.

A expressão de Madoc agora era difícil de ler. Desgosto, Isolda pensou, misturado com descrença.

— E seus guerreiros? — perguntou ele.

O olhar de Marcos se dirigiu a Madoc, e ele umedeceu os lábios mais uma vez, os músculos de seu rosto se contraindo. Embora a raiva houvesse desaparecido dos olhos, deixando-os sombriamente vazios e mortos como antes.

— Preferiram o ouro de Octa a qualquer juramento de lealdade feito a mim.

Não era nenhuma surpresa. Madoc exigira traição, da Bretanha, de todos os seus guerreiros, um ano antes, quando a aliança com Octa tinha sido feita. Homens que se tornaram traidores uma vez achariam muito mais fácil trair juramentos de lealdade uma segunda vez, especialmente juramentos feitos ao velho beberrão e arrasado diante dela, com sua pele pastosa e olhos sem vida.

Algo parecido com a relutante piedade que Isolda sentira antes se agitava dentro dela. Piedade e repulsa, ambos, como se ela estivesse vendo algo ao mesmo tempo vergonhoso e obscenamente vulnerável. Algo bruto e mutilado que nunca deveria ter sido visto.

— E agora, você vem aqui. — disse Madoc. — Oferecendo o quê? A traição à Octa em troca de sua vida?

Marcos soltou uma risada rouca, um som estridente e cáustico no calor sufocante da sala pequena.

— Você pensa que espero salvar minha vida depois do que fiz? Que eu imagino que um único homem aqui não gostaria de arrancar minhas tripas tão logo me veja e faça a dança da vitória sobre elas? — Ele se mexeu novamente, esticando as cordas de couro que o prendiam pelos pés e mãos e disse, olhar firme, voz ainda áspera: — Não. As forças de Octa vão atacar amanhã, ao nascer do sol. Ofereço o que sei de seus planos de batalha em troca de uma morte rápida e nada mais.

Por um longo momento, Madoc pousou o olhar no rosto de Marcos.

— Amanhã?

— Ao nascer do sol.

Madoc abriu a boca, mas Marcos o interrompeu.

— Não direi mais nada até que concorde com a troca. Eu lhe direi o que sei e morrerei rapidamente. Sem tortura. Sem julgamento.

Ele gesticulou para Isolda.

— E eu vou falar com ela. Ninguém mais.

Madoc estreitou o olhar.

— Por quê?

Marcos não respondeu.

Isolda pensou que Madoc iria argumentar, ameaçar, ou dizer que Marcos não estava em posição de fazer exigências. Ela colocou a mão sobre o braço de Madoc.

— Não. Está tudo bem. Falarei com ele. — Sua voz soava estranha, mas artificialmente estável. Não sabia ao certo e nem se importava com o que estava por trás da exigência de Marcos. Apenas que isso lhe dava uma chance. — Está tudo bem. Se o que ele diz é verdade, se as tropas de Octa irão atacar a nossa posição aqui amanhã ao nascer do sol, essa é uma oportunidade que não podemos nos dar ao luxo de não aproveitar. — Ela olhou para Madoc, desejando que concordasse, se convencesse. — Espere atrás da porta. Prometo que sairei, ou o chamarei de imediato, se houver necessidade.

Quando Madoc saiu, a contragosto, mas ainda assim se foi, Marcos começou a falar, mas Isolda o deteve. Ela afastou todo o medo ou o pensamento na batalha que se aproximava, juntamente com toda a consciência do que ela sentia pelo homem à sua frente agora. Apenas sentiu-se grata por estar completamente além de seu poder deixá-la com medo dele.

— Quando eu sair dessa sala, Lorde Marcos, o Rei Madoc vai me pedir um parecer sobre tudo o que o senhor falou. Posso dizer-lhe que o senhor fala a verdade, ou posso dizer-lhe que mente. Se o senhor quer me falar a verdade, vai responder — com toda a sinceridade — a pergunta que faço ao senhor agora. — Parou, equilibrando-se, e, em seguida disse: — O que aconteceu a Tristão em Camlann?

Isolda pensou ter visto os músculos ao redor dos olhos de Marcos se apertarem levemente, mas sua expressão não se alterou. E ele não falou, apenas continuou sentado, olhando para ela, impassível sob as sobrancelhas abaixadas. Quando ficou claro que não tinha a intenção de responder, Isolda disse:

— Muito bem. Devo dizer-lhe como foi?

Fora do ar sufocante do depósito, ela ouviu Madoc trocar uma palavra com o guarda, o som estridente de armamento e as batidas dos martelos, enquanto homens e mulheres continuavam o trabalho de reparação dos danos da tempestade. Isolda mantinha o olhar fixo no rosto de Marcos, apesar disso, deixando que a lembrança dos fragmentos de sonhos e visões que ela tivera girassem e se reunissem em sua mente.

— Chovia — disse ela. — Naquela noite antes da batalha de Camlann. E o senhor deu a Tristão a missão de passar pelas linhas inimigas até a tenda do Rei Artur.

Isolda continuou falando, estabelecendo, pedaço por pedaço, tudo que ela tinha imaginado e enxergado com a Visão sobre aquela noite, oito anos antes. Aquilo que aprisionava Tristão e que ele havia carregado dentro de si por todos esses anos, desde então: sua jornada até Artur. A resposta que Artur tinha dado a Marcos. E a batalha que se seguiu: o exército de Modred derrotado, e tanto Artur quanto Modred mortos.

Por um longo momento depois que Isolda tinha terminado, Marcos sentou-se e olhou para ela. Sem piscar. Imóvel. Finalmente, ele disse:

— A senhora sabe de tudo. — Então, sem mudar de expressão, sem emoção nenhuma, acrescentou: — Eu o odiei a partir do momento em que aquela cadela de rosto pálido e babão da mãe dele colocou-o em meus braços. — Ele deu uma risada áspera e estridente. — E agora lhe devo minha vida.

Isolda não se mexeu. Sabia que não tinha se movido, porque, através da indefinição momentânea de sua visão, podia ver as próprias mãos, ainda apertadas em seu colo. Quando o sangue voltou para o seu coração, ela disse:

— O senhor viu Tristão?

Marcos olhou-a pelo espaço de outra pausa interminável. Isolda quase podia ler a luta interna por trás do seu olhar indiferente. Por um lado, o desejo funesto de negar tudo o que sabia sobre Tristão para fazê-la sofrer como ele estava sofrendo agora, ainda que por uma causa diferente. Por outro lado, o risco que correria se ela partisse, dizendo a Madoc que ele mentiu, negando-lhe a vingança sobre Octa de Kent.

A vingança sobre Octa ganhou. Ele pode odiá-la, mas nesse momento odiava Octa muito mais. Marcos disse, no mesmo tom liso impassível:

— Nos encontramos. Lutamos. E ele venceu. Teve-me à sua mercê. Ele poderia ter arrancado minha cabeça com um golpe. Em vez disso, ele poupou minha vida.

Isolda sentiu como se algo dentro dela estivesse caindo. Ela disse:

— Tristão não se parece nada com o senhor. Nunca foi. Ou... — Lembrou-se das visões que teve de Marcos. Os breves instantes nos quais tinha lido os pensamentos de um homem para quem a raiva fora a única proteção contra a dor e o medo atroz. Seus lábios estavam rígidos, mas ela disse, com os olhos em Marcos — ou talvez ele seja. Talvez seja como o homem que você poderia ter sido. Se tivesse tomado um caminho diferente.

— Se eu tivesse tomado um caminho diferente. — Marcos deu outra risada cáustica. — Se tivesse dependido de mim, eu o teria afogado no nascimento. Poderia tê-lo matado em Camlann, ou em qualquer outro momento, antes ou depois. Sentira menos do que se tivesse torcido o pescoço de um gatinho. E ainda assim, de alguma forma... — apenas por um momento, a imobilidade do rosto de Marcos se rompeu, os músculos saltando, a boca falando coisas como antes — ele se tornou uma espécie de homem de quem o pai, qualquer pai, pode se orgulhar.

Marcos terminou de falar e aquele olhar se foi, a ira substituindo tudo aquilo que havia se agitado por trás de seu olhar escuro.

— Não, Lady Isolda. Não sou e nem nunca poderia ter sido qualquer coisa parecida com ele. — Sua mandíbula se mexeu. Então, ele finalizou: — Talvez agora a senhora compreenda por que escolhi encontrar minha própria morte, nos meus termos, em vez de viver em débito com ele.

⁓

A noite não tinha luar, o céu estava nublado com nuvens escuras. Tristão, deitado na relva molhada de orvalho, observava o brilho cintilante dos fogos do acampamento no lado oposto do vale, queimando através do ar úmido que tinha esfriado um pouco apenas quando o sol se pôs. Fogueiras de Octa. O acampamento de Octa. Onde, sem dúvida, Octa e seus guerreiros manchavam-se com o sangue de bodes sacrificados e ficavam bêbados e em prontidão para a batalha que viria. Ele podia ouvir o chamado dos seus tambores de guerra de onde estava.

A princípio, o barulho era apenas uma vaga irritação, mas a batida constante começou a ecoar no vazio de sua mente, estimulando-o a retomar a lista mental de passos que o levaram até ali, a lista de tarefas remanescente. A viagem de dois dias a partir de Ynys Wydrin, feita juntamente com Cynric e seus guerreiros e com todo o material pilhado da fortaleza. Nem todos estavam bem o suficiente para fazer a marcha; alguns retardatários ainda chegavam, outros foram deixados para trás. Mas a maioria estava em forma o suficiente para viajar. Em forma o suficiente para lutar.

Ele podia ouvir seus ocasionais grunhidos e sussurros agora, enquanto jaziam ao seu redor no chão, dormindo.

O tambor de guerra continuou a soar.

Cynric e seus guerreiros estavam livres. Haviam voltado para lá, onde os exércitos de Madoc e Octa achavam-se acampados agora. Batedores de Madoc foram encontrados e enviados de volta ao seu rei com uma mensagem. Isolda estava...

Tristão jogou um braço para cima sobre os olhos. Ouvindo na incessante e maldita batida de tambores e cantos de guerra saxônicos um eco das palavras de despedida de Cath. *Tem certeza de que é isso o que quer?*

Agora não havia tarefas remanescentes. Nada mais a ser feito. Tristão se mexeu, olhando para as fogueiras que piscavam na colina oposta, desejando que não se transformassem em uma lembrança do rosto de Marcos.

Uma noite a mais.

Taliesin estava tocando, a mesma canção que havia tocado antes. Sobre Camlann. Isolda ficou no limite do pátio central da fortaleza, onde ardia uma grande fogueira, e ouvia a música que parecia se envolver em torno dela, quase fazendo parte da noite quente de verão e as escuras e assustadoramente brilhantes nuvens no céu acima.

Os homens partiram para Camlann com a luz da manhã.
Sua bravura encurtando suas vidas
Manchando suas lanças banhadas em sangue

Madoc tinha ordenado que a carne das cabras e ovelhas restantes abatidas aquela noite fosse assada para todos, ordenou que o último dos barris de cerveja fosse aberto, os últimos odres de vinho fossem derramados. E agora, tudo em torno dela, o povo do castelo, refugiados e guerreiros iguais comiam, compartilhavam copos de cerveja, e também dançavam, girando para dentro e fora das sombras projetadas pelas chamas que pulavam da fogueira. Alguns dos guerreiros batiam no ritmo da música de Taliesin em seus escudos. As crianças gritavam e corriam entre as pernas de seus pais em um jogo de perseguição, ou — Isolda quase conseguiu sorrir diante de Rhun entre eles — brigavam entre si com paus ou espadas de madeira.

Mesmo um pequeno número de feridos, aqueles que podiam mancar ou caminhar, também havia saído da sala de enfermaria para ficar como Isolda, à margem da multidão.

— Não vai comer? — Ao lado dela, Kian arrancava uma mordida de um pernil de carneiro assado com a concentração forte de um homem que estivera treinando com guerreiros durante todo o dia e não tinha reservado um pequeno tempo para descansar, muito menos comer. O brilho da fogueira cintilou em seu rosto anguloso e brilhou em seu olho escuro.

Hereric, Eurig e Cath estavam lá também, cansados como Kian e com manchas de suor após um dia de trabalhos. E, como Kian, também ocupados com pratos de carne e chifres de cerveja.

Isolda balançou a cabeça em resposta a Kian.

— Eu estou bem.

Os homens partiram para Camlann ao amanhecer.
Mais rápido para um campo de sangue
Do que para um casamento.

Camlann novamente. Isolda viu em sua mente a pequena cabana em que Marcos agora estava confinado, mãos e pés atados e presos ao chão.

— Você foi o braço direito de meu pai. Seu mais forte aliado — ela lhe disse naquela tarde. — Mas na noite anterior a Camlann, você se voltou contra ele. Traiu seu juramento de fidelidade e se virou para o lado do Rei Artur.

Até então, Marcos tinha escutado em silêncio, sem pestanejar. Mas diante disso, a máscara dura fora momentaneamente abalada. Sua mandíbula se cerrou, a boca se contorceu num espasmo que poderia ter sido de fúria ou de dor, e seus olhos brilharam.

— Seu pai.

Apenas duas palavras, cuspidas como veneno amargo. E, ainda assim, nelas Isolda percebeu uma imagem tão real e vívida quanto qualquer instante que tinha vislumbrado através da Visão. Viu um homem cujo amor desprezado se transformara em ódio amargo. Cuja devoção rejeitada apodreceu, espalhou e destruiu tudo o que tocou. Seu pai — a

Bretanha — e ele mesmo, acima de tudo. E agora ele era como um cadáver ambulante, bebendo copo após copo de cerveja, sem nunca satisfazer a sede ardente ou até mesmo encontrando a paz no esquecimento que procurava, comendo e bebendo nada além de cinzas. Porque ele não tinha visto que, quando traiu Modred, seu senhor, nos campos de Camlann — matando-o, como se ele mesmo tivesse enterrado uma flecha em seu coração — também havia se matado.

Agora, ela observava enquanto Kian e os outros três homens trocavam um olhar, e depois Kian disse:

— Tristão deve ter sido bem-sucedido agora. É melhor que tenha sido. Se ele partiu para libertar Cynric de Wessex, deve ter conseguido.

Isolda olhou para o fogo; o resto de sua conversa com Marcos voltou em um fluxo estonteante. Toda a verdade que tinha ficado enterrada durante oito anos.

Ela assentiu com a cabeça, entretanto. Não concederia a Marcos a vitória de contar a qualquer outra pessoa. E Kian e os outros três sabiam tão bem quanto ela o quanto a sorte da Bretanha ainda podia falhar, se Cynric e seus guerreiros tivessem sido mortos por Octa, afinal. Se não pudessem chegar ao castelo na hora de juntar suas lanças e espadas com as de Madoc na batalha do dia seguinte. E mesmo que pudessem, mesmo que conseguissem...

Eles iriam mergulhar de cabeça na grande e escancarada goela da batalha em menos de uma única noite. Madoc, Cerdic e todas as suas forças. Cath, Kian e Eurig. Tristão.

Ela podia ver em cada faísca que pulava, lançada pelo fogo, os corpos quebrados de todos os homens feridos em batalha de quem ela tratara. Cada homem que já havia curado, e cada homem que falhara em salvar. Músculos rasgados e costelas partidas, e buracos irregulares rasgados em...

Cath pigarreou.

— Se todos nós... — ele começou a dizer, mas Isolda o interrompeu antes que pudesse terminar.

— Não. Por favor. — Sua voz vacilou, e ela teve de esperar um momento antes que pudesse confiar em si mesma para ir em frente. — Essa não é uma noite para meras possibilidades. É uma noite para certezas. — Ela fez uma pausa novamente, empurrando as imagens sangrentas de sua mente para longe, muito longe. — Diga-me o que vai fazer quando a batalha acabar. Quando você estiver livre para ir aonde quiser, fazer o que escolher.

Ela pensou que Cath havia lhe dado um olhar ansioso, como se sentisse pena dela, ou como se tivesse algo a falar, e estava se contendo para dizer. Então, mostrou seu sorriso familiar.

— A senhora está coberta de razão. Mas, se acha que tenho a coragem de dizer que vou fazer qualquer coisa além de ir para casa ver minha esposa e filhos quando tudo isso aqui acabar, a senhora tem uma opinião melhor sobre a minha coragem do que eu. E não adianta dizer que Glenda não saberia disso, tampouco. A esposa sempre sabe. — Mas o seu sorriso tinha mudado e suavizado, à menção do nome da esposa.

Isolda disse, hesitante:

— Você não tem um juramento prestado a Madoc. Pode ir agora.

A saudade passou pelos olhos de Cath. Mas ele sacudiu a cabeça.

— Seria muito bom se servisse para que os homens de Octa ganhassem amanhã e viessem se derramando sobre a paisagem, destruindo tudo à vista. — Ele balançou a cabeça novamente. — Não. Eu vou lutar. E então voltarei para minha esposa, minha filha e direi ao rapazinho que seu papai não tinha pensado que teria de levantar uma espada outra vez. Mas que lutou por eles em uma grande batalha. Por eles e para manter a Bretanha livre.

Cath parou.

— E isso é o suficiente para mim, eu acho. — Virou-se para Eurig. — E você? Tem planos para quando tudo isso acabar?

O rosto redondo e familiar de Eurig corou ligeiramente diante da pergunta. Ele tinha ficado quieto até agora, uma vez que sempre estava em grupo. Tão quieto que era quase fácil se esquecer dele ali. Isolda se lembrou dele dizendo-lhe meses atrás, porém, em uma rara ocasião em que falara livremente de si mesmo, que ele teve uma esposa, uma vez, e um filho. E perdera ambos. Agora, ela se levantara, piscando contra a irritação da fumaça da lenha e das lágrimas que ameaçavam cair, esperando ouvir o que ele diria.

— Não exatamente planos — disse ele, finalmente. — Mas eu tenho pensado — olhou para Isolda e se conteve — que, quando eu acabar de lutar, quero me tornar padre.

— Um padre? Vestindo um manto negro e uma cruz do Cristo? — Cath bufou, dividindo a barba em outro sorriso enquanto batia na cabeça careca de Eurig. — Bem, você não terá de raspar sua cabeça, de qualquer forma. Essa parte já está feita.

Eurig deu um soco bem-humorado na barriga de Cath, e este se dobrou, fingindo agonia. Então ficou sério, dando a Eurig um olhar curioso.

— Você realmente quer isso então? Eu nem sabia que era cristão.

Eurig corou novamente, baixando a cabeça.

— Ah, pois é. Um homem tem de acreditar em alguma coisa. E — parou, como se procurasse palavras — uma mulher, uma família, tudo o que você disse que o espera — olhou para Cath. — Bem, é algo que, uma vez que você já teve, e era perfeito, você... Bem, você não quer novamente. Pelo menos eu.

Ele parou e expirou, uma rajada de ar suave.

— Bem, de qualquer maneira — ele levantou a cabeça e olhou de Isolda para os outros três —, eu penso, há tempos, que seria bom viver pela paz e não pela guerra, para variar. Alimentar os famintos, confortar os doentes em vez de treiná-los dia após dia para retalharem outros homens com uma espada ou uma lança — Eurig esfregou a parte de trás do pescoço. — Então, foi por isso que pensei em me tornar sacerdote.

— Você será. — Isolda parou. — Será um bom sacerdote. — Ela piscou com força novamente, virando-se para Kian.

— E você? Você me disse uma vez que, se pudesse, compraria um pedaço de terra. Suficiente para plantar algumas lavouras e construir uma boa casa. Ainda escolheria isso?

Kian encolheu os ombros. Pegou uma de suas pequenas esculturas — esta, um esquilo — do seu alforje e começou a tirar minúsculas lascas de madeira para criar a cauda delicada do esquilo.

— É uma boa ideia. Como muitas outras. Como servir o seu rei e morrer ainda com as próprias botas. — Fez uma pausa, olhando a pequena escultura por um momento, depois levantou os olhos para Isolda. Deu-lhe um longo olhar, investigando com seu único olho escuro os olhos dela. Então, finalmente disse: — Digo-lhe uma coisa, no entanto. Se... Quando vir Tristão novamente, vou chutar o rabo dele daqui até Gwynedd por sair assim, por conta própria, deixando você esperando e todo o restante de nós para trás.

A canção de Taliesin tinha terminado. Lentamente, as conversas, o riso e o ruído desapareceram em um silêncio ansioso. Um guerreiro solitário deu uma última e selvagem batida em seu escudo com o cabo da espada. E como se o som tivesse sido uma convocação, uma figura — Madoc —

saiu da multidão. Ele usava um manto branco e um brilhante elmo de guerra que captou e reteve a luz da chama do fogo. Sua espada estava pendurada de lado, e o colar de ouro da realeza, sobre a testa. Ergueu os braços.

— Esta noite ouvimos a história de Camlann, — a voz de Madoc ressoou. A voz de um guerreiro, áspera e um pouco dura, e, ainda assim, de alguma forma não menos parte do ar parado e do calor de uma noite de verão sem luar do que a música de Taliesin. — Com Artur, a esperança da Bretanha caiu. Mas eu digo a vocês esta noite que a nossa esperança não acabou. — A voz de Madoc se levantou. — Uma hora atrás, recebi a notícia de um dos meus batedores. Tristão, neto de Cerdic de Wessex, conseguiu localizar e resgatar o príncipe Cynric e os outros homens cativos. Estão acampados nas proximidades do castelo. E lutarão amanhã ao nosso lado.

A agitação percorreu a multidão. Exclamações, murmúrios de admiração e de aprovação. Cerdic estava parado no meio de seus guarda-costas perto da fogueira, a luz brilhando sobre os adornos de ouro em seu cabelo branco trançado, o ouro em seu pescoço, o pesado broche que prendia seu manto. Por um momento, Isolda viu o rosto dele se relaxar com alívio. Mas foi apenas por um momento, o espaço de uma inspiração e não mais. Em seguida, endireitou os ombros e voltou à sua pose de pompa e orgulho.

Madoc ainda estava falando, embora dificilmente Isolda o ouvisse devido à vertigem que a havia atingido na primeira menção ao nome de Tristão.

— Então, eu digo a vocês hoje — a voz de Madoc ecoou por todo o pátio do castelo — eu digo que Artur não se foi. Ele vive! Enquanto houver aqueles dispostos a levantar suas espadas, como peço a vocês aqui, esta noite, para levantar as suas agora. Pela *Bretanha*!

Ele terminou sua fala com um grito, puxando a própria espada e balançando-a acima de sua cabeça em um arco brilhante, a luz do fogo dançando na lâmina.

Pela Bretanha! Pela Bretanha!

O grito foi seguido por uma onda de outras vozes, enquanto os homens também em torno do brilhante círculo da fogueira erguiam suas próprias espadas e lanças. Isolda, olhando para a pequena tenda de armazenamento no lado oposto da fortaleza, perguntava-se o que pensaria Marcos, ouvindo aquelas palavras.

Velhos e jovens, homens de pele marcada, homens cujo rosto trazia as cicatrizes de batalhas, guerreiros de barba grisalha e dentes quebrados, lanceiros com brilhantes braceletes de bronze sobre seus braços poderosos. Taliesin, ainda de pé ao lado de Madoc, diante do fogo, harpa dourada apertada em suas mãos gordas, a latente amargura zombeteira em seus olhos e boca ainda contrastando com as surpreendentemente puras notas de cristal de sua canção.

Isolda olhou para os homens agrupados em torno dela: Kian, triste e endurecido, com o retalho de couro cobrindo um olho. Cath, a barba negra, e elevando-se sobre os homens em torno dele por uma cabeça e muito mais. Eurig, Daka e Piye. Hereric, grande e forte, a manga esquerda vazia de sua camisa amarrada, e Rhun — quase irreconhecível do silencioso e pálido menino que Isolda tinha visto pela primeira vez em Caer Peris — rindo e agarrando a mão boa do grande homem.

Isolda viu a todos com clareza sobrenatural, quase a mesma clareza cintilante que teria em um instante da Visão. E então os rostos iluminados, toda a visão em torno dela começou a se diluir, juntamente com as lágrimas que se formavam em seus olhos. Taliesin começou a cantar novamente, mas ela mal ouviu suas palavras.

Aquele que procura a iluminação

Deverá encontrar a confusão
Aquele que pretende matar o outro
Deverá se matar
Aquele que viaja aos confins do submundo
Deverá encontrar o céu
Aquele que perdeu sua alma e não pode se salvar
Deverá salvar a todos nós.

Foi com um sobressalto de surpresa que Isolda percebeu que Madoc tinha deixado o seu lugar diante da multidão para ficar ao lado dela.

— Lorde Madoc. — Kian e os outros homens estavam absorvidos pela música, e Isolda se afastou um pouco deles, em direção a Madoc, em um local mais escuro à margem da multidão.

— O senhor falou bem esta noite.

Madoc estava sem o elmo, a cabeça escura nua, e lhe deu um sorriso em parte irônico, em parte triste, e algo que Isolda não conseguia identificar, seu olhar vagando para onde Taliesin ainda tocava.

— Talvez até mesmo mentiras tenham o seu lugar, se elas dão esperança onde de outra forma não haveria nenhuma. — Madoc esfregou a testa como se ela doesse. — Deus sabe que todos nós precisamos de esperança nesta noite. — Ele ficou em silêncio, depois se voltou em direção à tenda de armazenamento, onde dois de seus homens ainda vigiavam Marcos, a construção e os homens apenas vagos, formas sombreadas na escuridão além do alcance da luz da fogueira.

— Se o que ele disse for verdade.

— É — Isolda viu o rosto de Marcos, ouviu o eco de sua voz áspera em seus ouvidos. *O ataque pelo sul é uma farsa. A principal parte das forças de Octa* — a boca de Marcos tinha se retorcido — *e as minhas estarão concentradas ao norte, esperando interromper as tropas bretãs pela retaguarda, tão logo saiam do forte.*

— É verdade. — disse ela novamente. — Tenho certeza disso.

Madoc assentiu com a cabeça, o rosto marcado e cansado e ao mesmo tempo implacável na mutante luz laranja.

— Então, será para amanhã de madrugada — parou, parecendo hesitar. E disse: — A mensagem de Tristão foi que ele irá lutar com os homens de Cerdic quando a batalha começar.

Isolda observou as chamas subindo para o céu nublado e sem luar, as faíscas, brasas e flocos de cinza negra que voavam no ar quente e sobrevoavam a multidão que agora ria e festejava.

Todos os homens estavam na enfermaria. Músculos lacerados e costelas partidas e buracos irregulares em crânios.

A última das cabras assadas tinha sido servida. Em meio ao cheiro forte de fumaça da madeira o ar estava rico com o cheiro da carne recém-assada. Isolda viu Rhun rasgando a porção que Hereric tinha dado a ele, a luz da fogueira brilhando sobre as suas pequenas mãos gordurosas e as bochechas arredondadas. Ela finalmente disse:

— Não teria esperado nada além disso.

Ela ainda estava olhando as crianças, embora pudesse sentir o olhar de Madoc sobre ela. Ele disse, baixinho:

— Sinto muito, Lady Isolda. Seja qual for o seu passado, ele parece um homem corajoso, um homem bom. E Deus sabe que hoje tanto eu como a Bretanha lhe devemos mais do que pode facilmente ser retribuído. — Parou novamente e então disse, num tom diferente: — E eu sei que ele... que a senhora e ele... — Madoc pigarreou. — Se Tristão...

Isolda afastou o pensamento do rapaz que abafou toda a raiva, vergonha ou dor que já pudesse ter sentido na vida e que ganhou a reputação de ser destemido na batalha, por aceitar apostas insanas com sua própria vida, porque acreditava um pouco nas maldições que seu pai havia lançado contra ele. Acreditava que merecia as surras e pancadas.

Ela apertou os olhos bem fechados. O que poderia fazer? Não podia gritar. Não podia andar até a colina em torno do castelo e exigir que a batalha acabasse. Inútil até mesmo desejar ou esperar que isso pudesse fazer Marcos sofrer por tudo o que tinha feito.

Isolda virou-se para Madoc, cujos olhos agora tinham a mesma vulnerabilidade bruta que ela havia percebido uma vez antes. Que, ela podia ver, estava tentando desesperadamente pensar em uma forma de consolá-la.

Ela disse:

— O senhor é um homem bom, também, Lorde Madoc. Mas não. Por favor — disse ela novamente. — Não é uma noite para meras possibilidades e sim para certezas.

Capítulo 19

Flocos negros de cinza da fogueira da noite caíam no rosto de Isolda quando ela atravessou o pátio central do castelo em direção aos estábulos e tendas de armazenamento. Um vento havia surgido durante a noite. Frio, ameaçador e úmido, trazendo a promessa de outra tempestade que se aproximava. E o céu do amanhecer estava cor de chumbo, pesado com as nuvens baixas.

Nada restara do banquete da noite, exceto as cinzas, barricas vazias de hidromel e ossos roídos espalhados pelo chão enlameado. As mulheres — criadas, esposas e refugiadas — cruzavam para lá e para cá, limpando e recolhendo o lixo em aterros. Mas os homens tinham ido embora. Silenciosamente e na hora anterior à primeira luz, Madoc e os outros reis do conselho levaram todos os homens fisicamente capazes, guerreiros e pessoas comuns igualmente através do portão da fortaleza para se concentrar atrás da muralha exterior para a batalha iminente.

Isolda estivera lá, a pedido de Cerdic, para afivelar sua espada e ajudá-lo a vestir o brilhante elmo de guerra de ferro e bronze. Ele não tinha mais uma Rainha, disse ele, e assim ela devia cumprir o dever de armar o Rei para a guerra. Ela ajoelhou-se diante de Cerdic no chão, prendendo o pesado cinturão de joias sobre sua cintura como o fizeram outras nobres mulheres para os seus homens. Cerdic a colocou em pé e beijou-a formalmente em ambas as faces. O beijo de parente para parente, e Isolda pensou que ele poderia ter se lembrado de sua última conversa do lado de fora da sala do conselho. Embora ele tenha dito apenas:

— Eu lhe agradeço, Lady Isolda. E prometo honrá-la no campo de batalha hoje.

E, acima das peças da parte da frente do capacete que protegiam seu rosto, seus olhos azuis endureceram e brilharam, já perdidos na luta que viria. Era tão parecido com Tristão que o coração de Isolda tinha se apertado dolorosamente.

Ela andou entre o restante do exército de Cerdic, então, e por entre os homens de Madoc também, atendendo aos pedidos para que tocasse espadas, lanças e armaduras, ou que fizesse os encantos da proteção, costurados em casacos ou acima das botas, para dar sorte. Ainda lhe trazia um sentimento estranho que tantos homens pudessem querer que ela fizesse aquelas coisas, cumprisse aqueles pequenos rituais e que tantos, tantos guerreiros acreditassem com tanto fervor que um toque, uma palavra ou duas dela tinham o mesmo poder de proteção de uma das suas cruzes de Cristo ou galhos de *rowan*. Mas, se isso dava confiança a alguém, ela estava mais do que disposta a aceitar.

Muitos dos homens tinham olhado para ela com curiosidade, ou às vezes até mesmo simpatia, em seus olhos. Após a última reunião do conselho, fora impossível manter o paradeiro de Tristão em segredo. Ou quem era. E a notícia sobre o malabarista que viera contar uma história para Lady Isolda — e que provou ser neto de Cerdic de Wessex — se espalhara como névoa do mar sobre o castelo.

Isolda se despediu de Cath, Kian e Eurig. De olhos secos, porque deixou-se chorar nas horas mais sombrias depois da festa, para que pudesse vê-los antes da batalha e conseguisse sorrir. Agora tinham ido embora. E as correntes de ar muito forte sobre a colina grande pareciam conter a mesma sinistra, sombria e ansiosa promessa das nuvens de tempestade acima.

Ao lado de Isolda, Hereric tocou seu braço e, com a testa ampla franzida de preocupação, fez uma série rápida de sinais. *Não se preocupe... Tristão estar seguro... E vai voltar...*

Isolda tinha lhe contado toda a verdade da notícia que Madoc trouxera: que Tristão conseguira libertar Cynric e os outros guerreiros e lutaria com eles hoje. Ela não planejara — Hereric certamente tinha motivos suficientes para temer ao saber que Kian e os outros homens assumiriam suas posições como escudo de Madoc hoje. Mas ele perguntara a ela na linguagem de sinais, durante a noite passada, se sabia alguma notícia sobre Tristão, e o fizera com uma confiança tão pura e inabalável em seus olhos azuis, que teria sido o mais vil insulto não compartilhar com ele o que ela sabia. Por Madoc, pelo menos. Nem Hereric e nem ninguém sabia de seu encontro com Marcos no dia anterior.

— Você enviou Tristão, seu filho, para fazer uma jornada através do território inimigo até o acampamento de Artur — ela dissera. — Ele poderia ter sido morto de uma dúzia de maneiras diferentes. Mas você não teria se importado com isso. Tudo o que queria é que ele entregasse a mensagem que enviou.

E Marcos havia dito, com a boca retorcida:

— A Bruxa de Cammelerd vê tudo.

Mas pelo menos ela não precisava se preocupar com a paz de espírito de Hereric. Desde que ela lhe dissera que Tristão lutaria com o resto, o grande homem não tinha mostrado o menor lampejo de incerteza ou medo. Nada além da confiança absoluta de que as forças da Bretanha triunfariam e que Tristão e todos os outros sobreviveriam ilesos.

Naquela manhã, ela simplesmente não conseguia entender quase nada dos sinais e gestos de Hereric, porque a sua própria atenção parecia dispersa e ela se sentia tensa, como uma corda esticada no arco. Somente em parte consciente das cinzas e restos do banquete em torno deles, e o restante de sua consciência procurando nos arredores, para além dos muros da fortaleza, imaginando todos os movimentos de cada soldado, cada pequeno passo em direção a...

Isolda se livrou de seus pensamentos com uma sensação de que tinha dormido e acordado sacudida por uma flechada no peito. Ela e Hereric atravessaram a fortaleza até a cela de Marcos. Ela temia enfrentá-lo novamente, nesta manhã, acima de todas. Mas, desde que vira o dia rompendo cinzento sobre as muralhas, enquanto Madoc, Cerdic e os outros homens em armaduras de couro partiam silenciosamente para a guerra, ela sentira com muita intensidade que precisava ir. Precisava olhar em seus olhos mais uma vez, pelo menos, e assegurar-se de que ele falara a verdade sobre os planos de batalha de Octa. Assegurar-se mais uma vez de que o seu conselho para que Madoc aceitasse a palavra de Marcos não levaria a Bretanha diretamente para uma armadilha de morte em questão de uma hora.

Agora, porém, qualquer pensamento ou a questão de enfrentar Marcos eram repugnante e obscenamente irrelevantes. Os guardas do lado de fora da tenda de armazenamento tinham ido embora, como Isolda esperava que fizessem, pois todos os homens eram necessários no escudo humano que estava sendo formado do lado de fora. A porta da barraca fora arrombada e entreaberta, e balançava em suas dobradiças com o vento que aumentava. Quase uma hora se passara depois da alvorada; as nuvens ameaçadoras escondiam qualquer vestígio do sol nascente. Mas havia luz cinzenta o suficiente para ver todo o interior da tenda apertada: completamente vazia, exceto por um corpo amarrotado de mulher, deitada no chão de terra batida.

Marcos tinha ido embora.

Depois da descrença que a surpreendeu no primeiro instante, Isolda atravessou a distância restante correndo e caiu de joelhos ao lado da mulher que estava deitado de bruços no chão. Era uma das criadas mais jovens. *Bethan... Betrys...*

Blodwen, era isso. A mente de Isolda procurou e então encontrou o nome dela, o seu próprio coração disparado, quando virou a cabeça reclinada, procurando rapidamente pela pulsação no pescoço da criada.

Blodwen. Uma jovem gorducha, de cabelos loiros, talvez da idade da própria Isolda, com um rosto redondo, de faces rosadas, sardas espalhadas sobre um nariz arrebitado, e uma boca que mostrava pequenos dentes brancos. Ela ajudara na enfermaria uma ou duas vezes, e havia sido alegre e amigável sempre, com uma piscadela e uma palavra provocativa para cada um dos homens feridos.

Agora Blodwen tinha um feio inchaço roxo sobre um dos olhos, quase do tamanho do punho de um bebê. O pulso estava forte, e não havia outras lesões que Isolda pudesse encontrar, embora seu vestido — Isolda viu com um aperto nauseante no estômago quando virou o corpo de Blodwen — tivesse sido rasgado na frente, exibindo os seios.

Blodwen se moveu e gemeu, e Isolda rapidamente puxou o tecido rasgado até cobri-la enquanto Hereric veio e parou na porta aberta. O rosto largo de Hereric estava chocado, a testa enrugada com o susto.

Ele apontou para Blodwen.

Marcos — Isolda entendeu que os sinais utilizados por Hereric significavam literalmente homem mau, mas o significado era claro — *a machucou?*

Isolda se ordenou selvagemente a não ficar enjoada. Não quando Madoc devia ser avisado da fuga de Marcos. Não quando a qualquer momento Blodwen podia recobrar a consciência e...

Assim que Isolda pensou, as pálpebras inchadas de Blodwen piscaram e os olhos castanhos olhavam sem entender e sem um traço de reconhecimento para os dela. Então, a compreensão veio numa torrente, porque os lábios de Blodwen se abriram e ela começou a gritar terrivelmente, arrancando gritos que preencheram o silêncio da manhã no castelo meio vazio.

— Shhh, você está a salvo. Ele foi embora, agora. Você está segura. — Isolda colocou a mão no braço de Blodwen. Hereric também caiu de joelhos no chão, o rosto largo ainda vincado de preocupação. E foi para Hereric que Blodwen virou em primeiro lugar, olhando para ele com o mesmo olhar inexpressivo de incompreensão. Em seguida, enrugou o rosto e começou a chorar.

Hereric estendeu a mão para ela, suas grandes mãos calejadas acariciando o cabelo como ele faria com uma criança ou um dos cavalos sob seus cuidados. Isolda teria esperado que Blodwen mostrasse medo. Um grande saxão de um braço só tocando-a logo após o que Marcos tinha feito. Mas talvez Blodwen instintivamente reconhecesse em Hereric qualquer coisa que Rhun também reconhecera, porque se agarrou a ele, o rosto escondido em seu ombro. E Hereric não mostrou nenhuma surpresa, apenas acariciava-lhe os cabelos, acarinhando-a lentamente, em círculos reconfortantes, como se realmente fosse uma montaria com trauma de guerra.

Lentamente, os soluços de Blodwen diminuíram até se tornarem mais fracos, e ela se sentou, esfregando os olhos vermelhos e inchados enquanto virava-se para Isolda.

— Senhora. É minha culpa. A culpa é minha, ele fugiu. Eu devia ter...

— Quieta. — Isolda a deteve. — Não diga isso. Nem mesmo pense. Não é sua culpa. — Ela deixou sua voz mais baixa, gentil e calma. — Você pode me dizer o que aconteceu? Será que Marcos...

Ela teve de parar. Mas Blodwen entendeu e esfregou a mão mais uma vez em seus olhos.

— Não. Não por falta de tentar. Mas ele não fez nada, além de rasgar meu vestido. — Sua voz ainda era desigual com o choro, mas seu queixo se endureceu enquanto ela puxava as bordas rasgadas de tecido no peito mais bem apertadas. — Acertei os testículos dele com meu joelho, tão forte quanto pude, e então ele ouviu alguma coisa lá fora e resolveu me acertar com seu punho. — Cautelosamente, ela tocou o inchaço na testa, estremecendo quando os dedos sentiram a carne machucada. — A última coisa de que me lembro é vê-lo virar e fugir pela porta.

Isolda respirou fundo, e algo com o peso de uma pedra subiu-lhe do peito. Aquele era o pior dos pesadelos para o qual ela sentia que fora subitamente tragada — ter que conviver com o fato de que outra mulher tinha sofrido o mesmo que ela no ano anterior, porque havia pedido para Madoc manter Marcos prisioneiro em vez de matá-lo de uma vez.

Blodwen ainda estava falando, mais facilmente, agora, embora um calafrio a sacudisse enquanto o seu olhar se tornou distante, perdido no que tinha acontecido antes.

— O Rei Madoc tinha dado a ordem para que Marcos fosse alimentado. Então, eu trouxe um pouco de pão, queijo e cerveja, depois que todos os homens saíram. — Ela fez um gesto, e pela primeira vez, Isolda percebeu uma bandeja de madeira no chão perto da parede oposta, o pão pisado na lama, o copo de cerveja derramado. — Ele estava — Blodwen engoliu — ele deveria estar amarrado. Mas logo que abri a porta ele veio para cima de mim e...

Ela parou, outro arrepio sacudindo-a, e Hereric colocou a mão em seu braço confortando-a.

Os olhos de Isolda foram para o canto da sala, onde as estacas que prendiam as cordas de Marcos tinham sido enterradas no chão de terra. As chuvas deviam ter amolecido o terreno o suficiente para que Marcos conseguisse soltá-las. Ainda assim...

Ao lado das estacas, as tiras de couro que atavam Marcos nas mãos e pés estavam onde ele devia tê-las arrancado, e mesmo naquela luz cinzenta da manhã, Isolda podia ver as manchas de cor castanho-avermelhado profundo que marcavam cada uma. Terra amolecida ou não, Marcos devia ter rasgado seus pulsos e tornozelos com o esforço para se libertar.

Para quê?

O enjoo voltou numa torrente. Ela conhecera a verdade sobre Tristão. Sobre Camlann. Mas Marcos tinha escapado. E isso significava que ele mentira também sobre o que dissera a ela sobre os planos de batalha de Octa. Ou que estava planejando trair a Bretanha, mais uma vez, abordando Octa com informações que pudesse vender.

Isolda voltou-se para Hereric.

— Temos de dar a notícia para Madoc. Temos de adverti-lo.

Então, ela ouviu. De fora dos muros da fortaleza. A explosão de um chifre de guerra, seguida pelo barulho de centenas de vozes gritando insultos, ordens e gritos de guerra.

A batalha havia começado.

Isolda nem sequer apercebeu que tinha oscilado quando se ajoelhou, até que Hereric soltou Blodwen e colocou a mão sobre seu ombro. Isolda... Ela não tinha ideia do que ele sinalizara, mas afastou a escuridão pulsante e o rugir em seus ouvidos, mordendo os lábios até sentir o gosto de sangue, até que finalmente sua visão clareou.

Tarde demais. Tarde demais para avisar Madoc ou Cerdic ou qualquer um dos homens que lutavam com eles agora. Tarde demais para enviar os batedores atrás de Marcos, mesmo que houvesse qualquer homem que não estivesse lutando para ela enviar. Tarde demais para Tristão.

— Hereric. — Sua voz ainda funcionava, mesmo que o esforço para formar palavras parecesse quase insuportavelmente difícil. — Hereric, cuide de Blodwen. Cuide para que ela descanse e tenha algo para comer e beber. E então me traga um pouco de água. Uma bacia, panela, qualquer coisa serve. Basta trazê-la aqui. Por favor.

⁂

Isolda ajoelhou-se diante da bacia de cobre que Hereric trouxera para ela, olhando para as águas até que os olhos ficassem ardendo, até que todos os músculos de seu corpo tremessem e sua pele ficasse úmida de suor. Ela espetou o dedo no broche que prendia o ombro de seu vestido, acrescentou as gotas de sangue e azeite doce, embora não tivesse a menor ideia de que diferença no poder isso fizesse, se houvesse alguma. Fora dos muros da fortaleza, ela podia ouvir o barulho incrivelmente alto da batalha: cavalos relinchando e gritos dos homens, escudos e espadas chocando-se. Alto como o fim do mundo, e um eco do clamor frenético em sua própria mente.

Seu coração estava mais frio do que jamais havia sentido em sua vida, e se até agora ela tinha orado para algo — a voz do castelo, a avó, o Deus de Cristo — que, se houvesse um véu entre o Além das histórias de Morgana e isso, ela o levantaria ali e agora.

A explosão de um chifre de guerra soou do lado de fora, o barulho percorrendo a espinha de Isolda. Impossível saber se o som sinalizava recuo ou avanço. Impossível saber se a correnteza da batalha estava correndo para as forças da Bretanha ou para Octa de Kent.

Isolda fechou os olhos que ardiam, tentando bloquear o medo que assobiava e chiava dentro dela como chamas através de folhas secas. Alcançando o interior, em vez do exterior, até sentir a presença do feto que ela carregava. A centelha de vida que ela sabia que seria capaz de perceber.

— Estava chovendo — ela sussurrou. — Na noite anterior a Camlann. — Ela sentara-se neste quarto minúsculo e mal iluminado falando as mesmas palavras, antes — para Marcos, como uma acusação, uma confirmação de tudo o que ela tinha adivinhado do que havia entre ele e Tristão. Agora mantinha os olhos fechados e conversava com o bebê, aquela parte minúscula de Tristão que ela carregava a salvo dentro dela, e esperava com uma intensidade desesperada que, de alguma forma, Tristão também pudesse ouvir.

— Chuva pesada, que havia apagado as fogueiras de vigília e transformado os campos em uma mistura de lama preta. E Marcos da Cornualha enviara Tristão, seu filho, para fazer a viagem através do território inimigo até o acampamento de Artur. Ele podia ter sido morto de uma dúzia de maneiras diferentes. Mas Marcos não se importaria com isso. Só queria que entregasse a mensagem que tinha enviado. Uma mensagem para o Rei Artur.

Isolda parou, vendo a cena como Madoc havia descrito. Como ela havia vislumbrado através dos olhos de Tristão. A tenda de guerra do Rei, cedendo sob o assobio implacável da chuva. Os guardas fora, tremendo e curvados em suas capas. Tristão em pé diante do Rei Artur, entregando-lhe um pergaminho enrolado firmemente.

— Não sei o que Marcos teria dito a Tristão. Não com certeza. Mas eu acho que Marcos deve ter dito que era uma mensagem de meu pai para Artur, oferecendo a paz. Que, se ele conseguisse chegar até o acampamento do Rei Artur poderia haver um fim para a guerra sem derramamento de sangue. Ele poderia — Isolda respirou, dessa vez vendo de novo o olhar nos olhos Tristão naquela noite no pomar em Caer Peris, quando tinha falado da morte de sua mãe no dia de Camlann. — O Rei Marcos podia até ter dito a Tristão para realizar a missão por causa de sua mãe. Prometido que, se Tristão obedecesse às suas ordens naquela noite, Marcos deixaria que ela voltasse livremente para seu pai, o Rei Cerdic.

Um tranco. Um ligeiro aperto sobre o coração de Isolda, como os primeiros chutes flutuantes do bebê. Mas foi o suficiente para fazê-la abrir os olhos e, o coração acelerado, olhar para as águas divinatórias uma última vez. Enquanto algo abaixo da superfície se moveu, cintilou, se agitou, e...

Se a fúria da batalha do lado de fora tinha sido angustiantemente alta antes, o som agora crescia, inchava, pulsando pelo corpo de Isolda, até que pareceu como se ela tivesse sido lançada e atingida por pedras em um riacho de montanha, como se seus ossos pudessem se desmantelar com o rugido.

Mas isso não importava, porque a visão nas águas divinatórias tremulou, tomando forma até que pudesse ver a batalha, cujo clamor ela ouvira. Um turbilhão de corpos e de lâminas, cavalos e machados balançados com selvageria, lanças e escudos de couro pontudos — agitados e fervilhando sob o céu plúmbeo de nuvens baixas e pesadas.

Isolda viu Octa, o rosto torcido e quase irreconhecível na euforia furiosa da batalha, lutando montado sob a bandeira escarlate do garanhão, a espada brilhando, a boca aberta num grito exultante. Todos em volta dele, guardando seus flancos e retaguarda, os guerreiros de cotas de malha que ela vira pela primeira vez sobre as falésias de Caer Peris gritando maldições frenéticas e lutando com uma alegria selvagem no abate de todos em torno deles que teria gelado Isolda se não estivesse demasiadamente entorpecida pelo medo para sentir frio.

Ela viu Cerdic, o elmo de ferro e bronze sem brilho e vermelho com sangue. Mas na vanguarda de seu guarda-costas, levantando a espada sobre a cabeça com a força de um homem muito mais jovem enquanto gritava um grito de guerra para os homens de Octa.

Ela viu Madoc também. Como se a ela tivesse sido concedida a visão de Morrigan nos contos. A deusa donzela da morte, que voou sobre um campo de batalha em forma de corvo e escolheu os homens que estavam prestes a cair.

O escudo de Madoc fora pintado com o Pendragon escarlate da Bretanha. Seu rosto cheio de cicatrizes estava meio escondido pelas peças protetoras de seu elmo de guerra, e ele gritava ordens para os homens que formavam o seu escudo, rugindo para que aguentassem, lutassem, mas era óbvio que estavam sendo afugentados cada vez mais para trás.

Uma ala do escudo da Bretanha já havia se dissolvido, os lutadores ali sucumbindo em um caos fervilhante de feridos gritando, corpos esmagados, escudos quebrados e machados e espadas cortados. Isolda viu alguns guerreiros lutando em pé, todos usando o bracelete de Cynric de Wessex, outros fugindo em pânico enquanto os homens de Octa abriam caminho a golpes, ceifando homens em uma orgia de morte e sangue.

Ela viu.

Tristão.

Em meio àquela enorme e devoradora maré.

Seu cabelo estava molhado de suor, os dedos ensanguentados, e havia um retalho de vermelho pegajoso numa perna de suas calças abaixo do joelho. Mas ele fazia sua expressão de batalha, as feições elegantes endurecidas, olhos vazios e duros como pedras azuis brilhantes enquanto lutava para arrastar um homem ferido de Cynric, para longe dos combates, em direção a uma ligeira crista de terra mais elevada e imediatamente mergulhar de volta para a luta por um outro homem, cuja perna direita se pendurava em pedaços de músculo ensanguentado e osso.

Isolda sentou-se, congelada, vendo Tristão arrastar outro homem para um lugar mais seguro e em seguida voltar, bloqueando os golpes de machados e espadas, arremessando e cortando com a sua própria lâmina. Um homem com armadura de couro e a cauda de um lobo amarrada em seu elmo e pele de lobo nas suas costas voltou-se para Tristão, brandindo sua lâmina, e Tristão, sem perder a passada vigorosa, levou sua espada contra o escudo do outro homem. O inimigo caiu, cuspindo sangue, mas um cavaleiro — que devia ser um dos antigos homens de Marcos — apareceu por trás dele, brandindo no alto uma lâmina vermelha e pingando, enquanto se preparava para atacar.

Isolda gritou. Não tinha nenhum plano, nenhum pensamento coerente afinal, só uma selvagem e veemente recusa em aceitar que o único objetivo desssa imagem que a Visão havia concedido a ela era ter a chance de sentar ali e assistir a morte de Tristão. Ela gritou um aviso, o sangue rugindo tão alto em seus ouvidos que o ruído da batalha foi momentaneamente entorpecido. E enquanto a imagem oscilante na bacia divinatória tremulou e se deslocou, ela viu Tristão.

Tristão abaixou. Os deuses sabiam por que fizera isso. Num momento ele estava plantando um pé na barriga do inimigo morto para arrancar e liberar a espada. No seguinte, algum tipo de consciência elevada, alguma pontada aguda de alerta havia feito com que ele se virasse e, sem nenhuma consciência ou pensamento, se abaixasse no momento em que o cavaleiro brandia a lâmina, erguendo seu escudo para que o golpe que deveria ter decepado sua cabeça pousasse sobre o escudo de metal em seu lugar. O impacto ainda quase o derrubou no solo, mas ele manteve sua posição, arremessando para cima sua própria arma e empurrando a ponta sob a guarda do homem e na barriga exposta do cavalo.

O animal recuou, relinchando de dor, quase jogando seu cavaleiro ao chão, e depois mergulhando para a direita, contorcendo-se no mar de homens em combate.

Tristão levantou seu escudo contra outro ataque de saxões uivantes. Desde que sua linha no escudo tinha se dispersado, a batalha se transformara em uma confusão de homens gritando, morrendo e sangrando. Como uma diabólica repetição da batalha de Camlann. Assistindo aos homens em torno dele cair sob lâminas que avançavam e o bater dos cascos dos cavalos.

Bloquear... Apontar... Esquivar-se da lança apontada contra seu escudo. Porque ele não se importava em morrer hoje. Podia até ter se oferecido para lutar ali, entre Cynric e o resto dos homens anteriormente em cativeiro que, após o jejum de um mês, eram o inevitável elo mais fraco nas defesas da Bretanha. Mas maldito seria se morresse sem lutar. Ou sem derrubar o maior número de inimigos que pudesse. Guerreiros de Octa e Marcos. Os que estavam a cavalo deviam ser os de Marcos, pois, exceto por um punhado, os homens de Octa lutavam em pé. E ele tinha visto alguns escudos dos cavaleiros com um javali azul que havia sido obscurecido apressadamente com lama ou cal.

Pelo menos, Marcos não tinha rastejado de volta em favor de Octa, depois de Tristão haver poupado sua vida.

Tristão se esquivou de outro golpe, derrubando o escudo do seu oponente para o lado. Então praguejou, pois, a certa distância à frente dele, viu Cynric cambalear e cair. O filho de Cerdic estivera provando que honrava o título que havia conseguido de melhor dos guerreiros de seu pai. Era um homem enorme, musculoso, com quarenta e poucos anos, uma barba clara trançada, um nariz torto e uma cicatriz com aspecto de corda ao longo de seu braço poderoso.

Ele e Tristão estiveram arrastando para trás os feridos na vanguarda da luta, quando o escudo tinha sido rompido. E agora, Tristão praguejou novamente; agora ele estava lá sozinho, com a lança de um inimigo alojada no alto de suas costas.

Tristão avançou com a ponta de ferro de seu escudo, empurrando seus oponentes de lado, cortando um caminho através dos empurrões e grunhidos, a massa de suor dos homens até o local onde ele havia visto Cynric cair. Em algum ponto, um estalo, mais alto até do que o choque de escudos e espadas, soou acima, um clarão de relâmpago tomou o céu, e as nuvens se abriram em uma chuva torrencial. Mas Tristão mal notou, exceto pelo deslizar na lama, que tornava mais difícil manter sua posição enquanto ele lutava para chegar ao lado de Cynric.

Ele bloqueou, abaixou, se esquivou de golpes de machados e lanças, e então estava lá, erguendo e arrastando Cynric para fora do caminho de outro cavaleiro armado.

Cynric ainda estava vivo. A ponta quebrada da lança achava-se alojada nas costas, logo abaixo da clavícula, mas ele estava desmoronando, tentando ficar em pé e berrando como um touro enfurecido quando Tristão rudemente manuseou seu ferimento. Deus, e como ele era pesado. Os pés de Tristão lutavam para alavancar enquanto cambaleava para trás sob o peso de Cynric, arrastando o outro homem com um braço enquanto o outro erguia seu escudo sobre a cabeça dos dois, cobrindo-os.

Uma torrente de lanças e golpes de machado bateu com estrondo sobre o couro, a chuva caiu em torrentes, encharcando-os, fazendo com que cada passo fosse um esforço enquanto Tristão lutava contra o peso da lama pegajosa. Atrás deles, o solo se erguia um pouco. Uma posição ligeiramente mais fácil de defender, embora antes que cruzassem até a metade da distância um dos guerreiros de Octa chegou, perto o suficiente para que Tristão pudesse ver as manchas de podridão nos dentes do homem, e sentir seu hálito quando gritou e levantou sua lança. Tristão se preparou.

Então, o peito do homem se abriu em um jorro rubro, a ponta de uma espada emergindo através do gibão de couro. Ele caiu, e seu assassino — um homem vestindo o bracelete de Madoc de Gwynedd, sua armadura de couro e capacete preto e brilhante como uma pele de foca com a chuva — foi escalando sobre os corpos até o lado de Tristão, erguendo Cynric de modo que o peso do saxão fosse dividido entre ele e Tristão.

O guerreiro de Madoc levantou seu próprio escudo e virou-se para gritar a Tristão:

— Você pode continuar? Vai ficar aí o dia todo?

Kian. Pingos de chuva por todo o trapo de couro sobre o olho direito. Dentes à mostra no sorriso de um homem que sobreviveu, contra todas as probabilidades, o auge da batalha feroz por todos os lados.

Tristão ajeitou nos ombros a sua parte do peso de Cynric, tornando a vacilar, cambaleando até resvalar para o terreno mais elevado, enquanto gritava, acima do choque de escudos e do barulho da chuva:

— O que, pelos sete infernos, você acha que está fazendo aqui?

A respiração de Kian estava ofegante, mas seu ritmo não vacilou enquanto arrastaram Cynric para trás.

— Posso perguntar a mesma coisa.

Cristo na cruz. Isso era como uma repetição de Camlann. Lutando entre os restos ensanguentados de um escudo desfeito. Assistindo aos homens em torno dele morrerem.

Tristão podia ver os guerreiros de Octa formando uma linha, travando os seus escudos em conjunto para outro ataque. A menos que alguns anjos vingadores decidissem descer e ajudá-los, eles teriam apenas momentos, talvez batidas de coração.

— Você quer se matar? — ele gritou para Kian.

O sorriso de Kian se alargou, o único olho brilhando à luz da tempestade cinza, enquanto ele mesmo avançava com a ponta de sua lança, jogando um atacante solitário para baixo na lama e, em seguida, chutando-o violentamente na virilha.

— Eu posso pensar em formas piores — e dias piores — para morrer.

Tristão abriu a boca para gritar uma resposta. Então, viu o homem.

A poucos metros de distância.

Vestindo uma armadura roubada. Tinha de ser, pois era saxônica.

Elmo de ferro, cota de malha, escudo redondo.

O rosto de Marcos, debaixo do elmo de ferro.

Marcos. O rosto ainda espancado com as contusões que Tristão lhe causara. Seus olhos encontraram os de Tristão, e ele congelou.

Então, cortando caminho sob o estrondo de um trovão, o grito de guerra, os gritos dos feridos, o estrondo de um chifre de guerra. A cabeça de Tristão girou. Então, ele sentiu um riso rasgar sua garganta. Não exatamente anjos vingadores de Deus, mas talvez algo perto o suficiente.

Cerdic de Wessex, montado em um cavalo de batalha branco como uma nuvem, liderando uma força de meia centena de homens gritando.

Cada músculo de Isolda tremia, e ela estava encharcada de suor, o coração batendo tão forte que parecia que iria quebrar suas costelas. Não sabia se tinha ajudado. Não tinha ideia se fizera alguma diferença.

Mas tinha visto Tristão lutando na chuva forte, lutando para arrastar ainda outro homem ferido para longe do pior da carnificina. E ela vira Tristão olhar para o escudo refeito de Octa, os guerreiros traidores de Marcos, e viu em seus olhos o olhar de um homem que reconhecia a própria morte diante dele.

Por essa mesma visão arrebatadora — como se ela realmente tivesse recebido uma visão como a do corvo sobre o campo de batalha, tinha visto, também, Cerdic de Wessex, em sua clara montaria de guerra e cercado por sua guarda real, continuando a lutar com a força de um homem de metade da sua idade. Com cada fibra do seu corpo, cada gota de seu sangue, com uma força que não sabia que tinha, Isolda desejou que Cerdic olhasse para cima e se virasse para ver Tristão e o sofrimento do resto dos homens confinados.

Por Rowan, pelas cinzas, pela Donzela, pela Mãe e pela Anciã.

Ela desejou com tanta força que parecera quase estar momentaneamente no meio da batalha, com o cheiro de lama e de sangue e a chuva silvando. E só por um momento, quase atraiu e segurou o olhar de Cerdic. Mas a impressão se fora quase ao mesmo tempo, como a água através das mãos crispadas.

Ela vira um raio prateado e nada mais, como uma última imagem. Dois homens, um diante do outro em um campo encharcado pela chuva, e pelo sangue da batalha. Tristão e Marcos.

E em seguida as águas ficaram — ainda estavam — extremamente escuras.

Isolda cerrou as mãos, e ao rufar frenético de seu próprio coração, buscou o barulho da batalha lá fora, desejando que as fronteiras de sua consciência se confundissem e se dissolvessem na chuva que caía.

Tristão ficou parado, a mão apertando o punho de sua espada, escorregadio pela chuva. E Marcos congelou. Ele podia ver os guerreiros de Marcos enfileirando seus cavalos atrás deles, prontos para varrer e decepar qualquer homem que Octa pudesse ter deixado para trás.

Os antigos guerreiros de Marcos. Com seus escudos repintados para torná-los homens de Octa.

Ainda assim, estavam prestes a serem apanhados em toda a confusão sangrenta de um conflito entre duas cargas opostas: Cerdic e os exércitos de Octa. Os olhos de Marcos ainda presos aos dele.

O chifre de guerra de Cerdic soou outra vez. A chuva penetrava o couro da armadura de Tristão. Momentos. Segundos a mais.

Marcos não foi ferido. Onde quer que pudesse ter conseguido a armadura, qualquer que fosse a brincadeira dos deuses que o levara até lá, ele não tinha sido ferido.

O punho da espada de couro estava frio e encharcado na palma da mão Tristão. Água escorria pela lâmina. Outra chance. A chance, agora que estavam — ambos — a ponto de morrer.

Ela não podia ver Tristão. Isolda ajoelhou-se diante das águas divinatórias não sabendo o que odiava mais: o poder arbitrário que rege a Visão ou a perda da magia dos Anciões. As imagens lançadas sobre a superfície da água eram um amontoado confuso: um machado, a mão apertando uma espada, a boca de um homem gritando ou o braço ensanguentado, tiras escarlates misturadas com as poças de água e lama no chão. Às vezes, alguma imagem passava rápida como peixes pulando e sumia tão depressa que ela não conseguia nem adivinhar o que poderia ter sido.

A garganta de Isolda ardeu, como se ela tivesse gritado em vez de sussurrar as palavras que repetiu muitas vezes. Mas não conseguia ver nada de Tristão. Nada de Marcos.

Então...

Um homem a cavalo, armado, levantando a espada acima da cabeça, a capa de guerra tremulando atrás dele como uma bandeira. Cerdic, liderando seu grupo de guerreiros diretamente contra as fileiras que formavam o escudo de Octa, dando ao escudo desfeito atrás dele uma oportunidade de se reagrupar. Isolda viu os cavaleiros de Cerdic avançando na confusão da batalha, esfaqueando com espadas e lanças o inimigo agachado atrás da parede de escudos. Viu o avanço dos homens de Octa vacilar enquanto homens eram pisoteados e mortos. Depois...

Mãe de todos os deuses. O frio atingiu Isolda como o estrondo de um trovão no exterior. Uma lança apontada por um guerreiro desconhecido, sem rosto. Nada mais. Mas atingiu Cerdic de lado, no que deve ter sido uma lacuna em sua armadura prateada. Porque — o tempo parecia se arrastar e esticar em momentos eternos — Isolda viu todo o seu corpo se apertar e dobrar. Então balançou e caiu das costas do garanhão branco.

E agora o tempo parecia se acelerar, mover-se rápido demais para que a visão turva de Isolda abarcasse tudo. O cavalo de Cerdic escapou, as narinas abertas, os cascos saltando em instantes sobre os corpos de homens paralisados e moribundos. Os guerreiros de Octa continuavam seu avanço esmagador, escudos levantados. E as forças de Cerdic, lançadas na confusão da perda de seu líder, tinham hesitado e estavam sendo empurradas para trás, na direção do escudo de Madoc.

Madoc — ela podia vê-lo — sangrava excessivamente por um corte na parte lateral do corpo, o rosto pálido e cinza. Mas ainda estava de pé, segurando o escudo Pendragon acima da cabeça para se proteger contra a chuva de lanças que atingia os seus homens.

— Escudos! — Isolda o ouviu gritar. — Esperem!

Octa em pessoa estava à frente de seu exército, com a boca ainda esticada no sorriso selvagem de um homem que ri enquanto mata. Atrás dele, seus homens formavam uma cunha, uma ponta de flecha mortal de escudos, espadas e lanças. E a linha de Madoc seria esmagada.

Isolda podia ver que já estava escrito, mesmo nas águas. As forças da Bretanha mal tinham tido tempo de fortalecer seu próprio escudo. E ainda eram em menor número.

Camlann novamente. Mas, dessa vez, a Bretanha seria realmente arrasada e destruída, todas as esperanças de recuperação pisoteadas no chão enlameado.

Entretanto...

Ele pareceu sair do nada, surgindo de repente da chuva cinza e grossa, montado sobre o que Isolda sabia ser o cavalo em pânico de Cerdic. Usava um elmo de ferro e uma cota de malha cintilante, e galopava pulando diretamente para a seta em cunha dos guerreiros de Octa. E atrás dele, as forças do próprio Cerdic se refizeram automaticamente, como se acreditassem que o cavaleiro fosse o seu rei, de algum modo restaurado e de volta.

O guerreiro blindado andava diretamente para a ponta da cunha em seta de Octa. Direto para o próprio Octa.

Isolda viu o cavaleiro levantar sua espada e balançá-la em um arco sibilante. Viu a lâmina cortar o pescoço de Octa como se fosse palha seca.

A cabeça de Octa caiu ao chão.

E o cavaleiro também caiu, puxado para baixo pelos golpes dos machados furiosos e ataques das lanças dos guarda-costas de Octa. Desapareceu em meio a um mar de homens furiosos. Mas não antes de Isolda ter visto, no reflexo ondulante diante dela, um vislumbre de seu rosto.

Elmo de ferro, cota de malha, escudo redondo.

E o rosto de Marcos, sob a borda do capacete de ferro.

Capítulo 20

A chuva finalmente parou durante a noite. Isolda permaneceu na barraca que tinha sido erguida às pressas ao lado do campo de batalha, à guisa de enfermaria, grata por qualquer desculpa, ainda que momentânea, para não se mover. Ela assistiu, ao amanhecer, o brilho da madrugada transformando-se em dia a partir do leste, varrendo as colinas com suas luzes douradas, tornando o céu cor-de-rosa. Em breve — talvez ainda naquela mesma noite — haveria tempo para festas, para brindes com hidromel e cerveja, para celebrar a vitória da Bretanha e a derrota de Octa. Mas por hora, nos limites desse campo que ainda deitava sangue, as feridas eram uma realidade cruel e a vitória muito recente para que a alegria tomasse conta de todos os espíritos. Os rostos em torno de Isolda — aqueles que trabalharam, como ela, para cuidar dos feridos e limpar os mortos — pareciam atordoados e exaustos, assim como ela se sentia.

Na extremidade da tenda, Cerdic de Wessex estava sob o manto de arminho de guerra, rosto esculpido com orgulho e dignidade na morte, como sempre estivera em vida. Isolda havia chorado por ele. Mas não por muito tempo. *Dizem que as fiandeiras ao pé da Árvore do Mundo escolhem a hora de um homem morrer. Mas acho que prefiro escolher a minha,* Cerdic havia dito. E só no final, depois de ter sido levado para a barraca, com a ferida ainda sangrando, ele havia olhado para Isolda e sorrido.

— Eu sabia... a senhora veio me ajudar — ele sussurrara, com a respiração tão instável que quase poderia ter sido uma risada.

Talvez fosse.

Isolda virou as costas para o amanhecer e continuou a limpar e costurar as feridas e a colocar no lugar os ossos de uma dúzia de homens gravemente feridos. Então, ela parou quando se aproximou do corpo de outro homem que estava afastado e quase passara despercebido, num ponto remoto da tenda.

A armadura saxônica roubada havia sido tirada dele, pilhada pelos guerreiros vitoriosos que varreram o campo após a queda de Octa e sua linha de defesa ter sido irremediavelmente dispersa e arrasada. Havia uma ponta de lança alojada em seu peito e o sangue de uma dúzia de feridas ensopara-lhe suas roupas. Mas seu rosto, salvo algumas contusões, estava quase intacto.

Isolda ficou imóvel, olhando para os cabelos cinzentos e ralos daquele homem — agora também molhados de sangue — a mandíbula forte e os olhos fechados. Em breve — talvez ainda naquela mesma noite — haveria tempo para festas e celebrações. Mas os sussurros já estavam se espalhando como centelhas de fogo entre os guerreiros vitoriosos, os homens feridos, os refugiados do forte. Histórias do Rei Artur, retornando de seu sono na Ilha de Cristal para liderar essa desesperada investida final e cortar a cabeça de Octa com um golpe de sua espada forjada pelas fadas.

Bem, por que não? Ela poderia, Isolda pensou, ser a única que sabia a verdade. E não tinha nenhuma razão para revelar o que sabia.

Isolda se mexeu para cruzar as mãos de Marcos da Cornualha em seu peito e pensou na história de Blodwen, em seus machucados e suas vestes rasgadas. Ela contara a Tristão, certa vez, que Marcos não era mau o suficiente para não se revoltar com o que ele mesmo havia se tornado. Mas seu rosto, agora, parecia tranquilo, apesar das contusões, apesar do sangue e lama. Mais tranquilo do jamais teria parecido em vida, ela acreditava. Era como se ele tivesse sido homem e monstro, ambos, e na morte, o monstro tinha finalmente ido embora.

Isolda levantou uma dobra do manto esfarrapado de Marcos para cobrir-lhe o rosto. E ficou impressionada com a visão do rosto de sua avó. De longe, a mais vívida que já tivera, tão nítida que Isolda quase podia acreditar que ela tocaria no corpo de Morgana, se estendesse a mão.

Madre Berthildis estava lá, também. E real ou não, Isolda sabia, a certeza desse entendimento enterrada profundamente em seus ossos, que — caso houvesse um Além, um mundo dos contos antigos, onde o tempo era uma curva sem fim, onde Morgana iria curar as feridas de Artur, e Marcos da Cornualha poderá ser transformado no rei Artur redivivo — caso fosse possível haver tal lugar, escondido para além de um véu de sussurros sobrenaturais, então seria lá que Madre Berthildis estaria. Com Morgana.

E Marcos?

O rosto de Madre Berthildis, amarelado, enrugado e parecido com um sapo, era o mesmo de quando a abadessa estava viva. Mas Isolda sorriu levemente quando cobriu o rosto de Marcos com seu manto. *A senhora estava certa sobre o perdão. Eu não sei se tinha de perdoar Marcos. Mas estou contente, agora, que fiz isso.*

Então, algo fez Isolda se virar. Ela deu de cara com Madoc olhando para ela do outro lado da tenda, com os olhos escuros e completamente secos.

Isolda esqueceu Marcos — esqueceu da batalha — esqueceu tudo enquanto observava Madoc atravessar a tenda devagar, para sentar-se ao seu lado. Apesar da voz dela não ser nada mais do que um eco, um eco distante, vindo de muito, muito longe, ela se ouviu dizendo:

— Tristão?

Nesse momento, ela poderia muito bem apenas ter se afastado de seu próprio corpo e do corpo de Madoc. Todo o seu corpo dormente, oco, esvaziado. Ela era como uma concha vazia. Dentro dela, nada havia sido deixado. A pena na face de Madoc era muito mais plausível, muito mais real do que qualquer coisa de que ela pudesse sentir ou demonstrar.

— Sinto muito, Lady Isolda. Ele foi ferido. Fatalmente.

E ainda assim ela não gritou, não fraquejou, não chorou. Ela se levantou, ainda respirando, o coração batendo no deserto árido que seu interior havia se transformado.

— Posso fazer alguma coisa... — A dor mesclada à exaustão e a pena latente no olhar escurecido de Madoc. — Posso fazer alguma coisa pela senhora?

Isolda fechou os olhos. Não estava vazia. Havia uma vida dentro dela. Uma vida que crescia a cada dia, que em breve seria evidente, mesmo para os olhos masculinos.

Ela pensou na promessa que fizera semanas atrás para a vidinha que trazia dentro de si. Então, olhou para Madoc, um calafrio percorrendo-lhe o corpo enquanto se lembrava de dizer quase as mesmas palavras para Tristão. Em uma noite na abadia, ela havia conseguido alcançá-lo através das profundezas de seu subconsciente e trouxe-o de volta para ela, da morte para a vida. Engoliu a dor e o choro. Procurou os olhos de Madoc e disse:

— Nós podemos nos casar — ela disse.

Isolda estava em pé no final da trilha que levava ao porto Peris Caer.

Havia tudo a se fazer: as reuniões intermináveis do Conselho do Rei, a elaboração de tratados, os laços das fronteiras e alianças que deviam ser rearranjados. Tanto Meurig de

Gwent quanto Cynlas de Rhos haviam retornado; a notícia da vitória da Bretanha se espalhara. Meurig descaradamente, Cynlas com a sombra da vergonha em seus olhos.

Eormenric, filho de Octa, iria controlar Kent. Cynric, filho de Cerdic, tomaria o lugar do pai no trono de Wessex. Não havia chance, mesmo com a recente vitória, de empurrar os saxões de volta à costa oriental — como Artur havia prometido, anos e anos atrás. Mas as terras que a Bretanha ainda possuía no oeste permaneceriam seguras. E quando Isolda perguntara a Madoc se ele acreditava que o tratado forjado pelo conselho duraria, havia dado de ombros e respondido:

— Eormenric e Cynric não são os mesmo homens que seus pais foram. E talvez, isso não seja de todo mal, não é? A paz firmada aqui tem uma chance de durar, pelo menos.

Madoc. Havia tudo ficado para trás: o acordo e o contrato de casamento, a cerimônia de casamento com o Grande Rei da Bretanha. Aquelas questões haviam sido resolvidas com grandes travessas de comida e barris de cerveja, troca de inúmeros presentes e as orações dos sacerdotes de Madoc. Madoc, usando uma túnica de arminho e um manto, trazia um colar pesado de bronze no pescoço e uma coroa de ouro na cabeça. Ela, usava um vestido formal tingido de açafrão com bordados de ouro, o cabelo preso para trás por uma rede de ouro cujos fios entrelaçados formavam um padrão de flores e folhas.

Foi tudo muito diferente do casamento que havia tido com Tristão, e isso pareceu facilitar as coisas.

E agora estava ali, na foz do porto Caer Peris, o sol poente lançando suas luzes de fogo nas águas e tingindo as paredes da pesada fortaleza atrás dela em ouro vermelho. O coração de Isolda batia de modo irregular, e ela teve de segurar firme uma dobra de seu manto para impedir que suas mãos tremessem.

Kian e Eurig tinham vindo com ela, um caminho tão longo quanto a trilha que levava ao porto. Os dois homens ofereceram para permanecer ao lado dela pelo resto do caminho, mas ela agradecera e sacudira a cabeça. Isso era algo que deveria fazer sozinha.

Isolda colocou a mão sobre seu ventre, no pequeno volume que o bebê fazia sob o vestido. *Quase sozinha.*

Os navios de guerra de Octa haviam partido, e o porto agora estava cheio de navios comerciais e dos pequenos veleiros de pescadores. Isolda ficou parada, observando os barcos que se alinhavam no porto, com uma dor vazia que soprava dentro dela quando não conseguiu ver o que procurava. Então...

Seu coração parou. Ali. Na ponta mais distante da curva da água. Um veleiro pequeno, com aparência de novo, casco pintado e velas brancas onduladas.

Um homem estava no convés, enrolando uma corda sobre um tambor pesado de madeira. Um homem de ombros largos e musculoso, a constituição de um guerreiro, com um rosto magro e bronzeado, o cabelo amarrado na nuca com uma tira de couro.

Tristão.

Ele usava calções e uma camisa branca lisa desabotoada no peito, mangas enroladas até os cotovelos, manchas de suor nas costas. Parecia cansado, barba de um dia ou mais, mas não parecia ferido, até onde Isolda podia ver. A única marca que trazia era uma ferida quase curada em um dos lados do rosto.

Isolda queria, mais do que jamais quisera algo na vida, dar lugar às lágrimas que a pressionavam por detrás de seus olhos, passar seus braços em torno Tristão e nunca, nunca mais soltá-lo. E ela queria sacudi-lo e gritar com ele, por ele ter desaparecido daquela forma. Mas não fez nada disso. Ela apenas caminhou lentamente até a beira da água.

Tristão ergueu os olhos quando Isolda chegou ao final da prancha de madeira que levava a bordo. Não disse nada, nem mesmo quando Isolda colocou os pés no convés do navio, conseguindo de alguma forma se mover com graça e calma, apesar de seu coração bater de forma tão desordenada e tão alta que parecia abafar o som das ondas.

Tristão não disse nada, apenas olhou em silêncio quando Isolda encostou-se à amurada.

Finalmente, ela fez um gesto ao seu redor no navio.

— É de Cynric? — ela perguntou.

Tristão concordou com a cabeça, apesar de não dizer nada.

— Não é um grande presente de despedida, considerando que você salvou-lhe a vida e o trono.

Tristão encolheu os ombros.

— Foi tudo o que pedi.

Isolda olhou para ele.

— Ele não sabe quem você é, sabe?

Tristão não respondeu. Então, ele sacudiu a cabeça.

— É melhor dessa forma. — Houve outra pausa, preenchida com o constante bater das ondas e os gritos dos pescadores.

Então, Tristão disse:

— Quem lhe contou?

Ela nunca acreditara que estava morto. Nem por mais de um breve e horrível instante, ao ver o olhar de Madoc quando ele entrara na tenda-enfermaria para repetir o que Cath lhe havia dito. No fundo de seu coração, sabia que, se Tristão fosse morto, ela, de alguma forma, sentiria. E isso fez com que as palavras de Madoc se tornassem ainda mais dolorosas para ela. Saber que Tristão tinha escolhido, por vontade própria, deixá-la, fazê-la pensar que ele havia partido.

Isolda, então, obrigou-se a não reagir ao seu tom.

— Cath primeiro, depois Kian. Não culpo Cath, entretanto. Eu havia acabado de salvar a vida dele. Ele não estava em posição de recusar qualquer coisa que eu pedisse.

Mas, apesar de todo o seu esforço para conter-se, a parte furiosa dentro dela, naquele momento, deve ter se sobreposto ao alívio, pois sentiu um pouquinho de satisfação irada com o choque que passou pelo olhar de Tristão. Satisfação por pelo menos ter conseguido fazê-lo ceder um pouco.

— Cath foi ferido? Ele está...

— Você se importa? Pensei que era esse o ponto — você queria ir embora e esquecer todos nós.

Cath havia sido levado à enfermaria, sangrando por causa de um corte de espada que cortara um músculo de sua perna e quase alcançara o osso. Isolda tinha limpado e cauterizado a ferida, permanecendo com ele durante três noites seguidas, alimentando-o às colheradas com mil-folhas e vinho misturado com papoula. Então, embora o rosto de Cath ainda estivesse cinzento, seus olhos cintilavam e sua vida estava salva. E enquanto ele permanecia ali, deitado em um catre na enfermaria, pediu a ele que contasse a verdade, a verdade que já conhecia.

Tristão tensionou sua mandíbula e Isolda abrandou o tom, acrescentando calmamente:

— Ele está bem. Já está em seu caminho de volta para a esposa e a família.

Ela piscou para afastar as lágrimas — pelo menos eram lágrimas de felicidade — trazidas pela lembrança de como Cath, já montado no cavalo que Madoc lhe dera para a viagem, fizera uma pausa no meio das despedidas para dizer:

— A senhora acha que a minha esposa... — Cath limpou a garganta e apontou para a perna direita que, embora estivesse se curando bem, faria com que mancasse pelo resto da vida. — O que vai dizer quando me vir voltar para ela assim?

E Isolda havia dito, com a mais absoluta certeza de que o que falava verdade:

— Ela vai dizer que está muito feliz de tê-lo em casa de novo.

Tristão assentiu brevemente e o silêncio, repleto dos gritos das gaivotas acima deles e dos gritos dos outros pescadores, caiu entre eles. Os olhos de Tristão estavam fixos na faixa brilhante de água além do porto e, finalmente, ele disse, com um riso breve e amargo:

— Fui ferido tantas e vezes e, a cada batalha, apesar de ir pronto para encarar a morte, volto apenas com arranhões.

Isolda olhou para ele e disse baixinho:

— Por quê?

Os ombros de Tristão estremeceram em um gesto impaciente, mas ele não respondeu imediatamente.

— Acho que... — Então ele fez com que seu olhar encontrasse o dela, momentaneamente, pelo menos, antes de voltar a olhar para longe. — Parece loucura quando digo isso. Mas eu... Eu quase poderia vê-la, lá no meio da batalha. Eu podia ouvir sua voz e — ele parou, voltando-se para ela novamente. — Você salvou a minha vida para mim — mais vezes do que posso contar. Acho que pensei que eu devia a você o fato de não desperdiçá-la. Pensei que, por você, eu deveria seguir sempre em frente e... usar minha vida fazendo algo grandioso. Algo que fizesse com que não se envergonhasse de mim.

Isolda não conseguia falar. Sua garganta estava apertada. Houve outro momento de silêncio e, em seguida, Tristão disse:

— Ouvi dizer que você havia se casado com Madoc.

Isolda finalmente conseguiu falar.

— Isso era o que você queria, não era?

Tristão respirou fundo.

— Madoc é... ele é um bom homem. — Tristão fez uma pausa. Permanecera olhando para o mar e além, mas, então, olhou diretamente para Isolda e obrigou-se a fixar os olhos nos dela.

— Fico feliz por você, Isa. Eu...

Então, ante a força do olhar dela, ele explodiu, fazendo um som que era meio a exalação de sua revolta, meio uma risada raivosa.

— Eu poderia abrir a cabeça dele com as minhas próprias mãos.

Isolda inspirou profundamente, e pareceu ser a primeira vez que fazia isso naquele dia, sentindo subitamente o calor da luz brilhante que o sol lançava em sua pele.

— Isso é bom. Então vou lhe dizer que meu casamento com Madoc é tão real como a sua morte.

Tristão jogou a cabeça para trás, mas antes que pudesse falar, Isolda continuou:

— Isso tudo foi feito com a única intenção de conceder a Madoc — e, depois dele, ao seu filho — o controle de Cammelerd. Eu poderia ter concedico — e fiz isso — a ele as terras através de um documento. Mas queria que não pairassem dúvidas, que nada pudesse ser dito ou feito para mudar essa situação depois que eu tivesse... partido. Foi... — Ela parou de falar, lembrando-se do olhar nos olhos escuros de Madoc quando falaram dos votos de casamento que os uniria — mas apenas por alguns dias, um casamento só no nome. — Foi uma coisa boa que Madoc tenha concordado.

Tristão uniu as sobrancelhas.

— O quê? Como...

Isolda disse, firmemente:

— Lady Isolda, de Cammelerd, morreu esta manhã de uma febre que pegou por trabalhar entre os feridos e os doentes — ou de um coração partido, se você acreditar nas fofocas que vem sendo fomentadas por aí. Ela nunca se recuperou da morte de Tristão, filho de Marcos.

Tristão desviou o olhar novamente, fixando-o na água, e Isolda disse:

— E Madoc já foi abordado pelo rei de Priteni — que lhe ofereceu aliança por meio de laços matrimoniais com sua filha. Tenho certeza de que o rei de Priteni ficará encantado ao saber que a aliança ainda é possível, depois de tudo.

— Ela terá os dentes encavalados e os olhos vesgos, sem dúvida — Madoc havia dito em sua despedida final. Mas ele sorria de leve quando dissera isso.

E Isolda balançara a cabeça.

— Não. Ela terá cabelos da cor do nascer do sol de verão e os olhos azuis como o mar. E, mesmo que não tenha, o amor entre vocês florescerá. Dê a Rhun um clã inteiro de irmãos e irmãs caçulas nos próximos anos.

Madoc tinha rido disso. E então, com o sorriso desaparecendo, curvou-se formalmente, tomando a mão de Isolda, e acrescentou, a voz rouca:

— Desejo-lhe toda a alegria, senhora Isolda.

E Isolda havia tocado seus lábios no rosto assustado e dito:

— Agradeço-lhe por tudo. E desejo o mesmo ao senhor.

Tristão, porém, já estava balançando a cabeça, começando a se afastar de Isolda, como se não confiasse em si mesmo se ficasse perto dela. Essas situações só eram fáceis em histórias e canções entoadas pelos bardos.

— Isa, eu não posso permitir que você... — parou e sacudiu a cabeça novamente. — Não faça isso.

— Não fazer o quê? Não amar você? — Isolda deu um passo adiante. Ela não tinha certeza de que essa era a coisa certa a dizer, mas estava muito irritada naquele momento para medir as palavras e tomar cuidado com o que dizia. Se cedesse e fizesse como Tristão queria, nunca iria vê-lo novamente depois de hoje. Não, se tudo fosse feito segundo as ordens dele, ela nem se encontraria ali naquele momento, nem estariam falando um com o outro.

— Por que não? Por causa de Camlann?

Tristão permaneceu imóvel. Congelou. Isolda observou com atenção seu rosto assustadoramente inexpressivo. Não havia nada visível nele. Nada em seus olhos.

Ele disse:

— O que você quer dizer?

E Isolda respirou fundo e disse com calma:

— Eu sei o que aconteceu, Tris. Eu sei o que Marcos pediu a você.

Tristão ainda assim não se mexeu. Só se levantou, olhando para ela e, em seguida, após um longo momento, disse, na mesma voz sem expressão:

— Como?

— Marcos me disse.

Tristão se impacientou.

— Marcos contou a você. Perfeito. — Esfregou a testa, em seguida, olhou para cima, olhos irritados e expressão raivosa.

— Você sabe que não consegui matá-lo? Depois de tudo o que ele fez, não consegui tirar-lhe a vida.

Isolda olhou para ele. Arriscou um pequeno passo em sua direção e disse, ainda falando baixinho:

— Por que não?

Novamente Tristão deu de ombros, nervoso, sem olhar diretamente para ela:

— Eu... Cristo, eu não sei. Eu poderia ter feito isso. Pensei nisso vezes sem conta. Essa chance. Duas vezes. Uma vez eu até mesmo tive a minha espada contra o seu pescoço. Mas eu... — fez uma pausa, esfregando a testa novamente. — Pareceu-me tão inútil, de alguma forma. Como matar uma abelha depois de ter picado você. A abelha rasgou as próprias entranhas ao enfiar o ferrão em sua carne. E então...

Tristão tinha os olhos ainda postos no mar aberto, mas Isolda sabia que ele realmente via à sua frente um campo de batalha encharcado pela chuva.

— Ele correu de mim. Ele me viu, no meio da batalha. E correu. E eu... — Tristão parou novamente, em seguida, levantou um ombro. — Não fui atrás dele.

— Se você tivesse ido atrás dele, ele não teria sido capaz de liderar o ataque que ganhou a batalha. O ataque que derrotou Octa e finalmente encerrou a guerra.

Tristão deu outra risada áspera e disse, quase como se tivesse lido o pensamento dela:

— Eu não o matei, e assim ele teve a chance de ser um herói. Há material aqui para a canção de um bardo, não é?

Sim, havia mesmo, e mesmo antes de todos esses acontecimentos, mas Isolda não disse nada. Em vez disso, ela falou, arriscando outro pequeno passo para a frente:

— Marcos entregou uma mensagem a você, não foi, na noite anterior em Camlann? Para Artur. Ele disse que mataria sua mãe, a menos que você entregasse essa mensagem. E ele lhe disse que isso traria a paz entre Artur e meu pai. Traria fim à guerra antes que mais sangue fosse derramado. Mas, em vez disso... — ela parou de falar. Entre Madoc e Marcos e os vislumbres que pôde ter por meio de Tristão, ela conhecia toda a verdade. — Em vez disso, houve uma traição. Uma oferta para voltar-se contra meu pai nessa batalha final. Foi essa mensagem que custou a guerra ao meu pai.

Por um longo momento, Tristão não se moveu e nem falou. E então se virou, novamente, forçando-se a encarar o seu olhar.

— Eu não... — suspirou. — Não foi por mim que eu não lhe disse. Ou, pelo menos... talvez na primeira vez tenha sido. Você era... você era a única coisa boa que já tinha acontecido em minha vida... Eu não quis... eu não quis ver o olhar em seus olhos depois que você soubesse a verdade. E, depois... — Tristão passou a mão no cabelo. Então ele disse, com voz inexpressiva e os olhos nos dela:

— Pensei que devia a você não lhe contar que o homem com quem havia se casado matara seu pai. E foi a causa de sua derrota em Camlann.

— Então, você iria me deixar acreditar que estava morto? — Isolda cerrou os punhos, e apesar de sua voz tremer, ela disse com intensidade:

— Não lhe ocorreu, nem ao menos uma vez, que, talvez se eu soubesse a verdade, não me importaria?

Tristão ficou surpreso com essa declaração, e começou a dizer algo, mas ela o interrompeu.

— Eu disse que não importava o que me contasse, eu nunca deixaria de amá-lo. Como ousou pensar que eu iria mentir sobre uma coisa como essa? Cath e Kian conhecem a verdade — e o culparam por isso? Kian lutou em Camlann ao lado de meu pai, e não culpou você. E ele mesmo teria lhe dito isso, se você tivesse lhe dado a oportunidade.

"Eu já disse a ele que vou chutar o rabo dele daqui até Gwynedd" — foi a fala exata de Kian quando se despediu no caminho que levava ao porto. "Mas você pode dizer a ele que pretendo chutá-lo todo o caminho de volta, se ele não parar de pensar em si mesmo como o Deus Todo-Poderoso que deve decidir por nós, pobres mortais, quem devemos ou não devemos culpar."

Tristão sacudiu a cabeça.

— Você sabe quantos homens morreram por minha causa?

— E quantas vidas você salvou nessas últimas semanas? Nessa última batalha?

— Isso justifica tudo? — a voz de Tristão ainda estava ríspida. — Será que o fato de Marcos ter liderado a investida final e ter matado Octa o absolve de todo o mal que fez na vida, todas as mágoas, sofrimento e horrores que ele causou?

Isolda sacudiu a cabeça.

— Não creio que isso tudo possa ser encarado de forma tão simples. Mas... — ela fez uma pausa, olhando para o rosto do Tristão. — Você salvou inúmeras vidas nessas últimas semanas. A Bretanha teria perdido a batalha, se não fosse você. E ainda havia homens, Kian, Cath, Hereric e todos os outros, dispostos a dar a vida por você. Por que não pode ver-se através dos olhos desses homens de bem?

Os olhos de Isolda faiscavam, mas ela sussurrou:

— Por que não pode ver a si mesmo através de mim?

Tristão não disse nada, só olhou na direção do canal da ilha, um intervalo escuro em um trecho brilhante de mar aberto. Isolda suspirou e continuou com calma:

— Você tinha quinze anos e foi posto em uma situação impossível. Talvez você tenha feito uma escolha errada. Talvez não houvesse uma escolha certa a ser feita, no final das contas. Talvez, mesmo sem a traição de Marcos, meu pai tivesse sido morto ou perdido a guerra, e todos os homens que haviam jurado servi-lo ainda assim tivessem morrido. Nada disso, *nada mesmo disso tudo*, faz a menor diferença em meu enorme amor por você.

Tristão passou as mãos pelo rosto, recuando quando ela tentou tocar em seu braço.

— Isa, não posso deixar que faça isso. Você não pode querer desistir de tudo só por mim. Que tipo de vida você terá? O que posso lhe oferecer? Se acha que deve isso a mim, que deve permanecer ao meu lado apenas porque...

O pouco controle que Isolda tinha sobre si mesma se foi.

— Se eu pensei que devia alguma coisa a você, era a chance de ser um pai do bebê que vai nascer daqui a cinco meses.

Isolda tinha pensado que Tristão estivera imóvel antes, mas nada se comparava ao estado catatônico no qual acabara de entrar. Uma gaivota piou acima deles, um vento forte vindo do oceano agitou as saias e os cabelos de Isolda. Mas Tristão permaneceu imóvel, inabalável, com o rosto completamente branco de choque como Isolda nunca vira. Ficou lá por um longo momento, apenas olhando para ela. Então, muito, muito lentamente, sentou-se no tambor de corda de modo que seus olhos ficaram no mesmo nível dela.

Ele porém não falou com ela. Não se mexeu. O silêncio se estendeu até que Isolda disse, mal respirando:

— Eu não quis que... eu não quis que você soubesse dessa forma.

Tristão limpou os olhos com as mãos.

— Você não queria... — balançou a cabeça como que tentando arrumar seus pensamentos. — Eu... Todas essas semanas. Todas as vezes em que eu... Santa Mãe de Deus, Isa, como é que você não me disse antes?

— Se eu tivesse dito, você teria ido atrás de Fidach? Será que teria me deixado sozinha na abadia?

— Eu... — Tristão passou a mão pelo cabelo de novo. — Deus, não, claro que eu não faria nada disso.

— Mas parte de você sentiria que deveria ter feito isso. Parte de você ainda se sentiria na obrigação de ir livrar Fidach. Eu conheço você, Tris. Eu não queria ser um fardo em sua vida, nem forçar você a fazer uma escolha. Não uma escolha que deveria ser feita por culpa minha, como consequência de meus atos.

— Sua culpa? — O olhar de Tristão ainda estava atordoado, mas ele esgueu uma sobrancelha. — Eu acho que... — olhou para Isolda como se tentasse decidir se ela era real ou só uma imagem, mas disse: — Eu acho que me lembro de estar lá também. Não faz tanto tempo assim, não é mesmo?

Isolda deu uma risada nervosa, sentindo uma ilusão esperançosa atingir-lhe o coração.

— Eu quis dizer que eu poderia ter *tentado* não conceber uma criança. Eu poderia ter feito isso... Há maneiras, ervas que eu poderia ter tomado. Mas eu não fiz isso. Eu nem sequer tentei. Porque eu queria um filho, não, eu queria o *seu* filho. Eu queria tanto um filho seu que mal conseguia respirar.

Sua voz vacilou quando ela estendeu a mão, tocando o rosto de Tristão. A pele dele era quente e áspera, em virtude da brisa do mar carregada de sal e da barba por fazer.

— Eu queria *você*, Tris. Antes que pense que estou aqui só por causa do bebê. Eu quero você como meu marido e como pai dessa criança. Quero o menino com quem cresci. O menino cujo nome Cath deu a seu próprio filho. Quero o homem que se dispôs a ensinar Rhun como jogar uma faca e que manteve suas promessas para mim mesmo quando poderia ter mandado matá-lo e...

Os olhos de Isolda estavam marejados e ela teve de parar de falar e esperar que sua voz se firmasse, antes de continuar:

— Perguntei anteriormente como poderia pensar que eu mentiria quando disse que o amava, não importando o quê tivesse feito. Mas eu não quis dizer isso. Eu sei como. Eu sei. Eu sei como sua vida foi — como tem sido. Mas, por favor, acredite em mim agora. — Sua voz era quase inaudível acima do vento e do bater das ondas. — Não estou desistindo de tudo por você, Tris. Nós três juntos — você, eu e nosso bebê — isso é tudo para mim. Exatamente isso que temos aqui e agora.

Os raios do sol dourado atingiam a barba de Tristão e lançavam sombras em seu rosto. Então, de repente, ele curvou os ombros, deixando a cabeça cair em suas mãos. Quando finalmente ergueu os olhos, Isolda viu que estavam molhados.

Ele soltou um suspiro. Limpou as lágrimas com as costas da mão, ainda olhando para ela como se fosse incapaz de acreditar inteiramente nela. Então, muito lentamente, a mão dele se ergueu para tocá-la no rosto.

— Você realmente quer...

— Sim, eu quero, realmente.

Isolda tomou a mão dele e a encostou na dela, cicatriz contra cicatriz.

Houve um momento, um piscar de olhos, no qual Isolda prendeu a respiração, parou de ouvir o pio das gaivotas e os gritos dos pescadores e até mesmo a brisa marinha carregada de sal que soprava ao seu redor. E então...

Ela não saberia dizer quem se moveu primeiro, mas, de repente, estava aninhada nos braços dele. Mais uma vez encontrava-se em seus braços. Ele estava ali, quente e forte contra ela, abraçando-a com tanta força quanto ela a ele. Depois de um longo, longo tempo, ela recuou apenas o suficiente olhar para o rosto dele.

— Houve também outra razão para que não lhe contasse sobre isso antes. Sobre o bebê, quero dizer. Eu queria esperar até que... até que estivesse tudo bem. Eu tinha esperança... — olhou dentro dos olhos dele. — Você está feliz sobre o bebê?

— Feliz. — Tristão soltou um suspiro. — Claro que estou. Feliz e... apavorado. — Ele deu outra risada. — Eu não acho que tenha estado mais apavorado em toda minha vida. Uma criança. Como é que eu vou ser um... um pai?

— Você... — Isolda começou a dizer. E foi então que ela sentiu, mais forte do que nunca. Ela pegou a mão de Tristão e a colocou sobre o lugar onde tinha acabado de sentir o movimento da criança, o chute mais forte e determinado a cada dia. A mão esquerda dele, ela pôde sentir os dedos desfigurados, as arestas das cicatrizes. Seus olhos o procuraram novamente. — Você sente isso?

Mas ela já podia ver no rosto dele que sim, ele sentira.

— Deus, isso é... Ele parou. Sacudiu a cabeça.

Isolda olhou nos olhos de Tristão, azuis como o céu da manhã. Tempo. Ela sabia que levaria tempo, ainda. As cicatrizes de toda uma vida não desapareceriam de um momento para o outro, nem mesmo em um ano. Mas ele havia permitido que ela visse as lágrimas em seus olhos, admitira estar com medo... e a olhava agora como se ele ficasse feliz em permanecer ali para sempre, sentindo cada movimento de seu filho e olhando para ela, com o coração nos olhos.

Foram milagres suficientes para um dia como aquele. E agora eles teriam tempo. Tempo para contar a ele como ela havia testemunhado a assinatura dos documentos que fariam de Madoc e, depois, de Rhun reis de Cammelerd; que tinha sido pega por outro daqueles momentos em que sabia — *sabia* — que o véu entre este mundo e o outro era frágil como uma névoa. Ela havia visto não a sua avó, mas uma mulher desconhecida. Uma mulher bonita, de cabelos dourados e olhos cinzentos, que havia acenado para ela com a cabeça e pareceu sorrir para ela, feliz.

Haveria tempo para contar a Tristão como Marcos estava, deitado ao lado do campo de batalha, seu rosto, por fim, pacífico. Haveria até mesmo tempo para contar a ele como, no meio da luta, ela sussurrara *Se está disposto a morrer por mim, por favor, esteja disposto a viver para mim em vez disso.*

— Você é meu marido, Tris — a voz de Isolda era apenas um sussurro. — Então, você tem a mim. Não tenho nada para lhe oferecer — nem riquezas, nem terras. Só a mim mesma.

Ela podia sentir o bebê chutar contra a mão de Tristão. Todos os elos em sua cadeia se juntaram, formando um círculo completo, seus pontos de luz tão perto que eram quase um. E Tristão segurou-lhe o rosto, o polegar traçando a linha de sua face quando olhou para ela, com olhos ainda maravilhados.

— Você é tudo que eu sempre quis. Sempre e para sempre.

Uma última palavra...

Houve dor e febre e uma sede que queimava. Mas isso tudo passou. Por um momento, quase acreditei ter morrido. Mas ainda posso sentir os movimentos de meu peito, subindo e descendo. Ainda posso sentir os batimentos acelerados e incertos de meu coração: um pássaro em sua gaiola, batendo as asas já cansadas.

Eu viro minha cabeça no travesseiro e posso ver o quarto em torno de mim. As paredes de pedra iluminadas pela luz que cintila na única vela. E Isolda, dormindo em um catre ao lado de minha cama. Exausta por conta de todos os seus cuidados para comigo. Não vou acordá-la. Ela precisa desesperadamente de descanso. E não há nada que ela possa fazer para mim agora. Sei o que isso significa, esse aumento súbito de dor. A noite caiu. O fim está muito próximo.

Mas, por agora, uma estranha leveza toma meus membros. Sinto-a sentar-se, empurrar para trás os cobertores e erguer-me. E, como se estivesse sendo atraída por uma força que eu posso sentir, mas não posso ver, vou até a lareira, onde se encontra minha antiga bacia divinatória feita de bronze e entalhada num padrão espiral: Dragões da Eternidade, sempre engolindo suas próprias caudas. Um presente da Deusa, talvez, essa suspensão súbita da dor. Mas, quando me ajoelho em frente à bacia divinatória, para olhar em suas águas, peço em troca um outro presente. Suportarei a dor da morte — suportarei a febre e a sede que queima — enquanto vida eu tiver, enquanto meu coração bater em meu peito. Mas deixe-me vê-la. Deixe-me ver Isolda. Não o que *pode acontecer*, ou o que *poderia ter acontecido*, mas o que *vai acontecer*, com e para ela, quando eu tiver partido. Isso eu imploro da Deusa, em todas as suas formas. Donzela, Mãe e Anciã. Por todos os seus nomes. Morrigan. Cerridwen. Cadfaelrhod, Senhora da Roda de Prata. Por um momento, não vejo nada nas águas, a não ser meu próprio rosto, uma ruína, agora, cheio de feridas. E acho que a Deusa realmente virou suas costas para mim. Mas então, como um peixe de prata lutando sob as águas, algo se mexe. E eu vejo... Ela se senta no convés de um barco a vela, as saias erguidas, balançando os pés descalços contra o casco. Ela parece pouco mais velha do que é agora, dormindo em um catre no chão ao lado de onde eu me ajoelho. Cabelos negros. Pele com o brilho da pérola branca das flores de maçã. Olhos cinzentos e grandes, cercados de cílios espessos. Mas ela tem um bebê aninhado nos braços, e sorri para a criança, cantarolando uma melodia suave, de tempos idos. O bebê é uma meninazinha de olhos cinzentos e cachos negros. Ela sorri feliz e sem dentes, e agita seus punhos no ar. Uma beleza, ela será. Como sua mãe. Uma coisa boa, eu acho, que ela tem dois irmãos mais velhos para serem seus protetores pela vida afora. Os dois meninos brincam na arrebentação, a certa distância de onde o barco está atracado. Robustos, saudáveis, bonitos, de cabelos castanho-dourados e os olhos azuis do pai, jogam água um no outro e escavam a areia em busca de caranguejos. Seis e sete anos de idade, talvez, idade suficiente para ajudar a manejar as velas do barco em viagens como a da qual retornam agora. O pai deles aprontando o navio, assegurando-se de que o garanhão negro que compraram do comerciante na Gália seja o começo de uma nova linhagem. É um animal grande, brilhante, com um pescoço gracioso e uma cabeça orgulhosa. Ele será uma montaria de grande qualidade, que renderá a eles muito mais do que custou. O homem de olhos azuis termina de cuidar das velas, em seguida, vem sentar-se ao lado de sua esposa, faz cócegas embaixo do queixo do bebê e diz a ela que eles terão de deixá-la no próximo porto, se a mãe dela continuar a encher o barco com mais mudas de plantas novas, sementes e ervas medicinais para abastecer o jardim da casa deles. Ainda há encantamento em seu olhar quando ele olha para ela, o amor de sua vida, como se não conseguisse realmente acreditar que ela é sua de fato. Como se ele nem por um momento tivesse deixado de ser grato além do que é humanamente possível, além das palavras, pelo presente de cada dia que ele vive ao lado dessa mulher. Em seguida, ele deixa o navio para apartar os meninos, que começaram a se esmurrar como fazem todos os rapazes. Ele bagunça o cabelo deles e lhes diz para pararem de se comportar como selvagens até o jantar, pelo menos, e assim, talvez possam ir para casa. Eles ficarão felizes, todos eles, quando alcançarem o final dessa jornada. Essas viagens de verão pelo mar são doces, mas é ainda mais doce retornar. O tratado que foi feito há sete anos ainda se mantém. E, embora ainda aconteçam invasões e guerras — como sempre haverá enquanto os homens tiverem mãos para levantar as espadas —, em seu pequeno canto nas colinas de Gwynedd reina a paz. Então eles voltam, agora, para uma propriedade e uma casa, que não são nem grandes demais e nem demasiado pequenas. Não é um lugar enorme, mas há espaço suficiente para um jardim, para os jogos e brincadeiras dos meninos e para poderem pescar nos rios e córregos, depois descansarem à noite, protegidos por um cão de guerra marrom e branco. O cão está, agora, velho demais para participar das brincadeiras dos meninos, mas é amado por todos como sempre foi. Senhores de todos os cantos da terra vão até lá para negociar com o pai deles seus cavalos e para levar animais para serem treinados. Até mesmo o Rei de Gwynedd, ele mesmo, vai todos os anos, levando com ele seu filho mais velho, que cresceu e agora é quase um rapaz. Um velho guerreiro também vem muitas vezes — um homem grisalho, que usa um tapa-olho de couro. Ele se senta perto do fogo nas noites de inverno, entalhando em madeira soldados e cavalos para os meninos e pássaros e esquilos para a menina. E às vezes ele fascina os meninos contando historias sobre as muitas batalhas que lutou e venceu. Um grande, grande homem saxão também se senta perto do fogo e ensina os meninos a falar com as mãos — isso quando conseguem convencê-lo a deixar os estábulos e os cavalos de que ele ajuda a cuidar e treinar. E um homem de cabelos pretos, barbudo como um urso, e sua mulher de cabelos vermelhos cuidam da oficina de ferreiro próxima dali e os visitam muitas e muitas vezes, trazendo sempre sua ninhada de filhos e filhas. A casa até mesmo serve de abrigo, vez por outra, a um sacerdote errante e a dois irmãos gêmeos que têm a pele negra como carvão. E às vezes — em ocasiões mais raras ainda — um harpista andarilho vem bater à porta deles, pedindo abrigo para uma noite e uma refeição quente. E ele se oferece para tocar em troca de comida. Um conto de Artur, talvez. O rei que foi e ainda será. Que, depois de ter salvo a Bretanha, dorme um sono imperturbável em sua Ilha de Cristal. Ou às vezes, em vez disso, uma canção de amor, que fale sobre um amor trágico, triste o suficiente para fazer um guerreiro crescido chorar. Ou como Isolda, a justa, e Tristão, o filho de Marcos, beberam uma poção mágica que os fez cair em uma paixão desesperada. Quem sabe como começam as lendas? Encontrar o começo delas é tentar desenrolar um novelo que ainda está sendo tecido. Mas, uma vez começadas, elas se espalham como ondas em um lago, como folhas secas que se dispersam antes da explosão da tempestade.

Assim, o harpista canta como morreram Tristão e Isolda, de coração partido. E como de seus túmulos cresceram duas árvores com os ramos entrelaçados. E a jovem mãe de cabelos negros que eu vejo na bacia divinatória — a menina de cabelos negros que dorme, agora, ao meu lado, se sente por um momento como se andasse sobre as águas cristalizadas de uma lagoa, chegando mais e mais perto do reflexo estranho e trêmulo que a encara quando ela olha em seus próprios olhos. Mas então ela olha para o bebê que dorme em seus braços, com cílios escuros que parecem leques contra sua pele, a boquinha contraída em algum sonho infantil de leite doce. Olha para os meninos, quase adormecidos junto à lareira, cansados com os jogos e as brincadeiras do dia. Então ela olha para seu marido, que a observa do outro lado da sala, com seus olhos, que têm a cor do céu límpido das manhãs. E então, ainda, outras memórias se apresentam no reflexo que se agita em sua mente: ela deitada em sua cama, observando o marido olhar para o rosto do filho mais velho no dia em que ele nasceu, o dia em que ele pegou pela primeira vez aquele corpinho no colo, aprendendo suas formas, descobrindo a penugem que cobria sua cabeça. Todas as noites — muitas, muitas delas — nas quais ele saiu da cama para embalar um bebê que chorava, para que, assim, ela pudesse dormir um pouco. A forma como a sua menina gorgoleja e ri quando ele a balança no ar. Vendo-o jogar-se no rio com os meninos e ensiná-los a pescar com anzóis e varas de madeira. Uma noite, mais de sete anos atrás, quando ela estava deitada enrolada nele, na cama estreita na minúscula cabine de um navio agitado e soube que, sem a menor sombra de dúvida, este era o lugar ao qual ela pertencia desde que as estrelas começaram a se deslocar nos céus e as pedras a existir. E ela olha para seu homem, depois para o bardo caminhante e então para seu homem novamente.

E ela sorri.

Este livro foi impresso pela Prol Editora Gráfica
para a Editora Prumo Ltda.